Von Isaac Asimov erschienen im Heyne Verlag

in der ALLGEMEINEN REIHE:

Auf der Suche nach der Erde · 01/6401
Aurora oder Der Aufbruch zu den Sternen · 01/6579
Das galaktische Imperium · 01/6607
Die Rückkehr zur Erde · 01/6861

in der BIBLIOTHEK DER SCIENCE FICTION LITERATUR:

Lunatico oder Die nächste Welt · 06/7
(Hrsg.) Das Forschungsteam · 06/13
Meine Freunde, die Roboter · 06/20
Die Stahlhöhlen · (in Vorb.)
Die nackte Sonne · (in Vorb.)

in der Reihe HEYNE SCIENCE FICTION & FANTASY:

Der Mann von drüben · 06/3004
Die nackte Sonne · 06/3009
Geliebter Roboter · 06/3066
Der Tausendjahresplan · 06/3080
Der galaktische General · 06/3082
Alle Wege führen nach Trantor · 06/3084
Das Ende der Ewigkeit · 06/3088
10 SF-Kriminalgeschichten · 06/3135
Ich, der Robot · 06/3217
Der Zweihundertjährige · 06/3621

ISAAC ASIMOV PRÄSENTIERT:

Science Fiction Erzählungen des 19. Jahrhunderts · 06/4022
Fantasy Erzählungen des 19. Jahrhunderts · 06/4023
Der letzte Mensch auf Erden · 06/4074
Drachenwelten · 06/4159
Zukünfte – nah und fern · 06/4215
Spekulationen · 06/4274
Die Wunder der Welt · 06/4332

sowie ISAAC ASIMOV'S SCIENCE FICTION MAGAZIN:

In 10 Jahren mehr als 30 Auswahlbände

22. Folge · 06/4107	25. Folge · 06/4222	28. Folge · 06/4366	31. Folge · 06/4495
23. Folge · 06/4140	26. Folge · 06/4249	29. Folge · 06/4405	32. Folge · 06/4536
24. Folge · 06/4178	27. Folge · 06/4294	30. Folge · 06/4446	33. Folge · 06/4581

als HEYNE MINI:

Der Zweihundertjährige · 33/9

(Siehe auch hinter: Der erweiterte Foundation-Zyklus)

ISAAC ASIMOV

Auf der Suche nach der Erde

Roman

Deutsche Erstveröffentlichung

WILHELM HEYNE VERLAG
MÜNCHEN

HEYNE ALLGEMEINE REIHE
Nr. 01/6401

Titel der amerikanischen Originalausgabe
FOUNDATION'S EDGE
Deutsche Übersetzung von Horst Pukallus

7. Auflage

Redaktion: Wolfgang Jeschke

Printed in Germany 1990
Umschlagbild: Steven Vincent Johnson
Umschlaggestaltung: Atelier Ingrid Schütz, München
Gesamtherstellung: Presse-Druck Augsburg

ISBN 3-453-01941-5

Inhalt

Gewidmet Betty Prashker, die schlichtweg darauf beharrt hat.

Prolog

Das Erste Galaktische Imperium zerfiel. Seit Jahrhunderten war es in Verfall und Zusammenbruch begriffen gewesen, und nur ein Mensch erlangte über diese Tatsache volle Klarheit.

Das war Hari Seldon, der letzte große Wissenschaftler des Ersten Imperiums, und er war es, der die Psychohistorie vervollkommnete – jene Wissenschaft, die das menschliche Verhalten auf mathematische Gleichungen reduziert.

Der Einzelmensch ist unberechenbar, aber Seldon erkannte, daß die Reaktionen von Menschenmassen sich statistisch voraussagen ließen. Je größer die Massen, desto genauer die Voraussage. Und die Größe der Menschenmassen, mit denen Seldon sich beschäftigte, umfaßte nicht weniger als die Bevölkerung all der Millionen von bewohnten Welten der Galaxis.

Seldons Gleichungen verrieten ihm, daß das Imperium, sich selbst überlassen, zerfallen mußte, und daß 30000 Jahre menschlichen Elends und Leidens verstreichen würden, ehe aus den Ruinen ein Zweites Imperium auferstehen konnte. Und doch ließ das Interregnum, falls er auf einige der gegebenen Bedingungen einzuwirken vermochte, sich auf ein einziges Millennium verkürzen, auf nur tausend Jahre.

Um dies Ziel zu erreichen, gründete er zwei Wissenschaftlerkolonien, die er ›Foundations‹* nannte. Mit Absicht begründete er sie an ›entgegengesetzten Enden der Galaxis‹. Die Erste Foundation, die sich auf die Naturwissenschaften konzentrierte, entstand im vollen Licht der Öffentlichkeit. Die Existenz der anderen, der Zweiten Foundation, einer Welt der Psychohistoriker und ›Geistes‹-Wissenschaftler, blieb unter dem Mantel des Schweigens verborgen.

Die Galaktische Trilogie – sie umfaßt die Werke *Der Tausendjahresplan**, *Der galaktische General*** und *Alle Wege führen nach*

---

* Foundation = Stiftung, Fundation

*Trantor**** – erzählt die Geschichte des ersten Drittels des Interregnums. Die Erste Foundation (im allgemeinen einfach als ›die Foundation‹ bekannt, weil von der Existenz einer anderen Foundation nur sehr wenig Menschen wußten) machte den Anfang als kleine, in der Leere der äußeren Peripherie der Galaxis verlorene Gemeinschaft. Sie sah sich in periodischen Abständen Krisen ausgesetzt, in deren Verlauf die Variablen der menschlichen Wechselbeziehungen, der gesellschaftlichen und ökonomischen Strömungen ihrer Zeit ihr Schranken auferlegten. Ihr Handlungsfreiraum lag lediglich in einer bestimmten Richtung, und nur wenn sie diese Richtung einschlug, eröffnete sich ihr ein Horizont neuer Entwicklungsmöglichkeiten. Alles war von Hari Seldon geplant worden, nun seit langem tot.

Die Erste Foundation errang dank ihrer überlegenen Wissenschaft die Vorherrschaft über die in die Barbarei zurückgefallenen Planeten in ihrem Umkreis. Sie stellte sich den anarchischen Sternenherzögen entgegen, die sich vom im Niedergang befindlichen Imperium lossagten, und überwand sie. Ebenso stellte sie sich der Auseinandersetzung mit den Resten des Imperiums, geführt von dessen letztem starken Kaiser und seinem letzten tüchtigen General, und siegte erneut.

Es hatte den Anschein, als ließe sich der ›Seldon-Plan‹ reibungslos verwirklichen, als könne nichts die Errichtung des Zweiten Imperiums zum vorgesehenen Zeitpunkt verhindern, als solle es in der Zwischenzeit bei einem Minimum an Zerstörungen bleiben.

Aber die Psychohistorie ist eine statistische Wissenschaft. Immer gibt es eine kleine Chance, daß etwas mißrät, und so kam es in der Tat – etwas geschah, das Hari Seldon nicht hatte voraussehen können. Aus dem Nichts tauchte ein Mann auf, den man ›Fuchs‹ nannte. Er allein verfügte über gewisse Geisteskräfte, die es sonst in der ganzen Galaxis nicht gab. Er war dazu imstande, die menschlichen Gefühle zu beeinflussen, den Geist der Menschen so zu lenken, daß seine erbittertsten Gegner sich in seine ergebensten Diener verwandelten. Ar-

---

* HEYNE-TASCHENBUCH Nr. 06/3080
** HEYNE-TASCHENBUCH Nr. 06/3082
*** HEYNE-TASCHENBUCH Nr. 06/3084

meen konnten, *mochten* nicht gegen ihn kämpfen. Die Erste Foundation verfiel ihm, und Seldons Plan schien nur noch aus Scherben zu bestehen.

Doch es blieb die geheimnisvolle Zweite Foundation, die vom plötzlichen Auftreten des Fuchses unvorbereitet überrascht worden war, nun jedoch langsam einen Gegenzug vollführte. Ihr wichtigster Schutz bestand in dem Faktum, daß niemand ihren Sitz kannte. Der Fuchs wollte sie finden, um seine Eroberung der Galaxis zu vollenden. Die treuen Anhänger dessen, was von der Ersten Foundation übrig war, suchten sie, um Hilfe zu erhalten.

Keiner von beiden fand sie. Zuerst hielt die tapfere Tat einer einzelnen Frau namens Bayta Darell den Fuchs auf, und infolgedessen fand die Zweite Foundation genug Zeit, um geeignete Maßnahmen zu ergreifen und dem Fuchs endgültig Halt zu gebieten. Sie bereitete die allmähliche Wiederaufnahme des Seldon-Planes vor.

In gewisser Hinsicht aber war die Zweite Foundation um ihren Schutz gekommen. Die Erste Foundation wußte nunmehr über die Existenz der Zweiten Foundation Bescheid, und die Erste Foundation wünschte keine Zukunft, in der die ›Mentalisten‹ über sie wachten. Bezüglich der rein naturwissenschaftlichen Machtfülle war die Erste Foundation überlegen, wogegen die Zweite Foundation nicht allein dadurch im Nachteil war, sondern zudem vor einer doppelten Aufgabe stand; sie mußte nicht nur der Ersten Foundation in den Arm fallen, sondern auch ihre Anonymität wiederherstellen.

Unter ihrem bedeutendsten ›Ersten Sprecher‹, Preem Palver, gelang es der Zweiten Foundation, diese doppelte Aufgabe zu lösen. Zum Schein gestattete man der Ersten Foundation einen Sieg, ließ sie die Zweite Foundation scheinbar ausmerzen, und die Erste Foundation errang in der Galaxis immer mehr Macht, völlig ohne zu ahnen, daß die Zweite Foundation noch existierte.

Jetzt sind seit dem Entstehen der Ersten Foundation 498 Jahre verstrichen. Sie befindet sich auf der Höhe ihrer Macht, aber da ist ein Mann, der sich mit Scheinbarkeiten nicht abfinden will...

Erstes Kapitel

Ratsherr

1

»Natürlich glaube ich's nicht«, sagte Golan Trevize, der auf den breiten Stufen vor der Seldon Hall stand und über die Stadt ausschaute, die in der Sonne gleißte.

Terminus war ein Planet mit mildem Klima und hohem Wasser-/Land-Verhältnis. Die Einführung der Wetterkontrolle hatte es noch angenehmer auf ihm gemacht – und erheblich weniger interessant, befand Trevize häufig.

»Ich glaube nichts davon«, wiederholte er. Die weißen, regelmäßigen Zähne glänzten in seinem jugendlichen Gesicht.

Sein Begleiter und Ratskollege Munn Li Compor, der im Gegensatz zu aller Tradition auf Terminus einen Mittelnamen angenommen hatte, schüttelte unbehaglich den Kopf. »Was glaubst du nicht? Daß wir die Stadt gerettet haben?«

»Oh, das glaube ich. Wir habn's ja, stimmt's? Und Seldon hat's vorausgesagt, daß es uns gelingt, und er hat gesagt, er wußte vor fünfhundert Jahren sowieso schon alles.«

»Hör mal«, sagte Compor mit gesenkter Stimme, halb im Flüsterton, »ich habe nichts dagegen, daß du so zu mir redest, denn ich fasse Gerede als Gerede und sonst nichts auf, aber wenn du dergleichen in aller Öffentlichkeit laut verkündest, wird man's hören, und um ehrlich zu sein, ich möchte ungern in deiner Nähe stehen, wenn dich der Blitz trifft. Ich weiß nicht, wie genau er gezielt wird.«

Trevizes Lächeln blieb unbeeinträchtigt. »Soll es falsch sein«, meinte er, »zu sagen, daß die Stadt bewahrt worden ist? Und daß wir's ohne Krieg geschafft haben?«

»Es wollte niemand Krieg führen«, sagte Compor. Er besaß butterblonde Haare, himmelblaue Augen und setzte sich gegen Anwandlungen, diese unmodischen Farbtöne zu ändern, stets zur Wehr.

»Hast du noch nie von Bürgerkrieg gehört, Compor?« fragte Trevize. Er war hochgewachsen, hatte schwarzes Haar und die Angewohnheit, mit den Daumen in den Gürtel aus weichen Fasern gehakt einherzugehen, den er stets trug.

»Ein Bürgerkrieg um den Sitz der Hauptstadt?«

»Die Frage war heikel genug, um eine Seldon-Krise heraufzubeschwören. Sie hat Hannis' politische Laufbahn verdorben. Du und ich, wir sind beide dadurch bei der letzten Wahl in den Rat gelangt, und die Sache hing sehr in der Schwebe...« Bedächtig bewegte er eine Hand hin und her, als pendle sie sich ins Gleichgewicht ein.

Er blieb auf den Stufen stehen, achtete nicht auf die anderen Mitglieder der Regierung, die Leute von den Medien und erst recht nicht auf die feschen Typen aus der feinen, vornehmen Gesellschaft, die eine Einladung zum Anlaß von Seldons Wiederkehr hatten ergattern können (oder jedenfalls der Wiederkehr seines Abbilds). Alle schritten sie die Treppe hinunter, plauderten, lachten, schwelgten in der Richtigkeit all dessen, was sie umgab, kosteten Seldons nachträgliche Billigung aus.

Trevize stand reglos da und ließ die Menge vorüberwimmeln. Compor, zwei Schritte voraus, verharrte nun ebenfalls, als erstrecke sich zwischen ihnen ein unsichtbares Band. »Kommst du nicht mit?« wollte er wissen.

»Kein Grund zur Eile. Die Ratssitzung wird nicht anfangen, bevor Bürgermeisterin Branno in ihrer üblichen, völlig ausdruckslosen Art des Eine-Silbe-nach-der-anderen die Situation erläutert hat, und ich lege wenig Wert darauf, noch einer hochtrabenden Rede zuzuhören. Schau dir die Stadt an!«

»Ich sehe sie. Gestern habe ich sie auch schon gesehen.«

»Ja, aber hast du sie vor fünfhundert Jahren gesehen, als man sie gegründet hat?«

»Vierhundertachtundneunzig Jahren«, berichtigte Compor unwillkürlich. »In zwei Jahren wird die Fünfhundertjahrfeier stattfinden«, fügte er hinzu, »und Bürgermeisterin Branno wird noch im Amt sein und sich damit befassen, Geschehnissen von – wie wir hoffen – geringer Wahrscheinlichkeit vorzubeugen.«

»Wie wir hoffen«, sagte Trevize auf trockene Weise. »Aber was war hier denn nun damals vor fünfhundert Jahren, als man sie gegründet hat? Eine Kleinstadt! Eine kleine Stadt, bewohnt von einer Anzahl Menschen, die eine Enzyklopädie vorbereiteten, die nie fertiggestellt worden ist.«

»Selbstverständlich ist sie fertiggestellt worden.«

»Meinst du die *Encyclopedia Galactica*, die wir heute haben? Was wir haben, ist nicht das, woran sie damals gearbeitet haben. Was wir besitzen, ist in einem Computer und wird täglich revidiert. Hast du dir jemals das unvollendete Original angesehen?«

»Du meinst das im Hardin-Museum?«

»Im Salvor-Hardin-Museum des Ursprungs. Da du so versessen auf exakte Daten bist, wollen wir bitte auch hier die vollständige Bezeichnung verwenden. Hast du's dir angesehen?«

»Nein. Sollte ich's?«

»Nein, es lohnt die Mühe nicht. Aber auf jeden Fall... damals waren sie... eine Gruppe von Enzyklopädisten, die den Kern eines Städtchens bildeten – eine kleine Ortschaft auf einer Welt, die buchstäblich ohne Metalle war, um eine weitab vom Rest der Galaxis gelegene Sonne kreiste, am Rand, ganz am Rand. Und heute, fünfhundert Jahre später, sind wir eine suburbane Welt. Alles ist ein großer Park, wir haben soviel Metall, wie wir wollen. Wir befinden uns heute im Mittelpunkt von allem.«

»Nicht wirklich«, sagte Compor. »Wir umkreisen noch immer eine Sonne, die vom Rest der Galaxis abgesondert ist, nach wie vor ganz am Rand der Galaxis.«

»Ach nein. Aber du sagst das, ohne darüber nachzudenken. Das war nämlich der wesentliche Punkt dieser kleinen Seldon-Krise. Wir sind mehr als eine einzelne Welt namens Terminus. Wir sind die Seldon-Stiftung, die Foundation, die ihre Tentakel in der gesamten Galaxis hat, die diese Galaxis von ihrer Position an deren Rand aus beherrscht. Wir sind dazu in der Lage, weil wir *nicht* abgetrennt sind, außer in bezug auf unsere Position, und das zählt nicht.«

»Na schön. Mit dieser Beweisführung bin ich einverstanden.«

Compor zeigte reichlich Desinteresse und tat einen weiteren Schritt abwärts. Das unsichtbare Band zwischen ihnen dehnte sich noch mehr.

Trevize streckte eine Hand aus, als wolle er seinen Begleiter an dem Band wieder die Stufen heraufziehen. »Begreifst du denn nicht die Bedeutung, Compor? Hinter uns liegen enorme Veränderungen, aber wir stellen uns nicht darauf ein. In unseren Herzen wünschen wir uns die kleine Foundation zurück, das kleine Ein-Welt-Unternehmen, das wir in den alten Zeiten hatten, den Tagen stahlharter Helden und edelmütiger Heiliger, die für immer dahin sind.«

»Komm jetzt!«

»Ich spreche im Ernst. Wirf einen Blick auf die Seldon Hall! Am Anfang, zur Zeit der ersten Krise, zu Lebzeiten Salvor Hardins, befand sich hier nur ein kleines Auditorium, in dem ein holografisches Bild Seldons erschien. Das war alles. Jetzt steht hier ein kolossales Mausoleum, aber hat es etwa eine Kraftfeldrampe? Eine Gleitstraße? Einen Gravo-Lift? Nein, nur diese Treppe, und wir steigen sie hinauf und hinab, genauso wie Hardin es tun mußte. Bei seltsamen, unvorhersehbaren Anlässen klammern wir uns furchtsam an die Vergangenheit.«

Leidenschaftlich breitete er die Arme aus. »Ist hier irgendwo eine bauliche Komponente sichtbar, die aus Metall besteht ? – Nein. So was wäre uns nicht recht, weil es zu Salvor Hardins Zeiten ja kein einheimisches Metall in nennenswertem Umfang gab, und kaum importiertes Metall. Beim Bau dieses Riesenkastens haben wir sogar Altplastik verwendet, vom Alter schon rosa, damit Besucher von anderen Welten stehenbleiben und krähen: ›Gütige Galaxis, was für wundervolles altes Plastik!‹ Ich sage dir, Compor, das ist Schwindel!«

»Ist es das, woran du nicht glaubst? Die Seldon Hall?«

»Und alles, was darin ist«, antwortete Trevize in heftigem Flüstern. »Ich zweifle daran, daß es irgendeinen Sinn hat, sich hier am Rand des Universums zu verstecken, nur weil unsere Vorfahren es getan haben. Ich glaube, wir sollten drinnen sein, im Mittelpunkt von allem anderen.«

»Aber Seldon widerlegt deine Auffassung. Der Seldon-Plan bewährt sich wie bezweckt.«

»Ich weiß. Ich weiß. Und jedes Kind auf Terminus wird im

Glauben aufgezogen, daß Hari Seldon vor fünfhundert Jahren einen Plan ausgetüftelt hat, in dem er alles voraussah, daß er die Grundlagen der Stiftung auf eine Art und Weise legte, die es ihm erlaubte, gewisse Krisen abzusehen, und daß er dafür gesorgt hat, daß zur Zeit dieser Krisen sein holografisches Bild erscheint und uns das Minimum dessen mitteilt, was an Wissen erforderlich ist, um uns bis zur nächsten Krise durchzuschlagen, und das tausend Jahre lang, bis es uns sicher gelingt, ein größeres Zweites Imperium auf den Ruinen des zerfallenen Imperiums zu errichten, das vor fünf Jahrhunderten zusammengebrochen und seit dreihundert Jahren verschwunden ist.«

»Golan, weshalb erzählst du mir das alles?«

»Weil ich dir klarmachen will, daß das ein Schwindel ist. Das *alles* ist ein Schwindel. Oder falls es anfangs eine reale Bedeutung hatte, dann ist es jedenfalls *heute* ein Schwindel!«

Compor musterte den anderen mit forschendem Blick. »Du hast derartige Äußerungen schon einige Male getan, Golan, aber ich dachte immer, du redest nur lächerliches Zeug daher, um mich zu reizen. Bei der Galaxis, jetzt glaube ich, du meinst es tatsächlich ernst!«

»Natürlich ist's mein Ernst!«

»Das kann doch unmöglich sein. Entweder ist dies ein ziemlich schwer verständlicher Scherz auf meine Kosten, oder du bist verrückt geworden.«

»Weder das eine noch das andere«, sagte Trevize und hakte die Daumen in den Gürtel, als meine er, nun die Gestik seiner Hände nicht länger zu brauchen, um seiner Heftigkeit Ausdruck zu verleihen. »Weder das eine noch das andere. Ich gestehe, ich habe schon früher derartige Spekulationen betrieben, aber nur aufgrund von Intuition. Dank dieser Farce hier heute morgen ist mir plötzlich alles völlig klar, und ich habe meinerseits die Absicht, es auch vor dem Rat klarzustellen.«

»Du *bist* verrückt«, sagte Compor.

»Von mir aus. Komm mit und hör dir's an!«

Die beiden gingen die Treppe hinunter. Einzig sie waren zurückgeblieben; sie verließen als letzte die Treppe. Und als Trevize seinem Begleiter ein wenig vorausstrebte, bewegten sich Compors Lippen stumm, hauchten lautlos ein Wort in die Richtung von Trevizes Rücken: Narr!

2

Bürgermeisterin Harla Branno rief die Teilnehmer der Sitzung des Verwaltungsrates zur Ordnung. Ihre Augen hatten die Versammlung ohne ersichtliches Anzeichen von Interesse gemustert; dennoch bezweifelte keiner der Anwesenden, daß sie alle bemerkt hatte, die zugegen waren, und genauso festgestellt, wer noch fehlte.

Ihr graues Haar war mit Sorgfalt in einer Weise frisiert, die weder deutlich feminin wirkte, noch männlichen Stil imitierte. Das war nun einmal *die* Art, wie sie ihr Haar zu tragen pflegte, mehr nicht. Ihr stets sachliches Gesicht war nicht für besondere Schönheit bekannt, aber irgendwie kam es, daß man darin auch nicht nach Schönheit suchte.

Sie war der fähigste aller Administratoren auf dem Planeten. Niemand konnte ihr die Brillanz eines Salvor Hardin oder Hober Mallow nachsagen, deren abenteuerliche Lebensgeschichten dem ersten Jahrhundert im Dasein der Foundation einen gewissen schillernden Charakter gaben, und daher tat es auch niemand, aber ebensowenig wäre jemand auf den Gedanken verfallen, ihr die Dummheit der Indburs vorzuwerfen, die das Amt des Bürgermeisters zum Erbamt gemacht und nacheinander in der Zeitspanne unmittelbar vor dem Auftreten des Fuchses geherrscht hatten.

Ihre Reden brachten die Gemüter der Menschen keineswegs in Wallung, sie besaß keine Begabung für dramatisches Gehabe, doch sie verfügte über die Fähigkeit, in aller Ruhe klare Entscheidungen zu treffen und dabei zu bleiben, solange sie die Sicherheit hegte, richtig entschieden zu haben. Ohne jede erkennbar charismatische Eigenschaft, verstand sie es dennoch, die Wähler davon zu überzeugen, daß jene ohne Aufsehen gefällten Entscheidungen richtig sein *mußten.*

Weil nach Seldons Lehre historische Veränderungen größtenteils schwer abzuwenden sind (immer unter Ausschluß des Unvorhersehbaren, wie die meisten Seldonisten trotz des einschneidenden Zwischenspiels mit dem Fuchs vergessen), durfte die Foundation vielleicht ihre Hauptstadt auf Terminus belassen, ganz unabhängig von den Umständen. Auf ›vielleicht‹ jedoch lag die Betonung. Seldon hatte die Wahrscheinlichkeit, daß sie auf Terminus blieb, während seines soeben beendeten Erscheinens als fünfhundert Jahre altes Simulacrum gelassen mit 87,2% eingeschätzt.

Nichtsdestotrotz besagte das auch für Seldonisten, daß mit einer Wahrscheinlichkeit von 12,8% eine Verlagerung an eine dem Zentrum der Foundations-Föderation nähere Position bevorstand, mit allen herben Konsequenzen, die Seldon für diesen Fall aufgezeigt hatte. Daß diese mit 12,8% wahrscheinliche Aussicht sich nicht bewahrheitete, war gewiß auf Bürgermeisterin Branno zurückzuführen.

Es stand fest, daß sie so etwas ganz einfach nicht erlaubt hätte. Selbst in Perioden beträchtlicher Unbeliebtheit hatte sie an dem Beschluß festgehalten, daß Terminus der traditionelle Sitz der Stiftung war und deshalb da bleiben mußte. Ihre politischen Gegner hatten ihr ausgeprägtes Kinn (und zugegebenermaßen mit einiger Wirksamkeit) als unter ihren Kopf geschobenen Granitklotz karikiert.

Und nun hatte Seldon ihrem Standpunkt Rückhalt geliefert – zumindest bis auf weiteres –, ihr damit gleichzeitig zu einer übermächtigen politischen Vorrangstellung verholfen. Es hieß, sie habe ein Jahr zuvor geäußert, daß sie, falls Seldon bei seinem nächsten Erscheinen ihre Auffassung unterstützte, ihre Aufgabe als erfolgreich abgeschlossen betrachten werde. Dann gedenke sie sich zurückzuziehen und in die Rolle einer älteren Repräsentanzperson zu schlüpfen, statt weiterhin ihr Ansehen mit den dubiosen Resultaten politischer Auseinandersetzungen zu riskieren.

Niemand hatte ihr so recht geglaubt. Sie war zu sehr auf dem Feld der politischen Auseinandersetzungen verwurzelt und daheim, in einem Maß, wie nur wenige vor ihr, und nun, da Seldons Abbild erschienen und wieder verschwunden war, ließen sich ihr keinerlei Anzeichen eines tatsächlichen Rückzugs aus der Politik anmerken.

Sie sprach mit klarer Stimme und verhohlenem Foundationsakzent (sie war einmal als Botschafterin auf Mandress tätig gewesen, hatte aber nie die alte imperiale Rhetorik angenommen, die inzwischen so in Mode gekommen war – und Bestandteil eines quasi-imperialen Drangs in die inneren Provinzen).

»Die Seldon-Krise ist vorüber«, sagte sie, »und es ist unser überlieferter Brauch – den ich für sehr klug halte –, daß weder mit Worten noch mit Taten gegen jene vorgegangen werden darf, die auf der falschen Seite gestanden haben. Viele ehrbare Leute glaubten aufrichtig, gute Gründe dafür zu besitzen, etwas zu wollen, das Seldon nicht wünschte. Es wäre unvernünftig, sie zu demütigen und dadurch letztendlich zur Opposition gegen den Seldon-Plan selbst zu treiben. Andererseits ist es ein nachhaltig eingebürgertes, befürwortenswertes Brauchtum, daß die Anhänger der unterlegenen Seite ihre Niederlage gern und ohne weitere Diskussionen hinnehmen. Die Auseinandersetzung liegt hinter uns – für beide Seiten und für immer.«

Sie legte eine Pause ein, den Blick dreißig Sekunden lang auf die Gesichter der Versammelten gerichtet. »Die Hälfte der gesetzten Frist ist verstrichen, Mitglieder des Rates«, sprach sie weiter, »die Hälfte der tausendjährigen Zeitspanne zwischen dem Bestand zweier Imperien. Sie ist eine Zeit voller Probleme gewesen, aber wir haben einen langen Weg zurückgelegt. In der Tat, wir sind schon fast ein Galaktisches Imperium, und wir kennen keine äußeren Feinde von größerer Bedeutung mehr. Ohne den Seldon-Plan hätte das Interregnum dreißigtausend Jahre gedauert, und nach dreißigtausend Jahren der Auflösung wäre möglicherweise am Ende nicht genug Kaft verblieben, um ein neues Imperium aufzubauen. Womöglich wären nur voneinander isolierte, zum Untergang verurteilte Welten übrig geblieben. Was wir heute sind, das verdanken wir Hari Seldon, und es muß im Sinne seines längst dahingeschiedenen Geistes geschehen, wenn wir danach streben, zu vollbringen, was noch zu tun ist. Die künftige Gefahr, Mitglieder des Rates, geht von uns selbst aus, und deshalb darf es von dieser Stunde an keine öffentlichen Zweifel am Wert des Seldon-Plans mehr geben. Laßt uns heute entschieden und mit allem Nachdruck dahingehend übereinkommen, daß es in Zukunft keine öffentliche Kritik, keine Zweifel am Plan geben soll, keine Ablehnung! Wir müssen ihn uneingeschränkt unterstützen! Fünf Jahrhunderte lang hat er sich bewährt. Er ist der beste Schutz der ganzen Menschheit, und deswegen darf er nicht aufs Spiel gesetzt werden. Sind wir darin einer Meinung?«

Gedämpftes Gemurmel ertönte. Die Bürgermeisterin blickte

kaum auf, um nach sichtbaren Beweisen der Zustimmung zu suchen. Sie kannte jedes einzelne Mitglied des Rates und wußte, wie jedes davon zu reagieren pflegte. So kurz nach ihrem Triumph würde niemand Einwände vortragen. Vielleicht nächstes Jahr. Heute nicht. Sie beabsichtigte die Schwierigkeiten des nächsten Jahres allerdings erst im nächsten Jahr anzugehen.

Aber man mußte immer mit einer Ausnahme rechnen...

»Gedankenkontrolle, Bürgermeisterin Branno?« fragte Golan Trevize, der durch den Mittelgang schlenderte und so laut sprach, als wolle er für das Schweigen der anderen einen Ausgleich schaffen. Er zog es vor, nicht an seinem Platz zu bleiben, der sich – weil er ein neues Mitglied war – in der letzten Reihe befand.

Nach wie vor blickte die Branno nicht auf. »Ratsherr Trevize«, erkundigte sie sich, »wie lauten Ihre Ansichten?«

»Daß die Regierung nicht das Recht der freien Meinungsäußerung antasten darf, daß alle Individuen – und zweifelsfrei auch die Ratsherren und Ratsdamen, die man zu eben diesem Zweck gewählt hat – das Recht besitzen, politische Tagesfragen zu diskutieren, und daß möglicherweise keine politische Angelegenheit mehr ohne Berücksichtigung des Seldon-Plans behandelt werden kann.«

Die Branno faltete die Hände und hob den Blick. Ihr Gesicht war ausdruckslos. »Ratsherr Trevize«, sagte sie, »Sie sind in diese Debatte ohne Beachtung der Form und außer der Ordnung eingetreten. Aber ich habe Sie gebeten, Ihre Ansichten zu äußern, und deshab will ich Ihnen nun antworten. Im Kontext des Seldon-Plans ist eine Einschränkung des Rechts auf freie Meinungsäußerung nicht beabsichtigt. Nur der Plan selbst erlegt uns aufgrund seiner Natur gewisse Beschränkungen auf. Man kann Ereignisse auf mancherlei Weise interpretieren, ehe das Seldon-Image schließlich eine Entscheidung herbeiführt, sobald sie jedoch feststeht, kann es darüber im Verwaltungsrat keine weiteren Diskussionen geben. Man kann die Entscheidung auch nicht vorher in Frage stellen, etwa indem man sagt: ›Falls Hari Seldon dies und jenes konstatiert, wird's ein Irrtum sein.‹«

»Und wenn jemand aufrichtig so empfindet, verehrte Bürgermeisterin?«

»Dann darf er es als Privatperson und in privatem Rahmen sagen.«

»Sie meinen also, daß die Einschränkung der Meinungsäußerung, die Sie vorschlagen, mit ausdrücklicher Ausschließlichkeit für Vertreter der Regierung gelten soll?«

»Genau! Und dabei handelt es sich keineswegs um ein neuartiges Prinzip der Foundations-Gesetze. Es ist vielmehr bereits von Bürgermeistern aller Parteien angewendet worden. Eine Privatmeinung ist unwichtig. Eine offiziöse Meinungsäußerung dagegen hat Gewicht und kann gefährlich sein. Wir sind nicht so weit gekommen, um uns überflüssigen Gefahren auszusetzen.«

»Darf ich darauf hinweisen, Bürgermeisterin, daß das von Ihnen erwähnte Prinzip nur äußerst selten und bei besonderen Gelegenheiten zur Anwendung gelangt ist? Nie ist es auf etwas von solcher Tragweite und Undefinierbarkeit wie den Seldon-Plan angewendet worden.«

»Der Seldon-Plan muß am dringendsten gesichert werden, denn er ist genau der Punkt, wo Kleinmut sich am verhängnisvollsten auswirken kann.«

»Möchten Sie sich nicht wenigstens *einmal* mit dem Gedanken befassen, Bürgermeisterin...« Trevize drehte sich um und wandte sich nun an die übrigen Ratsmitglieder, die in den Sitzreihen auf ihren Plätzen saßen und die anscheinend alle den Atem anhielten, als warteten sie auf den Ausgang eines Duells. »Möchten *Sie,* werte Ratskollegen, sich nicht wenigstens *einmal* ernsthaft mit dem Gedanken befassen, daß aller Grund zu der Annahme besteht, es gibt gar keinen Seldon-Plan?«

»Wir alle haben heute mitansehen können, wie sehr er sich bewährt«, entgegnete Bürgermeisterin Branno, die im gleichen Maß immer klarere Ruhe ausstrahlte, wie sich Trevize erhitzte und seine Rednerkünste bemühte.

»Eben das, was wir heute erlebt haben, ehrenwerte Ratsherren und Ratsdamen, zeigte uns, daß der Seldon-Plan, so wie er uns eingetrichtert worden ist, nicht existieren *kann*!«

»Ratsherr Trevize, Sie reden hier außerhalb der Ordnung und dürfen Ihre Ausführungen daher jetzt nicht fortsetzen.«

»Ich kann mich auf die Befugnisse meines Amtes berufen, Bürgermeisterin.«

»Die Amtsbefugnisse sind Ihnen soeben entzogen worden, Ratsherr.«

»Die Befugnis zum Reden vor dem Rat können Sie mir nicht entziehen. Ihre Darlegungen bezüglich der Einschränkung der Redefreiheit besitzen als solche keinerlei Gesetzeskraft. Im Rat hat keine Abstimmung über diese Sache stattgefunden, Bürgermeisterin, und selbst wenn's so wäre, hätte ich das Recht, ihre Rechtmäßigkeit anzuzweifeln!«

»Der Entzug Ihrer Amtsbefugnisse, Ratsherr, steht in keinem Zusammenhang mit meinen Anregungen zur Absicherung des Seldon-Plans.«

»Mit was haben sie denn zu tun?«

»Sie werden des Verrats beschuldigt, Ratsherr. Ich möchte dem Verwaltungsrat ungern die Unhöflichkeit zumuten, Sie hier im Beratungssaal festnehmen zu lassen, aber am Ausgang warten Angehörige der Sicherheit, um Sie in Gewahrsam zu nehmen, sobald Sie den Saal verlassen. Ich bitte Sie, nun ohne weiteres Aufsehen zu gehen. Sollten Sie sich jedoch unbedachte Handlungen erlauben, müssen sie als akute Bedrohung aufgefaßt werden, und die Leute der Sicherheit müssen den Saal betreten. Ich hoffe, Sie werden so etwas nicht erforderlich machen.«

Trevize stand wie versteinert da. Im Saal herrschte absolute Stille. (Hatten alle das erwartet – alle außer ihm selbst und Compor?) Er schaute hinüber zu den Türen. Im Moment war nichts zu sehen, aber er war sicher, daß Bürgermeisterin Branno keineswegs bluffte.

»Ich... ich bin Vertreter ei-eines bedeutenden Teils der Wählerschaft, Bürgermeisterin Branno...«, stammelte er voller Wut.

»Bestimmt werden Ihre Wähler von Ihnen enttäuscht sein.«

»Anhand welcher Beweise erheben Sie diese groteske Anschuldigung?«

»Die Beweise werden zu gegebener Zeit vorgelegt. Sie dürfen sicher sein, daß wir alles haben, was wir brauchen. Sie sind ein recht indiskreter junger Mann und sollten sich merken, daß jemand Ihr Freund sein kann und doch nicht dazu bereit, mit Ihnen zusammen Verrat zu begehen.«

Trevize fuhr herum und starrte in Compors blaue Augen. Sie hielten seinem Blick stand, als seien sie aus Stein.

»Ich rufe alle Anwesenden zu Zeugen dafür auf«, sagte Bürgermeisterin Branno ruhig, »daß sich nach meiner letzten Feststellung Ratsherr Trevize umgedreht und Ratsherr Compor angeschaut hat. Werden Sie nun gehen, Ratsherr, oder gedenken Sie uns zu der Würdelosigkeit einer Festnahme in diesem Beratungssaal zu zwingen?«

Golan Trevize wandte sich ab, stieg die Stufen hinauf, und als er den Ausgang erreichte, traten ihm zwei bewaffnete Männer in Uniform entgegen.

»Narr«, flüsterte Harla Branno durch kaum geöffnete Lippen, während sie ihm mit gleichgültiger Miene nachblickte.

3

Seit Bürgermeisterin Brannos Amtszeit begonnen hatte, war Liono Kodell Direktor des Sicherheitsbüros.

Seine Tätigkeit war nicht allzu aufreibend, wie er zu äußern pflegte, aber man konnte nicht sagen, ob er log oder die Wahrheit sprach. Er sah nicht wie ein Lügner aus, doch das mußte nicht unbedingt etwas bedeuten.

Er wirkte wie ein gemütlicher und freundlicher Mensch, und möglicherweise war ein solches Aussehen gerade für seinen Posten am angebrachtesten. Seine Körpergröße lag unter dem Durchschnitt, wogegen sein Körpergewicht überdurchschnittlich war; er hatte einen struppigen Schnurrbart (sehr ungewöhnlich für einen Bürger von Terminus), mehr weiß als grau, braune Augen, und er wies an der äußeren Brusttasche seines ansonsten einfarbigen Overalls eine Kennzeichnung in einer Grundfarbe auf.

»Nehmen Sie Platz, Trevize!« sagte er. »Wir wollen uns, wenn's geht, auf freundschaftlicher Basis unterhalten.«

»Freundschaftlich? Mit einem Verräter?« Trevize hakte beide Daumen in seinen Gürtel und blieb stehen.

»Bis jetzt sind Sie nur des Verrats *beschuldigt*. Wir sind noch nicht dahin gekommen, daß eine Anschuldigung, auch wenn sie vom Bürgermeister selbst erhoben wird, bereits eine Verurteilung ist. Ich nehme an, dazu wird's nie kommen. Meine Aufgabe ist's, Sie von dieser Anschuldigung zu entlasten, wenn ich's kann. Ich würde das gerne so schnell wie möglich erledigen, solange noch kein Schaden entstanden ist – außer vielleicht, was Ihren Stolz angeht –, statt es auf eine öffentliche Verhandlung dieser Angelegenheit ankommen zu lassen. Ich hoffe, wir sind uns diesbezüglich einig.«

Trevize regte sich keineswegs ab. »Verschwenden wir keine Zeit mit Höflichkeiten! Es ist Ihre Aufgabe, mich zu behandeln, als *wäre* ich ein Verräter. Ich bin keiner, und mir ist die Notwendigkeit, Ihnen das erst beweisen zu müssen, bis Sie zufrieden sind, sehr zuwider. Warum sollten nicht Sie *Ihre* Loyalität zu *meiner* Zufriedenheit beweisen müssen?«

»Grundsätzlich spricht nichts dagegen. Es ist jedoch eine traurige Tatsache, daß auf meiner Seite Macht steht, auf Ihrer Seite dagegen keine. Deshalb habe ich das Recht, Ihnen Fragen zu stellen, und deshalb ist's nun einmal nicht umgekehrt. Falls auf mich der Verdacht der Untreue oder des Verrats fällt, muß ich sicherlich davon ausgehen, daß man mich von meinem Amt suspendiert, und ich müßte einem anderen meinerseits Fragen beantworten, und ich hoffe sehr, daß derjenige mich nicht schlechter behandelt, als ich jetzt Sie zu behandeln beabsichtige.«

»Und wie beabsichtigen Sie mich zu behandeln?«

»Wie einen Freund und Gleichrangigen, würde ich sagen, wenn Sie sich mir gegenüber auch so verhalten.«

»Soll ich Ihnen einen Drink spendieren?« fragte Trevize erbittert.

»Vielleicht später, aber nun setzen Sie sich bitte erst mal hin! Darum bitte ich Sie als Freund.«

Trevize zögerte, dann nahm er Platz. Plötzlich empfand er den weiteren Trotz als sinnlos. »Was nun?« wollte er erfahren.

»Darf ich nun die Bitte vortragen, daß Sie alle meine Fragen wahrheitsgemäß, vollständig und ohne Ausflüchte beantworten?«

»Und wenn nicht? Welche Drohung steckt dahinter? Psycho-Sonde?«

»Ich hoffe, das wird sich als überflüssig erweisen.«

»Das hoffe ich auch. So etwas kann man mit einem Ratsherrn nicht machen. Es käme dabei kein Verrat heraus, und sobald ich rehabilitiert wäre, könnte ich auf politischer Ebene Sie *und* vielleicht auch die Bürgermeisterin zu Fall bringen. Das könnte fast den Aufwand wert sein, Sie's mit der Psycho-Sonde versuchen zu lassen.«

Kodell runzelte die Stirn und schüttelte andeutungsweise den Kopf. »O nein, o nein. Die Gefahr eines Gehirnschadens ist zu groß. Manchmal verläuft die Heilung langwierig, möglicherweise würden Sie nutzlos viel Zeit verlieren. Soviel steht für mich fest. Wissen Sie, bisweilen, wenn man die Psycho-Sonde übereilt anwendet...«

»Sie drohen mir, Kodell?«

»Ich stelle nur Tatsachen fest, Trevize. Bitte mißverstehen Sie mich nicht, Ratsherr. Wenn ich die Psycho-Sonde anwenden muß, werde ich's tun, und selbst wenn Sie unschuldig sind, haben Sie gegebenenfalls keinerlei Anspruch auf Entschädigung. Aber wollen wir nicht dies Gerede über die Sonde unterlassen und uns statt dessen an die Vernehmung machen?«

»Was möchten Sie wissen?«

Kodell legte vor sich auf dem Tisch einen Schalter um. »Meine Fragen und Ihre Antworten werden in Bild und Ton aufgezeichnet«, sagte er. »Ich möchte von Ihnen keine unerbetenen Erklärungen und keine Abschweifungen. Nicht während ich Fragen stelle. Sicherlich haben Sie dafür Verständnis.«

»Wie ich es verstehe, wünschen Sie nur aufzuzeichnen, was Ihnen in den Kram paßt«, sagte Trevize verächtlich.

»Das ist durchaus richtig, aber ich muß Sie nochmals bitten, mich nicht mißzuverstehen. Ich habe nicht die Absicht, Ihre Aussagen irgendwie zu entstellen. Ich werde sie gegen Sie verwenden oder nicht, das ist alles. Aber Sie werden vorher wissen, was ich nicht verwende. Wenn wir so verfahren, vergeuden wir weder Ihre, noch meine Zeit.«

»Wir werden sehen.«

»Wir haben Grund zu der Annahme, Ratsherr Trevize...« – die erhöhte Förmlichkeit seines Tonfalls war Beweis genug dafür, daß nunmehr die Aufzeichnung des Gesprächs angefangen hatte –, »daß Sie bei mehreren Gelegenheiten öffentlich geäußert haben, nicht an den Seldon-Plan zu glauben.«

»Wenn ich das mehrmals und öffentlich gesagt habe«, meinte Trevize bedächtig, »was brauchen Sie noch mehr?«

»Lassen Sie uns keine Zeit mit Spitzfindigkeiten verplempern, Ratsherr. Sie wissen, was ich möchte, ist ein offenes Eingeständnis aus Ihrem eigenen Mund, unwiderleglich nachweisbar anhand Ihres Stimmprofils, gemacht in einer Situation, in der Sie vollständig Herr Ihres freien Willens sind.«

»Weil die Anwendung irgendwelcher Hypnomethoden, vermute ich, das Stimmprofil merklich beeinflussen würde?«

»Sehr deutlich.«

»Und Sie legen Wert darauf, eindeutig klarzustellen, daß Sie bei der Vernehmung eines Ratsherrn keine rechtswidrigen Methoden gebraucht haben? Daraus kann ich Ihnen wirklich keinen Vorwurf machen.«

»Freut mich zu hören, daß Sie mir keinen Vorwurf machen, Ratsherr. Also lassen Sie uns die Vernehmung fortsetzen! Sie haben öffentlich erklärt, und zwar mehrmals, daß Sie an die Existenz des Seldon-Plans nicht glauben. Geben Sie das zu?«

»Ich bezweifle«, sagte Trevize langsam, indem er seine Worte sorgsam wählte, »daß der sogenannte Seldon-Plan die Bedeutung besitzt, die wir ihm gewöhnlich beimessen.«

»Eine vage Erklärung. Würde es Sie überfordern, sich genauer zu äußern?«

»Meine Ansicht lautet, daß die übliche Vorstellung, Hari Seldon habe vor fünfhundert Jahren anhand der mathematischen Wissenschaft namens Psychohistorie den weiteren Verlauf der menschlichen Geschichte bis ins letzte Detail erarbeitet und daß wir nach Maßgabe der höchsten Wahrscheinlichkeit einem historischen Kurs folgen, der uns am Ersten Galaktischen Imperium zum Zweiten Galaktischen Imperium bringt, ganz einfach naiv ist. Es kann nicht so sein.«

»Wollen Sie damit sagen, daß es nach Ihrer Meinung nie einen Hari Seldon gegeben hat?«

»Durchaus nicht. Natürlich hat's ihn gegeben.«

»Oder daß er die Wissenschaft der Psychohistorie niemals entwickelt habe?«

»Nein, natürlich meine ich nichts dergleichen. Sehen Sie mal, Direktor, ich hätte das alles ja dem Verwaltungsrat erläutert, wäre mir diese Möglichkeit zugestanden worden, und ich will es ohne weiteres Ihnen darlegen. In Wahrheit meine ich schlichtweg das folgende...«

Aber der Direktor des Sicherheitsbüros hatte soeben in aller

Ruhe und doch völlig offensichtlich das Aufnahmegerät abgeschaltet.

Trevize verstummte. »Warum haben Sie das getan?«

»Sie vergeuden meine Zeit, Ratsherr. Ich habe Sie nicht um Ansprachen gebeten.«

»Sie wollten, daß ich meine Ansichten auseinandersetze, oder?«

»Keineswegs. Ich habe Sie darum ersucht, Fragen zu beantworten – mit einfachen, unumwundenen, direkten Antworten. Beantworten Sie *nur* meine Fragen, erzählen Sie mir nichts, wonach ich nicht frage! Beachten Sie diese Hinweise, und die Vernehmung wird nicht lange dauern!«

»Sie meinen«, sagte Trevize, »Sie möchten mir Äußerungen entlocken, die die offizielle Version dessen unterstützen, was ich getan haben soll.«

»Sie werden um wahrheitsgetreue Aussagen gebeten, und ich versichere Ihnen, daß sie nicht entstellt werden. Bitte lassen Sie's uns noch einmal versuchen! Wir haben über Hari Seldon gesprochen.« Er setzte das Aufnahmegerät wieder in Betrieb. »Daß er die Wissenschaft der Psychohistorie nie entwickelt habe?« wiederholte er gleichmütig.

»Selbstverständlich hat er die Wissenschaft entwickelt, die wir Psychohistorie nennen«, sagte Trevize, dem es nicht gelang, seine Ungeduld zu verheimlichen, mit einer übertriebenen Gebärde ungnädigen Nachdrucks.

»Und wie würden Sie sie definieren?«

»Bei der Galaxis! Üblicherweise definiert man sie als jenen Zweig der Mathematik, der sich mit den gesamtheitlichen Reaktionen großer Gruppen von Menschen auf unter gewissen Umständen erfolgte Stimuli beschäftigt. Anders ausgedrückt, sie soll gesellschaftliche und historische Veränderungen im voraus erkennen.«

»Sie sagen, ›sie soll‹. Stellen Sie das vom Standpunkt mathematischer Überlegungen aus in Frage?«

»Nein«, antwortete Trevize. »Ich bin kein Psychohistoriker. Ebensowenig ist irgendein Mitglied der Foundationregierung, überhaupt irgendein Bürger auf Terminus oder...«

Kodell hob die Hand. »Ratsherr, ich bitte Sie!« sagte er leise, und Trevize hielt den Mund.

»Haben Sie einen Grund, um zu vermuten«, fragte Kodell, »Hari Seldon habe nicht die erforderlichen Analysen vorgenommen, deren es bedurfte, um so effizient wie möglich die Faktoren der maximalen Wahrscheinlichkeit und kürzesten Dauer zusammenzufassen, die den Weg vom Ersten Imperium über die Foundation zum Zweiten Imperium weisen?«

»Ich war nicht dabei«, erwiderte Trevize sardonisch. »Wie kann ich es also wissen?«

»Können Sie wissen, daß er's nicht getan hat?«

»Nein.«

»Leugnen Sie vielleicht, daß das holografische Bildnis Hari Seldons, das sich im Laufe der vergangenen fünfhundert Jahre anläßlich jeder einer ganzen Reihe von Krisen gezeigt hat, eine tatsächliche, von ihm selber in seinem letzten Lebensjahr, kurz vor der Gründung der Foundation, angefertigte Wiedergabe Hari Seldons ist?«

»Ich nehme an, das kann ich nicht leugnen.«

»Sie ›nehmen an‹. Würden Sie sagen, es handle sich um eine Täuschung, eine Irreführung, von jemandem in unserer früheren Geschichte ausgeheckt?«

Trevize seufzte. »Nein. Das behaupte ich nicht.«

»Sind Sie denn zu behaupten bereit, die Botschaften, die Hari Seldon uns aus der Vergangenheit übermittelt, seien irgendwie von irgendwem manipuliert worden?«

»Nein. Ich sehe keinen Anlaß zu der Vermutung, eine derartige Manipulation sei möglich oder nützlich.«

»Aha, verstehe. Sie haben das allerneueste Erscheinen des Seldon-Imagos miterlebt. Finden Sie, daß seine Analyse, vorbereitet vor fünfhundert Jahren, den tatsächlichen Verhältnissen in der Gegenwart nicht weitgehendst entsprechen?«

»Im Gegenteil«, entgegnete Trevize mit plötzlicher Schadenfreude. »Die Übereinstimmung geht sehr weit.«

Anscheinend machten seine Gefühlsregungen auf Kodell keinen Eindruck. »Und doch bleiben Sie auch nach Seldons Erscheinen bei der Behauptung, Ratsherr, es gäbe keinen Seldon-Plan?«

»Ja, freilich. Ich bleibe dabei, daß er nicht existiert, eben *weil* die Analyse den Verhältnissen so genau entspricht.«

Kodell hatte das Aufnahmegerät erneut ausgeschaltet. »Ratsherr«, sagte er mit einem Kopfschütteln, »Sie erlegen mir die Mehrarbeit des Löschens auf. Ich frage Sie, ob Sie bei Ihrer sonderbaren Ansicht bleiben, und Sie fangen an, mir Gründe zu nennen. Lassen Sie mich die Frage wiederholen!« Er tat es. »Und doch, Ratsherr, bleiben Sie auch nach Seldons Erscheinen bei der Behauptung, es gäbe keinen Seldon-Plan?«

»Woher wissen Sie das? Niemand hatte eine Gelegenheit, nach dem Erscheinen Seldons mit meinem falschen Freund Compor ein Wort zu wechseln.«

»Sagen wir einmal, wir haben's erraten, Ratsherr. Außerdem wollen wir beachten, Sie haben schon ›Ja, freilich‹ gesagt. Wenn Sie das nochmals wiederholen, ohne irgendwelche Ergänzungen hinzuzufügen, kommen wir endlich weiter.«

»Ja, freilich«, sagte Trevize mit Ironie.

»Gut«, sagte Kodell. »Ich werde später entscheiden, welches ›Ja, freilich‹ natürlicher klingt. Vielen Dank, Ratsherr.« Wieder schaltete er das Aufnahmegerät ab.

»Wär's das?« erkundigte sich Trevize.

»Für das, was wir brauchen, ja.«

»Was Sie brauchen, ist offenbar eine Reihenfolge von Fragen und Antworten, die Sie auf Terminus und überall, wo die Foundations-Föderation regiert, vorweisen können, um zu zeigen, daß ich das Märchen vom Seldon-Plan vorbehaltlos glaube. Dadurch wird jeder Zweifel, wie ich ihn am Schluß äußere, völlig rätselhaft, wenn nicht gar zur Verrücktheit.«

»Oder in den Augen einer erregten Menge, die den Seldon-Plan als grundlegend bedeutsam für die Sicherheit der Foundation hält, sogar zum Verrat. Vielleicht wird es unnötig sein, unsere Unterhaltung publik zu machen, Ratsherr, wenn wir zu irgendeiner Übereinkunft gelangen können. Sollte es sich aber als nötig erweisen, werden wir dafür sorgen, daß man überall in der Föderation Ihre Äußerungen erfährt.«

»Sind Sie so dumm, Direktor«, meinte Trevize mit finsterer Miene, »nicht das mindeste Interesse an dem zu hegen, was ich wirklich zu sagen habe?«

»Als Mitmensch bin ich stark interessiert, und falls sich zu irgendeiner Zeit eine geeignete Gelegenheit ergibt, werde ich Ihnen mit Interesse zuhören, allerdings auch mit einer gewissen

Skepsis. In meiner Eigenschaft als Direktor des Sicherheitsbüros jedoch habe ich vorerst genau das, was ich brauche.«

»Ich hoffe, Sie sind sich darüber im klaren, daß das Ihnen *und* der Bürgermeisterin schlecht bekommen wird.«

»Sonderbarerweise bin ich nicht dieser Auffassung. Sie werden nun gehen. Unter Bewachung, versteht sich.«

»Wohin werde ich gebracht?«

Kodell lächelte lediglich. »Auf Wiedersehen, Ratsherr. Sie waren nicht gänzlich kooperativ, aber es wäre wohl unrealistisch gewesen, so etwas von Ihnen zu erwarten.«

Er streckte seine Hand aus.

Trevize, der aufstand, mißachtete sie. Er strich seinen Gürtel glatt. »Sie zögern das Unvermeidliche nur hinaus«, sagte er. »Andere dürften genauso wie ich denken, oder wenn nicht, werden sie später so wie ich denken. Wenn Sie mich einsperren oder umbringen, wird das die Leute nur dazu veranlassen, sich Fragen zu stellen, und damit beschleunigen Sie das Entstehen solcher Gedanken. Am Ende wird die Wahrheit den Sieg davontragen.«

Kodell senkte die Hand und schüttelte langsam den Kopf. »Wirklich, Trevize«, sagte er, »Sie *sind* ein Narr!«

4

Erst um Mitternacht kamen zwei Wächter, um Trevize aus einem Aufenthaltsraum zu holen, den er beim besten Willen nur als Luxuszimmer bezeichnen konnte, gelegen im Hauptquartier der Sicherheitsbehörde. Luxuriös, aber abgeschlossen. Im wesentlichen also nichtsdestoweniger eine Gefängniszelle.

Über vier Stunden hatte Trevize zur Verfügung gehabt, um nachträglich bittere Überlegungen anzustellen, und während des längsten Teils dieser Zeitspanne war er ruhelos im Zimmer hin und her gewandert.

Warum hatte er Compor Vertrauen entgegengebracht?

Weshalb hätte er es nicht tun sollen? Er war so eindeutig der gleichen Meinung gewesen. Nein, das nun wieder nicht. Er hatte den Eindruck erweckt, er lasse sich bereitwillig überzeugen. Nein, auch das nicht. Er hatte so dümmlich gewirkt, so leicht beeinflußbar, als mangle es ihm zweifelsfrei an eigenem Verstand und eigenen Meinungen, und daher war Trevize die Gelegenheit nur willkommen gewesen, ihn als bequeme Resonanzfläche zu benutzen, die dazu diente, Trevizes versuchsweise Redensarten zu empfangen und wiederzugeben. Er hatte Trevize dabei geholfen, seine Meinungen abzuklären, sie besser zu formulieren. Compor war nützlich gewesen. Er hatte ihm aus keinem anderen Grund vertraut außer Bequemlichkeit.

Aber es war zwecklos, jetzt nachzugrübeln, ob er Compor hätte durchschauen müssen oder nicht.

Aber konnte man durchs Leben gehen, ohne irgend jemand zu trauen?

Offensichtlich mußte er genau das tun.

Und wer hätte damit gerechnet, daß Branno die Frechheit aufbrächte, einen Ratsherrn aus dem Sitzungssaal zu weisen – und daß kein einziges anderes Ratsmitglied genug Zivilcourage besaß, um jemanden aus ihrer Mitte, einen ihresgleichen, dagegen zu schützen? Auch wenn sie im Grunde ihres Herzens Trevizes Ansichten ablehnten, auch wenn sie darauf, daß Branno recht hatte, ihr Blut verwetten würden – Tropfen für Tropfen –, für seine Begriffe hätten sie dennoch aus prinzipiellen Erwägungen zu seinen Gunsten einschreiten müssen, weil man mit der Verletzung seiner Befugnisse die Befugnisse aller Ratsmitglieder angetastet hatte. Branno die Bronzefrau, so nannte man sie manchmal; und soviel stand fest, sie handelte mit metallischer Härte...

Außer sie befand sich selbst in der Hand...

Halt! Diese Gedankengänge führten zur Paranoia!

Trotzdem... Sein Verstand ging noch immer im Kreise und hatte die engen Grenzen aussichtsloser Wiederholungen noch nicht durchbrochen, als die Wächter kamen.

»Sie werden mit uns kommen müssen, Ratsherr«, sagte der Diensthöhere der beiden Männer mit unemotionaler Würde. Seine Rangabzeichen kennzeichneten ihn als Lieutenant. Seine rechte Wange wies eine kleine Narbe auf, und er sah abgeschlafft aus, als habe er schon zu lange gedient und im Laufe seines Dienstes zu wenig Nützliches getan – ganz wie man es von Soldaten erwarten konnte, deren Volk seit zwei Jahrhunderten in Frieden lebte.

Trevize bleib unbeeindruckt. »Wie ist Ihr Name, Lieutenant?«

»Ich bin Lieutenant Evander Sopellor, Ratsherr.«

»Sie sind sich darüber im klaren, Lieutenant, daß Sie gegen das Gesetz verstoßen? Sie können einen Ratsherrn nicht verhaften!«

»Wir haben unmißverständliche Befehle erhalten, Sir«, antwortete der Lieutenant.

»Das spielt keine Rolle. Man darf Ihnen nicht befehlen, ein Ratsmitglied zu verhaften. Sie sollten berücksichtigen, daß Sie dafür zu gegebener Zeit vor ein Militärgericht gestellt werden können.«

»Sie sind nicht verhaftet, Ratsherr«, entgegnete der Lieutenant.

»Dann brauche ich ja auch nicht mit Ihnen zu gehen, oder?«

»Wir haben Anweisung, Sie nach Hause zu eskortieren.«

»Ich kenne den Weg.«

»Und Sie unterwegs zu schützen.«

»Wovor? Oder vielmehr, vor wem?«

»Vor einer Menschenmenge, die sich womöglich versammeln könnte.«

»Um Mitternacht?«

»Eben aus diesem Grund haben wir bis Mitternacht gewartet, Sir. Und nun müssen wir Sie bitten, zu Ihrem eigenen Schutz mit uns zu kommen. Ich will damit keine Drohung zum Ausdruck bringen, aber ich möchte Ihnen sagen, daß wir die Erlaubnis haben, falls nötig, Gewalt anzuwenden.«

Trevize hatte die Elektropeitschen, welche die zwei Männer bei sich trugen, längst bemerkt. Er erhob sich mit – wie er hoffte – würdevoller Gelassenheit. »Nun gut, also nach Hause. Oder werde ich zu guter Letzt doch feststellen müssen, daß Sie mich in ein Gefängnis transportieren?«

»Uns ist keineswegs befohlen worden, Sie zu belügen, Sir«, sagte der Lieutenant mit gewissem Stolz. Trevize begriff, daß er es mit einem Berufssoldaten zu tun hatte, also jemandem, der eines ausdrücklichen Befehls bedurfte, ehe er log; und wenn er log, würden sein Tonfall und seine Miene ihn verraten.

»Entschuldigen Sie, Lieutenant«, sagte Trevize. »Ich wollte nicht andeuten, daß ich an Ihrem Wort zweifle.«

Draußen wartete ein Wagen. Die Straße lag verlassen, nirgends war ein Mensch zu sehen, ganz zu schweigen von einem Mob. Aber der Lieutenant hatte die Wahrheit gesprochen. Er hatte nicht behauptet, draußen sei ein Mob. Nur von ›einer Menschenmenge, die sich womöglich versammeln könnte‹, hatte er geredet. ›Womöglich könnte‹, hatte er gesagt.

Der Lieutenant hatte Trevize wachsam zwischen sich und dem Wagen gehalten. Trevize hätte nicht losstürzen und davonrennen können. Unmittelbar nach ihm stieg der Lieutenant ein und setzte sich an seine Seite. Der Wagen fuhr ab.

»Ich nehme an«, sagte Trevize, »daß ich, sobald ich daheim bin, wieder ungehindert meinen Geschäften nachgehen kann – zum Beispiel fortgehen, wenn ich's möchte.«

»Uns liegt kein Befehl vor, Ratsherr, Sie in irgendeiner Weise zu behindern, außer insofern, daß wir Befehl haben, Sie zu schützen.«

»Insofern? Was hat das in diesem Fall zu bedeuten?«

»Meine Anweisung lautet, Sie darüber aufzuklären, daß Sie Ihren Wohnsitz, sobald Sie erst einmal dort sind, nicht verlassen dürfen. Die Straßen sind für Sie zu unsicher, und ich bin für Ihre Sicherheit verantwortlich.«

»Sie wollen sagen, ich stehe unter Hausarrest.«

»Ich bin kein Anwalt, Ratsherr. Ich weiß nicht, was das heißt.«

Er blickte geradeaus, aber sein Ellbogen berührte Trevizes Seite. Trevize konnte keine noch so geringfügige Bewegung machen, ohne daß der Lieutenant sie bemerkte.

Der Wagen hielt vor Trevizes kleinem Haus im Vorort Flexner. Gegenwärtig lebte er ohne Gefährtin – Flavella war des unregelmäßigen Lebens, das die Ratsmitgliedschaft ihm abverlangte, schließlich überdrüssig geworden –, deshalb ging er davon aus, daß niemand ihn erwartete.

»Darf ich jetzt aussteigen?« fragte Trevize.

»Ich steige als erster aus, Ratsherr. Wir werden Sie hineinbegleiten.«

»Im Interesse meiner Sicherheit?«

»Ja, Sir.«

Drinnen, hinter der Tür, standen zwei Wachen. Die Nachtbeleuchtung brannte, aber war von draußen unsichtbar, weil man die Fenster verdunkelt hatte.

Im ersten Moment empfand er wegen dieses Eindringens Empörung, dann tat er den neuen Zwischenfall mit einem innerlichen Achselzucken ab. Wenn der Verwaltungsrat nicht einmal im eigenen Sitzungssaal seine Sicherheit gewährleistete, wie sollte er da erwarten, daß sein Heim sich als seine Burg bewährte?

»Wieviel sind denn schon hier?« fragte Trevize. »Ein ganzes Regiment?«

»Nein, Ratsherr«, ertönte eine strenge, feste Stimme. »Nur eine weitere Person außer denen, die Sie sehen, und ich habe lange genug auf Sie gewartet.«

Harla Branno, Terminus' Bürgermeisterin, stand auf der Schwelle zum Wohnzimmer. »Höchste Zeit, daß wir uns einmal in aller Ruhe unterhalten, finden Sie nicht auch?«

Trevize starrte sie an. »All dieser Popanz, nur um ...«

»Schweigen Sie, Ratsherr!« unterbrach die Branno ihn mit leiser Stimme, aber in nachdrücklichem Tonfall. »Und Sie treten ab!« wandte sie sich an die vier Wachen. »Hinaus und draußen Posten gestanden! Hier drinnen wird alles seine Ordnung haben.«

Die vier Wachen salutierten und vollzogen auf dem Absatz eine Kehrtwendung. Trevize und die Branno blieben allein zurück.

Zweites Kapitel

Bürgermeisterin

5

Die Branno hatte eine Stunde lang gewartet und müde über alles nachgedacht. Rein formal gesehen hatte sie sich des Einbruchs und Hausfriedensbruchs schuldig gemacht. Darüber hinaus – und das wog schwerer – hatte sie gegen die Verfassung verstoßen und die Rechte eines Ratsmitglieds angetastet. Auf der Grundlage der strengen Gesetze, die seit den Tagen Indburs III. und des Fuchses alle Bürgermeister zur Rechenschaft verpflichteten, konnte sie zur Verantwortung gezogen werden.

Am heutigen Tag jedoch – vierundzwanzig Stunden lang – konnte sie gar nichts falsch machen.

Doch das würde vorübergehen. Sie vollführte nervöse Bewegungen.

Die ersten eineinhalb Jahrhunderte waren das Goldene Zeitalter der Foundation gewesen, die Ära der Heroen – zumindest im Rückblick, wenn womöglich auch keineswegs für die Unglücklichen, die in jenen unsicheren Zeiten gelebt hatten. Salvor Hardin und Hober Mallow waren die beiden größten Heldengestalten gewesen, längst in den Status von Halbgöttern erhoben, sogar in einem Maß, daß sie fast als Rivalen des unvergleichlichen Hari Seldon gelten konnten. Diese drei Männer bildeten ein Dreigestirn, auf dem alle Legenden der Foundation (und selbst die Historie der Foundation) fußten.

In jenen Tagen war die Foundation jedoch nur eine winzige Welt, mit lediglich wechselhaftem Einfluß auf die Vier Königreiche, sich nur verschwommen dessen bewußt, daß der Seldon-Plan eine schützende Hand über sie hielt, sie sogar gegen die Reste des mächtigen Galaktischen Imperiums sicherte.

Und je mehr Macht die Foundation im Laufe ihres Anwachsens als politische und wirtschaftliche Einheit errang, um so unbedeutendere Führer und Kämpfer hatte sie allem Anschein nach hervorgebracht. Lathan Devers war schon nahezu vergessen. Falls man sich an ihn entsann, dann höchstens im Zusammenhang mit seinem tragischen Tod im Gefängnis, weniger aufgrund seines überflüssigen Ringens mit Bel Riose.

Und was Bel Riose anging, den nobelsten aller Gegner der Foundation, so war auch er bereits fast ganz in Vergessenheit geraten, überschattet vom Fuchs, der als einziger von allen Feinden der Foundation den Ablauf des Seldon-Plans unterbrochen, die Foundation geschlagen und sie beherrscht hatte. Nur er galt noch als großer Feind, ja sogar als einer der letzten Großen überhaupt.

Kaum jemand erinnerte sich noch daran, daß der Fuchs im wesentlichen von einer einzelnen Person zum Scheitern gebracht worden war, einer Frau, Bayta Darell; und daß sie diese Tat ohne irgend jemandes Hilfe begangen hatte, *sogar ohne die Unterstützung des Seldon-Plans*. Gleichfalls war nahezu völlig vergessen, daß ihr Sohn und ihre Enkelin – Toran und Arkady Darell – der Zweiten Foundation eine Niederlage zufügten, so daß die Foundation, die *Erste* Foundation, die Oberhand behielt.

Man betrachtete diese Sieger vergangener Tage nicht länger als Helden. Die Zeiten waren in ihrem Lauf viel zu expansiv geworden, um mit Helden irgend etwas anderes anfangen zu können, als sie zu normalen Sterblichen gesundzuschrumpfen. Zu guter Letzt hatte auch Arkadys Biografie ihrer Großmutter sie von einer Heldin zu einer bloß romantischen Gestalt verkleinert.

Und seither hatte es keine Helden mehr gegeben – nicht einmal noch romantische Gestalten. Der Kalganische Krieg war das letzte Geschehen von tatsächlich gewalttätigem Charakter gewesen, das die Foundation betraf, und dabei hatte es sich um einen nur unbedeutenden Konflikt gehandelt. Zwei Jahrhunderte wirklichen, wahrhaftigen Friedens! Hundertzwanzig Jahre lang war kein einziges Raumschiff auch nur angeschrammt worden.

Der Friede war angenehm gewesen, die Branno war weit davon entfernt, das zu leugnen; der Friede hatte sich ausgezahlt. Die Foundation hatte zwar noch kein Zweites Galaktisches Imperium errichtet – dem Seldon-Plan zufolge befand sie sich erst auf halbem Wege zu diesem Ziel –, besaß aber in Form der Foundations-Föderation die Vorherrschaft über ein gutes Drittel der in der Galaxis verstreuten politischen Einheiten, und was sie nicht unter Kontrolle hatte, darauf übte sie immerhin ihren Einfluß aus. Es gab in der gesamten Galaxis nur wenige Gegenden, wo man jemandem, der von sich sagen konnte: ›Ich komme von der Foundation‹, nicht mit Respekt begegnete. Auf all den Millionen von bewohnten Welten nahm niemand einen höheren Rang ein als der Bürgermeister von Terminus.

Noch immer lautete der Titel so. Er war überliefert worden vom Oberhaupt einer einzelnen, kleinen, nachgerade allgemein übersehenen Stadt im äußersten Grenzgebiet der galaktischen Zivilisation, über fünf Jahrhunderte hinweg, aber niemandem wäre es nur im Traum eingefallen, ihn zu verändern, oder seinem Klang auch nur ein einziges Atom mehr an Glorie zu verleihen. Wie die Dinge standen, kam nur der so gut wie vergessene Titel der Kaiserlichen Majestät ihm noch an Eindrucksstärke gleich.

Außer auf Terminus selbst, wo man der Macht des Bürgermeisters wohlüberlegt Grenzen gezogen hatte.

Die Erinnerung an die Indburs blieb wach. Nicht ihre Tyrannei war es, was die Menschen nicht vergessen konnten, sondern die Tatsache, daß sie dem Fuchs unterlegen gewesen waren.

Und hier war nun sie, Harla Branno, seit dem Tod des Fuchses die stärkste Führerpersönlichkeit (dessen war sie sich vollauf bewußt), erst die fünfte Frau im Amt des Bürgermeisters. Und erst am heutigen Tag war sie dazu in der Lage gewesen, ihre Stärke offen zu zeigen.

Sie hatte um ihr Verständnis von dem, was richtig war, was geschehen sollte, hartnäckig gekämpft, sich gegen die überwältigende Opposition jener gestellt, die es zum Innern der Galaxis und dem damit verbundenen Prestige zog, denen an der Aura imperialer Macht lag, und sie hatte sich durchgesetzt.

Noch nicht, hatte sie beharrt. Noch nicht! Verlegt zu früh in die Mitte der Galaxis, und ihr werdet aus diesen und jenen Gründen eine Abfuhr erleiden! Und dann war das Seldon-Imago erschienen und hatte sie letztendlich mit Darlegungen unterstützt, die fast aufs Wort ihrer Argumentation ähnelten.

Das hatte sie – für einige Zeit – in den Augen der gesamten Foundation so weise wie Seldon selbst gemacht.

Und da wagte dieser junge Mann sie an diesem ihren Tag aller Tage derartig herauszufordern.

Und er wagte es, obendrein auch recht zu haben!

Das war daran die Gefahr. Er hatte recht! Und weil er recht hatte, konnte er die Foundation zerstören!

Und nun stand sie ihm unter vier Augen gegenüber.

»Hätten Sie nicht allein zu mir kommen können?« meinte sie kummervoll. »Mußten Sie in Ihrem idiotischen Wunsch, mich herunterzumachen, alles öffentlich im Sitzungssaal ausposaunen? Was haben Sie bloß angestellt, Sie dummer Junge?!«

6

Trevize fühlte, wie er errötete, und bemühte sich, seinen Ärger zu unterdrücken. Sie war eine ältere Frau, würde mit ihrem nächsten Geburtstag dreiundsechzig werden. Es widerstrebte ihm, sich mit jemandem, der zweimal so alt war wie er, auf einen lautstarken Streit einzulassen.

Außerdem war sie in politischen Auseinandersetzungen sehr erfahren und wußte, wenn sie einen Widersacher bereits am Anfang aus dem Gleichgewicht bringen konnte, hatte sie schon halb gewonnen. Aber es brauchte Zuschauer, um eine solche Taktik wirksam anzuwenden, und hier gab es keine Zuschauer, vor denen jemand gedemütigt werden konnte. Hier befanden sich nur sie beide.

Also überhörte er ihre Bemerkung und bot alle Mühe auf, sie leidenschaftslos zu mustern. Sie war eine gealterte Frau, bekleidet in der Unisex-Mode, die seit zwei Generationen anhielt, ohne daß sie sie kleidete. Die Bürgermeisterin, Oberhaupt der Galaxis, wenn schon von irgendeinem Oberhaupt die Rede sein sollte, war nur eine schlichte ältliche Dame, die man leicht für einen alten Knaben hätte halten können, wäre ihr eisengraues

Haar nicht hinten straff befestigt gewesen, statt in traditioneller männlicher Frisur frei und locker getragen zu werden.

Trevize lächelte auf einnehmende Weise. Wie sehr sich ein älterer Opponent auch bemühen mochte, die Bezeichnung »Junge« wie eine Herabsetzung klingen zu lassen, dieser »Junge« hier verfügte über die Vorteile der Jugend, des guten Aussehens sowie den, darüber genau Bescheid zu wissen.

»Es stimmt«, sagte er, »ich bin erst zweiunddreißig und daher gewissermaßen ein Junge. Und ich bin Ratsherr und infolgedessen – *ex officio* – wohl auch ein Dummkopf. An der ersten Tatsache kann ich nichts ändern. Was die zweite betrifft, kann ich sie nur bedauern.«

»Wissen Sie überhaupt, was Sie angerichtet haben? Stehen Sie nicht da herum und spielen Sie den Ganzgescheiten! Setzen Sie sich und bringen Sie Ihr Gehirn zum Arbeiten, falls es Ihnen möglich ist, und geben Sie mir vernünftige Antworten!«

»Ich weiß, was ich getan habe. Ich habe die Wahrheit gesagt, so wie ich sie sehe.«

»Und an diesem heutigen Tag wollten Sie versuchen, mir damit Schwierigkeiten zu bereiten? Ausgerechnet an diesem Tag, an dem mein Ansehen so groß ist, daß ich Sie aus dem Saal weisen und festnehmen lassen konnte, ohne daß jemand zu protestieren gewagt hätte?«

»Der Verwaltungsrat wird zur Besinnung kommen, und dann wird er protestieren. Vielleicht beschäftigt man sich schon damit. Und wegen der Repressalien, die Sie gegen mich verfügen, wird man mir um so aufmerksamer zuhören.«

»Niemand wird Ihnen zuhören, denn wäre ich der Auffassung, Sie würden das weiterhin treiben, was Sie bisher getan haben, ich würde Sie auch weiter als Verräter betrachten und mit allen Handhaben, die das Gesetz mir bietet, gegen Sie vorgehen.«

»In dem Fall müßte man eine Verhandlung durchführen. Ich bekäme meinen großen Tag vor Gericht.«

»Verlassen Sie sich nicht drauf! Im Notstandsfall ist die Macht eines Bürgermeisters gewaltig, wie selten sie auch in so einem Umfang genutzt wird.«

»Aus was für einem Grund wollten Sie den Notstand verkünden?«

»Mir fiele schon irgendein Grund ein. Soviel Einfallsreichtum habe ich, und ich hätte keine Bange vor dem politischen Risiko. Zwingen Sie mich zu nichts, junger Mann. Wir werden hier und jetzt zu einer Einigung gelangen, oder Sie dürfen nie wieder frei sein. Sie werden für den Rest Ihres Lebens eingesperrt, das garantiere ich Ihnen.«

Sie starrten einander an, die Branno in Grau, Trevize in vielfältig schattiertem Braun.

»Was für eine Art von Einigung schlagen Sie vor?« fragte Trevize nach.

»Aha. Sie sind neugierig geworden. Das ist schon besser. Dann können wir von der Konfrontation zur Verständigung übergehen. Wie lautet Ihr Standpunkt?«

»Das wissen Sie doch sehr gut. Sie haben sich doch von Ratsherr Compor alles haarklein petzen lassen, oder etwa nicht?«

»Ich möchte es aber von *Ihnen* hören – und zwar im Licht der gerade überwundenen Seldon-Krise.«

»Na schön, wenn's das ist, was Sie wollen ... verehrte Bürgermeisterin.« Um ein Haar hätte er »Alte« zu ihr gesagt. »Das Seldon-Imago lag viel zu richtig mit allem. Unglaubwürdig richtig nach fünfhundert Jahren. Ich glaube, das war das achte Mal, daß es erschienen ist. Einige Male war niemand da, um zu hören, was Seldon zu sagen hatte. Bei mindestens einer Gelegenheit, nämlich unter Indbur III., lag er mit dem, was er sagte, völlig neben der Realität – aber das war ja zur Zeit des Fuchses, nicht wahr? Doch bei welchem seiner bisherigen Auftritte war er dermaßen korrekt mit seinen Annahmen wie heute?«

Trevize gestattete sich ein knappes Lächeln. »Soweit unsere Aufzeichnungen aus der Vergangenheit das beweisen, hat Seldon die Situation so zutreffend beschrieben, bis hinein in nebensächlichste Details.«

»Sie unterstellen also«, sagte die Branno, »daß Seldons Auftreten, sein holografisches Abbild, ein Betrug ist, daß die Seldon-Analysen von einer zeitgenössischen Person fabriziert werden, vielleicht mir selbst, daß womöglich ein Schauspieler Seldons Rolle spielt.«

»Nicht undenkbar, Bürgermeisterin, aber das ist's nicht, was ich meine. Die Wahrheit ist viel schlimmer. Ich glaube durchaus, daß es Seldon ist, den wir zu sehen bekommen, und daß seine Beschreibung des gegenwärtigen historischen Zeitpunkts sehr wohl die Beschreibung ist, die er vor fünfhundert Jahren vorbereitet hat. Das habe ich bereits Kodell erklärt, Ihrem Chef der Sicherheit, der mich sorgsam durch eine Scharade gelenkt hat, in der ich scheinbar die abergläubischen Auffassungen der gedankenlosen Foundationsbürger bestätige.«

»Ja, und falls notwendig, werden wir diese Aufnahme benutzen, um der ganzen Foundation zu zeigen, daß Sie niemals in wirklicher Opposition zu uns gestanden haben.«

Trevize breitete die Arme aus. »Aber ich stehe in Opposition. Es gibt keinen Seldon-Plan in dem Sinne, wie wir daran glauben, so einen hat's vielleicht zwei Jahrhunderte lang nicht mehr gegeben. Ich vermute es schon seit Jahren, und was wir vor zwölf Stunden im Zeittresor erlebt haben, bestätigt meine Vermutung.«

»Weil Seldon zu genau gewesen sein soll?«

»Eben das. Lachen Sie nicht! Das ist der endgültige Beweis.«

»Wie Sie selbst sehen, lache ich gar nicht. Reden Sie weiter!«

»Wie hat er in jeder Hinsicht so akkurat sein können? Vor zwei Jahrhunderten war Seldons Analyse der damaligen Gegenwart völlig falsch. Seit der Gründung der Foundation waren dreihundert Jahre verstrichen, und er kam mit einem beträchtlichen Fehlschuß zum Vorschein. Er lag völlig daneben!«

»Dafür haben Sie selbst, Ratsherr, doch erst vor wenigen Augenblicken die Erklärung genannt. Der Fuchs war die Ursache. Der Fuchs war ein Mutant mit machtvollen geistigen Kräften, und es war unmöglich, bei der Erarbeitung des Plans jemanden wie ihn vorauszusehen.«

»Aber er ist aufgekreuzt, ob geplant oder nicht. Damit war der Seldon-Plan praktisch entgleist. Die Herrschaft des Fuchses dauerte nicht lange, und er hatte keinen Nachfolger. Die Foundation gewann ihre Unabhängigkeit und ihre Vorherrschaft zurück, aber wie sollte denn wohl der Seldon-Plan nach einer so einschneidenden Störung seines Ablaufs wieder ganz genau in seine ursprünglichen Bahnen zurückgelangt sein?«

Die Branno schnitt ein düsteres Gesicht, verklammerte fest die gealterten Hände ineinander. »Sie kennen die Antwort. Wir sind eine von früher zwei Foundations. Sie haben gewiß die Geschichtsbücher gelesen.«

»Ich habe Arkady Darells Biografie ihrer Großmutter gelesen – immerhin ja Pflichtlektüre in der Schule –, und ebenso sind mir ihre Romane geläufig. Gleichfalls ist mir die offizielle Geschichtsschreibung über den Fuchs und die nachfolgende Ära bekannt. Ist es mir erlaubt, daran Zweifel anzumelden?«

»In welcher Beziehung?«

»Nach offizieller Darstellung sollten wir, die Erste Foundation, die naturwissenschaftlichen Kenntnisse retten und weiter ausbauen. Wir sollten ganz offen tätig sein, unserer historischen Entwicklung folgen, wie sie, ob das uns bewußt bleibt oder nicht, vom Seldon-Plan vorgegeben wird. Dazu gab es die Zweite Foundation, der die Aufgabe zufiel, die geisteswissenschaftlichen und psychologischen Kenntnisse, darunter auch die Psychohistorie, zu bewahren, und ihre Existenz hielt man sogar vor uns geheim. Die Zweite Foundation war der Feinkorrektor des Plans, ihr Handeln zielte darauf ab, gewisse Tendenzen der galaktischen Geschichte, die den vom Seldon-Plan umrissenen Verlauf gefährden mochten, rechtzeitig zu bereinigen.«

»Damit geben Sie sich ja selber die Antwort«, sagte die Bürgermeisterin. »Bayta Darell hat dem Fuchs die erste wesentliche Niederlage bereitet, vielleicht unter Anleitung der Zweiten Foundation, obwohl ihre Enkelin dabei geblieben ist, es sei nicht so gewesen. Ohne Zweifel jedoch war es die Zweite Foundation, die dahingehend gewirkt hat, daß nach dem Tod des Fuchses die galaktische Geschichte und der Seldon-Plan sich wieder einander näherten und anglichen, und ganz offensichtlich hatte sie mit ihren Anstrengungen Erfolg. Bei unserem geliebten Terminus, Ratsherr, wovon reden Sie eigentlich die ganze Zeit?«

»Verehrteste Bürgermeisterin, verfolgen wir Arkady Darells Darstellung ganz genau, ist völlig klar, daß die Zweite Foundation mit ihrem Versuch, die galaktische Geschichte zu korrigieren, Seldons gesamten Plan unterminiert hat, denn im Laufe ihrer diesbezüglichen Bemühungen hat sie die Geheimhaltung ihrer Existenz aufgeben müssen. *Wir*, die Foundation, erfuhren von unserem Spiegelbild, der Zweiten Foundation, und wir konnten mit dem Wissen, manipuliert zu werden, nicht leben. Deshalb haben wir alles daran gesetzt, die Zweite Foundation ausfindig zu machen und sie auszumerzen.«

Die Branno nickte. »Und nach Arkady Darells Ausführungen mit erfolgreichem Ergebnis, doch offenbar nicht, bevor die Geschichte der Galaxis wieder sicher ihren richtigen Lauf nahm, und heute verläuft sie noch immer wie vorausgesehen.«

»Können Sie das allen Ernstes glauben? Der Darstellung zufolge ist die Zweite Foundation aufgespürt worden, hat man ihre verschiedenen Mitglieder zu lebenslänglicher Gefangenschaft auf dem Asteroiden... – den Namen habe ich vergessen. Das war im Jahre dreihundertsechsundsiebzig F. Ä., vor einhundertzweiundzwanzig Jahren. Fünf Generationen lang sollen wir ganz ohne die Zweite Foundation tätig gewesen sein, gleichzeitig jedoch dem Seldon-Plan und seiner Zielsetzung so treu geblieben, daß Sie und das Seldon-Imago sich dazu in fast identischem Wortlaut geäußert haben?«

»Das ließe sich so interpretieren, daß ich sehr genau die Notwendigkeit beachte, den Lauf der Geschichte mit dem größten Scharfblick zu lenken.«

»Entschuldigen Sie, ich möchte keine Zweifel an Ihrem Scharfblick äußern, aber für meine Begriffe lautet die viel naheliegendere Erklärung, daß die Zweite Foundation nie vernichtet worden ist. Sie hat uns noch immer am Gängelband. Noch immer manipuliert sie uns. Und *darum* liegen wir heute wieder so haargenau auf der Linie des Seldon-Plans.«

7

Falls diese Feststellung die Bürgermeisterin schockierte, ließ sie es sich nicht anmerken.

Es war bereits ein Uhr morgens vorbei, und sie hätte die Diskussion verzweifelt gerne beendet, aber sie durfte nichts überstürzen. Dieser junge Mann mochte nicht so ohne weiteres kapitulieren, und sie wollte nicht, daß er ihrem Netz entschlüpfte. Es paßte ihr nicht, ihn möglicherweise ohne Nutzen aus dem Weg räumen zu müssen, ehe sie ihn irgendeinem sinnvollen Zweck dienlich gemacht hatte.

»Tatsächlich?« meinte sie. »Wollen Sie behaupten, daß Arkady Darells Beschreibung des Kalganischen Krieges und der Zerschlagung der Zweiten Foundation eine Fälschung sei? Eine Erfindung? Irreführung? Erlogen?«

Trevize zuckte die Achseln. »Das muß keineswegs der Fall sein. Darum geht es nicht. Nehmen wir ruhig an, daß Arkady Darells Beschreibung nach ihrem besten Wissen und Gewissen wahr ist. Gehen wir davon aus, alles ist genau so passiert, wie Arkady Darell es schildert – man hat den Schlupfwinkel der Zweiten Foundation entdeckt, sich ihrer Mitglieder entledigt. Aber woher wollen wir wissen, daß wirklich auch der allerletzte von ihnen erwischt worden ist? Die Zweite Foundation befaßte sich mit der gesamten Galaxis. Sie hat nicht nur Terminus' Geschichte manipuliert, nicht nur die geschichtlichen Abläufe, soweit sie allein die Foundation betraf. Ihre Zuständigkeit umfaßte größere Bereiche als nur unsere Hauptwelt, lediglich unsere Föderation. Es müssen sich ganz einfach wenigstens ein paar Mitglieder der Zweiten Foundation tausend oder mehr Parsek entfernt befunden haben. Ist es überhaupt wahrscheinlich, daß wir sie alle geschnappt haben können? Und wenn wir ihrer nicht ausnahmslos habhaft geworden sind, dürfen wir dann eigentlich von uns behaupten, sie besiegt zu haben? Konnte der Fuchs, um einen Vergleich anzustellen, dergleichen in bezug auf uns behaupten? Er hatte Terminus erobert, mit ihm alle Welten, die man von dort aus kontrollierte, den Kern der Föderation also – aber noch gab es die selbständigen Händler. Er siegte auch über die Händler – aber drei Flüchtlinge blieben übrig: Ebling Mis, Bayta Darell und ihr Mann. Er unterwarf die beiden Männer seiner geistigen Einflußnahme, ließ jedoch Bayta – nur Bayta, sie ganz allein – unbeeinflußt. Wenn wir Arkady Darells romantischer Schilderung Glauben schenken, tat er das aus Gefühlsduselei. Jedenfalls, es genügte. Eine einzige Person – nur Bayta Darell – besaß noch den freien Willen, tun zu können, was sie wollte, und aufgrund ihres Handelns blieb es dem Fuchs versagt, die Zweite Foundation zu finden, und dieser Fehlschlag führte zu seinem Untergang. Eine einzige Person hatte er nicht angetastet, und damit besiegelte er selber sein Schicksal. Daraus können wir die Bedeutung einer einzelnen Person ersehen, all den Legenden zum Trotz, die sich um den Seldon-Plan ranken und die uns weismachen wollen, das Individuum sei nichts, die Masse alles. Und wenn uns nicht bloß ein Mitglied der Zweiten Foundation entkommen ist, sondern einige Dutzend, was mir durchaus wahrscheinlich vorkommt, was dann? Ist nicht anzunehmen, daß sie sich erneut zusammengeschlossen haben, neue Finanzmittel angehäuft, ihre Arbeit wieder aufgenommen, ihre Anzahl durch Anwerbung und Ausbildung von neuem vergrößert haben und daß wir heute wie ehedem ihre Bauern abgeben?«

»Glauben Sie das?« erkundigte die Branno sich ernsthaft.

»Ich bin davon überzeugt!«

»Aber sagen Sie mir eines, Ratsherr, weshalb sollten sie sich einer derartigen Mühe unterziehen? Warum sollten etwaige klägliche Reste ihrer Organisation sich so verzweifelt halsstarrig an eine Pflicht geklammert haben, die niemandem willkommen sein kann? Was sollte eine solche Handvoll Menschen dazu antreiben, unter unsäglicher Mühsal dafür zu sorgen, daß die Galaxis auf ihrem Weg zum Zweiten Galaktischen Imperium bleibt? Und wenn dies Häuflein nun wirklich nach wie vor seine Pflicht erfüllen sollte, weshalb wäre es erforderlich, daß wir uns daran stören? Warum sollten wir nicht einfach mit dem nunmehr so reibungslosen Ablauf zufrieden sein, ihnen Dankbarkeit dafür entgegenbringen, daß sie dafür das Ihre tun, uns dabei helfen, nicht von unserem Weg abzuweichen oder ihn gar aus dem Blickfeld zu verlieren?«

Trevize legte eine Hand über seine Augen und rieb sie. Trotz seines jüngeren Alters wirkte er erschöpfter als die Branno. Er musterte die Bürgermeisterin. »Das kann ich Ihnen nicht abnehmen«, sagte er. »Soll das heißen, Sie haben den Eindruck, die Zweite Foundation täte dergleichen für *uns*? Daß sie aus irgendeiner Art unwahrscheinlicher Idealisten besteht? Ist Ihnen aufgrund Ihres angewandten politischen Wissens, anhand der praktischen Erfahrungen von Macht und Manipulation, eigentlich nicht klar, daß sie's für sich selbst tun? Wir sind der Stoßkeil. Wir sind der Motor, die Kraft. Wir arbeiten, vergießen Schweiß, Blut und Tränen. Sie überwachen nur – verstärken dort einen Trend, bringen da einen Kontakt zustande, und das alles wickeln sie ohne großen Aufwand ab, ohne etwas zu riskieren. Und am Schluß, wenn alles vollbracht ist, wenn wir nach tausend Jahren des Ringens und der Schufterei das Zweite Galaktische Imperium errichtet haben, dann kommen die Leute der Zweiten Foundation heraus und setzen sich uns als herrschende Elite in den Nacken.«

»Sie möchten«, meinte die Branno, »daß ich die Zweite Foundation eliminiere? Nachdem wir den halben Weg zum Zweiten Imperium zurückgelegt haben, finden Sie, sollen wir die Chance wahrnehmen, die große Aufgabe mit eigener Kraft zu vollenden und uns selbst als Elite zu etablieren? Geht's Ihnen darum?«

»Sicherlich! Sicher! Und müßte denn nicht Ihnen ebenso daran gelegen sein? Sie und ich, wir werden's nicht mehr erleben, aber Sie haben Enkel, und vielleicht habe ich eines Tages auch welche, und unsere Enkel werden wieder Enkel haben, und so weiter. Es ist mein Wunsch, daß sie die Früchte unserer Arbeit genießen sollen und daß sie uns, wenn sie zurückschauen, als den Ursprung der Früchte erkennen, die ihnen zufallen, und daß sie uns für unsere Leistungen achten. Ich möchte nicht, daß alles, nur weil Seldon es sich so ausgedacht hat, irgendwelchen verborgenen Konspiranten in die Hände fällt. Für mich ist Seldon kein Idol. Ich sage Ihnen, er ist eine größere Gefahr als der Fuchs, wenn wir dulden, daß es weiter mit seinem Plan den vorgesehenen Lauf nimmt. Bei der Galaxis, ich wünschte, der Fuchs *hätte* seinen Plan zunichte gemacht, und zwar ein für allemal. Ihn hätten wir überlebt. Es gab nur einen seines Schlages, und er war durchaus sterblich. Die Zweite Foundation dagegen ist anscheinend unausrottbar.«

»Aber Sie würden die Zweite Foundation gern vernichten, habe ich recht?«

»Wüßte ich bloß, wie!«

»Wenn Sie nicht wissen, wie, halten Sie's dann nicht für sehr wahrscheinlich, daß die Zweite Foundation umgekehrt Sie aus dem Weg schaffen wird?«

Trevize schnitt eine Miene der Geringschätzung. »Mir ist sogar schon der Gedanke gekommen, daß Sie selbst unter ihrem Einfluß stehen könnten. Ihre so treffsichere Voraussage dessen, was das Seldon-Imago sagen würde, die Art und Weise, wie Sie mich behandeln, diese Dinge könnten recht gut zur Zweiten

Foundation passen. Sie könnten ein hohles Trugbild mit einem von der Zweiten Foundation eingepflanzten Inhalt sein.«

»Warum reden Sie dann so mit mir?«

»Weil ich, wenn Sie von der Zweiten Foundation kontrolliert werden, sowieso verloren bin, und in diesem Fall kann ich mir genausogut ein wenig Luft machen, statt meinen Ärger hinunterzuschlucken, aber ebenso, weil ich in der Tat keineswegs davon ausgehe, sondern darauf setze, daß Sie *nicht* von der Zweiten Foundation gelenkt werden, daß Sie sich nur nicht darüber im klaren sind, was Sie tun.«

»Damit liegen Sie jedenfalls nicht falsch«, sagte die Branno. »Ich stehe in niemandes außer meiner eigenen Kontrolle. Aber wie können Sie sicher sein, daß ich die Wahrheit spreche? Stünde ich unterm Einfluß der Zweiten Foundation, würde ich das denn etwa zugeben? Müßte ich eigentlich selbst davon wissen, falls sie mich lenkt? Aber solche Fragen führen zu nichts. Ich bin mir sicher, unter niemandes Kontrolle zu stehen, und Sie haben keine andere Wahl, als mir zu glauben. Denken Sie einmal über folgendes nach. Sollte die Zweite Foundation wirklich noch existieren, dürfte sicher sein, daß ihr wichtigstes Anliegen darin besteht, zu gewährleisten, daß niemand in der Galaxis von ihrer fortgesetzten Existenz erfährt. Der Seldon-Plan funktioniert nur, solange die Bauern – also wir – nicht wissen, wie er funktioniert und mit welchen Methoden die Manipulation erfolgt. Nur weil der Fuchs die Aufmerksamkeit der Foundation auf die Zweite Foundation gerichtet hatte, konnte die Zweite Foundation zu Arkady Darells Lebzeiten vernichtet werden – oder soll ich sagen, fast vernichtet, Ratsherr? Von daher lassen sich zwei Schlußfolgerungen ziehen. Erstens, wir können mit Recht unterstellen, daß eine eventuell noch existente Zweite Foundation sich im allgemeinen so unauffällig wie überhaupt möglich in aktuelle Angelegenheiten einmischt. Daß wir alle uns in ihrer Gewalt befinden, darf man wohl als unmöglich ausschließen. Auch die Zweite Foundation, falls es sie gibt, muß Grenzen ihrer Macht kennen. Einige wenige Personen zu lenken und zu dulden, daß andere ungehindert diesbezügliche Mutmaßungen anstellen, das hieße ja, den ganzen Plan der Gefahr von Verzerrungen auszusetzen. Folgerichtigerweise gelangen wir zu der Einsicht, daß ihre

Eingriffe so behutsam, so indirekt, so selten wie nur möglich erfolgen – und deshalb ich *nicht* von ihr kontrolliert werde. Und Sie auch nicht.«

»Das ist ein logisches Ergebnis konsequenter Überlegung, und ich neige dazu, Ihnen zuzustimmen, obwohl vielleicht bloß aus Wunschdenken«, sagte Trevize. »Und die zweite Schlußfolgerung?«

»Sie ist noch simpler und naheliegender. Wenn die Zweite Foundation existiert und das Geheimnis ihrer Existenz zu hüten wünscht, dann ist eines ganz sicher. Wer die Meinung vertritt, daß sie noch existiert, öffentlich darüber redet, es verbreitet, es womöglich in der ganzen Galaxis ausruft, der muß auf irgendeine unauffällige Weise von ihnen sofort aus dem Verkehr gezogen werden, den müssen sie aus dem Weg schaffen, beseitigen. Würden Sie dieser Schlußfolgerung nicht ebenso zustimmen?«

»Ist das der Grund, weshalb Sie mich in Gewahrsam genommen haben, Bürgermeisterin?« fragte Trevize. »Um mich vor der Zweiten Foundation zu schützen?«

»Gewissermaßen, ja. In gewissem Umfang. Liono Kodells so sorgfältig vorgenommene Aufnahme Ihrer Ansichten wird nicht nur publik gemacht, um die Bürger Terminus' und der ganzen Foundation vor Ihren albernen Redensarten zu bewahren, sondern auch, um zu verhindern, daß die Zweite Foundation hellhörig wird. Falls es sie gibt, möchte ich nicht, daß Sie ihre Aufmerksamkeit auf sich ziehen.«

»Das stelle man sich einmal vor«, sagte Trevize mit merklicher Ironie. »Mir zuliebe? Meiner schönen braunen Augen wegen?«

Die Branno machte eine unwillkürliche Bewegung, dann lachte sie, ohne daß es sich hätte absehen lassen, gedämpft auf. »Ich bin noch nicht so alt, Ratsherr«, antwortete sie, »daß Ihre schönen braunen Augen mir nicht aufgefallen wären, und vor dreißig Jahren wären sie mir, kann sein, Motivation genug gewesen. Heute jedoch würde ich mich um keinen Millimeter vom Fleck rühren, um Sie zu retten, oder alles, was noch an Ihnen ist, ging es hier bloß um Ihre Augen. Aber wenn die Zweite Foundation existiert und Sie ihre Aufmerksamkeit erregen, dann wird möglicherweise mit Ihrer Beseitigung noch lange nicht Schluß sein. Ich muß an mein eigenes Leben denken und an das von zahlreichen anderen Personen, die weit intelligenter und unentbehrlicher sind als Sie – und an all die Pläne, die wir geschmiedet haben.«

»Ach? Glauben Sie denn, da Sie so vorsichtig einer etwaigen Reaktion vorbeugen, daß die Zweite Foundation noch besteht?«

Die Branno schlug vor sich mit der Faust auf den Tisch. »Natürlich glaube ich das, Sie ausgemachter Narr! Wüßte ich nicht, daß die Zweite Foundation existiert, stünde ich nicht im Kampf gegen sie, so entschieden und wirksam, wie's mir möglich ist, würde ich etwas darum geben, was Sie zu diesem Thema daherreden? Gäbe es die Zweite Foundation nicht, wäre es dann von irgendeiner Bedeutung, wenn Sie das Gegenteil behaupten? Schon seit Monaten habe ich's darauf abgesehen, Sie zum Schweigen zu bringen, bevor Sie an die Öffentlichkeit gehen, aber es stand nicht in meiner Macht, mit einem Ratsherrn allzu rücksichtslos umzuspringen. Seldons Auftritt hat mein Ansehen gewaltig verbessert und mir die erforderliche Macht gegeben, und sei's nur zeitweilig – und genau in diesem Moment *haben* Sie sich öffentlich zu Wort gemeldet. Ich habe sofort gehandelt, und nun werde ich Sie ohne eine Mikrosekunde des Zögerns oder die geringsten Gewissensbisse umbringen lassen, wenn Sie nicht ganz genau das tun, was Ihnen gesagt wird. Unsere gesamte Unterhaltung, die wir hier zu einer Stunde führen, in der ich lieber im Bett liegen und schlafen würde, hatte von Anfang an nur den einen Zweck, Sie dahin zu bringen, daß Sie mir glauben, wenn ich Ihnen das sage, was ich gerade gesagt habe. Ich möchte, daß Sie volle Klarheit darüber haben, das Problem der Zweiten Foundation, das ich von *Ihnen* habe darstellen lassen, liefert mir Grund genug, um Sie notfalls ohne irgendwelche Umstände zu eliminieren.«

Trevize erhob sich halb von seinem Platz.

»Oh, machen Sie keinen Unsinn«, sagte die Branno. »Ich bin nur eine alte Frau, wie Sie sich zweifellos einzureden belieben, aber bevor Sie mich anrühren könnten, wären Sie tot. Selbstverständlich beobachten meine Leute uns, Sie kindischer junger Mann.«

Trevize setzte sich wieder. »Ihr Verhalten leuchtet mir nicht ein«, sagte er mit ein klein wenig zittriger Stimme. »Wenn Sie wirklich glauben, daß die Zweite Foundation existiert, würden Sie nicht so freimütig darüber reden. Sie wären selbst den Gefahren ausgesetzt, die, wie Sie behaupten, mir drohen.«

»Sie erkennen also an, daß ich erheblich vernünftiger bin als Sie. Mit anderen Worten, Sie glauben, daß die Zweite Foundation existiert, und Sie reden offen davon, weil Sie ein Narr sind. Ich glaube ebenfalls, daß sie existiert, und ich rede auch darüber, aber nur, weil ich Vorsichtsmaßnahmen getroffen habe. Da Sie Arkady Darells historische Anekdoten anscheinend so gut gelesen haben, dürften Sie sich daran erinnern, daß sie erwähnt, ihr Vater habe einen Apparat erfunden, den sie als ›Gedankenstörer‹ bezeichnet. Er dient als Abschirmung gegen die Art geistiger Kräfte, über die die Zweite Foundation verfügt. Diese Geräte gibt's noch heute, und sie sind unter schärfster Geheimhaltung sogar verbessert worden. Dies Haus ist gegenwärtig gegen derlei Zudringlichkeiten einigermaßen hinlänglich geschützt. Nachdem das nun klar ist, gestatten Sie mir, Ihnen zu erläutern, was Sie zu tun haben.«

»Und das wäre?«

»Sie sollen herausfinden, ob das, was wir beide denken, sich tatsächlich so verhält. Sie sollen feststellen, ob es die Zweite Foundation wirklich noch gibt, und wenn, wo sie sich befindet. Das heißt, Sie müssen Terminus verlassen und sonstwohin gehen – ich weiß nicht, wohin –, wenngleich sich letzten Endes womöglich herausstellt, daß die Zweite Foundation, wie zur Zeit Arkady Darells, mitten unter uns ihrer Tätigkeit nachgeht. Es heißt zugleich, daß Sie nicht zurückkehren dürfen, bevor Sie uns brauchbare Dinge berichten können. Falls Sie dazu außerstande sind, werden Sie nie zurückkehren, und Terminus' Bevölkerung ist einen Narren los.«

»Um alles in der Welt, wie soll ich sie denn suchen, ohne mich zu verraten?« Trevize merkte, daß er stammelte. »Man wird ganz einfach irgendwie arrangieren, daß ich den Tod finde, und Sie werden kein bißchen klüger sein.«

»Dann suchen Sie sie *nicht*, Sie naives Bürschlein! Schauen Sie sich nach irgend etwas anderem um. Sehen Sie sich mit allem Engagement nach sonst irgend etwas um, und *falls* Sie im Laufe dessen zufällig auf *sie* stoßen, weil man sich nicht die Mühe gemacht hat, Sie zu beachten, dann sind Sie richtig vorgegangen! Sobald dieser Fall eintritt, senden Sie uns diese Information auf sichere Weise, nämlich per codierter Hyperwelle, und dann dürfen Sie zur Belohnung heimkehren.«

»Ich nehme an, Sie wissen schon etwas, wonach ich Ausschau halten könnte.«

»Ja, natürlich. Kennen Sie Janov Pelorat?«

»Nie von ihm gehört.«

»Morgen werden Sie ihn kennenlernen. Er wird Ihnen sagen, wonach Sie zu suchen haben, und er wird mit Ihnen zusammen in einem unserer allermodernsten Raumschiffe aufbrechen. Nur Sie beide werden gehen, damit riskieren wir genug. Und sollten Sie jemals den Versuch einer Rückkehr wagen, ohne bewiesen zu haben, daß Sie das Wissen besitzen, an dem uns gelegen ist, werden Sie ausradiert, ehe Sie sich Terminus auf ein Parsek nähern können! Das ist alles. Unser Gespräch ist beendet.«

Sie stand auf, betrachtete ihre bloßen Hände, streifte dann langsam ihre Handschuhe über. Sie schritt zur Tür, und zwei Wachen, die Waffen in Bereitschaft, traten ein. Die beiden Männer wichen beiseite, um sie nach draußen zu lassen.

Auf der Schwelle drehte sie sich noch einmal um. »Rings ums Haus stehen weitere Posten. Tun Sie nichts, was ihnen Anlaß zur Beunruhigung geben könnte, sonst werden Sie uns das Ärgernis Ihres Daseins womöglich vorzeitig vom Hals schaffen.«

»Dann würden Sie auch um die Vorteile kommen, die Sie mir vielleicht zu verdanken haben können«, sagte Trevize, und mit einiger Anstrengung gelang es ihm, die Antwort leichthin zu äußern.

»Das werden wir ändern«, sagte die Branno mit humorlosem Lächeln.

8

Vor dem Haus erwartete Liono Kodell die Branno. »Ich habe die gesamte Unterhaltung mitangehört, Bürgermeisterin«, sagte er. »Sie haben unerhörte Geduld bewiesen.«

»Und infolgedessen bin ich unerhört müde. Ich glaube, mein

Tag hatte zweiundsiebzig Stunden. Jetzt sind Sie an der Reihe.«

»Selbstverständlich, aber... Sagen Sie, ist das Haus wirklich durch einen Gedankenstörer abgeschirmt gewesen?«

»Ach, Kodell«, sagte die Branno matt. »Sie müßten's ja wohl besser wissen. Wie hoch war denn die Wahrscheinlichkeit, daß jemand uns beobachtet hat? Kann sich denn irgend jemand vorstellen, die Zweite Foundation überwache immerzu überall jeden? Ich bin keineswegs so romantisch veranlagt wie der junge Trevize. *Er* mag so was denken, aber ich bin weit davon entfernt. Und selbst wenn's so wäre, wenn die Zweite Foundation ihre Augen und Ohren überall hat, hätte ein Gs-Gerät sie nicht erst recht auf uns aufmerksam gemacht? Und hätte der Gebrauch eines solchen Geräts der Zweiten Foundation nicht gezeigt, daß ein Schutz gegen ihre geistigen Kräfte vorhanden ist? Ist das Geheimnis einer derartigen Schutzvorrichtung – auf jeden Fall, bis wir zu ihrer Benutzung in größerem Maßstab bereit sind –, etwa nicht nur viel mehr als Trevize wert, sondern sogar mehr als Sie und ich zusammen? Trotzdem...«

Sie hatten den Wagen bestiegen, und Kodell fuhr das Fahrzeug persönlich. »Trotzdem...?« hakte Kodell nach.

»Was, trotzdem?« meinte die Branno. »Ach so! Trotzdem ist dieser junge Mann intelligent. Ich habe ihn mindestens ein halbes Dutzend Mal in verschiedenen Zusammenhängen dumm und einen Narren genannt, nur damit er nicht den Starken spielt, aber er ist keineswegs so. Er ist jung und hat zu viele von Arkady Darells Romanen gelesen, dadurch ist er zu dem Eindruck gelangt, die Galaxis sei wirklich so, wie sie darin geschildert wird – aber er besitzt ein schnelles Auffassungsvermögen, und es dürfte jammerschade sein, ihn abschreiben zu müssen.«

»Sie sind sicher, daß wir ihn verlieren?«

»Ziemlich sicher«, sagte die Branno traurig. »Aber egal, so wird's besser sein. Wir können keine jungen, romantischen Burschen gebrauchen, die blindwütig die haarsträubendsten Dinge verbreiten und dabei möglicherweise im Handumdrehen alles zerschlagen, was wir in jahrelanger Arbeit aufgebaut haben. Zudem wird er auf diese Weise einen guten Zweck erfüllen. Bestimmt erregt er die Aufmerksamkeit der Mitglieder

der Zweiten Foundation – immer vorausgesetzt, sie besteht und befaßt sich mit uns. Und wenn sie sich mit ihm beschäftigt, bringt sie uns vielleicht um so weniger Aufmerksamkeit entgegen. Während ihrer Beschäftigung mit Trevize gibt sie sich uns vielleicht preis, ohne es zu merken, und wir erhalten die Möglichkeit und die Zeit, um uns Gegenmaßnahmen einfallen zu lassen.«

»Dann zieht Trevize also den Blitz auf sich.«

Die Lippen der Branno zuckten. »Aha, ja, das ist die Metapher, die ich schon die ganze Zeit suche. Er ist unser Blitzableiter, ja, er fängt das Unheil auf und bewahrt uns vor Schäden.«

»Und dieser Pelorat, der nahebei stehen dürfte, wenn der Blitz einschlägt?«

»Er könnte auch in Mitleidenschaft gezogen werden. Das läßt sich nicht ändern.«

Kodell nickte. »Tja, man weiß ja, was schon Salvor Hardin zu sagen pflegte: – ›Man soll sich nie von der Moral daran hindern lassen, zu tun, was richtig ist.‹«

»Im Moment verspüre ich keinen Funken von Moral«, entgegnete die Branno gedämpft. »Ich verspüre bloß Müdigkeit bis in die Knochen. Und doch... ich wüßte eine ganze Menge Leute zu nennen, die ich lieber abservieren würde als Golan Trevize. Er ist ein gutaussehender junger Mann. Und natürlich weiß er's ganz genau.« Ihre letzten Worte klangen undeutlich, weil ihr schon die Lider zufielen, und sie sank in oberflächlichen Schlummer.

DRITTES KAPITEL

Historiker

9

Janov Pelorat war weißhaarig, und sein Gesicht wirkte mit ruhiger Miene reichlich ausdruckslos. Man sah es kaum jemals anders als mit ruhiger Miene. Er war durchschnittlich in Körpergröße und Gewicht und besaß die Neigung, sich ohne Hast zu bewegen und wohlüberlegt zu sprechen. Er machte einen erheblich älteren Eindruck als seine zweiundfünfzig Jahre.

Er hatte Terminus noch nie verlassen, ein recht ungewöhnlicher Tatbestand, vor allem für jemanden mit seinem Beruf. Er wußte selbst nicht recht, ob seine gemächliche Art mit seiner Versessenheit auf alles Historische im Einklang stand oder ob er sie sich vielmehr trotzdem erhalten hatte.

Seine Vorliebe hatte ihn ganz plötzlich gepackt, im Alter von fünfzehn Jahren, als man ihm während einer leichten Erkrankung ein Buch mit alten Legenden in die Hand drückte. Darin fand er wiederholt das Thema einer Welt abgehandelt, die allein war und abgesondert; einer Welt, die sich ihrer Isolation nicht einmal bewußt war, weil sie niemals etwas anderes gekannt hatte.

Unverzüglich hörte er auf zu kränkeln. Binnen zwei Tagen las er das Buch dreimal und verließ das Bett. Am folgenden Tag saß er vor seinem Computerterminal und forschte nach, ob sich in Terminus' Universitätsbibliothek ähnliche Legenden finden ließen.

Derartige Legenden waren es, die ihn seither ständig beschäftigten. Terminus' Universitätsbibliothek hatte in dieser Hinsicht wenig vorzuweisen, aber im Laufe der Jahre entdeckte er die Vorzüge des interuniversitären Datenaustauschs. In seinem Besitz befanden sich Printouts, die von so weit entfernten Welten wie Ifnia stammten, übermittelt worden waren durch Hyperwellen-Transfer.

Er war Professor für Alte Geschichte geworden und hatte kürzlich – siebenunddreißig Jahre danach – seinen ersten Urlaub genommen, und dafür hatte er den besonderen Vorsatz gefaßt, ihn durch eine Reise in den Weltraum (seine erste) und nach Trantor zu nutzen. Pelorat war sich durchaus darüber im klaren, daß es für einen Bewohner Terminus' ungewöhnlich war, noch nie im All gewesen zu sein. Allerdings war es nie seine Absicht gewesen, sich auf diese eigentümliche Art hervorzutun. Es lag nur daran, daß immer, wenn ihm ein Flug in den Weltraum möglich gewesen wäre, irgendein neues Buch, eine neue Studie oder eine neuartige Analyse ihm in die Quere kam. Dann schob er jedesmal den vorgesehenen Flug auf, bis er die neue Sache gründlich begutachtet und dem von ihm angesammelten Berg von Erkenntnissen, wenn möglich, eine weitere Tatsache, eine zusätzliche Spekulation oder auch bloß eine Vermutung hinzugefügt hatte. Zuletzt bedauerte er nur, nie eine Reise nach Trantor gemacht zu haben.

Trantor war die Hauptstadt des Ersten Galaktischen Imperiums gewesen. Zwölftausend Jahre lang war sie der Sitz des Kaisers, und davor war sie das Zentrum des bedeutendsten präimperialen Königreichs, das mit der Zeit, nach und nach, alle anderen Reiche erobert oder auf andere Weise sich angeschlossen hatte, und aus all diesen Königreichen war das Imperium entstanden.

Die Stadt Trantor hatte den gesamten Planeten bedeckt, war eine Stadt ganz aus Stahl gewesen. Pelorat hatte darüber in den Werken Gaal Dornicks gelesen, der Trantor noch zu Lebzeiten Hari Seldons selbst besucht hatte.

Dornicks Werk war nicht mehr erhältlich, und das Exemplar, das Pelorat besaß, hätte er für einen Betrag in der Höhe seines halben Jahresgehalts verkaufen können. Aber jeder Vorschlag, sich davon zu trennen, hätte dem Historiker lediglich Entsetzen eingejagt.

Natürlich galt Pelorats hauptsächliches Interesse, was Trantor betraf, der Galaktischen Bibliothek, damals die größte Bibliothek in der Galaxis. Trantor war damals Hauptstadt des größten und am höchsten bevölkerten Imperiums, das die Menschheit je gesehen hatte, eine einzige, lückenlose, planetenweite Stadt mit einer Einwohnerschaft von 40 000 000 000 Menschen, und die Bibliothek hatte alle Zeugnisse der schöpferischen (und auch weniger schöpferischen) menschlichen Tätigkeit gesammelt, die volle Summe des menschlichen Wissens. Und alles war auf so komplexe, komplizierte Weise in Computern gespeichert worden, daß es Experten brauchte, um die Computer zu handhaben.

Am wichtigsten war, die Bibliothek hatte überdauert. Das war für Pelorats Begriffe an ihr das Beachtlichste. Als vor zweieinhalb Jahrhunderten Trantor fiel und geplündert worden war, geschahen dort fürchterliche Verheerungen, und die aus jener Zeit überlieferten Geschichten von Tod und menschlichem Leid eigneten sich nachgerade nicht zur Wiederholung – doch die Bibliothek war erhalten geblieben, weil (wie es hieß) die Studenten der Universität sie unter Einsatz eigens einfallsreich ersonnener Waffen verteidigten und schützten – allerdings nahm man heute vielfach an, der Abwehrkampf der Studenten sei gehörig romantisch verklärt worden.

Auf jeden Fall überstand die Bibliothek die Periode der Verwüstung. Ebling Mis hatte sich mitten auf einer Ruinenwelt in einer intakten Bibliothek betätigen können, als er drauf und dran war, die Zweite Foundation zu entdecken (der Geschichte zufolge, an die Terminus' Einwohner glaubten, der Historiker jedoch stets Vorbehalte entgegenzubringen pflegten). Die drei Generationen von Darells – Bayta, Toran und Arkady Darell – waren zur einen oder anderen Zeit alle auf Trantor gewesen. Arkady Darell hatte die Bibliothek aber nicht aufgesucht, und seit ihrer Zeit spielte die Bibliothek in der Geschichte der Galaxis keine Rolle mehr.

Eineinviertel Jahrhunderte lang war kein Angehöriger der Foundation auf Trantor gewesen, doch bestand kein Grund zu der Annahme, die Bibliothek sei nicht länger vorhanden. Daß sie keine Beachtung ausgelöst hatte, durfte als sicherster Beweis dafür gelten, daß es sie nach wie vor gab. Ihre Zerstörung hätte gewiß Aufsehen erregt.

Die Bibliothek war überholt und archaisch; sie war es schon zur Zeit Ebling Mis' gewesen; aber das konnte nur gut sein. Pelorat rieb sich jedesmal, wenn er an eine *alte, überholte* Bibliothek dachte, angeregt die Hände. Je älter und überholter sie war, um so mehr kam sie dem nahe, was er brauchte. In seinen Träumen betrat er die Bibliothek und fragte in atemloser Beunruhigung: ›Ist die Bibliothek modernisiert worden? Haben Sie alte Spulen und Programme weggeworfen?‹ Und stets antworteten ihm im Traum steinalte, staubige Bibliothekare: ›Wie sie immer war, Professor, so ist sie noch.‹

Und nun sollte sein Traum wahr werden. Die Bürgermeisterin persönlich hatte es ihm zugesichert. Wieso sie überhaupt von seiner Arbeit wußte, war ihm nicht recht klar. Er hatte nur wenige Artikel veröffentlicht. Kaum etwas von seinen Forschungen hatte Hand und Fuß genug, um sich zur Veröffentlichung zu eignen, und was publiziert worden war, hatte anscheinend keinen Eindruck hinterlassen. Aber schließlich hieß es, Branno die Bronzefrau schaue auf Terminus jedem auf die Finger. Nun fühlte sich Pelorat fast dazu imstande, daran zu glauben, aber warum, beim Terminus, erkannte sie denn nicht, wenn sie schon darüber Bescheid wußte, die Wichtigkeit seiner Arbeit und gewährte ihm für diese Zwecke ein bißchen finanzielle Unterstützung?

Irgendwie, dachte er sich ab und zu mit soviel Bitterkeit, wie er zu empfinden vermochte, hatte die Foundation ihren Blick starr in die Zukunft gerichtet. Das künftige Zweite Imperium und ihre damit verknüpfte Bestimmung nahm sie voll in Anspruch. Sie hatte keine Zeit und keine Lust, um zurück in die Vergangenheit zu blicken; und alle, die so etwas taten, erzeugten nur Irritation.

Um so stupider waren sie, das verstand sich von selbst, aber er allein war nicht dazu in der Lage, die Beschränktheit zur Strecke zu bringen. Und vielleicht war es besser so. Auf diese Weise konnte er die große Aufgabe sich selbst allein vorbehalten, und es würde der Tag kommen, da er sich als der herausragende Pionier des Allerwichtigsten in allgemeiner Erinnerung befand.

Freilich bedeutete das (er war intellektuell zu aufrichtig, um sich dieser Einsicht zu verschließen), daß auch er sich von der

Zukunft beanspruchen und einspannen ließ; einer Zukunft, in der man ihm die gebührende Anerkennung erwies, in der er als mit Hari Seldon vergleichbares Vorbild galt. Sicherlich würde er Seldon sogar überragen, denn wie sollte die klare Erarbeitung einer tausendjährigen Zukunft standhalten können mit der Erschließung einer verschollenen Vergangenheit von mindestens zwölf Jahrtausenden Dauer?

Und nun war sein großer Tag da; *dies* war sein großer Tag!

Die Bürgermeisterin hatte ihn auf den Tag nach dem Erscheinen des Seldon-Imagos verwiesen. Nur aus diesem Grund hatte sich Pelorat überhaupt für die Seldon-Krise interessiert, die monatelang jedermann auf Terminus beschäftigte, fast sogar jeden innerhalb der gesamten Föderation.

Für ihn hatte die Frage, ob die Hauptstadt der Föderation hier auf Terminus bleiben oder verlegt werden solle, so gut wie keinen Unterschied gemacht. Und nun, nachdem die Krise überstanden war, blieb er darin unsicher, für welche Seite der strittigen Sache sich Seldon ausgesprochen, ob er den Streitpunkt überhaupt angeschnitten hatte.

Ihm genügte es, daß Hari Seldon erschienen war und heute *sein* Tag.

Kurz nach vierzehn Uhr bog ein Wagen in die Einfahrt zu seinem etwas abseits am Stadtrand von Terminus City gelegenen Haus.

Eine Hecktür glitt beiseite; ein Mann in der Uniform des dem Bürgermeisteramt unterstellten Sicherheitskorps stieg aus, gefolgt von einem jungen Mann, dann noch einem Uniformierten.

Wider Willen fühlte sich Pelorat beeindruckt. Offenbar kannte die Bürgermeisterin nicht nur seine Tätigkeit, sondern erachtete sie auch als höchst wichtig. Man hatte der Person, die ihn begleiten sollte, eine Ehreneskorte mitgegeben, und ohnehin war ihm bereits ein erstklassiges Raumschiff zugesagt worden, mit seinem Begleiter als Pilot. Wirklich schmeichelhaft! Wirklich...

Pelorats Haushälterin öffnete die Tür. Der junge Mann kam herein, und die beiden Uniformierten bezogen Posten beiderseits des Hauseingangs. Durchs Fenster sah Pelorat einen weiteren Posten in der Nähe, und außerdem war ein zweiter Wagen vorgefahren. Noch mehr Posten!

Wie verwirrend!

Er drehte sich um, und da stand der junge Mann bereits im Zimmer, und mit einiger Überraschung stellte Pelorat fest, daß er ihn kannte. Er hatte ihn schon im TV gesehen. »Sie sind doch dieser Ratsherr«, sagte er. »Sie sind Trevize.«

»Golan Trevize, ja. Völlig richtig. Sie sind Professor Janov Pelorat?«

»Ja«, sagte Pelorat, »ja. Sind Sie derjenige, der...«

»Wir werden zusammen reisen«, erklärte Trevize ausdruckslos. »So ist's mir jedenfalls gesagt worden.«

»Aber Sie sind doch kein Historiker.«

»Nein, bin ich nicht. Wie Sie selbst erwähnt haben, bin ich Ratsherr im Verwaltungsrat. Ich bin Politiker.«

»Ja... ja... Aber warum mache ich mir denn solche Gedanken? *Ich* bin ja Historiker, wozu wäre also ein zweiter erforderlich? *Sie* können ein Raumschiff steuern.«

»Ja, darauf verstehe ich mich ziemlich gut.«

»Na, *das* ist es, was wir brauchen. Ausgezeichnet! Leider bin ich kein besonders praktisch orientierter Denker, junger Mann, aber sollten zufällig Sie zu diesen Leuten zählen, dürften wir ein recht gutes Team abgeben.«

»Gegenwärtig bin ich von der Qualität meines Denkens nicht allzu begeistert«, sagte Trevize, »aber anscheinend besitzen wir keine andere Wahl, als uns alle Mühe zu geben, um ein gutes Team zu werden.«

»Dann wollen wir hoffen, daß ich meine Unsicherheit in bezug auf den Weltraum überwinden kann. Wissen Sie, Ratsherr, ich war noch nie im All. Ich bin ein Bodenhocker, wie man so sagt. Möchten Sie übrigens ein Glas Tee? Kloda kann uns welchen zubereiten. Soviel ich weiß, wird's bis zu unserem Aufbruch noch ein paar Stunden dauern. Ich bin allerdings schon fertig. Ich habe in Bereitschaft, was wir mitnehmen müssen. Die Bürgermeisterin war ja *so* verständnisvoll. Erstaunlich, ihr Interesse an diesem Projekt.«

»Sie wissen also Bescheid?« erkundigte sich Trevize. »Wie lange schon?«

»Die Bürgermeisterin hat sich...« – hier runzelte Pelorat die Stirn, rechnete offenbar nach – »...vor zwei oder drei Wochen an mich gewandt. Ich war höchst *erfreut*. Und nun, da ich kapiert habe, daß ich keinen zweiten Historiker, sondern einen Piloten brauche, bin ich ebenso erfreut, daß Sie mein Begleiter sein werden, mein Bester.«

»Vor zwei oder drei Wochen«, wiederholte Trevize leicht befremdet. »Dann hat sie sich also schon geraume Zeit lang darauf vorbereitet. Und ich...« Er verstummte.

»Entschuldigung?«

»Nichts, Professor. Ich habe die schlechte Angewohnheit, vor mich hin zu murmeln. Falls unsere Reise länger dauert, werden Sie sich noch daran gewöhnen.«

»Sie wird ihre Zeit beanspruchen, bestimmt, bestimmt«, sagte Pelorat und geleitete seinen Gast ins Wohnzimmer an den Tisch, wo seine Haushälterin soeben nachgerade zeremoniell Tee servierte. »Man kann fast von ungewisser Dauer sprechen. Die Bürgermeisterin hat mir versichert, wir dürften uns soviel Zeit lassen, wie wir möchten, die ganze Galaxis stünde uns offen, wir dürften uns überall, wo wir uns aufhalten, auf den finanziellen Rückhalt der Foundation stützen. Natürlich müßten wir bei den Ausgaben einigermaßen vernünftig sein, hat sie gesagt. Das habe ich ihr versprochen.« Er lachte gedämpft auf und rieb sich die Hände. »Setzen Sie sich, mein Bester, setzen Sie sich! Dies könnte für sehr lange Zeit Ihr letzter Imbiß auf Terminus sein.«

Trevize nahm Platz. »Haben Sie Familie, Professor?« fragte er nach.

»Ich habe einen Sohn. Er studiert an einer Fakultät der Universität von Santanni. Er ist Chemiker, glaube ich, oder so was ähnliches. Er ist nach seiner Mutter geraten. Sie hat lange keinen Umgang mit mir gepflegt, folglich habe ich keine Verpflichtungen, nichts am Hals, sehen Sie? Ich vermute, mit Ihnen steht's ähnlich. Bedienen Sie sich mit Sandwiches, mein Bester.«

»Ich habe zur Zeit keine Bindungen. Ein paar Frauenbekanntschaften. Sie kommen und gehen.«

»Ja. Ja. Schön, wenn das so klappt. Noch schöner, wenn man feststellt, man muß das alles gar nicht so ernst nehmen. Keine Kinder, schätze ich?«

»Keine.«

»Gut. Sie sehen, ich bin in bester Laune. Zuerst war ich

erschrocken, als ich Sie kommen sah, ich geb's zu. Aber jetzt finde ich Sie sehr bemerkenswert. Was ich zu meiner Unterstützung benötige, sind Jugend, Enthusiasmus, ein Begleiter, der sich in der Galaxis zurechtfindet. Wir treten eine Suche an, wissen Sie. Eine ganz außerordentliche Forschungsreise.« Pelorats ruhige Miene und seine maßvolle Stimme strahlten nun eine gewisse Lebhaftigkeit aus, ohne daß Gesichtsausdruck und Tonfall sich verändert hätten. »Ich weiß nicht, ob Sie schon vollständig eingeweiht worden sind.«

Trevize verengte die Lider. »Eine außerordentliche Forschungsreise?«

»Ja, wahrhaftig. Unter den Dutzenden Millionen bewohnter Welten in der Galaxis ist eine Perle von größter Kostbarkeit verborgen, und es gibt nur ein paar ganz schwache Hinweise, die uns womöglich zu ihr führen könnten. Trotzdem, falls es uns gelingt, sie zu finden, werden wir an eine unschätzbare Kostbarkeit gelangt sein. Wenn Sie und ich diejenigen sind, die sie finden, Junge – Trevize, wollte ich sagen, ich möchte mich nicht anbiedern –, dann wird man unsere Namen in alle Ewigkeit nicht vergessen.«

»Diese Kostbarkeit, von der Sie da reden... diese so kostbare Perle...«

»Hört sich an wie Arkady Darell – diese Autorin, Sie kennen sie ja sicher –, wenn sie von der Zweiten Foundation spricht, was? Kein Wunder, daß Sie so ein verdutztes Gesicht machen.« Pelorat legte den Kopf zurück, als wolle er in lautes Gelächter ausbrechen, aber er lächelte bloß.

»Glauben Sie mir, es dreht sich um nichts, was so albern und unwichtig wäre.«

»Wenn Sie nicht von der Zweiten Foundation reden, Professor«, meinte Trevize, »*wovon* sprechen Sie dann?«

Pelorat war plötzlich ernst, fast voller Bedauern. »Ach, die Bürgermeisterin hat Ihnen also nichts erzählt? Eigentlich ist es wirklich merkwürdig, wissen Sie. Jahrzehntelang habe ich mich über die Regierung und ihre Unfähigkeit geärgert, zu begreifen, was ich treibe, und nun ist Bürgermeisterin Branno auf einmal so erstaunlich großzügig.«

»Ja«, sagte Trevize, ohne sich eines gewissen Anklangs von Ironie in seiner Stimme zu enthalten, »sie ist eine Frau von staunenswert unauffälliger Menschenfreundlichkeit, aber Sie hat mir nicht verraten, um was es bei dieser Angelegenheit eigentlich geht.«

»Dann haben Sie keine Ahnung von meinen Forschungen?«

»Nein, tut mir leid.«

»Sie brauchen sich nicht zu entschuldigen. Ist schon recht. Ich habe damit nicht gerade Aufsehen erregt. Also will ich's Ihnen sagen. Sie und ich werden losfliegen – und mit Erfolg, denn ich weiß schon eine glänzende Möglichkeit –, um die Erde zu suchen.«

»Die Erde?«

10

In der folgenden Nacht schlief Trevize schlecht. Immer wieder durchmaß er die Grenzen des Gefängnisses, das die Bürgermeisterin, diese gealterte Frau, rings um ihn erbaut hatte. Doch nirgends fand er einen Ausweg.

Man trieb ihn ins Exil, und er vermochte dagegen nichts zu unternehmen. Sie war mit kaltschnäuziger Unerbittlichkeit aufgetreten, hatte sich sogar die Mühe gespart, die krasse Verfassungswidrigkeit ihres Vorgehens zu kaschieren. Er hatte auf seine Rechte als Ratsherr und Bürger der Föderation vertraut, und sie hatte zu irgendwelchen Rechten nicht einmal Lippenbekenntnisse abgelegt.

Und dann hatte dieser Pelorat, ein seltsamer Akademiker, der in der Welt zu wohnen schien, ohne ein Teil von ihr zu sein, ihm mitgeteilt, daß diese furchterregende Alte schon seit Wochen entsprechende Vorbereitungen traf.

Er fühlte sich allmählich tatsächlich wie der ›Junge‹, zu dem sie ihn abzustempeln versucht hatte.

Er sollte gemeinsam mit einem Historiker ins Exil gehen, der ihn fortwährend ›mein Bester‹ nannte und insgeheim anscheinend außer sich vor Freude über diese Gelegenheit war, eine galaktische Forschungsreise durchzuführen und... ›die Erde‹ zu suchen?

Bei der Großmutter des Fuchses, was war ›die Erde‹?

Er hatte gefragt. Selbstverständlich. Sobald dieser Begriff

Erwähnung fand, hatte er sich nach der Bedeutung erkundigt.

»Entschuldigen Sie, Professor«, hatte er gesagt. »Ich kenne mich in Ihrem Spezialgebiet nicht aus, deshalb hoffe ich, es ist Ihnen nicht unangenehm, wenn ich Sie um eine Erklärung in schlichten Worten bitte. Was ist ›die Erde‹?«

Pelorat musterte ihn ernsthaft, und ziemlich langsam verstrichen zwanzig Sekunden. »Das ist ein Planet«, antwortete er schließlich. »Der Planet des Ursprungs. Die Welt, auf der erstmals menschliche Wesen aufgetaucht sind, mein Bester.«

Trevize starrte ihn an. »Erstmals aufgetaucht? Woher?«

»Von nirgendwo. Das ist der Planet, auf dem sich die Menschheit in evolutionären Prozessen aus niedrigeren Säugetieren entwickelt hat.«

Trevize dachte darüber nach, dann schüttelte er den Kopf. »Ich verstehe nicht, was Sie meinen.«

Pelorats Gesicht zeigte flüchtig Verärgerung. Er räusperte sich. »Es gab mal eine Zeit«, sagte er, »da lebten auf Terminus keine Menschen. Er ist durch Menschen von anderen Welten besiedelt worden. Das wissen Sie doch wohl, denke ich?«

»Ja, natürlich«, entgegnete Trevize ungeduldig. Die Art, wie sein Gegenüber auf einmal den Schulmeister herauskehrte, verdroß ihn.

»Schön. Das gleiche gilt für alle anderen bewohnten Welten. Anacreon, Santanni, Kalgan, allesamt. Sie alle sind zu irgendeinem Zeitpunkt in der Vergangenheit besiedelt worden. Menschen sind von anderen Welten dorthin gezogen. Es gilt sogar für Trantor. Er mag zwanzigtausend Jahre lang eine enorme Metropole gewesen sein, aber davor war er's nicht.«

»Na, und was war er davor?«

»Leer! Zumindest menschenleer.«

»Das ist schwer zu glauben.«

»Es ist wahr. Die alten Dokumente beweisen's.«

»Woher kamen denn die Leute, die sich anfangs auf Trantor niedergelassen haben?«

»Das weiß man nicht genau. Hunderte von Planeten behaupten, bereits in den düstersten Fernen des grauen Altertums bevölkert gewesen zu sein, und ihre Einwohner erzählen wild ausgeschmückte Histörchen über die Art des ersten Auftauchens von Menschen. Historiker jedoch scheren sich größtenteils kaum um solchen Quatsch und befassen sich statt dessen mit dem ›Problem des Ursprungs‹.«

»Was ist denn das? Davon habe ich auch noch nie gehört.«

»Nicht? Für mich keineswegs eine Überraschung. Es ist in der heutigen Zeit kein sonderlich populäres historisches Problem, zugegeben, aber zur Zeit, als das Imperium auseinanderbrach, fand es in Intellektuellenkreisen ein gewisses Interesse. Salvor Hardin erwähnt es ganz kurz in seinen Memoiren. Es geht dabei um die Frage nach Identität und Position des einen Planeten, auf dem alles angefangen hat. Wenn wir zurück in die Vergangenheit schauen, sehen wir die Menschheit ebenso auf in neuerer Zeit besiedelten wie auch – und immer weniger, je weiter die Rückblende zurückreicht – auf seit längerem, langem und bereits seit sehr langem bewohnten Welten, bis zurück in fernes Altertum, als alle Menschen auf nur einem Planeten lebten – der Welt des Ursprungs.«

Trevize erkannte die offensichtliche Schwäche dieser Darlegungen augenblicklich. »Kann man denn nicht mit gleichem Recht eine große Anzahl von Ursprungswelten voraussetzen?«

»Natürlich nicht. Alle Menschen in der gesamten Milchstraße gehören einer einheitlichen Spezies an. Eine einheitliche Spezies *kann* nicht auf mehr als einem Planeten gleichzeitig entstehen. Völlig ausgeschlossen.«

»Woher wollen Sie das wissen?«

»Erstens...«, begann Pelorat, indem er den Zeigefinger der linken an den Zeigefinger der rechten Hand legte, kam jedoch allem Anschein nach unvermittelt zu der Ansicht, er müsse sich in einer zweifellos langwierigen und komplizierten Erläuterung ergehen. Er ließ beide Hände an seine Seiten sinken. »Mein Bester«, sagte er mit bedeutungsschwerer Ernsthaftigkeit, »ich gebe Ihnen darauf mein Ehrenwort.«

Trevize vollführte eine förmliche Verbeugung. »Mir fiele es nicht einmal im Traum ein, daran zu zweifeln, Professor Pelorat«, versicherte er. »Lassen Sie's uns also so ausdrücken: Es gibt einen Planeten des Ursprungs, aber könnten nicht Hunderte von Welten vorhanden sein, die diesen Ruhm für sich beanspruchen?«

»Sie könnten nicht nur, sie *sind* vorhanden. Doch sämtliche dieser Anmaßungen sind unbegründet. Keine einzige dieser Welten, die so ehrgeizige Ansprüche erheben, weist irgendeine Spur einer Zivilisation auf, die schon vor dem Beginn der Hyperraumfahrt existiert haben kann, gar nicht zu reden von irgendwelchen Hinweisen auf eine Entwicklung von Menschen aus vormenschlichen Organismen.«

»Sie wollen also sagen, es *gibt* einen Planeten des Ursprungs, aber aus irgendeinem Grund verzichtet er darauf, seinen Anspruch offen zu erheben?«

»Nun haben Sie genau ins Schwarze getroffen.«

»Und Sie beabsichtigen ihn zu suchen?«

»Das werden wir. So lautet unser Auftrag. Bürgermeisterin Branno hat alles in die Wege geleitet. Sie werden unser Raumschiff nach Trantor bringen.«

»Nach Trantor? Aber er ist doch nicht der Planet des Ursprungs. Das haben Sie doch gerade erst selber gesagt.«

»Freilich ist Trantor es nicht. Die Erde ist's.«

»Warum tragen Sie mir dann nicht auf, das Raumschiff zur Erde zu fliegen?«

»Ich habe mich nicht deutlich genug ausgedrückt. ›Erde‹ ist ein legendärer Name. Er ist von uralten Mythen umgeben. Wir können hinsichtlich seiner Bedeutung nicht sicher sein, aber bequemlichkeitshalber pflegen wir die Bezeichnung als zweisilbiges Synonym für ›Planet des Ursprungs der menschlichen Spezies‹ zu benutzen. Welcher der real existenten Planeten wirklich derjenige ist, den wir ›Erde‹ nennen, das ist uns ja eben unbekannt.«

»Und auf Trantor soll man's wissen?«

»Auf jeden Fall erhoffe ich mir von dort nützliche Informationen. Auf Trantor befindet sich die Galaktische Bibliothek, das größte Archiv in der ganzen Milchstraße.«

»Aber sicherlich ist diese Bibliothek doch bereits von den Leuten durchforscht worden, von denen Sie sagen, sie hätten sich schon zur Zeit des Ersten Imperiums für die Frage des Ursprungs interessiert.«

Versonnen nickte Pelorat. »Ja, aber vielleicht nicht gut genug. Ich weiß vieles über das Problem des Ursprungs, was man vor fünfhundert Jahren im alten Imperium möglicherweise noch nicht wußte. Ich kann die alten Unterlagen mit größerem

Verständnis durchsuchen, verstehen Sie? Ich mache mir schon seit langem eingehend darüber meine Gedanken.«

»Ich nehme an, Sie haben Bürgermeisterin Branno von alldem erzählt, und sie billigt es?«

»Billigt es? Mein Bester, sie war entzückt! Sie stimmte mir darin zu, daß Trantor ganz gewiß der richtige Ort ist, an dem ich alles entdecken kann, was ich noch herausfinden muß.«

»Ohne Zweifel«, bemerkte Trevize unterdrückt.

Das gehörte zu dem, was ihn im Laufe der Nacht unablässig beschäftigte. Bürgermeisterin Branno schickte ihn aus, damit er über die Zweite Foundation herausfand, was sich herausfinden ließ. Sie schickte ihn in Pelorats Begleitung, damit er seine wahren Absichten hinter dieser angeblichen Suche nach der Erde verbergen konnte – eine Suche, die ihn praktisch in jeden beliebigen Winkel der Galaxis verschlagen mochte. Es handelte sich tatsächlich um eine perfekte Tarnung, und er bewunderte den Einfallsreichtum der Bürgermeisterin.

Aber nach Trantor? Was für einen Sinn sollte das haben? Sobald sie sich auf Trantor befanden, würde Pelorat sich in der Galaktischen Bibliothek einnisten und nicht mehr zum Vorschein kommen. Angesichts endloser Reihen von Büchern, Filmen und anderer Aufzeichnungen, zahlloser Datenspeicher und Symbolkompilationen würde er bestimmt keine Lust verspüren, je wieder fortzugehen.

Außerdem...

Zur Zeit des Fuchses war Ebling Mis auf Trantor gewesen. Wie es hieß, hatte er dort entdeckt, wo sich die Zweite Foundation verbarg, aber den Tod gefunden, ehe er es irgendwem verraten konnte. Auch Arkady Darell hatte Trantor aufgesucht und mit Erfolg nach der Zweiten Foundation geforscht. Deren Schlupfwinkel jedoch, den sie aufspürte, befand sich auf Terminus selbst, und dort hatte man daraufhin die Zweite Foundation auslöschen können. Wo immer sich die Zweite Foundation *heute* verborgen halten mochte, es war auf jeden Fall woanders – was also sollte sich auf Trantor noch in Erfahrung bringen lassen? Wenn sie nach der Zweiten Foundation suchen wollten, konnten sie nahezu jedes beliebige Ziel anpeilen, bloß *nicht* Trantor.

Außerdem...

Welche Pläne die Branno weiterhin verfolgte, wußte er nicht, aber es entsprach keineswegs seiner Laune, ihr zu gehorchen. So, die Branno war wegen der Reise nach Trantor entzückt gewesen? Na, wenn die Branno wünschte, daß sie nach Trantor flogen, dann würden sie eben nicht nach Trantor fliegen! Überallhin, aber bestimmt nicht nach Trantor!

Und als die Nacht sich allmählich der Morgendämmerung näherte, sank Trevize, völlig zermürbt, endlich in unruhigen Schlaf.

11

Der nächste Tag, nachdem sie Trevize unschädlich gemacht hatte, verlief für Bürgermeisterin Branno einwandfrei. Sie hatte ihre Grenzen weit überschritten, und niemand erwähnte den Vorfall.

Nichtsdestoweniger war sie sich darüber im klaren, daß der Verwaltungsrat seinen lähmungsähnlichen Zustand des Stillhaltens bald überwinden mußte, man würde Fragen aufwerfen. Es kam darauf an, schnell zu handeln. Also schob sie zahlreiche andere Angelegenheiten vorerst beiseite und widmete sich dem Fall Trevize.

Zur gleichen Zeit, als Trevize und Pelorat über die Erde diskutierten, saß im Bürgermeisteramt Ratsherr Munn Li Compor der Branno gegenüber. Während er sich recht unbekümmert vor ihrem Schreibtisch lümmelte, unterzog sie ihn einer erneuten Einschätzung.

Er war kleiner und leichtgewichtiger als Trevize und nur zwei Jahre älter. Beide waren erst seit kurzem Mitglieder des Verwaltungsrates, beide jung und forsch, und das mußten die einzigen Gemeinsamkeiten sein, die sie miteinander verbunden hatten, denn in jeder anderen Hinsicht waren sie vollkommen verschieden.

Wogegen Trevize heftige Eindringlichkeit zu verbreiten pflegte, merkte man Compor nichts anderes an als nahezu heiter-gelassenes Selbstvertrauen. Das lag vielleicht an seinem blonden Haar und den blauen Augen, was unter den Bürgern der Foundation sehr selten anzutreffen war. Sie verliehen ihm eine fast feminine Zierlichkeit, die ihn (vermutete die Branno) für Frauen weniger attraktiv machte als Trevize. Allerdings bildete er sich unverkennbar etwas auf sein Aussehen ein, trug das Haar ziemlich lang und sorgfältig gewellt. Unter den Brauen wies er hellblauen Lidschatten auf, um seine natürliche Augenfarbe zu betonen (Lidschatten in den verschiedensten Farbtönen waren im Laufe der letzten zehn Jahre unter Männern beliebt geworden).

Er war kein Weiberheld. Er lebte eher geruhsam mit einer Frau zusammen, hatte den Behörden jedoch noch keine Zeugungsabsichten angemeldet, und von einer Partnerin nebenher wußte man nichts. Auch das unterschied ihn von Trevize, der seine Frauenbekanntschaften so häufig wechselte wie die grellfarbenen Gürtel, für die er bekannt war.

Es gab wenig, was Kodells Sicherheitsbüro über die beiden jungen Ratsherren nicht in Erfahrung gebracht hatte; Kodell selbst saß nun still in einer Ecke der Räumlichkeit und zeigte sein übliches, gutmütiges Lächeln.

*

»Ratsherr Compor«, sagte die Branno, »Sie haben der Foundation einen wertvollen Dienst erwiesen, doch zu Ihrem Nachteil ist er nicht von der Art, die man öffentlich loben oder auf herkömmliche Art und Weise belohnen kann.«

Compor lächelte. Er hatte weiße und gleichmäßige Zähne, und flüchtig stellte sich die Branno die müßige Frage, ob alle Bewohner des Sirius-Sektors so aussahen. Compors Behauptung, aus dieser besonderen, ziemlich peripheren Region zu stammen, ging zurück auf seine Großmutter mütterlicherseits, die auch blond und blauäugig gewesen war und darauf beharrt hatte, *ihre* Mutter habe aus dem Sirius-Sektor gestammt. Kodell zufolge aber existierten dafür keine sicheren Beweise.

So seien Frauen nun einmal, hatte Kodell bemerkt, es sei sehr gut möglich, daß sie sich bloß eine ferne, exotische Herkunft angedichtet habe, um ihre ohnehin beträchtliche Anziehungskraft und Ausstrahlung noch zu verstärken.

»Sind Frauen so?« hatte die Branno humorlos gefragt, und Kodell hatte gelächelt und gedämpft eingeschränkt, er meine natürlich nur gewöhnliche Frauen.

»Es ist nicht erforderlich, daß die Bevölkerung der Föderation von diesem Dienst weiß«, sagte Compor. »Es genügt, wenn *Sie* davon wissen.«

»Ich weiß davon und werde ihn nicht vergessen. Gleichfalls will ich Sie aber nicht darüber im unklaren lassen, daß Ihre Pflicht damit noch nicht getan ist. Sie haben sich auf einen heiklen Kurs eingelassen und müssen nun weitermachen. Wir wollen mehr über Trevize erfahren.«

»Ich habe Ihnen alles mitgeteilt, was ich über ihn weiß.«

»Kann sein, Sie möchten gern, daß ich das glaube. Vielleicht glauben Sie's sogar selber. Aber beantworten Sie erst einmal meine Fragen. Kennen Sie einen Mann namens Janov Pelorat?«

Flüchtig runzelte Compor die Stirn; sie glättete sich fast sofort wieder.

»Mag sein, daß ich ihn erkenne, wenn ich ihn sehe«, antwortete er vorsichtig, »aber der Name allein besagt mir nichts.«

»Er ist ein Gelehrter.«

Compor rundete den Mund zu einem geringschätzigen, aber lautlosen Oh?, als ob es ihn überrasche, daß die Bürgermeisterin annahm, er kenne irgendwelche Gelehrten.

»Pelorat ist eine interessante Person, die aus gewissen Gründen wild darauf ist, Trantor einen Besuch abzustatten«, sagte die Branno. »Ratsherr Trevize wird ihn begleiten. Da Sie mit Trevize gut befreundet waren und daher vielleicht die Art kennen, wie er denkt, sagen Sie mir folgendes – wird sich Trevize mit Trantor als Ziel abfinden?«

»Wenn Sie Trevize ins Raumschiff bringen und es nach Trantor steuern lassen«, sagte Compor, »was bleibt ihm anderes übrig? Sie befürchten doch wohl nicht, er könne meutern und das Raumschiff übernehmen?«

»Sie mißverstehen mich. Er und Pelorat werden allein im Schiff sein, und er wird an den Kontrollen sitzen.«

»Und Sie fragen mich, ob er sich bereitwillig nach Trantor schicken läßt?«

»Ja, genau so lautet meine Frage.«

»Bürgermeisterin, wie könnte denn ich wissen, ob er das tun wird?«

»Ratsherr Compor, Sie waren mit Trevize befreundet. Sie wissen von seiner Überzeugung bezüglich der Existenz der

Zweiten Foundation. Hat er sich nie näher über seine Theorien ausgelassen, etwa in der Beziehung, wo sie existieren, wo man sie finden könnte?«

»Niemals, Bürgermeisterin.«

»Glauben Sie, daß er sie finden wird?«

Compor lachte leise auf. »Ich gehe davon aus, daß die Zweite Foundation, was sie auch gewesen, wie wichtig sie auch gewesen sein mag, zur Zeit Arkady Darells eliminiert worden ist. Ich halte ihre Darstellung für glaubhaft.«

»Tatsächlich? Warum haben Sie Ihren Freund dann verraten? Wenn er nach etwas sucht, das es gar nicht gibt, welchen Schaden hätte er denn verursachen können, ihn seine haltlosen Theorien verbreiten zu lassen?«

»Nicht nur Wahrheiten können Schaden anrichten«, entgegnete Compor. »Seine Theorien mögen haltlos sein, aber es ist nicht ausgeschlossen, daß es ihm gelungen wäre, damit unter Terminus' Einwohnerschaft Unruhe zu stiften, und durch die Verbreitung von Unsicherheit und Zweifeln, was die Rolle der Foundation im gewaltigen Drama der galaktischen Geschichte angeht, die Führung der Föderation zu schwächen, den Traum von einem Zweiten Galaktischen Imperium zu beeinträchtigen. Allem Anschein nach haben Sie ja die gleichen Überlegungen angestellt, andernfalls hätten Sie ihn nicht aus dem Sitzungssaal gewiesen und sich erst recht nicht gezwungen gesehen, ihn ohne Verhandlung ins Exil zu schicken. Warum haben Sie das getan, wenn ich fragen darf, Bürgermeisterin?«

»Sagen wir einmal, ich war vorsichtig genug, mir zu denken, es besteht ganz entfernt die Möglichkeit, daß er recht hat, so daß die Verbreitung seiner Ansichten eine akute, direkte Gefahr sein könnte.«

Compor schwieg.

»Selbstverständlich bin ich Ihrer Meinung«, fügte die Branno hinzu, »aber die Verantwortung, die mit meinem Amt verbunden ist, zwingt mich naturgemäß dazu, auch so eine Möglichkeit zu berücksichtigen. Also gestatten Sie, daß ich Sie nochmals frage, ob Sie irgendeine Vorstellung besitzen, wo nach seiner Auffassung die Zweite Foundation gefunden werden, wohin er sich wenden könnte?«

»Nicht im geringsten.«

»Hat er Ihnen gegenüber nie derartige Andeutungen gemacht?«

»Nein, natürlich nicht.«

»Nie? Antworten Sie nicht voreilig. Denken Sie erst nach. Wirklich nie?«

»Niemals«, sagte Compor entschieden.

»Keinerlei Anspielungen? Gar keine scherzhaften Bemerkungen? Keine Späße? Keine abstrakten Grübeleien, die erst im Rückblick an Bedeutung gewinnen?«

»Nichts dergleichen. Ich sage Ihnen, Bürgermeisterin, seine Hirngespinste von der Zweiten Foundation sind nicht mehr wert als der schwächste Sternenschein. Das wissen Sie doch selbst, und mit Ihren Sorgen wegen dieser Sache verschwenden Sie nur Ihre Zeit und regen sich unnötig auf.«

»Sie wechseln nicht zufällig nun wieder die Seite und decken Ihren Freund, nachdem Sie ihn erst mir in die Hand geliefert haben?«

»Nein«, gab Compor zur Antwort. »Ich habe aus Gründen, die ich für gut und patriotisch halte, mit Ihnen gegen ihn zusammengearbeitet. Ich sehe keinen Anlaß, meine Handlungsweise zu bereuen oder meine Einstellung zu ändern.«

»Dann können Sie nicht den kleinsten Hinweis darauf geben, wohin er möglicherweise fliegen dürfte, sobald das Raumschiff erst einmal zu seiner Verfügung steht?«

»Wie ich schon gesagt habe, ich...«

»Und doch, Ratsherr...« – hier verzog die Bürgermeisterin die Falten ihres Gesichts so, daß es zutiefst versonnen wirkte – »...wüßte ich gern, wohin er wirklich fliegt.«

»In diesem Fall, meine ich, sollten Sie in dem Raumschiff eine Hypersonde verstecken.«

»Daran habe ich auch schon gedacht, Ratsherr. Allerdings ist Trevize ein ziemlich argwöhnischer Mensch, und ich vermute, er würde sie finden, wie raffiniert man sie auch versteckt. Natürlich ließe sie sich so installieren, daß er sie nicht ausbauen kann, ohne das Schiff zu beschädigen, so daß er gezwungen wäre, sie an ihrem Platz zu belassen...«

»Ein glänzender Einfall.«

»Nur würde ihn das in seiner Bewegungsfreiheit einschränken«, sagte die Branno. »Er ginge womöglich nicht dorthin, wohin er fliegen würde, wenn er volle Freizügigkeit und Beweglichkeit genießt. Ich würde nur nutzlose Informationen erhalten.«

»In diesem Fall kommt es mir so vor, als könnten Sie leider nun einmal nicht erfahren, wohin er geht.«

»Vielleicht doch, denn ich bin auf eine ganz primitive Methode verfallen. Ein Mensch, der nur mit dem Raffiniertesten rechnet und dagegen vorbeugt, ist andererseits durchaus dazu in der Lage, die primitiven Mittel zu vergessen. Ich habe die Absicht, Trevize verfolgen zu lassen.«

»Verfolgen?«

»Genau. Durch ein anderes Raumschiff mit einem anderen Piloten. Sie sehen, Sie sind gleichfalls erstaunt über diese Idee. Er wäre genauso erstaunt. Er dürfte kaum daran denken, den Weltraum nach einer Begleitmasse abzutasten, und so oder so werden wir dafür sorgen, daß sein Schiff nicht mit den modernsten Massendetektoren ausgerüstet ist.«

»Bei allem Respekt, Bürgermeisterin«, sagte Compor, »aber ich muß Sie darauf hinweisen, daß Ihnen bezüglich der Raumfahrt die Erfahrungen fehlen. Man verfolgt nie ein Raumschiff mit einem anderen, weil so was nicht klappen kann. Mit dem ersten Hypersprung wird Trevize den Verfolger abhängen. Selbst wenn er nicht merkt, daß ihm jemand folgt, wird sein erster Hypersprung ihm den Weg in die Freiheit eröffnen. Und wenn sich an Bord keine Hypersonde befindet, ist er nicht wieder auffindbar.«

»Ich gestehe meinen Mangel an Erfahrung ein. Im Gegensatz zu Ihnen und Trevize habe ich keine Ausbildung in der Raummarine genossen. Trotzdem, meine Berater, die eine solche Ausbildung erhalten haben, versichern mir, daß eine genaue Überwachung des Raumschiffs unmittelbar vor dem Hypersprung – Kurs, Geschwindigkeit und Beschleunigung – erlaubt, zu schlußfolgern, wie der vorgesehene Hypersprung ausfallen wird, jedenfalls allgemein betrachtet. Mit einem guten Computer und sehr gutem Urteilsvermögen müßte ein Verfolger dazu fähig sein, den gleichen Hypersprung zu vollführen und im Zielsektor die Spur erneut aufzunehmen, vor allem, wenn der Verfolger einen vorzüglichen Massendetektor besitzt.«

»Einmal kann so etwas gelingen«, sagte Compor mit Nachdruck, »auch zweimal, falls der Verfolger viel Glück hat, aber dann ist Schluß. Auf so was kann man sich nicht verlassen.«

»Vielleicht können wir's doch. Ratsherr Compor, Sie haben früher an Wettflügen teilgenommen, bei denen auch Hypersprünge stattfanden. Sie sehen, ich weiß sehr viel über Sie. Sie sind ein ausgezeichneter Raumpilot und haben die bemerkenswertesten Leistungen gezeigt, wenn's darum ging, einem Konkurrenten durch einen Hypersprung zu folgen.«

Compor riß die Augen auf. Er wand sich nahezu im Sessel. »Damals war ich noch am College. Heute bin ich älter.«

»Nicht zu alt. Noch keine fünfunddreißig. Infolgedessen steht für mich fest, daß *Sie* Trevize folgen werden, Ratsherr. Wohin er fliegt, dorthin werden Sie ihm folgen, und Sie werden mir Bericht erstatten. Kurz nach Trevizes Start werden Sie auch starten, und er wird in wenigen Stunden aufbrechen. Sollten Sie diese Aufgabe etwa zurückweisen, Ratsherr, lasse ich Sie wegen Hochverrats einsperren! Wenn Sie's vorziehen, mit dem Raumschiff abzufliegen, das wir Ihnen zur Verfügung stellen, aber den Anschluß an Trevize verlieren, brauchen Sie gar nicht erst zurückzukehren. Falls Sie's doch versuchen, werden Sie im Raum vernichtet!«

Mit einem Ruck stand Compor auf. »Ich führe ein eigenes Leben. Ich habe Arbeit zu erledigen. Ich habe eine Partnerin. Ich kann unmöglich fort.«

»Sie werden müssen. Wir alle, die wir beschlossen haben, Diener der Foundation zu sein, müssen jederzeit darauf gefaßt sein, ihr auf weitergehende und unbequeme Weise zu dienen, falls es sich als nötig erweist.«

»Meine Frau muß mich natürlich begleiten.«

»Halten Sie mich für eine Idiotin? *Natürlich* bleibt sie hier.«

»Als Geisel?«

»Von mir aus, wenn diese Bezeichnung Ihnen gefällt. Ich ziehe es vor zu sagen, daß Sie sich in Gefahr begeben müssen, und deshalb legt mein weiches Herz Wert darauf, daß sie hier bleibt, wo sie in keine Gefahr geraten kann. Jede weitere Diskussion ist ohnehin überflüssig. Sie stehen unter Arrest, genauso wie Trevize, und ich bin mir sicher, Sie verstehen, daß ich schnell handeln muß, ehe die Euphorie abebbt, die Terminus gegenwärtig beherrscht. Ich fürchte, mein Stern beginnt zu sinken.«

12

»Sie sind nicht gerade sanft mit ihm umgesprungen, Bürgermeisterin«, sagte Kodell.

»Warum hätte ich's sollen?« entgegnete die Bürgermeisterin schnaubend. »Er hat einen Freund hintergangen.«

»Das war für uns von Nutzen.«

»Ja, zufällig. Seine nächste Verräterei könnte allerdings genau gegenteilig sein.«

»Warum sollte so etwas noch einmal vorkommen?«

»Hören Sie auf, Liono!« sagte die Branno ungnädig. »Machen Sie hier keine Witze! Jedem Menschen, der sich einmal zum Verrat fähig zeigt, muß man jederzeit zutrauen, daß er's nochmals macht.«

»Vielleicht wirkt sich diese Fähigkeit so aus, daß er sich nun wieder mit Trevize verbündet. Zusammen könnten die beiden...«

»Das glauben Sie doch selbst nicht. Bei all seiner Wirrköpfigkeit und Naivität pflegt Trevize immer geradlinig vorzugehen. Er hat keinerlei Verständnis für Hinterhältigkeit und wird Compor unter gar keinen Umständen ein zweites Mal Vertrauen schenken.«

»Entschuldigung, Bürgermeisterin«, sagte Kodell, »ich möchte mich nur vergewissern, daß ich Ihren Überlegungen gänzlich folgen kann. Wie sehr dürfen denn nach Ihrer Ansicht *Sie* Compor trauen? Woher wollen Sie wissen, ob er Trevize wirklich folgt und Ihnen wahrheitsgemäß Bericht erstattet? Meinen Sie, Sie können sich völlig auf seine Sorge um seine Frau verlassen, um ihn zu gängeln? Auf seinen Wunsch, zu ihr zurückkehren zu dürfen?«

»Beides sind Faktoren, die ich einbeziehe, aber ich stütze mich nicht allein darauf. In Compors Raumschiff wird eine Hypersonde versteckt sein. Trevize könnte eine Überwachung erwarten und deshalb nach einer suchen. Compor dagegen, sein Verfolger, wird mit keiner Überwachung rechnen – vermute ich – und daher *nicht* danach suchen. Falls doch, und falls er sie findet, dann müssen wir uns tatsächlich in der Hauptsache auf die Anziehungskraft seiner Frau verlassen.«

Kodell lachte. »Kaum vorzustellen, daß ich Ihnen einmal Lektionen erteilen mußte. Und der Zweck der Verfolgung?«

»Sie geschieht zur doppelten Absicherung. Sollte Trevize ertappt werden, bleibt möglicherweise noch Compor, um uns, falls Trevize nicht länger dazu imstande ist, die gewünschten Informationen zu übermitteln.«

»Noch eine Frage. Was soll werden, sollte Trevize dank irgendeines Zufalls wirklich die Zweite Foundation finden, und wir erfahren durch ihn davon, oder durch Compor, oder wir ziehen, falls beide umkommen, entsprechende Schlüsse?«

»Ich hoffe, daß die Zweite Foundation *tatsächlich* existiert, Liono«, sagte die Bürgermeisterin. »Der Seldon-Plan kann unseren Zielen jedenfalls nicht mehr viel länger dienlich sein. Der große Hari Seldon hat ihn zur Zeit des Niedergangs des Imperiums erarbeitet, als der technische Fortschritt buchstäblich zum Stillstand gekommen war. Seldon selbst war zwangsläufig ein Kind seiner Epoche, und wie brillant seine inzwischen halb mythische Wissenschaft der Psychohistorie auch gewesen sein muß, sie hat sich damals nicht über ihre Anfänge erhoben. Gewiß sind keine *schnellen* technischen Fortschritte einkalkuliert worden. Die Foundation hat jedoch welche erzielt, vor allem im letzten Jahrhundert. Wir besitzen Massendetektoren von einer Leistungstüchtigkeit, wie man sie früher nicht einmal zu erträumen gewagt hat, wir verfügen über Computer, die auf Gedanken reagieren, und vor allem stehen uns geistige Abschirmmöglichkeiten zur Verfügung. Selbst wenn die Zweite Foundation uns gegenwärtig noch unter Kontrolle haben sollte, wesentlich länger kann sie nicht dazu in der Lage sein. Während meiner letzten Jahre der Macht möchte ich die Person sein, die Terminus auf einen neuen Weg führt.«

»Und wenn's nun doch keine Zweite Foundation gibt?«

»Dann schlagen wir sofort einen neuen Weg ein.«

13

Der ruhelose Schlaf, der Trevize zum Schluß übermannt hatte, dauerte nur kurz. Jemand berührte ihn zum zweitenmal an der Schulter.

Trevize schrak hoch, völlig benommen, zu begreifen außerstande, wieso er in einem fremden Bett erwachte. »Was... was...?«

»Verzeihen Sie, Ratsherr Trevize«, sagte Pelorat im Tonfall einer ernstgemeinten Entschuldigung. »Sie sind mein Gast, und ich sollte Ihnen die Ruhe gönnen, aber die Bürgermeisterin ist da.« Er stand in einer Flanell-Unterhose neben dem Bett und zitterte ein bißchen. Mit einem Schlag befiel schlaffe Wachheit Trevize, und die Erinnerung kehrte zurück.

*

Die Bürgermeisterin hielt sich in Pelorats Wohnzimmer auf und wirkte so gefaßt wie stets. Mit ihr war Kodell erschienen, der ein wenig an seinem weißen Schnurrbart schabte, während Trevize seine Schärpe angemessen straffte und sich fragte, ob dies Paar – die Branno und Kodell – überhaupt jemals getrennt auftrat.

»Ist der Verwaltungsrat schon zur Besinnung gekommen?« erkundigte Trevize sich spöttisch. »Sind seine Mitglieder beunruhigt über die Abwesenheit eines der Ihren?«

»Es gibt gewisse Anzeichen dafür, daß sich etwas regt, ja«, sagte die Bürgermeisterin, »aber vorerst so geringfügiger Natur, daß es Ihnen nichts nutzen wird. Es steht außer Frage, daß ich noch immer die Macht habe, um Sie zum Abflug zu zwingen. Sie werden zum Ultima-Raumhafen gebracht und...«

»Nicht zum Terminus-Raumhafen, ehrenwerte Bürgermeisterin? Beraubt man mich der Möglichkeit, von den Zehntausenden, die mir unter Tränen Lebewohl wünschen möchten, auf anständige Weise Abschied zu nehmen?«

»Ich sehe, Sie haben Ihre Vorliebe für kindliche Albernheiten wiedergewonnen, Ratsherr, und das freut mich. Es beruhigt in mir Anwandlungen, die sich sonst vielleicht zu richtigen Gewissensbissen entwickelt hätten. Sie und Professor Pelorat werden ohne jedes Aufsehen vom Ultima-Raumhafen starten.«

»Und nie zurückkehren?«

»Und vielleicht nie zurückkehren.« Sie lächelte flüchtig. »Sollten Sie jedoch etwas entdecken, was so bedeutend und nützlich für uns ist, daß wir Sie um dieser Informationen willen mit offenen Armen wieder empfangen, werden Sie natürlich umkehren. Womöglich werden Ihnen dann sogar Ehrungen zuteil.«

Trevize nickte lässig. »Könnte sein.«

»Nahezu *alles* mögliche könnte sich ergeben. Auf jeden Fall, zwischendurch wird's Ihnen nicht schlecht gehen. Sie erhalten einen erst kürzlich fertiggestellten Kleinkreuzer, die *Far Star*. Er bietet einigermaßen ausreichenden Komfort für drei Leute, aber eine Person genügt, um ihn zu fliegen.«

Trevize fuhr aus seiner sorgsam gekünstelten Haltung gemäßigter Ironie. »Mit kompletter Bewaffnung?«

»Unbewaffnet, ansonsten aber vollständig ausgerüstet. Wohin Sie auch gelangen, überall werden Sie Bürger der Foundation sein, und es wird überall einen Konsul geben, an den Sie sich wenden können, folglich dürften Sie keine Waffen brauchen. Bei Bedarf stehen Ihnen Finanzmittel offen. Nicht unbegrenzt, darf ich bemerken.«

»Sehr großzügig von Ihnen.«

»Das weiß ich, Ratsherr. Aber tun Sie mir den Gefallen, Ratsherr, und verstehen Sie mich richtig. Sie helfen Professor Pelorat bei seiner Suche nach der Erde. Ganz egal, was Sie zu suchen *denken*, Sie suchen die *Erde!* Wer immer Ihnen begegnet, darf daran keinerlei Zweifel haben. Und beachten Sie immer, daß die *Far Star nicht* bewaffnet ist!«

»Ich suche die Erde«, sagte Trevize. »Ich habe vollkommen verstanden.«

»Dann werden Sie sich nun auf den Weg machen.«

»Verzeihen Sie, aber sicher gibt's noch mehr zu besprechen, als wir bis jetzt diskutiert haben. Ich habe früher Raumschiffe geflogen, aber mit Kleinkreuzern neuen Typs besitze ich keinerlei Erfahrungen. Wenn ich ihn nun nicht steuern kann?«

»Soviel ich weiß, ist die *Far Star* weitgehendst computerisiert. Und bevor Sie fragen, Sie brauchen nicht zu wissen, wie man mit einem modernen Pilotcomputer umgeht. Er selbst wird Ihnen alles sagen, was Sie wissen müssen. Besteht Ihrerseits sonst irgendein Bedarf?«

Trevize schaute unbehaglich an sich hinunter. »Ich sollte mich besser umziehen.«

»Sie finden Kleidungsstücke an Bord des Raumschiffs. Darunter auch solche Gürtel, oder Schärpen – wie immer man das nennt –, wie Sie sie zu tragen pflegen. Auch der Professor hat, was er braucht. Alle gebräuchlichen, vernünftigen Gegenstände des täglichen Bedarfs befinden sich bereits an Bord, allerdings mit der Einschränkung, *keine* weiblichen Begleiter.«

»Sehr schade«, meinte Trevize. »Das wäre angenehm, aber wie's der Zufall will, gegenwärtig wüßte ich sowieso keine geeignete Kandidatin. Aber ich gehe davon aus, daß die Galaxis stark bevölkert ist, und wenn ich erst einmal fort bin, kann ich tun, was mir gefällt.«

»In bezug auf Frauen? Ganz nach Belieben.«

Umständlich erhob sich die Branno. »Ich werde Sie nicht zum Raumhafen begleiten«, sagte sie, »aber Sie werden von einer Eskorte hingebracht, und Sie sollten es sich verkneifen, irgend etwas anderes als das, was man Ihnen sagt, zu tun. Ich fürchte, falls Sie einen Fluchtversuch unternehmen, wird man Sie töten. Der Umstand, daß ich nicht dabei bin, dürfte sich so auswirken, daß die Männer weniger Zurückhaltung zeigen.«

»Ich werde nichts tun, was man mir nicht gestattet, Bürgermeisterin«, sagte Trevize. »Nur eines noch...«

»Ja?«

Trevize suchte rasch nach den richtigen Worten, lächelte schließlich (wie er hoffte) ungezwungen. »Es könnte der Tag kommen, Bürgermeisterin«, sagte er, »an dem Sie mich um etwas *bitten,* und dann werde ich mich an diese beiden Tage erinnern und so entscheiden, wie ich's für angebracht halte.«

Bürgermeisterin Branno seufzte. »Ersparen Sie mir so ein Melodrama. Wenn ein solcher Tag kommt, dann kommt er eben, aber bis dahin – bitte ich Sie um gar nichts.«

Viertes Kapitel

Weltraum

14

Das Raumschiff sah noch beeindruckender aus, als Trevize aufgrund seiner Erinnerungen an die Zeit, als sich die neue Kreuzer-Klasse im Bau befand und überschwengliche Publizität genoß, erwartet hatte.

Nicht die Größe war eindrucksvoll, denn das Raumschiff war ziemlich klein. Die Vorzüge der Konstruktion lagen in Manövrierbarkeit, Geschwindigkeit, dem Gravo-Antrieb und besonders der hochmodernen Computerisierung. Auf Größe hatte verzichtet werden können; sie wäre dem Zweck sogar hinderlich gewesen.

Es handelte sich um einen Einmann-Raumer, der dank seiner Überlegenheit die älteren Raumschiffe, die eine dutzendköpfige oder noch größere Mannschaft brauchten, leicht ersetzte. Mit einem zweiten oder gar dritten Besatzungsmitglied an Bord, so daß Schichtdienst möglich war, konnte so ein Kleinkreuzer es ohne weiteres mit einer ganzen Flottille größerer, nicht zur Foundation gehöriger Raumschiffe aufnehmen. An Geschwindigkeit war es jedem bekannten Typ überlegen und konnte sich etwaigen Gegnern notfalls mühelos entziehen.

Es besaß in seiner Gesamtheit eine schlanke Form, wies keine überflüssigen Merkmale auf, keine sinnlose Rundung, weder innen noch außen. Jeder Kubikmeter Innenraum war maximal genutzt worden, so daß man im Innern ein beinahe paradoxes Gefühl der Geräumigkeit hatte. Nichts, was die Bürgermeisterin über die Wichtigkeit dieser Mission hätte sagen können, wäre für Trevize überzeugender gewesen als dies Raumschiff.

Branno die Bronzefrau, sah er mit Verdruß ein, hatte ihn zur Übernahme eines gefährlichen Auftrags von allerhöchster Bedeutung genötigt. Vielleicht hätte er ihn mit weniger Entschlossenheit übernommen, wäre nicht von der Branno alles so arrangiert worden, daß er ihr nur zu gern beweisen *wollte*, was er leisten konnte.

Was Pelorat betraf, er war entgeistert vor Staunen. »Würden Sie mir glauben«, meinte er, als er, bevor er hineinkletterte, behutsam einen Finger an den Rumpf legte, »daß ich einem Raumschiff noch nie so nahe gewesen bin?«

»Wenn Sie's sagen, glaube ich's natürlich, Professor, aber wie haben Sie das bloß geschafft?«

»Das weiß ich selbst kaum, um ehrlich zu sein, teurer... ich meine, Trevize. Vermutlich war ich immer zu sehr mit meinen Forschungen beschäftigt. Wenn man daheim einen richtig guten Computer hat, der andere Computer überall in der Galaxis erreichen kann, darf man sich die meisten Wege sparen, wissen Sie. Irgendwie habe ich erwartet, Raumschiffe seien größer.«

»Das hier ist ein kleiner Typ, aber trotzdem innen geräumiger als jedes andere Raumschiff dieser Größe.«

»Wie kann denn so was möglich sein? Sie machen sich über meine Unwissenheit lustig.«

»Nein, nein. Das ist mein Ernst. Sie sehen hier eines der ersten völlig gravo-betriebenen Raumschiffe vor sich.«

»Und was bedeutet das? Bitte sehen Sie lieber von Erklärungen ab, falls dazu ausgedehnte Abschweifungen in die Physik erforderlich sind. Ich gebe mich mit Ihrem Wort zufrieden, so wie gestern Sie bezüglich der einheitlichen Spezies Mensch und der einen Welt des Ursprungs.«

»Wir wollen's versuchen, Professor Pelorat. Während vieler Jahrtausende der Raumfahrt sind chemische Antriebe, Ionenantriebe und hyperatomare Antriebe verwendet worden, und all diese Antriebssysteme haben viel Platz beansprucht. Die alte Kaiserliche Marine hatte Raumschiffe von fünfhundert Metern Länge, in denen der Besatzung nicht mehr Aufenthaltsraum geboten war als in einem kleinen Apartment. Zum Glück hat sich die Foundation in all den Jahrhunderten ihrer Existenz auf Miniaturisierung spezialisiert, weil sie aufgrund des Mangels an Ressourcen gar keine andere Wahl hatte. Was Sie hier sehen, ist davon das Spitzenergebnis. Das Raumschiff fliegt dank Antigravitation, und der Antrieb, der das ermöglicht, nimmt so gut wie keinen Platz ein, er ist nämlich in die Hülle integriert. Wären nicht trotzdem noch die hyperatomaren...«

Ein Posten der Sicherheit trat näher. »Gehen Sie bitte weiter!«

Der Himmel erhellte sich allmählich, obwohl bis zum Sonnenaufgang noch eine halbe Stunde verstreichen mußte.

Trevize schaute sich um. »Ist mein Gepäck verladen worden?«

»Jawohl, Ratsherr. Die Ausstattung befindet sich schon vollständig im Schiff.«

»Und Kleidung dabei, nehme ich an, die weder meine Größe hat, noch meinem Geschmack entspricht.«

Urplötzlich grinste der Posten nahezu jungenhaft. »Ich glaube, daß alles zu Ihrer Zufriedenheit sein dürfte«, sagte er. »Die Bürgermeisterin hat uns im Laufe der vergangenen dreißig oder vierzig Stunden gehörig Mehrarbeit leisten lassen, und wir haben uns weitgehend nach dem gerichtet, was Sie daheim haben. Geld hat keine Rolle gespielt.« Er blickte sich um, als wolle er sich vergewissern, daß seine plötzliche Vertraulichkeit niemandem auffiel. »Hören Sie, ich finde, Sie beide können von Glück reden. Das ist das beste Raumschiff der Welt. Komplett ausgerüstet, abgesehen von Bewaffnung. Sie schwimmen ganz oben.«

»Als Treibgut, das kann sein«, erwiderte Trevize. »Also, Professor, sind Sie bereit?«

»Solange ich das hier bei mir habe, bin ich zu allem bereit«, sagte Pelorat und hielt einen kantigen Stab in die Höhe, der etwa zwanzig Zentimeter lang war und umhüllt von silbrigem Plastik. Unvermittelt fiel Trevize auf, daß der Professor ihn schon seit Verlassen seines Hauses mitführte, ständig von der einen in die andere Hand nahm, ihn nie weglegte, nicht einmal, als sie unterwegs schnell ein Frühstück einnahmen, aus den Fingern gelassen hatte.

»Was ist das, Professor?«

»Meine Bibliothek. Sie ist nach Stichwörtern und Quellen geordnet, und ich habe alles in *einen* Datenkomprehensor packen können! Wenn Sie dieses Raumschiff für ein Wunderwerk halten, wie finden Sie dann erst diesen Datenkomprehensor? Eine ganze Bibliothek! Alles, was ich jemals zusammengetragen habe. Wunderbar! Einfach wunderbar!«

»Ja«, sagte Trevize. »Mann, wir schwimmen *wirklich* ganz obenauf.«

15

Auch während er das Innere des Raumschiffs besichtigte, kam Trevize aus dem Staunen nicht heraus. Es gab einen Lagerraum mit Nahrungsmittelvorräten, Bekleidung, Filmen und Spielen. Ein Gymnastikraum, ein Aufenthaltsraum sowie zwei fast gleiche Kabinen waren vorhanden.

»Das hier muß Ihre Kabine sein, Professor«, sagte Trevize. »Auf jeden Fall enthält sie einen FX-Projektor.«

»Gut«, meinte Pelorat mit merklicher Befriedigung. »Was für ein Trottel ich doch war, die Raumschiffahrt immer so gemieden zu haben. Hier drin könnte ich leben, mein werter Trevize, ohne jemals weitergehende Bedürfnisse zu verspüren.«

»Geräumiger als ich dachte«, sagte Trevize erfreut.

»Und der Antrieb befindet sich tatsächlich in der Hülle, wie Sie angenommen haben?«

»Jedenfalls die Kontrollinstrumente. Wir brauchen keinen Brennstoff zu lagern, wir verwenden von vornherein keinen. Wir bedienen uns der Grundenergie des Universums, also sind der Brennstoff und die Triebwerke ... alles ist da draußen.« Er machte eine vage Geste.

»Tja, da fällt mir ein ... was geschieht, wenn etwas schiefgeht?«

Trevize zuckte die Achseln. »Ich habe eine Ausbildung in Weltraumnavigation, aber *diese* Art von Schiff noch nie von innen gesehen. Wenn am Gravo-Antrieb irgendein Defekt auftreten sollte, werde ich wohl leider hilflos sein.«

»Aber Sie können mit diesem Raumschiff umgehen? Es fliegen?«

»Das frage ich mich auch.«

»Meinen Sie, das Schiff könnte automatisch funktionieren?« wollte Pelorat wissen. »Daß wir vielleicht nur Passagiere sind?

Möglicherweise wird nichts von uns erwartet, als daß wir gemütlich herumsitzen.«

»Solche Dinge gibt's innerhalb der Sonnensysteme im Fährdienst zwischen Planeten und Raumstationen, aber von automatischer Hyperraumfahrt habe ich noch nie was gehört. Bisher wenigstens nicht. Bisher...«

Erneut schaute er sich um und spürte das Prickeln einer gewissen Spannung. War diese alte Schachtel von Bürgermeisterin ihm womöglich weiter voraus, als er sich bis jetzt vorstellte? Besaß die Foundation auch bereits eine automatische interstellare Raumfahrt, und er würde gegen seinen Willen auf Trantor landen, ohne daß er darüber mehr zu bestimmen hatte als das an Bord befindliche Mobiliar?

»Setzen Sie sich ruhig hin, Professor«, sagte er mit einer heiteren Lebhaftigkeit, die er in Wirklichkeit nicht empfand. »Die Bürgermeisterin hat gesagt, das Schiff sei komplett computerisiert. Wenn's in Ihrem Raum einen FX-Projektor hat, müßte in meinem eigentlich ein Computer sein. Machen Sie's sich bequem, unterdessen schaue ich mich allein ein bißchen näher um.«

Augenblicklich wirkte Pelorat beunruhigt. »Trevize, mein Bester – Sie gehen mir aber nicht wieder aus dem Schiff, was?«

»Das ist keineswegs meine Absicht, Professor. Und sollte ich's versuchen, können Sie sich darauf verlassen, daß man mich daran hindert. Die Bürgermeisterin hat nicht vor, sich von mir einen Strich durch die Rechnung machen zu lassen. Ich möchte lediglich herausfinden, wie die *Far Star* gesteuert wird.« Er lächelte. »Ich lasse Sie nicht im Stich, Professor.«

Er lächelte noch, als er die Räumlichkeit betrat, die er für seine Kabine hielt, aber als er leise hinter sich die Tür schloß, versachlichte sich seine Miene. Es mußte an Bord irgendein Mittel geben, mit dem man mit einem Planeten in der Nachbarschaft des Raumschiffs in Verbindung treten konnte. Ein Raumschiff, das von allem ringsherum vollständig abgeschlossen war, ließ sich kaum vorstellen, also mußte es irgendwo – vielleicht in einem Wandfach – einen Kommunikator geben. Damit konnte er das Bürgermeisteramt anrufen und sich nach den Kontrollen erkundigen.

Aufmerksam betrachtete er die Wände, das Wandregal

überm Bett, die schlichten, weichen Formen der Möbel. Falls er hier nichts fand, mußte er sich im Rest des Raumschiffs umsehen.

Er wollte die Kabine gerade wieder verlassen, als er ein Glänzen auf der glatten, hellbraunen Tischplatte bemerkte. Es stammte von einem Leuchtkreis mit dem säuberlichen Hinweis: Computerinstruktionen.

Aha!

Nichtsdestoweniger schlug sein Herz beschleunigt. Es gab solche und solche Computer, und manche Programme erforderten viel Zeit, bis man sie beherrschte. Trevize hatte nie den Fehler begangen, seine eigene Intelligenz zu unterschätzen, andererseits aber war er kein Spitzenexperte. Einige Menschen besaßen ein Talent für den Umgang mit Computern, andere wieder überhaupt nicht, und Trevize wußte genau, welcher Kategorie er angehörte.

Während seiner Dienstzeit in der Raummarine der Foundation hatte er den Rang eines Lieutenant erreicht und gelegentlich den Befehlshabenden mimen müssen, daher hatte er zwangsläufig auch mit den Computern zu tun gehabt. Nie jedoch hatte er diesbezüglich die alleinige Verantwortung getragen, und es wäre ihm nie in den Sinn gekommen, daß man irgendwann etwas anderes von ihm verlangen könnte als die Routinemanöver, wie ein befehlshabender Offizier sie nun einmal durchzuziehen hatte.

Mit einem Gefühl der Entmutigung erinnerte er sich an den Umfang, den ein Computerprogramm im Klartext-Printout besaß, und er entsann sich an die Arbeitsweise von Techno-Sergeant Krasnet an der Konsole. Er hatte die Hände daran wirbeln lassen, als handle es sich um das komplizierteste Musikinstrument der Galaxis, allerdings mit einem Gebaren der Nonchalance, als sei das alles so einfach, daß er sich unendlich langweile; trotzdem hatte auch er bisweilen in dicken Instruktionen nachschlagen müssen, dabei aus Verlegenheit unterdrückt geflucht.

Fast widerwillig tippte Trevize mit einem Finger auf den Leuchtkreis, und sofort breitete dessen Helligkeit sich über die ganze Tischplatte aus. Er sah darauf die Umrisse zweier Hände, einer rechten und einer linken Hand. Plötzlich schrägte sich die

Tischplatte mit einer reibungslosen Kippbewegung in einem Winkel von fünfundvierzig Grad.

Trevize nahm vor dem Tisch Platz. Erklärungen waren überflüssig. Es war klar, was er tun mußte.

Er legte seine Hände auf die Umrisse, die für diesen Zweck auf der Tischplatte vorhanden waren, und dank des Winkels war das mühelos möglich. Die Oberfläche der Tischplatte fühlte sich weich an, fast wie aus Samt, wo er sie berührte, seine Hände sanken ein.

Erstaunt starrte er seine Hände an, denn sie waren durchaus nicht eingesunken. Seine Augen teilten ihm mit, daß die Hände auf der Fläche lagen. Sein Tastsinn dagegen übermittelte ihm den Eindruck, als habe die Fläche unter ihnen nachgegeben, als hielte irgend etwas seine Hände sanft und warm umfangen.

War das alles?

Und nun?

Er schaute umher, dann schloß er, indem er einer Einflüsterung gehorchte, die Lider.

Gehört hatte er nichts. Er hatte *nichts* gehört.

Doch in seinem Gehirn, als sei es ein ihm selbst entsprungener, ganz schwacher Gedanke, stand der Satz: ›Bitte schließen Sie die Augen. Wir werden in Verbindung treten.‹

Durch die Hände?

Irgendwie hatte Trevize immer angenommen, um mit einem Computer in gedankliche Verständigung treten zu können, müsse man sich eine Haube über den Schädel stülpen, Elektroden an Augen und der Kopfhaut befestigen.

Die Hände?

Aber warum nicht die Hände? Trevize spürte, wie er leicht entschwebte, nahezu wie schläfrig, doch behielt er seine volle verstandesmäßige Klarheit. Warum denn nicht durch die Hände?

Die Augen waren nichts anderes als Sinnesorgane. Das Gehirn war nicht mehr als eine zentrale Schaltstelle, umhüllt von Knochen, vom Arbeitsorgan des Körpers entfernt. Die Hände waren das Arbeitsorgan; die Hände waren es, die das Universum fühlten und auf es einwirkten.

Menschen dachten mit ihren Händen. Ihre Hände gaben ihnen die Antwort auf all ihre Neugier, sie tasteten und faßten zu, drehten, hoben und drückten. Es gab Tiere mit Gehirnen von beachtlicher Größe, aber sie besaßen keine Hände; das machte den maßgeblichen Unterschied aus.

Und während er und der Computer sich die Hände hielten, ging ihr Denken ineinander über, und es spielte keine Rolle mehr, ob seine Augen geschlossen waren oder geöffnet. Hatte er sie geöffnet, war seine Sicht nicht besser, und geschlossen konnten sie sie nicht trüben. Nach allen Seiten sah er das Innere der Kabine mit vollkommen scharfer Deutlichkeit, und nicht nur in der Richtung, in die er gerade blickte, sondern rundum sowie auch nach oben und unten.

Er sah jede Räumlichkeit im ganzen Raumschiff, und ebenso sah er die Umgebung. Die Sonne war aufgegangen, und die Morgennebel dämpften ihren Schein; er konnte in sie hineinschauen, ohne geblendet zu werden, denn der Computer filterte automatisch den Einfall der Lichtstrahlen.

Er spürte den leisen Wind, seine Temperatur, hörte die Geräusche der Welt, die ihn umgab. Er entdeckte das Magnetfeld des Planeten, bemerkte die winzigen elektrischen Aufladungen auf der Hülle des Raumschiffs.

Die Kontrollen des Kleinkreuzers kamen ihm zu Bewußtsein, ohne daß er über sie Details erfuhr. Er erkannte, daß er, wenn er das Schiff steigen, wenden oder beschleunigen lassen, irgendeinen Gebrauch von seinen Kapazitäten machen wollte, genauso vorgehen mußte, als beabsichtige er analoge Abläufe mit dem eigenen Körper zu vollführen. Aber er mußte sie mit seiner Willenskraft auslösen.

Sein Wille gab jedoch nicht den alleinigen Ausschlag. Der Computer konnte ihn sozusagen übersteuern. In eben diesem Moment entstand in seinem Kopf ein neuer Gedanke, und er entnahm ihm exakt, wann und wie das Raumschiff starten sollte. Was *das* anging, war kein Spielraum vorhanden. Danach – das war ebenfalls klar – lagen die weiteren Entscheidungen bei ihm.

Er stellte fest, während er mit seinem computerverstärkten Bewußtsein in weiterem Umkreis hinaustastete, daß er dazu imstande war, die Verhältnisse in den oberen atmosphärischen Schichten zu spüren, die Beschaffenheit des Wetters, daß er andere Raumschiffe beobachten konnte, die aufwärts schwärmten, ins All, und andere, die herabschwebten. All das mußte berücksichtigt werden, und der Computer *berücksichtigte* es. Hätte er es versäumt, wäre es, ersah Trevize ohne jeden Zweifel, nur erforderlich gewesen, daran zu denken, dann wäre es geschehen.

So war es in diesem Fall also mit den umfangreichen Klartext-Instruktionen; es gab keine. Trevize dachte an Techno-Sergeant Krasnet und lächelte. Oft genug hatte er schon von den immensen Umwälzungen gelesen, zu denen es dank der Gravitationstechnik in der Welt kommen sollte, aber die Verschmelzung von Computer und menschlichem Geist war noch ein Staatsgeheimnis.

Bestimmt würde sie noch größere Umwälzungen verursachen.

Er war sich des Verstreichens von Zeit bewußt. Er wußte genau, welche Zeit es war, nach Terminus-Ortszeit ebenso wie Galaktischer Standardzeit.

Wie ließ der Kontakt sich unterbrechen?

Kaum hatte er daran gedacht, lösten sich seine Hände aus der scheinbaren Vertiefung, und die Tischplatte schwenkte zurück in ihre ursprüngliche Stellung; Trevize blieb mit seinen unverstärkten Sinnen allein.

Für eine Weile fühlte er sich auf einmal blind und hilflos, als sei er eine Zeitlang von irgendeinem Superwesen erhöht und erleuchtet, nun jedoch verlassen worden. Hätte er nicht gewußt, daß der Kontakt sich jederzeit wiederherstellen ließ, er wäre durch das heftige Gefühl der Verlassenheit womöglich in Tränen ausgebrochen.

So aber bemühte er sich lediglich um Wiedererlangung seiner gewohnten Orientierung, auf die erneute Anpassung an die bekannten Schranken seiner Sinne, dann stand er unsicher auf und verließ die Kabine.

Pelorat blickte auf, als er eintrat. Offenbar hatte er seinen FX-Projektor adjustiert. »Funktioniert gut«, sagte er. »Hat ein hervorragendes Suchprogramm. Haben Sie die Kontrollen gefunden, Junge?«

»Ja, Professor. Alles in Ordnung.«

»Müßten wir uns dann nicht irgendwie auf den Start vorbereiten? Ich meine, in bezug auf unsere Sicherheit? Müssen wir uns nicht anschnallen, oder so was? Ich habe mich nach Verhaltensmaßregeln umgesehen, aber nichts gefunden, und das hat mich nervös gemacht, deshalb habe ich mich ein bißchen mit meiner Taschenbibliothek beschäftigt. Wenn ich an meiner Arbeit sitze, fühle ich mich irgendwie...«

Trevize hatte dem anderen die Hände entgegengehoben, wie um den Redeschwall einzudämmen und zum Versiegen zu bringen. Nun mußte er laut sprechen, um den Professor zu übertönen. »Nichts von alldem ist nötig, Professor. Antigravitation ist gleich Nullschwerkraft. Bei Geschwindigkeitsveränderungen spürt man keine Beschleunigung, denn alles im Raumschiff unterliegt simultan der gleichen Veränderung.«

»Sie meinen, wir werden's nicht merken, wenn wir starten und in den Weltraum fliegen?«

»Genau das meine ich, denn gerade jetzt, während wir uns unterhalten, sind wir gestartet. In ein paar Minuten werden wir die obere Atmosphäre durchqueren, und binnen einer halben Stunde sind wir im freien All.«

16

Pelorat schien ein wenig zu schrumpfen, während er Trevize anglotzte. Sein längliches Gesicht nahm eine derartige Ausdruckslosigkeit an, daß es, ohne irgendein Gefühl zu zeigen, erhebliches Unbehagen verriet.

Dann huschte sein Blick nach rechts, nach links.

Trevize entsann sich daran, wie er sich bei seinem ersten Flug gefühlt hatte, der über die Atmosphäre hinausführte.

»Janov«, sagte er so sachbetont wie er konnte (er redete den anderen zum erstenmal so vertraulich an, aber in diesem Fall sprach der Erfahrene zum Unerfahrenen, und es war erforderlich, einen väterlichen Eindruck zu erregen, völlig unabhängig von ihrem wirklichen Alter), »wir sind absolut sicher. Wir befinden uns im metallenen Rumpf eines Kriegsschiffs der Raummarine der Foundation. Wir sind nicht mit Waffen ausgerüstet, aber es gibt keinen Flecken in der Galaxis, wo der Name der Foundation uns nicht schützen könnte. Selbst wenn irgendein Irrer uns im Raum angreifen sollte, sind wir dazu in der

Lage, im Handumdrehen auf Abstand zu gehen. Und ich darf Ihnen versichern, ich habe festgestellt, daß ich das Schiff ohne weiteres handhaben kann.«

»Es ist nur der Gedanke an das Nichts, Go-Golan...«, brabbelte Pelorat.

»Ach, es ist ständig nichts als ein Nichts rings um ganz Terminus. Zwischen uns auf der planetaren Oberfläche und dem Nichts des Weltalls befindet sich immer nur eine unbedeutende Schicht ziemlich dünner Luft. Wir fliegen bloß über diese luftige Schicht hinaus.«

»Mag ja sein, daß sie dünn und unbedeutend ist, aber jedenfalls brauchen wir sie zum Atmen.«

»Hier drin atmen wir auch. Die Luft hier an Bord ist sogar reiner und sauberer, sie wird immer unendlich reiner und sauberer bleiben als die natürliche Atmosphäre des Terminus.«

»Und die Meteore?«

»Was für Meteore?«

»Die Atmosphäre schützt uns doch vor Meteoren. Vor Strahlung übrigens auch.«

»Die Menschheit betreibt seit fast fünfundzwanzig Jahrtausenden Raumfahrt, glaube ich«, sagte Trevize, »und ich...«

»Zweiundzwanzig Jahrtausenden. Wenn wir nach der Hallblock-Zeitrechnung gehen, ist völlig klar, daß...«

»Genug, genug! Haben Sie je von Meteortreffern oder Strahlungsunfällen gehört? In letzter Zeit, meine ich? Ich meine, im Fall von Raumern der Foundation?«

»Ich verfolge die Nachrichten nicht hinsichtlich solcher Dinge, aber ich bin Historiker, mein Junge, und...«

»Historisch betrachtet, hat es solche Vorfälle gegeben, ja, aber die Technik ist ja verbessert worden. Es existiert kein Meteor, der groß genug ist, um uns zu schaden, und den wir nicht rechtzeitig bemerken, so daß wir ihm ausweichen können. Kämen vier Meteore gleichzeitig aus vier Richtungen auf uns zu, die den Senkrechten eines Tetraeders entsprechen, wär's vorstellbar, daß wir erwischt werden, aber rechnen Sie mal die Wahrscheinlichkeit dafür durch, dann werden Sie feststellen, daß Sie eine Billion billionenmal wahrscheinlich an Altersschwäche sterben dürften, bevor Sie die Aussicht von fünfzig zu fünfzig haben, ein so interessantes Phänomen beobachten zu können.«

»Sie wollen sagen, wenn Sie am Computer sitzen?«

»Nein«, entgegnete Trevize verächtlich. »Wollte ich den Computer anhand meiner eigenen Sinneswahrnehmungen und Reaktionen bedienen, ein Meteor würde uns treffen, ehe wir's merken. Der Computer selbst ist es, der die Arbeit leistet, er reagiert millionenmal schneller, als Sie oder ich es könnten.« Abrupt streckte er eine Hand aus. »Kommen Sie, Janov, lassen Sie mich Ihnen vorführen, was der Computer leisten kann, ich möchte Ihnen zeigen, wie der Weltraum wirklich ist!«

Pelorat stierte ihn an, die Augen ein wenig hervorgequollen. Dann lachte er abgehackt auf. »Ich bin mir gar nicht so sicher, ob ich das überhaupt wissen will, Golan.«

»Natürlich sind Sie sich nicht sicher, Janov, eben weil Sie nicht wissen, was es ist, was es da kennenzulernen gibt. Nehmen Sie die Chance wahr! Kommen Sie! Kommen Sie mit in meine Kabine!«

Trevize führte den Professor, zerrte ihn an der Hand halb mit. »Haben Sie schon einmal die Milchstraße gesehen, Janov?« erkundigte er sich, als er am Computer Platz nahm. »Haben Sie sie jemals betrachtet?«

»Am Himmel, meinen Sie?« fragte Pelorat zurück.

»Ja, sicher. Wo sonst?«

»Freilich habe ich sie schon gesehen. Jeder hat sie schon betrachtet. Wenn man nach oben schaut, sieht man sie.«

»Haben Sie sie sich einmal in einer dunklen, klaren Nacht angeschaut, wenn die Diamanten unterm Horizont stehen?«

›Diamanten‹ nannte man auf Terminus jene wenigen Sterne, deren Leuchtkraft ausreichte, um sie an Terminus' Nachthimmel mit ausreichender Helligkeit sichtbar werden zu lassen. Es handelte sich um eine kleinere Ansammlung von Sternen in einem Bereich von nicht mehr als zwanzig Grad, und infolgedessen gab es nachts längere Zeitspannen, in denen sie allesamt unterhalb des Horizonts standen. Außer diesem Häuflein gab es nur verstreute, schwache Sternchen, gerade noch sichtbar, und den milchigen Schimmer der Galaxis – ein Anblick, wie er zu erwarten war, wenn man sich auf einer Welt wie Terminus befand, die ihre Position ganz am Rand der äußersten galaktischen Spirale hatte.

»Ich glaube, ja, aber warum soll das so wichtig sein? Das ist ein allgemein bekannter Anblick.«

»Natürlich ist's ein bekannter Anblick«, sagte Trevize und seufzte. »Deshalb nimmt ihn nämlich niemand mehr wahr. Warum hinschauen, wenn man's immer sehen kann? Aber jetzt werden Sie sie *richtig* sehen, nicht von Terminus aus, wo ständig Dunst und Wolken dazwischenliegen. Sie werden sie sehen, wie man sie von Terminus aus niemals sehen kann, ganz egal, wie genau man hinschaut, ganz gleich, wie dunkel und klar die Nacht sein mag. Ich wünschte mir fast, *ich* wäre noch nie im Weltraum gewesen, so daß ich die Milchstraße jetzt, so wie Sie, in ihrer ganzen, unverhüllten Schönheit zum erstenmal sehen könnte.«

Er schob Pelorat einen Stuhl zu. »Setzen Sie sich, Janov! Es kann noch ein Weilchen dauern. Ich muß mich noch weiter mit dem Computer vertraut machen. Nach allem, was ich bis jetzt weiß, ist die Sicht holografisch, wir brauchen also keinen Bildschirm, aber ich glaube, ich kann ein objektives Bild projizieren lassen, so daß Sie's auch sehen können. Löschen Sie das Licht, ja? Nein, Unfug, das kann der Computer tun. Bleiben Sie sitzen!«

Trevize stellte den Kontakt mit dem Computer her, und sie hielten sich in warmer Freundlichkeit, fast intim, die ›Hände‹.

Die Beleuchtung dimmte herab, erlosch ganz; im Dunkeln vollführte Pelorat irgendwelche Regungen.

»Werden Sie nicht nervös, Janov«, sagte Trevize. »Kann sein, daß ich anfangs noch einige geringfügige Schwierigkeiten mit dem Computer habe, aber ich fange vorsichtig an, und Sie müssen ein bißchen Geduld haben. Sehen Sie's? Den Halbkreis?«

Er schwebte vor ihnen in der Dunkelheit. Zuerst noch trüb und ein wenig flackrig, doch er nahm an Schärfe und Helligkeit zu.

»Ist das Terminus?« Pelorats Stimme klang regelrecht ehrfürchtig. »Sind wir schon so weit entfernt?«

»Ja, der Raumer ist schnell.«

Das Raumschiff flog in Terminus' Nachtschatten ein; der Planet war als breite Halbkugel hellen Lichts erkennbar.

Trevize empfand kurz ein Bedürfnis, das Raumschiff in weitem Bogen Terminus' taghelle Seite überqueren zu lassen, um ihn Pelorat in voller Schönheit zu zeigen, aber er verzichtete darauf.

Es mochte sein, daß ein solcher Anblick für Pelorat neu gewesen wäre, aber die gezeigte Schönheit hätte sich voraussichtlich als allzu zahm entpuppt. Zu viele Fotos existierten, zu viele Karten, zu viele Globen. Jedes Kind wußte, wie die Terminus-Oberfläche aussah. Terminus war eine Wasserwelt, und zwar in stärkerem Maß als ähnliche Planeten; er war reich an Wasser und arm an Mineralien; bestens geeignet für Landwirtschaft, wenig dagegen für Schwerindustrie; nichtsdestoweniger vollbrachte man dort Spitzenleistungen in Technik, Technologie und in der Miniaturisierung.

Wenn er den Computer dazu bringen konnte, Mikrowellen zu verwenden und sie in ein sichtbares Modell umzusetzen, würden sie jede einzelne von Terminus' zehntausend bewohnten Inseln sehen, zusammen mit der einen großen Insel, deren Fläche es rechtfertigte, daß man sie als Kontinent bezeichnete, auf der Terminus City stand und...

Abdrehen!

Er dachte lediglich den Gedanken, bemühte seine Willenskraft, aber sofort veränderte sich die Sicht. Die helle Halbkugel wanderte an den Rand des Sichtbereichs und verschwand daraus. Die Dunkelheit sternenlosen Weltraums erfüllte sein Blickfeld.

Pelorat räusperte sich. »Es wäre mir lieber, Sie würden Terminus zurückholen, mein Junge. Mir ist zumute, als wäre ich plötzlich blind.« Seine Stimme klang gepreßt.

»Sie sind nicht blind. Schauen Sie nur!«

Ein schleierartiger Nebel von heller Transluzenz trat in den Sichtbereich. Er breitete sich aus, erhellte sich, bis die ganze Kabine in seinem Licht zu schimmern schien.

Abstand!

Eine weitere Willensanstrengung, und die Milchstraße, betrachtet durch das von ihm zusehends besser beherrschte geistige Teleskop, wich zurück. Sie schrumpfte und verwandelte sich zu einem Gebilde von unterschiedlicher Leuchtstärke.

Heller!

Ohne daß die Größe der Darstellung sich änderte, nahm die Helligkeit zu, und weil das Sonnensystem, zu dem Terminus gehörte, sich oberhalb des galaktischen Äquators befand, sahen sie die Galaxis nicht genau von der Seite. Sie war als erheblich verkürzte Doppelspirale sichtbar, und an der Terminus' zugewandten Seite machten gewundene Dunkelwolken den hellen Randbezirk streifig wie von Rissen. Das sahnig-helle Leuchten des fernen galaktischen Kerns, zusätzlich durch den Abstand verkleinert, wirkte vergleichsweise unbedeutend.

»Sie haben recht«, sagte Pelorat leise und nahezu andächtig. »So habe ich sie noch nie gesehen. Ich hätte nie gedacht, daß man soviel Einzelheiten erkennen kann.«

»Wie hätten Sie auch darauf kommen sollen? Man kann die äußeren Bereiche nicht sehen, solange Terminus' Atmosphäre sich dazwischen befindet. Von Terminus' Oberfläche aus läßt sich ja kaum das Zentrum der Milchstraße erkennen.«

»Schade, daß wir sie nur aus diesem Winkel sehen.«

»Das muß nicht so bleiben. Der Computer kann sie aus jedem Winkel zeigen. Ich brauche nur dem entsprechenden Wunsch Ausdruck zu verleihen – und das nicht einmal laut.«

Perspektive wechseln!

Sein Wille brachte keinen präzisen Befehl zustande. Dennoch begann das Bild der Milchstraße sich einer langsamen Veränderung zu unterziehen, während sein Geist den Computer anwies, und der Computer mußte tun, was er wünschte.

Gemächlich vollführte die Milchstraße eine Drehung, bis sie sie im rechten Winkel zum galaktischen Äquator sehen konnten. Die Galaxis schwebte ausgebreitet vor ihnen wie ein riesiger, schimmernder Strudel, durchzogen von Windungen aus Dunkelheit, durchsetzt mit Knoten stärkerer Helligkeit, in der Mitte einen Kern von nahezu verwaschenem Glanz.

»Wie kann der Computer die Milchstraße von einer Position aus zeigen, die mehr als fünfzigtausend Parsek von hier entfernt sein muß?« wollte Pelorat erfahren. »Entschuldigen Sie, daß ich so dumm frage«, ergänzte er leise und mit gepreßter Stimme. »Ich verstehe von all diesen Dingen nichts.«

»Ich weiß über diese Art von Computer fast so wenig wie Sie«, entgegnete Trevize. »Aber auch ein simplerer Computer kann Koordinaten verschieben und die Galaxis in jeder Position zeigen, angefangen mit der, die seine Sensoren ihm aus der natürlichen Perspektive übermitteln, das heißt, aus der Richtung, in der im Raum der Computer sich befindet. Naturgemäß macht er aber nur Gebrauch von den Informationen, die ihm vorliegen oder dank seiner Sensoren verfügbar sind, deshalb sind bei einem Wechsel der Perspektive Undeutlichkeiten und Lücken vorhanden, vor allem, wenn die ganze Galaxis von oben gezeigt wird. In diesem Fall allerdings...«

»Ja?«

»Wir haben einen ganz herausragenden Ausblick. Ich vermute, der Computer besitzt eine komplette Karte der Galaxis und kann sie deshalb aus jeder Perspektive mit gleichbleibender Qualität zeigen.«

»Wie meinen Sie das, eine komplette Karte?«

»Ich will damit sagen, in den Datenbänken des Computers müssen die räumlichen Koordinaten jedes Sterns der Milchstraße enthalten sein, aus denen er eine holografische Darstellung produzieren kann.«

«*Jedes* Sterns?« fragte Pelorat entgeistert.

»Nun ja, vielleicht nicht aller dreihundert Milliarden. Bestimmt aber aller Sonnen, die bewohnte Planeten haben, und wahrscheinlich aller Sterne der Spektralklasse K und hellerer Klassen. Das bedeutet, mindestens ungefähr fünfundsiebzig Milliarden.«

»*Jedes* Sterns eines bewohnten Systems?«

»Ich möchte mich da ungern festlegen. Vielleicht sind nicht alle gespeichert. Zu Lebzeiten Hari Seldons gab's immerhin fünfundzwanzig Millionen von Menschen bewohnte Sonnensysteme – das klingt nach viel, in Wahrheit ist's aber nur ein Stern von je zwölftausend. Und während der fünf Jahrhunderte seit Seldons Zeiten hat der allgemeine Zusammenbruch des Imperiums die weitere Besiedlung ja keineswegs zum Erliegen gebracht. Nach meiner Meinung dürfte er sie sogar begünstigt haben. Es gibt noch zahlreiche bewohnbare Planeten zu erschließen, also können wir gut und gerne von dreißig Millionen ausgehen. Es ist möglich, daß nicht alle in neuerer Zeit besiedelten Welten in den Unterlagen der Foundation verzeichnet sind.«

»Aber die alten Welten? Sie müßten doch ohne Ausnahme dabeisein.«

»Nehme ich jedenfalls an. Garantieren kann ich natürlich nichts, aber es würde mich überraschen, sollte eines der schon lange bewohnten Systeme in den Datenspeichern fehlen. Lassen Sie mich etwas zeigen … – vorausgesetzt, meine Fähigkeit, den Computer zu lenken, ist schon groß genug.«

Trevizes Hände verkrampften sich ein wenig vor Anstrengung, und sie schienen tiefer in den Griff des Computers zu sinken. Das mochte jedoch überflüssig sein; möglicherweise brauchte er nur ruhig und gelassen zu denken: Terminus!

Sobald er den Namen dachte, glomm als Reaktion darauf am äußersten Rand des galaktischen Mahlstroms ein helles, rotes Pünktchen auf.

»Dort ist unsere Sonne«, sagte er erregt. »Das ist der Stern, um den Terminus kreist.«

»Ach«, machte Pelorat mit einem dumpfen, zittrigen Aufseufzen.

In einem dichten Sternhaufen, tief im Herzen der Galaxis, aber noch deutlich abseits vom zentralen Schimmern, funkelte ein hellgelber Punkt auf. Er stand jener Randzone der Galaxis näher, in der sich Terminus befand, als der anderen Seite.

»Und das«, sagte Trevize, »ist Trantors Sonne.«

Pelorat seufzte noch einmal. »Sind Sie sicher?« meinte er dann. »Es heißt doch immer, Trantor sei im Zentrum der Milchstraße.«

»Das ist er gewissermaßen auch. Er ist so nahe am Zentrum, wie ein Planet noch sein kann, wenn er bewohnbar sein will. Er ist dem Zentrum näher als jede andere bedeutsame bewohnte Welt. Das eigentliche Zentrum der Galaxis besteht aus einem Schwarzen Loch mit einer Masse von fast einer Million Sonnen, deshalb ist es dort reichlich ungemütlich. Soviel wir wissen, existiert direkt im Zentrum kein Leben, und vielleicht ist dort auch jedes Leben ausgeschlossen. Trantors Position befindet sich am innersten Unterkreis der Spiralarme, und wenn Sie seinen Nachthimmel sehen könnten, glauben Sie mir, Sie würden meinen, Sie wären am Mittelpunkt der Galaxis. Er befindet sich mitten in einem außerordentlich dichten Sternhaufen.«

»Waren Sie schon auf Trantor, Golan?« fragte Pelorat mit merklichem Neid.

»Nein, das nicht, aber ich habe holografische Darstellungen seines Nachthimmels gesehen.«

Versonnen betrachtete Trevize die Galaxis. Während der ausgedehnten Suche nach der Zweiten Foundation, zur Zeit des Fuchses, hatte man alle Arten von Kartenwerken der Galaxis zu Rate gezogen – und wie viele Bücher und Filme waren zu diesem Thema fabriziert worden!

Und alles, weil Hari Seldon am Anfang gesagt hatte, die Zweite Foundation sei ›am entgegengesetzten Ende der Galaxis‹ zu finden, auf ›Star's End‹.

Am entgegengesetzten Ende der Galaxis! Noch während Trevize daran dachte, ging von Terminus' Position eine blaue Linie aus, durchquerte das zentrale Schwarze Loch der Galaxis und stoppte auf der anderen Seite. Fast wäre Trevize aufgesprungen. Er hatte keine direkte Anweisung erteilt, so eine Linie zu ziehen, aber klar an eine gedacht, und das hatte dem Computer bereits genügt.

Aber natürlich war eine Gerade zur anderen Seite der Galaxis nicht unbedingt das, was Hari Seldon mit dem ›entgegengesetzten Ende‹ gemeint hatte. Arkady Darell war es gewesen (falls man ihrer Autobiografie glauben durfte), die erstmals die Feststellung traf: ›Ein Kreis hat kein Ende‹, um auf das hinzuweisen, was heute allgemein als anerkannte Wahrheit galt...

Und obwohl Trevize den Gedanken augenblicklich zu unterdrücken versuchte, war der Computer für ihn viel zu schnell. Die blaue Linie verschwand, und an seine Stelle trat ein Kreis, der die ganze Galaxis in säuberlichem Blau umrundete und dabei den dunkelroten Fleck durchquerte, der Terminus' Sonne darstellte.

Ein Kreis besitzt in der Tat kein Ende, und wenn der Kreis auf Terminus begann, mußte die Suche nach seinem Ende unweigerlich zurück nach Terminus führen; und wirklich hatte man die Zweite Foundation dort aufgespürt, auf derselben Welt, auf der sich die Erste Foundation befunden hatte.

Aber wenn sie in Wirklichkeit nun nicht entdeckt worden war, wenn es sich bei der angeblichen Aushebung der Zweiten Foundation um eine Täuschung gehandelt hatte – was dann? Was außer einer Geraden und einem Kreis konnte in diesem Zusammenhang einen Sinn ergeben?

»Erzeugen Sie Fantasiegebilde, oder was?« erkundigte sich Pelorat. »Warum ist da ein blauer Kreis?«

»Ich habe nur die Kontrollen getestet. Sollen wir mal sehen, ob wir die Erde lokalisieren können?«

Ein oder zwei Momente lang herrschte Schweigen. »Machen Sie einen Witz?« fragte Pelorat schließlich nach.

»Nein. Ich werd's einfach mal versuchen.«

Er tat es. Nichts geschah.

»Bedaure«, sagte Trevize.

»Sie ist nicht da? Keine Erde?«

»Es könnte sein, daß ich meine Anordnung falsch gedacht habe, aber das kommt mir wenig wahrscheinlich vor. Ich nehme eher an, daß die Koordinaten der Erde nicht in den Speicherbänken des Computers enthalten sind.«

»Sie kann unter einem anderen Namen verzeichnet sein«, sagte Pelorat.

»Welchem anderen Namen, Janov?« hakte Trevize sofort nach.

Pelorat schwieg, und im Dunkeln lächelte Trevize. Er sah eine Möglichkeit, daß die Dinge sich ineinanderfügen mochten. Sollten sie eine Zeitlang ihren Lauf nehmen. Mochten sie reifen. Mit voller Absicht wechselte er den Gesprächsstoff. »Ich frage mich«, meinte er, »ob es uns wohl gelingen könnte, die Zeit zu überlisten.«

»Die Zeit! Wie denn?«

»Die Galaxis rotiert. Terminus benötigt fast eine halbe Milliarde Jahre, um sich einmal durch den großen Umkreis der Galaxis zu bewegen. Dem Zentrum nähere Sterne brauchen für die Rotation natürlich weniger Zeit. Vielleicht ist im Computer die Bewegung jedes Sterns im Verhältnis zum zentralen Schwarzen Loch gespeichert, und wenn das der Fall ist, kann man möglicherweise den Computer jede Bewegung einige millionenmal wiederholen lassen und dadurch den Rotationseffekt sichtbar machen. Ich kann's jedenfalls mal versuchen.«

Er begann den Versuch, konnte nicht verhindern, daß sich infolge der Willensanstrengung seine Muskeln zusammenkrampften – als habe er selbst Hand an die Galaxis gelegt, um sie in Schwung zu bringen, als drehe er sie, zwänge sie gegen fürchterlichen Widerstand zur Rotation.

Die Galaxis geriet in Bewegung. Langsam, in träger Massigkeit, drehte sie sich um ihre Achse, in die Richtung, die eine Straffung der Spiralarme bewirken mußte.

Während sie zuschauten, verstrich unglaublich schnell Zeit – eine falsche, artifizielle Zeit –, und unterdessen enthüllten die Sterne ihre Vergänglichkeit.

Einige der größeren Sterne – da und dort – verfärbten sich rot und leuchteten stärker, indem sie sich zu Roten Riesen aufblähten. Und dann explodierte in den zentralen Sternhaufen lautlos eine Sonne mit blendender Helligkeit, deren grelles Licht für einen Sekundenbruchteil die gesamte Galaxis verblassen ließ; danach war sie verschwunden. Wenig später geschah das gleiche mit einem anderen, in einem Spiralarm gelegenen Stern, dann mit noch einem, nicht weit davon entfernt.

»Supernovae«, sagte Trevize mit leicht zittriger Stimme.

War es möglich, daß der Computer exakt vorauszusagen imstande war, welche Sterne wann explodieren würden? Oder bediente er sich nur eines vereinfachten Modells, das die Zukunft der Sterne auf allgemeine Weise veranschaulichte, ohne sie im einzelnen zu berücksichtigen?

»Die Galaxis sieht wie ein Lebewesen aus«, sagte Pelorat leise und mit rauher Stimme, »das durch den Weltraum kriecht.«

»So ähnlich verhält's sich auch«, sagte Trevize. »Aber ich werde allmählich müde. Bis ich gelernt habe, weniger verkrampft zu sein, kann ich die Tätigkeit am Computer nur für kurze Zeit durchstehen.«

Er machte Schluß. Die Galaxis verlangsamte ihre Rotation, verharte, schwenkte abwärts, bis man sie wieder von der Seite sah, so wie anfangs.

Trevize schloß die Augen und holte tief Luft. Er nahm Terminus wahr, der hinter ihnen zurückfiel, und der letzte feststellbare Hauch von Atmosphäre war mittlerweile aus ihrer Umgebung verschwunden. Er bemerkte all die anderen Raumschiffe in Terminus' näherem Umkreis.

Er kam nicht auf die Idee, zu überprüfen, ob es mit einem dieser anderen Raumer irgendeine Besonderheit auf sich haben mochte. War da eines, das ebenfalls einen Gravo-Antrieb besaß, dessen Kurs dem der *Far Star* weit mehr ähnelte, als es sich durch Zufall erklären ließ?

FÜNFTES KAPITEL

Sprecher

17

Trantor!

Achttausend Jahre lang war Trantor die Hauptstadt einer riesigen, mächtigen politischen Einheit gewesen, die eine in stetem Wachstum begriffene Union von Planetensystemen umspannte. In den darauffolgenden zwölftausend Jahren sogar Hauptstadt einer politischen Einheit, die die gesamte Galaxis umfaßte. Er war das Zentrum, das Herz, der *Inbegriff* des Galaktischen Imperiums.

Es war unmöglich, an das Imperium zu denken, ohne gleichzeitig an Trantor zu denken.

Trantor erreichte die Höhe seiner materiellen Blüte erst, als der Niedergang des Imperiums bereits weit fortgeschritten war; tatsächlich fiel es niemandem so richtig auf, daß das Imperium seine Antriebskräfte verloren hatte, seinen Blick für die Zukunft, weil Trantor von blankem Metall schimmerte.

Der Gipfelpunkt seines Gedeihens bestand in der Zeit, als die Stadt die ganze Oberfläche des Planeten lückenlos bedeckte. Die Bevölkerungszahl lag damals bei konstant vierzig Milliarden (und durch gesetzliche Maßgabe hielt man sie konstant), und die einzigen Grünzonen der Oberfläche befanden sich auf dem Gelände des Kaiserpalastes sowie im Bereich des Komplexes der Galaktischen Universität und Bibliothek.

Trantors Landfläche war mit Metall überzogen; fruchtbare Gebiete und Wüsten waren gleichermaßen darunter verschwunden und in Silos für Menschen verwandelt worden, in Dschungel der Administration, computerisierte Anlagen, gewaltige Depots voller Lebensmittel und Ersatzteile. Die Bergketten und Höhenzüge hatte man eingeebnet, die Schluchten aufgefüllt. Die endlosen Korridore der Stadt verliefen kreuz und quer durch die Kontinentalschollen, und die Meere dienten als riesige Aquakultur-Tanks, einzige heimische – und ungenügende – Quelle von Nahrung und Mineralien.

Sämtliche Kontakte mit den Außenwelten, von denen Trantor alle übrigen Ressourcen bezog, die man dort benötigte, waren von seinen tausend Raumhäfen abhängig, den zehntausend Kriegsschiffen, den hunderttausend Handelsschiffen, der einer Million Frachter.

Keine so große Stadt hatte je soviel Wert auf Recycling gelegt. Kein Planet in der Galaxis hatte je soviel Gebrauch von der Sonnenenergie gemacht oder so außergewöhnliche Maßnahmen ergriffen, um überschüssige Wärme zu nutzen. Auf der Nachtseite ragten glitzernde Radiatoren bis in die dünnen oberen Schichten der Atmosphäre empor, und auf der Tagseite fuhr man sie ein, hinab in die Stahlstadt. Während der Planet rotierte, erhoben sich die Radiatoren überall auf dem Weg, den die Nacht rund um diese Welt beschritt, sanken dort abwärts, wo der Tag heraufzog. Infolgedessen zeichnete sich Trantor immer durch eine artifizielle Asymmetrie aus, die fast als sein Symbol galt.

In seinem Zenit beherrschte Trantor das gesamte Imperium.

Er beherrschte es mehr schlecht als recht, aber nichts und niemand hätte es gut verwalten können. Das Imperium war viel zu ausgedehnt, als daß selbst dynamische Kaiser es von einer einzigen Welt aus hätten im Griff behalten können. Zu was anderem als einer schlechten Verwaltung hätte Trantor beitragen sollen, während in der Zeit des Niedergangs hinterlistige Politiker und unfähige Dummköpfe die Kaiserkrone immer wieder verschacherten und die Bürokratie sich zu einer Subkultur der Bestechlichkeit ausgewuchert hatte?

Aber selbst unter den schlimmsten Verhältnissen besaß Trantors Apparat einen gewissen Eigenwert. Ohne Trantor hätte das Galaktische Imperium überhaupt nicht regiert werden können.

Das Imperium brach unaufhaltsam auseinander, aber solange Trantor eben Trantor blieb, bestand auch ein Kernstück des Imperiums weiter, und mit ihm blieb ein Gefühl des Stolzes erhalten, der jahrtausendealten Tradition und Macht – und der Erhabenheit.

Erst als das Unvorstellbare geschah, als schließlich Trantor Eroberern verfiel und sie es plünderten, man seine Bewohner zu Millionen ermordete und zu Milliarden dem Hungertod überließ, als der Angriff der ›Barbaren‹-Flotte seinen dicken metallenen Mantel zerschrammte, aufriß und durchlöcherte – erst da betrachtete man das Imperium als wirklich zerbrochen. Die restlichen Überlebenden der einst so großartigen Welt taten ein übriges, um zu demontieren, was nach der Plünderung stehengeblieben war, und innerhalb einer Generation verwandelte sich Trantor vom bemerkenswertesten Planeten, den die Menschheit je gesehen hatte, in einen Wirrwarr von Ruinen.

Das war vor zweieinhalb Jahrhunderten geschehen. Im gesamten Rest der Galaxis war Trantor, so wie er einmal war, noch nicht vergessen. Er würde für immer als bevorzugter Schauplatz historischer Romane weiterbestehen, als größtes Symbol der Vergangenheit und zugleich deren herausragendste Erinnerung; seine einstige Existenz lebte weiter in Redensarten wie ›Alle Wege führen nach Trantor‹ bzw. ›Alle Raumschiffe landen auf Trantor‹, ›Jemanden auf Trantor suchen‹ oder ›Dies oder das hat nicht mehr Ähnlichkeit als dies oder jenes mit Trantor‹.

Im gesamten Rest der Galaxis...

Nur auf Trantor selbst war das nicht der Fall. Dort war der alte Trantor vergessen. Das Metall der Oberfläche war fast überall dahin. Trantor war nun eine spärlich besiedelte Welt genügsamer Farmer, ein Planet, den kaum Handelsschiffe anflogen, und wenn doch, waren sie nicht einmal sonderlich willkommen. Sogar der Name, das Wort ›Trantor‹, war – obwohl noch in offiziellem Gebrauch – aus der Umgangssprache verschwunden. Bei den Trantoranern der Gegenwart hieß ihre Welt im heimischen Dialekt ›Hame‹, was in Galakto-Standard soviel wie ›Heimat‹ bedeutete.

*

Quindor Shandess dachte über all das und noch viel mehr nach, während er still in einem behaglichen Zustand von Halbschläfrigkeit dasaß, in dem er seinen Geist einem selbstläufigen, ungeordneten Gedankenstrom folgen lassen konnte.

Seit achtzehn Jahren war er Erster Sprecher der Zweiten Foundation, und er mochte durchaus noch zehn oder zwölf Jahre lang auf diesem Posten bleiben, wenn sein Verstand einigermaßen beweglich und er dazu in der Lage blieb, die politischen Auseinandersetzungen weiterhin durchzustehen.

Er war der fünfundzwanzigste Erste Sprecher, und seine Amtszeit dauerte schon etwas länger als durchschnittlich. Sollte er vielleicht nicht zu sehr darauf bedacht sein, den Posten zu behalten, die jüngeren Aspiranten abzublocken? Da war Sprecher Gendibal, neu an der Ratstafel und doch bereits das scharfsinnigste Mitglied der Runde. Heute abend wollten sie Zeit füreinander haben, und Shandess blickte der Begegnung erwartungsvoll entgegen. Sollte er auch Gendibals eines Tages möglicher Übernahme seines Postens so erwartungsfroh entgegenblicken?

Die Antwort auf die Frage lautete, daß Shandess nicht im geringsten ernsthaft daran dachte, seinen Posten abzugeben. Er bereitete ihm viel zuviel Spaß.

Wie er da in seinem hohen Alter saß, war er nach wie vor vollkommen dazu imstande, seine Pflichten zu erfüllen. Sein Haar war grau, aber es war immer hell gewesen, und da er es nur ein bis zwei Zentimeter lang trug, spielte die Farbe kaum eine Rolle. Seine Augen waren von wie verblichenem Blau, während seine Kleidung sich nicht von den eintönigen Monturen trantoranischer Farmer unterschied.

Der Erste Sprecher konnte unter den Hamer jederzeit als einer der ihren auftreten, aber er verfügte über geheime Kräfte. Er vermochte seine Augen und seinen Geist, wann er wollte, auf einen gemeinsamen Brennpunkt zu richten, und wen er dann anschaute, der handelte nach seinem Willen, ohne sich anschließend daran erinnern zu können.

Dergleichen geschah selten. Fast nie. Die Goldene Regel der Zweiten Foundation hieß: Unternimm nichts, wenn du nicht mußt, und wenn du handeln mußt – dann laß dir Zeit.

Der Erste Sprecher seufzte gedämpft. Das Leben in der alten Universität, von der nicht weit entfernt die Ruinen des Kaiserlichen Palastes ihrer einstigen Grandeur nachbrüteten, gab bisweilen die Frage ein, wie golden diese Regel wirklich sein mochte.

In den Tagen der Großen Plünderung war die Goldene Regel bis zum äußersten strapaziert worden. Es hatte keine Möglichkeit gegeben, Trantor zu retten, ohne gleichzeitig Seldons Plan zur Errichtung eines Zweiten Imperiums zu opfern. Es wäre gewiß human gewesen, die vierzig Milliarden Menschen vor ihrem schweren Schicksal zu bewahren, aber ihre Rettung hätte gleichzeitig das Kernstück des Ersten Imperiums gerettet, und der errechnete Zeitplan wäre in Verzug geraten. Einige Jahrhunderte später wäre es zu um so gräßlicheren Verheerungen gekommen, und vielleicht wäre jede Aussicht auf ein Zweites Imperium verloren gewesen ... Die anfänglichen Ersten Sprecher hatten sich jahrzehntelang mit dem Problem der deutlich vorhersehbaren Plünderung beschäftigt, aber keine Lösung gefunden; keinen Weg, wie sich Trantor schonen und trotzdem die letztendliche Errichtung des Zweiten Imperiums bewerkstelligen ließ. Man mußte das kleinere Übel wählen, und so war das Unheil über Trantor hereingebrochen.

Mit knapper Not war es den Angehörigen der Zweiten Foundation gelungen, als es soweit war, den Komplex Universität/Bibliothek zu schützen, und selbst deswegen hatte man anschließend noch gewisse Schuldgefühle empfinden müssen; allerdings hatte nie jemand dafür den Beweis erbringen können, daß die Rettung von Universität und Bibliothek den kometengleichen Aufstieg des Fuchses verursacht habe. Der Eindruck, daß dazwischen ein Zusammenhang bestand, war jedoch nie ganz aus der Welt geschafft worden.

Fast hätte der Fuchs damals alle Pläne über den Haufen geworfen!

Doch den Jahrzehnten der Plünderung und der Herrschaft des Fuchses folgte das Goldene Zeitalter der Zweiten Foundation.

Bis dahin, im Laufe der ersten zweieinhalb Jahrhunderte nach Seldons Tod, hatte die Zweite Foundation nach Maulwurfsart in der Bibliothek gehaust, denn an erster Stelle aller ihrer Überlegungen stand die Absicht, den Handlangern des Imperiums nicht aufzufallen. In einer im Niedergang begriffenen Gesellschaft, die sich immer weniger um die Galaktische Bibliothek scherte, die im gleichen Maß ständig weniger diesen Namen verdiente, betätigten sie sich als Bibliothekare, und die Bibliothek geriet in eine solche Nichtbeachtung, wie sie den Zwecken der Zweiten Foundation am optimalsten entgegenkam.

Ihre Mitglieder führten ein bescheidenes Leben. Sie sorgten lediglich dafür, daß man den Seldon-Plan nicht vergaß, während fern am Rand der Galaxis die Erste Foundation gegen immer stärkere Gegner um ihre Existenz kämpfte, ohne von der Zweiten Foundation Hilfe zu erhalten, ohne überhaupt genauer über sie Bescheid zu wissen.

Die Große Plünderung war es gewesen, dank der die Zweite Foundation endlich ihre Handlungsfreiheit erhielt, neben anderen einer der Gründe (der junge Gendibal, der Mut besaß, hatte kürzlich gesagt, es habe sich dabei um den hauptsächlichen Grund gehandelt), warum man sie nicht abgewendet hatte.

Nach der Großen Plünderung bestand das Imperium nicht mehr, und in allen nachfolgenden Zeiten hatten die trantorischen Überlebenden das Territorium der Zweiten Foundation nie unaufgefordert betreten. Die Menschen der Zweiten Foundation verstanden es, zu gewährleisten, daß der Komplex von Universität/Bibliothek, der die Plünderung überdauert hatte, auch die Große Erneuerung durchstand. Man sorgte auch für die Erhaltung der Ruinen des Kaiserlichen Palastes. Fast überall auf dem restlichen Planeten war das Metall verschwunden. Die breiten, endlosen Korridore und Stollen waren ver- und zugeschüttet, verworfen, zusammengebrochen, vergessen; alles war bedeckt von Erdreich und Steinen – außer hier, wo noch Metall die uralten Grünzonen umgab.

Man konnte sie als Gedenkstätten der vergangenen Größe betrachten, gewissermaßen als Grabmal des Imperiums, aber für die Trantoraner – oder Hamer, wie sie selbst sich nannten – waren die Orte, an denen es spukte, an denen es von Geistern und Gespenstern wimmelte, die man am besten in Ruhe ließ. Nur Leute von der Zweiten Foundation betraten die alten Korridore oder setzten ihren Fuß auf den Glanz des Titaniums.

Und trotzdem wäre durch den Fuchs beinahe alles zunichte geworden.

Der Fuchs hatte sich damals auf Trantor festgesetzt. Wenn er nun entdeckt hätte, was auf diesem Planeten in Wirklichkeit vorging? Seine materiellen Waffen waren weit stärker als die gewesen, über die die Zweite Foundation verfügte, seine geistigen Waffen fast vergleichbar stark. Die Zweite Foundation wäre für immer durch die Notwendigkeit behindert worden, nur das tun zu dürfen, was sie unbedingt tun mußte, und von der Einsicht, daß nahezu jede Hoffnung, den aktuellen Kampf zu gewinnen, verbunden wäre mit einer letztendlichen, größeren Niederlage.

Wäre nicht Bayta Darell gewesen... Und auch dabei hatte die Zweite Foundation keine Hilfe geleistet.

Und dann – das Goldene Zeitalter, dessen Erste Sprecher irgendwie Wege zu aktivem Eingreifen gefunden hatten, den Eroberungszug des Fuchses zum Scheitern brachten, am Ende seinen Geist unter ihren Einfluß zwangen; und danach fielen sie der Ersten Foundation in den Arm, nachdem *sie* aufmerksam geworden war und sich mit allzu aufdringlicher Neugier für Charakter und Identität der Zweiten Foundation interessierte. Da war Preem Palver gewesen, neunzehnter Erster Sprecher und der bedeutendste von ihnen, dem es gelang, aller Gefahr ein für allemal ein Ende zu bereiten – nicht ohne furchtbare Opfer – und die Fortsetzung der Arbeit im Sinne des Seldon-Plans einzuleiten.

Nun existierte die Foundation seit eineinviertel Jahrhunderten wieder so wie einst, versteckt in einem als unheimlich gefürchteten Teil Trantors. Sie verbarg sich diesmal nicht vor den Kujonen des Imperiums, sondern unverändert vor der Ersten Foundation, einer Ersten Foundation, die inzwischen fast so groß war, wie früher das Galaktische Imperium, und ohne Zweifel tüchtiger als das Imperium, was die wissenschaftlich-technischen Errungenschaften betraf.

Dem Ersten Sprecher sanken in der gemütlichen Wärme die Lider herab, und er ging in den Nichts-und-Niemals-Zustand entspannender halluzinatorischer Wahrnehmungen über, die weder ganz Träume waren noch bewußte Gedanken.

Genug vom düsteren Grübeln. Alles würde gut werden. Trantor war *noch immer* Hauptwelt der Galaxis, denn die Zweite Foundation war hier, und sie war mächtiger und einflußreicher, als selbst irgendein Kaiser es jemals hatte von sich behaupten können.

Sie konnte die Erste Foundation auch weiterhin in Schach halten, sie lenken, und die Erste Foundation würde sich in die korrekte Richtung entwickeln. Wie fabelhaft ihre Raumschiffe und Waffen auch sein mochten, sie blieb machtlos, solange sich ihre wichtigsten Führer unter mentaler Kontrolle befanden.

*

Und das Zweite Imperium würde kommen, aber keine Ähnlichkeit mit dem Ersten Imperium besitzen. Ein föderatives Imperium sollte es werden, dessen Bestandteile sich durch beträchtliche Souveränität auszeichneten, so daß alle scheinbaren Vorteile und sämtliche tatsächlichen Schwächen einer einheitlichen, zentralisierten Regierungsgewalt fehlten. Das neue Imperium sollte lockerer gegliedert sein, beweglicher, flexibler, daher auch widerstandsfähiger – und immer, immer, immer würden die Männer und Frauen der Zweiten Foundation im verborgenen seine Geschicke lenken. Trantor würde nach wie vor die Hauptwelt sein, mit seinen vierzigtausend Psychohistorikern viel mächtiger, als er es je mit den früheren vierzig Milliarden ...

Der Erste Sprecher schrak auf und war sofort hellwach. Die Sonne stand tiefer am Himmel. Hatte er vor sich hingebrabbelt? Hatte er laut gesprochen?

Wenn die Zweite Foundation viel wissen mußte und wenig sagen durfte, hatten die amtierenden Sprecher noch mehr zu wissen und durften um so weniger sagen, und der Erste Sprecher mußte am meisten wissen und durfte am wenigsten sagen.

Er lächelte verzerrt. Es blieb stets eine Versuchung, trantorischer Patriot zu werden, die gesamte Frage des Zweiten Imperiums als eine Sache trantorischer Hegemonie zu sehen. Seldon hatte davor gewarnt; er hatte sogar das vorausgesehen, fünf Jahrhunderte, ehe dergleichen aktuell werden konnte.

*

Sein Nickerchen hatte nicht lange gedauert. Bis zu Gendibals Ankunft war noch Zeit.

Shandess blickte dieser privaten Unterredung mit großem Interesse entgegen. Gendibal war jung genug, um den ganzen Seldon-Plan unter neuartigen Gesichtspunkten zu betrachten, und scharfsinnig genug, um Dinge erkennen zu können, die anderen verborgen blieben. Und es war nicht ausgeschlossen, daß Shandess aus dem, was der junge Mann zu sagen hatte, einige seiner Einsichten erfahren konnte.

Niemand war sicher, in welchem Umfang Preem Palver – der große Palver selbst – jener Tag genutzt hatte, als der junge Kol Benojam, noch keine dreißig, ihn aufsuchte, um mit ihm ein Privatgespräch über das gegenüber der Ersten Foundation gangbare Vorgehen zu führen. Benojam, in dem man später einen der bedeutendsten Theoretiker seit Seldon selbst erkannte, hatte sich in den Jahren danach nie über die Unterhaltung mit Palver geäußert, aber zu guter Letzt war er einundzwanzigster Erster Sprecher geworden. Manche schrieben statt Palver keinem anderen als Benojam die beachtlichen Errungenschaften unter Palvers Administration zu. Shandess amüsierte sich im stillen beim Gedanken daran, was der junge Gendibal wohl sagen werde. Es grenzte schon an Tradition, daß alle klugen jungen Leute, sobald sie das erste Mal allein mit dem Ersten Sprecher reden durften, ihre ganzen Thesen bereits im ersten Satz zusammenfaßten. Und ebenso stand fest, daß sie keineswegs aus trivialen Gründen um die bedeutsame erste Aussprache ersuchten – nicht wegen irgend etwas, das ihre gesamte künftige Laufbahn verderben konnte, weil es den Ersten Sprecher davon überzeugte, daß er es mit Flachköpfen zu tun hatte.

*

Als Gendibal vier Stunden später vor ihm stand, zeigte der junge Mann keinerlei Anzeichen von Nervosität. Ruhig wartete er, bis Shandess als erster den Mund aufmachte.

»Sie haben in einer wichtigen Angelegenheit um ein Privatgespräch gebeten, Sprecher«, sagte Shandess. »Könnten Sie mir wohl kurz und klar mitteilen, worum es sich handelt?«

»Erster Sprecher«, antwortete Gendibal gelassen, fast als erzähle er lediglich, was er gegessen habe, »der Seldon-Plan ist vollkommen bedeutungslos.«

18

Stor Gendibal bedurfte keiner Bestätigung durch andere, um in seinem Selbstwertgefühl völlig sicher zu sein. Er konnte sich nicht entsinnen, jemals keine Klarheit über seine Außergewöhnlichkeit besessen zu haben. Bereits als zehnjähriger Junge war er von einem Agenten, der sein vielseitiges geistiges Potential erkannt hatte, für die Zweite Foundation rekrutiert worden.

Das Studium hatte er bemerkenswert gut absolviert, weil die Psychohistorie auf ihn wirkte wie ein Schwerkraftfeld auf ein Raumschiff. Die Psychohistorie hatte ihn unwiderstehlich angezogen, und er hatte bereitwillig nachgegeben; er las bereits Seldons Grundlagentexte, als andere noch mit Differentialgleichungen zurechtzukommen versuchten.

Mit fünfzehn Jahren war er an Trantors Galaktischer Universität (wie sie offiziell noch immer hieß) zugelassen worden, nach einer Unterredung, in deren Verlauf er auf die Frage, was seine Ambitionen seien, kaltschnäuzig geantwortet hatte: »Erster Sprecher zu sein, ehe ich vierzig bin.«

Man konnte ihm nicht nachsagen, daß er den Platz des Ersten Sprechers anpeilte, ohne sich zu qualifizieren. Aber ihn einmal, so oder so, einnehmen zu können, das hatte für ihn immer außer Zweifel gestanden. Das wesentliche Ziel war für ihn, es schon in jungen Jahren zu schaffen. Sogar Preem Palver war zweiundvierzig gewesen, als er zum Ersten Sprecher aufstieg.

In der Miene seines Gesprächspartners hatte es bloß gezuckt, als Gendibal ihm diese Auskunft gab, aber der Junge kannte sich mit der Psychosprache schon einfühlsam genug aus, um dies Zucken interpretieren zu können. Er wußte so genau, als habe sein Gegenüber es laut ausgesprochen, daß man seinen Personaldaten nun einen dahingehenden Vermerk hinzufügen würde, daß er ein schwieriger Fall sei.

Nun – natürlich!

Gendibal wollte nichts anderes sein als ein schwieriger Fall.

Jetzt war er dreißig. In den nächsten zwei Monaten würde er einunddreißig werden, und er war bereits Mitglied im Rat der Sprecher. Neun Jahre blieben ihm noch, um Erster Sprecher zu werden, und er wußte, es würde ihm gelingen. Diese Aussprache mit dem Ersten Sprecher war für seine Pläne von entscheidender Bedeutung, und im Bestreben, genau den richtigen Eindruck zu erwecken, hatte er sich alle Mühe gegeben, seine Beherrschung der Psychosprache gründlich aufzufrischen.

Wenn zwei Sprecher der Zweiten Foundation sich verständigen, ähnelt ihre Sprache keiner anderen in der Galaxis. Sie besteht in gleichem Maß aus knappen Gesten wie aus Wörtern; die gegenseitige Wahrnehmung von Veränderungen in den Hirnwellenströmen spielte dabei eine so große Rolle wie alles andere.

Ein Außenstehender hörte wenig oder gar nichts, und doch konnte binnen kürzester Zeit ein ausgiebiger Meinungsaustausch stattfinden. Diese Art und Weise der Verständigung kann man niemandem außer einem weiteren Sprecher wirklich verdeutlichen und begreiflich machen.

Die Vorteile dieser Sprache, deren sich die Sprecher untereinander bedienen, bestehen aus Zeitersparnis und außerordentlicher Differenziertheit des Ausdrucks, doch hat sie den Nachteil, daß es nahezu unmöglich ist, seine wahren Ansichten zu verheimlichen.

Gendibal kannte seine eigene Meinung vom Ersten Sprecher sehr gut. Er sah in dem Ersten Sprecher einen Mann, der den Gipfel seiner geistigen Leistungsfähigkeit überschritten hatte. Nach Gendibals Einschätzung rechnete der Erste Sprecher mit keiner Krise, war nicht darauf eingestellt, einer zu begegnen, und ermangelte der Entschiedenheit, um sie zu bewältigen, falls eine auftrat. Mit all seiner Gutmütigkeit und Umgänglichkeit war Shandess für Gendibals Begriffe genau der Mann, der beim erstbesten Desaster hilflos dastand.

All das mußte Gendibal nicht nur aus seinen Worten, Gesten und seinem Mienenspiel fernhalten, sondern auch aus seinen Gedanken. Er wußte genau, daß es kein Mittel gab, das so wirksam zu tun, daß der Erste Sprecher nicht wenigstens gewisse Eindrücke davon mitbekam.

Andererseits bemerkte Gendibal zwangsläufig auch ein wenig von den Gefühlen, die der Erste Sprecher ihm entgegenbrachte. Außer Gutmütigkeit und Gutwilligkeit – völlig offenkundig und im großen und ganzen von aufrichtiger Natur – erkannte Gendibal das hintergründige Profil von Leutseligkeit und Belustigung, und er nahm sich noch stärker zusammen, um seinerseits keine Abneigung zu zeigen – oder jedenfalls so wenig wie möglich.

Der Erste Sprecher lächelte und lehnte sich in seinen Sessel. Er legte nicht gerade die Füße auf den Tisch, aber es gelang ihm, haargenau die für so ein Gespräch geeignete Mischung selbstsicherer Unbefangenheit und zwanglosen Wohlwollens auszustrahlen; von jedem eben genug, um Gendibal in Unsicherheit über den Effekt seines Statements zu lassen.

Da Gendibal nicht zum Platznehmen aufgefordert worden war, blieb das Repertoire an Handlungen und Verhaltensweisen, die ihm bei der Minimierung seiner Unsicherheit geholfen hätten, sehr beschränkt. Darüber besaß der Erste Sprecher zweifellos volle Klarheit.

»Der Seldon-Plan bedeutungslos?« meinte Shandess. »Was für eine bemerkenswerte Feststellung! Haben Sie in letzter Zeit einen Blick auf den Hauptradianten geworfen, Sprecher Gendibal?«

»Ich begutachte ihn regelmäßig, Erster Sprecher. Das ist nicht nur meine Pflicht, sondern es bereitet mir auch Vergnügen.«

»Sollte es so sein, daß Sie dann und wann lediglich die Teile betrachten, die in Ihren Zuständigkeitsbereich fallen? Sehen Sie ihn in Mikrobetrachtung – hier ein System von Gleichungen, da eine Korrekturtendenz? Sehr wichtig, das versteht sich von selbst, aber ich habe es immer für eine ausgezeichnete Übung gehalten, ihn ab und zu in seinem gesamtheitlichen Kurs zu beobachten. Es ist nützlich, den Hauptradianten Stück um Stück anzuschauen, aber ihn als Ganzes anzusehen, das ist wahrhaft aufschlußreich. Um die Wahrheit zu sagen, Sprecher, ich habe es selbst lange nicht gemacht. Möchten Sie's mit mir gemeinsam tun?«

Gendibal wagte nicht allzu lange zu zögern. Es mußte sein, und es mußte ohne Spannungen geschehen, unter angenehmen Umständen, oder es war besser, es zu unterlassen. »Es wird mir eine Ehre und eine Freude sein, Erster Sprecher.«

Der Erste Sprecher betätigte einen Schalter an der Seite seines Tisches. Ein derartiges Pult stand im Büro jedes Sprechers, und das in Gendibals Büro war dem des Ersten Sprechers in keiner Beziehung unterlegen. In all ihren oberflächlichen Manifestationen war die Zweite Foundation eine Gesellschaft Gleichgestellter – also in allen unwichtigen Angelegenheiten. Tatsächlich bestand das einzige *offizielle* Vorrecht des Ersten Sprechers darin, was bereits sein Titel zum Ausdruck brachte – er sprach immer zuerst. Das erschwerte es, nicht seiner Meinung zu sein.

Der Raum verdunkelte sich, sobald er die Schaltung vornahm, aber fast sofort wich die Dunkelheit einem perlfarbenen Dämmerlicht. Die beiden Wände nahmen eine leicht cremige Färbung an, glommen dannn immer weißer und heller, bis man schließlich auf ihnen in sauberen Umrissen Gleichungen erkennen konnte – so klein jedoch, daß sie sich nicht ohne weiteres lesen ließen.

»Wenn Sie keine Einwände haben«, sagte der Erste Sprecher, der keinen Zweifel daran erlaubte, daß er keine Einwände erwartete, »werden wir die Vergrößerung etwas reduzieren, damit wir soviel auf einmal sehen können, wie's geht.«

Die fein säuberlichen Gleichungen schrumpften zu haarfein dünnen Linien zusammen, einer zierlichen schwarzen Maserung auf dem perlweißen Hintergrund.

Der Erste Sprecher berührte die Tasten eines kleinen, in die Armlehne seines Sessels eingebauten Steuergeräts. »Wir werden zum Anfang zurückkehren, in die Zeit Hari Seldons, und dann eine geringfügige Vorwärtsbewegung vornehmen. Den Rest blenden wir ab, so daß wir jeweils nur ein Jahrzehnt des Zeitstroms sehen. Das vermittelt einem ein wunderbares Gefühl für den Ablauf der Geschichte, ohne daß man durch Details abgelenkt wird. Sind Sie schon einmal so verfahren?«

»Nicht auf exakt diese Weise, Erster Specher.«

»Ich kann's Ihnen nur empfehlen. Es ist ein wundervolles Gefühl. Beachten Sie am Anfang die Spärlichkeit der schwarzen Adern. In den ersten Dekaden war die Wahrscheinlichkeit von Alternativen gering. Mit der Zeit jedoch häufen sich die Abzweigpunkte erheblich. Wäre nicht die Tatsache, daß mit jeder Verzweigung eine bedeutende Anzahl anderer Alternativen in der Zukunft getilgt wird, das alles wäre bald unüberschaubar. Natürlich müssen wir im Umgang mit der Zukunft größte Umsicht in der Beziehung walten lassen, auf welche Tilgungen wir die Entwicklung stützen.«

»Ich weiß, Erster Sprecher.« Gendibal vermochte in seiner Antwort eine gewisse Gelangweiltheit nicht ganz zu unterdrücken.

Der Erste Sprecher achtete nicht darauf. »Sehen Sie sich diese rote, gewundene Linie von Symbolen an. Sie folgt bestimmten Regeln. Nach oberflächlicher Denkweise müßten die Symbole sich durch Willkürlichkeit und Zufälligkeit auszeichnen, so eben, wie jeder Sprecher sich seinen Rang verdient, indem er zu Seldons ursprünglichem Plan Verbesserungen und Konkretisierungen erarbeitet. Man könnte meinen, daß es keinen Weg gibt, um im voraus zu wissen, wo sich eine Verbesserung ohne Schwierigkeiten anbringen läßt, oder wohin die Interessen oder Fähigkeiten dieses oder jenes Sprechers gehen werden, und doch habe ich schon immer vermutet, daß das Zusammenspiel von Seldon-Schwarz und Sprecher-Rot einer strikten Gesetzmäßigkeit unterliegt, die in der Hauptsache von der Zeit und sehr wenig anderem abhängig ist.«

Gendibal sah die Jahre verstreichen, während die haarfeinen Linien in Rot und Schwarz ein ineinander verschlungenes Muster von nahezu hypnotischer Wirksamkeit bildeten. Das Muster als solches war natürlich ohne Bedeutung; was zählte, waren die Symbole, aus denen sich die Darstellung zusammensetzte.

Da und dort entstand bisweilen ein blauer Ausläufer, bauchte sich aus, verzweigte sich, machte sich überdeutlich bemerkbar, dann fiel er plötzlich wieder zusammen und verschwand im Rot oder Schwarz.

»Abweichungs-Blau«, konstatierte der Erste Sprecher, und die zwei Männer spürten zwischen sich das Gefühl des Unbehagens, das von ihnen beiden ausging. »Immer wieder haben wir's eingedämmt, aber schließlich kommen wir doch ins Jahrhundert der Abweichung.«

Und es kam. Man konnte präzise ersehen, wann das Störphänomen, verbunden mit dem Auftreten des Fuchses, zeitweilig die ganze Galaxis beeinflußte, denn der Hauptradiant schien plötzlich in zahllose blaue Ausläufer zu zerfasern, weit mehr, als sich zur gleichen Zeit tilgen ließen, bis die ganze Räumlichkeit bläulich zu leuchten schien, während die blauen Linien sich verdickten und die Wand in immer grellerer, aufdringlicherer Verunreinigung (anders konnte man es nicht nennen) verfärbten.

Das Blau überschritt seine stärkste Ausdehnung, begann abzunehmen, sich zu verdünnen, floß für die Dauer eines langen Jahrhunderts zusammen, bis es am Ende versickerte. Als es fort war und der Seldon-Plan wieder überwiegend aus

Rot und Schwarz bestand, erkannte man unmißverständlich, daß Preem Palver seine Hand im Spiel gehabt hatte.

Und weiter, weiter...

»Jetzt sind wir in der Gegenwart«, bemerkte der Erste Sprecher wie zum Trost.

Weiter, weiter...

Dann mündeten die Linien in einen wahren Knoten von dicht verflochtenem Schwarz und Rot, von dem das Rot allerdings den kleinsten Teil ausmachte. »Das ist die Errichtung des Zweiten Imperiums«, sagte der Erste Sprecher.

Er schaltete die Darstellung des Hauptradianten ab, und im Raum flammte wieder die normale Beleuchtung auf.

»Das war ein wirklich emotionales Erlebnis«, sagte Gendibal.

»Ja.« Der Erste Sprecher lächelte. »Und Sie hüten sich, Ihre Emotion beim Namen zu nennen, soweit es überhaupt möglich ist, über sie im unklaren zu bleiben. Doch egal. Lassen Sie mich zusammenfassen, was ich zu verdeutlichen wünsche. Zunächst einmal dürfte Ihnen sicherlich das nahezu völlige Ausbleiben von Abweichungs-Blau nach der Zeit Preem Palvers aufgefallen sein – mit anderen Worten, während der vergangenen zwölf Jahrzehnte. Sie werden auch bemerkt haben, daß für die kommenden fünf Jahrhunderte keine nennenswerte Wahrscheinlichkeit zu Gunsten einer Abweichung oberhalb der Klasse Fünf besteht. Bestimmt wissen Sie auch, daß wir damit begonnen haben, mit unseren verfeinerten Methoden der Psychohistorie über die Errichtung des Zweiten Imperiums hinaus unsere Pläne zu schmieden. Wie Ihnen zweifellos ebenso bekannt ist, war Hari Seldon zwar ein überragendes Genie, aber nicht allwissend, konnte es nicht sein. Wir sind über ihn hinausgewachsen. Wir verstehen mehr von der Psychohistorie, als er jemals wissen konnte. Seldon beendete seine Berechnungen mit dem Zweiten Imperium, aber wir blicken weiter voraus. In der Tat, wenn ich es einmal so offenherzig ausdrücken darf, ohne daß Sie daran Anstoß nehmen, ist der neue Hyperplan, der über den Aufbau des Zweiten Imperiums hinaus Gültigkeit haben soll, größtenteils mein Werk, und ihm verdanke ich meine gegenwärtige Position. Das alles sage ich Ihnen, damit wir uns überflüssiges Gerede sparen können. Wie gelangen Sie angesichts all dessen zu der Schlußfolgerung, der Seldon-Plan könne bedeutungslos sein? Er ist ohne jeden Makel. Bei allem angebrachten Respekt vor Preem Palvers Leistungen, die bloße Tatsache, daß der Plan als solcher das Jahrhundert der Abweichung überstanden hat, ist der beste Beweis für seine Fehlerlosigkeit. Wo soll denn seine Schwäche liegen, junger Mann, aufgrund der Sie den Plan als bedeutungslos anprangern?«

Gendibal straffte sich, stand in steifer Haltung da. »Sie haben recht, Erster Sprecher. Der Seldon-Plan ist makellos.«

»Sie ziehen Ihre Behauptung also zurück?«

»Nein, Erster Sprecher. Sein Fehler besteht in seiner Makellosigkeit. Seine Makellosigkeit ist fatal.«

19

Der Erste Sprecher musterte Gendibal mit Gleichmut. Er hatte alle Arten seiner Ausdrucksformen zu kontrollieren gelernt, und es amüsierte ihn insgeheim, zu sehen, wieviel Gendibal in dieser Beziehung noch zu lernen hatte. Bei jedem Wortwechsel gab der junge Mann sich alle Mühe, seine Empfindungen zu verbergen, und jedesmal völlig ohne Erfolg.

Leidenschaftslos betrachtete Shandess ihn. Er war ein hagerer junger Mann von kaum mehr als mittlerer Körpergröße, mit schmalen Lippen und knochigen, unruhigen Händen. Er besaß dunkle, humorlose Augen, die sich durch eine Neigung zu gelegentlichem Aufglühen auszeichneten.

Der Erste Sprecher wußte, Gendibal würde sich seine Überzeugungen nicht leicht ausreden lassen.

»Sie äußern sich in Paradoxa, Sprecher«, sagte er.

»Es *klingt* wie ein Paradoxon, Erster Sprecher, weil wir am Seldon-Plan so vieles als selbstverständlich nehmen, uns mit so vielem daran abfinden, ohne es zu hinterfragen.«

»Und was ist es, das Sie in Frage stellen?«

»Die ganze Grundlage des Plans. Wir alle wissen, daß der Plan nicht funktionieren kann, wenn seine Natur – oder nur seine bloße Existenz – zu vielen von jenen bekannt wird, deren Verhalten er voraussehbar machen soll.«

»Ich glaube, davon hatte Hari Seldon durchaus eine Ahnung.

Ich glaube, diese Einsicht hat er sogar zu einem seiner beiden grundlegenden Axiome der Psychohistorie gemacht.«

»Er hat den Fuchs nicht vorausgesehen, Erster Sprecher, und daher nicht das Ausmaß erwartet, in dem die Zweite Foundation bei den Leuten der Ersten Foundation zur fixen Idee geworden ist, sobald ihnen der Fuchs die Wichtigkeit der Zweiten Foundation offenbart hatte.«

»Hari Seldon...« In diesem Moment schauderte der Erste Sprecher zusammen und verstummte.

Hari Seldons Aussehen war allen Mitgliedern der Zweiten Foundation wohlbekannt. Bildnisse seiner Person, in zwei und drei Dimensionen – fotografisch und holografisch –, als Basrelief und allseitig lebensechte Statuetten, im Sitzen und im Stehen, waren überall verbreitet. Sie alle zeigten ihn in seinen letzten Lebensjahren. Alle zeigten einen alten, würdevollen Mann, das Gesicht von der Weisheit des Alters runzlig, Verkörperung einer Quintessenz des ausgereiften Genies.

Doch in diesem Augenblick erinnerte sich der Erste Sprecher daran, einmal ein Foto gesehen zu haben, das Seldon angeblich als jungen Mann zeigte. Das Foto genoß keine offizielle Anerkennung, zumal man die Vorstellung eines jungen Seldon nahezu als buchstäblichen Widerspruch empfand. Aber Shandess hatte es gesehen, und jetzt hatte er plötzlich den Eindruck gehabt, daß Stor Gendibal dem jungen Seldon bemerkenswert ähnlich sehe.

Lächerlich! Das war die Art von abergläubischer Anwandlung, wie sie jeden einmal befiel, wie vernünftig er auch sein mochte. Eine entfernte Ähnlichkeit mußte ihn getäuscht haben. Läge die Fotografie hier vor ihm, er hätte sich sofort dessen vergewissern können, daß die scheinbare Ähnlichkeit nur auf einem Irrtum beruhte. Doch warum sollte diese alberne Idee ihm ausgerechnet jetzt in den Sinn gekommen sein?

Er gewann seine Gefaßtheit zurück. Er hatte nur einen Moment lang gestutzt, als seien seine Gedanken abgeirrt, zu flüchtig, als daß irgend jemand außer einem anderen Sprecher es überhaupt gemerkt hätte, und Gendibal mochte sein Stocken ruhig interpretieren, wie es ihm paßte.

»Hari Seldon«, begann er erneut, diesmal mit ganz fester Stimme, »wußte sehr gut, daß er eine unendliche Zahl von

Möglichkeiten nicht voraussehen konnte, und aus eben diesem Grund hat er die Zweite Foundation gegründet. Auch wir haben den Fuchs nicht vorausgesehen, aber wir sahen ihn, als er auftrat, und wir haben seine Absichten vereitelt. Wir haben die nachfolgende Besessenheit der Ersten Foundation, was uns angeht, nicht absehen können, aber als sie sich bemerkbar machte, haben wir sie bemerkt und darunter einen Schlußstrich gezogen. Was an all dem können Sie denn nur fehlerhaft finden?«

»Jedenfalls den Umstand«, erwiderte Gendibal, »daß die Erste Foundation sich noch längst nicht das letzte Mal mit uns beschäftigt hat.«

In der Art und Weise, wie Gendibal redete, ließ sich ein unverkennbares Nachlassen des Respekts spüren. Er hatte (schlußfolgerte Shandess) das kurze Beben in der Stimme des Ersten Sprechers bemerkt und als Verunsicherung ausgelegt. Dem mußte entgegengewirkt werden.

»Lassen Sie mich ein wenig vorgreifen«, sagte der Erste Sprecher lebhaft. »Es kann ohne weiteres in den Reihen der Ersten Foundation Personen geben, die die hektischen Probleme der ersten nahezu vier Jahrhunderte ihres Bestehens mit der Geruhsamkeit des letzten eineinviertel Jahrhunderts vergleichen und aufgrund dessen zu der Auffassung gelangen, so etwas könne gar nicht sein, kümmere sich nicht nach wie vor die Zweite Foundation um die Einhaltung des Seldon-Plans – und natürlich hätten sie mit dieser Ansicht vollkommen recht. Ihre Schlußfolgerung wird gewiß sein, daß es also doch nicht gelungen ist, die Zweite Foundation aus der Welt zu schaffen – und natürlich lägen sie damit völlig richtig. Tatsächlich gibt's auf Terminus, der Hauptwelt der Ersten Foundation, einen jungen Mann, einen ihrer Regierungsvertreter, der von dem, was ich gerade dargestellt habe, restlos überzeugt ist. Das ist uns berichtet worden. Ich habe seinen Namen vergessen...«

»Golan Trevize«, half Gendibal gedämpft nach. »Ich selbst war's, der diese Sache erstmals berichtsweise erwähnt hat, und ich habe persönlich veranlaßt, daß der Fall an Ihr Büro weitergeleitet wird.«

»Ach?« meinte der Erste Sprecher mit übertriebener Höflichkeit. »Und wodurch hat er Ihre Aufmerksamkeit erregt?«

»Einer unserer Agenten hat einen sehr detaillierten Bericht über die neu in den Verwaltungsrat gewählten Ratsmitglieder geliefert – absoluter Routinekram, wie er allen Sprechern zugeht und normalerweise von allen nicht sonderlich beachtet wird, mich keineswegs ausgenommen. Hier jedoch bin ich durch die Beschreibung des Naturells dieses Golan Trevize aufmerksam geworden. Er kam mir ungewöhnlich selbstbewußt und streitlustig vor. Anhand dieser Schilderung...«

»Sie haben einen verwandten Geist erkannt, nicht wahr?«

»Durchaus nicht«, entgegnete Gendibal harsch. »Anscheinend handelt es sich um eine unbesonnene Person, der es Freude macht, Unfug zu treiben, eine Beschreibung, die nicht unbedingt, wie ich zu behaupten wage, auf mich zutrifft. Wie auch immer, ich habe eine gründlichere Personenstudie angefordert. Ich habe nicht lange gebraucht, um festzustellen, daß er bei uns ein tüchtiger Foundationist geworden wäre, hätten wir ihn in jüngeren Jahren rekrutieren können.«

»Vielleicht«, sagte der Erste Sprecher. »Aber Sie wissen, wir rekrutieren auf Terminus nicht.«

»Das weiß ich sehr genau. Doch ganz gleich, selbst ohne unsere Art von Ausbildung und Schulung besitzt er eine außergewöhnliche Intuition. Natürlich ist sein Denken durch und durch disziplinlos. Es hat mich daher nicht besonders überrascht zu erfahren, er ist auf die Tatsache gestoßen, daß die Zweite Foundation noch existiert.«

»Und aus Ihrem Verhalten glaube ich zu ersehen, daß sich eine neue Entwicklung ergeben hat.«

»Nachdem er dank seiner ausgeprägten intuitiven Begabung die Tatsache erkannt hatte, daß wir noch existieren, hat er von dieser Erkenntnis auf eine geradezu charakteristisch undisziplinierte Weise Gebrauch gemacht und ist infolgedessen von Terminus verbannt worden.«

Der Erste Sprecher hob die Brauen. »Sie schweigen unvermittelt. Das heißt, Sie möchten, daß ich die Bedeutung dieses Vorgangs interpretiere. Wenn ich ohne Hinzuziehung meines Computers, nur im Kopf, eine annäherungsweise Anwendung von Seldons Gleichungen vornehme, gelange ich zu dem Ergebnis, daß da eine raffinierte Bürgermeisterin, durchaus des Verdachts fähig, die Zweite Foundation könne unverändert existieren, es lieber sieht, daß ein disziplinloses Individuum diesen Sachverhalt nicht öffentlich herumposaunt, denn dadurch könnte die Zweite Foundation auf eine Gefahr aufmerksam werden. Ich gehe also davon aus, daß Branno die Bronzefrau entschieden hat, Terminus ist ohne Trevize besser dran und sicherer, als wenn er dort seinen Unsinn treibt.«

»Sie hätte Trevize einsperren oder sang- und klanglos liquidieren lassen können.«

»Die Gleichungen sind unverläßlich, wenn man sie auf Einzelpersonen anwendet, das wissen Sie ja selber. Sie gelten nur für Menschenmassen. Individuelles Verhalten ist unberechenbar, so daß man unterstellen darf, daß die Bürgermeisterin, die ja ein menschliches Individuum ist, es als unangebrachte Grausamkeit empfindet, jemanden einfach einzusperren, gar nicht davon zu reden, ihn zu ermorden.«

Für eine Weile bewahrte Gendibal Schweigen. Die Stille, die unterdessen zwischen den beiden Männern herrschte, glich einem vielsagenden Nichts, und er ließ sie gerade lange genug dauern, um dem Ersten Sprecher Mißbehagen und Unsicherheit einzuflößen, aber wiederum nicht so lange, daß daraus Verärgerung und eine Abwehrhaltung entstanden wäre. Vielmehr bemaß er sein Timing auf die Sekunde genau.

»Meine Interpretation lautet anders«, sagte er dann. »Ich glaube, daß Trevize gegenwärtig als Stoßkeil der größten Bedrohung herhält, der die Zweite Foundation in ihrer Geschichte je ausgesetzt war. Einer größeren Gefahr als der Fuchs!«

20

Gendibal war zufrieden. Die Wucht seiner Feststellung wirkte gut. Mit dergleichen hatte der Erste Sprecher nicht gerechnet, und daher war er aus dem Gleichgewicht gebracht worden. Von diesem Moment an beherrschte Gendibal das Gespräch. Falls er daran noch irgendwelche Zweifel hegte, so verschwanden sie mit Shandess' nächster Äußerung.

»Hat das irgend etwas mit Ihrer Behauptung zu tun, der Seldon-Plan sei bedeutungslos?«

Gendibal setzte auf komplette Sicherheit, antwortete in diktatorischem Stil, so daß der Erste Sprecher keine Chance erhielt, die Fassung zurückzugewinnen. »Erster Sprecher«, sagte er, »es ist nachgerade ein Glaubensartikel, daß es Preem Palver war, der nach den wirren Abirrungen des Jahrhunderts der Abweichung den Seldon-Plan restauriert hat. Unterziehen Sie den Hauptradianten einer genauen Analyse, und Sie werden sehen, daß die Abweichungen erst zwei Jahrzehnte nach Palvers Tod verschwinden und daß seither so gut wie keine Abweichungen mehr aufgetreten sind. Das könnte ein Verdienst der Ersten Sprecher nach Palver sein, ist jedoch unwahrscheinlich.«

»Unwahrscheinlich? Zugegeben, keiner von uns ist ein Palver gewesen, aber... – unwahrscheinlich?«

»Erlauben Sie mir, zu demonstrieren, was ich meine, Erster Sprecher? Anhand der Mathematik der Psychohistorie kann ich eindeutig nachweisen, daß die Wahrscheinlichkeit eines totalen Ausbleibens von Abweichungen zu mikroskopisch klein ist, als daß sie sich infolge von irgend etwas, wozu die Zweite Foundation imstande ist, erklären läßt. Sie brauchen Ihre Einwilligung nicht zu geben, falls Sie gegenwärtig keine Zeit haben oder Ihnen an der Demonstration, die bei konzentriertem Vorgehen etwa eine halbe Stunde beanspruchen wird, nicht gelegen ist. Alternativ wäre es möglich, eine Sitzung der Sprecher einzuberufen und die Demonstration dort vorzunehmen. Aber das würde für mich einen Zeitverlust und für uns alle möglicherweise eine unnötige Kontroverse bedeuten.«

»Ja, und einen Gesichtsverlust für mich. Ich möchte Ihre Demonstration sofort sehen. Aber lassen Sie sich von mir warnen.« Der Erste Sprecher bemühte sich nahezu heroisch um seine Gefaßtheit. »Wenn das, was Sie mir vorführen, wertlos ist, werde ich's nicht vergessen.«

»Sollte es sich als wertlos erweisen«, sagte Gendibal in ungezwungenem Stolz, der dem Ersten Sprecher glattweg die Sprache verschlug, »werde ich auf der Stelle meinen Rücktritt einreichen.«

In Wirklichkeit dauerte die Beweisführung erheblich länger als eine halbe Stunde, denn der Erste Sprecher prüfte die Berechnungen mit nahezu wütender Hartnäckigkeit.

Durch den geschickten Gebrauch seines Mikroradianten

machte Gendibal einen Teil der dadurch vergeudeten Zeit wett. Dies Instrument, das jeden Abschnitt des gesamten Seldon-Plans holografisch präsentieren konnte, weder eine Wand erforderte noch größere Schaltpulte, war erst vor einem Jahrzehnt aufgekommen, und der Erste Sprecher hatte nie den Kniff gelernt, wie man damit umging, und Gendibal wußte das nur zu gut. Der Erste Sprecher war sich darüber im klaren, daß er es wußte.

Gendibal hielt das Instrument über den rechten Daumen geschlungen und bediente die Kontrollen mit den vier Fingern, bewegte absichtlich die Hand so, als halte er ein Musikinstrument. (Tatsächlich hatte er über die entsprechenden Analogien einen kurzen Artikel veröffentlicht.)

Die Gleichungen, die Gendibal vorzeigte (und mit unbekümmerter Geläufigkeit stets absolut treffsicher) huschten schlangenhaft hin und her, während er seine Erläuterungen gab. Er konnte Definitionen vorweisen, falls nötig, Axiome aufstellen, Grafiken erklären, alles sowohl zwei- wie auch dreidimensional (ganz zu schweigen von Projektionen multidimensionalen Charakters).

Gendibals Darlegungen waren klar, eindringlich und bedeutsam, und der Erste Sprecher verzichtete schließlich darauf, weitere zwecklose Umstände zu machen. Gendibal hatte gewonnen. »Ich kann mich nicht entsinnen«, sagte der Erste Sprecher, »in neuerer Zeit Analysen dieser Art gesehen zu haben. Auf wessen Arbeit beruhen sie?«

»Auf meiner eigenen, Erster Sprecher. Ich habe die erforderlichen mathematischen Grundlagen publiziert.«

»Sehr tüchtig, Sprecher Gendibal. Dergleichen wird Sie in die engere Wahl für den Posten des Ersten Sprechers bringen, falls ich sterbe ... – oder mich zur Ruhe setze.«

»Damit habe ich mich noch nicht näher befaßt, Erster Sprecher ... Aber da kaum irgendeine Aussicht besteht, daß Sie mir glauben, nehme ich diese gedankenlose Bemerkung zurück. Ich *habe* daran gedacht, und ich hoffe, daß ich Erster Sprecher *werde*, denn wer auch Ihr Nachfolger sein wird, er *muß* ein Vorgehen einschlagen, das bislang nur ich deutlich erkenne.«

»Ja«, sagte der Erste Sprecher, »falsche Bescheidenheit kann eine große Gefahr sein. Welches Vorgehen? Vielleicht kann der gegenwärtige Erste Sprecher sich gleichfalls daran orientieren. Selbst wenn ich zu alt sein sollte, um diesen kreativen Sprung gemacht zu haben, der Ihnen gelungen ist, noch bin ich nicht zu alt, um einer Richtungsweisung zu folgen.«

Seine Kapitulation ehrte Gendibal, und unerwartet erwärmte sich dessen Herz für den Alten, obwohl er im selben Augenblick begriff, daß der Erste Sprecher eben diese Absicht damit verfolgte.

»Ich danke Ihnen, Erster Sprecher, denn ich werde dringend Ihre Unterstützung benötigen. Ohne Ihre geistreiche Anleitung dürfte es mir kaum gelingen, den Rat der Sprecher restlos zu überzeugen.« (Ehre gegen Ehre.) »Ich darf jedoch unterstellen, daß Sie meinen Ausführungen bereits unzweifelhaft entnommen haben, es ist ausgeschlossen, daß unsere Politik es war, die das Jahrhundert der Abweichung korrigiert oder danach alle Abweichungen im Keim erstickt hat?«

»Das ist mir nunmehr vollkommen klar«, antwortete der Erste Sprecher. »Wenn Ihre Berechnungen stimmen, dann hätte es für die Restauration des Seldon-Plans, wie sie stattgefunden hat, und sein reibungsloses Funktionieren, wie es der Fall zu sein scheint, möglich sein müssen, mit einem gewissen Grad an Genauigkeit die Reaktionen kleinerer Personengruppen und vielleicht sogar von Individuen vorherzusagen.«

»Sehr richtig. Weil die Mathematik der Psychohistorie so etwas jedoch nicht erlaubt, hätten die Abweichungen nicht zurückgehen und erst recht nicht anschließend ausbleiben dürfen. Sie sehen also nun, was ich gemeint habe, als ich sagte, der Makel des Seldon-Plans ist seine Makellosigkeit.«

»Entweder besitzt der Seldon-Plan Abweichungen«, sagte der Erste Sprecher, »oder in Ihren Berechnungen steckt ein Fehler. Ich komme nicht daran vorbei, daß der Seldon-Plan länger als ein Jahrhundert *keine* Abweichungen erfahren hat, und daraus ergibt sich, daß in Ihren Berechnungen ein Fehler stecken *muß*. Nur habe ich keine Irrtümer oder falschen Schritte darin entdecken können.«

»Es ist leichtfertig von Ihnen«, erwiderte Gendibal, »eine dritte Möglichkeit von vornherein auszuschließen. Es ist durchaus denkbar, daß der Seldon-Plan *keine* Abweichungen aufweist und gleichzeitig in meinen Berechnungen, die anzeigen, daß das nicht sein kann, *kein* Fehler ist.«

»Leider sehe ich keine dritte Möglichkeit.«

»Nehmen wir einmal an, der Seldon-Plan wird durch eine psychohistorische Methode gelenkt, die so fortgeschritten ist, daß man die Reaktionen kleiner Personengruppen und womöglich sogar von Individuen voraussehen *kann* – eine Methode, wie wir Zweitfoundationisten sie nicht kennen. Dann – und nur *dann!* – können meine Berechnungen überhaupt anzeigen, daß der Seldon-Plan keine Abweichungen erlebt hat.«

Für eine Weile enthielt sich der Erste Sprecher (nach den Begriffen der Zweiten Foundation) jeglicher Stellungnahme. »Mir ist jedenfalls keine so fortgeschrittene psychohistorische Methode bekannt«, entgegnete er schließlich, »und aufgrund Ihres Verhaltens bin ich sicher, auch Ihnen nicht. Wenn Sie und ich so etwas nicht kennen, dann ist die Wahrscheinlichkeit, daß ein anderer Sprecher oder eine Gruppe anderer Sprecher eine derartige Mikro-Psychohistorie – wie ich's einmal nennen will – entwickelt und vor dem Rest des Rates geheimgehalten haben, unendlich klein. Sind Sie nicht dieser Ansicht?«

»Doch.«

»Dann ist entweder Ihre Analyse falsch, oder es gibt eine Gruppierung außerhalb der Zweiten Foundation, die über die Methode der Mikro-Psychohistorie verfügt.«

»Genau, Erster Sprecher! Diese letztgenannte Möglichkeit ist es, die zutreffen muß!«

»Können Sie beweisen, daß es sich tatsächlich so verhält?«

»Nein, nicht auf irgendeine formgerechte Art und Weise. Aber bedenken Sie – hat es nicht schon einmal eine Person gegeben, die dazu imstande war, den Seldon-Plan zu deformieren, indem sie sich mit Individuen beschäftigte?«

»Ich nehme an, Sie meinen den Fuchs.«

»Ja, sicher.«

»Der Fuchs konnte nur eine zeitweilige Unterbrechung herbeiführen. Das Problem ist aber doch, daß der Seldon-Plan *viel zu gut* funktioniert, erheblich näher an einem perfekten Funktionieren liegt, als unsere Berechnungen es erklärlich machen können. Es müßte praktisch einen Anti-Fuchs geben, also jemanden, der fähig ist, den Plan so stark wie damals der Fuchs zu beeinflussen, aber aus dem entgegengesetzten Motiv, nämlich nicht, um ihn zu beeinträchtigen, sondern um ihn zu perfektionieren.«

»Haargenau, Erster Sprecher! Ich wollte, diese Formulierung wäre mir eingefallen. Was war der Fuchs? Ein Mutant. Aber woher stammte er? Wie kam seine Mutation zustande? Das weiß niemand so recht. Kann es nicht mehr seinesgleichen geben?«

»Offenbar nicht. Eine der bekanntesten Einzelheiten über den Fuchs ist die Tatsache, daß er steril war. Oder vermuten Sie, das sei nur ein Mythos?«

»Ich rede nicht von Nachfahren des Fuchses. Aber könnte es nicht sein, daß es sich beim Fuchs um ein in die Irre gegangenes Mitglied einer ganzen Gruppe von Personen mit vergleichbaren geistigen Fähigkeiten gehandelt hat, einer Gruppe, die heute vielleicht schon beachtlich groß ist, die aus irgendeinem Grund nicht gegen den Seldon-Plan arbeitet, sondern ihn fördert?«

»Bei der Galaxis, warum sollte sie so was tun?«

»Warum arbeiten *wir* an dem Plan? Wir bereiten einem Zweiten Imperium den Weg, in dem wir – oder vielmehr, unsere intellektuellen Nachfolger – es sein werden, die die Entscheidungen fällen. Falls es eine andere Gruppe gibt, die sich effizienter für den Seldon-Plan einsetzt, als wir's können, dann gewiß nicht, um später die Entscheidungsgewalt uns zu überlassen. *Sie* wird die Entscheidungen fällen – aber mit welchem Ziel? Sollten wir nicht versuchen, in Erfahrung zu bringen, in was für eine Art von Zweitem Imperium man uns zu führen beabsichtigt?«

»Und wie sollen wir das nach Ihrer Meinung herausfinden?«

»Nun, die Frage lautet: Warum hat Terminus' Bürgermeisterin wohl Golan Trevize ins Exil geschickt? Dadurch hat sie nichts anderes getan, als einer potentiell gefährlichen Person Freizügigkeit in der gesamten Galaxis gegeben. Ich kann nicht glauben, daß sie das aus reiner Menschlichkeit getan hat. Historisch betrachtet, haben die Führer der Ersten Foundation immer realistisch gehandelt, das heißt, normalerweise ohne jede Rücksicht auf moralische Maßstäbe. Einer ihrer Helden, Salvor Hardin, hat sich sogar explizit gegen Moral ausgesprochen. Nein, ich gehe davon aus, daß die Bürgermeisterin auf Veranlassung von Agenten der ›Anti-Füchse‹ – um Ihren Ausdruck zu verwenden – gehandelt hat. Ich glaube, Trevize ist von ihnen rekrutiert worden, und ich halte ihn für den Stoßkeil einer gegen uns gerichteten Bedrohung, einer tödlichen Gefahr!«

»Bei Seldon, kann sein, Sie haben recht«, sagte der Erste Sprecher. »Aber wie wollen Sie den Rat von all dem überzeugen?«

»Erster Sprecher, Sie unterschätzen Ihren Einfluß.«

Sechstes Kapitel

Erde

21

Trevize war mißmutig und gereizt. Er und Pelorat saßen in der kleinen Eßnische und hatten soeben ihr Mittagessen beendet.

»Wir sind erst seit zwei Tagen im All«, sagte Pelorat, »und trotzdem ist mir ganz wohl zumute, obwohl ich natürlich die frische Luft und das alles vermisse. Seltsam! Solange es ständig ringsherum vorhanden war, habe ich's nie richtig zur Kenntnis genommen. Neben meinen paar Platten und Ihrem bemerkenswerten Computer habe ich meine komplette Bibliothek dabei – oder jedenfalls alles, was wichtig ist. Und jetzt ängstigt mich die Vorstellung, mitten im Raum zu sein, nicht mehr im mindesten. Erstaunlich!«

Trevize stieß einen nichtssagenden Laut aus. Sein Blick war nach innen gerichtet.

»Ich möchte nicht lästig sein, Golan«, meinte Pelorat leise, »aber ich habe den Eindruck, Sie hören mir nicht zu. Nicht etwa, daß ich ein besonders interessanter Mensch wäre, wissen Sie, ich war immer ein ziemlich langweiliger Typ. Trotzdem, ich glaube, Sie beschäftigen sich sehr stark mit irgend etwas ... Sind wir in Schwierigkeiten? Sie können's mir ruhig verraten, glauben Sie mir! Behilflich kann ich Ihnen sicher nicht sein, aber ich werde auch nicht in Panik geraten, mein Bester.«

»In Schwierigkeiten?« Trevize wirkte, als käme er gerade zu sich, runzelte leicht die Stirn.

»Das Raumschiff, meine ich. Es ist ja ein neues Modell, also könnte irgend etwas nicht so ganz klappen, stelle ich mir vor.« Pelorat erlaubte sich ein unsicheres Lächeln.

Nachdrücklich schüttelte Trevize den Kopf. »Janov, es war dumm von mir, Sie im Ungewissen zu lassen. Mit dem Raumschiff ist alles in schönster Ordnung. Es funktioniert tadellos. Ich habe bloß nach einer Hypersonde gesucht.«

»Aha, verstehe – nur weiß ich nicht, was eine Hypersonde ist.«

»Ich will's klipp und klar erläutern, Janov. Wir haben unvermindert Verbindung zum Terminus. Ich kann jederzeit Kontakt aufnehmen, wenn ich will, und umgekehrt kann man von Terminus aus mit uns in Kontakt treten. Man kennt dort die Position des Schiffs, hat unseren Kurs verfolgt. Selbst wenn das nicht geschehen wäre, ließe sich unsere Position durchs Abtasten des näheren Weltraums mit Massedetektoren, wie es fortgesetzt geschieht, um den Raumflugverkehr zu überwachen und etwaige Meteore frühzeitig zu entdecken, leicht ermitteln. Außer der Masse mißt man dabei ein energetisches Muster an, dank dessen man nicht nur Raumschiffe von Meteoren, sondern auch ein Raumschiff vom anderen zu unterscheiden vermag, denn keine zwei Raumer erzeugen das gleiche energetische Muster. Unser Muster bleibt in irgendeiner Beziehung immer charakteristisch, unabhängig davon, welche Manöver wir vornehmen oder welche Instrumente wir ein- oder ausschalten. Natürlich kann das geortete Schiff unbekannt sein, aber wenn's sich um eines wie unseres handelt, dessen Energiemuster auf Terminus registriert ist – und das ist mit unserem ohne Zweifel der Fall –, dann kann man's identifizieren, sobald es geortet ist.«

»Manchmal finde ich, Golan«, sagte Pelorat, »daß man die Fortschritte der Zivilisation in nichts anderem besser zusammenfassen kann, als wenn man sie als Einübung in die immer stärkere Einschränkung der Privatsphäre beschreibt, oder was meinen Sie?«

»Da könnten Sie recht haben. Früher oder später allerdings müssen wir den Hyperraum durchqueren, andernfalls würden wir uns während des gesamten Rests unseres Lebens nicht weiter als ein oder zwei Parsek von Terminus entfernen. Wir würden nur im allergeringsten Umfang an der interstellaren Raumfahrt teilnehmen. Mit der Durchquerung des Hyperraums dagegen vollziehen wir eine Bewegung der Diskontinuität in bezug auf den Normalraum. Wir versetzen uns einfach von hier nach dort, über eine Entfernung von manchmal mehreren hundert Parsek hinweg, und brauchen dafür nur einen einzigen Augenblick tatsächlich erlebter Zeit. Wir sind urplötzlich weit fort, befinden uns in einer Richtung, die für Außenstehende nur sehr schwer vorauszusehen ist, so daß man uns, praktisch gesprochen, nicht mehr orten kann.«

»Das begreife ich. Ja.«

»Es sei denn, versteht sich, man hat zuvor an Bord eine Hypersonde installiert. Eine Hypersonde sendet ein Signal durch den Hyperraum, ein Signal, das für das Raumschiff charakteristisch ist, und die zuständigen Stellen auf Terminus könnten anhand dessen jederzeit ersehen, wo wir uns gerade aufhalten. Das ist die Antwort auf Ihre Frage. Nirgends in der ganzen Galaxis könnten wir uns verstecken, und keine Kombination von Hyperraumsprüngen würde ausreichen, um uns ihren Ortungsinstrumenten zu entziehen.«

»Golan«, sagte Pelorat gedämpft, »uns ist doch am Schutz gelegen, den die Foundation uns bieten kann, oder nicht?«

»Ja, Janov, gewiß, aber nur, wenn wir ausdrücklich darum bitten. Sie haben gesagt, Fortschritte der Zivilisation bedeuteten immer stärkere Einschränkung des Privaten. Na, ich jedenfalls habe keine große Lust, so sehr fortschrittlich zu sein. Ich wünsche die Freiheit, mich unbeobachtet bewegen zu können, ohne unter irgend jemandes Aufsicht zu stehen, bis ich Schutz benötige und wünsche. Deshalb wäre mir besser, viel besser zumute, befände sich *keine* Hypersonde an Bord.«

»Haben Sie eine gefunden, Golan?«

»Nein, nicht. Andernfalls könnte ich sie außer Betrieb setzen.«

»Wenn Sie eine sehen, würden Sie sie denn erkennen?«

»Das ist eine der Schwierigkeiten. Möglicherweise erkenne ich sie nicht. Allgemein weiß ich, wie eine Hypersonde aussieht, und mir sind auch Methoden zum Testen verdächtiger Gegenstände bekannt. Aber das hier ist ein hochmodernes Raumschiff und außerdem für einen speziellen Zweck abgestellt worden. Eine Hypersonde könnte so eingebaut worden sein, daß sie sich durch überhaupt nichts feststellen läßt.«

»Genausogut kann's aber sein, daß gar keine Hypersonde an Bord ist und Sie deshalb keine gefunden haben.«

»Ich möchte mich aber ungern auf so was verlassen, und ich würde lieber keinen Hypersprung durchführen, ehe ich genau Bescheid weiß.«

Pelorat schaute drein, als sei ihm eine Erleuchtung gekommen. »Deswegen also schweben wir noch immer durch den Weltraum. Ich habe mich schon gewundert, warum wir noch keinen Hypersprung gemacht haben. Wissen Sie, ich habe schon manches davon gehört. Ich bin deshalb ein bißchen nervös, ich habe mich dauernd gefragt, wann Sie endlich sagen, daß ich mich anschnallen muß, oder eine Pille schlucken, oder halt sonst irgend so etwas.«

Trevize rang sich ein Lächeln ab. »Kein Grund zur Sorge. Das ist alles nicht mehr wie früher. In so einem Raumschiff überläßt man alles dem Computer. Man gibt seine Anweisungen, und er erledigt den Rest. Sie werden nichts merken, sondern nur feststellen, daß der Raum plötzlich einen anderen Anblick bietet. Wenn Sie schon mal einen Dia-Vortrag gesehen haben, wissen Sie ja, was geschieht, wenn man ein Dia durch ein anderes ersetzt. Tja, und so ähnlich erlebt man auch den Hypersprung.«

»Meine Güte. Man spürt nichts? Komisch! Das enttäuscht mich irgendwie.«

»*Ich* habe jedenfalls nie etwas gespürt, und die Raumer, mit denen ich schon geflogen bin, waren längst nicht so modern wie unser Schiff. Es ist aber nicht bloß wegen der Hypersonde, weshalb ich noch mit dem Hypersprung warte. Erst müssen wir noch mehr Abstand von Terminus und seiner Sonne gewinnen. Je weiter man von irgendeinem massiven Objekt entfernt ist, um so leichter ist der Sprung kontrollierbar, um so sicherer erfolgt der Wiedereintritt in den Normalraum exakt an den festgelegten Koordinaten. Notfalls kann man einen Sprung zweihundert Kilometer über einer Planetenoberfläche wagen und sich auf sein Glück verlassen. Weil es viel mehr sicheren als unsicheren Raum in der Galaxis gibt, kann so was gutgehen. Trotzdem, es besteht immer die Möglichkeit, daß zufällige Faktoren einen Wiedereintritt ein paar Millionen Kilometer von einem großen Stern oder im galaktischen Zentrum verursachen und man draufgeht, bevor man mit der Wimper zucken kann. Je mehr man von Massen Abstand hält, um so geringer diese Faktoren und die Wahrscheinlichkeit, daß etwas passiert.«

»In diesem Fall weiß ich Ihre Vorsicht zu würdigen. Wir haben keine besondere Eile.«

»Völlig richtig. Zumal ich gerne die Hypersonde fände, bevor wir weiteres unternehmen. Oder wenigstens einen Weg, mich davon zu überzeugen, daß gar keine an Bord ist.«

Trevize verfiel allem Anschein nach erneut in sein stummes Grübeln. »Wieviel Zeit haben wir noch?« fragte Pelorat und hob ein wenig seine Stimme, um zu Trevize durchzudringen.

»Was?«

»Ich meine, wann würden wir den Hypersprung einleiten, falls Sie nicht diese Sorge wegen der Hypersonde hätten, mein Bester?«

»Beim gegenwärtigen Kurs und jetziger Geschwindigkeit am vierten Tag nach dem Start, würde ich sagen. Ich kann einen geeigneten Zeitpunkt vom Computer errechnen lassen.«

»Na, dann bleiben Ihnen doch noch zwei Tage für die Suche. Darf ich einen Vorschlag machen?«

»Bitte schön.«

»Bei meiner Arbeit – sie unterscheidet sich naturgemäß stark von Ihrer Tätigkeit, aber möglicherweise dürfen wir hier ein wenig vereinfachen und verallgemeinern – habe ich stets festgestellt, daß es zu gar nichts führt, wenn man sich verbissen an einem bestimmten Problem festfrißt. Lassen Sie uns lieber ganz gemütlich von was anderem reden, dann wird Ihr Unterbewußtsein, wenn es nicht unter der Bürde Ihrer konzentrierten Gedanken arbeitet, das Problem vielleicht für Sie lösen.«

Im ersten Moment wirkte Trevize verärgert, dann lachte er. »Naja, weshalb nicht? Erzählen Sie mir, Professor, was Ihr Interesse an der Erde geweckt hat. Wie ist diese sonderbare Annahme aufgekommen, wir würden alle von einem einzigen Planeten stammen?«

»Ah!« Bei der Erinnerung daran nickte Pelorat versonnen vor sich hin. »Das ist schon eine Zeitlang her. Dreißig Jahre. Als ich aufs College ging, wollte ich Biologe werden. Besonders hat mich die Verschiedenartigkeit von Spezies auf unterschiedlichen Welten interessiert. Die Verschiedenartigkeit ist, wie Sie wissen – oder vielleicht nicht, dann ist's Ihnen sicher recht, wenn ich's Ihnen erkläre –, sehr gering. Allen Lebensformen in der Galaxis – jedenfalls allen, denen wir bisher begegnet sind – ist eine auf Wasser basierende Eiweiß-Nukleinsäure-Natur gemeinsam.«

»Ich habe ein Militär-College besucht«, sagte Trevize, »wo man die Schwerpunkte auf Nuklear- und Gravo-Wissenschaften legt, aber ich bin kein schmalspuriger Spezialist. Ein bißchen kenne ich mich mit den chemischen Grundlagen des Lebens schon aus. Uns ist beigebracht worden, daß Wasser, Eiweiß und Nukleinsäuren die einzige mögliche Basis sind.«

»Das halte ich in dieser Ausschließlichkeit für eine ungerechtfertigte Schlußfolgerung. Es ist richtiger zu sagen, eine andersartige Lebensform ist noch nicht entdeckt worden – oder, besser ausgedrückt: als solche erkannt worden –, und es dabei zu belassen. Überraschender ist allerdings die Tatsache, daß eingeborene Spezies – das heißt solche, die man nur auf einer einzigen Welt und keiner anderen findet – reichlich selten sind. Die meisten existenten Spezies, eingeschlossen und insbesondere *Homo sapiens,* sind auf alle oder nahezu alle bewohnten Welten der Galaxis verstreut und biochemisch, physiologisch und morphologisch eng miteinander verwandt. Die eingeborenen Spezies dagegen unterscheiden sich in ihren Eigentümlichkeiten sehr stark von den verbreiteten Lebensformen und auch voneinander.«

»Tja, und was besagt das?«

»Die Schlußfolgerung, die man daraus zu ziehen geneigt ist, lautet so, daß eine Welt in der Galaxis, *eine* Welt, sich vom Rest unterscheiden muß. Dutzende Millionen von Welten – niemand weiß genau, wie viele – in der Galaxis haben Leben hervorgebracht, einfaches Leben, karges, schwächliches Leben, nicht besonders artenreich, schwer zu bewahren, alles andere als leicht ausbreitbar. Eine Welt jedoch, eine Welt *allein,* muß Leben in Millionen von Spezies entwickelt haben, ja, ohne weiteres Millionen, manche davon stark spezialisiert, hochentwickelt, sehr vermehrungstüchtig und zur Ausbreitung veranlagt – darunter auch *uns.* Wir waren intelligent genug, um eine Zivilisation aufzubauen, die Hyperraumfahrt zu ersinnen, die Galaxis zu besiedeln – und während unserer Ausbreitung über die ganze Galaxis haben wir zahlreiche Lebensformen, untereinander und mit uns verwandte Lebensformen, mit uns genommen.«

»Wenn man nicht allzu tiefschürfend darüber nachdenkt«, sagte Trevize einigermaßen gleichgültig, »klingt's ziemlich einleuchtend. Ich meine, wir leben ja in einer Galaxis voller Menschen. Unterstellen wir einmal, daß alles auf nur einer Welt angefangen hat, dann liegt freilich die Annahme nahe, daß diese eine Welt sich von allen anderen Planeten wesentlich unterscheiden muß. Aber wieso auch nicht? Die Wahrscheinlichkeit für die Entwicklung so vielfältigen Lebens dürfte wirklich sehr gering sein, vielleicht eins zu hundert Millionen, das heißt, unter hundert Millionen Welten kann es entsprechende Voraussetzungen nur auf einer lebensgeeigneten Welt gegeben haben. Eine mußte es ja sein.«

»Aber was kann's sein, das diese spezielle Welt so verschieden von den anderen macht?« meinte Pelorat erregt. »Was waren das für herausragende Voraussetzungen?«

»Vielleicht war's nur reiner Zufall. Immerhin existieren Menschen und die von ihnen mitgenommenen Lebensformen ja heutzutage auf Dutzenden Millionen von Planeten, die alle für Leben geeignet sind, also müssen theoretisch alle diese Welten im Prinzip geeignet gewesen sein.«

»Nein! Das ist ein Fehlschluß! Sobald die menschliche Spezies – und mit ihr viele andere – sich im schweren Kampf ums Überleben abgehärtet, sobald sie Technik entwickelt hatte, da entstand für sie die Möglichkeit, sich jeder Welt anzupassen, solange sie nur ein Mindestmaß an Lebensfreundlichkeit aufweist, wie beispielsweise Terminus. Aber können Sie sich auf Terminus *entstandenes* intelligentes Leben vorstellen? Als zur Zeit der Enzyklopädisten zum erstenmal Menschen Terminus betraten, da waren dort die höchste pflanzliche Lebensform moosartige Flechten, die auf Felsen wuchsen, das höchstentwickelte tierische Leben waren korallenartige Wesen im Meer, insektenähnliche Flugorganismen auf dem Land. Das haben wir einfach beseitigt und Meer und Land mit Fischen, Kaninchen, Ziegen, Gras, Korn und Bäumen und so weiter bereichert. Vom ursprünglichen Leben haben wir nichts übriggelassen als das, was heute noch in Zoos und Aquarien existiert.«

»Hm«, brummte Trevize.

Pelorat starrte ihn für einen ausgedehnten Moment an, dann seufzte er. »Sie interessieren sich in Wirklichkeit nicht dafür, stimmt's?« meinte er. »Bemerkenswert! Irgendwie finde ich nie jemanden, den's interessiert. Ich glaube, es ist mein Fehler. Ich kann es nicht interessant darstellen, wie sehr es auch *mich* interessiert.«

»Es ist interessant«, sagte Trevize. »Das ist es wirklich. Aber... aber... was ergibt sich aus alledem?«

»Finden Sie nicht, daß es wichtig sein könnte, von wissenschaftlicher Bedeutung, eine Welt zu erforschen, die heimisch das einzige richtig blühende ökologische Gleichgewicht hervorgebracht hat, das man in der Galaxis kennt?«

»Vielleicht, wenn man Biologe ist. Aber sehen Sie, ich bin nun einmal keiner. Haben Sie Nachsicht mit mir!«

»Natürlich, mein Bester. Nur habe ich auch nie einen Biologen getroffen, den es interessiert hätte. Ich habe erwähnt, daß ich zuerst auf Biologie versessen war. Meinem damaligen Professor habe ich meine Gedanken auch vorgetragen, und *er* fand's ebensowenig interessant. Er sagte, ich solle mich einem praktischen Problem zuwenden. Das hat mich so angewidert, daß ich mich statt dessen auf Geschichte verlegt habe, und dann bin ich das Problem des Ursprungs von dieser Seite aus angegangen.«

»Aber wenigstens sind Sie dadurch zu einem Beruf gelangt«, sagte Trevize. »Also sollten Sie froh sein, daß Ihr Professor so engstirnig war.«

»Ja, so kann man's natürlich auch sehen. Und mein Beruf interessiert mich so sehr, daß ich meiner Tätigkeit noch nie überdrüssig geworden bin. Aber ich säh's gerne, *Sie* hätten Interesse. Ich bin das Gefühl satt, immer nur Selbstgespräche zu führen.«

Trevize bog den Kopf zurück und lachte herzhaft.

In Pelorats ruhiger Miene ließ sich eine Andeutung von Gekränktsein erkennen. »Warum lachen Sie mich aus?«

»Nicht Sie, Janov«, antwortete Trevize. »Ich habe über meine eigene Dummheit gelacht. Ihnen dagegen bin ich regelrecht dankbar. Wissen Sie, Sie hatten vollkommen recht!«

»Zu sehen, wie bedeutsam das Problem des menschlichen Ursprungs ist?«

»Nein, nein. Nun ja, das auch. Aber eigentlich habe ich gemeint, Sie hatten damit recht, mir zu raten, ich solle nicht mit bewußter Anstrengung über mein Problem nachdenken, sondern mich mit was anderem befassen. Es hat geklappt. Während Sie davon gesprochen haben, wie sich das Leben entwikkelt hat, ist mir endlich eingefallen, wie ich die Hypersonde, falls eine an Bord ist, finden kann.«

»Ach, das!«

»Jawohl – *das!* Im Moment ist das *meine* Monomanie. Ich habe nach der Hypersonde gesucht, als ob ich mich auf meinem alten Kahn von einem Schulschiff befände, ich habe mir jeden Teil des Raumers mit eigenen Augen angeschaut und mich nach etwas umgesehen, das sich von allem anderen abhebt. Ich hatte vergessen, daß dies Raumschiff ein modernes Produkt einer jahrtausendelangen technischen Entwicklung ist. Verstehen Sie, was ich damit sagen will?«

»Nein, Golan.«

»Wir haben einen Computer an Bord. Wie konnte ich das nur vergessen?«

Er winkte mit der Hand und suchte seine Kabine auf, gefolgt von Pelorat, der sich seinem Wink fügte.

»Ich brauche nur versuchen, zu kommunizieren«, sagte er und legte seine Hände auf die Kontaktflächen des Computers.

Es ging darum, Terminus zu erreichen, der nun mehrere tausend Kilometer weit hinter ihnen lag.

Tasten! Verbinden! Ihm war, als wüchsen und verzweigten sich seine Nervenenden, schnellten mit verblüffender Geschwindigkeit hinaus ins All – mit Lichtgeschwindigkeit, natürlich! –, um eine Verbindung herzustellen.

Trevize fühlte eine Berührung – nicht ganz eine Berührung, sondern er spürte etwas; nein, er spürte auch nicht, vielmehr ... – doch gleichgültig, es gab dafür kein Wort.

Er hatte die *Wahrnehmung,* daß sich Terminus in seiner Reichweite befand, und obwohl die Entfernung zwischen Terminus und ihm mit jeder Sekunde um rund zwanzig Kilometer zunahm, kam eine Art von Kontakt zustande, als schwebten Raumschiff und Planet bewegungslos nebeneinander im All, nur durch einen Meter Abstand getrennt.

Er schwieg. Er übermittelte nichts. Ihm lag lediglich daran, das *Prinzip* der Kommunikation zu testen; er kommunizierte nicht aktiv.

Weit draußen, acht Parsek entfernt, zog Anacreon seine Bahn, der nächste größere Planet – nach galaktischen Maßstäben im Hinterhof der Foundation. Mit dem gleichen Verfahren, das er soeben in bezug auf Terminus angewendet hatte, dorthin eine Nachricht zu übermitteln und eine Antwort zu erhalten, würde – ohne Hypersonde, die als Relais diente – zweiundfünfzig Jahre dauern.

Ertaste Anacreon! Denk an Anacreon! Stell ihn dir so deutlich vor, wie du kannst. Du kennst seine Position im Verhältnis zu Terminus und zum galaktischen Zentrum. Du hast seine Planetografie und Geschichte studiert. Du hast militärische Aufgabenstellungen gelöst, in denen es darauf ankam, Anacreon (unter Voraussetzung des heute undenkbaren Falls, feindliche Streitkräfte hätten ihn besetzt) zurückzuerobern.

Tiefe! Ferne! Du bist *auf* Anacreon gewesen.

Stell ihn dir vor! Stell ihn dir vor!

Nichts. Die Spitzen seiner Nerven zitterten, verliefen sich im Nirgendwo.

Trevize ließ vom Computer ab. »An Bord der *Far Star* ist keine Hypersonde, Janov. Ich bin mir völlig sicher. Und hätte ich mich nicht an Ihren Vorschlag gehalten, wer weiß, wie lange ich gebraucht hätte, um das zu klären.«

Pelorat schaffte es, vor Freude zu strahlen, ohne einen Gesichtsmuskel zu verziehen. »Ich bin gewaltig froh, daß ich mich nützlich machen konnte. Heißt das, wir bereiten jetzt den Hypersprung vor?«

»Nein, sicherheitshalber warten wir trotzdem noch zwei Tage lang. Wir müssen auf Entfernung von fremder Masse gehen, wissen Sie noch? Unter normalen Umständen würde ich, bedenkt man, daß ich ein neues Raumschiff fliege, mit dem ich mich überhaupt nicht auskenne, wahrscheinlich zwei Tage brauchen, um die Berechnungen für den Hypersprung durchzuführen, vor allem, was die Hyper-Stoßwelle für den ersten Sprung angeht. Aber ich habe den Eindruck, das alles wird vom Computer erledigt.«

»Herrje! Dann liegt ja noch eine langweilige Wartezeit vor uns, würde ich sagen.«

»Langweilig?« Trevize lächelte breit. »Alles andere als das. Sie und ich, Janov, wir werden uns ausgiebig über die Erde unterhalten.«

»Wirklich?« vergewisserte sich Pelorat. »Möchten Sie einem alten Knaben wie mir eine Freude machen? Das ist nett von Ihnen. Das ist wirklich nett.«

»Unsinn! Ich will mir selbst einen Gefallen tun. Janov, Sie haben mich bekehrt. Im Ergebnis dessen, was Sie mir erzählt haben, ist mir nunmehr vollkommen klar, die Erde ist die wichtigste und hochinteressanteste Angelegenheit im ganzen Universum.«

22

Anscheinend war von Trevize gerade erst begriffen worden, daß Pelorat kurz zuvor seine Ansichten über die Erde dargelegt hatte.

Nur weil sein Verstand so stark vom Problem der Hypersonde in Anspruch genommen gewesen war, hatte er nicht sofort darauf reagiert. Doch sobald das Problem gelöst war, *erfolgte* seine Reaktion.

Das am häufigsten wiederholte Zitat Hari Seldons war vermutlich seine Äußerung, die Zweite Foundation befände sich, von Terminus aus gesehen, ›am entgegengesetzten Ende der Galaxis‹. Seldon hatte sogar einen Namen genannt. Sie solle sich auf ›Star's End‹ befinden.

Das Zitat war in Gaal Dornicks Schilderung der Verhandlung vor dem Gerichtshof des Imperiums enthalten; jenen Tag betrachtete man seither in der Foundation als den Beginn der Foundationsära, den ersten Tag des Jahres 1 F. Ä. ›Am entgegengesetzten Ende der Galaxis‹ – genau diese Formulierung hatte Hari Seldon benutzt.

Von Dornicks Lebzeiten an war ihre Bedeutung immer zweifelhaft geblieben und debattiert worden. Was nämlich sollte es denn sein, was die Galaxis mit ihrem ›entgegengesetzten Ende‹ verband? Eine gerade Linie, eine Spirale, ein Kreis, oder was?

Und nun kam es Trevize plötzlich sonnenklar vor, daß keine Linie oder Kurve es war, die durch die Karte der Galaxis gezogen werden konnte oder sollte. Die Sache verhielt sich viel subtiler.

Außer Zweifel stand, daß es sich beim einen Ende der Galaxis um Terminus handelte. Dessen Position war am Rand der Galaxis, und das verlieh dem Wörtchen ›Ende‹ eine buchstäbliche Bedeutung. Zugleich jedoch war Terminus zur Zeit Hari Seldons die *neueste* bewohnbare Welt gewesen, ein Planet, dessen Gründerjahre in Kürze erst beginnen sollten, der bis dahin als Siedlerwelt gar nicht existiert hatte.

Was mochte im Licht dieser Betrachtungsweise das ›entgegengesetzte Ende der Galaxis‹ sein? Nun, warum nicht die *älteste* Welt in der Galaxis? Und den Argumenten zufolge, die Pelorat vorgetragen hatte – ohne zu ahnen, was er damit unterbreitete –, konnte dafür nur die Erde in Frage kommen. Einiges sprach für die Möglichkeit, daß die Zweite Foundation auf der Erde saß.

Seldon hatte gesagt, die Zweite Foundation sei auf ›Star's End‹ zu finden. Aber wer wollte ausschließen, daß er sinnbildlich gesprochen hatte? Verfolgte man die Geschichte der Menschheit zurück, so wie Pelorat es getan hatte, erstreckte sich eine Linie von jedem Planetensystem, von jeder Sonne, die auf eine bewohnte Welt schien, zu einem anderen Stern, einem anderen Planetensystem, von dem Siedler gekommen waren, von dort wiederum zurück nach einem anderen Sonnensystem, und so fort – bis schließlich alle Linien sich auf dem Planeten vereinten, auf dem die Menschheit ihren Ursprung genommen hatte. Die Sonne, die die Erde beschien, war ›Star's End‹.

Trevize lächelte. »Erzählen Sie mir mehr über die Erde, Janov«, bat er fast liebevoll.

Pelorat schüttelte den Kopf. »Ich habe Ihnen schon alles erzählt, was man darüber weiß, das können Sie mir glauben. Auf Trantor werden wir mehr erfahren.«

»Nein, das werden wir nicht, Janov«, erwiderte Trevize. »Wir werden dort nichts erfahren. Und was meinen Sie, warum nicht? Weil wir nicht nach Trantor fliegen. Ich habe die Kontrolle über dies Raumschiff, und ich versichere Ihnen, wir fliegen nicht nach Trantor.«

Pelorats Unterkiefer sackte herab. Einen Moment lang

schnappte er nach Luft. »Aber mein *Bester!*« stieß er dann betroffen hervor.

»Kommen Sie. Janov«, sagte Trevize, »machen Sie nicht so ein Gesicht! Wir wollen doch die *Erde* finden.«

»Aber wir können nur auf Trantor...«

»Nein, nicht. Trantor ist nicht mehr als irgendein Planet, wo Sie brüchige alte Filme und staubige alte Dokumente studieren können und dabei selber verstauben und morsch werden können.«

»Seit Jahrzehnten träume ich davon...«

»Sie haben davon geträumt, die Erde zu finden.«

»Aber nur auf...«

Trevize stand auf, beugte sich vor und packte Pelorat vorn an der Kleidung. »Wiederholen Sie's nicht, Professor«, sagte er, »Wiederholen Sie's nicht noch einmal! Als Sie mir erzählten, daß wir die Erde suchen würden, noch bevor wir an Bord gegangen sind, haben Sie gesagt, Sie seien sicher, wir würden sie finden, weil Sie – um's in Ihrer Ausdrucksweise zu sagen – ›eine glänzende Möglichkeit‹ wüßten. Und jetzt möchte ich, daß Sie nie wieder den Namen ›Trantor‹ in den Mund nehmen. Ich möchte, daß Sie mir alles über diese ›glänzende Möglichkeit‹ erzählen.«

»Aber meine Annahmen müssen erst einmal *bestätigt* werden! Bis jetzt handelt's sich bloß um eine Idee, eine Hoffnung, eine bislang nur vage Möglichkeit!«

»Gut, gut! Erzählen Sie!«

»Sie verstehen das nicht. Sie verstehen das alles ganz einfach nicht. Das ist kein Gebiet, mit dem nur ich mich beschäftigt habe. Es gibt keine historischen Fakten, keine übereinstimmenden Forschungen, nichts von realem Wert. Die Leute reden über die Erde, als sei sie eine Tatsache, aber gleichzeitig wie über einen Mythos. Eine Million widersprüchlicher Geschichten kursieren...«

»Na schön, und woraus haben *Ihre* Forschungen bestanden?«

»Ich bin gezwungen gewesen, alle diese Geschichten zu sammeln, jedes kleine bißchen angeblicher Historie, jede Legende, jeden nebulösen Mythos. Jede *Fiktion.* Alles, was den Namen Erde enthält oder den Gedanken einer Welt des Ursprungs. Dreißig Jahre lang habe ich das alles zusammengetragen, alles was ich in dieser Beziehung auftreiben konnte, von jedem Planeten der Galaxis. Wenn ich nun irgendwelche verläßlicheren Unterlagen in der Galaktischen Bibliothek auf... Aber Sie wollen den Namen ja nicht mehr hören.«

»Richtig. Schlucken Sie ihn runter! Erzählen Sie mir statt dessen von den Punkten, die Ihre Aufmerksamkeit erregt haben, sagen Sie mir die Gründe, warum ausgerechnet sie von allem so bedeutsam sein sollen.«

Pelorat schüttelte den Kopf. »Golan, entschuldigen Sie, wenn ich so offen rede, aber Sie sprechen wie ein Soldat oder ein Politiker. So geht Historie nun einmal nicht vor sich.«

Trevize holte tief Luft und nahm alle Geduld zusammen. »Dann verraten Sie mir, wie's geht, Janov! Wir haben noch zwei Tage Zeit. Klären Sie mich gründlich auf!«

»Man kann sich nicht auf einen Mythos stützen, auch nicht auf mehrere. Ich mußte, wie erwähnt, erst einmal alles sammeln, dann analysieren, nach Gruppen ordnen, Symbole für ihre verschiedenen inhaltlichen Aspekte festsetzen – für Geschichten von unwahrscheinlichem Wetter, astronomische Details von Planetensystemen, die von den tatsächlich existenten Verhältnissen abweichen, für die Herkunft von eindeutig nichtheimischen Kultgestalten... und buchstäblich Hunderte von weiteren Punkten. Es hat keinen Zweck, hier alle aufzuführen. Dafür würden auch zwei Tage nicht reichen. Ich habe dreißig Jahre gebraucht, wie gesagt. Dann habe ich ein Computerprogramm erarbeitet, das alle diese Mythen nach gemeinsamen Komponenten durchsiebt und eine Transformation vorgenommen hat, durch die alle tatsächlichen Unmöglichkeiten ausgeschlossen worden sind. Nach und nach bin ich mit diesem Verfahren zu einem Modell davon gelangt, wie die Erde gewesen sein muß. Wenn alle Menschen nämlich ihren Ursprung auf einem einzigen Planeten gehabt haben sollen, dann muß dieser eine Planet das eine Faktum umfassen, das allen Geschichten um Kultgestalten, allen Ursprungsmythen gemeinsam ist. Naja, Sie möchten sicher nicht, daß ich in mathematische Einzelheiten gehe.«

»Im Moment nicht, danke«, sagte Trevize. »Aber woher wissen Sie, daß Ihnen bei Ihren Analysen und Berechnungen keine Irrtümer unterlaufen sind? Uns ist als Tatsache bekannt, daß man Terminus erst vor fünf Jahrhunderten besiedelt hat und daß die ersten Siedler von Trantor kamen, eigentlich aber von Dutzenden, wenn nicht Hunderten anderer Welten stammten. Doch jemand, der das nicht weiß, könnte ohne weiteres annehmen, daß Hari Seldon und Salvor Hardin, von denen keiner auf Terminus geboren ist, von der Erde gekommen seien, daß Trantor ein Name sei, der in Wirklichkeit für die Erde stünde. Würde man heute nach Trantor suchen, wie er den Beschreibungen zufolge zu Hari Seldons Lebzeiten gewesen sein muß – einer Welt, deren Landfläche ganz mit Metall bedeckt ist –, man könnte ihn nicht finden und deshalb für einen realitätsfernen Mythos halten.«

Pelorat wirkte angenehm überrascht. »Mein Bester, ich nehme meine Bemerkung über die Denkweise von Politikern und Soldaten zurück. Sie besitzen ein beachtenswertes Einfühlungsvermögen. Natürlich mußte ich gewisse Kontrollmechanismen einbauen. Ich habe mir rund hundert Falschheiten ausgedacht, die auf Verzerrungen der tatsächlichen Historie beruhten, sozusagen Mythen der Art imitiert, wie ich sie gesammelt habe. Ich habe versucht, diese Erfindungen in mein Modell von der Erde zu integrieren. Eine davon basierte sogar auf Terminus' Frühgeschichte. Der Computer hat sie alle ausgesiebt. Allesamt. Freilich, das kann bedeuten, es fehlt mir einfach an der Erfindungsgabe, um mir etwas auszudenken, das überzeugender ist, aber ich habe mir alle Mühe gegeben.«

»Das bezweifle ich keineswegs, Janov. Und was hat Ihr Modell von der Erde besagt?«

»Eine Anzahl verschieden wahrscheinlicher Dinge sind dabei herausgekommen. Eine Art von Profil. Zum Beispiel haben etwa neunzig Prozent aller bewohnten Planeten in der Galaxis Rotationsperioden mit einer Dauer von zwischen zweiundzwanzig und sechsundzwanzig Galaktischen Standardstunden. Nun...«

»Ich hoffe, Sie haben dem keine erhöhte Beachtung geschenkt, Janov«, unterbrach Trevize. »Das ist absolut nicht rätselhaft. Ein bewohnbarer Planet darf natürlich nicht so schnell rotieren, daß die atmosphärische Zirkulation schwere Stürme verursacht, ebensowenig so langsam, daß extreme Temperaturunterschiede auftreten. Das ist gewissermaßen eine selbstselektive Eigentümlichkeit. Menschen ziehen es nun einmal vor, auf Planeten mit geeigneten Verhältnissen zu leben, und weil infolge dessen alle besiedelten Planeten sich in bezug auf diese Verhältnisse ähnlich sind, kann's Einfaltspinsel geben, die sagen: ›Was für ein erstaunlicher Zufall‹, während es in Wahrheit weder erstaunlich ist, noch ein Zufall.«

»In der Tat«, sagte Pelorat gelassen, »haben wir's dabei mit einem wohlbekannten Phänomen der Sozialwissenschaft zu tun. Ich glaube, man kennt's auch in der Physik – aber ich bin kein Physiker und mir deswegen nicht ganz sicher. Auf jeden Fall, man nennt das ›Anthropisches Prinzip‹. Der Beobachter beeinflußt, was er beobachtet, durch seine bloße Beobachtung, oder durch die Tatsache, daß er zum Zweck des Beobachtens da ist. Aber die Frage lautet: Wo ist der Planet, der als Vorbild gedient hat? Welcher Planet rotiert innerhalb präzis eines Galaktischen Standardtags von vierundzwanzig Galaktischen Standardstunden?«

Trevize schnitt ein versonnenes Gesicht und schob die Unterlippe vor. »Sie meinen, das könnte die Erde sein? Aber die Galaktische Standardzeit kann doch auf die Eigentümlichkeiten irgendeiner *beliebigen* Welt zurückgehen, oder nicht?«

»Kaum. Das entspräche nicht der menschlichen Art. Trantor war zwölftausend Jahre lang die Hauptwelt der Galaxis und zwanzigtausend Jahre lang die dichtbevölkertste Welt, trotzdem hat sie ihre Umlaufzeit von 1,08 Galaktischen Standardtagen nicht der ganzen Galaxis aufgenötigt. Terminus' Rotationszeit beträgt 0,91 GST, aber wir zwingen sie nicht den Planeten auf, die sich unter unserer Vorherrschaft befinden. Jeder Planet verwendet nebenher seine eigene Lokale Planetare Zeit, und in Angelegenheiten von interstellarer Bedeutung rechnet man mit Hilfe von Computern ständig zwischen GSZ und LPZ um. Der Galaktische Standardtag *muß* von der Erde stammen.«

»Warum muß er?«

»Zunächst einmal war die Erde einst die einzige von Menschen bewohnte Welt, also waren ihr Tag und ihr Jahr völlig natürlicher Standard, und aus sozialen Erwägungen dürften sie, sobald man an die Besiedlung anderer Welten ging, Standard geblieben sein. Und das Modell, das ich von der Erde erstellt habe, betrifft einen Planeten, der sich innerhalb von genau vierundzwanzig Galaktischen Standardstunden um seine Achse dreht, der in genau einem Galaktischen Standardjahr um seine Sonne kreist.«

»Kann das nicht Zufall sein?«

Pelorat lachte. »Nun reden Sie von Zufällen? Würden Sie darauf wetten, daß sich so etwas rein zufällig ergeben könnte?«

»Na schön, na schön«, brummte Trevize.

»Außerdem hat's noch mehr mit meinem Modell auf sich. Es gibt ein merkwürdiges archaisches Zeitmaß, das sich Monat nennt...«

»Davon habe ich gehört.«

»Na, und anscheinend stimmt es genau mit der Umlaufzeit des Satelliten der Erde um die Erde überein. Allerdings...«

»Ja?«

»Tja, ein recht erstaunlicher Bestandteil des Modells ist, daß dieser Satellit sehr groß sein soll – er soll über ein Viertel des Durchmessers der Erde selbst aufweisen.«

»Von so was habe ich noch nie gehört, Janov. In der gesamten Galaxis gibt es keine bewohnte Welt mit so einem Satelliten.«

»Aber es *paßt*«, sagte Pelorat mit einiger Lebhaftigkeit. »Wenn die Erde in ihrem Hervorbringen stark differenzierter Spezies und der Evolution von Intelligenz einzigartig ist, dann brauchen wir dazu eine physikalische Einmaligkeit.«

»Aber was kann ein so großer Satellit mit der Differenziertheit von Spezies und Intelligenz und all diesen Dingen zu tun haben?«

»Tja, sehen Sie, das ist eine echte Schwierigkeit. Das weiß ich eben auch nicht. Aber es lohnt eine Untersuchung, meinen Sie nicht auch?«

Trevize erhob sich und verschränkte die Arme auf dem Brustkorb. »Aber was ist denn an dem Ganzen das Problem? Überprüfen Sie die Statistiken über die bewohnten Welten, bis Sie eine finden, die eine Rotationsdauer und eine Umlaufzeit von exakt einem Galaktischen Standardtag beziehungsweise einem Galaktischen Standardjahr besitzt. Wenn sie dann auch noch einen riesigen Satelliten hat, haben Sie, was Sie suchen. Aus Ihrer Bemerkung über die ›glänzende Möglichkeit‹ kann ich eigentlich nur schlußfolgern, daß Sie eben das schon getan haben und wissen, welche Welt in Frage kommt.«

Pelorat schaute verunsichert drein. »Naja, ganz so ist's nicht gelaufen. Ich habe die Statistiken überprüft, ja, das heißt, ich hab's in der Astronomischen Fakultät machen lassen, und ... ja, rundheraus gesagt, es gibt keine solche Welt.«

Unvermittelt setzte Trevize sich wieder hin. »Aber das heißt ja, Ihre ganze Argumentation bricht zusammen.«

»Nicht völlig, meine ich.«

»Was soll das bedeuten, ›nicht völlig‹? Sie erarbeiten ein Modell mit allen Arten von Einzelheiten, können aber nichts finden, das ihm entspricht. Also ist Ihr Modell doch wohl unbrauchbar. Sie müssen von vorn anfangen.«

»Nein. Für meine Begriffe heißt das, daß die Statistiken über bewohnte Welten unvollständig sind. Immerhin gibt's Dutzende von Millionen, und von vielen ist sehr wenig bekannt. Zum Beispiel, es gibt in der Hälfte der Fälle keine tauglichen Daten über die Bevölkerung. Von rund sechshundertvierzigtausend bewohnten Welten weiß man kaum mehr als den Namen und die Position, und letztere fehlt nicht selten auch. Manche Galaktografen schätzen, es könnten bis zu zehntausend überhaupt nicht erfaßte Welten existieren. Vermutlich zieht man's dort vor, nicht erfaßt zu sein. In der Ära des Imperiums war das vielleicht recht nützlich, um der Besteuerung zu entgehen.«

»Und in den nachfolgenden Jahrhunderten«, sagte Trevize zynisch, »kann's von Nutzen gewesen sein, um von diesen Welten aus Piratenaktionen durchzuführen, denn die dürften einträglicher gewesen sein als der normale Handel.«

»Davon verstehe ich nichts«, entgegnete Pelorat mit merklichen Zweifeln.

»Trotzdem, ich meine«, sagte Trevize, »die Erde müßte in den Statistiken über die bewohnten Welten zu finden sein, unabhängig davon, ob's denen dort gefällt oder nicht. Wenn sie nach allgemeiner Vorstellung von allen Welten die älteste sein soll, kann man sie in den ersten Jahrhunderten des Entstehens der galaktischen Zivilisation bei der Kartografierung ja wohl kaum übersehen haben. Und sobald sie erfaßt gewesen ist, muß sie erfaßt geblieben sein. Mit dieser Annahme kann man sich bestimmt auf das soziale Trägheitsmoment stützen.«

Pelorat zögerte, sichtlich von Bedenken geplagt. »Es verhält sich so, eigentlich... eigentlich *steht* ein Planet namens Erde in der Liste der bewohnten Welten.«

Trevize starrte ihn an. »War der Eindruck falsch, daß Sie eben erst behauptet haben, die Erde sei nicht verzeichnet?«

»Als Erde ist sie auch nicht enthalten. Es steht aber ein Planet namens Gaia drin.«

»Gahja? Und was hat der damit zu schaffen?«

»Er buchstabiert sich G-A-I-A. Das bedeutet ›Erde‹.«

»Warum soll das ›Erde‹ bedeuten, Janov, und nicht irgend etwas anderes? Der Name sagt mir überhaupt nichts.«

Pelorats gewöhnlich so ausdrucksarmes Gesicht verzerrte sich beinahe zu einer Grimasse. »Ich bin mir nicht sicher, ob Sie mir das glauben werden... Meiner Analyse der Mythen zufolge muß es auf der Erde mehrere verschiedene, wechselseitig unverständliche Sprachen gegeben haben.«

»Was?«

»Ja. Auch in der Galaxis kennt man tausend abweichende Arten der Sprache...«

»In der Galaxis sind gewisse Varianten des Dialekts gebräuchlich, aber sie schließen einander, was das Verständnis angeht, nicht aus. Und selbst wenn sie bisweilen schwer zu verstehen sind, uns allen ist Galakto-Standard gemeinsam.«

»Sicher, es findet ja ständiger interstellarer Reiseverkehr statt. Aber wenn eine Welt nun für längere Zeit isoliert war?«

»Sie reden aber doch von der Erde. Einem einzigen Planeten. Wo ist da die Isolation?«

»Vergessen Sie nicht, daß die Erde der Planet des Ursprungs ist, wo die Menschheit einmal unter unvorstellbar primitiven Bedingungen ihr Leben gefristet haben muß. Ohne interstellare Raumfahrt, ohne Computer, überhaupt ohne jede Technik. Sie mußte sich erst aus der Niedrigkeit nichtmenschlicher Vorfahren emporkämpfen.«

»Entschuldigung, aber das klingt ganz einfach alles so *lächerlich.*«

Verlegen senkte Pelorat den Kopf. »Vielleicht hat's keinen Sinn, daß wir darüber diskutieren, mein Bester. Es ist mir noch nie gelungen, jemanden davon zu überzeugen. Das ist sicherlich meine eigene Schuld.«

Trevize zeigte sich sofort reuig. »Entschuldigen Sie, Janov.

Ich habe ohne nachzudenken dahergeredet. Das sind nun einmal Betrachtungsweisen, an die ich kein bißchen gewohnt bin. Sie haben an Ihren Theorien dreißig Jahre lang gearbeitet, wogegen ich alles auf einmal verdauen muß. Sie müssen Nachsicht mit mir haben. Gut, ich stelle mir also vor, es gibt auf der Erde zwei primitive Völker, die zwei völlig verschiedene Sprachen sprechen und sich gegenseitig nicht verstehen können...«

»Vielleicht sogar ein halbes Dutzend«, sagte Pelorat gleichmütig. »Kann sein, die Erde ist in mehrere große Landmassen unterteilt gewesen, und möglicherweise bestand anfangs keine Verbindung zwischen ihnen. Die Bewohner jeder Landmasse könnten eine eigene Sprache entwickelt haben.«

»Und auf jeder Landmasse hat man womöglich, sobald man voneinander wußte, über ein Problem des Ursprungs diskutiert«, sagte Trevize mit sorgsam betontem Ernst, »und sich gefragt, auf welchem die Menschen wohl zuerst aus Tieren entstanden sein könnten.«

»Das wäre ganz gut denkbar, Golan. Für sie wäre so was vielleicht eine ganz natürliche Haltung gewesen.«

»Und in einer ihrer Sprachen hieß Gaia also Erde. Und das Wort ›Erde‹ selbst stammt wieder aus einer anderen dieser Sprachen.«

»Ja, ja.«

»Und während Galakto-Standard die Sprache ist, die sich aus der Sprache entwickelt hat, in der ›Erde‹ ›Erde‹ heißt, nennen die Bewohner der Erde sie aus irgendeinem Grund lieber bei einem Wort aus einer ihrer anderen Sprachen, indem sie ihn als ›Gaia‹ bezeichnen.«

»Haargenau! Sie sind wirklich schnell von Begriff, Golan.«

»Ich habe allerdings das Gefühl, daß man darin kein Geheimnis zu sehen braucht. Wenn Gaia die Erde ist, unabhängig von ihren verschiedenen Namen, dann müßte Gaia nichtsdestotrotz eine Rotationsdauer von genau einem Galaktischen Standardtag und eine Umlaufdauer von einem Galaktischen Standardjahr haben, dazu einen gigantischen Mond, der sie in genau einem Monat umkreist.«

»Ja, so müßte es sein.«

»Na und, erfüllt Gaia diese Anforderungen, oder nicht?«

»Das wiederum kann ich nicht sagen. Diese Informationen fehlen.«

»Tatsächlich? Sollen wir also nach Gaia fliegen, Janov, ihre Rotations- und Umlaufzeiten messen und ihren Satelliten besichtigen?«

»Das würde ich gerne tun, Golan.« Pelorat zögerte. »Die Schwierigkeit ist bloß, die Position ist auch nicht exakt angegeben.«

»Sie meinen, Sie wissen nur den Namen, sonst nichts, und das ist Ihre ›glänzende Möglichkeit‹?«

»Aber das ist doch eben der Grund, weshalb ich die Galaktische Bibliothek aufsuchen möchte.«

»Moment mal! Sie sagen, die Positionsdaten sind nicht exakt. Sind überhaupt irgendwelche diesbezüglichen Informationen vorhanden?«

»Angegeben ist der Sayshell-Sektor... aber mit einem Fragezeichen.«

»Tja, dann... Janov, deshalb brauchen Sie nicht niedergeschlagen zu sein. Wir werden den Sayshell-Sektor anfliegen und Gaia irgendwie ausfindig machen. Vielleicht können wir einen Einheimischen nach der Richtung fragen.«

Siebtes Kapitel

Farmer

23

Stor Gendibal joggte außerhalb der Universität die Landstraße entlang. Es war für Zweitfoundationisten gebräuchliche Praxis, sich in die Farmwelt Trantors hinauszuwagen. Wenn sie es taten, geschah es allerdings weder zu weit noch zu lang.

Gendibal war eine Ausnahme, und früher hatte er sich häufig gefragt, wieso eigentlich. Sich selbst Fragen zu stellen, das hieß, den eigenen Sinn zu erforschen, und das war etwas, das zu tun Sprecher ganz besonders gehalten waren. Ihr Verstand war sowohl ihre Waffe wie auch das Ziel, und es lag bei ihnen, auf Angriff und Verteidigung gleichermaßen gut vorbereitet zu sein.

Mit Befriedigung hatte er entschieden, einer der Gründe seines Andersseins sei der, daß er von einem Planeten stammte, der sowohl erheblich kühler wie auch schwerer war als der Durchschnitt der bewohnten Welten. Als man ihn als Jungen nach Trantor brachte (indem man ihn durch das Netz schleuste, das Agenten der Zweiten Foundation, stets auf der Suche nach jungen Talenten, in der gesamten Galaxis aufrechterhielten), war er in die Verhältnisse einer merklich geringeren Gravitation und eines wohltuend milden Klimas geraten. Infolge dessen genoß er es stärker als viele andere, sich im Freien zu bewegen.

Während seiner anfänglichen Jahre auf Trantor, in denen ihm seine zierliche, unterdurchschnittlich gebaute Statur zu Bewußtsein gelangte, hatte er befürchtet, daß der Umzug in die bequemeren Bedingungen einer so milden Welt ihn schwächlich werden lassen könne. Deswegen gewöhnte er sich eine ganze Reihe von Übungen und sportlichen Aktivitäten zur Körperertüchtigung und Entwicklung des Körperbaus an; seine Erscheinung war zwar unverändert zierlich geblieben, aber er war drahtig und schnell wie der Blitz. Ein Teil seiner Sportaktivitäten waren diese ausgedehnten Spaziergänge und Jogging-Ausflüge, über die man an der Tafel der Sprecher tuschelte. Gendibal mißachtete ihren Klatsch.

Er pflegte für sich zu bleiben, trotz der Tatsache, daß er zur Erstgeneration zählte. Alle anderen an der Tafel gehörten zur Zweit- und Drittgeneration; schon ihre Eltern und Großeltern hatten der Zweiten Foundation angehört. Allesamt waren sie auch älter als er. Was sollte da anderes zu erwarten sein als Geflüster?

Aufgrund überlieferten Brauchs saßen alle offenen Geistes an der Tafel der Sprecher (angeblich uneingeschränkt offen, doch kam es selten vor, daß ein Sprecher nicht in einem Winkel seines Oberstübchens insgeheim ein paar Gedanken für sich behielt – wenngleich sie auf lange Sicht natürlich nicht unerkannt bleiben konnten), und daher wußte Gendibal, was sie empfanden, war Neid. Sie waren sich darüber im klaren; genauso wie Gendibal selbst wußte, daß er ihnen gegenüber eine defensive Haltung einnahm und mit seinem Ehrgeiz überkompensierte. Und sie wußten das auch.

Außerdem (Gendibals Überlegungen widmeten sich wieder den Gründen für seine abenteuerlichen Ausflüge auf das flache Land) hatte er seine Kindheit auf einer großen, weiten Welt zugebracht, mit aller Freizügigkeit und einer großartigen Landschaft, in einem fruchtbaren Tal der besagten Welt, umgeben von einer Bergkette, die er für die schönste in der ganzen Galaxis erachtete, in den grimmigen Wintern seiner Heimatwelt ein Anblick von erregender Faszination. Er erinnerte sich noch gut an seine Heimatwelt und die Wunder einer nun schon fernen Kindheit. Oft träumte er davon. Wie brachte er es bloß fertig, sein Dasein innerhalb einiger weniger Quadratkilometer alter Gebäude zu verbringen?

Er schaute umher und stellte Vergleiche an, während er dahinjoggte. Trantor war eine milde, angenehme Welt; sie war nicht schroff und schön. Obwohl sie eine Farmerwelt war, handelte es sich keineswegs um einen fruchtbaren Planeten.

Er war es nie gewesen. Vielleicht hatte dieser Umstand nicht weniger als andere Bedingungen dazu beigetragen, daß er zum administrativen Zentrum erst einer umfangreichen Föderation geworden war, dann eines Galaktischen Imperiums. Es hatte nie stärkere Tendenzen gegeben, ihn irgendwie anders zu nutzen. Er eignete sich nicht besonders gut für irgend etwas anderes.

Nach der Großen Plünderung hatten nur die enormen Mengen von Metall, die vorhanden gewesen waren, seinen Weiterbestand gesichert. Er glich einer riesigen Mine, versorgte ein halbes Hundert Welten mit billigem Leichtmetall, Aluminium, Titan, Kupfer, Magnesium und gab auf diese Weise zurück, was er sich im Laufe vieler vorangegangener Jahrtausende geholt hatte, allerdings hundertmal schneller, als vorher die Anhäufung geschah.

Noch immer waren bedeutende Vorräte an Metall da, aber unterirdisch und deshalb schwerer zugänglich. Die Farmer (die Hamer, die sich nie ›Trantoraner‹ nannten, weil sie diese Bezeichnung als mit bösen Omen behaftet betrachteten, so daß die Zweitfoundationisten sie für sich selbst verwendeten) hatten im Verlauf der Zeit wachsenden Widerwillen gegen weiteren Metallhandel entwickelt. Ohne Zweifel beruhten diese Anwandlungen auf Aberglauben.

»Nichts als Dummheit von ihnen. Alles Metall, das unter dem Erdreich blieb, konnte den Boden verderben, die Fruchtbarkeit noch mehr senken. Aber andererseits war die Bevölkerung so dünn gesät, daß das Land sie ernährte. Und *ein wenig* Metall pflegte man trotz allem immer zu handeln.

Gendibals Blick schweifte den Horizont entlang. Das Land war flach. Es war geologisch lebendig, wie bei fast allen bewohnten Planeten, aber wenigstens hundert Millionen Jahre waren seit der letzten Periode wesentlicher Bergbildung verstrichen. Was an Hochland existiert hatte, war zu sanften Hügeln erodiert. Die meisten Höhenzüge waren während der Zeit in Trantors Geschichte eingeebnet worden, als man den ganzen Planeten allmählich mit Metall überzog.

Im Süden lag, noch so fern, daß sie sich außer Sichtweite befand, der Strand der Capital Bay, und dahinter erstreckte sich der Ostozean; dessen Fische waren selbst auf der Höhe der

Metallperiode eine ganz wichtige planetare Eiweißquelle gewesen.

Im Norden ragten die Hochbauten der Galaktischen Universität empor und versperrten den Ausblick auf die im Vergleich dazu niedrige, aber weitläufige Bibliothek (deren Großteil unterirdisch gelagert war) sowie die Reste des einstigen Kaiserlichen Palastes noch weiter nördlich.

Unmittelbar zu beiden Seiten der Landstraße war Farmgelände, gelegentlich konnte man ein Gebäude sehen. Manchmal kam er an Vieh, Ziegen, Geflügel und anderen Nutztieren vorbei, all den vielen Spielarten domestizierter Tiere, wie sie sich auf jeder trantorischen Farm finden ließen.

Beiläufig dachte Gendibal daran, daß er diese Arten von Tieren auf jedem bewohnten Planeten überall in der gesamten Galaxis antreffen konnte, und trotzdem waren sie auf keiner Welt gleich. Er entsann sich der Ziegen auf seiner Heimatwelt, seine eigene zahme Geiß, die er immer selbst gemolken hatte. Dort waren die Tiere erheblich größer und resoluter als die kleinen, fast philosophisch aussehenden Exemplare auf Trantor. Es gab von jedem Tier Abarten fast ohne Zahl, und auf kaum irgendeiner Welt wohnte nicht ein Klugscheißer, der nicht auf seine Lieblingsart schwor, ganz egal, ob es sich um ein Tier handelte, das Fleisch, Milch, Eier, Wolle oder sonst irgend etwas produzierte.

Wie üblich waren keine Hamer in Sicht. Gendibal hatte das Gefühl, daß die Farmer es vermieden, sich von den Leuten sehen zu lassen, die sie unter sich die ›Forscher‹ nannten, und es war vielleicht kein Zufall, daß sie diese Bezeichnung bisweilen auf ›Lauscher‹ reimten. Wieder nichts als Aberglaube.

Gendibal hob kurz den Blick zu Trantors Sonne. Sie stand ziemlich hoch an Trantors Himmel, aber ihre Wärme besaß keine bedrückende Natur. In dieser Gegend – in diesen Breitengraden – war die Wärme selten schwül, und die Kälte war nie bitter. (Manchmal vermißte Gendibal sogar die beißende Kälte – oder bildete es sich zumindest ein. Er hatte seine Heimatwelt niemals wieder besucht. Vielleicht, gestand er sich ein, um nicht enttäuscht zu werden.)

Er empfand das angenehme Gefühl von in Bestleistungsform gebrachten Muskeln und spürte, daß er nun lange genug gejoggt hatte, verlangsamte aufs Schrittempo, atmete tief durch.

Er wollte auf die bevorstehende Sitzung der Tafel der Sprecher rundum vorbereitet sein, auf die letzte Anstrengung, die nötig war, um eine Änderung der Politik herbeizuführen, eine Veränderung in der Grundeinstellung, so daß man die immer stärkere Gefahr, die von der Ersten Foundation und von woanders ausging, endlich realistisch erkannte, das fatale Verlassen auf das ›perfekte‹ Funktionieren des Seldon-Planes endlich aufhörte. Diese Leute würden nun begreifen müssen, daß die Perfektion selbst das sicherste Anzeichen dafür war, daß Gefahr drohte.

Hätte ein anderer und nicht er diese Vorschläge unterbreitet, sie wären, wie er wußte, ohne viel Aufhebens durchgegangen. Wie die Dinge standen, mußte es zwar Schwierigkeiten geben, aber seine Anregungen würden nichtsdestoweniger zu Beschlüssen gemacht und verabschiedet werden, denn der alte Shandess gewährte ihm seine volle Unterstützung und würde es ohne Zweifel auch weiter tun, weil er keinerlei Lust verspürte, als der Erste Sprecher in die Geschichtsbücher einzugehen, unter dem die Zweite Foundation zu bröckeln begonnen hatte.

Hamer!

Gendibal stutzte. Er entdeckte entfernte Anzeichen eines menschlichen Bewußtseins, noch ehe er die Person sah. Es gehörte einem Hamer; einem Farmer, grobschlächtig und ohne Feingeistigkeit. Vorsichtig zog Gendibal seine mentalen Fühler zurück, ließ nur einen so schwachen Kontakt bestehen, daß davon nichts bemerkt werden konnte. Die Zweite Foundation hielt sich in dieser Beziehung sehr streng an ihre Prinzipien. Die Farmer waren die unwissentlichen Strohmänner der Zweiten Foundation. Sie mußten von allem so unberührt wie möglich bleiben.

Kein Besucher Trantors bekam etwas anderes zu sehen als die Farmer und vielleicht ein paar weniger wichtige ›Forscher‹, die alle mehr oder weniger geistig in der Vergangenheit lebten. Ohne die Farmer müßten die Wissenschaftler mehr Aufmerksamkeit auf sich ziehen, und ebenso, wenn man ihre Unbedarftheit verdarb – und die Folgen wären katastrophal. (Solche Fälle zählten zu den Demonstrationen, von denen man erwartete, daß Neulinge an der Universität sie eigenständig zu erarbeiten und durchzuspielen verstanden. Die fürchterlichen Abweichungen, die sich am Hauptradianten ergaben, sobald man den Geist der Farmer nur begrenzt beeinflußte, waren erstaunlich.)

Gendibal sah ihn. Der Mann war zweifellos ein Farmer, ein Hamer bis ins Mark. Er glich nahezu einer Karikatur des Aussehens, wie man es von trantorischen Farmern kannte – er war hochgewachsen und breitschultrig, braunhäutig, gehüllt in grobe Kleidung, die Arme nackt, Haare dunkel, Augen dunkel, ging ungeschlacht. Gendibal meinte, er könnte an ihm den Bauernhof riechen. (Diesen Leutchen auf keinen Fall zuviel Geringschätzung entgegenbringen, dachte er. Es hat Preem Palver nichts ausgemacht, die Rolle eines Farmers zu spielen, als seine Pläne es erforderten, und dabei war er einem Farmer alles andere als ähnlich gewesen: kleinwüchsig, untersetzt und lasch. Sein Geist war es, der die damals minderjährige Arkady Darell getäuscht hatte, nicht sein Körper.)

Der Farmer kam ihm entgegen, stapfte die Landstraße herunter, stierte ihn unverhohlen an, ein Benehmen, das Gendibal zu einem finsteren Stirnrunzeln veranlaßte. Kein Hamer, ob Mann oder Frau, hatte ihn je so dreist angeblickt. Normalerweise liefen sogar die Kinder davon und gafften nur aus sicherem Abstand.

Gendibal schritt keineswegs langsamer aus. Die Landstraße war breit genug, so daß sie ohne ein Wort und ohne einen Seitenblick aneinander vorüber konnten, und so war es am besten. Er beschloß, auch das Bewußtsein des Farmers zu ignorieren.

Gendibal scherte schräg zur Seite aus, aber der Farmer wollte ihm das offensichtlich nicht durchgehen lassen. Er blieb stehen, stellte sich breitbeinig mitten auf die Landstraße, breitete auch die Arme aus, als gedenke er, den Weg zu versperren. »Ho!« rief er. »Bist 'n Forscher?«

Wie sehr er sich auch um Distanz bemühte, es war Gendibal unmöglich, nicht die Woge von Streitsucht im Bewußtsein des Mannes wahrzunehmen. Er blieb auch stehen. Offenbar war es ausgeschlossen, sich einem Wortwechsel zu entziehen, ehe er die Wanderung fortsetzte, und das allein würde schon eine mühselige Sache sein. Gewöhnt an den schnellen, subtilen

Austausch von Worten, Mienen, Gedanken und Stimmungen, aus denen die Verständigung unter Zweitfoundationisten sich zusammensetzte, wie er es war, empfand man es stets als zermürbende Umständlichkeit, ins gesprochene Wort allein zurückzufallen. Es war, als wuchte man mit Armen und Schulter an einem Felsklotz herum, während daneben ein Hebeisen lag.

»Ja«, sagte Gendibal ruhig und mit vorsätzlichem Mangel an emotionalem Ausdruck, »ich gehöre zu den Wissenschaftlern.«

»Ho! Ein *Wissenschaftler* bist du, so. Wir sprechen wohl nu ausländisch? Und als ob ich nich längst gesehn hätt, daß du 'n Forscher bist, oder von mich aus auch 'n *Wissenschaftler.*« Der Farmer vollführte eine spöttisch gemeinte Verbeugung. »Kleen und hiehnerbriestig und bleich und hochnäsig wie du bist.«

»Was möchten Sie von mir, Hamer?« erkundigte Gendibal sich unbeeindruckt.

»Ich nenne mich Rufirant. Und mein Vorname is Karoll.« Er verfiel in einen immer deutlicheren Akzent, wie er typisch war für die Hamer. Er rollte die r sehr kehlig.

»Und was wünschen Sie von mir, Karoll Rufirant?« fragte Gendibal noch einmal.

»Und wie nennt man dich, Forscher?«

»Spielt das eine Rolle? Sie dürfen mich ruhig weiterhin ›Forscher‹ nennen.«

»Wenn ich frach, spielt's 'ne Rolle, daß ich ein Antwort krieg, kleener hochnäsiger Forscher!«

»Nun gut. Ich heiße Stor Gendibal, und nun werde ich meinen Angelegenheiten nachgehen.«

»Was sind das für Angelegenheiten?«

Gendibal spürte, wie sich ihm die Nackenhaare sträubten. Ganz nah befanden sich andere Bewußtseinseinheiten. Er brauchte sich nicht umzudrehen, um zu merken, daß hinter ihm inzwischen drei weitere Hamer standen. Im Hintergrund lungerten noch mehr herum. Sie rochen alle ziemlich kräftig nach Farmer.

»Meine Angelegenheiten gehen Sie selbstverständlich nichts an, Karoll Rufirant.«

»So, das sagst?« Rufirant hob seine Stimme. »Kumpels, er sagt, sein Angelegenheiten gehn uns nix an!«

Hinter Gendibal ertönte ein Lachen, dann erklang eine Stimme. »Recht hat er, denn sein Angelegenheiten sind Biecherglotzen und Combuhterspielen, und das is nix für richtig Männer.«

»Was meine Angelegenheiten auch sein mögen«, sagte Gendibal fest, »ich habe nicht vor, mich davon abbringen zu lassen.«

»Und wie soll das laufen, kleener Forscher?« meinte Rufirant.

»Indem ich meines Weges gehe.«

»Das wollst du versuchen? Fierchtest nich, wir halten dir fest?«

»Sie und alle Ihre Kumpane? Oder Sie allein?« Plötzlich verfiel er gleichfalls in den behäbigen Hamer-Dialekt. »Oder fierchtest dich alleen?«

Strenggenommen war es nicht korrekt, den Mann auf diese Weise zu reizen, aber es konnte helfen, eine Massenattacke zu verhindern, und so etwas *mußte* er vermeiden, weil er sonst womöglich noch größere mentale Indiskretionen begehen müßte.

Seine Absicht gelang. Rufirants Miene verdüsterte sich noch mehr. »Wenn sich wer fierchten muß, dann dich, weil du Schiß hast, Biecherbursche. Kumpels, macht Platz! Geht zur Seite, und er soll kommen und sehen, ob ich mir alleen fierchte!«

Rufirnat hob seine kraftvollen Arme und zeigte sie rundum vor wie ein Ringer. Gendibal sorgte sich nicht um die Kampftüchtigkeit des Farmers, wenngleich immer die Chance bestand, daß der eine oder andere üble Hieb traf.

Gendibal näherte sich dem Farmer vorsichtig, während er feinfühlig und schnell in Rufirants Hirn arbeitete. Seine Einflußnahme war geringfügig; nur eine Berührung, unfühlbar, aber ausreichend, um eine entscheidende Verlangsamung der Reflexe auszulösen. Dann zog er sich zurück, befaßte sich mit den übrigen Farmern, die sich nun in größerer Zahl versammelten. Gendibals Sprecher-Verstand huschte gewissermaßen nachgerade virtuos hin und her, blieb nie so lang in einem Bewußtsein, um irgendeine Spur zu hinterlassen, nur lange genug, um hier und da etwas entdecken zu können, was von Nutzen sein mochte.

Er näherte sich Rufirant mit katzenhafter Geschmeidigkeit, sehr wachsam, sich gleichzeitig dessen bewußt – und darüber erleichtert –, daß keiner der anderen Männer Anstalten zeigte, sich einzumischen.

Rufirant drosch plötzlich zu, aber Gendibal sah es in seinem Geist voraus, noch bevor ein einziger Muskel sich zu straffen begann, und wich aus. Die Faust fuhr dicht an ihm vorbei. Gendibal stand unverändert unbeeindruckt da. Den Männern rundherum entfuhr ein einstimmiges Aufkeuchen.

Gendibal unternahm keinerlei Versuche, Schläge zu parieren oder seinerseits welche auszuteilen. Es wäre für ihn schwierig gewesen, einen Hieb abzuwehren, ohne den eigenen Arm zu lähmen, und selber zuzuschlagen, hätte keinen Sinn gehabt, denn dem Farmer wäre jeder Hieb Gendibals wie ein Mückenstich vorgekommen.

Er konnte dem Mann lediglich ausweichen wie einem Stier, ihn immer wieder ins Leere laufen lassen. Das würde seine Moral voraussichtlich stärker beeinträchtigen, als jeder direkte Widerstand es konnte.

Tatsächlich griff Rufirant nun mit einem Aufbrüllen wie ein Stier an. Gendibal war bereit und wich gerade weit genug aus, um sich der Umklammerung durch den Farmer zu entziehen. Noch ein Angriff. Und wieder ein Fehlgriff.

Gendibal merkte, wie der eigene Atem ihm durch die Nase zu fauchen begann. Die körperliche Anstrengung, die er aufbieten mußte, war gering, aber die mentale Mühe, die es ihn kostete, die Lage unter Kontrolle zu behalten, ohne wirkliche Kontrolle auszuüben, war enorm und belastete ihn ungeheuer stark. Diese Anstrengung konnte er nicht lange durchhalten.

»Ich werde nun meines Weges gehen«, sagte er so gelassen wie möglich, während er in Rufirant den psychischen Mechanismus zur Furchtunterdrückung beeinflußte, um das latent stets in den Farmern vorhandene, abergläubische Grausen vor den ›Forschern‹ zu verstärken.

Rufirants Gesicht verzerrte sich vor Wut, aber einen Moment lang stand er still, und Gendibal spürte seine Gedanken. Der ›kleine Forscher‹ ließ sich nicht greifen, wie durch Zauberei. Gendibal fühlte Rufirants Furcht anschwellen, und für einen Augenblick dachte er...

Aber da schäumte der typische Hamer-Jähzorn höher und ertränkte die Furcht.

»Kumpels!« brüllte Rufirant. »Uns Forscher is ein Tänzer. Hüpft auf sein kleene Zehchen und achtet nich auf Regeln von ehrliche Hamer, wo heißt, Schlag um Schlag. Packt ihm! Haltet ihm fest. Dann wollen wir Schlag um Schlag kämpfen. Er darf als erster zuhauen, das laß ich ihm, und ich ... ich hau als letzter zu.«

Gendibal spähte nach den Lücken zwischen den Männern, die ihn umgaben. Seine einzige Chance bestand darin, eine dieser Lücken lange genug offenzuhalten, um hindurchzuschlüpfen, dann wie der Wind zu laufen und sich auf seine Schnelligkeit und seine Fähigkeit, die Willenskraft der Farmer abzustumpfen, zu verlassen.

Hin und her, während er seinen Geist bis zum äußersten anspannte.

Es klappte nicht. Zu viele waren es, und die Anforderung, im Rahmen der Prinzipien des zurückhaltenden trantorischen Auftretens zu handeln, verwehrte ihm viele Möglichkeiten.

Er spürte Hände an seinen Armen. Man hielt ihn fest.

Nun mußte er auf zumindest einige dieser schlichten Gemüter deutlichen Einfluß ausüben. So etwas war inakzeptabel und würde seine Karriere zerstören. Aber hier schwebte sein Leben in Gefahr, sein nacktes Leben.

Wie hatte er nur in so eine Situation geraten können?

24

Die Versammlung an der Tafel der Sprecher war unvollzählig.

Wenn sich ein Sprecher verspätete, war es durchaus unüblich, zu warten. Obendrein hatte die Versammlung, wie Shandess wußte, keine Lust zum Warten. Stor Gendibal war hier Jüngster und weit davon entfernt, sich über die volle Tragweite dieser Tatsache im klaren zu sein. Er benahm sich, als sei Jugend als solche eine Tugend, Alter an sich dagegen eine Art von verstockter Fahrlässigkeit auf der Seite von Leuten, die es besser wissen müßten. Gendibal war bei den anderen Sprechern unbeliebt. Auch Shandess selbst mochte ihn nicht besonders. Aber es drehte sich hier nun einmal nicht um Beliebtheit.

Delora Delarmi unterbrach seine versonnene Nachdenklichkeit. Sie betrachtete ihn aus großen, blauen Augen, ihr rundliches Gesicht mit dem wohlbekannten Ausdruck von Unschuld und Freundlichkeit maskierte einen sehr scharfen Verstand (jedenfalls für jeden außer Zweitfoundationisten gleichen Ranges) mit nachgerade stahlhartem Konzentrationsvermögen.

»Erster Sprecher, wollen wir noch länger warten?« Sie lächelte, als sie die Frage stellte. (Die Versammlung war noch nicht formell zur Ordnung gerufen worden, so daß sie durchaus eine Unterhaltung mit ihm beginnen durfte, obwohl ein anderer vielleicht trotzdem gewartet hätte – mit Rücksicht auf Shandess' Titel –, bis der Erste Sprecher das Wort ergriff.)

Shandess lächelte auf entwaffnende Weise zurück und überging die geringfügige Unhöflichkeit. »Unter normalen Umständen nicht, Sprecherin Delarmi, aber weil die Tafel der Sprecher sich eben zu dem Zweck versammelt hat, Sprecher Gendibal anzuhören, ist es sicherlich vertretbar, unsere Regeln ein bißchen weitherzig auszulegen.«

»Wo ist er denn, Erster Sprecher?«

»Das ist mir nicht bekannt, Sprecherin Delarmi.«

Die Delarmi ließ ihren Blick durch das Rechteck von Gesichtern wandern. Der Erste Sprecher und elf der übrigen zwölf Sprecher waren anwesend. Im Laufe von fünf Jahrhunderten hatte die Zweite Foundation ihre Macht ständig ausgebaut und sich gleichzeitig immer neue Pflichten aufgebürdet, aber alle Bestrebungen, die Runde über eine Zahl von zwölf plus Erstem Sprecher zu erweitern, waren im Sande verlaufen.

Zwölf waren es nach Seldons Tod gewesen, als der zweite Erste Sprecher (Seldon selbst hatte sich stets als ersten dieser Reihenfolge gesehen) die Tafel der Sprecher gründete, und es waren noch immer zwölf.

Warum gerade zwölf? Diese Anzahl ließ sich leicht in gleich große Gruppen teilen. Sie war klein genug, um sich vollzählig beraten, zugleich jedoch groß genug, um in Untergruppen arbeiten zu können. Mehr wäre bloß hinderlich gewesen; weniger hätte unbeweglich gemacht.

So lauteten die Erklärungen. In Wahrheit wußte niemand so recht, warum man sich für diese Zahl entschieden hatte – oder warum es dabei bleiben sollte. Doch man betrachtete es nicht als unangebracht, daß auch die Zweite Foundation gewisse Traditionen besaß, an die man sich ganz einfach hielt.

Die Delarmi brauchte nur einen flüchtigen Moment, um die Situation zu erfassen, während sie von einem zum anderen Gesicht blickte, damit gleichzeitig von einem Bewußtseinskontakt zum anderen glitt, dann richtete sie ihren Blick sardonisch auf den leeren Platz – den Sitz des Juniors.

Die Erkenntnis, daß sich bei niemandem hier Sympathie für Gendibal finden ließ, stellte sie zufrieden. Dieser junge Mann – der Ansicht war sie schon immer gewesen – hatte den Charme einer Warze und sollte am besten entsprechend behandelt werden. Bis jetzt hatten nur seine unanzweifelbare Tüchtigkeit und sein offenkundiges Talent verhindert, daß jemand offen den Antrag unterbreitete, ihn auszuschließen.

In der halbtausendjährigen Geschichte der Zweiten Foundation waren nur drei Sprecher mit Erfolg herber Kritik unterzogen und von der Tafel der Sprecher ausgeschlossen worden.

Die unverhohlene Geringschätzung allerdings, die darin zum Ausdruck kam, einer Zusammenkunft der Sprecher ohne weiteres fernzubleiben, war schlimmer als so manche andere Herausforderung, und die Delarmi merkte mit Genugtuung, daß die allgemeine Stimmung die Möglichkeit einer Verhandlung gegen Gendibal in den Bereich erhöhter Wahrscheinlichkeit gerückt hatte.

»Erster Sprecher«, sagte sie, »wenn Sie nicht wissen, wo Sprecher Gendibal sich aufhält, ich bin gerne bereit, es Ihnen zu verraten.«

»Ja, Sprecherin?«

»Wer von uns weiß nicht, daß dieser junge Mann« (sie verzichtete auf seinen Titel, als sie nun von ihm redete, und das fiel natürlich jedem auf) »dauernd irgend etwas unter den Hamer zu tun hat? Was das sein kann, danach frage ich erst gar nicht, aber er hält sich auch gegenwärtig bei ihnen auf, und eindeutig ist das, was er dort treibt, ihm wichtiger als die Zusammenkunft der Tafel der Sprecher.«

»Ich glaube«, sagte ein anderer Sprecher, »er geht lediglich spazieren oder läuft, als eine Form von Körperertüchtigung.«

Die Delarmi lächelte erneut. Sie lächelte gern. Es kostete sie nichts. »Die Universität, die Bibliothek, der Palast und das ganze Gebiet ringsum gehört uns. Im Vergleich zum gesamten Planeten ist das wenig, aber ich denke, es hat hier Platz genug zur Körperertüchtigung. Erster Sprecher, wollen wir nicht anfangen?«

Innerlich seufzte der Erste Sprecher. Es lag in seiner Entscheidungsgewalt, die Anwesenden noch warten zu lassen, oder er konnte die Sitzung vertagen, bis gewährleistet war, daß Gendibal teilnahm.

Aber kein Erster Sprecher konnte längere Zeit hindurch reibungslos sein Amt versehen, wenn er nicht zumindest die stillschweigende Unterstützung der anderen Sprecher genoß, und es war immer davon abzuraten, sie zu verärgern. Auch Preem Palver hatte, um sich auf lange Sicht durchsetzen zu können, ab und zu Zugeständnisse machen müssen. Außerdem war Gendibals Abwesenheit wirklich eine krasse Frechheit, auch für das Empfinden des Ersten Sprechers. Gendibal konnte ganz gut eine dahingehende Lektion gebrauchen, daß er nicht machen durfte, was ihm gerade paßte.

»Wir werden nun beginnen«, sagte Shandess.

Wie es ihm in seiner Eigenschaft als Erster Sprecher zustand, fing er mit der Diskussion an. »Sprecher Gendibal hat aus Datenmaterial des Hauptradianten einige sehr bemerkenswerte Schlußfolgerungen gezogen«, erklärte er. »Er glaubt, daß eine Organisation existiert, die effizienter als wir für die Einhaltung des Seldon-Plans sorgt, und daß sie es in eigennütziger Absicht macht. Aus Gründen unserer Verteidigung müssen wir nach seiner Meinung mehr über diese Organisation erfahren. Sie alle sind darüber informiert worden, und diese Sitzung findet statt, damit Sie die Gelegenheit erhalten, Sprecher Gendibal diesbezügliche Fragen zu stellen, so daß wir möglicherweise zu irgendwelchen Beschlüssen über unsere künftige Politik gelangen.«

Eigentlich war es überflüssig, so viele Worte zu machen. Shandess' Geist stand allen Anwesenden offen, und sie ersahen aus ihm, was sie wissen mußten. Das Sprechen war nur eine Sache der Höflichkeit.

Die Delarmi schaute schnell durch die Runde. Anscheinend waren die anderen damit einverstanden, daß sie die Rolle der Anti-Gendibal-Sprecherin übernahm.

»Aber Gendibal«, sagte sie (und wieder unter Auslassung des Titels), »weiß nicht und kann nichts darüber sagen, was oder wer diese andere Organisation sein soll.«

Sie formulierte ihre Äußerung unmißverständlich als Feststellung, ein Verhalten, das an Grobheit grenzte. Das bedeutete soviel wie: Ich kann deinen Geist analysieren, du kannst dir das ganze Gerede sparen.

Dem Ersten Sprecher entging diese Schroffheit nicht, aber er fällte die rasche Entscheidung, nicht darauf zu achten. »Die Tatsache, daß Sprecher Gendibal ...« (er fügte den Titel deutlich hinzu, ohne so weit zu gehen, ihn zu betonen) »nicht weiß und nicht sagen kann, was diese Organisation ist, heißt nicht, daß sie nicht existiert. Die Menschen der Ersten Foundation wußten während eines Großteils ihrer Geschichte buchstäblich nichts von uns, und auch gegenwärtig besitzen sie über uns so gut wie keine Kenntnisse. Wird dadurch unsere Existenz in Frage gestellt?«

»Daraus, daß wir unbekannt sind und doch existieren, ergibt sich keineswegs, daß etwas, um existieren zu können, nur unbekannt sein muß.« Und sie lachte leichthin auf.

»Völlig richtig. Aus diesem Grund müssen Sprecher Gendibals Überlegungen sehr sorgfältig überprüft werden. Sie beruhen auf streng mathematischen Beweisführungen, die ich selber nachvollzogen habe, und ich lege Ihnen allen nahe, sie ebenfalls gründlich zu begutachten. Sie sind ...« Er suchte nach einem Ausdruck, der seine Haltung am treffendsten klarstellte. »Es fehlt ihnen nicht an Überzeugungskraft.«

»Und dieser Erstfoundationist, den man im Hintergrund Ihres Bewußtseins bemerkt, den Sie jedoch nicht erwähnen.« (Wieder eine Unhöflichkeit, und diesmal errötete der Erste Sprecher ein wenig.) »Was ist mit ihm?«

»Sprecher Gendibal vertritt die Annahme«, antwortete der Erste Sprecher, »daß dieser Mann namens Trevize – vielleicht unwissentlich – ein Werkzeug dieser Organisation ist und daß wir ihn deshalb nicht unbeachtet lassen dürfen.«

»Falls diese Organisation, was sie auch sein mag, wirklich existiert«, sagte die Delarmi, während sie sich zurücklehnte und ihr angegrautes Haar aus den Augen strich, »und in ihren mentalen Kapazitäten eine Gefahr verkörpert, ist es dann wahrscheinlich, daß sie derartig oberflächlich operiert wie durch einen verbannten Ratsherrn der Ersten Foundation?«

»Das sollte man nicht meinen«, erwiderte der Erste Sprecher gewichtig. »Trotzdem hat etwas mich überkommen, das ich für ebenso bedenkenswert wie bedenklich halte. Ich kann es selbst nicht begreifen.« Fast unwillkürlich vergrub er den Gedanken daran tief in seinem Bewußtsein, damit die anderen ihn nicht erkannten, so sehr schämte er sich dafür.

Alle Sprecher bemerkten diese mentale Maßnahme, und wie es strikt geboten war, respektierten sie die verschämte Zurückhaltung des Ersten Sprechers. Auch die Delarmi tat es, aber mit Ungeduld. »Dürfen wir darum bitten«, ersuchte sie in der vorgeschriebenen Weise, »daß Sie uns Ihre Gedanken einsehen lassen, Erster Sprecher, weil wir jede Scham verstehen und verzeihen, die Sie empfinden mögen?«

»Ich weiß so wenig wie Sie«, entgegnete der Erste Sprecher, »aus welchen Gründen man annehmen soll, Ratsherr Trevize sei ein Werkzeug der fraglichen anderen Organisation, oder welchen Zwecken er dienen könnte, falls diese Annahme doch zutrifft. Aber anscheinend ist Sprecher Gendibal sich seiner Sache vollkommen sicher, und ich kann bei jemandem, der sich zum Sprecher qualifiziert hat, den möglichen Stellenwert der Intuition nicht von vornherein leugnen. Daher habe ich versucht, den Seldon-Plan auf Trevize anzuwenden.«

»Auf eine einzelne Person?« vergewisserte sich ein Sprecher mit gedämpfter Stimme und spürbarer Überraschung, fügte dann sofort eine Entschuldigung hinzu, weil er seine Frage mit dem unübersehbaren Hintergedanken begleitet hatte, dessen mündliches Äquivalent gelautet hätte: *So ein Dummkopf!*

»Auf eine einzelne Person«, bestätigte der Erste Sprecher. »Und Sie haben recht. Was bin ich für ein Dummkopf! Ich weiß genau, daß sich der Seldon-Plan nicht auf Individuen anwenden läßt, nicht einmal auf kleine Gruppen von Individuen. Trotzdem – ich war neugierig. Ich habe die Interpersonellen Intersektionen weit über die vertretbaren Grenzen hinaus extrapoliert, aber auf sechzehn verschiedene Weisen, und statt eines bestimmten Punkts habe ich mit einer Region gearbeitet. Ich habe alle Einzelheiten berücksichtigt, die wir über Trevize – ein Ratsherr der Ersten Foundation ist ja kein völliger Niemand –

und die Bürgermeisterin der Ersten Foundation wissen. Alles zusammen habe ich – ziemlich frei, muß ich sagen – einer Kalkulation unterzogen.« Er verstummte.

»Und?« fragte die Delarmi. »Ich gehe davon aus, daß... Waren die Resultate überraschend?«

»Es gab keine Resultate, wie Sie alle es sich wohl schon gedacht haben«, sagte der Erste Sprecher. »Mit einem einzelnen Individuum kann man nichts anfangen, und doch... trotzdem...«

»Trotzdem?«

»Vierzig Jahre lange habe ich Resultate analysiert und ein klares Gespür dafür entwickelt, *vor* der Analyse zu ahnen, wie die Resultate aussehen dürften, und ich habe mich nur selten geirrt. In diesem Fall habe ich sehr stark das Gefühl – obwohl meine Untersuchungen zu keinen konkreten Ergebnissen führten –, daß Sprecher Gendibal recht hat und man Trevize nicht sich selbst überlassen darf.«

»Warum nicht, Erster Sprecher?« hakte die Delarmi nach, offensichtlich angesichts der starken Überzeugung im Bewußtsein des Ersten Sprechers reichlich entgeistert.

»Es beschämt mich«, sagte der Erste Sprecher, »daß ich mich dazu habe verleiten lassen, den Plan für einen Zweck zu gebrauchen, für den er eindeutig ungeeignet ist. Und weiter schäme ich mich dafür, mich nun von etwas leiten zu lassen, das man nicht anders als reine Intuition nennen kann. Aber ich muß es tun, so stark ist in dieser Hinsicht mein Gefühl. Wenn Sprecher Gendibal recht hat, wenn wir von unbekannter Seite bedroht werden, dann wird es, sobald die Zeit kommt, da unsere Sache in eine Krise gerät, Trevize sein, der die entscheidende Karte in seiner Hand hält. Das ist meine Überzeugung.«

»Welche Grundlage hat dies Gefühl?« erkundigte sich die Delarmi schockiert.

Erster Sprecher Shandess blickte betrübt in die Runde. »Leider kann ich auf keinerlei konkrete Grundlagen verweisen. Die psychohistorische Mathematik hat keine Ergebnisse erbracht, aber während ich das Ineinandergreifen der verschiedenen Bezüge beobachtet habe, hatte ich irgendwie den Eindruck, daß Trevize zu allem der Schlüssel ist. Wir müssen diesem jungen Mann unsere Aufmerksamkeit schenken.«

25

Gendibal sah ein, er würde nicht rechtzeitig zurückkehren, um an der Sitzung der Tafel der Sprecher teilnehmen zu können. Möglicherweise würde er niemals zurückkehren.

Man hielt ihn roh fest, und er tastete auf mentaler Ebene verzweifelt nach einer Möglichkeit rundum, wie er die Männer am günstigsten zwingen könne, ihn freizugeben.

Rufirant hatte sich inzwischen großkotzig vor ihm aufgebaut. »Bist nu fertig, Forscher? Hieb fier Hieb, Schlag fier Schlag, wie bei anständigen Hamer ieblich. Nu kumm, du bist kleener, du darfst als erster zuhauen!«

»Wird jemand Sie auch festhalten«, meinte Gendibal, »so wie mich?«

»Laßt ihm los!« sagte Rufirant. »Nee, nee, nur sein Arme. Laßt sein Arme los, aber haltet sein Beine fest! Wir wollen hier kein Tanzerei.«

Gendibal spürte, wie man seine Beine am Boden festhielt. Seine Arme gab man frei.

»Hau zu, Forscher!« sagte Rufirant. »Gibt mir ersten Schlag!«

Da fand Gendibals mentales Tasten etwas, das einen Ausweg bot – Empörung, die Empfindungen von Unrechtsbewußtsein und Mitgefühl. Ihm blieb keine Wahl, er mußte das Risiko eingehen und diese Gemütslage regelrecht verstärken, dann etwas improvisieren, das auf der Grundlage ...

Doch das war gar nicht nötig! Er hatte das entsprechende Bewußtsein nicht im mindesten beeinflußt, da erfolgte bereits eine Reaktion, wie er sie sich wünschte. Genau so.

Zuerst bemerkte er eine kleine Gestalt, die sich mit wüstem Nachdruck in sein Blickfeld drängte, untersetzt, langes schwarzes Haar, die Arme ausgestreckt, die nun wie irrsinnig an dem hünenhaften Farmer zerrten.

Die Gestalt gehörte einer Frau. Grimmig erkannte Gendibal einen Beweis seiner inneren Anspannung und Belastung, daß er diese Tatsache nicht bemerkt hatte, bis seine Augen sie ihm unübersehbar mitteilten.

»Karoll Rufirant«, schrie die Frau den Farmer an, »Klotz und Feigling! Hieb um Hieb, nach Hamer-Art?! Du bist zweimal so groß wie das Foscher hier. Wär gefährlicher, mich anzugreifen.

Willst 'n Ruf kriegen, ein arm Knilch zerhauen zu haben? Wär 'ne Schande, glaub ich. Mit Fingern werden's auf dich zeigen, und reden wird man: ›Das is der Rufirant, ein bekannter Kinderfresser‹. Ieber dich lachen werden's, glaub ich, kein anständig Hamer wird kienftig mit dir saufen, kein anständig Hamer-Frau wird dich anschauen.«

Rufirant versuchte, den Redeschwall einzudämmen und gleichzeitig die Schläge abzuwehren, die ihm die Frau versetzte. »Aber, Sura«, stammelte er in schwächlicher Bemühung, sie zu besänftigen, »aber, aber, Sura.«

Gendibal bemerkte, daß ihn nicht länger Hände umklammerten, daß Rufirant ihn nicht mehr anstierte, sich keiner der Umstehenden noch mit ihm befaßte.

Auch Sura beschäftigte sich nicht mit ihm; in ihrem Zorn widmete sie sich ausschließlich Rufirant. Gendibal, der rasch seine Fassung wiedergewann, dachte nun daran, Maßnahmen zu ergreifen, um diesen Zorn wachzuhalten und die mißbehagliche Scham, die jetzt Rufirants Bewußtsein überschwemmte, zu verstärken, beides so behutsam und geschickt zu tun, daß keine Spuren zurückblieben. Doch auch diesmal erwies seine Absicht sich als überflüssig.

»Weg mit euch alle!« sagte die Frau. »Das seh' sich mal einer an! Nich genug, daß der Klotz Karoll wie ein Riese is neben dem Knilchlein da, nee, fienf oder sechs oder mehr von sein Kumpels-Freunde machen mit in diese Schande von ein ruhmreich Geschicht in Kinderfresserei. Ich hab dem Knilch sein Arm gehalten, könnt ihr sagen, und der riesig Klotz Rufirant hat ihm in die Gosch gehauen, wo er nicht wiederhauen konnt. Und ich hab sein Fuß gehalten, werdet ihr sagen, mich müßt ihr auch zujubeln. Und der Klotz Rufirant wird sagen, ich konnt ihm nicht packen, aber mein Kumpels-Freunde haben ihm festgehalten, und mit Hilf von alle sechs hab ich ihm eine gesemmelt.«

»Aber, Sura«, sagte Rufirant fast weinerlich, »ich hab dem Forscher gesagt, er kann ersten Schlag fiehren.«

»Und wie du dich gefierchtet hast vor den mächtig Schläg von sein dienne Arm, was, Grobklotz Rufirant? Nu kommt! Laßt ihm gehen, wohin er gehen will, und der Rest von euch kriecht nu heimwärts, wenn ihr was drum gebt, daß sie daheim noch ein Willkomm fier euch haben. Ihr tätet gut dran, zu hoffen, daß die groß Taten von dem heutig Tag vergessen werden. Aber wenn ihr mir noch mehr in Wut bringt, als ich nämlich schon bin, werden sie bestimmt *nich* vergessen, denn ich werd sie überall weitererzählen!«

Mit gesenkten Köpfen zogen die Männer schweigend ab, ohne sich umzuschauen.

Gendibal blickte ihnen nach, dann sah er die Frau an. Sie trug Bluse und Hose sowie an den Füßen ein paar grobgefertigte Schuhe. Ihr Gesicht war schweißig, und sie atmete schwer. Ihre Nase war ziemlich groß, das gleiche galt für ihre Brüste (soweit Gendibal das unter der weiten Bluse erkennen konnte), und ihre Arme wiesen merkliche Muskulatur auf. Nicht verwunderlich, denn die Hamer-Frauen arbeiteten Seite an Seite mit den Männern auf den Feldern.

Sie musterte ihn streng, die Arme in die Hüften gestemmt. »Nu, Forscher, was fackelst? Geh heim in dein Forscherstadt! Fierchtest dich? Soll ich mitkommen?«

Gendibal roch den Schweiß, der in ihrer Kleidung saß, die eindeutig nicht gerade frisch aus der Wäsche kam, aber unter den gegebenen Umständen wäre es äußerst unhöflich gewesen, Widerwillen zu zeigen.

»Vielen herzlichen Dank, Miß Sura...«

»Mein Nam is Novi«, sagte sie barsch. »Sura Novi. Kannst mich Novi rufen. Mehr is unnötig.«

»Vielen Dank, Novi. Sie haben mir sehr geholfen. Es ist mir recht, wenn Sie mich begleiten möchten, nicht weil ich mich fürchten würde, sondern weil mir Ihre Begleitung ein Vergnügen wäre.« Und er verbeugte sich anmutig, wie er es vor einer der jungen Frauen an der Universität getan hätte.

Sura errötete, wirkte zuerst unsicher, dann versuchte sie, seine Geste nachzuahmen. »Vergniegen is... auf mein Seite«, sagte sie, als ob sie um Worte verlegen sei, die das Ausmaß ihres Vergnügens genügend zum Ausdruck brachten und zugleich kultiviert klangen.

Sie machten sich zusammen auf den Weg. Gendibal war sich sehr wohl dessen bewußt, daß jeder gemächliche Schritt, den er tat, sein verspätetes Eintreffen an der Tafel der Sprecher um so unverzeihlicher machte, aber der langsame Rückweg war eine Gelegenheit, um über die Bedeutung des Zwischenfalls nachzudenken, und es bereitete ihm eiskalte Zufriedenheit, seine Verspätung wachsen zu lassen.

Die Gebäude der Universität ragten bereits vor ihnen empor, als Sura Novi stehenblieb. »Meister Forscher...?« meinte sie gedehnt.

Je näher sie der ›Forscherstadt‹ kam, befand Gendibal, um so höflicher benahm sie sich, und er verspürte eine flüchtige Anwandlung, ihr zu entgegnen: Meinen Sie Ihren kleenen Knilch? Aber er hätte sie ohne vernünftigen Grund in Verlegenheit gebracht.

»Ja, Novi?«

»Is es sehr fein und nobel in der Forscherstadt?«

»Es ist ganz nett«, sagte Gendibal.

»Ich hab mal davon geträumt, in der Forscherstadt zu sein. Und... und ein Forscherin zu sein.«

»Irgendwann zeige ich's Ihnen mal«, erwiderte Gendibal höflichkeitshalber.

Der Blick, den sie ihm zuwarf, verriet deutlich, daß sie seine Antwort keineswegs als bloße Höflichkeitsfloskel auffaßte. »Ich kann schreiben«, sagte sie. »Hatt Unterricht bei Schulmeister. Wenn ich dich 'n Brief schreibe...« – sie versuchte, ihren Worten einen gleichgültigen Klang zu verleihen – »...was muß ich draufschreiben, damit er ankommt?«

»Schreiben Sie nur darauf ›Sprecherhaus, Apartment 27‹, und er wird mich erreichen. Aber jetzt muß ich mich verabschieden. Novi.«

Wieder verbeugte er sich, und erneut gab sie sich alle Mühe, sein Verhalten nachzuahmen. Sie entfernten sich in entgegengesetzten Richtungen, und prompt vergaß Gendibal sie im Handumdrehen. Statt dessen dachte er an die Sitzung der Tafel der Sprecher und ganz besonders an Sprecherin Delora Delarmi. Seine Gedanken waren alles andere als freundlich.

Achtes Kapitel

Farmerin

26

Die Sprecher saßen um ihre Tafel; in ihrer mentalen Abschirmung wirkten sie wie von plötzlicher Leblosigkeit befallen. Es war, als hätten sie aufgrund einer Verabredung unvermittelt alle gleichzeitig ihr Bewußtsein abgeschirmt, um zu verhindern, daß sie den Ersten Sprecher, nachdem er seine Erklärung bezüglich Trevizes abgegeben hatte, unverzeihlich beleidigten. Verstohlen schielten sie die Delarmi an, und das besagte schon allerhand. Sie war von allen am meisten für ihre Respektlosigkeit bekannt; selbst Gendibal legte der Konvention mehr Lippenbekenntnisse ab als sie.

Delarmi bemerkte die Blicke und sah ein, daß sie keine Wahl hatte, sie mußte sich dieser unmöglichen Situation stellen. Und da es nun einmal so war, wollte sie die Sache keinesfalls unter die Tafel kehren.

In der ganzen Geschichte der Zweiten Foundation hatte man noch keinen Ersten Sprecher der Fehlanalyse beschuldigt (hinter diesem Begriff, den sie zur Beschönigung ersonnen hatte, stand unausgesprochen *Inkompetenz*). Nun war so eine Anklage möglich geworden. Sie hatte nicht die Absicht, vor irgend etwas zurückzuschrecken.

»Erster Sprecher«, sagte sie leise, und ihre schmalen, farblosen Lippen zeichneten sich in der allgemeinen Blässe ihres Gesichts durch noch stärkere Fast-Unsichtbarkeit als sonst aus, »Sie sagen selbst, Ihre Meinung steht auf keiner konkreten Grundlage, daß die psychohistorische Mathematik nichts derartiges anzeigt. Fordern Sie uns auf, einen Entschluß von entscheidender Bedeutung anhand eines mystischen Fühlens zu fällen?«

Der Erste Sprecher blickte auf, die Stirn zerfurcht. Er war sich der allgemeinen mentalen Abschirmung an der Tafel bewußt. Er besaß volle Klarheit darüber, was das hieß. »Ich habe den Mangel an Beweisen nicht verschwiegen«, sagte er kühl. »Ich unterbreite hier nichts Zurechtgemachtes. Was ich vorzuweisen habe, ist das starke intuitive Gefühl eines Ersten Sprechers, der sich auf jahrzehntelange Erfahrungen berufen kann, der fast ein Lebensalter mit der gründlichen Analyse des Seldon-Planes verbracht hat.« Er ließ seinen Blick mit Förmlichkeit und Stolz, wie er sie nur selten zeigte, durch die Runde schweifen, und einer um den anderen ließen die Sprecher die Mentalabschirmung abschwächen und schließlich fallen, Delarmi (als er sie anschaute) als letzte.

»Selbstverständlich nehme ich Ihre Stellungnahme bereitwillig zur Kenntnis, Erster Sprecher«, sagte sie mit entwaffnender Aufrichtigkeit, die ihr gesamtes Bewußtsein erfüllte, als hätte es darin nie etwas anderes gegeben. »Nichtsdestoweniger halte ich es keineswegs für unvorstellbar, daß Sie die Angelegenheit vielleicht ein zweites Mal durchdenken möchten. Wenn Sie nun darüber nachdenken, zumal Sie ohnehin Scham über Ihren Rückfall in die Intuition zum Ausdruck gebracht haben, wäre es Ihnen da nicht lieber, Ihre Ausführungen würden aus dem Protokoll gelöscht...? Sicher, falls sie nach Ihrer Ansicht...«

Da unterbrach Gendibals Stimme sie. »Was sind das für Ausführungen, die aus dem Protokoll gelöscht werden sollen?«

Alle Augenpaare wandten sich gleichzeitig ihm zu. Wäre im entsprechenden Moment nicht ihre Mentalabschirmung benutzt gewesen, hätten sie sein Kommen bemerkt, lange ehe er an der Tür stand.

»Hat eben allgemeine Mentalabschirmung geherrscht?« meinte Gendibal sardonisch. »Niemand hat gespürt, daß ich unterwegs bin? Was für eine routinierte Sitzung der Tafel der Sprecher wir hier haben. Hat niemand darauf geachtet, ob ich noch komme? Oder haben alle Anwesenden sich darauf verlassen, daß ich auf jeden Fall ausbleibe?«

Sein Auftreten war ein flagranter Verstoß gegen alle Umgangsformen. Daß Gendibal zu spät kam, war schlimm genug;

daß er unangekündigt eintrat, war noch schlimmer. Am allerschlimmsten jedoch war die Tatsache, daß er den Mund aufmachte, bevor der Erste Sprecher ihn ordnungsgemäß zur Teilnahme an der Sitzung aufforderte.

Der Erste Sprecher wandte sich ihm zu. Alles andere rückte nun in den Hintergrund. Die Frage der Disziplin stand an erster Stelle.

»Sprecher Gendibal«, sagte Shandess, »Sie kommen zu spät. Sie platzen formlos herein. Sie reden drauflos. Gibt es irgendeinen Grund, weshalb Sie nicht für dreißig Tage von der Tafel der Sprecher ausgeschlossen werden sollten?«

»Selbstverständlich. Ein Beschluß in bezug auf meine etwaige Suspendierung sollte keineswegs beraten werden, ehe hier darüber gesprochen worden ist, wer es war, der dafür *gesorgt* hat, daß ich zu spät kommen mußte, und warum.« Gendibal sprach in unterkühltem, gemessenem Tonfall, aber in seinem Bewußtsein verdunkelten Wolken des Zorns seine Gedanken. Doch es war ihm gleichgültig, ob jemand es merkte.

Die Delarmi spürte es ohne Zweifel. »Der Mann ist wahnsinnig«, sagte sie mit Nachdruck.

»Wahnsinnig?« wiederholte Gendibal. »Ich? Wahnsinn von dieser Frau, so etwas zu behaupten. Oder es geschieht aus Schuldbewußtsein. Erster Sprecher, ich wende mich an Sie und berufe mich auf das persönliche Privileg, in eigener Sache sprechen zu dürfen.«

»Worum handelt es sich, Sprecher?«

»Erster Sprecher, ich beschuldige jemanden hier des Mordversuchs.«

Im Sitzungsraum brach ein Entrüstungssturm los, als alle Sprecher und Sprecherinnen aufsprangen und in ein heilloses Durcheinander von mündlicher, mimischer und mentaler Diskussion verfielen.

Der Erste Sprecher hob die Arme. »Der Sprecher muß Gelegenheit erhalten«, rief er, »das persönliche Privileg des Vortrags in eigener Sache wahrnehmen zu können.« Er sah sich dazu gezwungen, auf mentaler Ebene seine Autorität mit einer Deutlichkeit auszuspielen, wie sie in diesem Kreis wenig wünschenswert war – aber er hatte keine andere Wahl.

Der Wirrwarr verebbte.

Gendibal wartete ungerührt, bis sowohl akustisch wie auch mental vollkommene Ruhe eingetreten war, ehe er weitersprach. »Auf dem Rückweg zur Universität«, sagte er, »auf einer hamischen Landstraße, in einer Entfernung und mit einer Geschwindigkeit, die ohne weiteres mein pünktliches Eintreffen gewährleistet hätten, haben mich mehrere Farmer aufgehalten, und nur mit knapper Not bin ich nicht zusammengeschlagen worden, und vielleicht hätte man mich umgebracht. Wie die Dinge sich entwickelt haben, hat sich jedoch lediglich eine Verspätung ergeben, und ich bin soeben eingetroffen. Zunächst einmal möchte ich feststellen, daß ich seit den Zeiten der Großen Plünderung keinen Fall wüßte, daß ein Zweitfoundationist von den Hamer respektlos behandelt worden ist, geschweige denn sogar mißhandelt.«

»Dergleichen ist auch mir unbekannt«, sagte der Erste Sprecher.

»Normalerweise laufen Zweitfoundationisten nicht allein im Hamer-Territorium herum«, rief die Delarmi. »Mit so etwas *provozieren* Sie solche Vorfälle ja regelrecht.«

»Es stimmt, es ist meine Gewohnheit«, sagte Gendibal, »allein im Hamer-Territorium herumzulaufen. Viele hundert Mal habe ich mich in jede erdenkliche Richtung bewegt. Aber nie vorher hat mich jemand belästigt. Andere bewegen sich nicht mit der Freizügigkeit, wie ich es halte, aber niemand hier betrachtet sich als von der übrigen Welt ausgeschlossen, keiner sperrt sich in der Universität ein, und niemals ist irgend jemand von uns belästigt worden. Ich kann mich entsinnen, daß Delarmi ...« Und da, als erinnere er sich nachträglich des Titels, verwandelte er ihn in eine tödliche Beleidigung. »Ich wollte sagen, ich kann mich entsinnen, daß auch Sprecherin Delarmi gelegentlich das Hamer-Territorium aufgesucht hat, und *sie* ist auch unbehelligt geblieben.«

»Das liegt vielleicht daran«, sagte die Delarmi, die Augen zu einem wuterfüllten Blick geweitet, »daß ich niemanden angesprochen und Distanz bewahrt habe. Weil ich mich benommen habe wie jemand, der Respekt verdient, hat man ihn mir entgegengebracht.«

»Seltsam«, sagte Gendibal, »und ich wollte der Meinung Ausdruck geben, es habe daran gelegen, daß Sie eine formidablere Erscheinung als ich sind. Selbst hier wagt sich Ihnen ja kaum jemand zu nähern. Aber verraten Sie mir einmal, warum sollten die Hamer mich ohne jede Veranlassung ausgerechnet heute belästigen, wenn ich an einer sehr wichtigen Sitzung der Tafel der Sprecher teilzunehmen habe?«

»Wenn's nicht auf Ihr Verhalten zurückzuführen war«, entgegnete die Delarmi, »hat es sich eben um einen Zufall gehandelt. Ich wüßte nicht, daß Seldons Mathematik die Rolle des Zufalls in der Galaxis beendet hätte. Oder berufen auch Sie sich auf intuitive Inspiration?« (Dieser gegen den Ersten Sprecher gerichtete Seitenhieb veranlaßte ein oder zwei andere Sprecher zu einem gelinden mentalen Aufseufzen.)

»Es lag nicht an meinem Verhalten«, sagte Gendibal. »Es war kein Zufall. Vielmehr war es eine vorsätzliche Belästigung.«

»Woher können wir das mit Sicherheit wissen?» erkundigte sich der Erste Sprecher nachsichtig. Angesichts der letzten Bemerkung der Delarmi konnte er nicht anders, er ging Gendibal innerlich entgegen.

»Mein Bewußtsein steht Ihnen offen, Erster Sprecher. Sie und die gesamte Tafel können meine Erinnerung an den Vorfall einsehen.«

Dieser mentale Datenaustausch dauerte nur einige wenige Augenblicke. »Schockierend«, sagte der Erste Sprecher. »Unter Bedingungen erheblichen äußeren Drucks haben Sie sich außerordentlich besonnen benommen, Sprecher. Ich bin mit Ihnen der Ansicht, daß das Benehmen dieser Hamer anomal ist und eine gründliche Untersuchung erfordert. Nun jedoch nehmen Sie Platz, so daß wir die Sitzung...«

»Einen Moment«, unterbrach ihn die Delarmi. »Wie sicher können wir sein, daß die Darstellung des Sprechers zutreffend ist?«

Bei dieser Kränkung weiteten sich Gendibals Nasenflügel, aber er bewahrte seine selbstbeherrschte Gefaßtheit. »Mein Bewußtsein ist offen.«

»Ich habe schon manches offene Bewußtsein eingesehen, das doch nicht offen war.«

»Das bezweifle ich keineswegs, Sprecherin«, antwortete Gendibal, »denn wie wir alle müssen auch Sie Ihr Bewußtsein unter ständiger Selbstkontrolle halten. Mein Bewußtsein jedoch ist offen, wenn es offen ist.«

»Wir wollen keine weiteren...«, begann der Erste Sprecher.

»Ich möchte mein persönliches Privileg des Vortrags in eigener Sache wahrnehmen, Erster Sprecher«, sagte die Delarmi, »und bitte um Entschuldigung für die Unterbrechung.«

»Um was handelt es sich, Sprecherin?«

»Sprecher Gendibal hat einen der Anwesenden des versuchten Mordes beschuldigt, ein Versuch, der vermutlich durch die Anstiftung des Farmers zum Angriff auf ihn geschehen sein soll. Solange diese Anschuldigung nicht zurückgenommen worden ist, muß ich mich dem Verdacht ausgesetzt fühlen, eine Mörderin zu sein, und das gleiche gilt für jeden hier im Raum – auch für Sie, Erster Sprecher.«

»Möchten Sie die Anschuldigung zurücknehmen, Sprecher Gendibal?« fragte der Erste Sprecher nach.

Gendibal nahm seinen Platz ein, legte die Hände auf die Armlehnen, umklammerte sie fest, als ergriffe er von ihnen Besitz. »Das werde ich«, sagte er, »sobald mir jemand erklärt, warum ein hamischer Farmer unter Einbeziehung mehrerer anderer Hamer mich auf dem Weg zu einer Sitzung absichtlich hätte belästigen und aufhalten sollen.«

»Dafür kommen womöglich tausend Gründe in Frage«, sagte der Erste Sprecher. »Ich wiederhole, wir werden den Vorfall eingehend untersuchen. Wollen Sie nun bis auf weiteres, vor allem im Interesse einer Fortsetzung dieser Sitzung, die erwähnte Anschuldigung zurückziehen, Sprecher Gendibal?«

»Das kann ich nicht, Erster Sprecher. Ich habe ausgiebig und so vorsichtig wie möglich den Geist dieses Farmers erforscht, um irgendwie sein Verhalten zu ändern, ohne Schaden anzurichten, aber umsonst. Seinem Bewußtsein fehlte es an der Lenkbarkeit, die hätte vorhanden sein müssen. Seine Emotionen waren fixiert, wie durch die äußere Einflußnahme eines fremden Bewußtseins.«

Die Delarmi lächelte plötzlich andeutungsweise. »Und Sie glauben, einer von uns sei dies ›fremde Bewußtsein‹ gewesen? Könnte denn nicht Ihre geheimnisvolle Organisation dahinterstecken, die mit uns um die Verwirklichung des Seldon-Plans wetteifert, die mächtiger als wir ist?«

»Das könnte durchaus der Fall sein«, antwortete Gendibal.

»Dann sind wir, die wir ja keine Mitglieder der besagten

Organisation sind, ohne jede Schuld an dem Vorfall, und Sie sollten Ihre Beschuldigung zurücknehmen. Oder ist es so, daß Sie einen der Anwesenden verdächtigen, diese merkwürdige Organisation hätte ihn unter Kontrolle? Wollen Sie behaupten, einer von uns sei gar nicht, was er dem Anschein nach ist?«

»Vielleicht«, erwiderte Gendibal unerschüttert, obwohl er sich dessen bewußt war, daß die Delarmi sich bemühte, ihn aufs Glatteis zu führen.

»Man könnte den Eindruck gewinnen«, sagte die Delarmi und rückte mit dem heraus, worauf sie abgezielt hatte, »daß Ihre Vorstellungen von einer geheimen, unbekannten, verborgenen und rätselhaften Organisation nur der Alptraum einer Paranoia sind. Sie könnten zu Ihrem paranoiden Einfall passen, hamische Farmer würden mental beeinflußt, Sprecher stünden insgeheim unter fremder Kontrolle. Aber ich bin durchaus bereit, Ihren sonderbaren Gedankengängen noch eine Zeitlang zu folgen. Von welchem der Anwesenden glauben Sie denn, Sprecher, daß er sich unter fremder Kontrolle befindet? Soll ich es sein?«

»Ich bezweifle es, Sprecherin«, gab Gendibal zur Antwort. »Ginge der Versuch, mich auf so indirekte Weise zu beseitigen, auf Sie zurück, würden Sie sicher Ihre Abneigung gegen mich nicht so unmißverständlich zeigen.«

»Vielleicht liegt ein doppeltes Doppelspiel vor?« meinte die Delarmi. »Eine solche Schlußfolgerung wäre bei paranoiden Zwangsvorstellungen durchaus gängig.« Sie schnurrte nun regelrecht vor Behagen.

»Das mag sein. Sie kennen sich in diesen Dingen besser als ich aus.«

Hitzig mischte sich Sprecher Lestim Gianni ein. »Hören Sie, Sprecher Gendibal, das führt zu nichts! Wenn Sie Sprecherin Delarmi vom Verdacht freisprechen, richten Sie ihn damit nur um so stärker gegen den gesamten Rest der Anwesenden. Welchen Grund sollte denn *irgendeiner* von uns besitzen, Ihre Teilnahme an dieser Sitzung zu verzögern, gar nicht davon zu reden, weshalb jemand Ihren Tod wünschen sollte?«

Gendibal antwortete rasch, als habe er auf diese Frage nur gewartet. »Als ich eintrat, war der zur Diskussion stehende Punkt die Löschung bestimmter Ausführungen aus dem Protokoll, von Ausführungen, die vom Ersten Sprecher gemacht worden sind. Als einziger Sprecher habe ich diese Ausführungen nicht mitanhören können. Ich möchte wissen, worum es ging, und dann, glaube ich, kann ich das Motiv nennen, warum jemand ein Interesse daran gehabt haben soll, mich zeitweilig fernzuhalten oder endgültig loszuwerden.«

»Ich hatte erklärt – und Sprecherin Delarmi sowie vielleicht auch andere Anwesende nahmen daran ernsthaften Anstoß –, daß ich aufgrund meiner Intuition und durch den Versuch einer untauglichen Anwendung der psychohistorischen Mathematik zu der Ansicht gelangt war, daß die ganze Zukunft des Seldon-Plans möglicherweise von diesem Verbannten der Ersten Foundation abhängt, Golan Trevize«, faßte der Erste Sprecher zusammen.

»Es bleibt den anderen Sprechern überlassen, zu äußern, was immer sie davon denken«, sagte Gendibal. »Ich für meinen Teil bin ebenfalls dieser Meinung. Trevize ist der Schlüssel. Ich finde diesen plötzlichen Hinauswurf durch die Erste Foundation zu seltsam, als daß sich dahinter nichts verbergen könnte.«

»Wollen Sie damit andeuten«, entgegnete die Delarmi, »Trevize sei unterm Einfluß dieser mysteriösen Organisation, oder etwa die Leute, die ihn ins Exil geschickt haben? Befindet sich womöglich alles und jeder unter ihrer Kontrolle außer Ihnen und dem Ersten Sprecher – und mir, der Sie bestätigt haben, nicht einer solchen Kontrolle ausgesetzt zu sein?«

»Dies Geschwätz erfordert keine Antwort«, erwiderte Gendibal. »Statt dessen möchte ich die Frage stellen, ob irgendein weiterer Sprecher sich in dieser Angelegenheit mit mir und dem Ersten Sprecher einig zu erklären gedenkt? Ich gehe davon aus, alle Anwesenden haben die mathematischen Darlegungen, die ich mit der Einwilligung des Ersten Sprechers allen habe zukommen lassen, mit der gebührenden Aufmerksamkeit studiert?«

Schweigen herrschte.

»Ich wiederhole meine Frage«, sagte Gendibal. »Ist jemand dazu bereit?«

Das Schweigen blieb ungebrochen.

»Erster Sprecher«, sagte Gendibal, »da haben Sie das Motiv für die Herbeiführung des Zwischenfalls.«

»Erklären Sie deutlicher«, sagte der Erste Sprecher.

»Sie haben hier über die Notwendigkeit gesprochen, daß wir uns mit Trevize befassen, diesem Erstfoundationisten. Dabei handelt es sich um eine wichtige politische Initiative, und falls die Sprecher meine Vorlage gelesen haben, dürften sie im großen und ganzen gewußt haben, woher der Wind weht. Aber wenn sie einhellig anderer Auffassung gewesen wären – einhellig! –, hätten Sie aus traditioneller Selbstbeschränkung die Sache nicht weiterverfolgen können. Mit der Unterstützung nur eines Sprechers jedoch hätten Sie die vorgeschlagene neue Politik zur Ausführung bringen können. *Ich* war der eine Sprecher, mit dessen Rückhalt Sie rechnen konnten, wie jeder, der meine Vorlage gelesen hatte, ersehen konnte, und deshalb mußte ich um jeden Preis von der Tafel ferngehalten werden. Fast hatte dieser Trick Erfolg, doch jetzt bin ich da, und ich unterstütze den Ersten Sprecher. Ich teile seine Meinung, und in Übereinstimmung mit den traditionellen Regeln kann er bei der weiteren Verfolgung seiner politischen Linie die Bedenken der anderen elf Sprecher außer acht lassen.«

Die Delarmi schlug mit der Faust auf die Tafel. »Die Implikation all dessen lautet, jemand habe vorher gewußt, was der Erste Sprecher zu empfehlen beabsichtigt, und ebenso vorher gewußt, daß Sprecher Gendibal ihm seinen Rückhalt gibt, und daß der gesamte Rest nichts von allem gewußt haben soll. Ferner impliziert es, diese Initiative sei dieser wahnhaften geheimen Organisation Sprecher Gendibals unangenehm, daß sie sich bemühe, sie zu sabotieren, daß einer oder mehrere von uns unter ihrer Kontrolle stünden.«

»Diese Implikationen sind vorhanden«, stimmte Gendibal zu. »Ihre Analyse ist meisterhaft.«

»Wen beschuldigen Sie?« rief die Delarmi.

»Niemanden. Ich ersuche den Ersten Sprecher, alles weitere zu veranlassen. Es ist vollkommen klar, daß irgend jemand in unserer Organisation gegen uns arbeitet. Ich schlage vor, daß jeder, der für die Zweite Foundation tätig ist, einer gründlichen Mentalanalyse unterzogen wird. Jeder, auch die Sprecher selbst. Auch ich – und ebenfalls der Erste Sprecher.«

Die Versammlung brach in größeren, chaotischeren Aufruhr aus, als je zuvor einer durch das Protokoll aufgezeichnet worden war.

Und nachdem der Erste Sprecher in diesem Sinne sein Einverständnis bekanntgegeben hatte, verließ Gendibal ohne ein Wort den Sitzungsraum und suchte sein Apartment auf. Er wußte genau, daß er unter den Sprechern keinen Freund besaß; selbst der Beistand, den er vom Ersten Sprecher erhielt, konnte günstigstenfalls halbherzig sein.

Er besaß keine Klarheit darüber, ob er nur um sich selbst oder um die ganze Zweite Foundation fürchtete, aber auf seiner Zunge lag bitter der Vorgeschmack drohenden Unheils.

27

Gendibal schlief schlecht. Im Wachen wie im Schlafen galten seine Gedanken und Träume dem Streit mit Sprecherin Delora Delami. In einem Traumfetzen kam es zu einer Verwischung zwischen ihr und dem hamischen Farmer, so daß Gendibal sich von einer verzerrten Delarmi attackiert sah, die gegen ihn eine riesige Faust schwang und gleichzeitig ein süßliches Lächeln zeigte, das nadelspitze Zähne entblößte.

Als er schließlich erwachte – später als gewöhnlich –, fühlte er sich nicht ausgeruht, und von seinem Nachttisch ertönte gedämpftes Summen. Er wälzte sich herum und drückte die Taste.

»Ja? Was ist los?«

»Ein Besucher möchte mit Ihnen reden, Sprecher.« Die Stimme gehörte dem Hauswart und klang wesentlich weniger respektvoll als angebracht.

»Ein Besucher?« Gendibal rief seinen Terminplan ab, aber auf dem Bildschirm zeigte sich für den Vormittag kein einziger Termin. Er drückte die Zeitanzeige; es war 8 Uhr 32. »Raum und Zeit«, fragte er verdrossen nach, »wer ist es denn?«

»Will keinen Namen nennen, Sprecher.« Man merkte dem Etagenwart sein Mißfallen an. »Ein Hamer, Sprecher. Will aufgrund Ihrer Einladung hier sein.« Letzteres sagte er mit noch spürbarerer Mißbilligung.

»Er soll im Empfangsraum warten, bis ich nach unten komme. Es wird aber einige Zeit dauern.«

Gendibal beeilte sich nicht im mindesten. Während seiner morgendlichen Verrichtungen blieb er in Gedanken versunken. Daß jemand sich der Hamer bediente, um ihm Schwierigkeiten zu machen, wirkte durchaus sinnvoll – und er hätte zu gern gewußt, wer derjenige war. Doch was sollte es nun bedeuten, daß ein Hamer ihn an seinem Wohnsitz besuchte? Konnte es sich um irgendeine raffinierte Falle handeln?

Im Namen Seldons, wie konnte ein hamischer Farmer in die Universität gelangen? Welche Gründe hatte er für so etwas zu nennen? Was mochten seine wahren Beweggründe sein?

Einen flüchtigen Moment lang überlegte er, ob er sich bewaffnen solle. Fast augenblicklich entschied er sich dagegen, weil er auf nahezu geringschätzige Weise davon überzeugt war, einen einzelnen Farmer, der sich in die Universität gewagt hatte, in Schach halten zu können, ohne sich dabei irgendeiner Gefahr auszusetzen, ohne mit unakzeptabler Nachhaltigkeit ein Hamer-Bewußtsein beeinflussen zu müssen.

Gendibal gelangte zu der Auffassung, daß der gestrige Zwischenfall mit dem Farmer ihn viel zu stark beeindruckt hatte. War womöglich derselbe Farmer sein unerwarteter Besucher? Vielleicht stand er nicht länger unter fremdem Einfluß, von wem oder was diese Einflußnahme auch ausgehen mochte, und war nun gekommen, um sich für sein Benehmen bei Gendibal zu entschuldigen, aus Sorge, er könne andernfalls irgendwie bestraft werden. Aber woher sollte der Mann wissen, wohin er gehen mußte? An wen er sich zu wenden hatte?

Entschlossen bog er um die Ecke des Korridors und betrat den Warteraum. Erstaunt blieb er stehen, dann wandte er sich an den Hauswart, der in seiner gläsernen Kabine furchtbar geschäftig tat.

»Hauswart, Sie haben nicht erwähnt, daß der Besucher eine Frau ist!«

»Ein Hamer, habe ich gesagt, Sprecher«, erwiderte der Hauswart ruhig. »Sie haben keine weitergehenden Fragen gestellt.«

»Minimalinformation, Hauswart? Muß ich mir als eine Ihrer Eigenheiten merken.« (Und er mußte nachprüfen, ob der Hauswart sein Amt der Delarmi verdankte. Außerdem empfahl es sich offenbar, von nun an genauer auf die Funktionärchen zu achten, die ihn umgaben – es fiel allzu leicht, sie von der Höhe seiner noch neuen Sprecherschaft herab zu übersehen, die ›Unteren‹.) »Sind irgendwelche Konferenzräume frei?«

»Nur Nummer Vier, Sprecher«, antwortete der Hauswart. »Er ist für drei Stunden frei.« Mit einem Ausdruck völliger Unschuld sah er erst die Hamerin an, dann Gendibal.

»Wir werden uns in Nummer Vier unterhalten, Hauswart, und ich rate Ihnen dringend, auf Ihre Gedanken zu achten.« Gendibal führte einen unsanften mentalen Stoß, und der Hauswart erhob seine Abschirmung viel zu langsam. Gendibal wußte sehr gut, daß es eigentlich unter seiner Würde war, einen Untergebenen mit unterlegenem Verstand zu züchtigen, aber eine Person, die nicht dazu imstande war, eine unerfreuliche Mutmaßung bezüglich eines Vorgesetzten für sich zu behalten, mußte wenigstens lernen, sich nicht darin zu gefallen. Der Hauswart würde ein paar Stunden lang scheußliche Kopfschmerzen haben, und die waren durchaus verdient.

28

Er konnte sich nicht sofort auf den Namen besinnen und befand sich auch keineswegs in der Stimmung, um in seinem Gedächtnis ausgiebig danach zu suchen. Sie durfte wohl schwerlich erwarten, daß er sich erinnerte.

»Ich habe Ihren Namen vergessen«, sagte er mürrisch.

»Ich bin Novi, Meister Forscher«, entgegnete sie, indem sie fast loskeuchte. »Mein Vornam is Sura, aber man ruft mir Novi.«

»Ja, richtig. Novi. Wir sind uns gestern begegnet. Ich entsinne mich. Ich habe keineswegs vergessen, daß Sie mir zu Hilfe gekommen sind.« Er brachte es nicht fertig, sich auf dem Gelände der Universität des Hamer-Dialekts zu bedienen. »Wie sind Sie hergelangt?«

»Meister, du hast sagt, ich könnt ein Brief schreiben. ›Sprecherhaus, Apartment siebenundzwanzig‹ sollte drauf stehen, hast sagt. Nu bring ich ihm selber und zeig dich mein eigen

Schrift drauf, Meister.« Sie sagte das mit einer Art von verschämtem Stolz. »›Für wem is das Schrieb?‹ fragen sie mir. ›Ich hab gehört, wie du's diesem ungehobelten Grobian gegeben hast, dem Rufirant.‹ Ich sag, is für Stor Gendibal, Meister Forscher.«

»Und man hat Sie durchgelassen, Novi? Wollte niemand den Brief sehen?«

»Ich hab mich gefierchtet. Ich dacht, vielleicht sind sie nich freundlich. ›Forscher Gendibal hat mich versprochen, mich Forscherstadt zu zeigen‹, hab ich sagt, und sie haben gelächelt. Einer am Tor sagte zum anderen, ›und das wird nich alles sein, was er ihr zeigt‹. Und sie sagten, wie ich gehen muß, und daß ich nich woanders gehen soll, sonst tät ich gleich wieder rausfliegen.«

Gendibal errötete ein wenig. Bei Seldon, falls er das Bedürfnis nach hamischem Amüsement verspürte, würde er wohl kaum so offen vorgehen, und seine Wahl fiele bestimmt etwas anspruchsvoller aus. Er betrachtete die Trantoranerin mit einem innerlichen Kopfschütteln.

Sie wirkte noch ziemlich jung; vielleicht war sie jünger, als sie infolge der harten Arbeit aussah. Sie konnte nicht älter als fünfundzwanzig sein, ein Alter, in dem hamische Frauen normalerweise schon verheiratet waren. Sie trug ihr schwarzes Haar zu den Zöpfen geflochten, die sie als unverheiratet kennzeichneten – sogar als Jungfrau auswiesen –, und das überraschte ihn keineswegs. Wie sie gestern mit dem Kerl namens Rufirant umgesprungen war, enthüllte ein bedeutendes Talent zum Zankteufel, und er bezweifelte, daß sich ohne weiteres ein Hamer finden ließ, der sich es zutraute, es sowohl mit ihrer losen Zunge wie auch ihrer anscheinend lockeren Faust aufzunehmen. Auch ihre Erscheinung war nicht besonders attraktiv. Obwohl sie sich allerlei Mühe gegeben hatte, präsentabel auszusehen, blieb ihr Gesicht doch kantig und schlicht, ihre Hände waren unverändert rot und knubblig. Was er von ihrer Figur sehen konnte, machte den Eindruck, als sei sie weniger zur Anmut als zur Belastungsfähigkeit geschaffen.

Unter seiner aufmerksamen Musterung begann ihre Unterlippe zu zittern. Er vermochte ihre Verlegenheit und Ängstlichkeit deutlich zu spüren und empfand Mitleid. Aber sie war ihm gestern wirklich eine große Hilfe gewesen, und das war ein Umstand, der zählte.

»So, und nun sind Sie also gekommen«, sagte er in einem Versuch, sich sowohl geistreich wie auch besänftigend zu äußern, »um sich... äh... die Forscherstadt anzuschauen?«

Sie öffnete weit ihre dunklen Augen, die andererseits sehr reizend aussahen. »Meister«, sagte sie, »sei nich sauer mit mich, aber ich komm, um selber Forscherin zu werden.«

»Sie möchten *Forscherin* werden?!« Gendibal fühlte sich wie vor den Kopf geschlagen. »Liebe Frau...«

Er verstummte. Bei Trantor, wie sollte er einer total ungebildeten Person von Farmerin erläutern, welchen Intelligenzgrad, was für eine Ausbildung und welche geistige Kraft es erforderte, das zu werden, was Trantoraner einen ›Forscher‹ nannten?

Aber Sura Novi begann schon heftig Erklärungen abzugeben. »Ich kann schreiben *und* lesen. Ich hab auch schon ganze Biecher von vorn bis hinten gelesen. Und ich *will* Forscherin werden. Ich will kein Farmersfrau sein. Ich bin nich für 'ne Farm. Ich will kein Farmer heiraten und kein Farmerkinder kriegen.« Sie hob stolz den Kopf. »Ich bin gefragt worden. Vielmals. ›Nee‹, sag ich immer. Höflich bin ich, aber ich bleib bei Nee.«

Gendibal erkannte klar genug, daß sie log. Niemand hatte sie gefragt; aber er ließ es dabei bewenden. »Was wollen Sie mit Ihrem Leben anfangen«, erkundigte er sich, »wenn Sie nicht heiraten?«

Sura Novi schlug mit der flachen Hand auf den Tisch. »Ich will Forscherin sein. Ich will *kein* Farmersfrau sein.«

»Und falls ich keine Forscherin aus Ihnen machen kann?«

»Dann bin ich nix und wart auf 'n Tod. Wenn ich kein Forscherin sein kann, will ich im Leben halt gar nix sein.«

Einen Moment lang verspürte Gendibal den Wunsch, ihr Bewußtsein nach den inneren Beweggründen ihrer Motivation zu durchsuchen, aber das wäre ein Fehlverhalten gewesen. Man wurde nicht Sprecher, um nach Lust und Laune im Geist anderer Leute umherzustöbern, die dagegen hilflos waren. Die Mentalik hatte ihren Kodex, genau wie jede andere organisierte Tätigkeit. Oder jedenfalls sollte es so sein. (Er bedauerte es plötzlich, dem Hauswart einen Denkzettel verpaßt zu haben.)

»Warum denn *nicht* Farmersfrau, Novi?« meinte er. Mit einer kleinen Manipulation war er dazu imstande, ihr Zufriedenheit mit einem solchen Dasein zu suggerieren, und ebenso würde er irgendeinen hamischen Schlingel dahingehend manipulieren können, daß er sie mit dem größten Vergnügen heiratete – und sie konnte er dazu bringen, glücklich ihn zu heiraten. Er erwiese allen Beteiligten damit einen großen Gefallen. Aber so etwas war gegen die Prinzipien und undenkbar.

»Ich *will* nich«, antwortete sie. »Ein Farmer is ein Erdwiehler. Er arbeitet mit Erdklumpen, und er wird zum Erdklumpen. Wenn ich Farmersfrau bin, hab ich kein Zeit zum Lesen und Schreiben und vergeß alles. Mein Kopf...« – sie legte eine Hand an die Schläfe – »wird stumpf und mies. Nee! Ein Forscher is anders. Macht sich viel Gedanken.« (Damit meinte sie, bemerkte Gendibal, die Intelligenz, nicht etwa bloße Grüblerei.)

»Ein Forscher«, fügte sie hinzu, »lebt mit Biechern und... und mit... Ich hab vergessen, was das Nam is.« Sie vollführte eine Geste, die anscheinend irgendein vages Tun andeuten sollte; ohne ihre aufschlußreichen mentalen Schwingungen hätte er nicht verstehen können, was sie zu bedeuten hatte.

»Mikrofilme«, sagte er. »Woher kennen Sie Mikrofilme?«

»In Biechern les ich von vielem«, erwiderte sie voller Stolz.

Gendibal vermochte den Wunsch, mehr über sie zu erfahren, nicht länger zu unterdrücken. Sie war für einen Hamer höchst ungewöhnlich; von so einem Fall hatte er noch nie gehört. Die Zweite Foundation rekrutierte unter den Hamer nicht; aber wäre Sura Novi jetzt erst zehn Jahre alt...

Was für ein Jammer! Er beabsichtigte nicht, irgendwie auf sie einzuwirken, nicht im geringsten; aber welchen Nutzen hatte es denn, Sprecher sein, wenn man nicht die Möglichkeit wahrnahm, einen außergewöhnlichen Geist zu begutachten und daraus etwas zu lernen?

»Novi«, sagte er, »ich möchte, daß Sie sich für einen Moment dort hinsetzen. Bleiben Sie ganz ruhig. Sprechen Sie nicht. Denken Sie erst gar nicht daran, irgend etwas zu sagen. Denken Sie nur ans Einschlafen. Haben Sie verstanden?«

Sofort war sie wieder furchtsam. »Warum muß ich das tun, Meister?«

»Weil ich darüber nachzudenken wünsche, wie Sie eine Forscherein werden könnten.«

Ganz egal, was sie gelesen haben mochte, sie konnte keinesfalls eine Ahnung davon besitzen, was es wirklich hieß, eine ›Forscherin‹ zu sein. Deshalb war es erforderlich, daß er herausfand, für was sie einen Forscher eigentlich *hielt*.

Sehr vorsichtig und mit unendlicher Feinfühligkeit untersuchte er ihren Geist, tastete nach dem, was er suchte, ohne irgend etwas tatsächlich anzutasten – so wie man eine Hand auf eine blanke Metallfläche senken mag, ohne Fingerabdrücke zu hinterlassen. Für sie war ein Forscher jemand, der dauernd Bücher las. Sie hatte nicht die leiseste Vorstellung, warum es sich überhaupt lohnte, Bücher zu lesen.

Eine ›Forscherin‹ zu sein, das hieß für sie, die gleiche Arbeit wie bisher zu verrichten – ihr Verstand enthielt ein deutliches Bild von den Dingen, mit denen sie sich auskannte: Besorgungen machen, Gegenstände schleppen, Kochen, Putzen, Anweisungen befolgen –, aber in der Universität, wo es jede Menge Bücher gab und wo sie (nach ihren Erwartungen) die Zeit finden würde, sie zu lesen und dadurch auf vage Weise ›gelehrt‹ zu werden.

Worauf alles hinauslief, war nichts anderes, als daß sie eine Dienerin werden wollte; *seine* Dienerin, Gendibals Dienerin.

Gendibal schnitt ein finsteres Gesicht. Eine hamische Dienerin, dazu eine, die schlicht war, ohne Anmut, ungebildet, mit Mühe und Not lesen und schreiben konnte. Unvorstellbar.

Er mußte sie ganz einfach loswerden. Sicherlich gab es einen gangbaren Weg, um ihre Wünsche in herkömmlichere Bahnen zu lenken und sie mit dem Dasein einer Farmerin zufrieden zu machen, irgendeine Methode, die keine Spuren zurückließ, über die sich die Delarmi folglich nicht beschweren konnte.

Oder hatte etwa die Delarmi sie geschickt? War das alles ein gerissener Plan, um ihn zur Beeinflussung eines Hamer-Bewußtseins zu verleiten, ihn dann anzuprangern und anzuklagen?

Lachhaft! Er schwebte wirklich in der Gefahr, paranoid zu werden. Er brauchte nur irgendwo in den simplen Verästelungen ihres unkomplizierten, unberührten Gemüts eine winzigkleine Anpassung vorzunehmen, ein Rinnsal mentaler Ströme umzuleiten.

Dergleichen verstieß gegen den Buchstaben des Gesetzes, aber konnte keinen Schaden anrichten, und niemand würde es je bemerken.

Er verharrte.

Zurück. Zurück. Zurück.

Raum und Zeit! Fast hätte er es übersehen!

War er das Opfer eines Irrtums?

Nein! Nachdem er darauf aufmerksam geworden war, vermochte er die Unregelmäßigkeit klar zu erkennen. Eine ganz winzige Verästelung wies eine Abweichung auf – eine anomale Veränderung. Von welcher delikaten Natur sie war, wie frei von allen auffälligen Nebenerscheinungen!

Gendibal zog sich aus Sura Novis Bewußtsein zurück. »Novi?« sprach er sie leise an.

Ihr Blick gewann seinen Fokus wieder. »Ja, Meister?« antwortete sie.

»Sie dürfen mit mir arbeiten«, sagte Gendibal. »Ich werde Sie zu einer Forscherin machen...«

»Meister...!« begann sie erfreut, und ihre Augen blitzten auf.

Er sah es im gleichen Moment voraus – sie wollte sich ihm zu Füßen werfen. Er legte seine Hände auf ihre Schultern und stemmte sich nachdrücklich gegen sie. »Rühren Sie sich nicht von der Stelle, Novi! Bleiben Sie stehen. Stehenbleiben!«

Er hätte ebensogut zu einem erst halb dressierten Tier reden können. Als er sah, daß seine Anordnung zu ihr durchgedrungen war, ließ er sie los. Er hatte die Härte der Muskeln an ihren Oberarmen gespürt.

»Wenn Sie eine Forscherin werden wollen«, sagte er, »müssen Sie sich auch wie eine benehmen. Das heißt, Sie müssen immer die Ruhe bewahren, stets leise reden, immer tun, was ich Ihnen sage. Und Sie müssen zu lernen versuchen, so zu sprechen, wie ich spreche. Sie werden auch mit anderen Forschern Umgang pflegen müssen. Fürchten Sie sich?«

»Wenn du bei mich bist, Meister, werd ich mir nich fierchten... fürchten.«

»Ich werde dabei sein. Aber zuerst einmal... Ich muß Ihnen

ein Apartment besorgen, man muß Ihnen einen Waschraum zuweisen, Sie brauchen einen Platz im Speisesaal, neue Kleidung muß her. Sie müssen Kleidung tragen, die besser zu einer Forscherin paßt, Novi.«

»Das hier is alles, was ich...«, begann sie kummervoll.

»Wir verschaffen Ihnen andere Sachen.«

Er mußte eine Frau damit beauftragen, Novi neue Kleider zu besorgen, und ebenso mußte jemand weiblichen Geschlechts dieser Hamerin die Grundlagen der körperlichen Hygiene vermitteln. Obwohl die Kleidungsstücke, die sie trug, wahrscheinlich ihre besten waren, und obwohl sie sich offenbar ein bißchen herausgeputzt hatte, haftete ihr nach wie vor ein merklicher Geruch an, der ein wenig unangenehm war.

Und er mußte sich bemühen, das Verhältnis zwischen ihnen klar ersichtlich zu machen. Es handelte sich dabei, daß Männer (und auch Frauen) der Zweiten Foundation bisweilen zum persönlichen Vergnügen Freundschaften mit Hamern schlossen, um ein allbekanntes, offenes Geheimnis. Solange es dabei zu keinen Beeinträchtigungen eines Hamer-Bewußtseins kam, fiel es niemandem nur im Traum ein, deswegen Aufhebens zu machen. Gendibal selbst hatte sich auf so etwas noch nie eingelassen, und er fühlte sich im allgemeinen recht wohl mit der Annahme, daß es sich so verhielt, weil er kein Bedürfnis nach herberer oder gepfefferterer Sexualität verspürte, als man sie an der Universität trieb. Im Vergleich mit den Hamerinnen mochten die Frauen der Zweiten Foundation bläßliche Persönchen sein, aber sie waren sauber, und ihre Haut war glatt und geschmeidig.

Doch selbst wenn man die Angelegenheit mißverstand, falls man über Sprecher Gendibal, der sich nicht nur für eine Hamerin interessierte, sondern sie sogar ins Haus holte, geringschätzig die Nase rümpfen sollte – er würde sich daran gewöhnen müssen, die Peinlichkeiten zu ertragen. Nach dem Stand der Dinge war diese Farmerin mit Namen Sura Novi in dem bevorstehenden Duell mit Sprecherin Delarmi der Schlüssel zu seinem Sieg über die ganze restliche Tafel der Sprecher.

29

Gendibal sah Sura Novi erst nach dem Mittagessen wieder, als sie zu ihm kam, gebracht von der Frau, der er die Situation mit endlosen Darlegungen ausführlich erklärt hatte – wenigstens den nichtsexuellen Charakter der Situation. Sie hatte vollauf verstanden – oder zumindest sich keine Anzeichen irgendeines Mißverstehens anmerken lassen, und das war vielleicht genausogut.

Nun stand Sura Novi gleichermaßen keß, verlegen, stolz und voller Triumph vor ihm – alles gleichzeitig in äußerst widersprüchlicher Mischung.

»Sie sehen sehr... oh... nett aus, Novi«, sagte er.

Die Kleidung, die man ihr zum Anziehen gegeben hatte, paßte ihr bemerkenswert gut, und ohne Frage sah sie jedenfalls keineswegs lächerlich aus. Hatte man ihre Taille eingeschnürt? Ihre Brüste gehoben? Oder war beides zuvor nur aufgrund ihrer schlichten Farmerklamotten nicht erkennbar gewesen?

Ihr Gesäß war augenfällig, aber nicht auf unerfreuliche Weise. Ihr Gesicht war natürlich noch immer fad, aber wenn die Bräune, die vom vielen Aufenthalt im Freien stammte, erst einmal verblaßt war, und sie gelernt hatte, ihre Haut zu pflegen, würde es vermutlich nicht mehr rundheraus häßlich aussehen.

Beim Alten Imperium, die Frau *hatte* gedacht, Novi solle seine Geliebte werden. Sie hatte versucht, sie für ihn ein wenig anzuhübschen.

Und dann dachte er: Na, und warum nicht?

Sura Novi mußte sich vor der Tafel der Sprecher blicken lassen, und je attraktiver sie wirkte, um so leichter würde alles ablaufen.

Während er das überlegte, erreichte ihn ein mentaler Ruf des Ersten Sprechers. Es geschah mit einer Selbstverständlichkeit, wie sie nur in einer ausgeprägt mentalen Gesellschaft der Fall sein konnte. Man nannte so etwas mehr oder weniger offiziell ›Koinzidenzeffekt‹. Wenn jemand vage an einen anderen denkt, der im selben Augenblick vage an ihn denkt, entsteht eine wechselseitige, sich gegenseitig verstärkende Stimulation, die binnen Sekunden diese beiden Gedanken schärft, verdeutlicht und allem Anschein nach auch gleichrichtet.

Dieses Phänomen kann ein verblüffendes Erlebnis sein, auch für jemanden, der es intellektuell versteht, vor allem, wenn der vorangehende vage Gedanke – auf der einen oder anderen Seite (oder beiderseits) – so schwach ist, daß er keinen bewußten Effekt haben dürfte.

»Heute abend habe ich leider keine Zeit für Sie, Novi«, sagte Gendibal. »Ich habe dringende Forscheraufgaben zu erledigen. Ich zeige Ihnen Ihr Apartment. Dort finden Sie Bücher und können sich im Lesen üben. Ich werde Ihnen erklären, wie Sie die Sprechverbindung benutzen, falls jemand Ihnen bei ihrgend was helfen soll. Und morgen sehen wir uns wieder.«

30

»Erster Sprecher?« sagte Gendibal höflich.

Shandess nickte lediglich. Er sah grämlich aus, und man sah ihm alle seine Jahre an. Er wirkte, als sei er ein Mann, der nicht trank, aber eigentlich ganz gut einen anständigen Drink gebrauchen könnte. »Ich habe Sie gerufen ...«, begann er schließlich.

»Nicht durch einen Boten, sondern per Direktruf. Daraus schlußfolgere ich, daß es sich um eine höchst wichtige Sache handelt.«

»Das stimmt. Ihr Mann da... dieser Erstfoundationist... Trevize...«

»Ja?«

»Er kommt *nicht* nach Trantor.«

Gendibal zeigte keine Überraschung. »Warum sollte er? Die uns zugegangene Information hat besagt, er sei mit einem Professor der Vorgeschichte aufgebrochen, um mit ihm die Erde zu suchen.«

»Ja, den legendären Planeten des Ursprungs. Und deshalb sollte eigentlich fest damit zu rechnen gewesen sein, daß er nach Trantor kommt. Denn weiß etwa der Professor, wo die Erde zu finden ist? Wissen Sie's? Weiß ich es? Können wir sicher sein, daß sie überhaupt existiert, je existiert hat? Man hätte erwarten dürfen, daß sie die hiesige Bibliothek aufsuchen, um an entsprechende Informationen zu gelangen – falls sich jemand überhaupt von irgendwo derartige Informationen erhoffen kann. Bis jetzt habe ich die Situation nicht als kritisch empfunden – ich bin davon ausgegangen, daß der Erstfoundationist nach Trantor kommt und wir von ihm erfahren können, was wir wissen müssen.«

»Genau das wird der Grund sein, warum man nicht zuläßt, daß er kommt.«

»Aber *wohin* fliegt er denn?«

»Haben wir das noch nicht herausgefunden?«

»Diesbezügliche Nachricht steht noch aus. Das alles regt Sie anscheinend...« (und diese Bemerkung machte der Erste Sprecher ziemlich gereizt) »nicht besonders auf.«

»Ich frage mich«, antwortete Gendibal, »ob's so nicht sogar besser ist. Sie hätten es lieber gesehen, daß er nach Trantor kommt, damit wir ihn in sicherer Reichweite haben und als Informationsquelle benutzen können. Aber wird er sich nicht als Quelle viel wichtigerer Informationen erweisen, auch Informationen über erheblich wichtigere Personen als ihn, wenn er geht, wohin er will, und treibt, was ihm paßt – vorausgesetzt, wir verlieren ihn nicht aus den Augen?«

»Das ist mir zu wenig«, entgegnete der Erste Sprecher. »Sie haben mich davon überzeugt, daß dieser neue Feind unserer Organisation existiert, und ich finde keine Ruhe mehr. Schlimmer noch, ich bin zu der Überzeugung gelangt, daß wir diesen Trevize haben müssen, oder wir werden alles verlieren. Ich werde das Gefühl nicht los, daß er – er und nichts anderes – der Schlüssel ist.«

»Was auch geschieht, wir werden nicht unterliegen, Erster Sprecher«, versicherte Gendibal eindringlich. »So etwas wäre möglich gewesen, hätten diese ›Anti-Füchse‹, um nochmals Ihren Ausdruck zu gebrauchen, weiterhin in unserer Mitte ungestört ihre Löcher gegraben. Aber jetzt wissen wir, daß es sie gibt. Wir sind nicht länger blind. Auf der nächsten Sitzung der Tafel der Sprecher können wir, wenn wir zusammenarbeiten, den Gegenangriff einleiten.«

»Es war nicht der Fall Trevize«, sagte der Erste Sprecher, »weshalb ich Sie mit einem Direktruf herbeordert habe. Ich bin lediglich, weil ich in dieser unerwarteten Entwicklung einen persönlichen Fehlschlag sehe, zuerst darauf zu sprechen gekommen. Ich habe diesen Aspekt der Situation fehlanalysiert. Aber es war falsch, persönlichen Ärger über die allgemeine Politik zu stellen, und ich bitte um Entschuldigung. Etwas anderes hat sich ergeben.«

»Eine noch ernstere Sache, Erster Sprecher?«

»Weit ernster, Sprecher Gendibal.« Der Erste Sprecher seufzte und trommelte mit den Fingern auf der Tischplatte, während Gendibal geduldig davor stand und wartete.

»Es handelt sich«, sagte der Erste Sprecher schließlich auf lässige Weise, als wolle er dadurch den Schock lindern, »um eine Sondersitzung der Tafel der Sprecher, initiiert durch Sprecherin Delarmi...«

»Ohne Ihre Zustimmung, Erster Sprecher?«

»Für das, worauf's ihr ankam, brauchte sie nur die Zustimmung von drei anderen Sprechern, mich ausgeschlossen. Die Sondersitzung hat stattgefunden, Sprecher Gendibal, und es ist eine Anklage gegen Sie erhoben worden. Sie werden beschuldigt, der Position eines Sprechers unwürdig zu sein, und man verlangt, Sie Ihres Postens zu entheben. Das ist das erste Mal seit über drei Jahrhunderten, daß gegen einen Sprecher eine solche Anklage erhoben wird, und...«

»Sie haben doch sicherlich nicht für die Anklage gestimmt?« fragte Gendibal, der alle Regungen des Zorns zu unterdrücken versuchte.

»Natürlich nicht, aber ich stand damit allein. Der Rest der Versammlung war einhelliger Meinung, und die Abstimmung fiel elf zu eins für die Anklage aus. Die vorgeschriebene Stimmenzahl für eine Anklage ist, wie Sie wissen, acht Stimmen einschließlich der Stimme des Ersten Sprechers, oder elf ohne seine.«

»Aber ich war nicht anwesend.«

»Sie hätten ohnehin nicht abstimmen dürfen.«

»Aber ich hätte mich verteidigen können.«

»In der Phase des Verfahrens ist das noch nicht statthaft. Die Möglichkeit zur Verteidigung erhalten Sie während der Verhandlung, die natürlich so bald wie möglich stattfinden wird.«

Nachdenklich senkte Gendibal den Kopf. »Diese Angelegenheit bereitet mir keine allzu große Sorge, Erster Sprecher«, sagte er dann. »Ihr anfänglicher Instinkt war richtig, glaube ich. Der

Fall Trevize hat Vorrang. Darf ich vorschlagen, daß Sie die Verhandlung mit dieser Begründung aufschieben?«

Der Erste Sprecher hob eine Hand. »Ich mach's Ihnen nicht zum Vorwurf, wenn Sie den Ernst der Lage nicht voll verstehen, Sprecher. Eine Anklage zwecks Amtsenthebung kommt so selten vor, daß selbst ich mich erst einmal wieder über die Verfahrensfragen informieren mußte. Es ist so, daß nichts Vorrang hat. Wir sind dazu verpflichtet, die Verhandlung schnellstens durchzuführen, unter Aufschub buchstäblich alles anderen.«

Gendibal stemmte seine Fäuste auf den Tisch und beugte sich vor, zum Ersten Sprecher hinab. »Das ist doch nicht Ihr Ernst!«

»Das Gesetz schreibt es so vor.«

»Man kann doch nicht dulden, daß das Gesetz der Bekämpfung einer eindeutig erkannten, akuten Gefahr im Wege steht.«

»Für die Tafel der Sprecher sind *Sie* die erkannte, akute Gefahr, Sprecher Gendibal... Nein, nein, hören Sie mir zu! Das betreffende Gesetz beruht auf der Annahme, daß nichts wichtiger sein kann als das sofortige Eingreifen im Falle der Möglichkeit, unter den Sprechern könnte sich Korruption oder der Mißbrauch von Macht breitmachen.«

»Aber ich bin weder des einen schuldig noch des anderen, Erster Sprecher, das wissen Sie sehr gut. Hier dreht's sich um einen persönlichen Racheakt von Sprecherin Delarmi. Wenn Machtmißbrauch vorliegt, dann zweifelsfrei ihrerseits. Mein Verbrechen besteht bloß daraus, daß ich mich nie bemüht habe, mich beliebt zu machen – das gebe ich gerne zu –, und daß ich nie viel Aufmerksamkeit für Narren übrig gehabt habe, die alt genug sind, um senil zu sein, aber noch jung genug, um Macht zu besitzen.«

»So wie ich, Sprecher?«

Gendibal seufzte. »Da sehen Sie's, wieder habe ich nicht aufgepaßt! Ich beziehe mich keineswegs auf Sie, Erster Sprecher. Na schön, dann wollen wir die Verhandlung wenigstens *sofort* durchziehen. Schon morgen. Noch besser wär's heute. Wir sollten diesen Blödsinn hinter uns bringen und uns dann mit dem Fall Trevize befassen. Wir können es nicht wagen, zu warten.«

»Sprecher Gendibal«, sagte der Erste Sprecher, »ich glaube,

Sie begreifen die Lage wirklich nicht. Es sind schon früher solche Anklagen beschlossen worden – nicht viele, nur zwei. Keine davon hat tatsächlich zu einer Amtsenthebung geführt. Bei Ihnen jedoch ist eine Absetzung unabwendbar. Danach werden Sie kein Mitglied an der Tafel der Sprecher mehr sein und in der offiziellen Politik nichts mehr zu sagen haben. Sie werden nicht einmal mehr das Stimmrecht in der Allgemeinen Jahresversammlung ausüben dürfen.«

»Und Sie wollen nichts dagegen unternehmen?«

»Ich kann nicht. Man würde mich einmütig überstimmen, und ich wäre zum Rücktritt gezwungen, und das würden so manche Sprecher nur zu gerne sehen.«

»Und die Delarmi würde zum Ersten Sprecher aufsteigen?«

»Das ist recht wahrscheinlich.«

»Aber das darf auf keinen Fall geschehen!«

»Richtig! Eben aus diesem Grund muß ich für Ihre Amtsenthebung stimmen.«

Gendibal holte tief Luft. »Trotzdem verlange ich eine umgehende Verhandlung.«

»Sie brauchen Zeit, um sich auf Ihre Verteidigung vorzubereiten.«

»Was für eine Verteidigung? Man wird ohnehin keiner Verteidigung irgendwelche Beachtung schenken. Ich bestehe auf sofortiger Verhandlung!«

»Die Tafel braucht Zeit, um die *Anklage* vorzubereiten.«

»So eine Vorbereitung ist unnötig, und es wird keine stattfinden. Insgeheim haben diese Leute mich längst verurteilt, und mehr halten sie nicht für erforderlich. Es ist doch eine Tatsache, daß sie selbst mich lieber morgen als übermorgen abgeurteilt sähen, lieber heute als morgen. Tun Sie Ihnen den Gefallen!«

Der Erste Sprecher stand auf. Über den Tisch hinweg musterten sich die beiden Männer. »Weshalb haben Sie's so eilig?« wollte der Erste Sprecher erfahren.

»Der Fall Trevize kann nicht warten.«

»Sobald Sie des Amtes enthoben sind und ich mich gegenüber dem ganzen Rest der Tafel in stark geschwächter Position befinde, was sollte dann noch zu erreichen sein?«

»Machen Sie sich keine Sorgen«, erwiderte Gendibal. »Trotz allem wird es nicht gelingen, mich zu verurteilen.«

Neuntes Kapitel

Hyperraum

31

»Sind Sie bereit, Janov?« fragte Trevize.

Pelorat schaute aus dem Buch auf, in dem er las. »Sie meinen, für den Sprung, mein Bester?« vergewisserte er sich.

»Für den Hyperraumsprung, ja.«

Pelorat schluckte. »Ich bin mir nicht sicher, ob mir nicht doch ziemlich mulmig zumute ist. Ich weiß, es ist dumm von mir, beunruhigt zu sein, aber die Vorstellung, in körperlose Tachyonen verwandelt zu werden, die noch nie jemand gesehen oder gemessen hat, ist mir...«

»Hören Sie auf, Janov, es kann gar nichts schiefgehen. Mein Wort drauf! Der Hypersprung ist seit zwanzigtausend Jahren gebräuchlich, und ich habe nie von einem Unfall im Hyperraum gehört. Man kann den Hyperraum in einer gefährlichen Gegend verlassen, ja, richtig, aber dann ereignet sich ein eventuelles Unglück im Normalraum, nicht während wir aus Tachyonen bestehen.«

»Ein schwacher Trost, finde ich.«

»Wir werden keinen Fehlsprung machen. Um ehrlich zu sein, ich habe daran gedacht, den Sprung durchzuführen, ohne Ihnen überhaupt etwas zu sagen, so daß Sie nichts gemerkt hätten. Aber ich hatte das Gefühl, es sei besser, Sie erleben's bewußt mit, damit Sie sehen, daß dieser Vorgang völlig unproblematisch ist, und in Zukunft gar nicht weiter darauf achten.«

»Naja . . .«, meinte Pelorat voller Zweifel. »Vermutlich haben Sie recht, aber ehrlich gesagt, ich hab's nicht eilig.«

»Ich versichere Ihnen...«

»Nein, nein, mein Bester. Ich nehme Ihnen alle Ihre Versicherungen vorbehaltlos ab. Bloß, ich... Haben Sie jemals ›Santerestil Matt‹ gelesen?«

»Natürlich. Ich bin nicht völlig ungebildet.«

»Sicherlich. Sicherlich. Ich hätte nicht fragen sollen. Erinnern Sie sich noch daran?«

»Ich leide auch nicht an Gedächtnisschwäche.«

»Anscheinend habe ich wirklich ein Talent zum Anecken. Alles, was ich sagen wollte, ist eigentlich nur, ich muß immer wieder an die Szenen denken, als Santerestil und sein Freund Ban gerade vom Planeten 17 entkommen sind und sich im Weltraum verirrt haben. Ich meine, ich denke an diese nahezu hypnotisch faszinierenden Szenen zwischen den Sternen, wie sie in tiefem Schweigen träge dahinschweben, inmitten von Unveränderlichkeit, mitten in... Wissen Sie, ich hab's nie richtig geglaubt. Es hat mir gefallen, ich war davon gerührt, aber geglaubt habe ich's nicht. Aber jetzt, nachdem ich mich daran gewöhnt habe, im Weltraum zu sein, das alles selbst *erlebe* und... Sehen Sie, es ist albern von mir, aber... am liebsten hätte ich's nie wieder anders. Mir ist, als wäre ich Santerestil...«

»Und ich Ban«, sagte Trevize mit andeutungsweiser Ungeduld.

»Gewissermaßen, ja. Die paar verstreuten, schwachen Sterne da draußen bleiben bewegungslos, ausgenommen unsere Sonne, natürlich, die zurückfällt, schrumpft, aber wir können davon nichts sehen. Die Galaxis bewahrt unverändert ihren trüben majestätischen Glanz. Der Weltraum ist still, und ich habe keinerlei Zerstreuung...«

»Außer mir.«

»Außer Ihnen. Aber mit Ihnen über die Erde zu plaudern, Golan, Ihnen ein bißchen prähistorische Geschichte zu vermitteln, das ist mir auch eine Art von Vergnügen, mein Bester. Auch das möchte ich nicht so bald wieder vermissen.«

»Dazu wird's auch nicht kommen. Jedenfalls nicht bald. Sie nehmen doch wohl nicht an, wir führen den Sprung durch und landen sofort auf der Oberfläche eines Planeten, oder? Der Hypersprung beansprucht zwar keine meßbare Zeitspanne, aber wir werden uns danach noch immer im All befinden. Es kann noch gut eine Woche dauern, bis wir tatsächlich landen, also bleiben Sie ganz locker.«

»Sie meinen doch nicht, auf Gaia landen? Nach dem Hypersprung werden wir kaum irgendwo in der Nähe von Gaia sein.«

»Das weiß ich, Janov, aber wir werden im richtigen Sektor angelangt sein, falls Ihre Informationen stimmen. Falls nicht, tja, dann...«

Mißmutig schüttelte Pelorat den Kopf. »Was soll's uns helfen, im richtigen Sektor zu sein, solange wir Gaias Koordinaten nicht kennen?«

»Janov, stellen Sie sich mal vor, Sie sind auf Terminus«, sagte Trevize, »und möchten nach Argyropol, wissen aber nicht mehr, als daß diese Ortschaft sich irgendwo an der Landenge befindet. Sobald Sie an der Landenge sind, was würden Sie dann tun?«

Vorsichtig zögerte Pelorat, anscheinend aufgrund der Auffassung, von ihm werde eine unerhört kluge Antwort erwartet. Doch schließlich gab er auf. »Ich glaube«, sagte er, »ich würde ganz einfach irgend jemand fragen.«

»*Genau!* Was denn sonst? Also, sind Sie bereit?«

»Sie meinen, *jetzt*?« Pelorat raffte sich hoch, seine gewöhnlich gelassen-ausdruckslosen Gesichtszüge nahmen einen Ausdruck von Besorgnis an, soweit sie es vermochten. »Was soll ich denn machen? Sitzen? Stehen? Oder was?«

»Raum und Zeit, Pelorat, Sie sollen überhaupt nichts tun. Kommen Sie mit in meine Kabine, damit ich mich an den Computer setzen kann, und Sie können sich hinsetzen, Sie dürfen auch stehen, von mir aus können Sie auch Rad schlagen – tun Sie, wobei Sie sich am wohlsten fühlen. Ich schlage vor, Sie nehmen vorm Bildschirm Platz und schauen zu. Es wird sicher interessant. Kommen Sie!«

Sie durchquerten den kurzen Korridor zu Trevizes Kabine, und er setzte sich an den Computer. »Möchten Sie's lieber selbst machen, Janov?« fragte er unvermittelt. »Ich nenne Ihnen die erforderlichen Angaben, und Sie brauchen nur daran zu denken. Den Rest erledigt der Computer.«

»Nein, danke«, sagte Pelorat. »Irgendwie arbeitet der Computer mit mir weniger gut. Ich weiß, Sie meinen, ich bräuchte nur Übung, aber ich glaub's nicht. An Ihrem Verstand ist irgendwas, Golan...«

»Seien Sie nicht albern!«

»Doch, doch. Dieser Computer kommt mir vor, als sei er genau für Sie bestimmt. Wenn Sie mit ihm in Kontakt stehen, scheinen Sie und er ein einziger Organismus zu sein. Wenn ich mit ihm Kontakt habe, sind wir zwei – Janov Pelorat und ein Computer. Mit uns ist's ganz einfach nicht das gleiche.«

»Das ist doch lächerlich«, sagte Trevize, aber im geheimen bereitete ihm dieser Gedanke ein vages Vergnügen, und er streichelte die Handauflageflächen des Computers nahezu liebevoll mit den Fingerspitzen.

»Deshalb sehe ich jedenfalls lieber bloß zu«, sagte Pelorat. »Ich meine, am allerliebsten wär's mir, ich müßte so was gar nicht auf mich nehmen, aber da's nun mal sein muß, beschränke ich mich lieber aufs Zuschauen.« Er richtete seinen Blick beunruhigt auf den Bildschirm, das nebelhafte Bild der Galaxis und die dünngesäten, schwachen Sternchen im Vordergrund. »Sagen Sie mir Bescheid, wenn's unmittelbar bevorsteht.« Langsam wich er an die Wand zurück, als mache er sich auf das Schlimmste gefaßt.

Trevize lächelte. Er legte seine Hände auf die dafür bestimmten Flächen und fühlte augenblicklich das Zustandekommen der mentalen Vereinigung. Mit jedem Tag fiel es leichter, sie herzustellen, und ebenso geriet sie mit jedem Tag inniger, und wie er auch über Pelorats Äußerungen spotten mochte – er selbst *spürte,* daß es sich so verhielt. Allem Anschein nach brauchte er kaum wirklich bewußt an gewünschte Koordinaten zu denken. Der Computer wußte, wie es den Anschein hatte, auch ohne den bewußten Prozeß des ›Mitteilens‹ genau, was er wollte. Er entnahm Gendibals Gehirn automatisch die erforderlichen Informationen.

Trotzdem gab Gendibal ihm die entsprechenden ›Anweisungen‹, dann ersuchte er um einen Countdown von zwei Minuten bis zum tatsächlichen Hypersprung.

»Alles klar, Janov. In zwei Minuten. Sie können mitzählen. Hundertzwanzig... Hundertfünfzehn... Hundertzehn... Beobachten Sie nur den Bildschirm!«

Pelorat tat es, die Mundwinkel leicht verzerrt, den Atem nahezu angehalten.

»Fünfzehn«, sagte Trevize leise. »Zehn... Fünf... vier... drei... zwei... eins... null.«

Ohne wahrnehmbare Bewegung, ohne irgendein spürbares Gefühl, veränderte sich schlagartig der vom Bildschirm gebotene Anblick. Die Galaxis war verschwunden, aber im Weltraum ringsum ließen sich mehr Sterne erkennen.

Pelorat zuckte zusammen. »War's das?« fragte er nach.

»Ob's das war? Ja! Sie haben einen Hypersprung vollzogen, und Sie sind selber schuld. Sie haben nichts gespürt. Geben Sie's zu!«

»Ich geb's zu.«

»Dann war's das also. Ganz früher, als die Hyperraumfahrt noch relativ neu war, da sind – jedenfalls den Berichten zufolge – komische innere Empfindungen aufgetreten, manche Leute haben Übelkeit oder Benommenheit verspürt. Aber mit wachsenden Erfahrungen in der Hyperraumfahrt und besseren Instrumenten und Maschinen sind diese Erscheinungen im Laufe der Zeit ausgeblieben. Mit einem Computer wie unserem an Bord eines Raumers bleiben solche Effekte unterhalb der Wahrnehmungsschwelle. Ich jedenfalls find's genauso und nicht anders.«

»Ich auch, Golan, ich geb's zu. Wo sind wir jetzt?«

»Eine Etappe weiter. In der Kalgan-Region. Wir haben noch einen langen Weg vor uns, und ehe wir ihn fortsetzen, müssen wir die Zielstimmigkeit unseres Sprungs nachprüfen.«

»Was mich beschäftigt... wo ist die Galaxis?«

»Rings um uns herum, Janov. Wir befinden uns ein schönes Stück weit in ihrem Innern. Wenn wir den Bildschirm entsprechend einstellen, können wir die entfernteren Bereiche als leuchtendes Band quer durch unser Sichtfeld sehen.«

»Die Milchstraße«, rief Pelorat freudig erregt. »Fast jede Welt beschreibt sie, wie sie am dortigen Himmel steht, aber von Terminus aus kann man sie nicht erkennen. Zeigen Sie sie mir, mein Bester!«

Das Schirmbild geriet in Bewegung, als verschwämmen die Sterne, dann sah man einen länglich-dicklichen, perlfarbenen Glanz, der die Bildfläche fast ganz ausfüllte. Die Außenübertragung folgte dem Verlauf des Leuchtstreifens, bis er sich verdünnte, dann wieder anschwoll.

»In der Richtung zum Zentrum der Galaxis ist die Milchstraße dicker«, sagte Trevize. »Nicht so dicht und dick und hell, wie men erwarten könnte, wegen der Dunkelwolken in den Spiralarmen. Ähnlich kann man sie von den meisten bewohnten Welten aus sehen.«

»Und auch von der Erde aus.«

»Das ist kein Unterscheidungsmerkmal. Das kann nicht als identifizierende Eigenschaft herhalten.«

»Natürlich nicht. Aber wissen Sie ... Sie haben keine Wissenschaftsgeschichte studiert, oder?«

»An sich nicht, aber natürlich habe ich das eine oder andere mitbekommen. Sollten Sie mir allerdings Fragen stellen wollen, erwarten Sie nicht, in mir einen Experten zu finden.«

»Es geht nur darum, durch diesen Sprung ist mir wieder was eingefallen, was mir schon immer Rätsel aufgegeben hat. Man kann ein Modell des Universums erarbeiten, in dem die Hyperraumfahrt unmöglich ist, in dem die Geschwindigkeit, mit dem Licht sich durch ein Vakuum bewegt, das absolute Maximum ist, was Geschwindigkeit betrifft.«

»Sicherlich.«

»Unter den erwähnten Umständen ist die Geometrie des Universums so beschaffen, daß es unmöglich wäre, die Entfernung, die wir vorhin überwunden haben, in kürzerer Zeit zurückzulegen, als ein Lichtstrahl dafür braucht. Und falls wir uns mit Lichtgeschwindigkeit bewegt hätten, wäre unsere Zeiterfahrung vom allgemeinen Zeitverlauf im Universum abweichend. Sagen wir mal, diese Gegend hier ist von Terminus vierzig Parsek entfernt, und wir hätten die Strecke mit Lichtgeschwindigkeit zurückgelegt, dann wäre uns selbst kein Bruch im Zeitverlauf aufgefallen – auf Terminus und in der ganzen übrigen Galaxis wären dagegen ungefähr hundertdreißig Jahre verstrichen. Wir sind aber nicht mit Lichtgeschwindigkeit gereist, sondern tausendmal so schnell, und daher ist kein Zeitüberhang entstanden. Ich hoff's jedenfalls.«

»Erwarten Sie bloß nicht von mir«, sagte Trevize, »daß ich Ihnen jetzt die gesamte Mathematik der Olanjen-Hyperraumtheorie erläutere. Ich kann dazu nur sagen, wären Sie mit

Lichtgeschwindigkeit durch den Normalraum geflogen, hätte sich pro Parsek eine Zeitverschiebung von 3,26 Jahren ergeben, wie von Ihnen erwähnt. Das sogenannte relativistische Universum, das von der Menschheit erkannt worden war, so weit wir in der Geschichte zurückgehen – aber ich glaube, das ist eher Ihr Fachgebiet –, besitzt unverändert seine Gültigkeit, seine Gesetzmäßigkeiten gelten nach wie vor. Beim Hypersprung tun wir jedoch etwas, das außerhalb der Bedingungen steht, unter denen die Relativität zum Zuge kommt, und es sind andere Gesetzmäßigkeiten zu beachten. Hyperräumlich betrachtet, ist die Galaxis nur ein winziges Objekt – im Idealfall ein nulldimensionaler Fleck ohne alle relativistischen Effekte. In den mathematischen Formeln der Kosmologie gibt es tatsächlich zwei Symbole für die Galaxis: G^r für ›relativistische Galaxis‹, in der die Lichtgeschwindigkeit die Maximalgeschwindigkeit ist, und G^h für ›hyperräumliche Galaxis‹, in der Geschwindigkeit keine reale Bedeutung hat. Hyperräumlich gesehen ist der Wert jeder Geschwindigkeit gleich Null, und wir bewegen uns nicht. Nimmt man dagegen Bezug auf den Normalraum, ist die Geschwindigkeit unbegrenzt. Ich glaube, besser kann ich's auch nicht erklären. Oh, aber ich könnte vielleicht erwähnen, daß eine der schönsten Fallen in der theoretischen Physik daraus besteht, ein Symbol oder einen Wert, der in G^r Bedeutung hat, in eine Gleichung mit G^h einzubauen, oder umgekehrt, und dann einen Studenten sehen zu lassen, wie er damit fertig wird. Die Wahrscheinlichkeit ist sehr groß, daß der Student in die Falle geht und im allgemeinen auch darin bleibt, schwitzt und stöhnt, während nichts klappt, bis irgendein mitleidiger Mensch, der sich besser auskennt, ihm hilft. Ich weiß noch, einmal wäre ich selber fast auf so was hereingefallen.«

Pelorat dachte für ein Weilchen ernst darüber nach. »Aber welche«, fragte er dann auf einigermaßen perplexe Art, »ist die tatsächliche Galaxis?«

»Beide sind real, je nachdem, was man gerade macht. Auf Terminus kann man mit einem Fahrzeug eine Strecke auf dem Land zurücklegen, man kann aber auch ein Schiff auf dem Wasser benutzen. Die Bedingungen sind jedesmal unterschiedlich, also könnte man fragen, was ist Terminus *wirklich*, Land oder Wasser?«

Pelorat nickte. »Analogien sind immer riskant«, sagte er, »aber ich finde mich lieber mit diesem Vergleich ab, als weiter über den Hyperraum nachzudenken und womöglich meine geistige Gesundheit zu gefährden. Ich werde mich auf das konzentrieren, was wir gerade tun.«

»Betrachten Sie das, was wir eben getan haben«, sagte Trevize, »als unsere erste Etappe auf dem Weg zur Erde.«

Und ich wüßte gerne, dachte er bei sich, zu was außerdem alles.

32

»Tja«, sagte Trevize, »ich habe wahrhaftig einen Tag verschenkt.«

»Ach?« Pelorat blickte von seiner sorgfältigen Indexerstellung auf. »In welcher Beziehung?«

Trevize breitete die Arme aus. »Ich habe dem Computer zuwenig Vertrauen entgegengebracht. Ich wollte mich doch nicht voll auf ihn verlassen, also habe ich nun unsere gegenwärtige Position mit den Zielkoordinaten vor dem Hypersprung verglichen. Es ist keine Differenz meßbar. Es gibt keine feststellbare Abweichung.«

»Das ist doch gut, oder nicht?«

»Mehr als gut. Das ist unglaublich. Von so was habe ich noch nie gehört. Ich habe schon Hypersprünge aller Art und mit allen möglichen technischen Hilfsmitteln gemacht, selbst berechnet und durchgeführt. Während der Ausbildung mußte ich einmal einen Sprung mit dem Taschenrechner vorbereiten und eine Hypersonde losschicken, um das Resultat zu überprüfen. Versteht sich, daß ich kein richtiges Raumschiff schicken konnte, denn von den Kosten abgesehen, wäre es denkbar gewesen, daß ich einen Zielpunkt mitten in einem Stern ausrechne. Solche Fehlschläge sind mir natürlich nie unterlaufen, aber immer sind deutliche Fehler aufgetreten. Sogar die besten Experten arbeiten ständig mit gewissen Fehlern. Es geht gar nicht anders, weil so viele Variablen vorhanden sind. Drücken wir's mal so aus: Die Geometrie des Raums ist zu kompliziert zu handhaben, und der Hyperraum erweitert alle gegebenen

Schwierigkeiten um die Komplexität seiner eigenen Natur, die zu verstehen wir beileibe nicht von uns behaupten können. Daher erfolgt die Hyperraumfahrt stets in mehreren Etappen, deshalb haben wir nicht einen einzigen Riesensprung in den Sayshell-Sektor gemacht. Mit der Entfernung nimmt die Fehlerhaftigkeit zu.«

»Aber Sie sagten ja«, meinte Pelorat, »*dieser* Computer begeht keine Fehler.«

»*Er* behauptet, keine Fehler begangen zu haben. Ich habe ihn angewiesen, unsere jetzige Position mit der vorausberechneten Position zu vergleichen, die erreichte Position mit der Zielvorstellung. *Er* hat die Auskunft gegeben, beide seien im Rahmen seiner Meßwerte identisch, und da dachte ich mir: Wenn er nun lügt?«

Bis zu diesem Moment hatte Pelorat seinen Printer in der Hand gehalten. Nun legte er ihn mit betroffener Miene beiseite. »Soll das ein Witz sein? Ein Computer lügt nicht. Es sei denn, Sie meinen, er ist defekt.«

»Nein, das war's eben nicht, was ich gedacht habe. Raum und Zeit! Ich habe wirklich gedacht, er *lügt*. Dieser Computer ist ein so fortgeschrittener Typ, ich kann nicht anders als wie von einem Menschen von ihm denken ... vielleicht einem Übermenschen. Menschlich genug, um seinen Stolz zu haben, unter Umständen auch zu lügen. Ich habe ihm die Anweisung gegeben, einen Hyperflug bis zu einer Position im Bereich des Planeten Sayshell zu konzipieren, der Hauptwelt der Sayshell-Union. Das hat er getan, und zwar hat er einen Kurs in neunundzwanzig Etappen festgelegt, und so was ist schlichtweg Arroganz der schlimmsten Sorte.«

»Wieso Arroganz?«

»Der Fehler im ersten Sprung vermindert die Zielgenauigkeit des zweiten Sprungs, der doppelte Fehler macht den dritten Sprung bereits reichlich unverläßlich, und so weiter. Wie soll man da neunundzwanzig Sprünge auf einmal vorausberechnen können? Der neunundzwanzigste Sprung könnte überall in der Galaxis enden, oder irgendwo. Deshalb hat meine Anweisung so gelautet, nur den ersten Sprung auszuführen, damit sich, ehe wir weitere Hypersprünge vornehmen, die Position prüfen läßt.«

»Ein vorsichtiges Herangehen«, konstatierte Pelorat erfreut. »Ganz nach meinem Geschmack.«

»Ja, aber ich habe mir überlegt, könnte der Computer nach dem ersten Sprung nicht beleidigt gewesen sein, weil ich mißtrauisch war? Wäre er vielleicht fähig gewesen, auf seinen Stolz zu pochen und mir mitzuteilen, es sei überhaupt kein Fehler aufgetreten, als ich danach gefragt habe? Hätte er es nicht als unerträglich empfinden können, einen Fehler und damit Nichtperfektsein einzugestehen? In dem Falle wären wir so gut dran wie ohne Computer.«

Pelorats langes, freundliches Gesicht nahm einen trübseligen Ausdruck an. »Was kann man da machen, Golan?«

»Man kann machen, was ich getan habe – einen vollen Tag verschwenden. Ich habe die Positionsdaten einiger näherer Sterne anhand der primitivsten Methoden ausgerechnet – Teleskopbeobachtung, Fotografie, manuelles Messen. Jede tatsächliche Position habe ich mit der verglichen, wie sie bei völlig fehlerfreiem Hypersprung hätte sein müssen. Die Arbeit hat mich einen ganzen Tag gekostet und absolut nichts eingebracht.«

»Ja, aber was ist denn dabei herausgekommen?«

»Zwei kolossale Fehler habe ich gefunden, aber beim Nachprüfen festgestellt, daß sie in meinen eigenen Berechnungen staken. Ich selbst hatte die Fehler gemacht. Dann habe ich die Berechnungen berichtigt und durch den Computer gehen lassen, von Grund auf, um zu sehen, ob dabei auf unabhängiger Basis das gleiche herauskäme. Übersieht man mal, daß der Computer auf einige Dezimalstellen mehr gekommen ist, waren meine Berechnungen richtig – und *sie* haben bewiesen, daß der Computer keine Fehler begeht. Der Computer mag ein arroganter Sohn des Fuchses sein, aber zumindest kann er auch Leistungen vorweisen, auf die er sich was einbilden *darf.*«

Pelorat atmete gedehnt aus. »Na, das ist doch alles wunderbar.«

»Ja, das kann man wohl sagen. Folglich werde ich dem Computer auch die restlichen achtundzwanzig Etappen überlassen.«

»Alle auf einmal? Aber...«

»Nein, nicht alle auf einmal, keine Sorge. So tollkühn bin ich nun doch noch nicht. Die Sprünge werden einer nach dem anderen vorgenommen, genau wie ursprünglich beabsichtigt, und ich werde trotzdem nach jedem Sprung die Positionsdaten nachprüfen, und wenn sie innerhalb der Toleranzgrenzen liegen, leiten wir den nächsten Sprung ein. Wann immer mir die Abweichung zu groß vorkommt – und ich habe die Grenzen wahrhaftig nicht zu großzügig bemessen, glauben Sie mir –, werden wir einen Zwischenhalt einschieben und alle restlichen Etappen neu durchrechnen.«

»Wann wollen Sie weitermachen?«

»Wann? Na, jetzt. Sofort! Sehen Sie, Sie arbeiten an dem Index für Ihre Bibliothek...«

»Oh, ja, sicher, wissen Sie, das ist eine Gelegenheit, das endlich zu erledigen, Golan, ich hatte es seit Jahren immer vor, aber dauernd kam mir was in die Quere.«

»Ich habe keinerlei Einwände. Befassen Sie sich ruhig weiter damit, machen Sie sich um nichts Gedanken. Konzentrieren Sie sich auf den Index. Ich kümmere mich um alles andere.«

Pelorat schüttelte den Kopf. »Seien Sie nicht albern. Ich kann keine Ruhe finden, bis das alles ausgestanden ist. Ich bin stocksteif vor Grausen.«

»Dann hätte ich Ihnen lieber nichts erzählen sollen – aber mit *irgend jemand* muß ich ja reden, und Sie sind der einzige weit und breit, der sich anbietet. Lassen Sie mich ganz offen sprechen. Es besteht jederzeit die Möglichkeit, daß wir aus dem Hyperraum, wie perfekt der Sprung auch sein mag, genau an der Stelle rematerialisieren, wo gerade ein Meteor dahinsaust, oder wo sich ein Winzling von einem Schwarzen Loch befindet, und das Raumschiff wird zerstört, wir kommen ums Leben. Theoretisch kann so was durchaus passieren. Aber die Wahrscheinlichkeit ist gering. Genausogut könnte man annehmen, Janov, Sie sind daheim, sitzen in Ihrem Arbeitszimmer an Ihren Mikrofilmen, oder Sie liegen in Ihrem Bett und schlafen, und da kommt durch Terminus' Atmosphäre ein Meteor herabgeschwirrt und trifft Sie auf den Kopf, und Sie sind tot. Diese Wahrscheinlichkeit ist ebenso gering. In der Tat ist die Wahrscheinlichkeit, unmittelbar nach einem Hypersprung mit etwas zu kollidieren, das gefährlich ist und gleichzeitig zu klein, als daß der Computer es orten kann, sogar wesentlich geringer als die, daß ein Meteor ausgerechnet Sie in Ihrem eigenen Haus trifft. Nach meiner Kenntnis ist während der gesamten Geschichte der Hyperraumfahrt niemals ein Raumer durch so etwas verlorengegangen. Und ein andersartiges Risiko, das nämlich, mitten in einem Stern zu materialisieren, ist noch kleiner.«

»Warum erzählen Sie mir dann all das, Golan?« wollte Pelorat wissen.

Trevize schwieg für einen Moment, senkte nachdenklich den Kopf. »Ich weiß es selber nicht«, sagte er dann. »Doch, ich weiß es«, fügte er aber sofort hinzu. »Ich nehme an, es liegt an dem Gedanken, daß nun einmal, wie niedrig die Wahrscheinlichkeit auch sein mag, so eine Katastrophe irgendwann doch geschehen muß, wenn nur genug Leute das Risiko eingehen. Ganz egal, wie sicher ich mir bin, daß nichts passieren wird, in mir gibt's trotzdem eine hartnäckige Stimme, die sagt: ›Vielleicht passiert's ausgerechnet *diesmal.*‹ Und deswegen habe ich ein bißchen ein schlechtes Gewissen. Ich glaube, daran liegt's. Janov, wenn etwas schiefgehen sollte, bitte verzeihen Sie mir.«

»Aber, Golan, mein Bester, falls etwas schiefgeht, werden wir beide augenblicklich tot sein. Ich wäre nicht dazu imstande, Ihnen zu verzeihen, und Sie könnten sich nicht von mir verzeihen lassen.«

»Das ist mir klar, also verzeihen Sie mir *jetzt,* ja?«

Pelorat lächelte. »Ich weiß nicht, wieso, aber irgendwie hebt Ihre Idee meine Stimmung. Sie ist auf unerklärliche Weise angenehm humorig. Natürlich würde ich Ihnen verzeihen, Golan. Die Weltliteratur kennt zahllose Mythen über irgendeine Form des Lebens nach dem Tod, und sollte es so was tatsächlich geben – wofür die Wahrscheinlichkeit ungefähr so groß ist wie für eine Kollision mit einem Schwarzen Loch, vermute ich, wenn nicht geringer –, und wir sehen uns im gleichen Zweitleben wieder, dann werde ich bezeugen, daß Sie nach bestem Wissen und Gewissen gehandelt haben und Ihnen wegen meines Todes kein schuldhaftes Versagen anzulasten ist.«

»Vielen Dank! Nun bin ich echt erleichtert. Ich bin bereit, das Risiko auf mich zu nehmen, aber mir war nicht wohl bei der Vorstellung, daß Sie davon auch betroffen sind.«

Pelorat drückte Trevize die Hand, schüttelte sie. »Wissen Sie,

Golan, ich kenne Sie ja noch keine volle Woche, und vermutlich sollte man in solchen Dingen keine voreiligen Urteile fällen, aber ich finde, Sie sind ein unheimlich prächtiger Bursche! Und nun lassen Sie uns die Sache anpacken und hinter uns bringen!«

»So ist's richtig! Ich brauche bloß noch die Kontaktflächen zu berühren. Der Computer hat seine Anweisungen, er wartet sozusagen nur noch darauf, daß ich sage: Los geht's! Möchten nicht doch *Sie...?*«

»Niemals! Das ist ganz allein Ihre Aufgabe. Es ist Ihr Computer.«

»Na gut. Und außerdem habe ich die Verantwortung. Sie sehen, ich versuche noch immer, mich irgendwie zu drücken. Behalten Sie den Bildschirm im Auge!«

Mit bemerkenswert sicheren Händen und völlig aufrichtigem Lächeln in seiner Miene stellte Trevize den Kontakt zum Computer her.

Einen Moment lang geschah nichts, dann veränderte sich das Sichtfeld; danach nochmals, und noch einmal. Die Sterne breiteten sich dichter und heller auf dem Bildschirm aus.

Unterdrückt zählte Pelorat mit. Als er bei fünfzehn angelangt war, trat eine Verzögerung auf, als klemme irgend etwas.

»Was stimmt denn jetzt nicht?« flüsterte Pelorat, anscheinend besorgt, jedes laute Wort könne einem defekten Mechanismus den Rest geben. »Was ist geschehen?«

Trevize zuckte die Achseln. »Ich nehme an, der Computer stellt neue Berechnungen an. Irgendein Objekt im Raum dürfte das universelle Gravitationsfeld erheblich verzerren, ein Objekt, das vorher nicht berücksichtigt werden konnte... vielleicht ein nichtkartografierter Zwergstern oder ein vagabundierender Planet.«

»Gefährlich?«

»Da wir noch leben, ist die Situation nahezu mit Gewißheit ungefährlich. Ein Planet kann hundert Millionen Kilometer entfernt sein und doch genug Schwerkraftverzerrungen verursachen, um neue Berechnungen nötig zu machen. Ein Zwergstern kann zehn Milliarden Kilometer entfernt sein und trotzdem...«

Da veränderte sich das Schirmbild erneut, und Trevize verstummte. Und nochmals. Und wieder.

Zum Schluß, als Pelorat ›Achtundzwanzig‹ gesagt hatte, blieb jede weitere Fortbewegung aus.

Trevize konsultierte den Computer. »Wir sind da«, gab er bekannt.

»Ich habe insgesamt achtundzwanzig Sprünge gezählt. Sie haben gesagt, es sollen neunundzwanzig sein.«

»Die Neuberechnung nach dem fünfzehnten Sprung hat uns einen Sprung erspart. Ich kann den Computer gegenprüfen, wenn Sie's möchten, aber es ist eigentlich überflüssig. Wir sind im Gebiet des Planeten Sayshell. Der Computer gibt's an, und ich bezweifle es nicht. Würden wir die Außenübertragung entsprechend ausrichten, könnten wir eine hübsche, helle Sonne sehen, aber es erübrigt sich, die Filterkapazität sinnlosen Belastungsproben zu unterwerfen. Sayshell ist der vierte Planet und von unserer gegenwärtigen Position ungefähr 3,2 Millionen Kilometer entfernt, und dieser Abstand ist so groß, wie man ihn sich beim Abschluß einer Hypersprungfolge wünscht. Wir können Sayshell in drei Tagen erreichen – in zwei, wenn wir uns beeilen.«

Trevize atmete erneut tief durch, streifte einiges von seiner Angespanntheit ab.

»Begreifen Sie überhaupt, was das heißt, Janov?« ergänzte er. »Jedes Raumschiff, auf dem ich jemals war, oder von dem ich je gehört habe, hätte diese Hypersprünge in Abständen von jeweils einem Tag durchgeführt, um Zeit für peinlich genaue Berechnungen und Überprüfungen zu haben, selbst *mit* Computer. Der Flug hätte unter solchen Umständen fast einen Monat gedauert. Oder vielleicht zwei bis drei Wochen, wenn man nicht allzu vorsichtig gewesen wäre. *Wir* haben eine halbe Stunde gebraucht. Wenn erst einmal alle Raumer mit so einem Computer ausgestattet sind...«

»Ich frage mich«, sagte Pelorat, »warum die Bürgermeisterin uns ein dermaßen modernes Schiff zugestanden hat. Es muß unglaublich kostspielig gewesen sein.«

»Es ist ein Experiment, denke ich mir«, entgegnete Trevize mit trockenem Humor. »Vielleicht war die gute Frau vollauf bereit, es von uns erproben und auf diese Weise die Mängel ermitteln zu lassen.«

»Ist das Ihr Ernst?«

»Werden Sie nicht nervös. Jedenfalls besteht kein Anlaß zur Sorge. Wir haben ja keine Mängel festgestellt. Aber ich würde ihr so was zutrauen. So etwas wäre für ihre Humanitätsgefühle keine sonderliche Belastung. Außerdem hat sie uns nicht mit Waffen ausgerüstet, und das senkt die Kosten ganz erheblich.«

»Es ist der Computer, woran ich denke«, sagte Pelorat versonnen. »Er wirkt so enorm gut an Sie angepaßt, derartig gut kann er gar nicht an jeden angepaßt sein. Selbst auf *mich* reagiert er nur mit knapper Not.«

»Um so besser für uns, daß er wenigstens auf einen von uns so prachtvoll reagiert.«

»Ja, aber kann das bloßer Zufall sein?«

»Was sonst, Janov?«

»Die Bürgermeisterin kennt Sie doch sicherlich sehr gut?«

»Ich glaube, das kann man diesem alten Schlachtschiff durchaus unterstellen.«

»Könnte es nicht sein, daß Sie einen Computer speziell für Sie hat bauen lassen?«

»Warum?«

»Ich frage mich eben, ob wir nicht in Wirklichkeit dort hinfliegen, wohin der Computer uns bringen will.«

Trevize fuhr auf. »Sie meinen, wenn ich mit dem Computer in Kontakt stehe, ist's in Wahrheit der Computer, der bestimmt, nicht ich?«

»Hmm – ja, das habe ich mir überlegt.«

»Einfach lächerlich. Paranoid. Hören Sie *auf*, Janov!«

Trevize wandte sich zum Computer um, in der Absicht, den Planeten Sayshell auf den Bildschirm zu holen und dorthin einen Kurs durch den Normalraum festzulegen.

Lachhaft!

Warum hatte bloß Pelorat ihm so einen Gedanken in den Kopf gesetzt?

ZEHNTES KAPITEL

Tafel

33

Zwei Tage waren verstrichen, und Gendibal war weniger bedrückt vom Geschehen als wirklich hochgradig wütend. Es gab keinen Grund, warum die Verhandlung nicht ohne jeden Verzug stattfinden sollte. Wäre er unvorbereitet gewesen, hätte er Zeit gebraucht, sie hätten ihm, da war er sicher, eine unverzügliche Verhandlung aufgezwungen.

Aber zur gleichen Zeit, da die Zweite Foundation sich nichts mehr oder weniger gegenübersah als der größten Krise seit dem Fuchs, verschwendeten sie Zeit, und zu keinem anderen Zweck, als ihn zu ärgern.

Und sie *ärgerten* ihn, und deshalb sollte sein Gegenzug um so härter ausfallen. Das war für ihn beschlossene Sache.

Gendibal blickte sich um. Das Vorzimmer war leer. So ging es schon seit zwei Tagen. Er war gebrandmarkt; ein Sprecher, den alle kannten, und durch Aktionen, die in der fünfhundertjährigen Geschichte der Zweiten Foundation ohne Beispiel waren, sollte er bald seine Position aufgeben müssen.

Er würde in der Masse aufgehen, wenn man ihn verurteilte, zu einem gewöhnlichen, einfachen Zweitfoundationisten herabgestuft werden.

Es war eines – und durchaus sehr ehrenvoll –, ein aktiver Zweitfoundationist zu sein, vor allem, wenn man einen respektablen Posten einnahm, wie Gendibal es sicherlich auch nach einer etwaigen Aburteilung noch konnte. Doch es war etwas ganz anderes, einmal Sprecher gewesen und dann abgesetzt worden zu sein.

Aber dahin wird es nicht kommen, dachte Gendibal erbittert, auch wenn man mich zwei Tage lang gemieden hat.

Nur Sura Novi begegnete ihm genauso wie vorher, aber sie war zu naiv, um die Situation zu verstehen. Für sie war Gendibal noch immer der ›Meister‹.

Es irritierte Gendibal, daß er darin einen gewissen Trost fand. Er schämte sich, als er zu merken anfing, daß er wieder neuen Mut faßte, sobald er spürte, wie sie ihn regelrecht verehrungsvoll anschaute. Mußte er schon froh um *so* kleine Zuwendungen sein?

Ein Bediensteter kam aus dem Sitzungssaal, um ihm mitzuteilen, daß die Tafel der Sprecher ihn erwarte; er stapfte hinein. Gendibal kannte den Mann gut, und zwar als jemanden, der jederzeit genau wußte, welchen Grad von Höflichkeit – bis hin zu den winzigsten Schattierungen – jeder der Sprecher gerade verdiente. Gegenwärtig war Gendibals Ansehen offensichtlich auf einem Tiefststand angelangt. Selbst dieser papierene Bürokrat hielt ihn bereits für so gut wie abgeurteilt.

Sie saßen alle rings um die Tafel, die schwarzen Roben des Gerichts übergezogen, feierlich ernst. Erster Sprecher Shandess wirkte leicht unbehaglich, ließ aber nicht zu, daß sein Gesicht nur den geringsten Ausdruck einer freundlichen Begrüßung annahm. Die Delarmi, einer der drei weiblichen Sprecher, sah Gendibal nicht einmal an.

»Sprecher Stor Gendibal«, sagte der Erste Sprecher, »Sie stehen unter der Anschuldigung, ein Verhalten an den Tag gelegt zu haben, wie es eines Sprechers unwürdig und unvereinbar mit seiner verantwortungsvollen Position ist. Vor uns allen haben Sie die Tafel der Sprecher mit vagen Äußerungen und ohne jeden Beweis des Verrats und Mordversuchs verdächtigt. Sie haben behauptet, alle Angehörigen der Zweiten Foundation, auch die Sprecher sowie der Erste Sprecher, müßten aus Sicherheitsgründen einer Mentalanalyse unterzogen werden, um herauszufinden, welchen von ihnen man nicht länger trauen dürfe. Ein derartiges Verhalten zerbricht das Band der Gemeinsamkeit, ohne das die Zweite Foundation gegen eine in schwierigen Entwicklungsprozessen befindliche, potentiell feindselige Galaxis nicht bestehen kann, ohne das sie nicht dazu imstande wäre, zielbewußt ein lebensfähiges Zweites Imperium aufzubauen. Da wir alle Zeugen des erwähnten herausfordernden Betragens geworden sind, verzichten wir auf die Unterbreitung einer formellen Anklage. Deshalb kommen wir sofort zum nachfolgenden Punkt. Sprecher Stor Gendibal, wünschen Sie etwas zu Ihrer Verteidigung vorzutragen?«

Nun erlaubte sich die Delarmi, noch immer, ohne ihn anzusehen, ein andeutungsweises, katzenhaftes Lächeln.

»Wenn die Wahrheit als Verteidigung gilt, dann habe ich eine vorzutragen«, antwortete Gendibal. »Es *gibt* Gründe, aus denen eine Verletzung unserer Sicherheit angenommen werden muß. Dabei kann die Möglichkeit einer mentalen Kontrolle über einen oder mehrere Zweitfoundationisten, Anwesende nicht ausgeschlossen, keineswegs verneint werden, und das Ergebnis ist eine fatale Krise für die ganze Zweite Foundation. Falls Sie den Verhandlungsablauf beschleunigen, um keine Zeit zu verlieren, könnte es sein, daß Sie alle hier den Ernst der kritischen Lage unbestimmt erkannt haben, aber in dem Fall frage ich mich, warum sie vorher erst zwei Tage vergeuden mußten, nachdem ich formell um eine sofortige Verhandlung ersucht habe. Ich erkläre, daß diese verhängnisvolle Krise es ist, die mich gezwungen hat, zu äußern, was ich von mir gegeben habe. Ich bin der Meinung, ich hätte mich verhalten, wie man es von einem Sprecher *nicht* erwarten dürfte, hätte ich in so einer Situation *geschwiegen.*«

»Er macht nichts anderes, als seine provozierenden Reden zu wiederholen, Erster Sprecher«, sagte die Delarmi gedämpft.

Gendibals Sessel stand weiter von der Tafel entfernt als die Sitze der anderen Sprecher; schon das war nahezu ein Urteilsspruch. Gendibal schob ihn noch weiter zurück, als schere er sich nicht darum, und stand auf.

»Wollen Sie mich sofort und im Widerspruch zum Gesetz verurteilen«, fragte er, »oder darf ich meine Verteidigung in allen Einzelheiten auseinandersetzen?«

»Dies ist keine gesetzlose Zusammenrottung, Sprecher«, erwiderte der Erste Sprecher. »Es liegt kaum irgendeine Präjudiz vor, an die wir uns halten könnten, und wir werden Ihnen jedes Wohlwollen entgegenbringen, weil wir uns darüber im klaren sind, daß die Tatsache unserer Allgemeinmenschlichkeit uns an absoluter Gerechtigkeit hindert, und daß es deshalb besser ist, einen Schuldigen frei ausgehen zu lassen, als einen Unschuldigen zu verurteilen. Obwohl die zu behandelnde Angelegenheit so ernst ist, daß wir eine Schuld ungerne leichtfertig durchgehen lassen würden, wollen wir Ihnen also erlauben, zu Ihrer Verteidigung zu sprechen, wie und so lange Sie möchten und es erforderlich ist, bis Sie nach einstimmiger Auffassung – *auch meiner* –« (hier hob er seine Stimme) »hinlänglich angehört worden sind.«

»Dann lassen Sie mich damit beginnen«, sagte Gendibal, »daß ich folgendes bekanntgebe: Golan Trevize, der Erstfoundationist, der von Terminus exiliert worden ist, und den der Erste Sprecher und ich für den Stoßkeil der uns bedrohenden Krise halten, hat eine unerwartete Kursänderung vorgenommen.«

»Zu unserer Information«, sagte die Delarmi leise. »Woher hat der Sprecher« (ihr Tonfall verriet eindeutig, daß sie die Bezeichnung nicht als Titel verstanden wissen wollte) »diese Kenntnis?«

»Der Erste Sprecher persönlich hat mich darüber informiert«, sagte Gendibal, »aber ich kann diese Information aus eigener Kenntnis bestätigen. Unter den gegebenen Umständen – ich verweise auf mein Mißtrauen gegen den Geheimhaltungsgrad der Tafel – muß mir jedoch gestattet werden, meine Informationsquelle zu verschweigen.«

»Ich möchte darüber vorerst nicht befinden«, sagte der Erste Sprecher. »Wir wollen ohne Preisgabe Ihrer Informationsquelle weitermachen, aber sollte die Versammlung zu der Ansicht gelangen, daß sie genannt werden muß, wird Sprecher Gendibal sie aufdecken müssen.«

»Wenn der Sprecher uns nicht jetzt diesbezügliche Klarheit gibt«, sagte die Delarmi, »darf man wohl annehmen, daß er seine Nachrichten von einem Agenten bezieht – einem Agenten, den er selbst beschäftigt und der nicht der Tafel der Sprecher insgesamt verantwortlich ist. Wir können nicht sicher sein, ob so ein Agent die Verhaltensmaßregeln befolgt, wie es im allgemeinen von Mitarbeitern der Zweiten Foundation verlangt wird.«

»Ich bin mir der Implikationen vollauf bewußt, Sprecherin

Delarmi«, sagte der Erste Sprecher leicht ungnädig. »Es erübrigt sich, daß Sie mir derlei Dinge vorkauen.«

»Ich erwähne es lediglich fürs Protokoll, Erster Sprecher, denn eine solche Tatsache verschlimmert die begangenen Provokationen, und sie ist nicht in der Anklage enthalten, die hier, wie ich klarstellen muß, nicht in vollem Umfang dargelegt worden ist, die ich aber auf jeden Fall um diesen Punkt erweitert wissen möchte.«

»Die Protokollführung wird den erwähnten Punkt so oder so vermerken, und der genaue Wortlaut der Anklage wird zu gegebener Zeit entsprechend berichtigt«, versicherte der Erste Sprecher. »Sprecher Gendibal« (wenigstens er gebrauchte den Titel mit angemessenem Respekt), »Ihre Verteidigung bleibt in der Tat ein wenig hinter den Erwartungen zurück. Bitte sprechen Sie weiter!«

»Dieser Trevize hat nicht nur eine unvorhergesehene Kursänderung vollzogen«, sagte Gendibal, »sondern er hat es auch mit noch nie dagewesener Geschwindigkeit getan. Nach meinen Informationen – die übrigens dem Ersten Sprecher noch nicht vorliegen – hat er fast zehntausend Parsek innerhalb einer knappen Stunde zurückgelegt.«

»Mit einem Hypersprung?« fragte ein Sprecher ungläubig nach.

»Mit über zwei Dutzend Sprüngen, die er, einen nach dem anderen, buchstäblich ohne zwischenzeitliche Verzögerung durchgeführt hat«, antwortete Gendibal. »Selbst wenn wir seine gegenwärtige Position lokalisieren können, wird es Zeit kosten, ihm zu folgen, und sollte er die Verfolgung bemerken und sich ihr ernsthaft entziehen wollen, wird's unmöglich sein, ihn je einzuholen. Und Sie verplempern hier kostbare Zeit mit Spielereien wie Anklagen zwecks Amtsenthebung, lassen zwei volle Tage verstreichen, damit Sie mehr Spaß daran finden. Das grenzt doch an Destruktivismus!«

Einige der Anwesenden reagierten mit Empörung. Es gelang dem Ersten Sprecher, seine Beunruhigung zu verbergen. »Bitte verraten Sie uns, Sprecher Gendibal, welche Bedeutung Sie hinter dieser unvermuteten Entwicklung sehen.«

»Ich sehe darin einen Beweis der technischen Fortschritte, die von der Ersten Foundation gemacht werden. Die Erste Foundation ist heute viel mächtiger als zur Zeit Preem Pelvers. Wir könnten ihr, würde sie uns finden und besäße sie volle Handlungsfreiheit,nicht standhalten.«

Sprecherin Delarmi erhob sich ebenfalls. »Erster Sprecher«, sagte sie, »wir verschwenden hier Zeit mit irrelevanten Dingen. Wir sind doch keine Kinder, denen man mit abenteuerlichen Geschichten aus der Hexenküche von Großmutter Raumfalte Angst einjagen kann. Es spielt doch überhaupt keine Rolle, wie eindrucksvoll fortgeschritten die Technik der Ersten Foundation sein mag, solange wir im Falle jeder Krise den Geist ihrer führenden Persönlichkeiten unter Kontrolle haben können.«

»Was sagen Sie dazu, Sprecher Gendibal?« meinte der Erste Sprecher.

»Nur daß wir uns den Fragen geistiger Beeinflussung früh genug zuwenden werden. Im Augenblick möchte ich lediglich die überlegene und in weiterem Anwachsen begriffene technisch-technologische Macht der Ersten Foundation hervorheben.«

»Dann widmen Sie sich dem nächsten Punkt, Sprecher Gendibal«, sagte der Erste Sprecher. »Der erste Punkt Ihrer Ausführungen, muß ich leider bemerken, macht mir nicht den Eindruck, als wäre er in der Sache der gegen Sie vorliegenden Anklage sehr wesentlich.«

Man konnte den übrigen Anwesenden allgemeine, unmißverständliche Zustimmung anmerken.

»Ich fahre mit meinen Darlegungen fort«, sagte Gendibal. »Trevize hat auf seinem gegenwärtigen Flug einen Begleiter namens...« Er unterbrach sich für einen Augenblick, um sich auf die richtige Aussprache zu besinnen, ehe er den Namen nannte. »...Janov Pelorat, einen ziemlich unbedeutenden Historiker, der sein Leben der Aufgabe verschrieben hat, alten Mythen und Sagen nachzuspüren, die die Erde betreffen.«

»Das alles wissen Sie?« meinte die Delarmi. »Aus Ihrer geheimen Informationsquelle, darf ich wohl unterstellen?« Sie hatte die Rolle einer Anklägerin mit unverkennbarem Behagen übernommen.

»Ja, das alles weiß ich«, bestätigte Gendibal ungerührt. »Vor ein paar Monaten hat Terminus' Bürgermeisterin, eine energische und fähige Frau, aus keinem ersichtlichen Grund an diesem Historiker Interesse zu entwickeln begonnen, und deshalb habe ich natürlich auch angefangen, mich für ihn zu interessieren. Das habe ich keineswegs für mich behalten. Alle erlangten Informationen habe ich dem Ersten Sprecher zugänglich gemacht.«

»Das kann ich bestätigen«, sagte der Erste Sprecher mit gedämpfter Stimme.

»Was ist das – Erde?« erkundigte sich ein älterer Sprecher. »Handelt's sich um diese legendäre Welt des Ursprungs, auf die wir immer wieder in Fabeln stoßen? Um die man in den Zeiten des alten Imperiums so einen Wirbel veranstaltet hat?«

Gendibal nickte. »In den abenteuerlichen Geschichten aus der Hexenküche von Großmutter Raumfalte, wie Sprecherin Delarmi sagen würde. Ich nehme an, es war Pelorats Wunsch, Trantor aufzusuchen und die Galaktische Bibliothek zu Rate zu ziehen, um Informationen zu finden, die sich über den Interstellaren Bibliotheksservice auf Terminus nicht erhalten ließen. Als er mit Trevize von Terminus startete, hatte er wohl den Eindruck, nun ginge sein alter Traum in Erfüllung. Wir unsererseits haben die beiden hier erwartet und uns auf die Gelegenheit verlassen, von ihnen zu unserem Nutzen gewisse Aufschlüsse zu erlangen. Aber nun, wie Sie alle jetzt wissen, kommen sie nicht. Statt dessen fliegen sie irgendein anderes Ziel an, von dem wir noch keine klare Vorstellung haben, und sie tun's aus einem Grund, den wir bislang nicht kennen.«

»Und warum soll das so beunruhigend sein?« Das Gesicht der Delarmi sah regelrecht engelhaft unschuldig aus, als sie diese Frage stellte. »Ihr Ausbleiben kann doch keinen größeren Nachteil für uns bedeuten. Vielmehr dürfen wir, da sie uns so leichthin außer acht lassen, sehr wohl schlußfolgern, daß Sie sich über die wahre Wichtigkeit Trantors nicht im klaren sind, und das ist nichts als ein weiterer Anlaß, das Werk Preem Palvers zu loben.«

»Wären wir tatsächlich dazu außerstande, weitergehende Überlegungen anzustellen«, antwortete Gendibal, »könnten wir zu so simplen, beruhigenden Lösungen gelangen. Aber ist es nicht möglich, daß die Kursänderung nicht durch Uneinsichtigkeit in die wahre Bedeutung Trantors erklärbar ist? Ist es nicht vielmehr denkbar, daß sie auf die Sorge zurückgeht, auf

Trantor könne man durch diese beiden Männer etwas über die Wichtigkeit der Erde erfahren?«

Rund um die Tafel war Bewegung zu bemerken.

»Jeder kann Spekulationen erfinden, die gescheit klingen, und sie in wohlgesetzte Redensarten kleiden«, sagte die Delarmi frostig. »Aber hält so was einer näheren Begutachtung stand? Warum sollte jemand etwas darum geben, was die Zweite Foundation von der Erde denkt? Ob sie nun wirklich der Planet des Ursprungs ist, oder nur ein Mythos, oder ob sowieso nie eine Welt des Ursprungs existiert hat, das ist doch wohl etwas, wofür sich allenfalls ein paar Historiker, Anthropologen und Folkloreforscher interessieren, jemand wie dieser Pelorat. Weshalb sollte uns das was angehen?«

»Tja, weshalb?« entgegnete Gendibal. »Wie kommt's dann, daß die Bibliothek keine Angaben über die Erde enthält?«

Zum erstenmal ließ sich an der Tafel etwas anderes als pure Feindseligkeit in der Stimmung der Anwesenden verspüren.

»Enthält sie keine?« fragte die Delarmi zurück.

»Als ich erstmals erfuhr«, sagte Gendibal ziemlich gelassen, »daß Trevize und Pelorat nach Trantor kommen könnten, um hier nach Informationen, die die Erde betreffen, zu suchen, habe ich selbstverständlich sofort vom Bibliothekscomputer eine Liste der Dokumente angefordert, die solche Informationen enthalten. Es hat gewisses Interesse in mir ausgelöst, als dabei überhaupt nichts zum Vorschein kam. Nicht etwa nur wenig. Keineswegs bloß so gut wie nichts. Nein, buchstäblich *gar nichts!* Dann haben Sie darauf bestanden, daß zwei Tage ungenutzt verstreichen, bevor diese Verhandlung stattfinden konnte, und zur gleichen Zeit ist meine Neugier dadurch verstärkt worden, daß sich ergeben hat, die Erstfoundationisten kommen nun doch nicht nach Trantor. In diesen zwei Tagen mußte ich mir irgendwie die Zeit vertreiben. Als der Rest von Ihnen, wie das Sprichwort sagt, auf der faulen Haut lag und sich offensichtlich außerstande sah, irgendwelche Schlüsse aus der Situation zu ziehen, habe ich einige Geschichtsbücher durchgearbeitet, die sich in meinem Privatbesitz befinden. Dabei bin ich auf mehrere Passagen gestoßen, die sich besonders mit einigen Untersuchungen über das ›Problem des Ursprungs‹ in der Ära des alten Imperiums befassen. Gewisse Dokumente, sowohl

Filme wie auch Druckwerke, werden darin genannt, und es wird daraus zitiert. Daraufhin habe ich die Bibliothek persönlich aufgesucht und nach diesen Dokumenten geforscht. Ich versichere Ihnen, es ist nichts zu finden. Absolut *nichts!* Haben Sie dafür eine Erklärung?«

»Selbst wenn das stimmt«, sagte die Delarmi, »muß das nicht unbedingt überraschend sein. Falls die Erde tatsächlich nichts als ein Mythos ist...«

»Aber das ist doch naiv! Dann müßte ich etwas unter dem Stichwort Mythologie finden. Wäre sie nur in Geschichten von Großmutter Raumfalte enthalten, müßte ich etwas über sie in den Gesammelten Märchen von Großmutter Raumfalte finden können. Wäre sie bloß eine Idee, die einem kranken Hirn entsprungen ist, hätte ich unter Psychopathologie etwas entdecken müssen. Tatsache ist doch, daß irgend etwas über die Erde existieren muß, andernfalls wüßten wir ja nichts von ihr, und niemand hier hätte, als ich sie erwähnt habe, sofort erkannt, daß die Rede von der mutmaßlichen Ursprungswelt der Menschheit ist. Wie kommt es also, daß sich *nirgends* in der Bibliothek etwas über die Erde finden läßt?«

Die Delarmi schwieg erstmals, und da meldete sich ein anderer Sprecher zu Wort. Es war Leonis Cheng, ein ziemlich kleinwüchsiger Mann mit enzyklopädischem Wissen um den Seldon-Plan – bis in die geringfügigsten Details –, aber reichlich kurzsichtiger Haltung in bezug auf die Realitäten in der Galaxis. Er neigte dazu, beim Reden hektisch zu zwinkern.

»Es ist wohlbekannt«, sagte er, »daß das Imperium in seiner Endzeit versucht hat, eine imperiale Mystik in die Welt zu setzen, indem man sich bemühte, jedes Interesse an vorimperialen Zeiten zu dämpfen.«

Gendibal nickte. »›Dämpfen‹ ist genau das richtige Wort, Sprecher Cheng. Das ist keineswegs das gleiche wie eine Vernichtung von Dokumenten. Wie Sie besser als jeder andere wissen dürften, zählte zu den Eigentümlichkeiten, die beim Niedergang des Imperiums auftraten, ein plötzliches Interesse an vergangenen, angeblich schöneren Zeiten. Ich habe vorhin vom Interesse am ›Problem des Ursprungs‹ zu Lebzeiten Hari Seldons gesprochen.«

Cheng unterbrach ihn mit einem hörbaren Räuspern. »Das

weiß ich sehr wohl, junger Mann, und ich kenne mich mit den sozialen Phänomenen während der Zerrüttungsphase des Imperiums viel genauer aus, als Sie meinen. Der Prozeß der ›Imperialisierung‹ hat allen diesen dilettantischen Spekulationen bezüglich der Erde ein Ende bereitet. Unter Cleon II., als das Imperium seine letzte Blüte hatte, zwei Jahrhunderte *nach* Seldon, erreicht diese ›Imperiumstümelei‹ ihren Höhepunkt, und die Frage der Erde war glattweg verpönt. Zu Cleons Zeit kam dazu sogar eine Direktive heraus, die dem Interesse an solchen Dingen galt und in der – und ich glaube, ich kann korrekt zitieren – es heißt, derartige ›abgeschmackte und sinnlose Spekulationen begünstigen tendenziell eine Unterminierung der Liebe zum Thron des Imperiums‹.«

Gendibal lächelte. »Dann würden Sie die Vernichtung aller die Erde betreffenden Dokumente in die Epoche Cleons II. datieren, Sprecher Cheng?«

»Ich ziehe keine Schlußfolgerungen. Ich habe nur ausgesprochen, was es zu diesem Thema festzuhalten gilt.«

»Es ist klug von Ihnen, keine Schlußfolgerungen zu ziehen. Mag sein, daß das Imperium sich zur Zeit Cleons II. in einer letzten Blüteperiode befand, aber die Universität Trantors und die Galaktische Universität waren bereits in unserer Hand, oder jedenfalls der unserer Vorgänger. Es wäre schon damals unmöglich gewesen, ohne Kenntnis des Ersten Sprechers der Zweiten Foundation irgendwelches Material aus der Bibliothek zu entfernen. In der Tat wäre es die Aufgabe des Ersten Sprechers persönlich gewesen, so etwas zu veranlassen, obwohl man davon im heruntergekommenen Imperium natürlich nichts wissen konnte.«

Gendibal legte eine Pause ein, aber Cheng blickte über ihn hinweg und schwieg.

»Daraus ergibt sich«, erkläuterte Gendibal weiter, »daß man das Material über die Erde nicht zu Lebzeiten Hari Seldons aus der Bibliothek entfernt haben kann, denn damals hat man sich mit dem ›Problem des Ursprungs‹ eifrig beschäftigt, aber es kann auch nicht später weggekommen sein, weil da bereits die Zweite Foundation die Bibliothek unter ihrer Obhut hatte. Trotzdem ist heute nichts davon mehr in der Bibliothek auffindbar. Wie ist das möglich?«

»Sie können endlich damit aufhören, Gendibal, auf dem Dilemma herumzuhacken«, sagte die Delarmi. »Wir sehen, was Sie meinen. Was schlagen Sie als Lösung vor? Daß Sie selbst die Dokumente entfernt haben?«

»Wie üblich, Sprecherin Delarmi, bleiben Sie voll beim Kern der Sache.« In sardonischem Respekt neigte Gendibal den Kopf, und sie verzog daraufhin ein wenig die Lippen. »Eine mögliche Lösung lautet, daß ein Sprecher der Zweiten Foundation diese Ausmerzung vorgenommen hat, jemand der sich darauf versteht, sich Kuratoren gefügig zu machen, ohne irgendeine Erinnerung zu hinterlassen, Computer zu mißbrauchen, ohne daß es sich nachträglich feststellen läßt.«

Erster Sprecher Shandess errötete. »Lächerlich, Sprecher Gendibal. Ich kann mir keinen Sprecher vorstellen, der so etwas treibt. Aus welchem Motiv könnte er handeln? Selbst wenn ein Sprecher das Material über die Erde aus irgendeinem Grund aus der Bibliothek entfernt haben sollte, warum hätte er Veranlassung sehen sollen, es vor dem Rest der Tafel zu verheimlichen? Weshalb sollte jemand durch solche Unregelmäßigkeiten im Umgang mit der Bibliothek seine gesamte Laufbahn gefährden, wenn die Wahrscheinlichkeit groß ist, ertappt zu werden? Außerdem bezweifle ich, daß auch der geschickteste Sprecher zu dem fähig ist, was Sie eben beschrieben haben, ohne eine Spur zu hinterlassen.«

»Dann weisen Sie also Sprecherin Delarmis Verdacht zurück, ich könne es getan haben, Erster Sprecher?«

»Ganz sicher«, antwortete der Erste Sprecher. »Manchmal habe ich meine Zweifel an Ihren Standpunkten, aber es fehlt noch einiges, bis ich Sie rundheraus für verrückt erklären kann.«

»Dann kann's doch eigentlich nie geschehen sein, Erster Sprecher. Das Material über die Erde muß noch in der Bibliothek sein, denn allem Anschein nach haben wir nun alle Möglichkeiten, wie es entfernt worden sein könnte, als undurchführbar eliminiert – und doch ist das Material nicht mehr vorhanden.«

»Na schön, na schön«, sagte die Delarmi mit spürbarem Überdruß. »Lassen Sie uns zu einem Ende kommen! Nochmals, was schlagen Sie als Lösung vor? Ich bin sicher, Sie haben sich eine ausgedacht.«

»Wenn Sie da so sicher sind, Sprecherin, sollen sich auch alle anderen Anwesenden darin sicher sein dürfen. Meine Annahme ist, daß ein Angehöriger der Zweiten Foundation das Material aus der Bibliothek entfernt hat, der unter dem Einfluß einer subtilen Macht außerhalb der Zweiten Foundation steht. Das Verschwinden des Materials ist unbemerkt geblieben, weil eben diese Macht dafür gesorgt hat, daß es unbemerkt bleibt.«

Die Delarmi lachte. »Bis Sie es festgestellt haben. Sie, der Unkontrollierte und Unkontrollierbare. Würde diese mysteriöse Macht existieren, wie hätten denn *Sie* das Fehlen des Materials bemerken können? Warum hat man Sie nicht unter Kontrolle genommen?«

»Das ist keine Angelegenheit, über die man lachen könnte, Sprecherin«, entgegnete Gendibal ernst. »Diese Macht kann recht gut in dieser Beziehung die gleiche Einstellung wie wir haben, daß nämlich mentale Eingriffe auf ein Minimum beschränkt werden müssen. Als vor wenigen Tagen mein Leben in Gefahr schwebte, habe ich mich mehr damit befaßt, eine unangemessene Einwirkung auf den hamischen Geist zu vermeiden, als mit meinem Schutz. Ebenso kann's sich mit den Vertretern jener anderen Macht verhalten – sobald sie sich ihrer Sache sicher glaubten, haben sie die Beeinflussung beendet. Darin sehe ich die Gefahr, die tödliche Bedrohung. Die Tatsache, daß ich herausfinden konnte, was geschehen ist, kann bedeuten, daß es ihnen inzwischen egal ist. Die Tatsache wiederum, daß es ihnen egal ist, könnte heißen, sie sind der Überzeugung, bereits gewonnen zu haben. Und *wir* spielen hier munter unsere Verfahrens- und Verhandlungsspielchen!«

»Aber was für ein Ziel sollte diese Macht verfolgen? Welches Ziel wäre bei all dem vorstellbar?« Die Delarmi scharrte mit den Füßen und nagte auf ihrer Lippe. Sie spürte an der Tafel immer stärkeres Interesse, wachsende Sorge ...

»Überlegen Sie einmal«, sagte Gendibal. »Die Erste Foundation – mit ihrem enormen Arsenal materieller Macht – sucht nach der Erde. Sie täuscht vor, lediglich einen Verbannten und einen verträumten Professor auf die Suche zu schicken, in der Hoffnung, uns vormachen zu können, das seien ihre ganzen Anstrengungen, aber sie gibt den beiden ein Raumschiff von unerhörter Leistungsfähigkeit – einen Raumer, der zehntausend Parsek in weniger als einer Stunde zurücklegen kann. Und das muß noch nicht alles sein. Was uns, die Zweite Foundation angeht, *wir* haben *nicht* nach der Erde gesucht, und eindeutig sind *ohne unser Wissen* Schritte unternommen worden, um zu gewährleisten, daß uns über die Erde keine Informationen zugänglich sind. Die Erste Foundation ist nun so nahe daran, die Erde zu finden, wir dagegen so weit davon entfernt, daß...«

Er verstummte. »Daß was?« meinte sofort die Delarmi. »Beenden Sie Ihre kindische Geschichte. Wissen Sie nun alles, oder nicht?«

»Ich weiß *nicht* alles, Sprecherin. Noch habe ich nicht das gesamte Ausmaß des Netzes durchschaut, das man um uns gelegt hat, aber ich habe erkannt, daß das Netz vorhanden ist. Ich habe keine Ahnung, weshalb es von derartiger Wichtigkeit sein kann, die Erde zu finden, aber ich bin der festen Überzeugung, daß die Zweite Foundation in gewaltiger Gefahr schwebt, und mit ihr der Seldon-Plan und die Zukunft der ganzen Menschheit.«

Die Delarmi stand auf. Sie lächelte nicht und sprach mit gepreßter, aber energisch beherrschter Stimme. »Was für ein Unsinn! Erster Sprecher, sorgen Sie dafür, daß mit diesem Quatsch Schluß gemacht wird! Die Angelegenheit, die hier zur Verhandlung steht, ist das würdelose Verhalten des Beschuldigten. Was er uns hier erzählt, ist nicht nur durch und durch kindisch, sondern auch völlig bedeutungslos. Er kann sein Benehmen nicht dadurch entschuldigen dürfen, daß er ein Hirngespinst von Theorien konstruiert, das nur in seinem eigenen Denken irgendeinen Sinn ergibt. Ich beantrage eine Abstimmung über die erhobene Anklage und rufe zur einmütigen Zustimmung zu seiner Amtsenthebung auf.«

»Halt!« sagte Gendibal in scharfem Ton. »Ich habe die Zusicherung erhalten, ich hätte hier die Gelegenheit, mich zu verteidigen, und ich habe noch einen Punkt, noch einen letzten Punkt vorzutragen. Lassen Sie mich das tun, und Sie können ohne weitere Einwände meinerseits zur Abstimmung übergehen.«

Der Erste Sprecher rieb sich müde die Augen. »Sie dürfen Ihre Verteidigung fortsetzen, Sprecher Gendibal. Ich möchte die Versammlung darauf aufmerksam machen, daß die Amtsenthebung eines angeklagten Sprechers eine so schwerwiegende

Angelegenheit und bisher ohne konkretes Beispiel ist, daß wir nicht einmal den Anschein aufkommen lassen dürfen, es sei dem Beschuldigten keine ausreichende Möglichkeit zu seiner Verteidigung gewährt worden. Bedenken Sie auch, daß unsere letztendliche Entscheidung, selbst wenn Sie für unsere Begriffe zufriedenstellend ausfallen mag, nicht zwangsläufig auch unsere späteren Nachfolger befriedigen muß, und ich kann keinesfalls glauben, daß ein Zweitfoundationist, egal welchen Rang er einnimmt, sich nicht vollauf über die Bedeutung im klaren ist, die der Rechtmäßigkeit unseres Handelns aus historischer Perspektive beizumessen ist. Wir wollen so handeln, daß wir der Billigung der Sprecher sicher sein können, die uns in den kommenden Jahrhunderten nachfolgen werden.«

»Wir gehen das Risiko ein, Erster Sprecher«, sagte die Delarmi voller Bitterkeit, »von der Nachwelt dafür ausgelacht zu werden, uns langwierig mit offensichtlichen Spinnereien herumgeschlagen zu haben. Die Verteidigung fortsetzen zu lassen, ist *Ihre* Entscheidung.«

Gendibal holte tief Atem. »Dann möchte ich auf der Grundlage *Ihrer* Entscheidung, Erster Sprecher, eine Zeugin aufrufen – eine junge Frau, die ich vor drei Tagen kennengelernt habe und ohne deren Eingreifen ich der vergangenen Sitzung vielleicht hätte gar nicht beiwohnen können, statt mich nur zu verspäten.«

»Ist die Frau, von der Sie reden, an dieser Tafel bekannt?« erkundigte sich der Erste Sprecher.

»Nein, Erster Sprecher. Sie ist eine Eingeborene dieses Planeten.«

Die Delarmi riß die Augen auf. »Eine *Hamerin?«*

»Jawohl! Genau das.«

»Was haben wir mit so einer denn zu schaffen?!« meinte die Delarmi. »Was diese Leute daherreden, kann für uns doch nicht von Belang sein. Sie existieren einfach nicht.«

Gendibal verzog die Lippen und zeigte die Zähne auf eine Weise, die unmöglich als Lächeln mißverstanden werden konnte. »Physisch existieren alle diese Hamer sehr wohl«, sagte er in scharfem Tonfall. »Sie sind Menschen und spielen im Seldon-Plan ihre Rolle. Durch den indirekten Schutz, den sie der Zweiten Foundation bieten, ist ihre Rolle sogar von entscheidender Bedeutung. Ich distanziere mich ausdrücklich von der Menschenfeindlichkeit Sprecherin Delarmis und hoffe, daß ihre Äußerung sich im Protokoll wiederfindet, so daß sie später als Beweis *ihrer* etwaigen Untauglichkeit für die Position eines Sprechers dienen kann. Will der Rest der Tafel sich der unerhörten Bemerkung der Sprecherin anschließen und meine Zeugin von der Verhandlung ausschließen?«

»Rufen Sie Ihre Zeugin herein, Sprecher!« sagte der Erste Sprecher.

Gendibals Lippen entkrampften sich, und sein Gesicht nahm die übliche Ausdruckslosigkeit eines Sprechers an, der unter Druck stand. Sein innerstes Bewußtsein war bestens behütet und abgekapselt, aber hinter seiner Schutzbarriere hatte er das Gefühl, die Phase der höchsten Gefahr überwunden und gewonnen zu haben.

34

Sura Novi wirkte gestreßt. Ihre Augen waren geweitet, ihre Unterlippe zitterte ein wenig. Sie schloß und öffnete unaufhörlich langsam die Hände, und ihr Busen wogte.

Ihr Haar war nach hinten gekämmt und zu einem Knoten geschlungen; in ihrem von der Sonne gebräunten Gesicht zuckte es ab und zu. Ihre Hände fummelten am Saum ihres langen Rocks. Hastig glitt ihr Blick von der einen zur anderen der Personen, die an der Tafel saßen.

Sie musterten sie mit unterschiedlichen Graden von Geringschätzung und Unbehagen. Die Delarmi hielt ihren Blick deutlich über Sura Novis Kopf hinweg gerichtet; sie ignorierte ihre Gegenwart ganz einfach.

Sehr behutsam ertastete Gendibal auf mentaler Ebene das äußere Gewebe ihres Geistes, besänftigte und beruhigte ihr Gemüt. Er hätte das gleiche erreichen können, indem er ihre Hand tätschelte oder ihre Wange streichelte, aber unter den gegebenen Umständen war so etwas natürlich nicht möglich.

»Erster Sprecher«, sagte er, »ich übe auf das Bewußtsein dieser Frau einen beruhigenden Einfluß aus, damit ihre Aussage nicht durch Furcht verfälscht wird. Würden Sie bitte beobachten ... würden bitte alle Anwesenden meine Maßnahmen mitverfolgen und sich davon überzeugen, daß ich an ihrem Geist keinerlei Modifikationen hervorrufe?«

Sura Novi war beim Klang von Gendibals Stimme erschrokken zurückgefahren, und Gendibal war davon keineswegs überrascht. Ihm war klar, daß sie noch nie gehört hatte, wie Zweitfoundationisten hohen Ranges sich untereinander verständigten. Sie hatte diese sonderbare, rasche Kombination von Lauten, Worten, Mienenspiel und Gedanken noch nie miterlebt. Ihr Entsetzen wich jedoch so schnell, wie es aufgetreten war, als er ihr Bewußtsein begütigte.

Ihr Gesicht nahm einen friedlichen Ausdruck an.

»Hinter Ihnen steht ein Stuhl, Novi«, sagte Gendibal. »Bitte setzen Sie sich.«

Novi verbeugte sich knapp und unbeholfen und nahm Platz, hielt sich verkrampft aufrecht.

Sie legte ihre Aussage ziemlich klar und deutlich ab, aber Gendibal ließ sie diese oder jene Äußerung wiederholen, sobald sich ihr hamischer Akzent zu stark bemerkbar machte. Andererseits mußte er manchmal, weil er aus Rücksicht auf die Versammlung der Tafel der Sprecher die eigene Sprache streng im formellen Rahmen ließ, für Novi die eine oder andere seiner Fragen wiederholen.

Sie erzählte die Geschichte der Auseinandersetzung zwischen ihm und Rufirant ruhig und anschaulich.

»Haben Sie das alles selbst mitangesehen, Novi?« fragte Gendibal.

»Nee, Meister, sonst hätt ich frieher ein End gemacht. Rufirant ist feins Kerlchen, aber nich gewitzt in Kopp.«

»Trotzdem haben Sie alles genau geschildert. Wie ist das möglich, obwohl Sie nicht alles selbst gesehen haben?«

»Rufirant hat mich erzählt, als ich ihm fragte. Er hat sich geschämt.«

»Geschämt? Ist Ihnen bekannt, ob er sich früher schon ähnlich benommen hat?«

»Rufirant? Nee, Meister. Er is groß, aber hat weiches Herze. Er is kein Rüpel und fierchtet sich vor Forschern. Oft sagt er, sie sind mächtig, und daß sie Macht besitzen.«

»Warum hat er anders empfunden, als er mir begegnet ist?«

»Das is komisch. Kann man nich verstehen.« Sie schüttelte den Kopf. »Er war nich sich selbst. ›Du Holzkopp‹, sag ich zu ihm. ›Wie kommst du dazu, Streit anzufangen mit ein Forscher?‹ Und er sagt: ›Ich weiß nich wie. Das war, als hätte ich dabeigestanden und zugeschaut, wie ein anderer das macht.‹«

Sprecher Cheng meldete sich zu Wort. »Erster Sprecher, welchen Sinn soll es haben, diese Frau aussagen zu lassen, was ein anderer Mann ihr erzählt hat? Kann der betreffende Mann nicht selbst aussagen?«

»Selbstverständlich besteht diese Möglichkeit«, antwortete Gendibal. »Falls die Tafel nach der Aussage dieser Frau weitere Aussagen zu hören wünscht, bin ich bereit, Karoll Rufirant, die Person, mit der kürzlich die bewußte Auseinandersetzung stattgefunden hat, als Zeugen aufzurufen. Falls nicht, kann die Versammlung, sobald ich mit dieser Zeugin fertig bin, unverzüglich zum Urteilsbeschluß übergehen.«

»Nun gut«, sagte der Erste Sprecher. »Machen Sie mit der Zeugin weiter!«

»Und Sie, Novi?« wandte sich Gendibal wieder an Sura Novi. »War's Ihre Art, auf so eine Weise in einen Kampf zwischen Männern einzugreifen?«

Im ersten Moment gab sie keine Antwort. Zwischen ihren dicken Brauen erschien ein ansatzweises Stirnrunzeln, verschwand wieder. »Ich weiß nich«, sagte sie schließlich. »Ich will kein Schaden für Forscher. Ich *mußte* einfach, ohne Nachdenken war ich plötzlich mittendrin.« Sie zögerte. »Ich glaub, ich tät's wieder, wenn nötig.«

»Novi«, sagte Gendibal, »Sie werden nun schlafen. Sie denken an nichts. Sie werden schlafen und nicht einmal träumen.«

Einen Augenblick lang murmelte Sura Novi vor sich hin. Ihre Lider sanken herab, und ihr Kopf sank auf die Rücklehne des Stuhls.

Gendibal wartete noch einen Moment ab. »Erster Sprecher«, sagte er dann, »mit allem Respekt bitte ich Sie, mir in den Geist dieser Frau zu folgen. Sie werden feststellen, daß ihr Verstand bemerkenswert simpel und symmetrisch ist, für unsere Belange ein Glück, denn was Sie sehen werden, wäre andernfalls vielleicht nicht zu erkennen. Hier... Hier! Können Sie's erkennen? Wenn vielleicht auch die anderen Anwesenden Einblick nehmen würden...? Es erleichtert uns die Sache, wenn wir alle zugleich nachschauen.«

Rings um die Tafel entstand zunehmende Unruhe.

»Hat irgend jemand Zweifel?« erkundigte sich Gendibal.

»*Ich* habe meine Zweifel«, sagte die Delarmi, »denn...« Sie verstummte, sprach nicht aus, was auszusprechen nicht einmal sie sich leisten konnte.

»Sie glauben«, sagte Gendibal an ihrer Stelle, »ich hätte in ihrem Geist herumgepfuscht, um hier falsche Beweise anführen zu können? Sie meinen also, ich sei dazu in der Lage, eine so feine Veränderung vorzunehmen – eine winzige mentale Faser zu beeinflussen, ohne daß man ihr oder ihrer Umgebung auch nur die geringste Beeinträchtigung anmerkt? Wäre ich zu so etwas imstande, hätte ich's dann nötig, mich auf diese umständliche Art und Weise mit Ihnen auseinanderzusetzen? Weshalb sollte ich mich der Demütigung einer derartigen Verhandlung unterziehen? Warum müßte ich mir Mühe geben und versuchen, Sie zu überzeugen? Könnte ich das tun, was hier im Geist dieser Frau ersichtlich ist, sämtliche Anwesenden wären – außer bei gründlicher Vorbereitung – mir gegenüber hilflos. Es ist eine unübersehbare Tatsache, daß keiner von Ihnen jemandes Bewußtsein so manipulieren kann, wie es bei dieser Frau manipuliert worden ist. Ebensowenig kann ich's. Trotzdem ist es getan worden!«

Er schwieg, musterte die Sprecher der Reihe nach, richtete seinen Blick zuletzt auf die Delarmi. Er sprach langsam. »Sollten weitere Beweise erwünscht sein, bin ich nunmehr bereit, auch den hamischen Farmer namens Karoll Rufirant als Zeugen aufzurufen, den ich examiniert und dabei festgestellt habe, daß sein Geist auf ähnliche Weise beeinflußt worden ist.«

»Das ist nicht erforderlich«, sagte der Erste Sprecher, dessen Miene Entsetzen zeigte. »Was wir gesehen haben, ist hirnerschütternd.«

»In diesem Fall«, sagte Gendibal, »darf ich diese Hamerin nun wohl wieder wecken und gehen lassen. Ich habe veranlaßt, daß draußen Personen sie erwarten, die sich um ihr Wohlergehen kümmern werden.«

Als Novi gegangen war, durch seine Hand an ihrem Ellbogen behutsam zur Tür geleitet, setzte er seine Darlegungen fort.

»Erlauben Sie mir eine kurze Zusammenfassung«, sagte er. »Tatsache ist, menschlicher Verstand kann und ist auf eine Weise beeinflußt worden, die außerhalb unserer Fähigkeiten steht. Auf die gleiche Weise können Kuratoren der Bibliothek dazu gebracht worden sein, alles die Erde betreffende Material zu entfernen, ohne daß wir es bemerkt haben, ohne daß sie selbst sich nachträglich daran erinnern können. Wir haben gesehen, wie es arrangiert worden ist, daß ich zu der bewußten Sitzung verspätet erscheine. Man hat mich bedroht, man hat mich gerettet. Das Resultat war die gegen mich vorliegende Anklage. Das Ziel dieser scheinbar natürlichen Folge von Ereignissen soll meine Entfernung aus einer einflußreichen Position sein, so daß der politische Kurs, den ich anstrebe und der den Urhebern dieser Vorgänge, wer sie auch sein mögen, anscheinend unlieb ist, nicht zum Tragen kommen kann.«

Die Delarmi beugte sich vor. Sie war merklich aufgewühlt. »Wenn diese ... wie nennen Sie sie ...? ›Anti-Füchse?‹ Wenn sie so überlegen sind, wieso haben Sie dann das alles aufdecken können?«

Gendibal fühlte sich nun zu einem Lächeln berechtigt. »Das ist sicherlich kein ausgesprochenes Verdienst meinerseits«, sagte er. »Ich behaupte nicht von mir, tüchtiger als andere Sprecher zu sein, schon gar nicht, ich sei fähiger als der Erste Sprecher. Aber auch die Anti-Füchse können weder unbegrenzt schlau sein noch vollkommen immun gegen das, was man Umstände nennt. Kann sein, daß sie diese Hamerin sogar speziell deswegen ausgesucht haben, weil nur in so geringem Maß auf sie eingewirkt werden mußte. Sie fühlt sich aufgrund ihres eigenen Charakters zu den Leuten hingezogen, die bei den Hamern ›Forscher‹ heißen, und sie bewundert unsereins ganz erheblich. Aber nachdem die Einflußnahme erfolgt war, Sprecherin Delarmi, muß die Begegnung mit mir wohl ihre Fantasterei, selber eine ›Forscherin‹ zu werden, wesentlich verstärkt haben. Schon am folgenden Tag ist sie nämlich mit genau dieser Absicht zu mir gekommen. Ihre sonderbaren Ambitionen haben mich naturgemäß so neugierig gemacht, daß ich ihren Geist begutachtete – eine Maßnahme, auf die ich normalerweise verzichtet hätte –, und dabei bin ich, mehr aus Zufall, auf diese Adjustierung gestoßen und habe ihre Bedeutung erkannt. Wäre eine andere Frau ausgesucht worden, die uns ›Forschern‹ weniger positiv gegenübersteht, hätten die ›Anti-Füchse‹ aufwendiger an der Adjustierung arbeiten müssen, aber die Konsequenzen wären vielleicht anderer Art gewesen, so daß ich all das nicht herausgefunden hätte. Die ›Anti-Füchse‹ haben sich verrechnet, oder sie haben dem Unvorhersehbaren zu geringes Gewicht beigemessen. Daß sie derartig über Kleinigkeiten stolpern können, ist für uns ein Grund zur Ermutigung.«

»Der Erste Sprecher und Sie«, sagte die Delarmi, »nennen diese ... ah ... Organisation die ›Anti-Füchse‹, weil sie sich, wie uns erklärt worden ist, dafür einsetzen, daß die Galaxis auf dem vom Seldon-Plan vorgegebenen Weg bleibt, also nicht etwa gegen den Seldon-Plan arbeiten, wie es der Fuchs getan hat. Wenn die ›Anti-Füchse‹ tatsächlich so handeln, warum gelten sie dann als gefährlich?«

»Warum sollten sie sich eine solche Mühe geben, wenn nicht für irgendeinen Zweck? Was für ein Zweck das ist, wissen wir nicht. Ein Zyniker könnte vielleicht sagen, sie beabsichtigen, zur rechten Zeit einzugreifen und die Entwicklung in eine Richtung zu lenken, die ihnen angenehmer ist als uns. Das ist auch mein Eindruck, obwohl ich mich keinem Zynismus hinzugeben pflege. Oder ist Sprecherin Delarmi zu behaupten bereit – womöglich aufgrund der Liebe und Zutraulichkeit, die, wie wir alle wissen, einen beachtlichen Teil ihres Charakters ausmachen –, wir hätten es mit kosmischen Altruisten zu tun, die unsere Arbeit erledigen, ohne sich davon irgendeinen Vorteil zu erhoffen?«

Es kam zu gemäßigten Bekundungen der Heiterkeit rings um die Tafel, und Gendibal wußte endgültig, daß er gewonnen hatte. Und die Delarmi besaß darüber Klarheit, daß sie verloren hatte, denn ein Auflodern von Wut zeigte sich durch ihre harte mentale Selbstkontrolle, so wie ein rötlicher Sonnenstrahl durch ein dichtes Blätterdach fällt.

»Unmittelbar nach dem Zwischenfall mit dem Hamer-Farmer«, sagte Gendibal, »habe ich voreilig die Schlußfolgerung gezogen, dahinter müsse ein anderer Sprecher stecken. Als ich dann die Veränderung im Geist der Hamerin erkannte, begriff ich, daß ich recht hatte, was die Machenschaft anging, mich jedoch in bezug auf die Urheberschaft geirrt hatte. Ich entschuldige mich für diesen Irrtum und bitte die Umstände als verständlichen Grund dafür anzusehen.«

»Ich glaube«, sagte der Erste Sprecher, »wir können das als hinreichenden Entschuldigungsgrund...«

Die Delarmi unterbrach ihn. Sie hatte sich wieder völlig in der Gewalt; ihre Miene war freundlich, und ihre Stimme klang nachgerade zuckersüß. »Bei allem Respekt, Erster Sprecher, darf ich Sie unterbrechen... Lassen wir die Sache mit der Anklage am besten ganz fallen. Im gegenwärtigen Moment denke ich nicht daran, für eine Amtsenthebung zu stimmen, und ich bin sicher, niemand hier würde das jetzt noch tun. Ich möchte sogar vorschlagen, den Vorgang aus dem Protokoll und den bis dahin einwandfreien Personaldaten des Sprechers zu streichen. Sprecher Gendibal hat sich ehrenvoll hervorgetan. Ich gratuliere ihm für seine hervorragende Leistung, das Aufdecken einer Krise, die der Rest von uns möglicherweise endlos hätte weiterschwelen lassen, mit unabsehbaren Folgen. *Ich* entschuldige mich meinerseits aus ganzem Herzen für meine vorherige Unfreundlichkeit bei Sprecher Gendibal.«

Sie strahlte Gendibal buchstäblich an. Gendibal empfand widerwillige Bewunderung für die Schnelligkeit, mit der sie im Handumdrehen die Richtung ihres Verhaltens änderte, um die Nachteile in Grenzen zu halten. Gleichzeitig jedoch hatte er das Gefühl, daß sie nur das Vorspiel zu einem Angriff von anderer Seite betrieb.

Er war sicher, daß ihm keine Annehmlichkeiten bevorstanden.

35

Als sie sich zu umgänglichem Auftreten durchrang, hatte Sprecherin Delora Delarmi darauf abgezielt, die volle Aufmerksamkeit der Tafel auf sich zu ziehen. Ihre Stimme klang sanft, ihr Lächeln war gutmütig, die Augen funkelten in ihrem Gesicht, insgesamt machte sie einen reizvollen Eindruck.

Niemand wagte sie zurückzuhalten, und wartete auf ihren nächsten Vorstoß.

»Dank Sprecher Gendibal«, sagte sie, »wissen wir nun alle

darüber Bescheid, nehme ich an, was wir tun müssen. Noch haben wir kein genaues Bild von den sogenannten Anti-Füchsen, wissen wir nichts über sie, haben wir von ihnen nichts kennengelernt außer ihre vorübergehende Beeinflussung des Geistes von Menschen hier in der Bastion der Zweiten Foundation selbst. Wir wissen auch nicht, was das Machtzentrum der Ersten Foundation plant. Könnten wir uns einer Allianz von Anti-Füchsen und Erster Foundation gegenübersehen? Wir wissen's nicht. Wir wissen, daß Golan Trevize und sein Begleiter, dessen Namen ich im Augenblick vergessen habe, ein Ziel anfliegen, das wir wiederum nicht kennen, und daß der Erste Sprecher, dessen Intuition ich respektiere, das Gefühl hat, Trevize ist im Hinblick auf den Ausgang dieser großen Krise eine Schlüsselperson. Was ist es nun, das wir zu tun haben? Eindeutig müssen wir alles herausfinden, was es über Trevize zu wissen gibt – wohin er fliegt, was er denkt, was seine Absichten sind ... oder erst einmal, ob er überhaupt ein Ziel hat, irgend etwas denkt, irgendwelche Absichten verfolgt, ob er nicht in Wahrheit nur das Werkzeug anderer ist, die mächtiger sind als er.«

»Er steht unter Beobachtung«, sagte Gendibal.

Die Delarmi spitzte die Lippen zu einem nachsichtigen Lächeln. »Durch wen? Einen unserer außerplanetaren Agenten? Darf man von solchen Agenten erwarten, daß sie es mit Leuten aufnehmen können, die diese Macht besitzen, deren Ergebnisse wir hier demonstriert erhalten haben? Bestimmt nicht. Zur Zeit des Fuchses und auch später hat die Zweite Foundation nicht gezögert, Freiwillige aus den Reihen ihrer besten Kräfte zur Bewältigung gewisser Aufgaben auszusenden – und sogar zu opfern –, weil minderrangige Maßnahmen nichts mehr genutzt hätten. Als die Notwendigkeit bestand, den Seldon-Plan zu restaurieren, ist Preem Palver persönlich als hamischer Farmer durch die Galaxis gereist, um Arkady Darell ausfindig zu machen, damals ein kleines Mädchen. Wir können nicht hier sitzen und warten, während wir einer Krise ausgesetzt sind, die vielleicht größer ist als in jedem bisherigen Fall. Wir können uns nicht auf kleine Funktionärchen stützen – Beobachter, Laufburschen ...«

»Sie möchten doch sicher nicht vorschlagen«, fragte Gendibal nach, »daß der Erste Sprecher an so einem Zeitpunkt Trantor verlassen soll?«

»Sicherlich nicht«, antwortete die Delarmi. »Wir brauchen ihn unbedingt hier. Andererseits sind da Sie, Sprecher Gendibal. Sie sind es, der die Krise gespürt und richtig eingeschätzt hat. Sie sind's, der die subtile äußere Beeinflussung hamischen Bewußtseins und den Eingriff in die Bibliothek entdeckt hat. Sie haben Ihre Meinung gegen die Opposition der gesamten restlichen Tafel behauptet – und durchgesetzt. Niemand hier hat so klar wie Sie gesehen, und von keinem Anwesenden kann man erwarten, daß er künftig so klar wie Sie sieht. Nach meiner Ansicht sind *Sie* es, der hingehen und den Gegner konfrontieren muß. Darf ich dazu die Meinung der Tafel erfahren?«

Es bedurfte keiner formellen Abstimmung, um über die allgemeine Haltung Klarheit zu erzielen. Jeder Sprecher fühlte die Stimmungslage der anderen, und plötzlich erkannte Gendibal entsetzt, daß noch im Moment seines Sieges – gleichzeitig der Niederlage der Delarmi – diese furchterregende Frau es schaffte, ihn in eine unabwendbare Art von Exil zu schicken, an eine Aufgabe, die ihn für unabsehbare Zeit beschäftigen mochte, während sie mit ihrer Vorherrschaft an der Tafel der Sprecher zurückblieb und die Zweite Foundation, damit auch die Galaxis – alles zugleich – ihrem Verhängnis entgegenging.

Und falls es Gendibal in seiner Quasi-Verbannung gelang, die gewünschten Informationen zu beschaffen, die es der Zweiten Foundation ermöglichen konnten, die bedrohliche Krise abzuwenden, dann würde niemand anderes als die Delarmi es sein, die sich das als Verdienst anrechnen durfte, weil sie seine Beauftragung arrangiert hatte, und *sein* Erfolg wäre ein wesentlicher Baustein *ihrer* Macht. Je schneller Gendibal Erfolg hatte, je gründlicher sein Erfolg ausfiel, um so sicherer mußte er ihre Macht untermauern.

Sie hatte einen glanzvollen Schachzug getan, ihre Schlappe in ein bedeutendes Plus verwandelt.

Sie dominierte selbst in diesem Moment die Versammlung an der Tafel mit so krasser Deutlichkeit, daß sie die Funktion des Ersten Sprechers praktisch usurpierte. Der Zorn, den der Erste Sprecher darüber empfand, überlagerte Gendibals diesbezügliche Überlegungen, kaum daß er daran zu denken begann.

Gendibal wandte sich dem Ersten Sprecher zu. Shandess gab sich keine Mühe, seinen Zorn zu mäßigen, und es war klar, daß unmittelbar nach den überwundenen Schwierigkeiten eine neue innere Krisensituation bevorstand.

36

Quindor Shandess, fünfundzwanzigster Erster Sprecher, gab sich in bezug auf seine Person keinen übertriebenen Illusionen hin.

Er wußte, daß er nicht zu den wenigen dynamischen Ersten Sprechern zählte, die mit dem Licht ihrer Außergewöhnlichkeit die fünfhundertjährige Geschichte der Ersten Foundation erleuchteten – aber andererseits mußte das auch nicht sein. Er war in einer Periode bemerkenswerter galaktischer Prosperität Vorsitzender an der Tafel der Sprecher, und die Zeit eignete sich nicht für dynamisches Tun. Allem Anschein nach war dies eine Zeitspanne bloßen Beharrens, in der er den richtigen Mann für den Posten abgab. Aufgrund solcher Erwägungen hatte sein Vorgänger ihn zum Nachfolger bestimmt.

»Sie sind kein Abenteurer, sondern ein wahrer Gelehrter«, hatte der vierundzwanzigste Erste Sprecher zu ihm gesagt. »Sie werden für die Bewahrung des Seldon-Plans sorgen, während ein Abenteurer alles verderben könnte. Bewahrung! Lassen Sie das ein entscheidendes Wort an Ihrer Tafel sein.«

Er hatte es versucht, aber in mancher Beziehung hatte das eine passive Amtsausübung bedeutet, die man gelegentlich als Schwäche auslegte. Vor einiger Zeit waren Gerüchte umgelaufen, die besagten, er wolle zurücktreten, und man hatte offen intrigiert, um die Nachfolge zur einen oder anderen Seite hin festzulegen.

Shandess besaß keinen Zweifel daran, daß die Delarmi in diesem Gerangel eine führende Stellung einnahm. Sie war an der Tafel die stärkste Persönlichkeit, und selbst der junge Gendibal – trotz aller jugendlichen Heftigkeit und Torheit – schrak vor ihr zurück, auch in diesem Moment wieder.

Doch wenn er auch passiv war, vielleicht sogar schwach, es gab, bei Seldon, ein Privileg, auf das noch kein Erster Sprecher nur im geringsten verzichtet hatte, und auch er hatte nicht die Absicht.

Er stand auf, um zu sprechen, und sofort entstand rings um die Tafel Ruhe. Wenn der Erste Sprecher aufstand, um zu reden, gab es keine Unterbrechungen. Nicht einmal die Delarmi oder Gendibal würden sich so etwas herausnehmen.

»Sprecher und Sprecherinnen!« begann er. »Ich bin mit allen hier der Meinung, daß wir uns einer ernsten Krise gegenübersehen und nachdrückliche Maßnahmen ergreifen müssen. Ich bin's, der gehen und sich dem Feind stellen müßte. Sprecherin Delarmi hat mich jedoch – mit allem Feingefühl, durch das ihr Charakter sich auszeichnet – durch die Feststellung, ich werde hier benötigt, von dieser Aufgabe entbunden. Die Wahrheit aber lautet, daß ich weder hier noch sonst irgendwo gebraucht werde. Ich werde alt und immer müder. Seit langem wird erwartet, daß ich meine Position abgebe, und vielleicht ist es nun endlich höchste Zeit. Sobald diese Krise erfolgreich gemeistert worden ist, werde ich tatsächlich zurücktreten. Aber natürlich ist es, wie bekannt, das Vorrecht des Ersten Sprechers, seinen Nachfolger zu bestimmen. Genau das möchte ich jetzt tun. Unter uns ist jemand, der seit längerem die Sitzungen der Tafel beherrscht, der durch die Kraft der Persönlichkeit häufig die Führung gegeben hat, zu der ich außerstande war. Sie alle wissen, daß ich von Sprecherin Delarmi rede.«

Er schwieg einen Augenblick lang. »Nur Ihnen, Sprecher Gendibal, ist Ablehnung anzumerken«, sagte er dann. »Darf ich fragen, warum?« Er nahm wieder Platz und gab Gendibal dadurch die Gelegenheit zum Antworten.

»Ich lehne Ihre Entscheidung nicht ab, Erster Sprecher«, sagte Gendibal leise. »Es ist und bleibt Ihr Recht, Ihren Nachfolger festzusetzen.«

»Und genau das werde ich tun. Wenn Sie zurückkehren – und den Prozeß eingeleitet haben, der zur für uns erfolgreichen Beendigung der gegenwärtigen Krise führen wird –, ist die Zeit für meinen Rücktritt da. Mein Nachfolger wird die direkte Verantwortung für die Politik und deren Durchführung haben, die fortan erforderlich sein wird, um den erwähnten Prozeß voranzutreiben und abzuschließen. Haben Sie dazu etwas zu sagen, Sprecher Gendibal?«

»Ich hoffe, Erster Sprecher«, sagte Gendibal ruhig, »wenn Sie Sprecherin Delarmi zu Ihrer Nachfolgerin machen, werden Sie ihr eindringlich nahelegen...«

Barsch unterbrach ihn der Erste Sprecher. »Ich habe von Sprecherin Delarmi geredet, sie aber nicht zu meiner Nachfolgerin ernannt. Also, was haben Sie zu sagen?«

»Entschuldigung, Erster Sprecher. Ich hätte sagen sollen, *falls* Sie Sprecherin Delarmi nach meiner erfolgreichen Rückkehr von dieser Mission zu Ihrer Nachfolgerin ernennen, sollten Sie ihr raten...«

»Ich werde sie auch in Zukunft unter keinen Umständen zu meiner Nachfolgerin machen. Was sagen Sie *nun?*« Der Erste Sprecher war dazu außerstande, diese Erklärung ohne eine starke Regung der Zufriedenheit über den Schlag abzugeben, den er der Delarmi damit versetzte. Er hätte sie nicht auf erniedrigendere Weise abblitzen lassen können.

»Also, Sprecher Gendibal, was haben Sie zu sagen?« wiederholte er nochmals.

»Daß ich reichlich verwirrt bin.«

Der Erste Sprecher erhob sich erneut. »Sprecherin Delarmi hat die Tafel beherrscht und geführt, aber das ist nicht alles, was an Voraussetzungen für den Posten des Ersten Sprechers nötig ist. Sprecher Gendibal hat etwas gesehen, was wir übersehen haben. Er hat sich der einmütigen Ablehnung der gesamten Tafel entgegengestellt, hat sie gezwungen, die Dinge neu zu durchdenken, sie dazu gebracht, sich seinen Erkenntnissen und Auffassungen anzuschließen. Ich hege einen gewissen Verdacht, aus welchen Motiven Sprecherin Delarmi die Verantwortung für die Verfolgung Golan Trevizes Sprecher Gendibal aufbürdet, aber in der Tat ist nun einmal er derjenige, der sich am besten zur Übernahme dieser Mission eignet. Ich *weiß*, daß er Erfolg haben wird. In dieser Frage vertraue ich meiner Intuition. Und wenn er zurückkehrt, wird Sprecher Gendibal sechsundzwanzigster Erster Sprecher werden.«

Schroff setzte er sich hin, und sofort begann jeder Sprecher in einem lebhaften Gemisch von Lauten, Worten, Gedanken und Mienen seine Meinung zu bekunden. Der Erste Sprecher schenkte dem mißtönenden Wirrwar keine Beachtung; er starrte gleichgültig geradeaus. Nachdem es nun getan war, erkannte er, daß mit dem Ablegen der Verantwortung gewaltige Erleichterung einherging. Er hätte es früher tun sollen; aber er war dazu nicht imstande gewesen.

Erst heute hatte er darüber Klarheit gewonnen, wer sein Nachfolger sein sollte.

Und da lenkte sein Verstand irgendwie die Aufmerksamkeit auf die Delarmi, und er schaute zu ihr hinüber.

Bei Seldon! Sie war vollkommen gefaßt und lächelte. Keine Spur von verzweifelter Enttäuschung ließ sich ihr anmerken; sie hatte noch keineswegs aufgegeben. Er fragte sich, ob er ihr in die Hände gearbeitet haben konnte. Welche Möglichkeiten blieben ihr noch?

37

Delora Delarmi hätte ihre Verzweiflung und Enttäuschung offen gezeigt, wäre das auf irgendeine Weise von Nutzen gewesen.

Es hätte ihr große Befriedigung bereitet, dem senilen Trottel Saures zu geben, der an der Tafel den Vorsitzenden mimte, oder dem jugendlichen Schwachkopf, mit dem das Glück sich verbündet hatte – aber es war keine Befriedigung, worauf es ihr ankam. Sie wollte mehr.

Sie wollte Erster Sprecher werden.

Und solange sie noch eine Karte auszuspielen hatte, gedachte sie es zu tun.

Sie lächelte freundlich und hob die Hand zur Wortmeldung, und es gelang ihr, lange genug in dieser Pose zu bleiben, um sichern zu können, daß alles, sobald sie zu sprechen anfing, nicht nur ganz normal wirkte, sondern sogar eindeutig still und friedlich.

»Erster Sprecher«, sagte sie, »wie vorhin Sprecher Gendibal möchte ich ebenfalls klarstellen, daß ich Ihrer Entscheidung keineswegs ablehnend gegenüberstehe. Es ist Ihr Vorrecht, Ihren Nachfolger zu ernennen. Wenn ich mich nun hier äußere, dann geschieht es in der Hoffnung, einen Beitrag zum Gelingen dessen zu leisten, was nunmehr zu Sprecher Gendibals Mission geworden ist. Darf ich meine Gedanken erläutern, Erster Sprecher?«

»Tun Sie das«, erwiderte der Erste Sprecher kurzangebunden. Er hatte den Eindruck, daß sie sich viel zu nachgiebig verhielt, zu gutwillig.

Würdevoll senkte die Delarmi den Kopf. Sie lächelte nicht mehr. »Wir haben Raumschiffe«, sagte sie. »Technisch sind sie weniger großartig als die Raumer der Ersten Foundation, aber sie eignen sich zur Beförderung Sprecher Gendibals. Er weiß, wie man ein Raumschiff fliegt, nehme ich an, so wie jeder von uns. Wir haben unsere Mitarbeiter auf jedem wichtigen Planeten in der gesamten Galaxis, und er wird überall willkommen sein. Außerdem kann er sich, da er sich der Gefahr vollauf bewußt ist, gegen die Anti-Füchse verteidigen. Während wir von allem nichts ahnten, haben sie's vorgezogen, ihre Wühlarbeit in den unteren Rängen der Zweiten Foundation und sogar bei den hamischen Farmern zu leisten. Natürlich werden wir das Bewußtsein aller Sprecher gründlich überprüfen, aber ich bin sicher, daß wir in dieser Beziehung unangetastet geblieben sind. Die Anti-Füchse dürften es kaum gewagt haben, sich an Sprecher heranzumachen. Trotzdem besteht kein Grund, weshalb Sprecher Gendibal mehr riskieren sollte, als unbedingt sein muß. Er hat nicht die Absicht, es auf unkontrollierbare Zwischenfälle ankommen zu lassen, und es wird wohl am günstigsten sein, wenn er für seine Mission in gewissem Umfang eine Tarnung annimmt, wenn er *sie* überrascht. Es wäre nützlich, würde er in der Rolle eines hamischen Farmers auftreten. Preem Palver selbst hat, wie wir alle wissen, die Galaxis als hamischer Farmer bereist.«

»Preem Palver hat damit einen bestimmten Zweck verfolgt«, sagte der Erste Sprecher. »Bei Sprecher Gendibal ist das nicht der Fall. Sollte sich eine Verkleidung als notwendig erweisen, wird ihm, dessen bin ich sicher, beizeiten eine einfallen.«

»Bei allem Respekt, Erster Sprecher, was ich vorzuschlagen gedenke, ist eine subtilere Form der Tarnung, keine gewöhnliche Verkleidung. Preem Palver, daran werden Sie sich gewiß erinnern, hat seine Frau und Lebensgefährtin vieler Jahre mitgenommen. Und nichts hat die derbe Natur seiner Tarnung so nachdrücklich unterstrichen wie die Tatsache, daß er mit seiner Frau reiste. Dieser Umstand hat jeden Argwohn im Ansatz zerstreut.«

»Ich habe keine Frau«, sagte Gendibal. »Ich habe Gefährtinnen gehabt, aber keine, die jetzt zu diesem Zweck die Rolle einer Ehepartnerin übernehmen würde.«

»Das ist wohlbekannt, Sprecher Gendibal«, sagte die Delarmi, »aber schon wenn überhaupt *irgendeine* Frau Sie begleitet, werden die Leute sie ganz selbstverständlich für Ihre Partnerin halten. Und sollte die Notwendigkeit entstehen, dafür beweiskräftige Dokumente vorlegen zu müssen, wir werden Ihnen bestimmt welche zur Verfügung stellen können. Kurzum, ich glaube, eine Frau sollte Sie begleiten.«

Im ersten Moment verschlug es Gendibal den Atem. Sie wollte doch wohl nicht...?

Konnte es sein, daß sie darauf abzielte, an seinem Erfolg Anteil zu haben? Wollte sie versuchen, eine Amtsteilung der Position des Ersten Sprechers oder gar das Rotationsprinzip durchzusetzen?

»Ich fühle mich geschmeichelt«, sagte Gendibal grimmig, »daß Sprecherin Delarmi der Ansicht ist, sie sollte...«

Da brach die Delarmi in unverhohlenes Gelächter aus und betrachtete Gendibal mit nahezu aufrichtigem Mitleid. Er war in eine Falle getappt und hatte sich lächerlich gemacht. Die Tafel der Sprecher würde das nicht vergessen.

»Sprecher Gendibal«, sagte sie, »ich hätte niemals die Impertinenz aufgebracht, zu versuchen, Ihnen meine Mitwirkung an der Lösung dieser Aufgabe aufzudrängen. Es ist Ihre Aufgabe, ganz allein Ihre, so wie der Posten des Ersten Sprechers ganz allein Ihnen gehören wird. Ich hätte nicht gedacht, daß Sie den Wunsch verspüren, mich mitzunehmen. Wirklich, Sprecher, in meinem Alter halte ich mich nicht länger für so eine Herzensbrecherin...«

Man lächelte rings um die Tafel, und selbst der Erste Sprecher mußte sich bemühen, ein Lächeln zu verbergen.

Gendibal spürte den Affront und strengte sich an, die Folgen abzuschwächen, indem er darauf bedacht war, sich ihrem Leichtmut anzupassen. Die Mühe war vergeblich.

»Was ist es denn nun, das Sie vorschlagen?« erkundigte er sich so maßvoll wie noch möglich. »Ich versichere Ihnen, ich habe durchaus nicht unterstellt, Sie hätten die Absicht, mich zu begleiten. Ihr Platz ist hier an der Tafel der Sprecher, nicht im Drunter und Drüber der Galaxis. Das ist mir absolut klar.«

»Völlig meine Meinung, Sprecher Gendibal, völlig meine Meinung«, sagte die Delarmi. »Mein Vorschlag bezieht sich auf Ihre Rolle als hamischer Farmer. Um sie unanfechtbar authentisch zu machen, wer könnte da als Begleiterin besser herhalten als eine waschechte Hamerin?«

»Eine Hamerin?« Zum zweitenmal kurz hintereinander war Gendibal restlos verdutzt, und die Tafel hatte daran ihr diebisches Vergnügen.

»*Die* Hamerin«, konkretisierte die Delarmi. »Dieselbe, die gedacht hat, sie ersparte Ihnen eine Tracht Prügel. Dieselbe, die Sie voller Bewunderung anstarrt. Genau die, deren Verstand Sie untersucht haben, so daß sie Sie unwissentlich vor noch weit mehr als einer Tracht Prügel gerettet hat. Ich schlage vor, Sie nehmen sie mit.«

Gendibals erste Regung war, sich zu weigern, aber er wußte, daß sie eben damit rechnete. Er würde nur für noch mehr Belustigung sorgen. Nun war klar, daß der Erste Sprecher, als er der Delarmi eine Schlappe beibrachte, indem er Gendibal als seinen Nachfolger nannte, einen Fehler begangen hatte; oder wenigstens hatte die Delarmi sein Vorgehen rasch in einen Fehler umgemünzt.

Gendibal war der jüngste Sprecher. Er hatte die Tafel der Sprecher verärgert und danach die Anklage seitens seiner Kollegen zunichte gemacht. Auf ziemlich spürbare Weise hatte er sie alle gedemütigt. Niemand konnte ihn mit etwas anderem als Widerwillen als künftigen Vorgesetzten betrachten.

Dies Problem wäre schwierig genug zu überwinden gewesen, doch jetzt würden sie sich stets daran erinnern, wie leicht es der Delarmi gefallen war, ihn lächerlich zu machen, wie sehr sie es genossen hatten. Das würde sie benutzen, um sie allesamt nur zu leicht davon zu überzeugen, daß er für das Amt des Ersten Sprechers zu jung war, daß es ihm dafür an der Erfahrung und Reife mangele. Während Gendibal fort und unterwegs war, um seinen Auftrag zu erfüllen, konnten sie gemeinsamen Druck auf den Ersten Sprecher ausüben und ihn zum Widerruf seiner Entscheidung bewegen. Oder falls der Erste Sprecher hart blieb, mußte Gendibal sich zu guter Letzt in einem Amt befinden, in dem er angesichts einer einheitlichen Opposition für immer machtlos sein würde.

Das alles erkannte Gendibal nun im Handumdrehen und war dazu in der Lage, zu antworten, als könne ihn nichts aus der Ruhe bringen.

»Sprecherin Delarmi, ich bewundere Ihren Durchblick«, sagte er. »Ich wollte die Anwesenden eigentlich überraschen. In der Tat hatte ich von vornherein die Absicht, diese Hamerin mitzunehmen – wenn auch nicht aus dem unbestritten sehr vernünftigen Grund, den Sie angeführt haben. Ich bin aufgrund ihrer mentalen Eigenschaften zu der Ansicht gelangt, daß es sich lohnt, sie mitzunehmen. Sie alle haben selbst Einblick in ihren Verstand erhalten. Sie haben gesehen, wie er beschaffen ist – erstaunlich intelligent, noch mehr allerdings klar und simpel, frei von aller Falschheit. Keine mentale Einflußnahme auf dieses Gemüt kann unbemerkt bleiben, das haben Sie sicher auch geschlußfolgert. Ich frage mich, ist Ihnen auch aufgefallen, Sprecherin Delarmi, daß sie als ein hervorragendes Frühwarnsystem dienen kann? Anhand ihrer Psyche lassen sich nach meiner Auffassung die ersten symptomatischen Anzeichen einer mentalistischen Beeinflussung früher feststellen als durch meine eigenen geistigen Kapazitäten.«

Eine Art von Schweigen der Verblüffung entstand. »Ach, darauf ist keiner von Ihnen gekommen?« meinte er leichthin. »Na, macht nichts. Und jetzt möchte ich mich verabschieden. Es ist keine weitere Zeit zu verlieren.«

»Warten Sie!« sagte die Delarmi irritiert, nun zum drittenmal der Initiative verlustig gegangen. »Was haben Sie vor?«

Gendibal zuckte andeutungsweise die Achseln. »Warum in Einzelheiten gehen?« fragte er zurück. »Je weniger die Tafel darüber weiß, um so weniger können die Anti-Füchse mir dazwischenpfuschen.«

Er tat diese Äußerung, als läge ihm vor allem an der Sicherheit seiner Kollegen. Er füllte sein Bewußtsein ganz mit dieser Regung aus und ließ sie durchscheinen.

Das würde ihnen schmeicheln. Und darüber hinaus würde die Genugtuung, die sie empfanden, sie daran hindern, sich zu fragen, ob Gendibal eigentlich selbst wußte, was er als nächstes zu tun hatte.

38

Am selben Abend unterhielt der Erste Sprecher sich nochmals unter vier Augen mit Gendibal.

»Sie hatten recht«, sagte Shandess. »Ich konnte nicht anders, ich habe unwillkürlich unter die Oberfläche Ihres Denkens geschaut. Ich habe bemerkt, daß Sie meine Ankündigung als Fehler bewertet haben, und Sie waren vollkommen im Recht. Ich war zu sehr darauf aus, ihrem Gesicht dies ewige Lächeln zu nehmen, ihr die Selbstverständlichkeit heimzuzahlen, mit der sie sich so oft in meine Rolle drängt.«

»Es wäre besser gewesen«, sagte Gendibal freundlich, »Sie hätten mir Ihren Entschluß privat mitgeteilt und mit der Bekanntgabe bis nach meiner Rückkehr gewartet.«

»Dann wär's mir allerdings unmöglich gewesen, es ihr zu zeigen... Ja, ich weiß, ein klägliches Motiv für einen Ersten Sprecher.«

»Sie wird sich dadurch nicht aufhalten lassen, Erster Sprecher. Sie wird weitere Intrigen spinnen, um auf den Posten zu gelangen, und vielleicht kann man's ihr nicht einmal verübeln. Ich bin sicher, es gibt genug Sprecher, die der Ansicht sind, ich hätte die Nominierung ablehnen sollen. Es läßt sich ohne weiteres anführen, daß Sprecherin Delarmi der beste Kopf an der Tafel ist und sich deshalb auch am besten als nächster Erster Sprecher eignet.«

»Der beste Kopf *an der Tafel,* ja, aber nicht andernorts«, brummte Shandess. »Außer anderen Sprechern kennt sie keine Feinde. Sie hätte überhaupt nie Sprecherin werden dürfen. Hören Sie, soll ich Ihnen untersagen, die Hamerin mitzunehmen? Ich weiß, sie hat Sie da hineinmanövriert.«

»Nein, nein, der Grund, den ich genannt habe, hat durchaus seinen realen Wert. Sie *wird* für mich ein Frühwarnsystem sein können, und ich bin wirklich froh, daß Sprecherin Delarmi mich zu dieser Erkenntnis gedrängt hat. Ich bin davon überzeugt, daß diese Frau sich als wertvolle Hilfe erweist.«

»Na gut. Übrigens, ich habe auch nicht gelogen. Ich bin wirklich davon überzeugt, daß Sie ausführen werden, was erforderlich ist, um diese Krise zu beenden – falls man meiner Intuition vertrauen kann.«

»Ich glaube, ihr vertrauen zu können, denn ich stimme hinsichtlich dieser Erwartung mit Ihnen überein. Ich verspreche Ihnen, ich werde besser austeilen als einstecken, was auch passiert, und ich werde zurückkehren, um die Position des Ersten Sprechers anzutreten, was die Anti-Füchse – oder Sprecherin Delarmi – auch tun werden, um es zu verhindern.«

Gendibal machte sich Gedanken über die eigene Zuversicht, während er redete. Warum insistierte er so auf diesem Ein-Raumschiff-Trip ins All, warum war er davon so angetan? Natürlich aus Ehrgeiz. Genauso war einmal Preem Palver verfahren, und er legte Wert darauf, allen zu zeigen, daß Stor Gendibal dergleichen auch konnte. Danach würde niemand ihm noch die Qualifikation für das Amt des Ersten Sprechers streitig machen. Aber stak nicht trotzdem zusätzlich irgend etwas anderes dahinter? Das Verlockende einer bevorstehenden Auseinandersetzung? Das allgemeine Verlangen nach Aufregungen in jemandem, der im Laufe seiner ganzen frühen Jugend nur einen entlegenen Flecken auf einem rückständigen Hinterwäldler-Planeten gekannt hatte? Er besaß keine volle Klarheit, aber er war mit verzweifelter Hartnäckigkeit zum Weitermachen entschlossen.

Elftes Kapitel

Sayshell

39

Janov Pelorat hatte zum erstenmal in seinem Leben zugesehen – nach einem Vorgang, den Trevize als ›Mikro-Hypersprung‹ bezeichnete –, wie ein heller Stern sich allmählich in eine Kugel verwandelte. Der vierte Planet, Sayshell – die bewohnbare Welt des Systems und ihr Nahziel –, war während eines Zeitraums mehrerer Tage ständig angewachsen und immer deutlicher erkennbar geworden.

Der Computer hatte eine Karte der Planetenoberfläche bereitgestellt und auf eine tragbare Bildfläche projiziert, die gegenwärtig auf Pelorats Schoß lag.

»Freuen Sie sich nicht zu früh, Janov«, sagte Trevize mit dem selbstbewußten Auftreten von jemand, der bereits auf Dutzenden von Planeten gelandet war. »Wir müssen erst noch durch die Einflugkontrolle, und das kann seine Zeit dauern.«

Pelorat blickte auf. »Das sind doch sicher nur Formalitäten?«

»Richtig. Aber es kann sich trotzdem hinziehen.«

»Wir haben aber doch Friedenszeiten.«

»Natürlich. Das heißt, wir dürfen letztendlich auf jeden Fall durch. Aber vorher geht's noch um das Problem des ökologischen Gleichgewichts. Jeder Planet besitzt sein eigenes ökologisches Gleichgewicht, und nirgends möchte man, daß es gestört wird. Deshalb gehört es zu den unausweichlichen Formalitäten, jedes Raumschiff auf unerwünschte Organismen zu überprüfen, oder Infektionen. Das ist nur eine vernünftige Vorsichtsmaßnahme.«

»So was haben wir nicht an Bord, würde ich sagen.«

»Nein, haben wir nicht, und genau das wird man auch feststellen. Aber denken Sie daran, daß Sayshell kein Mitglied der Foundationsföderation ist, also wird man sicherlich Wert darauf legen, seine Unabhängigkeit zu demonstrieren.«

Ein kleiner Raumer kam ihnen entgegen, um die Inspektion durchzuführen, und ein sayshellischer Kontrollbeamter kam an Bord. Trevize, der seine Militärdienstzeit nicht vergessen hatte, trat entsprechend zackig auf.

»*Far Star* von Terminus«, sagte er. »Schiffspapiere. Unbewaffnet. Privatraumfahrzeug. Mein Paß. Ein Passagier. Sein Paß. Wir sind Touristen.«

Der Kontrollbeamte trug eine schaurige Uniform, vornehmlich in Knallrot. Seine Wangen und die Oberlippe waren glattrasiert, aber er besaß einen kurzen Kinnbart, in der Mitte so geteilt, daß Zipfel vom Kinn nach beiden Seiten ragten. »Foundationschiff?« meinte er.

Er sprach es ›Fundaschuhnsschipp‹ aus, aber Trevize enthielt sich wohlüberlegt jeder Berichtigung und auch eines Lächelns. Es gab soviel Dialektabarten, die sich vom Galaktostandard unterschieden, wie bewohnte Planeten existierten, und man sprach eben überall die eigene Mundart. Solange eine gegenseitige Verständigung zustande kam, spielte das keine Rolle.

»Ja, Sir«, bestätigte Trevize. »Foundationschiff. Privatbesitz.«

»Hübsches Stück. Ihre Ladong, wenn ich bitten darf.«

»Meine was?«

»Ihre Ladung. Was Sie befördern.«

»Ach, die Fracht. Hier ist eine aufgeschlüsselte Liste. Ausschließlich persönliches Eigentum. Wir sind nicht zu Handelszwecken hier. Wie erwähnt, wir sind gewöhnliche Touristen.«

Der Kontrollbeamte sah sich neugierig um. »Für Touristen ist dies ein ziemlich flottes Schiff.«

»Nicht nach dem Standard der Foundation«, erwiderte Trevize humorig. »Und ich bin wohlhabend genug, um's mir leisten zu können.«

»Wollen Sie damit andeuten, ich hätte die Möglichkeit einer Aufreicherung?« Der Beamte sah Trevize kurz an, schaute dann weg.

Trevize zögerte für einen Moment mit seiner Antwort, weil er die Bedeutung des letzten Wortes erst interpretieren mußte, und einen weiteren Moment brauchte er, um sein weiteres Verhalten festzulegen. »Nein, selbstverständlich wollte ich nicht die Möglichkeit eines Bestechungsversuchs andeuten«, sagte er schließlich. »Ich habe keinen Grund, warum ich so was versuchen sollte, und Sie sehen auch nicht wie jemand aus, der sich bestechen läßt. Sie können das Schiff durchsuchen, wenn Sie wünschen.«

»Nicht nötig«, sagte der Beamte und steckte seinen Taschenrecorder ein. »Sie sind bereits auf spezifische Schmuggelinfektionen untersucht und als einwandfrei befunden worden. Dem Schiff ist eine Radiowelle zugewiesen worden, die als Leitstrahl dient.«

Er verabschiedete sich. Die ganze Prozedur hatte fünfzehn Minuten beansprucht.

»Hätte er uns Ärger machen können?« erkundigte sich Pelorat gedämpft. »Hat er wirklich ein Schmiergeld erwartet?«

Trevize hob die Schultern. »Kontrollbeamte und ähnliche Leute zu bestechen«, sagte er, »ist ein Brauch, so alt wie die Galaxis, und ich hätte es ohne weiteres getan, falls er's ein zweitesmal darauf angelegt hätte. Aber so wie's aussieht... – na, ich nehme an, mit einem Foundationschiff mochte er kein Risiko eingehen, zumal mit einem, wo's sich nicht lohnt. Die alte Fregatte von Bürgermeisterin hatte recht, als sie sagte, der Name der Foundation würde uns schützen, wohin wir auch gelangen, das muß man dieser Schreckschraube lassen. Die Abfertigung hätte viel länger dauern können.«

»Wieso? Er hat doch alles durchgezogen, was er wollte.«

»Ja, aber er war so entgegenkommend, uns durch Radioferntaster überprüfen zu lassen. Wäre es ihm darauf angekommen, er hätte das ganze Schiff mit einem Handapparat absuchen können, und das hätte Stunden gedauert. Er hätte uns sogar beide tagelang in eine Quarantänestation sperren können.«

»Was?! Mein *Bester!*«

»Regen Sie sich nicht auf! Er hat ja nichts dergleichen getan. Ich habe durchaus mit so was gerechnet, aber er hat darauf verzichtet. Das heißt, wir haben Landeerlaubnis. Es wäre mir lieber, eine Gravo-Landung durchzuführen, dann würden wir nur eine Viertelstunde brauchen, aber ich habe keine Ahnung, wo die offiziellen Landezonen liegen, und ich möchte keine Schwierigkeiten bekommen. Das bedeutet, wir müssen uns an den Leitstrahl halten, und wir werden noch Stunden brauchen, weil wir uns auf spiralförmigem Kurs durch die Atmosphäre hinunterschrauben müssen.«

Pelorat wirkte erfreut. »Aber das ist doch prachtvoll, Golan. Sind wir dann langsam genug, um die Landschaft betrachten zu können?« Er hielt die tragbare Bildfläche empor, die eine Karte in kleinem Maßstab zeigte.

»In gewissem Umfang, ja. Unsere Geschwindigkeit wird auf ein paar Kilometer pro Sekunde sinken, aber ehe wir etwas sehen können, müssen wir erst die Wolkendecke durchstoßen. Wir werden nicht gerade eine Ballonfahrt durch die Lufthülle machen, aber Sie werden die planetografischen Verhältnisse sehen.«

»Prächtig! Prächtig!«

»Ich frage mich bloß«, meinte Trevize versonnen, »ob wir uns lange genug auf Sayshell aufhalten werden, daß es sich lohnt, die Schiffsuhr auf Ortszeit umzustellen.«

»Ich vermute, das hängt davon ab, was wir vorhaben. Was sollen wir nach Ihrer Ansicht tun, Golan?«

»Unsere Aufgabe ist es, Gaia zu finden, und wie lange das dauern kann, weiß ich nicht.«

»Wir können ja unsere Armbanduhren umstellen«, machte Pelorat den Vorschlag, »lassen aber die Schiffsuhr, wie sie ist.«

»Gute Idee«, sagte Trevize. Er schaute hinab auf den Planeten, dessen Oberfläche sich unter ihnen ausbreitete. »Es hat keinen Zweck, länger zu warten. Ich werde den Computer auf die uns zugeteilte Radiowelle einstellen, und er kann mit dem Gravo-Antrieb konventionellen Flug simulieren... So! Hinunter mit uns, Janov, dann wollen wir sehen, was wir herausfinden können.«

Während das Raumschiff sich durch seine säuberlich adjustierte Gravitationspotentialkurve zu bewegen anfing, starrte Trevize den Planeten nachdenklich an.

Er hatte die Sayshell-Union noch nie besucht, aber ihm war bekannt, daß sie seit Jahrhunderten in gleichbleibend schlechtem Verhältnis zur Foundation stand. Es überraschte ihn nicht nur, sondern beunruhigte ihn geradezu, daß sie die Kontrolle so rasch hatten passieren dürfen.

Es kam ihm ganz einfach unwahrscheinlich vor.

40

Der Name des Kontrollbeamten lautete Jogoroth Sobhaddartha, und er leistete seinen Dienst in der Einflugkontrolle schon ein halbes Leben lang.

Er hatte gegen die Tätigkeit in der Raumstation nichts einzuwenden, denn sie ermöglichte es ihm, von jeweils drei Monaten einen ausschließlich mit seinen Büchern, seiner Musik sowie ohne seine Ehefrau und den heranwachsenden Sohn zu verbringen.

Seit zwei Jahren allerdings war zu seinem Ärger ein Träumer Chef der Raumflugkontrolle. Er konnte sich keine unerfreulichere Person vorstellen als jemanden, der für bestimmte Handlungen keine andere Begründung als den Hinweis zu geben wußte, er sei in einem Traum so angeleitet worden.

Sobhaddartha persönlich hielt nichts von alldem, aber er sah sorgsam davon ab, das auszusprechen, denn die meisten Menschen auf Sayshell mißbilligten antipsychische Zweifel. Als Materialist in Verruf zu geraten, konnte die spätere Pension aufs Spiel setzen.

Er zupfte an den beiden buschigen Bartzipfeln seines Kinns und räusperte sich dann ziemlich lautstark. »War das das Schiff, Chef?« fragte er mit unpassender Lässigkeit.

Sein Chef, der den gleichermaßen typisch sayshellischen Namen Namarath Godhisavatta trug, befaßte sich gerade mit einigen Computerdaten und schaute nicht einmal auf. »Welches Schiff?« fragte er zurück.

»Die *Far Star*. Das Foundationschiff. Das ich gerade habe passieren lassen. Das aus jedem Winkel holografiert worden ist. War es das Schiff, von dem Sie geträumt haben?«

Nun blickte Godhisavatta auf. Er war ein kleinwüchsiger Mann mit fast schwarzen Augen, umgeben von winzigen Fältchen, die keineswegs durch irgendeine Neigung zu häufigem Lächeln entstanden waren. »Warum fragen Sie?« meinte er.

Sobhaddartha straffte sich und ließ seine dunklen, üppigen Brauen einander näherrutschen. »Sie haben behauptet, Touristen zu sein, aber ich habe noch nie so ein Schiff gesehen, und nach meiner Meinung handelt's sich um Agenten der Foundation.«

Godhisavatta lehnte sich in seinem Sessel zurück. »Hören Sie, Mann, wie sehr ich mich auch anstrenge, ich kann mich einfach nicht erinnern, Sie nach Ihrer Meinung gefragt zu haben.«

»Chef, aber ich halte es für meine patriotische Pflicht, darauf hinzuweisen, daß ...«

Godhisavatta verschränkte die Arme auf der Brust und blickte seinen Untergebenen streng an, der daraufhin (obwohl in physischer Statur und in seinem Auftreten viel beeindruckender) die Schultern hängen ließ und unter dem Blick seines Vorgesetzten eine leicht verlegene Haltung einnahm.

»Hören Sie, Mann«, sagte Godhisavatta, *»falls* Sie wissen, was für Sie gut ist, tun Sie Ihre Arbeit *ohne* Kommentare, oder ich werde dafür sorgen, daß Sie keine Pension erhalten, wenn Sie sich zur Ruhe setzen, und das dürfte bald der Fall sein, sollte ich von Ihnen noch mehr Redensarten über Angelegenheiten hören, die Sie nichts angehen.«

»Jawohl, Sir«, entgegnete Sobhaddartha mit leiser Stimme. »Liegt es im Rahmen meiner Pflichten, Sir«, fügte er dann mit verdächtiger Unterwürfigkeit hinzu, »darüber Meldung zu erstatten, daß ein zweites Schiff in die Reichweite unserer Monitoren gelangt ist?«

»Betrachten Sie's als gemeldet«, sagte Godhisavatta gereizt und widmete sich wieder seiner Arbeit.

»Es weist Charakteristika auf«, ergänzte Sobhaddartha noch untertäniger als vorher, »die sehr denen des Schiffs ähneln, das ich gerade durchgelassen habe.«

Godhisavatta legte seine Hände auf den Tisch und stemmte sich hoch. »Ein *zweites* derartiges Schiff?«

Innerlich lächelte Sobhaddartha. Dieser grausige Kerl, hervorgegangen aus einer unerlaubten Vereinigung (er meinte seinen Chef), hatte offenbar *nicht* von zwei Raumschiffen geträumt. »Anscheinend, Sir«, sagte er. »Ich werde nun an meine Dienststelle zurückkehren und auf weitere Anweisungen warten, und ich hoffe, Sir ...«

»Ja?«

Trotz der Gefährdung seiner Pension vermochte Sobhaddartha sich die Bemerkung nicht zu verkneifen. »Ich hoffe, Sir, wir haben nicht das falsche Raumschiff passieren lassen.«

41

Die *Far Star* überquerte zügig die Oberfläche des Planeten Sayshell, und Pelorat beobachtete den Anblick, der sich bot, mit regelrechter Faszination. Die Wolkendecke war dünner und weniger zusammenhängend als auf Terminus, und die Landeflächen waren – genau wie die Karte sie zeigte – kompakter und ausgedehnter; nach der rostbraunen Färbung vieler kontinentaler Flächen zu schließen, befanden sich auf ihnen auch weite Wüstengebiete.

Man sah keine Anzeichen von Leben. Dies schien eine Welt steriler Wüsten, grauer Ebenen und endlosen Gefältels zu sein – letzteres waren wahrscheinlich gebirgige Gegenden –, und natürlich konnte man bereits die Meere erkennen.

»Sieht ja völlig leblos aus«, murmelte Pelorat.

»Aus dieser Höhe schon Anzeichen des Belebtseins sehen zu können, ist nicht zu erwarten«, sagte Trevize. »Wenn wir tiefer sind, werden Sie beobachten können, wie das Land grünfleckig wird. Aber vorher werden sie noch das Funkeln der Landschaft auf der Nachtseite sehen. Menschen besitzen eine eindeutige Vorliebe dafür, ihre Welten zu beleuchten, sobald die Dunkelheit anbricht – ich habe nie von einer Welt gehört, die in dieser Beziehung eine Ausnahme gemacht hätte. Mit anderen Worten, die ersten Zeichen von Leben, die Sie zu sehen bekommen, werden nicht menschlicher, sondern technischer Art sein.«

»Immerhin sind Menschen ja auch Tagesgeschöpfe«, sagte Pelorat nachdenklich. »Ich meine immer, zu den allerersten Aufgaben einer aufkommenden Technik müßte die Verwandlung der Nacht in den Tag zählen. Ich bin der Meinung, wenn eine Welt keine Technik hat und eine zu entwickeln anfängt, müßte man den Fortschritt der technischen Entwicklung an der Zunahme des Lichts auf der Nachtseite messen können. Wie lange würde es nach Ihrer Auffassung dauern, von vollkommener Finsternis zu völliger Helligkeit zu gelangen?«

Trevize lachte. »Sie haben komische Einfälle, aber ich vermute, das kommt daher, daß Sie sich mit Mythologie befassen. Ich glaube nicht, daß es auf irgendeiner Welt jemals zu gleichmäßiger Helligkeit kommen könnte. Nachtbeleuchtung entspricht stets der Verteilung der Bevölkerungsdichte, so daß die Kontinente ballungs- und strichweise schimmern. Selbst Trantor hat in seiner Blütezeit, als er ein einziges Bauwerk war, aus seiner Gesamtstruktur nur an verstreuten Punkten Licht entweichen lassen – und der trantorische Ozean blieb sowieso dunkel.«

Die Landflächen nahmen grüne Farbtöne an, wie von Trevize vorausgesagt, und während der letzten Umkreisung des Planeten zeigte er Pelorat gewisse markante Stellen, von denen er behauptete, es seien Städte. »Das ist keine sehr urbane Welt. Ich war noch nie in der Sayshell-Union, aber den Informationen des Computers zufolge hat man eine Neigung, sich an die Vergangenheit zu klammern. In den Augen der gesamten Galaxis ist Technik unweigerlich mit der Foundation verbunden, und überall, wo die Foundation unbeliebt ist, orientiert man sich stärker am Vergangenen... außer natürlich, was Waffen angeht. Sie dürfen mir glauben, daß Sayshell in dieser Hinsicht hochmodern ist.«

»Meine Güte, Golan, es wird doch keine unerfreulichen Vorkommnisse geben, oder? Wir sind Foundationisten, und auf feindlichem Territorium...«

»Von feindlichem Territorium kann keine Rede sein, Janov. Keine Sorge, man wird höflich und korrekt zu uns sein. Sayshell gehört lediglich nicht der Foundationsföderation an. Weil man hier auf seine Unabhängigkeit stolz ist, weil man ungern daran denkt, daß man wesentlich schwächer ist, als wir's sind, weil man also nur dank unserer Bereitschaft, Sayshell die Unabhängigkeit zu lassen, unabhängig bleibt, darum leistet man sich den Luxus, uns nicht zu mögen.«

»Dann wird's also doch unerfreulich zugehen«, sagte Pelorat bedrückt.

»Keineswegs«, widersprach Trevize. »Kommen Sie, Janov,

hören Sie auf, ich rede von der offiziellen Einstellung der sayshellischen Regierung. Die einzelnen Leute auf dem Planeten sind einfach Leute wie überall, und wenn wir freundlich auftreten, werden sie auch zu uns freundlich sein. Wir dürfen uns bloß nicht wie die Herren der Galaxis aufführen. Wir sind nicht auf Sayshell, um die Überlegenheit der Foundation zu demonstrieren. Wir sind normale Touristen und werden genau die Sorte von Fragen über Sayshell stellen, wie alle Touristen sie zu stellen pflegen. Und wenn die Situation es gestattet, dürfen wir uns auch ein bißchen legitime Entspannung gönnen. Es ist unser gutes Recht, ein paar Tage zu bleiben und zu sehen, was man hier zu bieten hat. Die Kultur könnte interessant sein, es könnte eine interessante Szenerie geben, interessantes Essen, und wenn das alles fehlt, läßt sich immer noch auf interessante Frauen hoffen. Wir haben Geld zu verplempern.«

Pelorat runzelte die Stirn. »Aber mein *Bester!*«

»Nun *machen* Sie aber mal 'n Punkt«, sagte Trevize. »*So* alt sind Sie noch nicht. Hätten Sie kein Interesse?«

»Ich will nicht sagen, es hätte nie eine Zeit gegeben, in der ich mich auch in dieser Rolle bewährt habe, aber jetzt ist doch sicherlich nicht die richtige Zeit für so etwas. Wir haben eine Mission zu erfüllen. Wir wollen Gaia finden. Ich habe nichts dagegen, sich ein paar schöne Tage zu machen – bestimmt nicht! –, aber wenn wir uns auf irgend etwas einlassen, kommen wir vielleicht so bald nicht wieder heraus.« Er schüttelte den Kopf. »Ich glaube«, sagte er nachsichtig, »Sie haben befürchtet, ich könne mich auf Trantor in der Galaktischen Bibliothek festkrallen und nicht mehr dazu imstande sein, mich loszureißen. Freilich, was die Bibliothek mir bedeutet, ist für Sie wohl eine attraktive, glutäugige Person – oder fünf bis sechs.«

»Ich bin kein Wüstling, Janov«, antwortete Trevize, »aber ich habe ebensowenig die Absicht, Asket zu werden. Na schön, ich verspreche Ihnen, wir verlieren Gaia nicht aus den Augen, aber wenn ein hübsches weibliches Wesen mir über den Weg läuft, wüßte ich keinen Grund in der Galaxis, warum ich nicht reagieren sollte.«

»Solange Sie Gaia an die erste Stelle setzen...«

»Das will ich tun, aber denken Sie dran, erzählen Sie nicht gleich jedem, daß wir von der Foundation sind. Man wird's sowieso wissen, weil wir über Foundationwährung verfügen und mit starkem Terminus-Akzent sprechen, aber solange wir uns nicht dazu äußern, können sie sich so verhalten, als seien wir Fremde, die sich nicht so recht einordnen lassen, und freundlich zu uns sein. Kehren wir dagegen die Foundationisten heraus, wird man sich zwar höflich genug benehmen, uns aber nichts sagen, nichts zeigen, uns nirgends hinbringen, uns völlig uns selbst überlassen.«

Pelorat seufzte. »Ich werde die Menschen niemals verstehen.«

»Es ist überhaupt nichts dabei. Sie brauchen nur sich selbst genau zu beobachten, dann werden Sie auch alle anderen verstehen. Wir sind in keiner Hinsicht anders als andere Menschen. Wie hätte Seldon seinen Plan ausarbeiten können – ganz egal, wie scharfsinnig seine Mathematik war –, wäre ihm keine gründliche Menschenkenntnis zueigen gewesen? Wie hätte er das alles schaffen können, wären Menschen nicht leicht durchschaubar? Zeigen Sie mir jemanden – bitte nehmen Sie das nicht persönlich –, der die Menschen nicht versteht, und ich werde beweisen, daß er sich ein falsches Bild von sich selbst fabriziert hat.«

»Ich nehm's nicht persönlich. Ich gebe ohne weiteres zu, mir fehlt's an Erfahrung, und ich habe ein reichlich egozentrisches, enges Leben geführt. Kann durchaus sein, daß ich mir nie viel Gedanken über mich selbst gemacht habe, deshalb dürfen Sie ruhig, was die Menschen betrifft, mein Führer und Ratgeber sein.«

»Gut. Dann hören Sie auf meinen Rat und schauen Sie sich die Gegend an. Wir gehen nun zur Landung über, und Sie können mir glauben, Sie werden nichts merken. Ich und der Computer werden das schon machen.«

»Golan, seien Sie nicht ärgerlich. Sollte eine junge Frau ...«

»Lassen Sie's gut sein! Ich muß mich jetzt um die Landung kümmern.«

Pelorat wandte sich ab und betrachtete die Welt, die am Ende der immer enger gewordenen Spirale lag, die das Schiff während des Anflugmanövers beschrieben hatte. Dies war die erste fremde Welt, die er in seinem Leben betreten sollte. Trotz der Tatsache, daß all die Millionen bewohnten Planeten der Galaxis von Menschen besiedelt worden waren, die nicht von dort stammten, erfüllte diese Aussicht ihn mit unschön ungewissen Ahnungen.

Alle, dachte er mit einem Schaudern nervöser freudiger Erregung, bis auf einen.

42

Nach den Standards der Foundation war der Raumhafen nicht groß, doch betrieb man ihn ziemlich tüchtig. Trevize sah zu, wie man die *Far Star* an einen Liegeplatz bugsierte und dort verankerte. Sie erhielten eine kompliziert codierte Besitzlegitimation.

»Bleibt das Schiff einfach hier zurück?« wollte Pelorat gedämpft wissen.

Trevize nickte und patschte dem anderen zur Ermutigung auf die Schulter. »Machen Sie sich keine Sorgen«, sagte er ebenso leise.

Sie stiegen in das Bodenfahrzeug, das sie gemietet hatten, und Trevize rief beim Bordcomputer den Stadtplan von Sayshell City ab, deren Hochbauten sich am Horizont erkennen ließen.

»Sayshell City«, sagte er, »die Hauptstadt des Planeten. Hauptstadt, Planet, Stern – alle heißen Sayshell. So hält man's überall. Wir wohnen in Terminus City, das die Hauptstadt des Planeten Terminus ist, und obwohl wir von unserem Stern bloß als der Sonne sprechen, nennen Fremde ihn ebenfalls Terminus.«

»Ich bin beunruhigt wegen des Raumers«, sagte Pelorat.

»Dazu besteht kein Anlaß«, erwiderte Trevize. »Falls wir länger als ein paar Stunden auf Sayshell bleiben müssen, kehren wir heute abend zurück, um im Schiff zu übernachten. Sie müssen wissen, es gibt so was wie eine interstellare Raumhafen-Ethik, gegen die, soweit mir bekannt, nie verstoßen worden ist, nicht einmal im Krieg. Raumschiffe, die mit friedlichen Absichten landen, bleiben unbehelligt. Wäre es anders, könnte niemand sich noch irgendwo sicher fühlen, und jeder Handel wäre unmöglich. Jede Welt, wo dieser Kodex verletzt wird, müßte damit rechnen, von den Raumpiloten der ganzen Galaxis boykottiert zu werden, und so ein Risiko möchte man nirgendwo eingehen. Außerdem...«

»Außerdem?«

»Na, und außerdem habe ich mit dem Computer vereinbart, daß jeder, der sich nicht anhört und nicht aussieht wie wir, aber das Schiff zu betreten versucht, unverzüglich umgebracht wird. Ich habe mir auch die Freiheit genommen, das dem Kommandanten des Raumhafens zu erklären. Ich habe ihm in aller Höflichkeit gesagt, mit Rücksicht auf den Ruf des Raumhafens Sayshell City, absolut sicher und integer zu sein – bekannt in der ganzen Galaxis, habe ich gesagt –, würde ich diesen speziellen Mechanismus durchaus gerne desaktivieren, aber weil das Schiff ein neues Modell ist, wüßte ich nicht, *wie*.«

»*Das* wird er doch wohl kaum geglaubt haben.«

»Natürlich nicht. Aber er mußte so tun, als glaube er es, andernfalls hätte er nämlich keine Wahl gehabt, als beleidigt zu sein. Aber weil Beleidigtsein ohne konsequentes Ergreifen konkreter Maßnahmen nichts anderes als eine Demütigung ist, er *das* jedoch auf keinen Fall wünschte, war's der einfachste Weg, zu glauben, was ich sage.«

»Ist das auch ein Beispiel dafür, wie Menschen sind?«

»Ja. Sie werden sich schon noch daran gewöhnen.«

»Woher wissen Sie, daß dies Fahrzeug nicht abgehört wird?«

»Mit so was habe ich gerechnet. Deshalb habe ich ein beliebiges anderes genommen, nicht das, was man mir angeboten hat. Kann sein, alle werden abgehört, klar... Na, aber was reden wir denn schon, das so schrecklich sein könnte?«

Pelorat wirkte unbehaglich. »Ich weiß nicht, wie ich's sagen soll. Es kommt mir irgendwie unhöflich vor, mich darüber zu beklagen, aber mir mißfällt, wie's hier riecht. Da ist so ein... Geruch.«

»Im Fahrzeug?«

»Nein, ich hab's schon auf dem Raumhafen bemerkt. Ich vermute, so riechen Raumhäfen nun einmal, aber das Fahrzeug trägt den Geruch mit sich. Können wir die Fenster öffnen?«

Trevize lachte. »Ich glaube, ich könnte relativ leicht herausfinden, welcher Schalter am Armaturenbrett dafür zuständig ist, aber das würde nichts nützen. Der ganze Planet stinkt so. Ist es schlimm?«

»Nicht allzu stark, aber man merkt's... – und es riecht ein wenig widerwärtig. Riecht diese ganze Welt so?«

»Ich vergesse immer wieder, daß Sie noch nie auf einer anderen Welt waren. Jede bewohnte Welt hat ihren eigenen Geruch. Zumeist geht er von der Gesamtheit der Vegetation aus, obwohl ich annehme, daß auch die Tiere und sogar die Menschen ihren Teil dazu beitragen. Und soviel ich weiß, gefällt *niemandem* der besondere Geruch einer Welt, wenn er sie zum erstenmal betritt. Aber man gewöhnt sich daran, Janov. In wenigen Stunden merken Sie's nicht mehr, das verspreche ich Ihnen.«

»Sie meinen doch sicher nicht, daß es auf allen Planeten so wie hier riecht.«

»Nein, wie gesagt, jeder Planet besitzt seinen eigenen Geruch. Würden wir genug Aufmerksamkeit darauf verwenden, oder wären unsere Nasen besser – etwa wie bei den anacreonischen Hunden –, könnten wir wahrscheinlich bereits anhand eines kurzen Umherschnupperns bestimmen, auf welcher Welt wir uns befinden. Während meiner Anfangszeit in der Raummarine konnte ich am ersten Tag auf einer fremden Welt nie etwas essen. Später habe ich dann den alten Raumfahrertrick gelernt, schon vor der Landung an einem mit dem für die entsprechende Welt typischen Geruch imprägnierten Tuch zu riechen. Wenn man den Planeten schließlich betritt, fällt der Geruch einem nicht mehr so auf. Und nach einiger Zeit wird man in dieser Beziehung ganz einfach härter – man lernt, gar nicht mehr darauf zu achten. Am schlimmsten ist eigentlich die Heimkehr.«

»Wieso?«

»Glauben Sie, Terminus riecht nicht?«

»Wollen Sie behaupten, er riecht?«

»Natürlich riecht's dort. Sobald Sie sich bezüglich des Geruchs einer anderen Welt – so wie Sayshell – akklimatisiert haben, wird es Sie überraschen, wie's auf Terminus stinkt. Früher pflegte die Crew, wenn sich nach längerem Dienstflug die Schleuse wieder auf Terminus öffnete, zu rufen: ›Wieder daheim auf unserem Misthaufen!‹«

Pelorat wirkte angewidert.

Die Hochbauten der Stadt rückten sichtlich näher, aber der

Professor hielt seinen Blick auf die unmittelbare Umgebung gerichtet. Andere Bodenfahrzeuge verkehrten in beide Richtungen, und gelegentlich sah man oben einen Flugapparat; Pelorat aber betrachtete die Bäume.

»Das pflanzliche Leben kommt mir seltsam vor«, sagte er. »Halten Sie's für möglich, daß einiges davon einheimisch ist?«

»Ich bezweifle es«, entgegnete Trevize gedankenverloren. Er studierte den Stadtplan und unternahm einen Versuch, den Computer des Fahrzeugs zu programmieren. »Es gibt kaum heimisches Leben auf irgendeinem von Menschen besiedelten Planeten. Siedler bringen meistens ihre eigenen Pflanzen und Tiere schon zur Zeit der Besiedlung mit, oder sie importieren sie wenig später.«

»Kommt mir trotzdem seltsam vor.«

»Sie können doch nicht auf der einen wie der anderen Welt die gleichen Abarten erwarten, Janov. Soviel ich weiß, ist während der anfänglichen Arbeit an der *Encyclopedia Galactica* ein Atlas der interstellaren Flora erstellt worden, der siebenundachtzig Computerspulen umfaßte und noch immer unvollständig war – und kaum hatte man ihn fertig, war er auch schon überholt.«

Das Fahrzeug gelangte in die Randbezirke der Stadt; Straßenschluchten klafften auf und verschlangen es. Pelorat schauderte ein wenig zusammen. »Von dieser Art städtischer Architektur halte ich überhaupt nichts.«

»Jedem das seine«, sagte Trevize mit der Gleichgültigkeit eines abgebrühten Raumfahrers.

»Übrigens, wohin geht's eigentlich?«

»Tja«, sagte Trevize mit einem gewissen Maß von Überdruß, »ich versuche gerade, den Computer dazu zu bewegen, daß er den Wagen zum Touristenzentrum bringt. Ich hoffe, er kennt die Einbahnstraßen und die Verkehrsvorschriften, denn ich habe davon keinerlei Ahnung.«

»Was sollen wir dort, Golan?«

»Zunächst einmal: wir sind Touristen, also ist es ganz selbstverständlich, daß wir das Touristenzentrum aufsuchen, und wir möchten uns ja so harmlos und unbefangen wie möglich benehmen. Und zweitens, wohin würden denn *Sie* sich wenden, um Informationen über Gaia zu erhalten?«

»An eine Universität«, sagte Pelorat. »Eine anthropologische Gesellschaft – oder ein Museum. Jedenfalls nicht an ein Touristenzentrum.«

»Na, und damit erliegen Sie einem Irrtum. Im Touristenzentrum können wir als intellektuelle Typen auftreten, die wild darauf sind, eine Liste aller Universitäten, sämtlicher Museen und so weiter zu bekommen. Anhand dieser Liste werden wir dann entscheiden, wohin wir uns am besten zuerst wenden, und *dort* lassen sich möglicherweise Leute finden, die wir bezüglich Vorgeschichte, Galaktografie, Mythologie, Anthropologie oder sonst irgend was konsultieren können. Den Anfang jedoch machen wir im Touristenzentrum.«

Pelorat schwieg, und der Wagen setzte die Fahrt unbeirrbar fort, wenngleich seine Fahrweise sich unangenehm ruckartig gestaltete, sobald er sich in stärkeren innenstädtischen Verkehr einfädelte und in einen Teil davon verwandelte. Schließlich sauste er in einen Tunnel und vorbei an Schildern, denen man vielleicht Richtungsangaben und Verkehrshinweise hätte entnehmen können, wäre die Schrift aufgrund ihres Stils nicht nahezu unleserlich gewesen.

Zum Glück verhielt der Wagen sich allerdings gerade so, als sei ihm der Weg bekannt, und als er auf einen Parkplatz abbog und anhielt, befand sich in Sichtweite ein Schild, auf dem in der gleichen komplizierten Schrift ›Sayshell Out-World Milieu‹ stand, darunter jedoch in den leicht lesbaren Buchstaben des Galakto-Standard ›Sayshell Tourist Center‹.

Sie betraten das Gebäude, dessen Inneres bei weitem weniger groß war, als die Fassade sie glauben gemacht hatte. Es herrschte wenig Betrieb.

Es gab eine Reihe von Wartekabinen; in einer saß ein Mann, der die Nachrichtenstreifen las, die ein kleiner Ejektor abspulte, in einer anderen befanden sich zwei Frauen, die anscheinend ein verwickeltes Spiel mit Karten und Täfelchen spielten.

Hinter einem Schalter, der für ihn zu groß war, umgeben von Computern, die blinkten und viel zu komplex für ihn wirkten, langweilte sich ein sayshellischer Beamter. Er trug ein Kleidungsstück mit einem wie aus Flicken zusammengesetzten Schachbrettmuster.

Pelorat starrte ihn an. »Dies ist offensichtlich eine Welt der extravaganten Bekleidung«, flüsterte er.

»Ja«, sagte Trevize, »ist mir auch aufgefallen. Aber die Mode ist von Welt zu Welt unterschiedlich, manchmal sogar in den Regionen ein und derselben Welt ziemlich verschieden. Außerdem ändert sie sich im Laufe der Zeit. Vor fünfzig Jahren kann man auf Sayshell womöglich noch ganz in Schwarz herumgelaufen sein. Nehmen Sie's, wie's kommt, Janov!«

»Bleibt mir wohl nichts anderes übrig«, sagte Pelorat. »Aber unsere Mode ist mir doch lieber. Sie beeinträchtigt wenigstens nicht den Sehnerv.«

»Weil wir Grau in Grau gekleidet sind? Manche Menschen finden das ärgerlich. Ich habe gehört, daß man dazu ›schmutziggrau gekleidet‹ sagt. Zudem ist's wahrscheinlich die mangelnde Farbenprächtigkeit der Foundation, die diese Leute hier dazu veranlaßt, Regenbogenfarben zu bevorzugen, denn damit unterstreichen sie ja zusätzlich ihre Unabhängigkeit. Es kommt ohnehin immer darauf an, was man gerade gewohnt ist. Kommen Sie, Janov!«

Die beiden strebten zum Schalter, und während sie hinübergingen, gab der Mann in der Wartekabine sein Interesse an den Nachrichten auf, erhob sich und näherte sich den beiden, lächelte ihnen zu. *Seine* Kleidung war in Grauschattierungen gehalten.

Zuerst schaute Trevize nicht in seine Richtung, doch als er es dann tat, blieb er wie versteinert stehen.

Er holte tief Luft. »Bei der Galaxis – mein Freund, der Verräter!«

Zwölftes Kapitel

Agent

43

Munn Li Compor, Ratsherr auf Terminus, wirkte unsicher, als er Trevize seine Rechte entgegenstreckte.

Trevize betrachtete die Hand ernst, ergriff sie jedoch nicht. »Ich bin in die Unannehmlichkeit geraten«, sagte er, anscheinend nur an die Luft gewandt, »daß ich mich in einer Situation befinde, in der ich wegen Erregung öffentlichen Ärgernisses auf einem fremden Planeten verhaftet werden könnte, aber ich werde auf keinen Fall davor zurückschrecken, wenn dies Individuum noch einen Schritt näherkommt.«

Compor blieb schlagartig stehen, zögerte, widmete Pelorat einen verunsicherten Blick. »Erhalte ich die Chance, mit dir zu reden?« fragte er dann mit leiser Stimme Trevize. »Alles zu erklären? Wirst du mir zuhören?«

Pelorat schaute vom einen zum anderen, einen leicht mißmutigen Ausdruck in seinem langen Gesicht. »Was hat denn das zu bedeuten, Golan?« meinte er. »Sind wir zu dieser fernen Welt geflogen, nur damit Sie sofort einen alten Bekannten treffen?«

Trevize hielt seinen Blick fest auf Compor geheftet, drehte sich jedoch ein wenig seitwärts, wie um klarzustellen, daß er zu Pelorat sprach. »Dieser ... dieser Mensch – wie wir ihn wegen seiner äußeren Gestalt wohl nennen müssen – war einmal auf Terminus mein Freund«, sagte Trevize. »Wie's mit Freunden meine Gewohnheit ist, habe ich ihm vertraut. Ich habe ihm meine Ansichten mitgeteilt, die von einer Art sind, die man vielleicht nicht allgemein verbreiten sollte. Er hat sie, und anscheinend in allen Einzelheiten, der Sicherheitsbehörde weitererzählt, sich jedoch nicht der Mühe unterzogen, es mir zu sagen. Aufgrund dessen bin ich ahnungslos in eine Falle gegangen, und deshalb befinde ich mich nun im Exil. Und jetzt wünscht dieser ... Mensch von mir als Freund begrüßt zu werden.«

Er wandte sich Compor zu, fuhr sich mit den Fingern durchs Haar, brachte seine Locken nur noch mehr durcheinander. »Hör her, Bursche! *Eine* Frage habe ich an dich. Was machst du hier? Warum bist du von allen Welten in der Galaxis, auf denen du sein könntest, ausgerechnet auf *dieser?* Und warum *jetzt?*«

Compors Hand, die er während Trevizes Worten unverändert ausgestreckt gehalten hatte, sank nun an seine Seite, und aus seinem Gesicht wich das Lächeln. Das selbstsichere Gebaren, das man gewöhnlich so an ihm kannte, war verschwunden, und ohne es wirkte er jünger als seine sechsunddreißig Jahre und ein wenig kümmerlich. »Ich bin alles zu erklären bereit«, sagte er, »aber nur, wenn ich von vorn anfangen darf.«

Trevize schaute flüchtig umher. »Hier? Hier möchtest du darüber reden? In der Öffentlichkeit? Willst du, daß ich dich *hier* niederschlage, sobald ich mir deine Lügen lange genug angehört habe?«

Compor hob nun beide Hände, die Handflächen Trevize zugewandt. »Hier ist der sicherste Ort, glaube mir.« Er sah voraus, was sein Gegenüber darauf zu antworten gedachte. »Oder glaub's mir nicht«, fügte er hastig hinzu, »ganz wie du willst, es spielt keine Rolle. Ich spreche die Wahrheit. Ich bin schon ein paar Stunden länger als du auf diesem Planeten und habe mich schon ein bißchen orientiert. Heute ist irgendein ganz besonderer Tag auf Sayshell. Ein Tag, an dem aus irgendeinem Grund alle meditieren und daheim sind, oder es jedenfalls sein sollten. Du siehst doch, wie leer es hier ist. Du nimmst ja wohl nicht an, daß es jeden Tag so ist?«

Pelorat nickte. »Ich habe mich schon gewundert«, sagte er, »warum so wenig los ist.« Er beugte sich näher an Trevizes Ohr. »Warum geben Sie ihm nicht die Chance, mit uns zu reden, Golan?« flüsterte er. »Er sieht richtig jämmerlich aus, der arme Kerl, und es *kann* ja sein, er will sich wirklich entschuldigen. Ich finde, es wäre unfair, ihm nicht wenigstens eine Chance zu geben.«

»Dr. Pelorat legt anscheinend Wert darauf, dich anzuhören«, sagte Trevize. »Ich will ihm den Gefallen tun, aber *ich* rate dir, faß dich kurz. Heute könnte ganz gut ein Tag sein, an dem ich die Geduld verliere. Wenn alles meditiert, könnte es vielleicht sein, daß die Gesetzeshüter ausbleiben, sobald ich dich zur Schnecke mache. Morgen habe ich vielleicht weniger Glück. Warum die Gelegenheit versäumen?«

»Hör zu, wenn du mir unbedingt ein paar runterhauen willst«, sagte Compor mit gepreßter Stimme, «bitte schön, nur zu! Ich werde mich nicht wehren, verstehst du? Na los, schlag zu – aber *hör mich an!*«

»Na gut, also sprich! Für ein Weilchen will ich dir zuhören.«

»Zuerst einmal, Golan ...«

»Trevize, bitte. Wir reden uns nicht mehr mit den Vornamen an.«

»Zuerst einmal, *Trevize,* möchte ich klarstellen, daß es dir gelungen ist, mich vollauf von deinen Ansichten zu überzeugen ...«

»Und dir ist's gut gelungen, das vor mir zu verbergen. Ich hätte geschworen, du machst dich lustig über mich.«

»Ich habe versucht, mich belustigt zu zeigen, um die Tatsache zu verheimlichen, daß du mich in äußerste Unruhe versetzt hast. Nun komm, wir wollen uns dort drüben an der Wand hinsetzen. Selbst wenn hier gegenwärtig nichts los ist, es *könnte* irgend jemand aufkreuzen, und ich meine, wir sollten keinen überflüssigen Verdacht erregen.«

Langsam durchmaßen die drei Männer fast die gesamte Länge der weiten Räumlichkeit. Compor lächelte wieder zaghaft, hielt jedoch vorsichtshalber über eine Armlänge Abstand von Trevize.

Sie nahmen auf Sitzgelegenheiten Platz, die nachgaben, als sie sie mit ihrem Körpergewicht belasteten, sich den Umrissen ihrer Hüften und Gesäße anpaßten. Pelorat wirkte verstört und wollte wieder aufspringen.

»Keine Panik, Professor«, sagte Compor. »Den Schreck habe ich schon hinter mir. In mancher Beziehung ist man uns hier voraus. Das ist eine materialistische Welt, und man glaubt an den Nutzen kleiner Bequemlichkeiten.«

Er drehte sich Trevize zu, legte einen Arm auf die Rücklehne des Sessels, sprach nun unbefangener als vorher. »Du hast mich beunruhigt. Durch dich habe ich das Gefühl erhalten, daß die Zweite Foundation *wirklich* existiert, und das hat mich stark aufgewühlt. Man bedenke einmal die Konsequenzen ihrer etwaigen Existenz. Bestand in so einem Fall nicht die Wahrscheinlichkeit, daß sie etwas gegen dich unternimmt? Dich als Gefahr erkennt und beseitigt? Und hätte ich mich verhalten wie jemand, der dir glaubt, das gleiche hätte mir passieren können. Verstehst du, was ich meine?«

»Ich verstehe lediglich, daß du ein Feigling bist.«

»Wozu sollte es gut sein, sich wie ein Romanheld aufzuführen?« entgegnete Compor, dessen blaue Augen sich vor Empörung weiteten, mit Nachdruck. »Können wir, du und ich, uns gegen eine Organisation behaupten, die dazu imstande ist, unseren Verstand und unsere Emotionen zu lenken? Die einzige Methode, die Aussicht auf eine erfolgreiche Abwehr verspricht, beginnt damit, daß wir unsere Erkenntnisse geheimhalten.«

»Du hast also deine Meinung geheimgehalten und dich damit geschützt? Aber Bürgermeisterin Branno hast du sie nicht vorenthalten, stimmt's? Das war doch ein großes Risiko.«

»Ja. Aber es war mir die Sache wert. Unterhaltungen bloß unter uns hätten meines Erachtens zu nichts anderem geführt als daß man uns recht bald mental kontrolliert ... oder sogar ganz aus dem Weg räumt. Ich dachte mir, wenn ich dagegen die Bürgermeisterin einweihe ... Sie war gut bekannt mit meinem Vater, wie du weißt. Mein Vater und ich kamen als Einwanderer von Smyrno, und die Bürgermeisterin hatte eine Großmutter, die ...«

»Das weiß ich alles«, sagte Trevize ungeduldig, »und über ein paar vorherige Generationen hinweg kannst du deine Abstammung aus dem Sirius-Sektor nachweisen. Das hast du jedem erzählt, den du kennst. Weiter, weiter, Compor!«

»Naja, jedenfalls, sie hat mich angehört. Ich dachte, wenn es mir gelingt, die Bürgermeisterin davon zu überzeugen – mit deinen Argumenten –, daß Gefahr droht, könnte die Föderation irgendwelche Maßnahmen ergreifen. Wir sind nicht so hilflos wie zu Lebzeiten des Fuchses, und selbst im schlimmsten Fall hätte sich der Vorteil ergeben, daß das Wissen um die Gefahr weite Kreise zieht und nicht ausschließlich wir *besonders* gefährdet sind.«

»Die Foundation gefährden, uns dagegen absichern«, sagte Trevize spöttisch. »Das ist wirklich anständiger Patriotismus.«

»Ich habe dergleichen als schlimmsten Fall eingeschätzt. Gerechnet habe ich mit der günstigsten Entwicklung.« Compors Stirn war leicht schweißig geworden. Anscheinend machte ihm Trevizes unerbittliche Verachtung zu schaffen.

»Und du hast mir von diesem deinem gerissenen Plan nichts verraten, richtig?«

»Nein, habe ich nicht, und das bedaure ich sehr, Trevize. Die Bürgermeisterin hat mich entsprechend angewiesen. Sie sagte, sie wünsche alles zu wissen, was du weißt, aber du wärst die Art von Person, die aus dem Häuschen gerät, wenn sie erfährt, daß man ihre Meinungsäußerungen weitererzählt.«

»Wie recht sie hatte!«

»Ich wußte nicht ... Woher hätte ich wissen sollen ... Es gab doch ganz einfach nichts, anhand dessen ich mir hätte *vorstellen* können daß sie beabsichtigt, dich festzunehmen und von unserem Planeten zu vertreiben.«

»Sie hat auf den richtigen Moment gewartet, den nämlich, in dem mein politischer Status als Ratsmitglied mich nicht länger schützte. Hast du das nicht vorausgesehen?«

»Wie hätte ich? Du hast es ja selbst nicht geahnt.«

»Hätte ich gewußt, daß sie meine Ansichten kennt, hätte ich's geahnt.«

»Das ist nachträglich leicht gesagt«, entgegnete Compor mit einer plötzlichen Andeutung von unverschämter Anmaßung.

»Und was möchtest du jetzt hier von mir? Du bist nun ebenso klüger als vorher.«

»Ich möchte das alles wieder gut machen. Den Schaden, den ich dir unwissentlich – ich betone, *unwissentlich* – zugefügt habe.«

»Herrje«, sagte Trevize trocken, »wie lieb von dir! Aber du hast meine anfängliche Frage noch nicht beantwortet. Wie bist du *hier* hergekommen? Wieso befindest du dich gegenwärtig auf demselben Planeten wie ich?«

»Dafür sind keine umständlichen Erklärungen erforderlich«, antwortete Compor. »Ich bin dir gefolgt.«

»Durch den Hyperraum? Obwohl mein Raumschiff die Sprünge serienmäßig durchgeführt hat?«

Compor schüttelte den Kopf. »Durchaus kein Rätsel. Ich habe das gleiche Schiff wie du, mit einem gleichartigen Computer. Du weißt, ich habe immer diesen Trick beherrscht, zu erraten, welche Richtung ein Raumer durch den Hyperraum nehmen wird. Normalerweise ist meine Schätzung nicht besonders genau, und in zwei von drei Fällen irre ich mich, aber mit dem Computer bin ich viel besser. Du hast am Anfang ein bißchen gezögert, und dadurch erhielt ich die Chance, deine Geschwindigkeit festzustellen und deine Richtung zu schätzen, bevor du zum Hypersprung übergegangen bist. Ich habe die Daten und meine intuitiven Extrapolationen dem Computer eingespeist, und den Rest hat er erledigt.«

»Und du hast die Stadt tatsächlich vor mir erreicht?«

»Ja. Du hast keine Gravo-Landung vorgenommen, ich hab's. Ich habe mir gedacht, daß du die Hauptstadt aufsuchst, deshalb bin ich auf kürzestem Wege hinunter, während du ...« Compor vollführte eine kurze Spiralbewegung mit dem Zeigefinger, als sei er ein Raumschiff, das einem Leitstrahl folge.

»Du hast beträchtlichen Ärger mit den sayshellischen Behörden riskiert.«

»Tja ...« Compors Gesicht verzog sich zu einem Lächeln, das ihm unbestreitbar gehörigen Charme verlieh, und fast empfand Trevize wieder etwas von den alten freundschaftlichen Gefühlen für ihn. »Ich bin nicht immer und in jeder Beziehung ein Feigling«, sagte Compor.

Trevize nahm sich zusammen. »Wie bist du an ein gleichartiges Raumschiff gelangt?«

»Auf genau die Weise, wie *du* an so einen Raumer gelangt bist. Die Alte ... Bürgermeisterin Branno ... sie hat ihn mir zur Verfügung gestellt.«

»Warum?«

»Ich will vollkommen ehrlich zu dir sein. Ich habe den Auftrag erhalten, dir zu folgen. Die Bürgermeisterin wollte wissen, wohin du gehst, was du unternimmst.«

»Und du hast es ihr pflichtgemäß gemeldet, vermute ich. Oder hast du die Bürgermeisterin genauso hintergangen?«

»Ich hab's ihr gemeldet. Mir blieb keine Wahl. An Bord

meines Raumschiffs ist eine Hypersonde, die ich nicht finden sollte, die ich aber gefunden habe.«

»Und?«

»Unglücklicherweise ist sie mit den entscheidenden Instrumenten des Raumers gekoppelt, so daß ich sie nicht entfernen kann, ohne das ganze Schiff lahmzulegen. Jedenfalls wüßte *ich* keinen Weg, um sie ohne entsprechende Folgen zu beseitigen. Infolgedessen weiß sie ohnehin, wo ich mich befinde, und damit auch, wo du bist.«

»Einmal angenommen, du wärst nicht dazu imstande gewesen, mir zu folgen. Dann wüßte sie jetzt nicht, wo ich bin. Hast du nicht soweit gedacht?«

»Doch, natürlich. Ich habe sehr wohl überlegt, ihr durchzugeben, ich hätte den Anschluß verloren ... aber sie hätte es mir ja doch nicht geglaubt, oder? Und ich hätte für wer weiß wie lange nicht nach Terminus heimkehren können. Und ich bin anders als du, Trevize. Ich bin kein unbekümmerter Mensch ohne irgendwelche Bindungen. Ich habe eine Frau auf Terminus ... obendrein ist sie schwanger ... und ich möchte zu ihr zurückkehren. Du kannst es dir leisten, nur an dich selbst zu denken. Ich kann mir so was nicht erlauben. Außerdem, ich bin auch gekommen, um dich zu warnen. Bei Seldon, ja, das versuche ich die ganze Zeit, und du willst mir nicht zuhören. Du redest dauernd von anderen Dingen.«

»Deine plötzliche Sorge um mich kann mich nicht sonderlich beeindrucken. Wovor kannst du mich noch warnen? Ich habe eher den Eindruck, daß *du* das einzige bist, wovor ich gewarnt sein muß. Du hast mich verraten, und nun verfolgst du mich, um mich auch weiter zu verraten. Gegenwärtig versucht außer dir niemand, mir zu schaden.«

»Vergiß doch mal diese theatralischen Redensarten, Mann«, sagte Compor mit allem Ernst. »Trevize, du wirst als Blitzableiter mißbraucht! Man hat dich losgeschickt, damit du etwaige Aktionen der Zweiten Foundation, falls es so etwas wie eine Zweite Foundation überhaupt gibt, auf dich ziehst. Mein intuitives Gespür bewährt sich auch noch bei anderen Dingen als Hyperraumsprüngen, und ich bin mir ganz sicher, daß das die Absicht ist, die hinter dem Verhalten der Bürgermeisterin steckt. Wenn du versuchst, die Zweite Foundation zu finden, wird sie auf dich aufmerksam werden, und sie wird Maßnahmen gegen dich ergreifen. Und sobald sie das tun, müssen sie sich irgendwie zeigen. Und dann wird Bürgermeisterin Branno zuschlagen.«

»Ein Jammer, daß deine hervorragende Intuition sich nicht bewährt hat, als die Branno meine Festnahme plante.«

Compor errötete. »Du weißt, daß so etwas nicht immer funktionieren kann«, sagte er leise.

»Und jetzt sagt deine Intuition dir, daß sie die Zweite Foundation anzugreifen beabsichtigt? Sie würde das nie wagen!«

»Ich glaube, doch. Aber darum geht's gar nicht. Es geht darum, daß sie dich als Köder benutzt.«

»So?«

»Bei allen Schwarzen Löchern des Kosmos, folglich darfst du auf keinen Fall wirklich nach der Zweiten Foundation suchen. Ihr wär's egal, wenn du im Laufe der Suche ums Leben kommst, aber mir nicht. Ich fühle mich schuldig, was deine Verbannung betrifft, und es wäre mir keineswegs recht, wenn man dich auch noch umbringt.«

»Ich bin zu Tränen gerührt«, sagte Trevize kühl. »Aber zufällig befasse ich mich im Moment mit einer ganz anderen Aufgabe.«

»Tatsächlich?«

»Gegenwärtig suchen Pelorat und ich nämlich die Erde, den Planeten, den einige Leute für die ursprüngliche Heimatwelt der menschlichen Rasse halten. Stimmt's, Janov?«

Pelorat nickte. »Ja, es handelt sich dabei um eine rein wissenschaftliche Angelegenheit, und nebenbei eine Sache, für die ich mich schon seit langem interessiere.«

Compor wirkte einen Moment lang verständnislos. »Sie suchen die *Erde?*« vergewisserte er sich. »Aber *warum* denn?«

»Um sie genau zu erforschen«, gab Pelorat zur Antwort. »Als die eine Welt, auf der sich – vermutlich aus niedrigeren Lebensformen – das menschliche Leben entwickelt hat, statt wie auf allen anderen schon fix und fertig eingetroffen zu sein, dürfte sie ein Forschungsobjekt von einzigartiger Faszination abgeben.«

»Und vielleicht läßt sich dort mehr über die Zweite Foundation in Erfahrung bringen«, ergänzte Trevize.

»Aber es gibt keine Erde«, sagte Compor. »Wußten Sie das nicht?«

»Keine Erde?« Wie immer, wenn er zu äußerster Halsstarrigkeit entschlossen war, wirkte Pelorats Gesicht völlig ausdruckslos. »Wollen Sie behaupten, es habe keinen Planeten gegeben, auf dem die menschliche Spezies entstanden ist?«

»O nein, natürlich gab's mal eine Erde. *Das* steht außer Frage. Aber *heute* gibt's keine mehr. Keine bewohnte Erde. Die gibt's nicht mehr.«

»Gewissen Geschichten zufolge ...«, begann Pelorat ungerührt zu widersprechen.

»Warten Sie mal, Janov«, sagte Trevize. »Nun hör mal, Compor, woher willst du das wissen?«

»Wie meinst du das, woher? Es gehört zu meinem Erbe. Ich kann meine Abstammung bis in den Sirius-Sektor zurückverfolgen, falls es erlaubt ist, diese Tatsache noch einmal zu wiederholen, ohne dich zu langweilen. Dort wissen alle über die Erde Bescheid. Sie befindet sich im selben Sektor, das heißt, sie gehört nicht zur Foundation-Föderation, und anscheinend befaßt man sich deshalb auf Terminus nicht mit ihr. Aber wie dem auch sei – dort ist die Erde.«

»Das gilt als *eine* Möglichkeit, ja«, sagte Pelorat. »Zur Zeit des Imperiums hat die ›Sirianische Alternative‹, wie man's nannte, einmal erheblichen Enthusiasmus ausgelöst.«

»Das ist keine Alternative«, sagte Compor vehement. »Es ist eine Tatsache.«

»Was würden Sie sagen«, meinte Pelorat, »wenn ich Ihnen verrate, daß es zahlreiche verschiedene Planeten in der Galaxis gibt, die man Erde nennt, oder die früher von ihrer stellaren Nachbarschaft Erde genannt worden sind?«

»Aber wovon ich spreche, das ist die richtige Erde«, erwiderte Compor. »Der Sirius-Sektor ist der am längsten besiedelte Teil der Galaxis. Das weiß jeder.«

»Sicher, das behaupten die Sirianer«, entgegnete Pelorat unbeeindruckt.

Compor wirkte frustriert. »Ich sage Ihnen ...«

»Sag uns lieber«, unterbrach Trevize, »was aus der Erde geworden ist. Du behauptest, sie sei nicht länger bewohnt. Warum nicht?«

»Radioaktivität. Aufgrund außer Kontrolle geratener nuklearer Reaktionen ist die gesamte planetare Oberfläche radioaktiv verseucht, vielleicht auch infolge von Atomexplosionen, da bin ich mir nicht sicher ... Jedenfalls ist dort heute jedes Leben unmöglich.«

Die drei Männer schauten einander für eine Weile stumm an, bis Compor offenbar das Bedürfnis verspürte, sich zu wiederholen. »Ich sag's euch«, betonte er, »es gibt keine Erde. Es hat keinen Zweck, sie zu suchen.«

44

Zum erstenmal war Janov Pelorats Miene nicht ausdruckslos. Sie spiegelte keine Leidenschaft, keine der instabileren Emotionen wider. Aber seine Augen waren schmal geworden, und eine Art hitziger Intensität erfüllte jeden Muskel seines Gesichts.

»Was haben Sie gesagt, woher Sie das alles wissen wollen?« erkundigte er sich, und seiner Stimme fehlte es nun vollkommen am gewohnten Tonfall vorsichtiger Zurückhaltung.

»Wie ich gesagt habe«, antwortete Compor, »gehört's zu meinem Erbe.«

»Reden Sie doch nicht so albern daher, junger Mann! Sie sind Ratsherr auf Terminus. Das bedeutet, Sie wurden auf einer Welt der Föderation geboren – ich glaube, Sie haben erwähnt, auf Smyrno.«

»Das ist richtig.«

»Na, und von was für einem Erbe reden Sie da? Wollen Sie mir weismachen, Sie hätten sirianische Gene, dank derer Sie ein angeborenes Wissen sirianischer Mythen bezüglich der Erde besäßen?«

Compor schaute verdutzt drein. »Nein, natürlich nicht.«

»Wovon also reden Sie?«

Compor schwieg einen Augenblick lang, sammelte anscheinend seine Gedanken. »Unsere Familie befindet sich im Besitz alter sirianischer Geschichtsbücher«, sagte er schließlich ruhig. »Es handelt sich also um ein äußeres Erbe, nicht um inneres Erbgut. Wir sprechen über dergleichen Dinge nicht zu Außenstehenden, vor allem nicht, wenn man eine politische Laufbahn mit Erfolg einschlagen will. Trevize meint anscheinend, wir würden darüber zu jedermann schwätzen, aber man glaube mir, ich erwähne so etwas nur gegenüber Freunden und guten Bekannten.«

Seine Stimme wies einen Anklang von Bitterkeit auf. »Theoretisch sind alle Bürger der Foundation gleich, aber die von den älteren Welten der Föderation sind gleicher als die von neueren Planeten, und solche, die von Welten außerhalb der Föderation stammen, sind sogar am gleichsten. Aber lassen wir das. Abgesehen von den Büchern, ich habe die alten Welten ja einmal besucht. He, Trevize, hör mal ...«

Trevize war ein paar Schritte geschlendert, bis zum Ende der Räumlichkeit, und schaute nun durch ein dreieckiges Fenster hinaus. Es gewährte Ausblick auf den Himmel, schränkte zugleich jedoch den Blick auf das Stadtbild ein – bot mehr Licht *und* mehr Privatsphäre. Trevize reckte sich und spähte nach unten.

Er kehrte quer durch den Raum zurück. »Interessantes Fenster-Design«, sagte er. »Du hast mich gerufen, werter Ratskollege?«

»Ja. Erinnerst du dich noch an die Reise, die ich nach dem Abgang vom College unternommen habe?«

»Nach dem College? Ja, ich kann mich gut entsinnen. Wir waren echte Jugendfreunde. Freunde für immer. Eine Foundation gegenseitigen Vertrauens. Zwei gegen die ganze Welt. Du hast deine Reise angetreten. Ich bin zur Raummarine gegangen, randvoll mit Patriotismus. Aus irgendeinem Grund mochte ich dich auf deiner Reise nicht begleiten – irgendein Instinkt riet mir davon ab. Ich wollte, dieser Instinkt wäre mir geblieben.«

Compor ging auf die letztere Bemerkung nicht ein. »Ich habe damals Comporellon besucht. Die Familientradition besagt, daß meine Vorfahren von dort stammen – wenigstens väterlicherseits. Wir sollen dort der herrschenden Familie angehört haben, in alten Zeiten, ehe das Imperium uns vereinnahmt hat, und von der erwähnten Welt soll auch mein Name herrühren ... so will's jedenfalls die Familientradition haben. Wir hatten auch einen sehr alten, poetischen Namen für den Stern, den Comporellon umkreist – Epsilon Eridani.«

»Was bedeutet das?« fragte Pelorat.

Compor schüttelte den Kopf. »Ich weiß nicht, ob es überhaupt eine Bedeutung hat. Das alles geht lediglich auf Tradition zurück. Man lebt dort mit jeder Menge Traditionen. Es gibt umfangreiche, detaillierte Aufzeichnungen über die Geschichte der Erde, aber man redet wenig darüber. In dieser Beziehung ist man wohl ein bißchen abergläubisch. Sobald man diese Dinge nur erwähnt, haben die Leute beide Hände, Zeige- und Mittelfinger gekreuzt, um Unglück abzuwehren.«

»Haben Sie von alldem irgend jemand erzählt, als Sie zurückgekommen sind?«

»Natürlich nicht. Wen hätte das schon interessiert? Und ich hatte keine Lust, jemandem irgendwelche Erzählungen aufzudrängen. Nein, danke! Ich wollte eine politische Laufbahn beschreiten, und das allerletzte, was ich in diesem Zusammenhang beabsichtigte, war irgendein Herumreiten auf meiner Herkunft.«

»Was ist mit dem Satelliten?« fragte Pelorat in scharfem Ton. »Beschreiben Sie den Satelliten der Erde.«

Compor machte einen erstaunten Eindruck. »Darüber weiß ich nichts.«

»Hat sie einen?«

»Ich kann mich nicht erinnern, etwas von einem Satelliten gelesen oder gehört zu haben. Aber ich bin sicher, daß man darüber Klarheit erhalten kann, wenn man in den Comporellischen Aufzeichnungen nachschaut.«

»Aber Sie selbst wissen nichts?«

»Nicht über den Satelliten. Nicht daß ich mich erinnern könnte.«

»Aha. Und wieso ist die Erde so radioaktiv geworden?«

Compor schüttelte den Kopf und schwieg.

»Denken Sie nach!« forderte Pelorat. »Irgend etwas muß Ihnen doch darüber zu Ohren gekommen sein.«

»Das ist schon sieben Jahre her, Professor. Ich konnte ja damals nicht ahnen, daß eines Tages Sie mir solche Fragen stellen würden. Es gab da so eine Art von Legende ... sie ist allerdings als historische Wahrheit betrachtet worden ...«

»Was war das für eine Legende?«

»Die Erde war radioaktiv ... geächtet und schlecht behandelt durch das Imperium ... Sie litt an Bevölkerungsschwund, und irgendwie wollte sie das Imperium vernichten.«

»Eine sterbende Welt wollte das ganze Imperium vernichten?« meinte Pelorat.

»Ich sage ja, eine Legende«, wehrte Compor ab. »Einzelheiten kenne ich keine. Aber soviel weiß ich, Bel Arvardan kam auch darin vor.«

»Wer war das?« fragte Trevize.

»Eine historische Gestalt. Ich habe mich über ihn informiert. Er war in der anfänglichen Epoche des Imperiums so ein waschechter Archäologe, und er hat die Behauptung aufgebracht, daß die Erde sich im Sirius-Sektor befindet.«

»Ich kenne den Namen«, sagte Pelorat.

»Auf Comporellon gilt er als Volksheld. Hören Sie, wenn Sie über das alles mehr erfahren wollen, dann gehen Sie nach Comporellon. Sich hier herumzutreiben, ist völlig nutzlos.«

»Was ist denn darüber gesagt worden«, hakte Pelorat nach, »wie die Erde das Imperium zu vernichten beabsichtigte?«

»Keine Ahnung.« Eine gewisse Ungeduld klang in Compors Stimme an.

»Hatte die Strahlung irgendwas damit zu tun?«

»Keine Ahnung. Da gab's Geschichten, man hätte auf der Erde so was wie einen Bewußtseinserweiterer entwickelt ... einen Synapsifikator oder dergleichen.«

»Um Supergehirne zu erzeugen?« fragte Pelorat im Tonfall äußersten Unglaubens.

»Das bezweifle ich. Woran ich mich hauptsächlich erinnere, ist, daß es nicht geklappt hat. Die Leute wurden supergescheit, aber starben jung.«

»Wahrscheinlich so ein Moralmythos«, sagte Trevize. »Wenn man zuviel verlangt, verliert man selbst das, was man hat.«

Verärgert wandte sich Pelorat an Trevize. »Was verstehen *Sie* von Moralmythen?«

Trevize hob die Brauen. »Ihr Fachgebiet ist sicherlich nicht mein Fachgebiet, aber das heißt nicht, daß ich ein völliger Ignorant bin.«

»Ratsherr Compor«, fragte Pelorat, »an was erinnern Sie sich noch in bezug auf das, was Sie einen Synapsifikator genannt haben?«

»An nichts, und ich denke auch nicht daran, mir weiter so ein Kreuzverhör gefallen zu lassen. Hör mal, Trevize, ich bin dir auf Befehl der Bürgermeisterin gefolgt. Mir ist *nicht* befohlen worden, mit dir in persönlichen Kontakt zu treten. Das habe ich nur in der Absicht getan, um dich dahingehend zu warnen, daß du verfolgt wirst und fortgeschickt worden bist, um den Zwecken der Bürgermeisterin zu dienen, was immer das auch für Zwecke sein mögen. Ich hätte mich auf keine Diskussion in anderer Richtung einlassen sollen, aber du hast mich überrascht, als du plötzlich auf das Thema Erde zu sprechen gekommen bist. Na schön, ich will noch einmal wiederholen. Was immer in der Vergangenheit gewesen sein mag – Bel Arvardan, der Synapsifikator, egal was –, es hat nichts mit dem zu tun, was heute ist. Ich sag es noch einmal – die Erde ist eine tote Welt. Ich rate sehr, nach Comporellon zu gehen, dort kann man alles erfahren, was man darüber wissen möchte. Hauptsache ist sowieso, ihr bleibt nicht hier.«

»Und du wirst natürlich pflichtgetreu der Bürgermeisterin berichten, daß wir nach Comporellon gehen, und um ganz sicher sein zu können, wirst du uns folgen. Oder vielleicht weiß die Bürgermeisterin ohnehin schon Bescheid. Ich denke mir, sie hat dir Wort für Wort eingepaukt, was du uns hier vorgeschwatzt hast, dich genau abgehört, damit du keinen Unsinn redest, denn es sind eben ihre Zwecke, für die sie uns nach Comporellon lotsen möchte. Habe ich recht?«

Compors Gesicht erbleichte. Er stand auf, und aus Anstrengung, seine Stimme beherrscht zu halten, stotterte er nahezu. »Ich habe versucht, dir alles zu erklären. Ich habe versucht, dir zu helfen. Ich hätte mir den Versuch sparen sollen. Von mir aus kannst du dich in ein Schwarzes Loch stürzen, Trevize!«

Ruckartig machte er auf dem Absatz kehrt und entfernte sich eilig, ohne sich umzudrehen.

Pelorat wirkte leicht fassungslos. »Golan, mein Bester, das war ziemlich taktlos von Ihnen. Ich hätte mehr aus ihm herausholen können.«

»Nein, hätten Sie nicht«, widersprach Trevize mit nachdrücklichem Ernst. »Sie hätten nichts aus ihm herausholen können, das er nicht sowieso ausplaudern wollte. Janov, Sie wissen nicht, was er ist. Bis heute wußte ich selbst nicht, was er ist.«

45

Pelorat zögerte merklich, Trevize zu stören. Trevize saß reglos im Sessel, tief in Gedanken versunken.

»Wollen wir den ganzen Abend lang bloß hier herumhocken, Golan?« fragte Pelorat schließlich.

Trevize fuhr auf. »Nein, Sie haben völlig recht. Uns wird wohler sein, wenn wir von Menschen umgeben sind. Kommen Sie!«

Pelorat stand auf. »Es werden uns keine Menschen umgeben«, sagte er. »Compor hat erwähnt, heute sei so was wie ein Meditationstag.«

»So, hat er das? Als wir mit dem Wagen auf der Verbindungsstraße gefahren sind, war da Verkehr?«

»Ja, in gewissem Umfang.«

»Ziemlich starker Verkehr, fand ich sogar. Und als wir in die Stadt gefahren sind, war sie da vielleicht leer?«

»Das nicht gerade. Aber Sie müssen zugeben, hier drin war's auf jeden Fall ziemlich leer.«

»Ja, das war's. Es ist mir besonders aufgefallen. Aber nun kommen Sie, Janov, ich habe Hunger. Hier muß es irgendwo etwas zu essen geben, und wir können uns die besten Restaurants leisten. Auf jeden Fall müßte irgendein Lokal zu finden sein, in dem wir irgendeine interessante sayshellische Spezialität probieren können, oder falls wir davor zurückschrecken, halten wir uns eben an ein anständiges galaktisches Standardgericht. Kommen Sie, sobald wir in sicherer Umgebung sind, werde ich Ihnen erzählen, was hier nach meiner Ansicht wirklich geschehen ist.«

46

Mit einem wohligen Gefühl des Gestärktseins lehnte sich Trevize zurück. Nach den Maßstäben auf Terminus war das Restaurant nicht teuer, aber es hatte ohne Zweifel allerlei Neues zu bieten. Teilweise erwärmte ein offenes Feuer es, an dem man Speisen zubereitete. Das Fleisch servierte man vornehmlich in häppchengroßen Brocken und mit verschiedenen scharfen Soßen; zu essen pflegte man sie mit den Fingern, welche man jedoch vor Hitze und Verschmutzung mit weichen, grünen Blättern schützte, die kalt und feucht waren und einen leichten Minzegeschmack besaßen. Für jedes Stückchen Fleisch benutzte man ein solches Blatt und schob sich beides zusammen in den Mund. Der Kellner hatte ihnen ausführlich erläutert, wie man es machte.

Anscheinend an außerplanetare Gäste gewohnt, hatte er väterlich gelächelt, als Trevize und Pelorat mit spitzen Fingern die brühheißen Fleischstückchen betasteten, und er freute sich unverkennbar über die Erleichterung der Fremden, als sie bemerkten, daß sie mit den Blättern ihre Finger kühlhalten konnten und sie beim Kauen auch das Fleisch kühlten.

»Köstlich!« kommentierte Trevize und bestellte eine zweite Portion. Pelorat tat das gleiche.

Schließlich verzehrten sie eine schwammige, stark gesüßte Nachspeise, tranken dazu eine Tasse Kaffee mit leichtem Karamelaroma, über das sie verwundert den Kopf schüttelten. Sie taten Sirup hinein, und darüber schüttelte der Kellner wiederum den Kopf.

»Tja, was ist denn nun eigentlich im Tourismusbüro geschehen?« fragte Pelorat endlich.

»Sie meinen, mit Compor?«

»Ist dort irgend etwas anderes passiert, worüber wir reden könnten?«

Trevize schaute umher. Sie saßen in einer tiefen Nische, die ihnen eine gewisse, nur beschränkte Absonderung gewährleistete, aber es war voll im Restaurant, und das natürliche Durcheinander von Stimmen bot ihnen vor Lauschern ausreichenden Schutz.

»Ist es nicht seltsam«, meinte er mit unterdrückter Stimme, »daß es ihm gelungen ist, uns nach Sayshell zu folgen?«

»Er hat behauptet, das sei seinen intuitiven Fähigkeiten zu verdanken.«

»Ja, was die Hyperorientierung anging, war er der Beste am ganzen College. Seine diesbezügliche Begabung stelle ich bis heute nicht in Frage. Wenn jemand ein gewisses Einfühlungsvermögen entwickelt hat, bestimmte Reflexe, kann ich mir durchaus vorstellen, daß er dazu in der Lage ist, anhand der zu beobachtenden Vorbereitungen zu erraten, wohin ein Hypersprung führen wird. Aber ich begreife *nicht*, wie selbst jemand mit einer so ausgeprägten Gabe der Hyperorientierung das Ergebnis einer ganzen *Serie* von Sprüngen absehen können soll. Man bereitet nur den ersten Hypersprung vor, den Rest erledigt unser Computer. Den ersten Sprung kann so ein Verfolger richtig schätzen, aber durch was für ein Wunder soll er wissen, was im Innern des Computers vorgeht?«

»Aber er hat's geschafft, Golan.«

»Kein Zweifel«, sagte Trevize, »und der einzige mögliche Weg, den ich mir ausmalen kann, besteht darin, daß er vorher gewußt haben muß, wohin wir fliegen. Nicht erraten, *gewußt* haben.«

Pelorat dachte darüber nach. »Junge, das ist doch völlig ausgeschlossen. Wie hätte er das wissen sollen? Über unser wahres Ziel haben wir uns doch erst geeinigt, als wir uns schon an Bord der *Far Star* befanden.«

»Ich weiß. Und was hat's mit diesem Meditationstag auf sich?«

»In der Beziehung hat Compor keineswegs gelogen. Als wir das Restaurant betreten und den Kellner gefragt haben, hat er bestätigt, daß heute ein Tag der Meditation ist.«

»Ja, stimmt, aber er hat sofort klargestellt, daß das Restaurant deswegen nicht geschlossen ist. Er hat wörtlich gesagt: ›Sayshell City ist kein Hinterwäldlerkaff. Hier schließt nichts.‹ Mit anderen Worten, die Leute meditieren, gewiß, aber *nicht* in den Großstädten, wo die Menschen kultivierter sind und für provinzielle Frömmelei kein Platz ist. Deshalb ist hier Verkehr, deshalb herrscht Geschäftigkeit ... vielleicht ist weniger los an normalen Tagen, aber jedenfalls läuft alles wie gewohnt.«

»Aber niemand hat das Touristenzentrum aufgesucht, solange wir dort waren, Golan. Ich hab's genau beobachtet. Nicht eine Person ist hereingekommen.«

»Das habe ich auch bemerkt. Einmal bin ich sogar ans Fenster gegangen, um hinauszuschauen, und ich habe eindeutig festgestellt, daß es auf den Straßen rings um das Zentrum jede Menge Leute gab, zu Fuß, in Fahrzeugen, und trotzdem ist keine einzige Person hereingekommen. Dieser Meditationstag war ein guter Vorwand. Die Wahrscheinlichkeit war hoch, daß wir die Ungestörtheit begrüßten, die wir genossen, ohne sie zu hinterfragen, nur war ich ganz einfach innerlich nicht bereit, diesem Sohn zweier Fremdlinge je wieder Vertrauen zu schenken.«

»Was also hat das alles zu bedeuten?« wollte Pelorat wissen.

»Ich glaube, es verhält sich recht simpel, Janov. Wir haben's mit jemandem zu tun, der weiß, wohin wir gehen, sobald wir uns entschließen, obwohl er und wir uns in zwei verschiedenen Raumschiffen befinden, und gleichzeitig mit jemandem, der dafür sorgen kann, daß eine öffentliche Einrichtung menschenleer bleibt, obwohl es ringsum von Menschen wimmelt, nur damit wir uns ungestört unterhalten können.«

»Soll ich vielleicht annehmen, daß er wirklich Wunder wirken kann?«

»Sicher, von mir aus. Sollte es so sein, daß Compor ein Agent der Zweiten Foundation ist und den menschlichen Geist zu beeinflussen vermag, daß er Ihre und meine Gedanken sogar lesen kann, während wir uns in zwei verschiedenen Raumschiffen aufhalten, wenn er die Einflugkontrolle dazu bewegen kann, ihn ungehindert passieren zu lassen, wenn er eine Gravo-Landung durchführen darf, ohne daß die Behörden sich über seine Mißachtung des Leitstrahls aufregen, und wenn er dazu imstande ist, eine ganze Anzahl von Menschen vom Betreten eines Gebäudes abzuhalten, in dem er niemanden wünscht, dann ergibt das alles einen Sinn, Wunder oder nicht.«

Trevize sprach mit deutlichem Kummer weiter. »Bei allen Sternen, ich kann das sogar bis zum Zeitpunkt seines College-Abgangs zurückverfolgen. Ich habe ihn *nicht* auf seiner Reise begleitet. Ich entsinne mich, ich hatte *keine Lust*. Kann das nicht ein Resultat seiner Einflußnahme gewesen sein? Er mußte wohl allein fort. Wohin ist er wirklich gegangen?«

Pelorat schob die Teller von sich, als wolle er sich Raum zum Nachdenken verschaffen. Das war anscheinend so etwas wie ein Zeichen für den Servierrobot, einen automatischen, beweglichen Tisch, der nämlich daraufhin heranrollte und wartete, bis sie die Teller und das Besteck auf ihm abgestellt hatten.

»Aber das ist doch verrückt«, sagte Pelorat, sobald sie wieder unter sich waren. »Es ist nichts geschehen, das sich nicht ganz natürlich hätte ergeben können. Wenn man sich erst einmal in den Kopf gesetzt hat, jemand kontrolliere alle Ereignisse, dann kann man alles so interpretieren, was überhaupt passiert, und man findet in keiner Hinsicht noch irgendeine ausreichende Sicherheit. Kommen Sie, mein Bester, alles ist eine Sache der Umstände und eine Frage der Interpretation. Verfallen Sie bloß keiner Paranoia!«

»Ich gedenke auch nicht der Achtlosigkeit zu verfallen.«

»Na schön, lassen Sie uns mal logisch vorgehen. Nehmen wir einmal an, er *wäre* ein Agent der Zweiten Foundation. Warum sollte er es riskieren, unseren Argwohn zu erregen, indem er das Tourismusbüro menschenleer hält? Was hat er denn so Wichtiges gesagt, daß die Anwesenheit einiger Leute, die ohnehin mit ihrem eigenen Kram beschäftigt gewesen wären, einen Unterschied ausgemacht hätte?«

»Darauf gibt's eine einfache Antwort, Janov. Es kann sein, er wollte unseren Geist ganz genau unter Beobachtung halten und jede Störung ausschließen. Jede Statik gewissermaßen. Er wünschte keinerlei Durcheinander auf mentaler Ebene.«

»Das ist wieder nur Ihre spezielle Interpretation. Was soll denn an seiner Unterhaltung mit uns so wichtig gewesen sein? Es wäre durchaus sinnvoll, davon auszugehen, daß er sich mit uns nur getroffen hat, um zu erklären, was er angestellt hatte, sich dafür zu entschuldigen, uns vor dem Ärger zu warnen, der uns erwarten könnte, geradeso eben, wie er selbst darauf beharrt hat. Warum müssen wir andersartige Überlegungen anstellen?«

Die kleine Karteneingabe am anderen Ende ihres Tisches schimmerte diskret auf, und kurz blinkten Zahlen auf, die den Preis des Essens anzeigten. Trevize suchte unter seiner Schärpe nach der Kreditkarte mit der Foundations-Imprägnierung, die überall in der Galaxis Gültigkeit besaß – oder jedenfalls überall, wohin ein Bürger der Foundation mit einiger Wahrscheinlichkeit gehen mochte. Er schob sie in den Schlitz. Die Transaktion dauerte nur eine Sekunde, und Trevize überprüfte die Richtigkeit des verbliebenen Guthabens (eine Maßnahme, die seinem angeborenen Mißtrauen entsprang), ehe er sie zurück in die Tasche steckte.

Unauffällig schaute er sich im Restaurant um, bis er sich

davon überzeugt hatte, daß sich in keinem Gesicht unerwünschtes Interesse an seiner Person erkennen ließ; nur wenige Gäste waren inzwischen außer ihnen noch anwesend. »Warum weitergehende Überlegungen anstellen?« meinte er dann. »Warum weiterdenken? Na, das war schließlich nicht alles, worüber er geredet hat. Er hat sich über die Erde geäußert. Er hat uns gegenüber behauptet, sie sei ein toter Planet, und er hat uns dringend geraten, Comporellon aufzusuchen. Sollen wir das tun?«

»Das ist etwas, woran ich schon ernsthaft gedacht habe, Golan«, gestand Pelorat.

»Wir sollen Sayshell einfach außer acht lassen?«

»Wir könnten noch einmal zurückkehren, nachdem wir uns im Sirius-Sektor umgesehen haben.«

»Ihnen kommt gar nicht in den Sinn, daß der ganze Zweck seines Treffens mit uns in nichts anderem bestand, als uns von Sayshell abzulenken? Uns sonstwohin zu schicken, damit wir auf keinen Fall hier bleiben?«

»Warum denn?«

»Das weiß ich nicht. Sehen Sie mal, man hat erwartet, daß wir Trantor aufsuchen. Das war's, was *Sie* wollen, und es kann sein, man hat damit gerechnet, daß wir's tatsächlich tun. Ich habe einen Strich durch diese Rechnung gemacht, indem ich darauf bestanden habe, daß wir nach Sayshell fliegen, und das wiederum ist das allerletzte, woran unseren Gegenspielern liegt, und deshalb möchten sie, daß wir schnellstens wieder von hier verschwinden.«

Pelorat wirkte unmißverständlich unzufrieden. »Golan, aber das sind doch nur Unterstellungen. *Warum* sollte es unerwünscht sein, daß wir uns auf Sayshell aufhalten?«

»Keine Ahnung, Janov. Aber mir genügt's, daß man uns fortlocken will. Ich bleibe hier. Ich gehe nicht.«

»Aber ... aber ... Golan, überlegen Sie mal, wenn die Zweite Foundation uns hier nicht wünscht, weshalb beeinflußt man nicht einfach unseren Geist dahingehend, daß wir abreisen? Wozu sollte man sich die Mühe machen, jemanden mit uns diskutieren zu lassen?«

»Da Sie nun davon anfangen, Professor, ist das in Ihrem Fall nicht vielleicht sogar getan worden?« Aus plötzlichem Argwohn verengten sich Trevizes Lider. »Sie möchten doch weiterfliegen, oder?«

Pelorat schaute Trevize verdutzt an. »Ich sehe einen gewissen Sinn darin.«

»Natürlich, das müssen Sie, auch wenn Sie beeinflußt worden sind.«

»Aber ich bin nicht ...«

»Das würden Sie selbstverständlich auch sagen, wenn man Sie beeinflußt hat.«

»Wenn Sie's so betrachten«, erwiderte Pelorat, »gibt's keine Möglichkeit, Ihren Mutmaßungen irgend etwas entgegenzusetzen. Was haben Sie vor?«

»Ich bleibe auf Sayshell. Und Sie bleiben auch hier. Ohne mich können Sie das Schiff nicht navigieren. Falls Compor also Sie beeinflußt hat, dann hat er den falschen Mann beeinflußt.«

»Na gut, Golan. Wir bleiben auf Sayshell, bis wir von uns aus überzeugende Gründe zum Abflug sehen. Denn das schlimmste, was uns passieren könnte – schlimmer als Bleiben oder Gehen –, wäre doch, daß wir uns zerstreiten. Kommen Sie, mein Bester, hätte man mich beeinflußt, wäre ich dann jetzt dazu in der Lage, meine Ansicht zu ändern und mich bereitwillig Ihrer Auffassung anzuschließen, wie ich's jetzt mache?«

Trevize dachte für eine Weile nach, dann lächelte er – es war, als schüttle er innerlich den Kopf – und streckte eine Hand aus. »Einverstanden, Janov. Und nun lassen Sie uns ins Schiff zurückkehren, und morgen unternehmen wir einen neuen Versuch. Falls uns etwas einfällt.«

47

Munn Li Compor erinnerte sich nicht mehr daran, wann man ihn rekrutiert hatte. Erstens war er damals ein Kind gewesen; zweitens scheuten die Agenten der Zweiten Foundation keinen Aufwand, um ihre Spuren weitmöglichst zu verwischen.

Compor war ein »Observator« und für einen Zweitfoundationisten sofort als solcher erkennbar.

Das bedeutete, Compor war mit der Mentalik vertraut und konnte – in gewissem Umfang – mit Zweitfoundationisten auf deren Art und Weise in Konversation treten, aber er nahm in der Hierarchie den untersten Rang ein. Er vermochte in ein fremdes Bewußtsein Einblick zu nehmen, es jedoch nicht zu adjustieren. Die Ausbildung, die er genossen hatte, war nicht so weit gegangen. Er war zum Beobachten da, nicht zum Eingreifen.

Dadurch blieb er bestenfalls zweitklassig, aber das machte ihm nichts aus – oder jedenfalls wenig. Er kannte die Wichtigkeit seiner Mitwirkung am Gesamtablauf der Dinge.

Während der ersten Jahrhunderte der Existenz der Zweiten Foundation hatte sie die Aufgabe unterschätzt, die vor ihr lag. Man hatte geglaubt, die Handvoll ihrer Mitglieder könne die ganze Galaxis beobachten, und daß die Aufrechterhaltung des Seldon-Planes nur ein gelegentliches und sehr vorsichtiges Korrigieren verlangen werde – mal da, mal dort.

Der Fuchs hatte diese Illusionen zerstört. Er war aus dem Nichts aufgetaucht und hatte die Zweite Foundation (und natürlich auch die Erste Foundation, aber das spielte keine Rolle) vollkommen überrascht, so daß sie ihm hilflos gegenüberstand. Fünf Jahre dauerte es, bis man den Gegenangriff organisieren konnte, und er hatte eine Anzahl von Menschenleben gekostet.

Unter Palver gewann die Zweite Foundation ihre vorherige Stärke wieder, erneut unweigerlich um den Preis von Menschenleben, und er ergriff schließlich die erforderlichen Maßnahmen. Das Tätigkeitsfeld der Zweiten Foundation, entschied er, bedurfte einer entscheidenden Erweiterung, ohne gleichzeitig die Gefahr einer Entdeckung in untragbarem Maße zu erhöhen; daher gründete er das Observatorenkorps.

Compor wußte nicht, wieviel Observatoren es in der Galaxis gab, nicht einmal, wie viele sich auf Terminus befinden mochten. Dergleichen zu wissen, gehörte nicht zu seiner Aufgabe. Im Idealfall sollte nicht einmal zwischen nur zwei Observatoren irgendeine nachweisbare Verbindung bestehen, so daß die Entlarvung eines – aus welchen Gründen sie auch erfolgte – nicht den Verlust eines zweiten nach sich zog. Sämtliche Verbindungen erfolgten ausschließlich über die höheren Stellen auf Trantor.

Compor hegte den Ehrgeiz, eines Tages nach Trantor zu gehen, obwohl er selbst es als reichlich unwahrscheinlich betrachtete, daß sein Wunsch jemals in Erfüllung ging. Aufgrund seiner Ausbildung wußte er, daß man dann und wann einen tüchtigen Observator beförderte und nach Trantor holte, aber so etwas geschah selten. Die Qualitäten, die einen guten Observator auszeichneten, stimmten nicht unbedingt mit jenen Eigenschaften überein, die jemandem zu einem Sitz an der Tafel der Sprecher verhalfen.

Da war zum Beispiel Gendibal, der fünf Jahre jünger war als Compor. Er mußte als Junge rekrutiert worden sein, genau wie Compor, aber *ihn* hatte man direkt nach Trantor gebracht, und heute war er Sprecher. Über den Grund gab Compor sich keinen Mißverständnissen hin. In letzter Zeit war er mit Gendibal häufig in Kontakt gewesen und hatte die Macht, die im Geist dieses jungen Mannes wohnte, aus persönlicher Erfahrung kennengelernt. Er hätte sich dagegen nicht eine Sekunde lang behaupten können.

Compor war sich kaum jemals eines niedrigen Status bewußt. Er erhielt nur selten einen Anlaß, um über so etwas nachzudenken. Immerhin war sein Status (geradeso wie im Fall anderer Observatoren, nahm er an) nur niedrig, maß man ihn am Standard Trantors. Auf den eigenen, nichttrantorischen Welten mit ihren nichtmentalischen Gesellschaftsformen war es für Observatoren leicht, einen hohen Status zu erlangen.

Beispielsweise hatte Compor nie Schwierigkeiten dabei gehabt, die besten Schulen zu besuchen, gute Kontakte zu knüpfen. Er hatte sich auf einfache Weise der Mentalik bedienen und seine natürliche intuitive Begabung verstärken können (wegen dieser natürlichen Begabung war er ursprünglich überhaupt rekrutiert worden – in dieser Beziehung war er sicher), und dadurch hatte er es geschafft, auf dem Gebiet der Hyperorientierung ein wahrer Star zu werden. Schon am College war er eine Berühmtheit, und ihr verdankte er es, daß er seinen Fuß unverzüglich auf die erste Sprosse der Leiter einer politischen Karriere setzen konnte. Sobald die gegenwärtige Krise vorüber war, ließ ein Ende seines weiteren Aufstiegs sich nicht absehen.

Wenn die Krise erfolgreich beendet worden war – woran es keinen Zweifel geben konnte –, würde man sich dann nicht daran erinnern, daß er, Compor, es gewesen war, der zuerst auf

Trevize aufmerksam geworden war, nicht als Mensch (das hätte jeder gekonnt), sondern auf Trevizes Geist?

Er war Trevize auf dem College begegnet und hatte ihn zunächst nur als aufgeräumten, gewitzten Freund betrachtet. Eines Morgens jedoch hatte er sich träge aus dem Schlaf emporgerungen, und im Strom von Bewußtseinseindrücken, der das Nirgends-Niemals-Land des Halbschlafs zu durchspülen pflegte, war plötzlich spürbar geworden, es war ein Jammer, daß man Trevize nicht rekrutiert hatte.

Natürlich war es unmöglich gewesen, Trevize zu rekrutieren, denn er war auf Terminus geboren und im Gegensatz zu Compor kein Eingeborener einer anderen Welt. Doch selbst wenn man das einmal beiseite ließ, war es längst zu spät gewesen. Nur ganz junge Menschen sind noch elastisch genug, um eine Ausbildung in Mentalik zu genießen; die schwierige Unterweisung eines Erwachsenen in dieser Fähigkeit, eines Menschen also, dessen Hirn sozusagen schon im Schädel festgerostet war, hatte man lediglich in den ersten beiden Jahrhunderten nach Seldon praktiziert.

Aber wenn Trevize ohnehin nicht zur Rekrutierung geeignet gewesen war und zudem altersmäßig nicht mehr in Frage kam, was hatte dann Compors Beunruhigung über diese Tatsachen verursacht?

Während ihrer nächsten Begegnung hatte Compor den Geist Trevizes tief und gründlich erforscht und dabei entdeckt, was ihn anfangs so verstört hatte. Trevizes Verstand wies Charakteristika auf, die nicht mit dem übereinstimmten, was man ihn gelehrt hatte. Immer wieder narrte ihn dieses Bewußtsein. Wohin er seinen Funktionen auch folgte, fand er Lücken. Nein, es konnten natürlich keine wirklichen Lücken sein – tatsächliche Bereiche von Nichtexistenz. Es mußte sich um geistige Zonen handeln, wo Trevizes Geist zu tiefgründig aktiv war, um beobachtet werden zu können.

Compor wußte nicht zu entscheiden, was das bedeuten mochte, aber er verfolgte fortan Trevizes Verhalten im Lichte dessen, was er bemerkt hatte, und begann infolge dessen zu mutmaßen, daß Trevize anscheinend die unheimliche Gabe besaß, anhand von etwas, das als unzulängliches Datenmaterial gelten mußte, zu korrekten Schlußfolgerungen zu kommen.

Konnte das in irgendeinem Zusammenhang mit den »Lükken« stehen? Jedenfalls war das eine Angelegenheit, die seine mentalistischen Kräfte weit überforderte, mit der sich deshalb die Tafel der Sprecher selbst befassen mußte. Er hatte das unbehagliche Gefühl, daß diese seltsame Entscheidungskapazität in ihrem vollen Umfang sogar Trevize persönlich unbekannt war, und daß er dazu imstande sein könnte ...

Zu was? Compors Kenntnisse reichten nicht aus, um darüber einen Befund abzugeben. Fast vermochte er die Bedeutung dessen, worüber Trevize verfügte, zu begreifen – aber nicht ganz. Er war sich nur der intuitiven Einsicht sicher – vielleicht handelte es sich auch nur um eine Vermutung –, daß Trevize (zumindest potentiell) eine Person von äußerster Wichtigkeit war.

Er mußte auf die Möglichkeit setzen, daß es sich so verhielt, und vorübergehend den Eindruck erwecken, als sei er nicht so recht qualifiziert für seinen Posten. Immerhin, wenn seine Ansichten sich als korrekt erwiesen ...

Im Rückblick war er sich nicht völlig darüber im klaren, wie er genug Mut hatte aufbringen können, um seine Bemühungen fortzusetzen. Er hatte die Verwaltungsschranken, die die Tafel der Sprecher umgaben, nur mit Mühe durchdrungen. Fast war er schon geneigt gewesen, sich mit einer beeinträchtigten Reputation abzufinden. Endlich war es ihm durch die nachgerade verzweifeltsten Anstrengungen gelungen, zum jüngsten Mitglied an der Tafel der Sprecher vorzustoßen, und schließlich war Stor Gendibal auf seine Eingaben eingegangen.

Gendibal hatte ihm geduldig zugehört, und von da an hatte zwischen ihnen ein besonderes Verhältnis bestanden. Auf Gendibals Weisung hin war es geschehen, daß er die Bekanntschaft mit Trevize weiterhin pflegte, und ebenso hatte er auf Compors Weisung sorgfältig die Situation geschaffen, die zu Trevizes Verbannung führte. Und durch Gendibal konnte Compor seinen Traum, nach Trantor gehen zu dürfen (wie er zu hoffen begann), vielleicht doch noch wahrmachen.

Alle Vorbereitungen hatten allerdings dem Zweck gedient, Trevize nach Trantor zu lotsen. Trevizes Weigerung, das zu tun, hatte Compor vollkommen überrascht und war auch von Gendibal (wie Compor aufgefallen war) nicht vorausgesehen worden.

Auf jeden Fall, Gendibal war nun persönlich unterwegs zum Brennpunkt des Geschehens, und für Compor verstärkte das noch das Gefühl einer Krise.

Compor sandte sein Hypersignal aus.

48

Eine mentale Berührung weckte Gendibal aus dem Schlummer. Sie war von effektiver Natur und besaß nicht im mindesten den Charakter einer Störung. Weil es auf das Weckzentrum des Gehirns direkt einwirkte, erwachte er ganz einfach.

Er setzte sich im Bett auf, die Decke rutschte von seinem wohlgeformten, geschmeidig-muskulösen Oberkörper. Er hatte die Berührung erkannt; für Mentalisten war ein derartiges Tasten so klar unterscheidbar wie Stimmen für Menschen, die sich überwiegend durch das gesprochene Wort verständigten.

Gendibal antwortete mit dem mentalen Standardsignal, fragte nach, ob ein kurzer Aufschub möglich sei, und erhielt das Mentalsignal für »Kein Notfall«.

Anschließend widmete sich Gendibal mit überflüssiger Hast der morgendlichen Toilette. Er stand noch unter der Schiffsdusche – das benutzte Wasser lief gerade in die Recyclinganlage ab –, da nahm er bereits von sich aus erneut Kontakt auf.

»Compor?«

»Ja, Sprecher?«

»Haben Sie mit Trevize und dem anderen gesprochen?«

»Pelorat. Janov Pelorat. Ja, Sprecher.«

»Gut. Gedulden Sie sich noch fünf Minuten, dann stelle ich einen Visualkontakt her.«

Auf dem Weg zu den Kontrollen begegnete er Sura Novi. Sie sah ihn an, Fragen in ihrem Blick, und machte Anstalten, sie auszusprechen, aber er hob einen Finger an die Lippen, und sofort gab sie ihre Absicht auf. Die Stärke der Bewunderung/Hochachtung, die er in ihrem Bewußtsein für seine Person ersah, bereitete ihm noch immer eine gewisse Verlegenheit, aber allmählich entwickelte dergleichen sich zu einem angenehm normalen Bestandteil seiner Umgebung.

Er hielt ständig einen zarten mentalen Fühler mit ihrem Geist verbunden, so daß es keine Möglichkeit gab, seinen Verstand zu beeinflussen, ohne gleichzeitig erkennbar auf ihren einzuwirken. Die Simplizität ihres Geistes (und Gendibal konnte nicht anders, er empfand bei der geruhsamen Betrachtung von dessen unverdorbener Symmetrie ein enormes ästhetisches Vergnügen) machte die versteckte Existenz eines externen Mentalfeldes in der Nachbarschaft unmöglich. Er war nun heilfroh über die Anwandlung von Höflichkeit, die ihn in dem Moment befiel, als sie zusammen draußen vor der Universität standen, durch die sie dazu bewogen worden war, ihn zu genau dem Zeitpunkt aufzusuchen, da sie sich für ihn am nützlichsten erwies.

»Compor?« meldete er sich nochmals.

»Ja, Sprecher?«

»Bitte, entspannen Sie sich. Ich muß Ihr Bewußtsein überprüfen. Es ist nicht negativ gemeint.«

»Wie Sie wünschen, Sprecher. Darf ich nach dem Zweck fragen?«

»Ich muß mich davon überzeugen, daß Sie unbeeinflußt sind.«

»Ich weiß, daß Sie an der Tafel politische Gegner haben, Sprecher«, antwortete Compor, »aber sicherlich würde doch keiner von ihnen ...«

»Sehen Sie von Spekulationen ab, Compor. Entspannen Sie sich ... Ja, Sie sind unbeeinflußt. So, wenn Sie nun mit mir kooperieren, werden wir einen Visualkontakt herstellen.«

Woraus dieser Kontakt bestand, das war im engsten Sinne des Wortes nichts anderes als eine Illusion, denn niemand, der nicht über die mentalistischen Kräfte eines gutgeschulten Zweitfoundationisten verfügte, hätte davon irgend etwas bemerken können, weder durch seine Sinne noch durch einen physikalischen Detektor.

Es handelte sich um die Wiedergabe der Konturen und der Züge eines Gesichts aus der Erinnerung und anhand reiner Geisteskräfte, und selbst der beste Mentalist konnte nur eine schemenhafte und etwas undeutliche Wiedergabe erzielen. Compors Gesicht erschien mitten in der Luft, nur für Gendibal sichtbar, wie hinter einem in ständigem Wallen befindlichen Vorhang aus dünner Gaze, und Gendibal wußte, daß sich sein eigenes Gesicht auf ähnliche Weise vor Compor zeigte.

Dank der physikalischen Hyperwelle wäre ihnen eine Kommunikation mit so klaren, deutlichen Bildern möglich gewesen, daß sie, selbst wenn tausend Parsek dazwischen liegen mochten, den Eindruck hätten haben können, sich Auge in Auge gegenüberzusitzen. Gendibals Raumschiff war entsprechend ausgerüstet.

Die Mentalvision besaß jedoch ihre Vorteile. An erster Stelle stand, daß diese Art der Kommunikation durch kein der Ersten Foundation bekanntes Gerät angezapft werden konnte. Auch Zweitfoundationisten vermochten eine solche Verständigung nicht ohne weiteres mitzuverfolgen. Die Gedankengänge ließen sich vielleicht auffangen, aber verborgen blieb das vielseitige Mienenspiel, das der Konversation die Feinheiten verlieh.

Und was die Anti-Füchse betraf ... Nun, die Schlichtheit von Sura Novis Gemüt genügte als Indikator, um ihm zu zeigen, daß keiner von ihnen sich für ihn interessierte.

»Unterrichten Sie mich genau über das Gespräch, das Sie mit Trevize und diesem Pelorat geführt haben, Compor«, sagte er. »Ganz präzise, bis in die geistige Ebene hinein.«

»Natürlich, Sprecher«, antwortete Compor.

Es dauerte nicht lange. Die Kombinationen von Lauten, Mienen und mentaler Mitteilung faßten, was es zu berichten gab, stark zusammen, trotz der Tatsache, daß es, da auch der geistige Hintergrund des stattgefundenen Gesprächs wiedergegeben werden sollte, mehr zu wiederholen gab als nur mündliche Äußerungen.

Gendibal paßte genau auf. In der Mentalvision kannte man keine Weitschweifigkeit. In persönlicher Unterhaltung mit direkter Sicht, oder auch in physikalischer Hypervision – über etliche Parsek hinweg –, sah man, was die Bits an Informationen anging, viel mehr, als zum gegenseitigen Verständnis absolut nötig war, und man durfte getrost vieles unbeachtet lassen, ohne irgend etwas von wirklicher Wichtigkeit zu versäumen.

Aufgrund der Verschleiertheit der Mentalvision jedoch mußte man restlos sichergehen und deshalb auf jede bequeme Nachlässigkeit verzichten, wollte man nicht reihenweise Bits verpassen. Jedes Bit war bedeutsam.

Die Instruktoren erzählten den Studenten auf Trantor laufend irgendwelche Horrorgeschichten, die dem Nachwuchs die große Bedeutung eines hohen Konzentrationsvermögens einschärfen sollten. Die am häufigsten wiederholte Geschichte war zugleich die unglaubhafteste. Darin drehte es sich um die erste Meldung über die Fortschritte des Fuchses, ehe er Kalgan besetzte – um den unteren Mitarbeiter, der die Meldung empfing und nicht mehr als den Eindruck eines hundeähnlichen Tiers hatte, weil ihm nicht der kleine Zusatz auffiel, der »persönlicher Übernahme« besagte, oder er ihn nicht begriff. Der Mitarbeiter habe daraufhin entschieden, diese Sache könne unmöglich wichtig genug sein, um sie nach Trantor weiterzureichen. Als dann neue Nachrichten über den Fuchs eintrafen, sei es bereits zu spät für unverzügliche Maßnahmen gewesen, so daß man fünf bittere Jahre durchzustehen hatte.

Der Vorfall hatte sich nahezu mit Gewißheit nie zugetragen, aber das spielte keine Rolle. Die Geschichte war gehörig dramatisch und erfüllte ihren Zweck, die Studenten zur Vertiefung ihrer Konzentrationsfähigkeit zu motivieren. Gendibal entsann sich noch an einen Wahrnehmungsfehler, der ihm in seiner Studienzeit unterlaufen war, den er für ebenso unwesentlich wie verständlich gehalten hatte. Sein Lehrmeister, der alte Kendast – ein Tyrann bis ins Kleinhirn –, hatte nur geschnoben und gesagt: »Ein hundeähnliches Tier, Tendibal?« Und das hatte genügt, um ihn vor Scham beinahe zusammenbrechen zu lassen.

Compor beendete seine Darstellung.

»Bitte geben Sie mir Ihre Einschätzung von Trevizes Reaktion«, sagte Gendibal. »Sie kennen ihn besser als ich, besser als jeder andere.«

»Sie war eindeutig«, sagte Compor. »Die mentalen Anzeichen waren unmißverständlich klar. Er glaubt, daß meine Worte und Taten ein Ausdruck meines starken Wunsches sind ihn nach Trantor zu schicken, in den Sirius-Sektor, oder sonstwohin, nur nicht dorthin, wohin gerade er will. Nach meiner Meinung heißt das, er wird dort bleiben, wo er gegenwärtig ist. Die Tatsache, daß ich einem Ortswechsel so große Bedeutung beigemessen habe, hat ihn naturgemäß gezwungen, ihn für ebenso bedeutsam zu halten, und weil er das Gefühl hat, daß seine Interessen meinen diametral entgegengesetzt sind, wird er vorsätzlich ganz genau im Gegensatz zu dem handeln, was er als meinen Wunsch interpretiert.«

»Sind Sie sicher?«

»*Völlig* sicher.«

Gendibal dachte darüber nach und gelangte zu der Einsicht, daß Compor recht hatte. »Ich bin zufrieden«, sagte er. »Sie haben sich bewährt. Ihre Geschichte von der radioaktiven Verwüstung der Erde hat sich bestens geeignet, um die erstrebten Reaktionen herbeizuführen, ohne eine direkte mentale Manipulation vornehmen zu müssen. Lobenswert!«

Compor stand anscheinend einen kurzen inneren Kampf durch. »Sprecher«, sagte er dann, »ich habe Ihr Lob nicht verdient. Ich habe die Geschichte nicht erfunden. Sie ist wahr. Im Sirius-Sektor gibt's wirklich einen Planeten namens Erde, und man hält ihn tatsächlich für die ursprüngliche Heimatwelt der Menschheit. Er war radioaktiv, als man zuletzt von dort gehört hat, entweder schon immer, oder er ist's geworden, jedenfalls kam's immer schlimmer, bis auf dem ganzen Planeten kein Leben mehr möglich war. Und es gab dort tatsächlich irgendeine bewußtseinserweiternde Erfindung, die letztendlich zu gar nichts geführt hat. Das alles gilt auf der Heimatwelt meiner Vorfahren als historische Tatsache.«

»So?« meinte Gendibal ohne merkliche Überzeugtheit. »Interessant. Um so besser. Zu wissen, wann man sich der Wahrheit bedienen kann, ist bewundernswert, denn keine Unwahrheit kann man mit gleichwertiger Glaubwürdigkeit an den Mann bringen. Das hat Palver einmal gesagt. ›Je näher sie an der Wahrheit liegt, um so besser ist die Lüge, und die beste Lüge ist die Wahrheit selbst, wenn man sie als Lüge verwenden kann‹, hat er wörtlich gesagt.«

»Eines muß ich noch erwähnen«, sagte Compor. »Indem ich die Anweisung befolgt habe, Trevize bis zu Ihrer Ankunft im Sayshell-Sektor festzuhalten – und zwar um jeden Preis –, mußte ich in meinen Anstrengungen weit genug gehen, um in ihm unverkennbar den Verdacht zu erzeugen, ich stünde unterm Einfluß der Zweiten Foundation.«

Gendibal nickte. »Ich glaube, das war unter den gegebenen Umständen unvermeidbar. Seine Monomanie in dieser Frage würde ohnehin genügen, um ihn überall die Zweite Foundation wittern zu lassen, ob sie nun da ist oder nicht. Wir müssen seine Haltung ganz einfach berücksichtigen.«

»Sprecher, wenn es absolut notwendig ist, daß Trevize bleibt, wo er ist, bis Sie eintreffen, könnten wir die Dinge beschleunigen und vereinfachen, wenn ich Ihnen entgegenfliege, Sie an Bord meines Raumschiffs nehme und Sie nach Sayshell bringe. Das würde keinen Tag ...«

»Nein, Observator«, erwiderte Gendibal scharf, »Sie werden nichts dergleichen tun. Die Leute auf Terminus wissen, wo Sie sind. Sie haben an Bord Ihres Raumers eine Hypersonde, die sich nicht demontieren läßt, richtig?«

»Ja, Sprecher.«

»Und wenn man auf Terminus weiß, daß Sie auf Sayshell gelandet sind, dann weiß auch Terminus' Botschafter auf Sayshell darüber Bescheid – und damit weiß der Botschafter auch, daß sich Trevize auf Sayshell befindet. Die Hypersonde würde den Leuten auf Terminus verraten, daß sie einen gewissen Punkt in einigen hundert Parsek Entfernung angeflogen haben und zurückgekehrt sind, während der Botschafter nach Terminus durchgäbe, daß Trevize im Sayshell-Sektor geblieben ist. Welche Schlußfolgerungen könnte man auf Terminus daraus ziehen? Nach allem, was bekannt ist, handelt's sich bei Terminus' Bürgermeisterin um eine scharfsinnige Frau, und am allerwenigsten möchte ich sie durch irgendwelche rätselhaften Vorgänge so in Aufregung versetzen, daß sie womöglich ein Geschwader ihrer Flotte schickt. Die Wahrscheinlichkeit für so etwas ist unerfreulich hoch.«

»Bei allem Respekt, Sprecher«, meinte Compor, »welchen Grund hätten wir, uns vor einem Flottenverband zu fürchten, wenn wir seinen Kommandanten unter unsere Kontrolle bringen können?«

»Wie wenig wir auch Grund haben müßten, wir besitzen noch weniger Grund zur Beunruhigung, solange keine Flotte hier ist. Bleiben Sie, wo Sie sind, Observator! Sobald ich ankomme, werde ich Sie an Bord Ihres Raumschiffs aufsuchen, und dann ...«

»Und dann, Sprecher?«

»Na, dann übernehme ich alles weitere.«

49

Nachdem er den Mentalkontakt unterbrochen hatte, saß Gendibal noch lange ruhig an seinem Platz und dachte nach.

Während des langen Flugs nach Sayshell – unvermeidlich lang in diesem Raumschiff, das sich mit der technischen Fortschrittlichkeit der Produkte der Ersten Foundation nicht messen konnte –, hatte er noch einmal jeden einzelnen der vielen Berichte über Trevize zu Rate gezogen. Sie erstreckten sich über nahezu ein Jahrzehnt.

Insgesamt und zudem im Licht der jüngsten Ereignisse betrachtet, war nicht länger irgendein Zweifel daran möglich, daß Trevize einen hervorragenden Rekruten für die Zweite Foundation abgegeben hätte, wäre es nicht seit Palvers Zeiten ein Prinzip gewesen, alle Terminus-Geborenen von der Rekrutierung auszunehmen.

Man konnte nicht sagen, wie viele Rekruten von höchster Tauglichkeit der Zweiten Foundation im Laufe der Jahrhunderte entgangen waren. Es gab keine Möglichkeit, jeden einzelnen der Quadrillionen von Menschen, die die Galaxis bevölkerten, auf seine Eignung zu überprüfen. Doch wahrscheinlich hätte keiner davon vielversprechender sein können als Trevize, und *bestimmt* ließ sich keiner an einer wichtigeren Stelle ausfindig machen.

Andeutungsweise schüttelte Gendibal den Kopf. Trevize hätte keinesfalls unbeachtet bleiben dürfen, Terminus-Geborener oder nicht. Und man mußte es Observator Compor hoch anrechnen, daß er Trevize, obwohl durch die Jahre seine ursprünglichen Anlagen bereits entstellt waren, bemerkt hatte.

Heute war Trevize natürlich nicht mehr zu gebrauchen. Er war schon zu alt für die erforderlichen Anpassungen, aber es stand ihm noch diese angeborene Intuition zur Verfügung, diese Fähigkeit, auf der Grundlage völlig unzureichender Informationen zu einer richtigen Entscheidung zu gelangen, und dazu etwas ... irgend etwas ...

Der alte Shandess – immerhin Erster Sprecher und in dieser Funktion, wenngleich sein Zenit nun überschritten war, allzeit bewährt – sah da irgend etwas in diesem Trevize, sogar ohne genaue Kenntnis der angesammelten Daten, ohne zu wissen, welche Überlegungen Gendibal im Verlauf des Fluges angestellt hatte. Trevize, so lautete Shandess' Meinung, war in dieser Krise die Schlüsselperson.

Warum hielt Trevize sich im Sayshell-Sektor auf? Welche Pläne verfolgte er? Was tat er?

Und er durfte nicht angetastet werden! Dessen war sich Gendibal völlig sicher. Bis sie ganz genau wußten, welche Rolle Trevize einnahm, wäre es total falsch gewesen, ihn irgendwie zu beeinflussen. Solange die Anti-Füchse – wer sie auch waren, was sie auch sein mochten – in diesem Spiel mitmischten, konnte jeder falsche Schritt bezüglich Trevizes – *vor allem* in bezug auf Trevize – völlig unerwartet vor ihrer Nase eine Nova explodieren lassen.

Er merkte, daß in seiner mentalen Nähe ein anderes Bewußtsein schwebte, und er wies es gedankenverloren ab, so wie er vielleicht mit der Hand eines der lästigeren Insekten auf Trantor verscheucht hätte – nur tat er es nicht mit der Hand, sondern mit seinen mentalen Kräften. Augenblicklich spürte er eine Aufwallung von Fremdschmerz und schaute auf.

Sura Novi hatte eine Hand an ihre gefurchte Stirn gehoben. »Verzeihung, Meister. Habe ganz plötzlich Kopfweh.«

Gendibal empfand sofort Zerknirschung. »Entschuldigen Sie, Novi, ich habe nicht richtig nachgedacht ... – oder vielmehr, ich habe zu intensiv nachgedacht.« Im Handumdrehen und sehr behutsam bügelte er ihre beeinträchtigten mentalen Stränge aus.

Unversehens lächelte Novi erfreut. »Ganz plötzlich is es weg. Deine freundliche Stimme, Meister, is auf mich wie 'n Wunder.«

»Fein«, sagte Gendibal. »Stimmt irgend was nicht? Weshalb bist du hier?« Er sah davon ab, genauer in ihr Bewußtsein Einblick zu nehmen, um Details zu erfahren, selbst den Grund ihrer Anwesenheit festzustellen. Immer deutlicher verspürte er Widerwillen dagegen, in ihre Privatsphäre vorzudringen.

Novi zögerte, beugte sich dann ein wenig vor. »Ich machte mir Sorgen. Du hast ins Nix gestarrt, Meister, Geräusche gemacht, und dein Gesicht hat gezuckt. Ich bin hier stehengeblieben, steif vor Schreck, ich hab gefierchtet, dir geht's nich gut ... du bist krank ... und ich weiß nich, was tun.«

»Das war nichts weiter, Novi. Es besteht kein Anlaß zur Furcht.« Er tätschelte ihr die Hand. »Da gibt's nichts zum Fürchten. Verstehen Sie mich?«

Furcht – so wie jede andere starke Emotion – verzerrten und beeinträchtigten die Symmetrie ihres Geistes in gewissem Umfang. Er zog einen Zustand der Ruhe, Friedlichkeit und Zufriedenheit darin vor, mochte ihn aber ungern durch eine äußere Einflußnahme seinerseits hervorrufen. Die vorhin geschehene Adjustierung hatte sie als Resultat seiner Worte empfunden, und irgendwie hielt er es für empfehlenswerter, daß es so blieb.

»Novi«, erkundigte er sich, »wieso nenne ich Sie eigentlich nicht Sura?«

In unvermutetem Kummer sah sie ihn an. »Oh, Meister, tu's nich!«

»Aber Rufirant hat's an dem Tag getan, als wir uns kennengelernt haben. Ich kenne Sie inzwischen doch gut genug, so daß ...«

»Ich weiß, er hat's getan, Meister. Das ist, wie ein Mann zu ei'm Mädchen spricht, das kein Mann hat, kein Verlobten, das ... allein is. Dann sagt man Vornamen. Fier mich ist mehr Ehre drin, wenn du ›Novi‹ sagst, und ich bin stolz, daß du's machst. Und wenn ich auch jetzt kein Mann hab, ich hab 'n Meister, und das find ich gut. Ich hoff, 's stört dich nich, ›Novi‹ zu sagen ...?«

»Nein, überhaupt nicht, Novi.«

Daraufhin glättete sich ihr Gemüt wunderschön, und Gendibal war erfreut. Viel zu erfreut. Durfte er sich über so etwas dermaßen freuen?

Mit gelinder Scham erinnerte er sich daran, daß es hieß, der Fuchs sei auf ähnliche Art und Weise von einer Frau der Ersten Foundation beeindruckt worden, Bayta Darell, und zwar zu seinem letztendlich verhängnisvollen Schaden.

Dieser Fall jedoch lag natürlich anders. Die Hamerin war sein Schutz gegen die Einwirkungen fremden Bewußtseins, und er wollte, daß sie diesem Zweck möglichst effizient diente.

Nein, das war nicht wahr. Seine Funktion als Sprecher würde leiden, wenn er aufhörte, den eigenen Verstand zu begreifen, oder gar – noch schlimmer – sich diese und jene Dinge zurechtlegte, um die Augen vor der Wahrheit zu verschließen. Die Wahrheit lautete, es bereitete ihm Vergnügen, sie innerlich ruhig, friedlich und zufrieden zu sehen – ohne daß er sie manipuliert hätte –, und er hatte daran sein Vergnügen, weil ganz einfach *sie* ihm Freude machte; und daran war (dachte er trotzig) nichts schlecht.

»Setzen Sie sich, Novi«, sagte er.

Sie gehorchte, setzte sich zimperlich auf die äußerste Stuhlkante, so weit von ihm entfernt, wie die Grenzen der Räumlichkeit es erlaubten. Ihr Geist war von Respekt erfüllt.

»Ich habe mich nach Art von uns Forschern über weite Ferne hinweg mit jemandem unterhalten, Novi«, erklärte er.

Sura Novi senkte ihren Blick. »Ich hab kapiert, Meister«, sagte sie traurig, »daß Forscher viel können, was ich nich versteh und mich nich mal vorstellen kann. Es sind schwierig Sachen und zu gewaltig fier mich. Ich schäm mich jetzt, weil ich gekommen bin, um Forscher zu werden. Wie is es, Meister, lachst du nich ieber mich?«

»Es ist keine Schande«, erwiderte Gendibal, »sich etwas zu wünschen, auch wenn man es nie erreichen kann. Sie sind nicht mehr jung und formbar genug, um noch eine Forscherin mit den Fähigkeiten werden zu können, über die ich verfüge, aber man ist nie zu alt, um noch etwas zu lernen, das man nicht weiß, mehr zu lernen, als man bereits kann. Ich werde Ihnen einiges über dies Raumschiff beibringen. Wenn wir an unserem Ziel ankommen, werden Sie sich ziemlich gut damit auskennen.«

Er freute sich insgeheim. Warum auch nicht? Er machte wohlüberlegt Schluß mit den stereotypen Vorstellungen von den Hamer. Welches Recht besaß eine so heterogene Gruppierung wie die Zweite Foundation überhaupt, sich derartig stereotypes Zeug zurechtzubasteln? Der Nachwuchs, der aus ihren Reihen hervorging, eignete sich nur selten, selbst Zweitfoundationisten von hohem Rang zu werden. Die Kinder von Sprechern qualifizierten sich fast nie zu Sprechern. Vor drei Jahrhunderten hatte es die drei Generationen aus der Familie Linguester gegeben, gewiß, aber nie war ganz der Verdacht ausgeräumt worden, daß der mittlere dieser drei Sprecher eigentlich nicht zur Familie gehört habe. Und wenn so etwas wahr sein sollte, wer waren die Leute der Universität dann, um sich selbst auf ein so hohes Podest zu stellen?

Er sah Sura Novis Augen leuchten und freute sich darüber.

»Ich werd mich schwer anstrengen, daß ich alles lern, was du mich lernst, Meister«, versicherte sie.

»Davon bin ich überzeugt«, antwortete er – und stutzte plötzlich. Ihm fiel auf, daß er während der Unterhaltung mit Compor in keiner Weise angedeutet hatte, daß er nicht allein kam. Compor ahnte nichts von einer Begleiterin.

Mit einer Frau konnte man vielleicht rechnen; zumindest würde Compor ohne Zweifel keinerlei Überraschung zeigen. Aber mit einer Hamerin?

Einen Moment lang gewannen die von Gendibal abgelehnten »stereotypen Vorstellungen« die Oberhand, und er war froh, daß Compor noch nie auf Trantor gewesen war und Novi deshalb nicht als Hamerin erkennen konnte.

Er streifte diese Anwandlung entschieden ab. Was bedeutete es schon, ob Compor dergleichen wußte oder nicht – oder sonst irgend jemand? Gendibal war ein Sprecher der Zweiten Foundation, und innerhalb der Schranken, die der Seldon-Plan zog, durfte er tun und lassen, was ihm paßte, und niemand hatte sich einzumischen.

»Meister«, fragte Sura Novi, »wenn wir am Ziel sind, werden wir uns da trennen?«

Er sah sie an. »Wir werden uns nicht trennen, Novi«, antwortete er mit mehr Nachdruck, als er vielleicht selbst beabsichtigt hatte.

Und die Hamerin lächelte scheu, und in diesem Augenblick – bei der Galaxis! – wirkte sie wie ... wie *jede andere* Frau.

Dreizehntes Kapitel

Universität

50

Pelorat rümpfte die Nase, als er und Trevize wieder die *Far Star* betraten.

Trevize hob die Schultern. »Der menschliche Körper ist ein starker Gerucherzeuger. Recycling wirkt sich nie sofort aus, und künstliche Duftstoffe überlagern nur, sie verdrängen keinen natürlichen Geruch.«

»Und ich vermute, keine zwei Raumschiffe riechen gleich, wenn sie erst einmal für einen längeren Zeitraum von verschiedenen Leuten benutzt worden sind.«

»Das stimmt, aber haben Sie Sayshell nach einer Stunde noch gerochen?«

»Nein«, gestand Pelorat.

»Na, und nach einer Weile wird Ihnen der Geruch hier drin auch nicht mehr auffallen. Wenn man lange genug in einem Raumschiff gelebt hat, wird man seinen Geruch sogar als deutlichstes Zeichen dafür begrüßen, daß man wieder daheim ist. Und nebenbei, Janov, sollten Sie sich nach unserem Abenteuer zu weiteren Reisen durch die Galaxis entschließen können, achten Sie bitte darauf, daß es als unhöflich gilt, Bemerkungen über den Geruch eines Raumschiffs oder eines Planeten gegenüber den Personen zu machen, die die Bewohner sind. Unter uns ist das natürlich nicht so schlimm.«

»Das Komische daran ist, Golan, ich *betrachte* die *Far Star* als so was wie ein Zuhause. Zumindest ist das Schiff von der Foundation gebaut worden.« Pelorat lächelte. »Wissen Sie, ich habe mich eigentlich nie als Patriot gefühlt. Ich ziehe es vor, die gesamte Menschheit als meine Nation anzusehen, aber ich muß sagen, daß ich die Foundation jetzt, da ich von ihr fort bin, richtig liebe.«

Trevize machte sein Bett. »Sie sind nicht so besonders weit von der Foundation entfernt. Die Sayshell-Union ist von Föderations-Territorium nahezu umschlossen. Wir haben hier einen Botschafter und eine umfangreiche Vertretung, vom Konsul abwärts. Die Saysheller widersprechen uns sehr gern, aber im allgemeinen tun sie nichts, was uns verärgern könnte. Janov, ich schlage vor, wir gehen ins Bett. Heute haben wir nichts erreicht, und morgen müssen wir's besser anpacken.«

Aber es war leicht, von einer zur anderen Kabine etwas zu hören, und als es im Raumschiff dunkel war und Pelorat sich eine Zeitlang ruhelos hin und her gewälzt hatte, meldete er sich plötzlich nicht allzu laut erneut zu Wort. »Golan?«

»Ja.«

»Schlafen Sie nicht?«

»Nicht solange Sie reden.«

»Wir *haben* heute etwas erreicht. Ihr Freund Compor ...«

»Ex-Freund«, knurrte Trevize.

»Wie Sie auch zu ihm stehen mögen, er hat mit uns über die Erde gesprochen und uns etwas mitgeteilt, auf das ich bis heute noch nicht gestoßen war, trotz all meiner Forschungen. Radioaktivität!«

Trevize stemmte sich auf einem Ellbogen hoch. »Hören Sie, Janov, selbst wenn die Erde wirklich ein toter Planet sein sollte, so heißt das keineswegs, daß wir nun umkehren. Ich will Gaia *noch immer* finden.«

Pelorat gab ein Schnauben von sich, als puste er Federn fort. »Natürlich, mein Bester. Ich auch. Und ich bezweifle durchaus, daß die Erde eine tote Welt ist. Compor mag uns sehr wohl etwas erzählt haben, das er für die Wahrheit hält, aber schließlich gibt's kaum irgendeinen Sektor in der ganzen Galaxis, in dem nicht die eine oder andere Geschichte umläuft, in welcher man behauptet, der Ursprung der Menschheit liege auf einer der dortigen Welten. Und fast unweigerlich nennt man diese Welt dann Erde oder bei einem sehr ähnlichen Namen. In der Anthropologie bezeichnen wir dergleichen als ›Globozentrismus‹. Die Menschen besitzen eine Tendenz, schlichtweg vorauszusetzen, daß sie besser sind als ihre Nachbarn, daß ihre Kultur im Vergleich zu den Kulturen anderer Welten älter und überlegener ist, daß Gutes auf anderen Welten nur von ihnen abgeschaut worden sein kann, während alles Schlechte falsch abgeguckt und pervertiert worden ist oder ursprünglich von irgendwo anders stammt. Und gleichzeitig tendiert man dazu, qualitative Überlegenheit mit längerem Bestand gleichzusetzen. Selbst wenn man nicht glaubhaft behaupten kann, der eigene Planet sei die Erde oder ein Äquivalent – also die Ursprungswelt der Menschheit –, geht man zumeist möglichst weit, indem man steif und fest dabei bleibt, die Erde befinde sich zumindest im eigenen Sektor, auch wenn man die genaue Position nicht angeben kann.«

»Sie wollen damit also sagen«, meinte Trevize, »Compor sei praktisch nur einer verbreiteten Gewohnheit gefolgt, als er uns erzählt hat, die Erde wäre im Sirius-Sektor zu finden? Aber immerhin kann der Sirius-Sektor tatsächlich auf eine sehr lange Geschichte zurückblicken, deshalb müßte jede zu diesem Sektor gehörige Welt dort recht gut bekannt sein, und es dürfte nicht schwerfallen, diese Angelegenheit zu überprüfen, sogar ohne hinzufliegen.«

Pelorat lachte gedämpft. »Auch wenn Sie beweisen könnten, daß keine einzige Welt im Sirius-Sektor die Erde sein kann, das würde nichts nutzen. Sie unterschätzen die Tiefe, in der Mystizismus die Rationalität zu begraben vermag, Golan. Es gibt in der Galaxis mindestens ein halbes Dutzend Sektoren, wo angesehene Wissenschaftler mit allen Anzeichen vollen Ernstes und ohne die Spur eines Lächelns lokale Anekdoten wiederholen, denen zufolge die Erde – oder wie man sie gerade nennt – sich im Hyperraum befinden und ausschließlich durch Zufall erreichbar sein soll.«

»Und sagen Sie, daß jemals irgend jemand sie rein zufällig entdeckt *hat?*«

»Es laufen immer jede Menge Geschichten um, und immer weigert man sich aus Patriotismus, sie anzuzweifeln, sogar wenn diese Geschichten nicht im entferntesten glaubwürdig sind und ihnen nie von irgend jemandem außerhalb der Welten, wo man sie sich erzählt, Glauben geschenkt worden ist.«

»Dann wollen wir solches Zeug auch nicht glauben, Janov.

Lassen Sie uns in unseren privaten Hyperraum des Schlafs überwechseln.«

»Aber es ist diese Sache mit der Radioaktivität der Erde, die mich interessiert, Golan. Das kommt mir vor wie ein Indiz, das auf einen wahren Kern hinweist ... oder eine Art von Wahrheit.«

»Wie meinen Sie das: eine *Art* von Wahrheit?«

»Nun ja, eine radioaktive Welt ist eine Welt, auf der harte Strahlung in höheren Konzentrationen als normal vorhanden ist. Auf so einer Welt muß es eine höhere Mutationsrate geben, die Evolution müßte schneller ablaufen – und vielseitiger. Ich habe erwähnt, falls Sie sich noch entsinnen, daß zu den Punkten, in denen fast alle Geschichten um die Erde übereinstimmen, der zählt, daß es dort ein unglaublich vielfältiges Leben gab – Millionen von Spezies aller Arten von Lebewesen. Es ist diese Verschiedenartigkeit des Lebens – diese explosive Entwicklung –, die der Erde die Intelligenz gebracht haben dürfte, die sich später über die ganze Galaxis ausgebreitet hat. Sollte die Erde aus irgendeinem Grund radioaktiv sein – das heißt, radioaktiver als andere Planeten –, wäre das vielleicht die Erklärung für alles andere von einzigartigem Charakter an der Erde.«

Trevize schwieg für eine Weile. »Erst einmal haben wir nach meiner Meinung«, sagte er dann, »gar keinen Anlaß, davon auszugehen, daß Compor wirklich die Wahrheit gesprochen hat. Er kann genausogut freiweg gelogen haben, nur um uns dazu anzustiften, schnellstens von hier abzuhauen und in den Sirius-Sektor abzuschwirren. Ich glaube, daß er genau das und nichts anderes getan hat. Und wenn er die Wahrheit gesagt haben sollte, berücksichtigen Sie bitte, daß er erzählt hat, die Radioaktivität wäre so stark, daß sie jedes Leben unmöglich macht.«

Pelorat gab wieder das Pusten von sich. »Die Radioaktivität auf der Erde war nicht stark genug, um das Entstehen von Leben zu verhindern, und dem Leben fällt's viel leichter – sobald es erst einmal entstanden ist –, für seine Erhaltung zu sorgen, als seine anfängliche Entstehung hinzukriegen. Damit steht doch fest, daß auf der Erde Leben entstanden ist und sich erhalten hat. Insofern kann die Stärke der existenten Radioaktivität von vornherein nicht mit Leben unvereinbar gewesen sein, und im Laufe der Zeit kann die Radioaktivität ja nur nachgelassen haben. Es gibt nichts, das sie *erhöhen* könnte.«

»Atomexplosionen?« meinte Trevize.

»Wie sollten sie damit zusammenhängen?«

»Ich meine, mal angenommen, auf der Erde haben Atomexplosionen stattgefunden?«

»Auf der Oberfläche der Erde? Ausgeschlossen. In der ganzen Geschichte der Galaxis findet sich kein einziges Beispiel irgendeiner Gesellschaftsform, die so verrückt gewesen wäre, Atomexplosionen als Waffe im Krieg einzusetzen. Andernfalls hätte die Menschheit nie überlebt. Während der trigellianischen Insurrektionen, als beide Seiten ausgehungert und restlos verzweifelt waren, hat Jendippurus Khoratt die Auslösung einer Kernfusionsreaktion vorgeschlagen, um . . .«

»Die Matrosen seiner eigenen Flotte haben ihn deshalb hingerichtet. Ich kenne die galaktische Geschichte. Ich habe an Unfälle gedacht.«

»Es gibt keine Beispiele für Unfälle von einer Tragweite, die die Stärke der allgemeinen Radioaktivität auf einem ganzen Planeten merklich erhöhen könnten.« Er seufzte. »Ich vermute, wenn wir das alles hier hinter uns haben, wird uns keine andere Wahl bleiben, als tatsächlich den Sirius-Sektor anzufliegen und uns dort ein bißchen umzuschauen.«

»Das werden wir vielleicht eines Tages auch tun. Aber bis auf weiteres . . .«

»Ja, ja. Ich bin ja schon still.«

Danach hielt er tatsächlich den Mund, und Trevize lag fast eine Stunde lang im Dunkeln wach, überlegte angestrengt, ob er womöglich bereits zuviel Aufmerksamkeit erregt hatte, und ob es nicht klüger wäre, den Sirius-Sektor aufzusuchen, erst danach, wenn die Aufmerksamkeit – jede Aufmerksamkeit – wieder anderen Dingen galt, nach Sayshell zurückzukehren und erneut mit der Suche nach Gaia zu beginnen.

Als er einschlief, war er noch zu keinem klaren Entschluß gelangt. Seine Träume waren von bedrückender Art.

51

Erst im Laufe des nächsten Vormittags trafen sie von neuem in der Stadt ein. Im Touristenzentrum herrschte diesmal ziemlich viel Betrieb, aber sie schafften es, sich den Weg zu einer Öffentlichen Bibliothek weisen zu lassen, und dort wiederum unterwies man sie in der Bedienung der hiesigen Modelle von Datenspeicher-Terminals.

Sorgfältig informierten sie sich über die Museen und Universitäten, angefangen bei denen, die am nächsten lagen, und sahen auch nach, was sich an Informationen über Anthropologen, Archäologen und Experten in Vorgeschichte finden ließ.

»Aha!« machte plötzlich Pelorat.

»Aha?« wiederholte Trevize mit einer gewissen Schroffheit. »Was soll das heißen: ›aha‹?»

»Dieser Name: Quintesetz. Kommt mir bekannt vor.«

»Sie kennen den Mann?«

»Nein, natürlich nicht, aber es kann sein, daß ich irgendwelche Artikel von ihm gelesen habe. Im Schiff, wo sich mein Archiv befindet, könnte ich sofort nachprüfen, um was ...«

»Wir gehen nicht erst zurück ins Schiff, Janov. Wenn der Name Ihnen bekannt ist, können wir das als Punkt betrachten, an dem sich einhaken läßt. Selbst wenn er uns nicht helfen kann, zweifellos wird er uns weitere Ratschläge erteilen können.« Er stand auf. »Lassen Sie uns feststellen, wie man zur Sayshell-Universität gelangen kann. Und weil um die Mittagszeit sowieso niemand anzutreffen sein dürfte, wollen wir erst einmal was essen.«

Sie erreichten die Universität erst am Spätnachmittag, erfragten sich ihren Weg durch den Irrgarten ihrer vielen verschiedenen Einrichtungen, befanden sich schließlich in einem Vorzimmer, in dem sie auf eine junge Frau warteten, die Informationen einholen gegangen war, die sie beide zu Quintesetz führen mochten – oder auch nicht.

»Ich frage mich«, meinte Pelorat schließlich verdrossen, »wie lange wir hier noch warten sollen. Allmählich dürfte hier für heute geschlossen werden.«

Und als hätte er damit ein Stichwort ausgesprochen, kehrte die junge Frau, die sie zuletzt vor mindestens einer halben

Stunde gesehen hatten, zügigen Schrittes zu ihnen zurück; ihre Schuhe glitzerten rot und violett, und beim Laufen verursachten sie auf dem Fußboden musikalische Klänge. Die Tonhöhe veränderte sich mit Geschwindigkeit und Härte ihrer Schritte.

Pelorat zog den Kopf ein. Er nahm an, auf jeder Welt besäße man, ebenso wie seinen eigentümlichen Geruch, auch seine eigene spezielle Art und Weise, gegen das Wohlbefinden der Sinne zu verstoßen. Er fragte sich nun, da er den Geruch nicht länger bemerkte, ob er wohl auch lernen könne, sich an die Kakophonie des Schuhwerks zu gewöhnen, die mit dem Erscheinen modischer junger Frauen einherging.

Sie kam zu Pelorat und blieb vor ihm stehen. »Dürfte ich wohl Ihren vollständigen Namen erfahren, Professor?«

»Er lautet Janov Pelorat, Miß.«

»Und Ihr Heimatplanet?«

Trevize begann eine Hand zu heben, als wolle er Schweigen empfehlen, aber entweder sah Pelorat es nicht, oder er achtete nicht darauf. »Terminus«, gab er zur Antwort.

Die junge Frau lächelte breit und wirkte erfreut. »Als ich Professor Quintesetz gesagt habe, daß ein Professor Pelorat nach ihm fragt, meinte er, wenn Sie Janov Pelorat von Terminus wären, wolle er mit Ihnen sprechen, aber sonst nicht.«

Pelorat zwinkerte nervös. »Sie ... Sie meinen, er hat schon von mir gehört?«

»Den Eindruck habe ich.«

Pelorat brachte ein Lächeln zustande, das von einem Knarren begleitet zu werden schien, als er sich Trevize zuwandte. »Er hat von mir gehört. Das hätte ich nie gedacht ... Ich meine, ich habe nur sehr wenig Artikel veröffentlicht, und ich hätte nicht gedacht, daß jemand ...« Er schüttelte den Kopf. »Sie waren eigentlich nicht so wichtig.«

»Na, ist doch prima«, sagte Trevize. »Machen Sie jetzt endlich Schluß damit, sich in Ihrer Ekstase der Selbstunterschätzung selbst auf die Schulter zu klopfen, dann wollen wir gehen.« Er wandte sich an die Frau. »Ich nehme an, es gibt irgendein Beförderungsmittel?«

»Wir können zu Fuß hin. Wir brauchen diesen Gebäudekomplex nicht zu verlassen, und ich gehe gerne voraus. Sind Sie beide von Terminus?« Und schon marschierte sie los.

Die zwei Männer schlossen sich an. »Ja, beide«, entgegnete Trevize mit einer Andeutung von Ärger. »Macht das einen Unterschied?«

»O nein, natürlich nicht. Wissen Sie, es gibt auf Sayshell Leute, die können Foundationsbürger nicht leiden, aber hier an der Universität sind wir kosmopolitischer. Leben und leben lassen, sage ich immer. Ich meine, die Foundationsbürger sind ja auch Menschen. Verstehen Sie, was ich meine?«

»Ja, ich verstehe, was Sie meinen. Bei uns sagen ebenfalls viele Leute, die Saysheller seien auch Menschen.«

»Genauso muß es sein. Ich habe Terminus noch nie besucht. Terminus City muß eine riesige Stadt sein.«

»Tatsächlich ist sie das allerdings nicht«, erwiderte Trevize sachlich. »Ich schätze, sie ist kleiner als Sayshell City.«

»Sie zwicken mich wohl in den Finger«, sagte die Frau. »Terminus City ist doch die Hauptstadt der Foundation-Föderation, stimmt's? Es gibt doch keinen zweiten Terminus, oder?«

»Nein, soviel ich weiß, gibt's nur einen Terminus, und von dort kommen wir – aus Terminus City, der Hauptstadt der Foundation-Föderation.«

»Also, dann muß es doch eine enorme Stadt sein. Und Sie sind eine so weite Strecke gereist, um den Professor zu besuchen? Wir sind hier sehr stolz auf ihn, müssen Sie wissen. Man sieht in ihm die größte Autorität der ganzen Galaxis.«

»Wahrhaftig?« meinte Trevize. »In welcher Beziehung?«

Die Frau riß von neuem die Augen auf. »Sie *sind* aber ein Spaßvogel. Er weiß mehr über die Vorgeschichte als ich von ... von meiner Familie weiß.« Und weiter schritt sie auf ihrem musikalischen Schuhwerk voran.

Man kann wohl nicht kurz hintereinander Fingerzwicker und Spaßvogel genannt werden, ohne tatsächlich eine gewisse Laune in diese Richtung zu entwickeln. Trevize lächelte, als er seine nächste Frage stellte. »Ich vermute, dann weiß der Professor auch alles über die Erde?«

»Erde?« Die Frau blieb vor einer Tür stehen und sah die beiden Männer verständnislos an.

»Sie wissen doch, die Welt, auf der die Menschheit früher mal entstanden ist.«

»Ach, Sie meinen diesen Planeten, der als erster da war. Ja, ich denke, er *müßte* auch darüber alles wissen. Immerhin befindet er sich ja im Sayshell-Sektor. *Das* weiß jeder. Hier ist Professor Quintesetz' Büro. Ich werde Sie anmelden.«

»Nein, halt, ein Momentchen noch!« sagte Trevize. »Erzählen Sie uns noch mehr über die Erde!«

»An sich habe ich noch nie gehört, daß jemand ›Erde‹ dazu sagt. Wahrscheinlich ist das ein Wort aus der Foundation. Wir hier nennen die fragliche Welt Gaia.«

Trevize warf Pelorat einen raschen Blick zu. »Ach? Und wo liegt sie?«

»Nirgends. Sie ist im Hyperraum, und niemand kann hin. Als ich ein Kind war, hat meine Großmutter mir mal erzählt, Gaia wäre früher einmal im richtigen Weltraum gewesen, aber angewidert von ...«

»... den Verbrechen und der Dummheit der Menschen gewesen«, sagte Pelorat leise, »daß sie aus Scham den Normalraum verließ und mit der Menschheit, die sie in die Galaxis ausgesandt hatte, nichts mehr zu tun haben mochte.«

»Sehen Sie, Sie kennen die Geschichte genausogut. Eine Freundin von mir behauptet immer, das sei bloß Aberglaube. Na, ich werde ihr erzählen, daß Sie sie auch kennen. Wenn sie sogar für Professoren von der Foundation gut genug ist ...«

Im rauchigen Glas der Tür befand sich ein Ausschnitt, dessen Fläche schimmerte und in der schwer lesbaren sayshellischen Kalligrafie die Aufschrift ABT SOTAYN QUINTESETZ aufwies, und darunter stand in den gleichen Buchstaben: ABTEILUNG FÜR VORGESCHICHTE.

Die Frau legte einen Finger auf eine glatte, kreisförmige Metallfläche. Hören ließ sich nichts, aber die Rauchigkeit des Glases verfärbte sich für einen Moment milchig. »Bitte identifizieren Sie sich«, sagte eine leise Stimme in irgendwie geistesabwesendem Ton.

»Janov Pelorat von Terminus«, sagte Pelorat, »in Begleitung von Golan Trevize von derselben Welt.« Sofort schwang die Tür auf.

Der Mann, der sich erhob, seinen Schreibtisch umrundete und ihnen entgegenkam, war hochgewachsen und in fortgeschritten-mittlerem Alter. Seine Haut war von hellem Braun, sein Haar, das den Kopf in drahtigen Locken bedeckte, war eisengrau. Er streckte zum Gruß eine Hand in die Höhe; seine Stimme klang gedämpft und dunkel. »Ich bin S. Q. Ich bin hocherfreut, Sie kennenzulernen, meine Herren Professoren.«

»Ich trage keinen akademischen Titel«, sagte Trevize. »Ich begleite Professor Pelorat lediglich. Sie können mich ganz einfach Trevize nennen. Freut mich, Sie kennenzulernen, Professor Abt Quintesetz.«

In deutlicher Verlegenheit hob Quintesetz seine Arme. »Nein, nein. ›Abt‹ ist nur so ein alberner Titel, der außerhalb Sayshells keine Bedeutung hat. Bitte vergessen Sie dergleichen völlig und nennen Sie mich S. Q. Im alltäglichen Umgang pflegen wir auf Sayshell die Initialien zu benutzen. Ich freue mich sehr, Sie beide begrüßen zu dürfen, nachdem ich anfangs nur einen Besucher erwartet habe.«

Er zögerte für einen Moment, dann streckte er seine Rechte aus, nachdem er sie sich zuvor unauffällig an der Hose abgewischt hatte.

Trevize drückte ihm die Hand, während er sich fragte, wie wohl die richtige Art der sayshellischen Begrüßung sein mochte.

»Bitte nehmen Sie Platz!« sagte Quintesetz. »Leider werden Sie feststellen, daß diese Sessel inaktiv sind, denn ich für meinen Teil lege keinen Wert darauf, daß meine Möbel mich umarmen. Es ist heute modern, daß die Sitzmöbel sich an ihre Benutzer schmiegen, aber mir ist's lieber, eine Umarmung hat auch eine Bedeutung, hm?«

Trevize lächelte. »Wer könnte Ihnen da widersprechen?« meinte er. »Ihr Name, S. Q. stammt von den Randwelten, wenn ich mich nicht irre, und ist nicht sayshellisch. Entschuldigen Sie, falls diese Bemerkung unhöflich sein sollte.«

»Macht mir nichts aus. Meine Familie stammt zum Teil von Askone. Vor fünf Generationen haben meine Ururgroßeltern

Askone verlassen, als die Vorherrschaft der Foundation dort zu stark spürbar geworden ist.«

»Und wir sind Foundationbürger«, sagte Pelorat. »Entschuldigen Sie diesen peinlichen Umstand.«

Quintesetz winkte freundlich ab. »Ich schleppe doch keinen Groll über fünf Generationen hinweg mit. Nicht, daß so was noch nicht vorgekommen wäre, aber das ist nur um so bedauerlicher. Würden Sie gern etwas essen? Möchten Sie etwas zu trinken? Wäre Ihnen im Hintergrund Musik angenehm?«

»Wenn es Sie nicht stört«, sagte Pelorat, »würde ich am liebsten sofort zur Sache kommen, falls die sayshellischen Umgangsformen es erlauben.«

»Dem stehen keine sayshellischen Umgangsformen im Wege, das versichere ich Ihnen. Sie haben keine Vorstellung, wie bemerkenswert diese Begegnung für mich ist, Dr. Pelorat. Es ist erst zwei Wochen her, daß ich in der *Archaeological Review* auf einen Artikel von Ihnen über Ursprungsmythen gestoßen bin, und habe ihn als beachtliche Synthese empfunden – leider ist er nur allzu kurz.«

Pelorat errötete vor Freude. »Ich bin unerhört froh, daß Sie ihn überhaupt gelesen haben. Ich mußte ihn natürlich stark zusammenfassen, denn eine längere, ausführliche Untersuchung wollte die *Review* nicht drucken. Ich habe vor, über das Thema eine umfangreichere Abhandlung zu schreiben.«

»Das würde ich sehr begrüßen. Jedenfalls, sobald ich den Artikel gelesen hatte, verspürte ich auf einmal den Wunsch, Sie kennenzulernen. Mir kam sogar der Einfall, Terminus zu besuchen, um das zu ermöglichen, obwohl so eine Reise schwer einzurichten gewesen wäre ...«

»Warum?« erkundigte sich Trevize.

Quintesetz schaute verlegen drein. »Leider muß ich sagen, Sayshell brennt nicht gerade darauf, der Foundation-Föderation beizutreten, deshalb werden die gesellschaftlichen Kontakte zur Foundation nicht unbedingt begünstigt. Sehen Sie, unsere Tradition verlangt Neutralität. Nicht einmal der Fuchs hat uns aus der Ruhe gebracht, mal davon abgesehen, daß eine ganz spezielle Neutralitätserklärung extra für ihn verfaßt worden ist. Aus diesem Grund betrachtet man jeden Antrag, Foundation-Territorium im allgemeinen und Terminus im besonderen aufsuchen zu dürfen, mit Mißtrauen, obwohl ein Wissenschaftler wie ich, der nur akademischen Angelegenheiten nachgeht, zu guter Letzt wahrscheinlich doch einen Paß erhalten würde. Aber nichts dergleichen ist noch erforderlich – Sie sind zu mir gekommen. Ich kann's kaum glauben. Wieso, frage ich mich nun. Haben Sie von mir gehört, so wie ich von Ihnen?«

»Ich kenne Ihre Arbeit, S. Q.«, antwortete Pelorat. »Mein Archiv enthält Auszüge Ihrer Veröffentlichungen. Deshalb habe ich Sie nämlich jetzt aufgesucht. Ich beschäftigte mich mit dem Fall Erde, dem angeblichen Planeten des Ursprungs der Menschheit, dem Mittelpunkt der anfänglichen Erforschung und Besiedlung der Galaxis. Vor allem geht's mir um Informationen bezüglich der Gründerjahre von Sayshell.«

»Aus Ihrer Veröffentlichung habe ich ersehen«, sagte Quintesetz, »daß Sie sich für Legenden und Mythen interessieren.«

»Noch mehr für Geschichte – harte Fakten ... falls welche vorliegen. Andernfalls für Mythen und Sagen.«

Quintesetz stand auf und schritt zügig die ganze Länge seines Büros ab, blieb stehen, um Pelorat einen Blick zuzuwerfen, stapfte dann erneut los.

»Nun, Sir?« äußerte sich Trevize ungeduldig.

»Merkwürdig«, sagte Quintesetz. »Wirklich merkwürdig! Erst gestern ...«

»Was war erst gestern?« hakte Pelorat nach.

»Ich habe Ihnen gesagt, Dr. Pelorat«, antwortete Quintesetz, »daß ich ... Übrigens, darf ich Sie J. P. nennen? Ich empfinde den Gebrauch vollständiger Namen als ziemlich unnatürlich.«

»Bitteschön.«

»Wie gesagt, J. P., ich hatte Ihren Aufsatz gelesen und so bewundert, daß ich Sie sogar persönlich besuchen wollte. Und zwar aus dem Grund, weil Sie offenbar eine große Sammlung von Legenden in bezug auf die Entstehung der bewohnten Welten besitzen, unsere derartige Legende aber eindeutig nicht kennen. Anders ausgedrückt, ich wollte zu Ihnen, um Ihnen genau das mitzuteilen, was Sie von mir erfahren möchten und weshalb Sie zu mir gekommen sind.«

»Was hat das mit gestern zu tun, S. Q.?« wollte Trevize wissen.

»Wir haben hier unsere Legenden. Eine davon ist für unsere Gesellschaft besonders wichtig, sie ist zu unserem zentralen Rätsel geworden ...«

»Rätsel?« meinte Trevize.

»Ich meine nicht so was wie ein Kreuzworträtsel oder dergleichen. Das dürfte im Galakto-Standard die übliche Bedeutung sein, glaube ich. Hier haben wir's jedoch mit einer ganz speziellen Bedeutung zu tun. Rätsel heißt in diesem Fall so etwas wie ›Geheimnis‹ oder ›Verborgenes‹. Etwas, wovon nur gewisse Eingeweihte die wahre Bedeutung kennen, worüber man zu Außenstehenden nicht redet. Und gestern war dieser Tag ...«

»Was für ein Tag, S. Q.?« fragte Trevize, der sich nun leicht anmerken ließ, daß er sich in äußerste Geduld schickte.

»Gestern war der Tag der Ersten Landung.«

»Aha, ja«, sagte Trevize, »ein Tag der Meditation und Ruhe, an dem alle daheim bleiben sollen.«

»Theoretisch sieht's so ähnlich aus, ja, nur kümmert man sich in den größeren Städten und kultivierteren Gegenden wenig um die alten Bräuche. Aber wie ich sehe, wissen Sie darüber Bescheid.«

»Wir sind gestern angekommen, deshalb mußte es uns zwangsläufig auffallen«, warf Pelorat, der wegen Trevizes ärgerlichem Tonfall ein wenig Unbehagen zeigte, hastig ein.

»Ausgerechnet gestern«, sagte Trevize sarkastisch. »Hören Sie mal, S. Q., ich bin, wie erwähnt, kein Akademiker, aber trotzdem habe ich an Sie eine Frage. Sie haben gesagt, es gibt hier ein sogenanntes zentrales Rätsel, über das man zu Außenstehenden nicht sprechen darf. Warum reden Sie dann mit uns darüber? Wir sind doch Außenstehende.«

»Das stimmt. Aber ich bin kein Anhänger innerer Einkehr, und mein Glaube an diese Dinge beschränkt sich bestenfalls auf ein paar oberflächliche Angewohnheiten. Als ich J. P.s Aufsatz gelesen habe, hat sich in mir allerdings ein Gefühl verstärkt, das schon lange vorhanden ist. Ein Mythos, eine Sage – sie entstehen nicht einfach aus dem Nichts. Nichts entsteht so – oder kann so entstehen. Immer steckt darin ein wahrer Kern, wie sehr er auch verzerrt worden sein mag, und ich würde zu gerne die Wahrheit hinter dem Tag der Ersten Landung herausfinden.«

»Darf man unbesorgt darüber reden?« fragte Trevize nach.

Quintesetz zuckte die Achseln. »Nicht ganz, schätze ich. Konservativere Kreise unserer Bevölkerung wären wahrscheinlich entsetzt. Aber die sind nicht an der Regierung, und zwar schon seit einem Jahrhundert nicht mehr. Die Säkularisten sind stark, und sie wären noch stärker, würden die Konservativen es nicht so gut verstehen, unsere – entschuldigen Sie – antifoundationistischen Vorurteile auszunutzen. Aber ich diskutiere diese Sache ja im Rahmen meines wissenschaftlichen Interesses an der Vorgeschichte, deshalb wird die Akademische Liga mir notfalls ihre nachdrückliche Unterstützung gewähren.«

»Es wäre also nicht zuviel von Ihnen verlangt, S. Q.«, fragte Pelorat, »wenn Sie uns über das besagte zentrale Rätsel ein wenig mehr aufklärten?«

»Nein, durchaus nicht, aber lassen Sie mich erst dafür sorgen, daß man uns nicht stört oder irgend jemand etwas aufschnappt, was er nicht hören soll. Selbst wenn man dem Stier ins Gesicht schauen muß, sagt ein Sprichwort bei uns, braucht man ihn nicht auf die Nase hauen.«

Auf der Kontrollfläche eines Instruments auf seinem Schreibtisch nahm er rasch eine Reihe von Schaltungen vor. »So«, fügte er hinzu, »nun kann uns niemand belästigen.«

»Sind Sie sicher, daß Sie nicht abgehört werden?« fragte Trevize.

»Abgehört?«

»Angezapft. Belauscht! Mit einem Gerät beobachtet, das optisch oder akustisch aufzeichnet – oder beides.«

Quintesetz wirkte schockiert. »So was wäre hier auf Sayshell undenkbar!«

Trevize zuckte die Achseln. »Wie Sie meinen.«

»Bitte sprechen Sie weiter, S. Q.!« bat Pelorat.

Quintesetz spitzte die Lippen, lehnte sich in seinen Sessel, der unter dem ausgeübten Druck ein wenig nachgab, und legte die Fingerkuppen aneinander. Anscheinend dachte er darüber nach, wie er anfangen solle.

»Wissen Sie«, fragte er schließlich, »was ein Robot ist?«

»Ein Robot?« wiederholte Pelorat. »Nein.«

Quintesetz blickte Trevize an, der den Kopf schüttelte.

»Aber Sie wissen, was ein Computer ist?«

»Natürlich«, sagte Trevize gereizt.

»Nun gut, und ein mobiler computerisierter Apparat ...«

»Ist ein mobiler computerisierter Apparat.« Trevize zeigte sich unvermindert ungnädig. »Es gibt zahllose Varianten, und ich kenne dafür keinen Überbegriff, nur mobiler computerisierter Apparat.«

»... der genau wie ein Mensch aussieht, ist ein Robot«, beendete S. Q. in unerschütterlichem Gleichmut seine Definition. »Das Unterscheidungsmerkmal eines Robots besteht daraus, daß er humaniform ist.«

»Warum denn humaniform?« fragte Pelorat in aufrichtigem Staunen.

»Da bin ich keineswegs sicher. Für einen Apparat ist so eine Form unverkennbar ineffizient, ich geb's zu, aber ich wiederhole lediglich, was die Legende besagt. ›Robot‹ ist ein uraltes Wort aus einer nicht mehr bekannten Sprache, aber unsere Wissenschaftler behaupten, es besitzt die Bedeutung von ›Arbeit‹.«

»Ich wüßte kein einziges Wort«, erwiderte Trevize skeptisch, »das auch nur entfernt wie ›Robot‹ klingt und in irgendeinem Zusammenhang mit ›Arbeit‹ steht.«

»Im Galakto-Standard nicht, natürlich«, antwortete Quintesetz. »Aber sie sagen's nun einmal.«

»Dem kann eine umgekehrte Etymologie zugrunde liegen«, sagte Pelorat. »Diese Apparate sind zur Arbeit verwendet worden, und so ist ihre Bezeichnung zum Begriff für ›Arbeit‹ geworden. Aber warum erzählen Sie uns davon?«

»Weil es hier auf Sayshell ein ganz fester Bestandteil der Überlieferung ist, daß damals, als die Erde die einzige bewohnte Welt war und die gesamte Galaxis noch unbesiedelt vor ihr lag, Roboter erfunden und eingesetzt worden sind. Es soll also zwei Sorten von Menschenwesen gegeben haben – natürlich entstandene und künstlich geschaffene, solche aus Fleisch und solche aus Metall, biologisch und mechanisch, komplexer und simpler Art ...«

Quintesetz verstummte und lachte kläglich auf. »Verzeihen Sie. Es ist unmöglich, über Roboter zu reden, ohne aus dem *Buch der Ersten Landung* zu zitieren. Die Bewohner der Erde jedenfalls entwickelten Roboter – mehr brauche ich Ihnen eigentlich nicht zu sagen. Das ist klar genug.«

»Und warum haben sie diese Roboter entwickelt?« fragte Trevize.

Quintesetz hob die Schultern. »Wer kann das aus diesem zeitlichen Abstand noch sagen? Vielleicht waren's zu wenige Menschen, und sie brauchten diese Art von Hilfe. Vielleicht erforderte gerade die große Aufgabe der Erforschung und Besiedlung der Galaxis eine derartige Unterstützung.«

»Das klingt recht einleuchtend«, sagte Trevize. »Sobald dann die Galaxis kolonialisiert war, brauchte man die Roboter nicht mehr. Heute gibt's jedenfalls bestimmt keine humanoiden mobilen computerisierten Apparate in der gesamten Galaxis.«

»Auf jeden Fall«, sagte Quintesetz, »berichtet die Sage folgendes – und ich möchte meine Wiedergabe grob vereinfachen und all die poetischen Ausschmückungen weglassen, von denen ich, um ehrlich zu sein, nichts halte, obwohl die Bevölkerung im allgemeinen alles wortwörtlich für bare Münze nimmt oder es wenigstens vorgibt. Also, rings um die Erde entstanden also Kolonialwelten, die benachbarte Sterne umkreisten, und diese Kolonien verwendeten in viel größerem Umfang Roboter als die Erde selbst. Auf neuen, noch unerschlossenen Welten gab es einen viel höheren Bedarf an Robotern. Auf der Erde dagegen schlug man mit der Zeit eine entgegengesetzte Richtung ein und wollte keine Roboter mehr haben, man rebellierte sogar gegen sie.«

»Und was geschah dann?« fragte Pelorat.

»Die Außenwelten waren stärker. Dank der Hilfe ihrer Roboter brachten die Kinder der Erde ihrer Mutter Erde eine Niederlage bei und begannen sie zu beherrschen ... Entschuldigen Sie, ich gleite immer wieder ins Zitieren ab. Aber danach flohen Menschen von der Erde, mit besseren Raumschiffen, besseren Methoden des Hyperraumflugs. Sie flohen zu fernen Sternen und Welten, weitab von den näheren, anfangs besiedelten Planeten. Sie gründeten neue Kolonien – ohne Roboter –, in denen Menschen frei leben konnten. Das waren die sogenannten Zeiten der Flucht, und der Tag, an dem die ersten Menschen von der Erde im Sayshell-Sektor eintrafen – das soll heißen, hier auf diesem Planeten –, ist der Tag der Ersten Landung, der hier seit vielen tausend Jahren alljährlich gefeiert wird.«

»Mein Bester«, äußerte Pelorat, »was Sie da sagen, heißt ja

nichts anderes, als daß Sayshell direkt von der Erde aus besiedelt worden sei.«

Quintesetz überlegte, zögerte für einen Augenblick. »Das ist der offizielle Glaube«, sagte er dann.

»Offenbar glauben Sie nicht so recht daran«, sagte Trevize.

»Ich habe eher den Eindruck ...«, begann Quintesetz, doch da unterbrach er sich mitten im Satz und platzte mit etwas anderem heraus. »Ja, stimmt, ich glaub's nicht! Es ist einfach allzu unwahrscheinlich, aber es handelt sich dabei um ein offizielles Dogma, und wie sehr die Regierung inzwischen auch säkularisiert sein mag, es ist wesentlich, daß man dazu wenigstens Lippenbekenntnisse ablegt. Aber zur Sache! Ihr Artikel, J. P., enthält keinen Hinweis, daß Ihnen diese Geschichte geläufig ist – über Roboter und zwei Phasen der Kolonisation, einer begrenzten Siedlungstätigkeit mit und einer größeren galaktischen Besiedlung ohne Roboter.«

»Tatsächlich war mir bis jetzt davon nichts bekannt«, gab Pelorat zu. »Ich höre diese Darstellung zum erstenmal, S. Q., und ich versichere Ihnen, ich werde Ihnen ewig dafür dankbar sein, daß Sie mich darauf aufmerksam gemacht haben, mein Bester. Ich bin erstaunt, daß nicht einmal eine Andeutung davon in den Texten ...«

»Das zeigt nur, wie effektiv unser soziales System ist«, sagte Quintesetz. »Diese Geschichte ist unser sayshellisches Geheimnis – unser großes Rätsel.«

»Kann sein«, bemerkte Trevize in seiner trockenen Art. »Aber diese zweite Siedlerwelle – die ohne Roboter – muß sich nach allen Seiten ausgebreitet haben. Wieso gibt's trotzdem dies großartige Geheimnis nur auf Sayshell?«

»Es kann auch woanders existieren und einer vergleichbaren Geheimhaltung unterliegen«, antwortete Quintesetz. »Unsere hiesigen Konservativen glauben, *nur* Sayshell sei von der Erde aus besiedelt worden, die ganze restliche Galaxis dagegen von Sayshell aus. Das ist aber wahrscheinlich Unsinn.«

»Diese untergeordneten Merkwürdigkeiten kann man vielleicht beizeiten aufklären«, sagte Pelorat. »Aber nun, da ich über einen Ansatz verfüge, bin ich dazu in der Lage, auf anderen Welten nach ähnlichen Informationen zu forschen. Worauf es ankommt, ist doch, daß ich nun erkannt habe, welche Frage gestellt werden muß, und eine gute Frage ist bereits der Schlüssel zu einer Menge guter Antworten. Was für ein Glück, daß ich ...«

»Gewiß, Janov«, sagte Trevize, »aber der gute S. Q. hat uns doch sicherlich noch nicht die ganze Geschichte erzählt. Was ist aus den älteren Kolonien und ihren Robotern geworden? Sagt die Überlieferung darüber etwas?«

»Keine Einzelheiten, nur den wesentlichen Kern. Anscheinend können biologische und mechanische Humanoide nicht zusammenleben. Die Welten mit Robotern gingen unter. Sie waren nicht lebensfähig.«

»Und die Erde?«

»Die Menschen haben sie verlassen und sich hier und wahrscheinlich – wenngleich unsere Konservativen das bestreiten würden – auch auf anderen Planeten angesiedelt.«

»Aber sicher haben doch nicht alle Menschen die Erde verlassen. Sie ist doch nicht menschenleer zurückgeblieben.«

»Vermutlich nicht. Ich habe keine Ahnung.«

»War sie radioaktiv?« fragte Trevize unvermittelt.

Quintesetz wirkte erstaunt. »Radioaktiv?«

»Ja, danach frage ich.«

»Von so was weiß ich nichts. Dergleichen habe ich noch nie zu Ohren bekommen.«

Trevize legte einen Fingerknöchel an die Zähne und überlegte. »S. Q.,« sagte er schließlich, »es wird spät, und vielleicht haben wir Ihre Zeit schon zu sehr beansprucht.« (Pelorat vollführte eine Bewegung, als wolle er widersprechen, aber Trevize hatte eine Hand auf des anderen Knie und drückte fest zu – daher fügte sich Pelorat, wenn auch leicht verstört.)

»Es hat mich gefreut, Ihnen behilflich sein zu können«, erwiderte Quintesetz.

»Das waren Sie, und sollten wir unsererseits etwas für Sie tun können, sagen Sie's ruhig.«

Quintesetz lachte leise. »Wenn der gute J. P. so freundlich wäre, meinen Namen bei allem herauszulassen, was er in bezug auf unser sogenanntes Rätsel schreibt oder unternimmt, soll mir das Gegenleistung genug sein.«

»Sie würden Ihre verdiente Anerkennung erhalten«, sagte Pelorat eifrig, »und man würde Sie womöglich höher einzuschätzen wissen, dürften Sie Terminus aufsuchen und an unserer Universität vielleicht für einige Zeit als Gastdozent tätig sein. Kann sein, es gelingt uns, so etwas zu arrangieren. Sayshell mag die Foundation nicht leiden können, aber man wird wohl kaum ein direktes Gesuch ablehnen, Ihnen zu erlauben, Terminus zu besuchen und, sagen wir mal, an einem Kolloquium über irgendeinen Aspekt der Frühgeschichte teilzunehmen.«

Der Saysheller erhob sich halb. »Wollen Sie damit sagen, Sie könnten *das* in die Wege leiten?«

»Nun, ich habe noch nicht daran gedacht, aber J. P. hat völlig recht«, erklärte Trevize. »Das wäre sehr gut vorstellbar – falls wir's versuchen. Und um so mehr Sie uns zur Dankbarkeit verpflichten, um so größere Mühe werden wir natürlich aufwenden.«

Quintesetz stutzte, dann runzelte er die Stirn. »Wie meinen Sie das?«

»Sie haben nicht mehr zu tun, als uns nun endlich alles über Gaia zu erzählen, S. Q.«, antwortete Trevize.

Und aller Glanz in Quintesetz' Miene erlosch.

53

Quintesetz betrachtete seinen Schreibtisch. Mit der Hand strich er geistesabwesend durch sein kurzes, drahtig-lockiges Haar. Dann schaute er Trevize an und schürzte ein wenig die Lippen. Er wirkte, als sei er fest zum Schweigen entschlossen.

Trevize hob die Brauen und wartete. »Es wird wirklich spät«, sagte Quintesetz schließlich mit irgendwie erstickter Stimme. »Ist schon ziemlich glimmrig draußen.«

Bis jetzt hatte er gutes Galakto-Standard gesprochen, doch nun nahmen seine Wörter eine sonderbare Klangfärbung an, als begänne die sayshellische Art des Sprechens seine erworbene Bildung zu verdrängen.

»Glimmrig, S. Q.?«

»Es ist schon fast dunkel.«

Trevize nickte. »Ich bin tatsächlich ein bißchen gedankenlos. Dabei bin ich inzwischen selbst hungrig. Dürfen wir Sie wohl zum Abendessen einladen, S. Q.? Dann könnten wir unser Gespräch vielleicht fortsetzen – über Gaia.«

Schwerfällig stand Quintesetz auf. Er war größer als die beiden Männer von Terminus, aber auch älter und schwammiger, und seine Körpergröße vermittelte keinen Eindruck von bedrohlicher Kraft. Er wirkte müder als zum Zeitpunkt ihrer Ankunft.

Er blinzelte die beiden an. »Ich vergesse die Regeln der Gastfreundschaft«, sagte er. »Sie sind Außerplanetarische, und es gehört sich nicht, daß Sie für meine Unterhaltung sorgen. Kommen Sie mit zu mir! Ich wohne im Bereich des Universitätsgeländes, so daß wir's nicht weit haben, und wenn Sie das Gespräch weiterzuführen wünschen, können wir's bei mir daheim unter angenehmeren Umständen tun. Allerdings muß ich zu meinem Bedauern sagen ...« – hier wirkte er ein wenig unbehaglich –, »ich kann Ihnen nur eine beschränkte Mahlzeit bieten. Meine Frau und ich sind Vegetarier, und sollten Sie Fleischesser sein, kann ich mich nur entschuldigen und muß Sie um Verständnis bitten.«

»J. P. und ich werden es für ein Essen durchaus schaffen, unsere Fleischfressergelüste im Zaum zu halten«, entgegnete Trevize. »Was Sie uns erzählen, wird uns mehr als genug dafür entschädigen ... hoffe ich.«

»Ich kann Ihnen ein interessantes Essen versprechen, wie immer sich das Gespräch auch entwickeln mag«, erwiderte Quintesetz, »falls unsere sayshellischen Gewürze Ihnen zusagen. Meine Frau und ich haben aus der Verwendung von Gewürzen eine wahre Kunst gemacht.«

»Mir ist alles recht, was Sie an Exotischem bieten möchten, S. Q.«, sagte Trevize unterkühlt. Pelorat dagegen erregte angesichts solcher Aussichten einen eher nervösen Eindruck.

Quintesetz ging voran. Sie verließen das Büro und wanderten einen scheinbar endlosen Korridor entlang, und unterwegs grüßte der Saysheller dann und wann Studenten und Kollegen, sah jedoch davon ab, ihnen seine beiden Begleiter vorzustellen. Trevize bemerkte mit Mißmut, daß so mancher seine Schärpe, zufällig eines seiner grauen Exemplare, befremdet anstarrte. Eine gedämpfte Farbe war in der Kleidung an dieser Universität anscheinend nicht *de rigueur*.

Schließlich traten sie durch eine Tür hinaus ins Freie. In der Tat war es nun völlig dunkel und ein bißchen kühl; in einigem Abstand sah man die Umrisse von Bäumen emporragen, und zu beiden Seiten des Fußwegs stand ziemlich hohes Gras.

Pelorat blieb stehen, den Rücken dem Lichtschein zugewandt, der aus dem Gebäude fiel, das sie gerade verlassen hatten, ebenso den Lichtquellen, die die Fußwege des Universitätsgeländes säumten. Er schaute direkt nach oben.

»Wunderschön!« sagte er. »Bei uns gibt's ein berühmtes Zitat aus dem Gedicht eines unserer Dichter, worin vom ›Tüpfelschimmer an Sayshells weitem Firmament‹ die Rede ist.«

Trevize blickte ebenfalls angetan nach oben. »Wir kommen von Terminus, S. Q.«, sagte er mit leiser Stimme zu Quintesetz, »und mein Freund hier hat noch nie einen fremden Himmel gesehen. Auf Terminus sehen wir die Milchstraße nur als einheitlichen, trüben Fleck, dazu ein paar kaum sichtbare Sterne. Hätten Sie bisher nur immer unter unserem Himmel gelebt, Sie wüßten, was Sie hier haben, bestimmt noch mehr zu würdigen.«

»Ich versichere Ihnen«, sagte Quintesetz ernsthaft, »wir wissen durchaus, was wir daran haben. Er ist weniger deshalb so schön, weil wir uns hier in einer nicht allzu dichten Zone der Galaxis befinden, sondern weil die Verteilung der Sterne bemerkenswert gleichmäßig ist. Ich bezweifle, daß Sie sonst irgendwo in der Galaxis so viele Sterne erster Größenordnung so gleichmäßig verteilt sehen können. Aber andererseits sind's auch nicht zu viele. Ich habe schon auf Welten den Himmel gesehen, die am Rande von Kugelwolken liegen, und dort sieht man viel zuviel helle Sterne. So was verdirbt die Dunkelheit eines Nachthimmels und vermindert den Gesamteindruck der Schönheit ganz erheblich.«

»Da bin ich völlig Ihrer Meinung«, sagte Trevize.

»Sehen Sie dies fast regelmäßige Fünfeck aus nahezu gleich hellen Sternen dort drüben?« meinte Quintesetz. »Wir nennen sie Fünf Schwestern. Da, in dieser Richtung, genau über dieser Reihe von Bäumen. Sehen Sie?«

»Ich sehe sie«, bestätigte Trevize. »Sehr hübsch.«

»Ja«, sagte Quintesetz. »Sie sollen Erfolg in der Liebe symbolisieren, und es dürfte kaum einen Liebesbrief geben, der nicht mit einem Fünfeck aus Punkten beendet wird, das den Wunsch nach einer Liebesbeziehung ausdrückt. Jeder der fünf Sterne steht für eine andere Stufe im Prozeß der Herstellung einer solchen Beziehung, und es gibt bekannte Dichtungen, die darin wetteifern, jede dieser verschiedenen Stufen so explizit erotisch wie möglich darzustellen. In meiner Jugendzeit habe ich selbst mal ein paar derartige Verse zu schmieden versucht, und damals hätte ich nie gedacht, daß einmal eine Zeit kommen würde, in der mir die Fünf Schwestern so gleichgültig sind, aber ich glaube, das geht jedem so. Erkennen Sie den trüben Stern genau in der Mitte des Fünfgestirns?«

»Ja.«

»Der soll die unerwiderte Liebe versinnbildlichen«, sagte Quintesetz. »Die Legende besagt, dieser Stern sei einmal so hell wie der Rest gewesen, aber im Laufe der Zeit aus Kummer dunkel geworden.« Und er ging rasch weiter.

54

Das Essen, so mußte Trevize sich insgeheim eingestehen, war ausgezeichnet gewesen. Es hatte eine nahezu unendliche Vielseitigkeit aufgewiesen, und die zahllosen Arten des Würzens und Verfeinerns hatten unaufdringliche, aber köstliche Geschmacksvariationen gewährleistet.

»Alle diese Gemüse – die mir übrigens bestens geschmeckt haben – sind doch gewissermaßen Bestandteil des allgemeinen galaktischen Nahrungsangebots, nicht wahr, S. Q.?« meinte Trevize.

»Ja, natürlich.«

»Aber ich vermute, es gibt hier auch ursprüngliche Lebensformen.«

»Natürlich. Als die ersten Siedler eintrafen, war Sayshell ja schon eine Sauerstoffwelt, folglich war auch heimisches Leben vorhanden. Und wir sind sichergegangen, daß vom hier entstandenen Leben auch einiges erhalten bleibt. Wir haben sehr ausgedehnte Naturschutzparks, in denen das alte sayshellische Leben noch immer existiert, sowohl Flora wie auch Fauna.«

»Dann haben Sie hier uns etwas voraus, S. Q.«, sagte Pelorat.

»Als Terminus von Menschen besiedelt worden ist, gab es auf dem Land nur wenig Leben, und leider hat man lange Zeit hindurch keine koordinierten Anstrengungen zur Bewahrung des ozeanischen Lebens unternommen, das den Sauerstoff produziert hatte, der Terminus überhaupt erst bewohnbar machte. Terminus besitzt heute eine rein galaktische Ökologie.«

»Sayshell kann auf eine lange und beständige Geschichte der Lebensbewahrung zurückblicken«, sagte Quintesetz mit einem Lächeln bescheidenen Stolzes.

Trevize wählte diesen Moment, um auf das eigentliche Thema zurückzukommen. »Ich glaube, S. Q.«, rief er in Erinnerung, »als wir Ihr Büro verlassen haben, war es Ihre Absicht, uns nach dem Essen etwas über Gaia zu erzählen.«

Quintesetz' Frau, eine freundliche Person, untersetzt und ein recht dunkler Typ – sie hatte während des Essens wenig geredet –, blickte entgeistert auf, erhob sich und ging ohne ein Wort aus dem Zimmer.

»Meine Frau«, sagte Quintesetz unbehaglich, »ist ziemlich konservativ eingestellt, und es gefällt ihr nicht, wenn man ... ah ... den besagten Planeten erwähnt. Bitte entschuldigen Sie sie. Warum fragen Sie überhaupt danach?«

»Leider ist es wichtig für J. P.'s Arbeit.«

»Aber warum fragen Sie gerade *mich?* Wir haben über die Erde diskutiert, über Roboter, die Gründung Sayshells. Was hat das alles mit der ... ah ... mit dem zu tun, wonach Sie fragen?«

»Vielleicht nichts, aber es gibt nun einmal so viele Sonderbarkeiten an dieser Sache. Warum mißfällt Ihrer Frau die Erwähnung Gaias? Warum ist es *Ihnen* unangenehm, davon zu reden? Andere hier sprechen recht unbekümmert darüber. Erst heute hat man uns gesagt, Gaia sei nichts anderes als die Erde und aus Enttäuschung über die Übeltaten der Menschen in den Hyperraum entschwunden.«

Quintesetz' Miene spiegelte wider, daß er sich schmerzlich berührt fühlte. »Wer hat Ihnen solchen Unfug aufgeschwatzt?«

»Jemand hier an der Universität.«

»Das ist reiner Aberglauben.«

»Dann gehört das also nicht zum zentralen Dogma Ihrer Legenden über die Zeit der Flucht und die Erstlandung?«

»Nein, natürlich nicht. Das ist nur so eine einfältige Fabel, die unter gewöhnlichen, ungebildeten Leuten kolportiert wird.«

»Sind Sie sicher?« meinte Trevize kühl.

Quintesetz lehnte sich in seinen Sessel und musterte die Überreste des Essens, die vor ihm standen. »Lassen Sie uns ins Wohnzimmer gehen«, sagte er. »Meine Frau wird nicht fürs Abtragen und Aufräumen sorgen, solange wir hier sitzen und ... so etwas besprechen.«

»Sind Sie sicher, daß es sich lediglich um eine Fabel handelt?« wiederholte Trevize hartnäckig, nachdem sie in einem Nebenzimmer vor einem Fenster Platz genommen hatten, das sich über ihnen einwärts wölbte und einen klaren Ausblick auf Sayshells sehenswerten Nachthimmel ermöglichte. Die Beleuchtung des Zimmers war heruntergedimmt, um den Sternenschein nicht in seiner Schönheit zu beeinträchtigen, und Quintesetz' dunkle Erscheinung verschmolz mit den Schatten.

»Sind Sie *nicht* sicher?« hielt er Trevize entgegen. »Glauben Sie etwa allen Ernstes, irgendeine Welt könnte sich so einfach als Ganzes in den Hyperraum verdrücken? Sie müssen berücksichtigen, daß der Durchschnittsbürger nur eine sehr vage Vorstellung davon hat, was der Hyperraum eigentlich ist.«

»Die Wahrheit ist«, antwortete Trevize, »ich habe selbst nur eine sehr vage Vorstellung vom Hyperraum, obwohl ich ihn schon einige hundertmal durchquert habe.«

»Dann erlauben Sie auch mir, die Realität auszusprechen. Ich versichere Ihnen, daß die Erde – wo sie auch sein mag – sich nicht innerhalb der Grenzen der Sayshell-Union befindet, und daß die Welt, die Sie außerdem erwähnt haben, nicht die Erde ist.«

»Aber selbst wenn Ihnen unbekannt ist, wo sich die Erde finden läßt, S. Q., müßten Sie wissen, wo sich die andere erwähnte Welt befindet. *Die* nämlich liegt bestimmt innerhalb der Grenzen der Sayshell-Union. Soviel wissen wir, stimmt's, Pelorat?«

Pelorat, der stumm und still zugehört hatte, fuhr nun, als Trevize ihn ansprach, plötzlich auf. »Ich möchte sogar behaupten, Golan«, sagte er unvermittelt, »ich weiß, wo sie ist.«

Trevize drehte sich ihm zu und schaute ihn an. »Seit wann, Janov?«

»Seit dem frühen Abend, mein lieber Golan. Auf dem Weg vom Büro zu Ihrem Haus, S. Q., haben Sie uns die Fünf Schwestern gezeigt. Sie haben uns auf einen trüben Stern in der Mitte des Fünfecks aufmerksam gemacht. Ich bin davon überzeugt, das ist Gaia.«

Quintesetz zögerte, und seine Miene, in der Dunkelheit verborgen, ließ sich nicht erkennen. »Nun ja, das sagen uns jedenfalls die Astronomen«, meinte er schließlich, »wenigstens privat. Die fragliche Welt umkreist den entsprechenden Stern.«

Trevize betrachtete Pelorat nachdenklich, aber die Miene des Professors verriet nichts von dem, was in ihm vorging. »Dann erzählen Sie uns etwas über den Stern!« wandte Trevize sich erneut an Quintesetz. »Kennen Sie seine Koordinaten?«

»Ich? Nein.« Quintesetz' Verneinung fiel fast heftig aus. »Ich sammle doch daheim keine stellaren Koordinaten. Sie könnten sie möglicherweise von der astronomischen Fakultät erhalten, aber nicht ohne Schwierigkeiten, nehme ich an. Flüge zu dem Stern sind untersagt.«

»Warum? Er liegt innerhalb Ihres Territoriums, oder nicht?«

»Kosmografisch gesehen, ja, politisch nicht.«

Trevize wartete auf weitere Äußerungen. Als sie ausblieben, stand er auf. »Professor Quintesetz«, sagte er in formellem Ton, »ich bin weder Polizist oder Soldat noch Diplomat oder Gangster. Ich bin nicht hier, um irgendwelche Informationen aus Ihnen herauszupressen. Statt dessen werde ich, wie sehr es auch meinem Willen widerstrebt, zu unserem Botschafter gehen. Sicherlich ist auch Ihnen klar, daß ich diese Informationen nicht bloß aus persönlichem Interesse haben möchte. Es geht dabei um eine Foundationangelegenheit, und ich will keineswegs eine interstellare Affäre daraus machen. Und ich glaube, an so etwas dürfte auch der Sayshell-Union kaum gelegen sein.«

»Inwiefern handelt es sich um eine Foundationangelegenheit?« fragte Quintesetz verunsichert nach.

»Das kann ich leider nicht mit Ihnen diskutieren. Falls Gaia etwas ist, worüber Sie um keinen Preis mit mir sprechen wollen, muß ich die ganze Sache auf die Regierungsebene verlagern, und unter solchen Umständen könnten sich für Sayshell nachteilige Folgen ergeben. Sayshell ist unabhängig von der Föderation geblieben, und ich habe dagegen keine Einwände. Ich besitze keinen Grund, Sayshell irgend etwas Schlechtes zu wünschen, und ich bin absolut nicht wild darauf, mich an unseren Botschafter zu wenden. Dadurch würde ich tatsächlich sogar meiner eigenen Laufbahn schaden, denn ich habe die unmißverständliche Anweisung erhalten, an diese Informationen zu gelangen, *ohne* Regierungsstellen zu bemühen. Bitte verraten Sie mir also, ob es einen vernünftigen Grund gibt, warum Sie nicht mit mir über Gaia reden könnten. Würde man Sie verhaften, irgendwie bestrafen, wenn Sie darüber sprechen? Wollen Sie mir ins Gesicht sagen, daß mir keine andere Wahl bleibt, als die ganze Sache auf die Botschafterebene zu tragen?«

»Nein, nein«, antwortete Quintesetz, nun offensichtlich völlig verwirrt. »Von Regierungsdingen verstehe ich nichts. Wir sprechen hier nun einmal ganz einfach nicht über die besagte Welt.«

»Aus Aberglauben?«

»Nun ja! Aberglauben! Ach, Firmament von Sayshell, in welcher Hinsicht bin ich eigentlich besser als diese dümmliche Person, die Ihnen eingeredet hat, Gaia befände sich im Hyperraum ... oder als meine eigene Frau, die nicht in einem Zimmer bleibt, wo man Gaia erwähnt, die vielleicht inzwischen das Haus verlassen hat, aus Furcht, es könne etwas uns treffen ...«

»Ein Blitz?«

»*Irgend etwas* von weit her. Und selbst ich zögere, ehe ich's fertigbringe, den Namen auszusprechen. Gaia! Gaia! Diese zwei Silben tun mir nicht weh. Ich bleibe unversehrt. Trotzdem zögere ich. Aber bitte glauben Sie mir, ich kenne die Koordinaten von Gaias Stern wirklich nicht. Ich kann versuchen, sie Ihnen zu verschaffen, aber lassen Sie sich noch einmal klar von mir sagen, wir hier in der Sayshell-Union sprechen nicht über diese Welt. Wir lassen die Hände davon, beschäftigen uns nicht mit ihr. Ich kann Ihnen auch mitteilen, was hier über sie bekannt ist – an echten Fakten, nicht bloß Spekulationen –, und ich bezweifle, daß Sie auf irgendeiner Welt der Union mehr erfahren könnten. Wir wissen, daß Gaia eine uralte Welt ist, und es gibt Leute, die behaupten, das sei die älteste Welt in diesem Sektor der Galaxis. Der Patriotismus redet uns ein, Sayshell sei in dieser Gegend der älteste besiedelte Planet – die

Furcht flüstert uns ein, Gaia sei's. Die einzige Methode, diese beiden Auffassungen miteinander zu verbinden, besteht darin, einfach anzunehmen, Gaia sei die Erde, weil wir wissen, daß Erdbewohner Sayshell besiedelt haben. Die meisten Historiker denken – jedenfalls unter sich –, daß Gaia als Kolonie gesondert gegründet worden ist. Sie gehen davon aus, daß Gaia nicht durch irgendeine Welt unserer Union besiedelt worden ist, daß die Gründung der Union und die Besiedlung ihrer Welten andererseits aber auch nicht auf Gaia zurückgehen. Es besteht keine Einmütigkeit bezüglich des vergleichsweisen Alters, und damit bleibt offen, ob man Gaia früher oder später als Sayshell besiedelt hat.«

»Bis jetzt wissen Sie also so gut wie überhaupt nichts an richtigen Informationen zu geben«, sagte Trevize, »denn offenbar finden sich für jede denkbare Alternative genug Leute, die daran glauben.«

Quintesetz nickte wehmütig. »So könnte man meinen. Wir sind erst relativ spät in unserer Geschichte auf Gaias Existenz aufmerksam geworden. Anfangs waren wir damit beschäftigt, die Union zu bilden, dann damit, uns das Galaktische Imperium vom Halse zu halten, danach hat es uns stark beansprucht, uns richtig in die Rolle als Imperiumsprovinz hineinzufinden und die Macht der Sternenherzöge einzuschränken. Erst als die Zeit der Schwächung des Imperiums bereits weit fortgeschritten war, fiel einem der letzten Sternenherzöge, den das Imperium nur noch an lockerem Zügel hielt, überhaupt auf, daß Gaia existierte und anscheinend seine Unabhängigkeit sowohl gegenüber der sayshellischen Provinz wie auch dem Imperium selbst behauptete, indem man ganz einfach seine Isolation bewahrte und sich in Geheimnisse hüllte, so daß buchstäblich nichts über die besagte Welt bekannt war, genausowenig wie heute. Der Sternenherzog beschloß, sie zu übernehmen. Wir wissen keine Einzelheiten darüber, was passiert ist, aber seine Expedition scheiterte, nur wenige Schiffe kehrten zurück. Natürlich waren damals die Raumschiffe weder besonders gut, noch hat die Führung viel getaugt. Auf Sayshell hatte man Freude an der Schlappe des Sternenherzogs, versteht sich, weil man in ihm einen Unterdrücker im Namen des Imperiums sah, und sein Debakel führte fast auf direktem Wege zur Wiederherstellung unserer Unabhängigkeit. Die Sayshell-Union hat die Gelegenheit genutzt, um ihre Verbindung mit dem Imperium zu beenden, und den Jahrestag dieser Maßnahme feiern wir noch heute als Tag der Union. Wie aus Dankbarkeit haben wir uns fast ein Jahrhundert lang nicht um Gaia gekümmert, aber schließlich kam eine Zeit, da waren wir selbst stark genug für ein bißchen eigene imperialistische Expansion. Warum sollten wir uns nicht Gaia einverleiben? Warum nicht wenigstens eine Handelseinheit herstellen? Wir schickten eine Flotte hin, aber unser Unternehmen schlug gleichfalls fehl. Anschließend haben wir uns mit gelegentlichen Versuchen begnügt, Handelsbeziehungen zu etablieren – lauter Versuche, die unweigerlich mißlangen. Gaia blieb in strikter Isolation und hat – soweit jemand das weiß – von sich aus niemals auch nur die geringsten Bemühungen gemacht, um mit irgendeiner anderen Welt zu handeln oder bloß in Kommunikation zu treten. Gleichzeitig hat sie auch nie die leiseste feindselige Handlung in irgendeine Reichtung begangen. Und dann ...«

Quintesetz hellte die Beleuchtung auf, indem er einen Schalter in der Armlehne seines Sessels betätigte. In der plötzlichen Helligkeit nahm Quintesetz' Miene einen eindeutig sardonischen Ausdruck an. »Da Sie Bürger der Foundation sind«, sagte er, »entsinnen Sie sich vielleicht an den Fuchs.«

Trevize errötete. In den fünf Jahrhunderten ihres Bestehens war die Foundation nur einmal besiegt worden. Die Eroberung war nur zeitweilig gewesen und hatte sie auf dem Wege zum Zweiten Imperium nicht ernsthaft aufhalten können, aber niemand, dem die Foundation zuwider war und ihre Selbstzufriedenheit ankratzen wollte, versäumte es, den Fuchs zu erwähnen, ihren einzigen Eroberer. Und wahrscheinlich (dachte sich Trevize) hatte Quintesetz die Beleuchtung erhellt, um *sehen* zu können, wie er die Selbstzufriedenheit von Foundationbürgern ankratzte.

»Ja«, antwortete Trevize, »wir von der Foundation erinnern uns an den Fuchs.«

»Der Fuchs hat eine Zeitlang über ein eigenes Imperium geherrscht«, sagte Quintesetz, »das so groß war wie heute die Foundation. Aber *uns* hat er nicht beherrscht. Uns hat er in Frieden gelassen. Einmal war er allerdings im Sayshell-Sektor.

Wir haben eine Neutralitätserklärung unterzeichnet und ihn unserer Freundschaft versichert. Mehr hat er nicht verlangt. Wir waren die einzigen, von denen er in der Zeit, bevor Krankheit seiner Expansion Einhalt gebot und ihn dazu zwang, auf den Tod zu warten, nicht mehr verlangt hat. Wissen Sie, er war kein unvernünftiger Mann. Sinnlose Gewalt hat er nicht gebraucht, er war kein Blutherrscher, er hat human regiert.«

»Nur war er ein Eroberer«, meinte Trevize sarkastisch.

»So wie die Foundation«, sagte Quintesetz.

»Haben Sie noch mehr über Gaia zu erzählen?« entgegnete Trevize gereizt, weil ihm darauf keine geeignete Antwort einfiel.

»Nur eine Äußerung, die der Fuchs von sich gegeben hat. Der Darstellung der historischen Begegnung zwischen dem Fuchs und Präsident Kallo von der Union zufolge soll der Fuchs, als er schwungvoll seine Unterschrift unter das Dokument setzte, gesagt haben: ›Wie ich aus diesem Dokument ersehe, verhalten Sie sich auch zu Gaia neutral, und das ist für Sie ein glücklicher Umstand. Nicht einmal ich werde mich mit Gaia abgeben.‹«

Trevize schüttelte den Kopf. »Warum hätte er so etwas denn auch tun sollen? Sayshell war sehr auf Neutralität bedacht, und Gaia hatte ja nie irgend jemandem Schwierigkeiten gemacht. Der Fuchs verfolgte damals den Plan, die gesamte Galaxis zu erobern, warum also hätte er sich mit Kleinkram aufhalten sollen? Sobald er sein Ziel erreicht hätte, wäre ihm Zeit genug gewesen, um Sayshell *und* Gaia in die Tasche zu stecken.«

»Vielleicht, vielleicht«, sagte Quintesetz. »Aber einem Zeugen zufolge, der anwesend war, einer Person, der wir zu glauben geneigt sind, legte der Fuchs seinen Stift hin, als er sagte: ›Nicht einmal ich werde mich mit Gaia abgeben.‹ Dann soll er die Stimme gesenkt und hinzugefügt haben, und zwar in kaum hörbarem Flüstern, als solle niemand es hören: ›Nicht noch einmal.‹«

»Kaum vernehmlich sagen Sie, als solle niemand es hören. Wieso ist es trotzdem gehört worden?«

»Weil sein Stift vom Tisch rollte, als er ihn hinlegte, und selbstverständlich trat sofort ein Saysheller näher und bückte sich, um ihn aufzuheben. Deshalb war sein Ohr den Lippen des Fuchses ziemlich nah, als der Fuchs ›Nicht noch einmal‹ flüsterte, und daher konnte er's hören. Und diese Person hat bis nach dem Tod des Fuchses darüber geschwiegen.«

»Gibt es Beweise dafür, daß es sich nicht bloß um eine Erfindung handelt?«

»Der Lebenslauf der erwähnten Person rechtfertigt die Auffassung, es für unwahrscheinlich zu halten, daß sie sich solche Dinge ausgedacht hat. Ihr Wort gilt im allgemeinen als glaubhaft.«

»Und wenn, was ergibt sich daraus?«

»Der Fuchs war niemals außer bei dieser einen Gelegenheit im Gebiet der Sayshell-Union oder in dessen Nähe, jedenfalls nicht nach seinem Tätigwerden in galaktischem Maßstab. Wenn er je auf Gaia gewesen sein soll, dann muß es gewesen sein, bevor er sich auf galaktischer Ebene zu betätigen begann.«

»Na und?«

»Na, und wo ist der Fuchs geboren?«

»Soweit ich informiert bin, weiß niemand darüber Bescheid«, erwiderte Trevize.

»In der Sayshell-Union hat man stellenweise recht stark das Gefühl, daß er das Licht der Welt auf Gaia erblickt hat.«

»Wegen dieser einen Äußerung?«

»Nur zum Teil deswegen. Der Fuchs konnte nicht geschlagen werden, weil er über starke mentale Kräfte verfügte. Gaia kann offensichtlich auch nicht überwunden werden.«

»Gaia ist bisher nie überwunden worden. Das heißt aber keineswegs, daß sie sich durch Unüberwindbarkeit auszeichnet.«

»Sogar der Fuchs hat die Finger von ihr gelassen. Schauen Sie in den Archiven aus der Zeit seiner Oberherrschaft nach! Sehen Sie nach, ob er irgendeine Region in der Galaxis so vorsichtig behandelt hat wie die Sayshell-Union. Und wissen Sie, daß niemand, der je nach Gaia geflogen ist, um lediglich friedlichen Handel anzubahnen, zurückgekehrt ist? Was glauben Sie wohl, warum wir so wenig über Gaia wissen?«

»Ihre Ansichten grenzen an Aberglauben«, sagte Trevize.

»Nennen Sie's, wie Sie wollen! Seit der Zeit des Fuchses haben wir Gaia jedenfalls aus unserem Denken gestrichen. Wir wünschen nämlich nicht, daß Gaia an uns denkt. Wir fühlen uns nur sicher, wenn wir so tun, als wäre sie gar nicht vorhanden. Es kann sein, daß die Regierung insgeheim selbst die Legende initiiert und gefördert hat, Gaia sei in den Hyperraum verschwunden, in der Hoffnung, die Bevölkerung werde vergessen, daß es tatsächlich einen Stern dieses Namens gibt.«

»Dann glauben Sie also, daß Gaia eine Welt voller Füchse ist?«

»Ich halte es für möglich. Ich rate Ihnen – in *Ihrem* Interesse –, Gaia nicht aufzusuchen! Wenn Sie's tun, werden Sie niemals zurückkehren. Sollte die Foundation sich mit Gaia anlegen, würde sie weniger Intelligenz an den Tag legen als der Fuchs. *Das* können Sie Ihrem Botschafter sagen.«

»Geben Sie mir die Koordinaten, und wir werden Ihre Welt unverzüglich verlassen«, antwortete Trevize. »Ich werde Gaia erreichen, und ich werde auch zurückkehren.«

»Ich werde Ihnen die Koordinaten verschaffen«, sagte Quintesetz. »Natürlich arbeitet die astronomische Abteilung nachts, und wenn's irgendwie geht, will ich sie ihnen *sofort* besorgen. Aber lassen Sie mich noch einmal von jedem Versuch abraten, Gaia aufzusuchen.«

»Ich beabsichtige den Versuch zu wagen«, sagte Trevize.

Und Quintesetz erwiderte bedrückt: »Dann beabsichtigen Sie Selbstmord.«

Vierzehntes Kapitel

Vorwärts!

55

Janov Pelorat betrachtete die noch trübe Landschaft draußen im Grauen der Morgendämmerung mit einem Gemisch aus Bedauern und Unsicherheit.

»Unser Aufenthalt ist zu kurz, Golan. Das ist eine angenehme und interessante Welt, finde ich. Ich würde gerne mehr von ihr kennenlernen.«

Trevize blickte mit schiefem Lächeln vom Computer auf. »Glauben Sie, ich nicht? Wir haben auf diesem Planeten nur zwei anständige Mahlzeiten eingenommen – beide total andersartig, aber jede exzellent. Ich hätte gerne mehr probiert. Und die einzigen Frauen, die wir gesehen haben, sind uns nur flüchtig unter die Augen gekommen ... Und ein paar von ihnen sahen ganz anregend aus ... für das, was jemand wie ich so mit Frauen im Sinn hat.«

Pelorat rümpfte andeutungsweise die Nase. »Ach, mein Bester! Diese Kuhglocken, die sie Schuhe nennen, und in die schreiendsten Farben sind sie gehüllt, und was sie erst mit ihren Wimpern anstellen! Haben Sie bemerkt, was sie mit den Wimpern anstellen?«

»Sie können sich darauf verlassen, ich habe alles bemerkt, was es an ihnen zu sehen gab, Janov. Ihre Einwände betreffen bloß Oberflächlichkeiten. Notfalls kann man Frauen dazu bringen, sich das Gesicht zu waschen, und Schuhe und bunte Klamotten fliegen zum richtigen Zeitpunkt sowieso beiseite.«

»Das glaube ich Ihnen aufs Wort, Golan. Ich habe allerdings mehr an eine weitere Erforschung dieser Angelegenheiten über die Erde gedacht. Was man uns bis jetzt von der Erde erzählt hat, ist so unbefriedigend, so widersprüchlich ... Einer Person zufolge geht's um Strahlung, nach einer anderen um Roboter.«

»Aber in jedem Fall soll sie eine tote Welt geworden sein.«

»Gewiß«, sagte Pelorat, »aber es kann sein, daß das eine wahr ist und das andere unwahr oder daß in gewissem Umfang beides wahr ist oder daß beides überhaupt nicht stimmt. Wenn Sie Geschichten hören, Golan, die alles nur in dichten Nebel der Ungewißheit hüllen, dann müssen doch auch Sie den Drang verspüren, solche Dinge zu erforschen, die Wahrheit aufzudecken.«

»Ich verspüre ihn auch«, sagte Trevize, »bei jedem Zwergstern in der Galaxis, ich verspüre ihn. Unser akutes Hauptproblem jedoch ist Gaia. Sobald wir das geklärt haben, können wir zur Erde fliegen oder auch in den Sayshell-Sektor zurückkehren, um länger auf Sayshell zu bleiben. Aber erst kommt Gaia!«

Pelorat nickte. »Unser akutes Hauptproblem, ja! Wenn wir Quintesetz abnehmen, was er uns aufgetischt hat, erwartet uns auf Gaia der Tod. Wollen wir trotzdem hin?«

»Das frage ich mich selbst«, gestand Trevize. »Fürchten Sie sich?«

Pelorat zögerte für einen Moment mit der Antwort, als untersuche er erst die eigenen Empfindungen. »Ja«, bekannte er dann unumwunden und in sachlichem Ton. »Schrecklich.«

Trevize lehnte sich in seinem Sessel zurück und schwenkte ihn herum, bis er Pelorat genau gegenübersaß. »Janov«, sagte er ebenso ruhig und sachlich, »es ist nicht nötig, daß Sie sich irgendwelchen Risiken aussetzen. Sagen Sie, daß Sie es so wünschen, und ich lasse Sie mit Ihrem persönlichen Eigentum und der Hälfte unseres Guthabens an Credits auf Sayshell zurück. Wenn ich wiederkehre, hole ich Sie ab, und dann fliegen wir weiter in den Sirius-Sektor, wenn Sie möchten, zur Erde, falls sie sich dort befindet. Sollte ich nicht wiederkommen, werden die Vertreter der Foundation auf Sayshell dafür sorgen, daß Sie nach Terminus heimkehren können. Ich nehm's Ihnen nicht übel, wenn Sie hier bleiben, alter Freund.«

Einige Augenblicke lang blinzelte Pelorat sehr schnell und preßte die Lippen fest aufeinander. »Alter Freund?« meinte er dann mit ziemlich rauher Stimme. »Wir kennen uns nun – wie lange? Eine Woche oder so? Ist es nicht merkwürdig, daß ich es ablehne, das Schiff zu verlassen? Ich *fürchte* mich, aber ich möchte mitkommen.«

Trevize bewegte seine Hände in einer Geste der Unsicherheit. »Aber warum? Ehrlich, ich verlang's nicht von Ihnen.«

»Ich bin mir nicht sicher, weshalb, aber ich verlang's von mir. Es ist ... es ist so ... Golan, ich habe Vertrauen zu Ihnen. Ich habe von Ihnen den Eindruck, daß Sie jederzeit wissen, was Sie tun. Ich wollte nach Trantor, und dort wäre – wie ich's jetzt sehe – vermutlich überhaupt nichts geschehen. *Sie* haben darauf bestanden, daß wir uns für Gaia interessieren, und irgendwie ist Gaia allem Anschein nach in der Galaxis ein wunder Punkt. Im Zusammenhang mit Gaia, so kommt es mir vor, *geschieht* etwas. Und sollte das nicht genügen, ich habe gut achtgegeben, Golan, als Sie Quintesetz die Informationen über Gaia entlockt haben. Das war ein *derartig* raffinierter Bluff, ich war vor Bewunderung wie vor den Kopf geschlagen.«

»Sie vertrauen also meinen Fähigkeiten.«

»Ja, richtig«, sagte Pelorat.

Trevize legte eine Hand auf den Oberarm des anderen und wirkte einen Moment lang, als suche er nach Worten. »Janov«, sagte er schließlich, »würden Sie mir wohl schon im voraus verzeihen, falls mein Urteil sich als falsch erweist und Sie auf die eine oder andere Weise mit ... mit dem konfrontiert werden, was uns an Unerfreulichem erwarten könnte?«

»Aber mein Bester«, erwiderte Pelorat, »was reden Sie da nur? Ich treffe diese Entscheidung völlig frei aus *meinen* Gründen, nicht aufgrund Ihrer Überlegungen. Und bitte ... lassen Sie uns schnellstens aufbrechen. Ich befürchte, meine Feigheit könnte mich doch noch übermannen und für den Rest meines Lebens mit Schande überhäufen.«

»Wie Sie wünschen, Janov«, sagte Trevize. »Wir starten, wenn der Computer uns freie Bahn gibt. Diesmal durchqueren wir die Atmosphäre mit dem Gravo-Antrieb – senkrecht aufwärts –, sobald sicher ist, daß sich keine anderen Raumer im nahen Luftraum befinden. Je dünner die Atmosphäre während des Aufstiegs wird, um so schneller werden wir steigen. Binnen einer Stunde werden wir wieder im Weltraum sein.«

»Gut«, sagte Pelorat und riß einer Kaffeedose aus Plastik den

Verschluß ab. Augenblicklich begann es aus der entstandenen Öffnung zu dampfen. Pelorat hob den Trinkschnabel an den Mund und trank, saugte vorher gerade genug Luft in den Mund, um den Kaffee auf eine erträgliche Temperatur abkühlen zu lassen.

Trevize grinste. »Wunderbar, wie Sie gelernt haben, dies Zeug zu benutzen. Sie sind schon ein richtiger Raumveteran, Janov.«

Pelorat betrachtete die Plastikdose für einen Augenblick. »Da wir jetzt Raumschiffe haben, die nach Bedarf Gravitationsfelder erzeugen können«, sagte er, »wird man künftig doch wohl dazu übergehen, normale Behältnisse und Gefäße zu verwenden, oder?«

»Natürlich wäre das möglich, aber Sie dürften Weltraumfahrer schwerlich dahin bringen, daß sie von ihren ganz auf den Weltraum abgestellten Gerätschaften Abstand nehmen. Wie sollte eine Raumratte von Weltraumfahrer einen deutlichen Unterschied zwischen sich und einem Bodenhocker machen, wenn er aus einem gewöhnlichen, oben offenen Becher trinken müßte? Sehen Sie diese Ringe an den Wänden und oben an der Decke? Seit zwanzigtausend Jahren und länger montiert man sie traditionell in sämtlichen Raumschiffen, obwohl sie in einem Gravo-Raumer völlig überflüssig sind. Trotzdem sind sie auch hier vorhanden, und ich wollte das ganze Raumschiff gegen eine Tasse Kaffee wetten, daß eine echte Raumratte jetzt beim Start vortäuschen würde, es presse sie bis an den Rand des Erstickens nieder, und anschließend würde sie an diesen Ringen hin und her baumeln wie in Nullgravitation, während in beiden Fällen G Eins besteht – ich meine, Normalschwerkraft.«

»Sie scherzen.«

»Naja, vielleicht ist's ein wenig übertrieben, aber ein gewisses soziales Trägheitsmoment ist mit allem verbunden, sogar dem technischen Fortschritt. Sie sehen selbst, diese nutzlosen Wandringe sind vorhanden, und die Kaffeedosen haben Trinkschnäbel.«

Pelorat nickte nachdenklich und trank weiter von seinem Kaffee. »Wann starten wir denn nun?« erkundigte er sich zu guter Letzt.

Trevize lachte herzhaft. »Jetzt habe ich Sie reingelegt«, sagte er. »Ich habe über Wandringe geplaudert, und Sie haben nicht bemerkt, daß wir genau in dem Moment gestartet sind. Wir sind schon zwei Kilometer hoch.«

»Das ist doch nicht Ihr Ernst?«

»Schauen Sie hinaus!«

Pelorat tat es. »Aber ich habe gar nichts bemerkt«, sagte er dann.

»Das sollten Sie ja auch nicht.«

»Verstoßen wir nicht gegen die Vorschriften? Sicherlich hätten wir doch einem Funkimpuls folgen und spiralförmig aufsteigen müssen, so wie wir's bei der Landung gemacht haben, oder nicht?«

»Es besteht gar kein Anlaß dazu, Janov. Niemand wird uns aufhalten. Absolut niemand.«

»Vor der Landung haben Sie doch gesagt ...«

»Da lag der Fall noch anders. Über unsere Ankunft hat man sich bestimmt nicht sonderlich gefreut, aber man kann uns ganz sicher nicht schnell genug wieder abfliegen sehen.«

»Wieso meinen Sie das, Golan? Die einzige Person, mit der wir über Gaia gesprochen haben, war Quintesetz, und er hat uns praktisch angefleht, nicht hinzufliegen.«

»Glauben Sie ihm nicht, Janov! Das war nur der Form halber. In Wirklichkeit wollte er sichern, daß wir nach Gaia fliegen. Janov, Sie haben den Bluff bewundert, mit dem ich nach Ihrer Meinung Informationen aus Quintesetz herausgeholt habe. Es tut mir leid, aber ich verdiene keinerlei Bewunderung. Selbst wenn ich überhaupt nichts unternommen hätte, die Informationen wären uns zugekommen. Hätte ich mir die Ohren verstopft, er hätte sie mir ins Gesicht gebrüllt.«

»Wieso denn, Golan? Das ist doch verrückt.«

»Paranoid? Ja, ich weiß.« Trevize drehte sich wieder dem Computer zu und erweiterte mit dessen Hilfe seinen Wahrnehmungsbereich. »Man unternimmt nichts, um uns aufzuhalten«, bekräftigte er. »Keine Raumschiffe im Abfangumkreis, keine Warnungen irgendeiner Art.«

Er schwenkte den Sessel erneut Pelorat zu. »Sagen Sie mir, Janov, wie haben Sie von Gaia erfahren?« fragte er. »Sie kannten Gaia schon, als wir uns noch auf Terminus befanden. Sie wußten, sie ist im Sayshell-Sektor. Sie wußten auch, daß der

Name etwas ähnliches bedeutet wie ›Erde‹. Woher haben Sie das alles erfahren?«

Pelorats Haltung versteifte sich anscheinend ein wenig. »Wäre ich in meinem Arbeitszimmer auf Terminus, könnte ich in meinem Archiv nachsehen«, sagte er. »Naturgemäß habe ich nicht *alles* dabei – ganz bestimmt keine Aufzeichnungen darüber, wann ich zum erstenmal auf dieses oder jenes Datenmaterial gestoßen bin.«

»Nun denken Sie doch mal ein bißchen nach«, forderte Trevize grimmig. »Berücksichtigen Sie, daß die Saysheller sich über diese Sache ausschweigen. Sie hegen sogar so einen Widerwillen dagegen, über Gaia zu sprechen, daß sie wahrhaftig unter der eigenen Bevölkerung einen Aberglauben nähren, der vorgibt, im realen Weltraum gäbe es keinen solchen Planeten. Und ich kann Ihnen in der Tat noch etwas anderes zeigen. Schauen Sie mal her!«

Trevize wandte sich wieder dem Computer zu, und seine Finger glitten mit der Leichtigkeit und Geschmeidigkeit ausgiebiger Übung über das Pult in die Handmulden. Als er seine Hände in die Kontrollmulden senkte, hieß er ihre warme Berührung und das Umschließen seiner Hände insgeheim willkommen. Wie jedesmal spürte er ein wenig von seiner Willenskraft nach außen wirksam werden.

»Dies ist die galaktische Karte, wie sie vor unserer Landung auf Sayshell in den Datenspeichern vorhanden war«, sagte er. »Ich werde Ihnen nun den Ausschnitt der Karte vorführen, der Sayshells Nachthimmel darstellt, so wie wir ihn gestern abend gesehen haben.«

Die Kabine verdunkelte sich, und das Bild eines Nachthimmels sprang auf den Bildschirm.

»So schön, wie wir ihn auf Sayshell gesehen haben«, sagte Pelorat mit leiser Stimme.

»Noch schöner«, meinte Trevize ungnädig. »Es gibt keine atmosphärische Beeinträchtigung der Sicht, keine Wolken, keine Unschärfen am Horizont. Aber warten Sie, lassen Sie mich noch etwas adjustieren!«

Das Blickfeld veränderte sich mit gleichmäßiger Zügigkeit und erweckte den unbehaglichen Eindruck, die Männer seien es, die sich bewegten und ihre Position veränderten. Instinktiv klammerte Pelorat sich an die Armlehnen seines Sessels, um Halt zu haben.

»Dort«, sagte Trevize. »Erkennen Sie, was das ist?«

»Natürlich. Das sind die Fünf Schwestern – das Fünfeck von Sternen, das Quintesetz uns gezeigt hat. Es ist nicht zu verwechseln.«

»Ja, wahrhaftig. Aber wo ist Gaia?«

Pelorat zwinkerte. In der Mitte des Sternbilds war kein schwaches Sternchen zu sehen.

»Nicht da«, sagte er.

»Genau. Sie ist nicht da. Und das ist so, weil ihre Position in den Speicherbänken des Computers nicht enthalten ist. Da es außerhalb jeder Wahrscheinlichkeit liegt, daß man wegen uns die Datenbänke in dieser Beziehung unvollständig gemacht hat, schließe ich daraus, daß die Foundation-Galaktografen, die diese Datenbanken mit Datenmaterial versorgt haben – und denen ungeheure Mengen von Daten zur Verfügung standen – Gaia nicht kannten.«

»Glauben Sie, wenn wir Trantor aufgesucht hätten ...«, begann Pelorat.

»Ich vermute, wir hätten auch dort keine Daten über Gaia gefunden. Ihre Existenz wird von den Sayshellern als Geheimnis behandelt – und erst recht von den Gaianern selbst. Vor wenigen Tagen haben Sie erwähnt, es wäre nicht allzu selten, daß eine Welt sich absichtlich absondert, um einer Besteuerung oder sonstigen äußeren Einflüssen zu entgehen.«

»Wenn Kartografen und Statistiker einmal auf so eine Welt aufmerksam werden«, sagte Pelorat, »stellt sich gewöhnlich heraus, daß sie sich in einem dünn besiedelten Teil der Galaxis befindet. Räumliche Isolation erst macht ein Verstecken möglich. Gaia dagegen liegt nicht isoliert.«

»Das ist richtig. Das macht Gaia nur um so außergewöhnlicher. Also wollen wir diesen Kartenausschnitt auf dem Bildschirm belassen und uns mal ein paar Gedanken über speziell diese Unkenntnis unserer Kartografen machen ... Und lassen Sie mich nochmals fragen – in Anbetracht dieser Unwissenheit von Leuten, die von allen am meisten Wissen zur Verfügung haben, wie ist es da erklärlich, daß ausgerechnet dann *Sie* von Gaia wußten, Janov?«

»Golan, mein Bester, dreißig Jahre lang habe ich hinsichtlich der Erde Mythen, Legenden und historische Fakten gesammelt. Wie soll ich ohne mein komplettes Archivmaterial sagen können ...«

»Irgendwie müssen wir doch einen Anfang machen können, Janov. Haben Sie davon in den ersten oder den zweiten fünfzehn Jahren Ihrer Forschungen gehört?«

»Ach so, wenn Sie das so breit betrachten, ja, dann kann ich sagen, es war in den letzten fünfzehn Jahren.«

»Sie müßten's doch genauer wissen, Janov. Lassen Sie mich einfach mal unterstellen, Sie haben erst innerhalb der letzten paar Jahre davon erfahren.«

Trevize spähte zu Pelorat hinüber, merkte jedoch, daß es in der Dunkelheit unmöglich war, dessen Gesichtsausdruck zu interpretieren, und er dimmte die Beleuchtung der Kabine ein wenig heller. Die prachtvolle Darstellung des Nachthimmels auf dem Bildschirm verlor in gewissem Maß an Leuchtkraft. Pelorats Miene war steinern ausdruckslos und enthüllte nichts.

»Nun?« meinte Trevize.

»Ich denke nach«, sagte Trevize wohlwollend. »Sie könnten recht haben. Beschwören würde ich es aber nicht. Als ich Jimbor an der Ledbet-Universität anschrieb, habe ich Gaia nicht erwähnt, obwohl es in dem Zusammenhang angebracht gewesen wäre, und das war ... Moment mal ... es war fünfundneunzig, also vor drei Jahren. Ich glaube, Sie haben recht, Golan.«

»Und wie sind Sie dann darauf gestoßen?« fragte Trevize. »Durch Korrespondenz? Ein Buch? Eine wissenschaftliche Veröffentlichung? Irgendein altes Lied? Wie? Kommen Sie, Janov!«

Pelorat lehnte sich zurück und verschränkte die Arme. Er versank in tiefes Nachdenken, regte sich nicht im geringsten. Trevize schwieg und wartete.

»In einer privaten Korrespondenz«, sagte Pelorat nach langer Pause. »Aber es hat keinen Zweck, mich zu fragen, mit wem, mein Bester. Ich kann mich nicht entsinnen.«

Trevize strich mit den Händen über seine Schärpe. Sie fühlten sich klamm an, während er seine Bemühungen fortsetzte, Pelorats Informationsquelle aufzudecken, ohne ihm allzu deutlich irgend etwas in den Mund zu legen. »Mit einem Historiker?« fragte er. »Einem Experten in Mythologie? Einem Galaktografen?«

»Zwecklos. Ich kann mit der Information keinen Namen in Verbindung bringen.«

»Vielleicht weil es keinen gab?«

»O nein. Das dürfte kaum möglich sein.«

»Wieso? Würden Sie Informationen, die Ihnen anonym zugehen, außer acht lassen?«

»Vermutlich nicht.«

»Haben Sie jemals so was erhalten?«

»Ab und zu. Im Laufe der vergangenen Jahre bin ich in akademischen Kreisen als Kollektor bestimmter Typen von Mythen und Legenden ziemlich bekannt geworden, und manche meiner Korrespondenten sind bisweilen so freundlich, mir Material aus nichtakademischen Quellen zur Kenntnis zu geben. Solche Sachen werden dann manchmal keiner bestimmten Person zugeschrieben.«

»Ja, aber haben Sie je direkt anonyme Informationen erhalten, ohne Umweg über einen Korrespondenten?«

»Das kommt manchmal vor – aber sehr selten.«

»Und sind Sie sicher, daß es im Fall Gaia nicht so gewesen ist?«

»So was gibt es so selten, daß ich sicher bin, ich *müßte* mich erinnern, wenn es in diesem Fall so gewesen wäre. Andererseits kann ich auch nicht völlig ausschließen, daß ich die Information anonym erhalten habe. Aber beachten Sie, daß das nicht heißt, ich *habe* die Information aus anonymer Quelle erhalten.«

»Das verstehe ich sehr wohl. Aber es bleibt eine Möglichkeit, nicht wahr?«

»Ich würde sagen, ja«, antwortete Pelorat nach einigem Zögern. »Aber was soll das alles eigentlich bedeuten?«

»Ich bin noch nicht fertig«, entgegnete Trevize herrisch. »Woher ist die Information gekommen, ob anonym oder nicht – ich meine, von welcher Welt?«

Pelorat zuckte die Achseln. »Nun hören Sie aber mal auf! Ich habe wirklich nicht die leiseste Ahnung.«

»Könnte sie möglicherweise von Sayshell gekommen sein?«

»Ich habe Ihnen doch gesagt, ich weiß es nicht.«

»Ich nehme an, Sie *haben* sie von Sayshell erhalten.«

»Sie können selbstverständlich alles annehmen, was Sie wünschen, es wird dadurch aber nicht zwangsläufig zur Tatsache.«

»Nicht? Als Quintesetz uns den schwachen Stern in der Mitte der Fünf Schwestern gezeigt hat, wußten Sie sofort, daß das Gaia ist. Sie haben's zu Quintesetz gesagt und den Stern identifiziert, bevor er es getan hat. Erinnern Sie sich?«

»Ja, freilich.«

»Wie war das möglich? Wieso haben Sie sofort erkannt, daß dieser Stern Gaia ist?«

»Weil in meinem Material über Gaia der Stern kaum jemals bei diesem Namen genannt wird. Es gibt zahlreiche Umschreibungen. Eine davon, auf die ich mehrfach gestoßen bin, lautet ›Kleiner Bruder der Fünf Schwestern‹. Eine andere ist ›Mitte des Fünfecks‹, da und dort auch ›Pentagonszentrum‹ genannt. Als Quintesetz uns die Fünf Schwestern und ihren Zentralstern gezeigt hat, ist mir das alles natürlich sofort eingefallen.«

»Mir gegenüber haben Sie diese Hinweise nie erwähnt.«

»Ich war mir gar nicht darüber im klaren, was sie besagen, und ich war der Meinung, es lohne sich nicht, solche Dinge mit Ihnen zu diskutieren, weil Sie ja kein ...« Pelorat zögerte.

»Weil ich kein Fachmann bin?«

»Ja.«

»Ich hoffe, Sie besitzen darüber Klarheit, daß das Fünfeck der Fünf Schwestern eine völlig relative Konstellation ist.«

»Was meinen Sie damit?«

Trevize lachte nachsichtig auf. »Sie Bodenhocker! Glauben Sie etwa, Sternbilder hätten eine objektive Form? Daß die Sterne festgenagelt sind? Das Fünfeck besitzt diese seine Form nur von der Oberfläche der Planeten aus gesehen, die zum Sayshell-System zählen, und *nur* von dort aus gesehen. Von einem Planeten aus, der einen anderen Stern umkreist, bieten die Fünf Schwestern einen ganz anderen Anblick. Zunächst einmal sieht man sie aus einem anderen Winkel. Und außerdem sind die fünf Sterne des Fünfecks unterschiedlich weit von Sayshell entfernt, und aus anderem Blickwinkel betrachtet, erkennt man zwischen ihnen womöglich gar keinen Zusammenhang. Ein oder zwei Sterne könnten in der einen, der Rest in der anderen Hälfte des Himmels liegen. Schauen Sie her ...«

Trevize verdunkelte die Kabine wieder und beugte sich über den Computer. »Die Sayshell-Union umfaßt sechsundachtzig bewohnte Planetensysteme. Lassen wir mal Gaia – beziehungsweise die Stelle, wo sie sich befinden muß – in ihrer Position...« – während er das sagte, erschien in der Mitte zwischen den Fünf Schwestern ein kleiner roter Kreis –, »und verlagern den Blickwinkel, so daß er einem Nachthimmel entspricht, wie man ihn auf einer beliebigen der anderen sechsundachtzig Welten sieht.«

Das dargestellte Firmament verschob sich, und Pelorat blinzelte. Der kleine rote Kreis blieb in der Mitte des Bildschirms, aber die Fünf Schwestern waren nicht länger zu erkennen. In der Nachbarschaft leuchteten helle Sterne, doch es ließ sich kein Fünfeck feststellen. Der Nachthimmel verschob sich erneut, dann noch einmal, und nochmals. Er wechselte immer wieder. Der rote Kreis blieb unverändert an seinem Platz, aber kein einziges Mal konnte man ein Fünfeck aus gleich hellen Sternen bemerken. Manchmal zeigte sich so etwas wie ein schiefes Fünfeck aus ungleich hellen Sternen, jedoch nie etwas, das dem schönen Sternbild ähnelte, auf das Quintesetz sie aufmerksam gemacht hatte.

»Reicht das?« erkundigte sich Trevize. »Ich versichere Ihnen, von nirgendwo aus kann man die Fünf Schwestern so sehen wie von den Welten des Sayshell-Systems aus.«

»Die sayshellische Sicht kann nach anderen Welten exportiert worden sein«, sagte Pelorat. »Zur Zeit des Imperiums gab's viele in der ganzen Galaxis verbreitete Redensarten – manche sind noch heutzutage üblich –, etwa die sich um Trantor drehten.«

»Während man auf Sayshell bezüglich Gaias so geheimnistuerisch ist, wie wir's erlebt haben? Und weshalb sollten Welten außerhalb der Sayshell-Union sich überhaupt für so etwas interessieren? Was sollte ein ›Kleiner Bruder der Fünf Schwestern‹ sie angehen, wenn sie an ihrem Himmel nichts dergleichen sehen können?«

»Vielleicht haben Sie recht.«

»Sie wollen also nicht einsehen, daß Ihre Information ursprünglich von Sayshell selbst gekommen sein muß? Nicht von irgendwo innerhalb der Sayshell-Union, sondern genau aus dem Planetensystem, in dem sich die Hauptwelt der Union befindet.«

Pelorat schüttelte den Kopf. »Was Sie da reden, klingt so, als ob es genauso sein muß, aber es ist jedenfalls nichts, woran ich mich erinnern könnte. Ich kann's einfach nicht.«

»Trotzdem, Sie *ersehen* doch die Überzeugungskraft meiner Argumente, oder nicht?«

»Doch, ja.«

»Weiter! Wann könnte nach Ihrer Meinung diese Legende von den Fünf Schwestern entstanden sein?«

»Irgendwann. Ich neige zu der Annahme, daß sie schon früh in der Ära des Imperiums entstanden ist. Sie macht den Eindruck uralter ...«

»Sie irren sich, Janov! Die Fünf Schwestern sind Sayshell ziemlich nahe, deshalb sieht man sie nämlich so hell. Infolgedessen weisen vier von ihnen eine deutliche Eigenbewegung auf, und keine zwei von ihnen gehören einer gemeinsamen Konstellation an, so daß sie sich in verschiedene Richtungen bewegen. Schauen Sie mal, was sich ergibt, wenn ich die Karte langsam zeitlich zurückverändere.«

Auch diesmal blieb der rote Kreis, der Gaia darstellte, an seinem Platz, wogegen das Fünfeck langsam auseinandertrieb, während vier der Sterne sich rasch in unterschiedliche Richtungen entfernten und der fünfte sich nur ein klein wenig verschob.

»Sehen Sie sich das an, Janov!« sagte Trevize. »Würden Sie das als regelmäßiges Fünfeck bezeichnen?«

»Es ist eindeutig schief«, antwortete Pelorat.

»Und ist Gaia in der Mitte zu sehen?«

»Nein, ganz an der Seite.«

»Na schön. So sah das Sternbild also vor hundertfünfzig Jahren aus! Vor eineinhalb Jahrhunderten, nicht mehr. Das Material, das Sie über ein ›Pentagonszentrum‹ und ähnliches bekommen haben, hat erst in diesem Jahrhundert wirklich einen Sinn besitzen *können*, und zwar *absolut*, das heißt, auch auf Sayshell. Das Ihnen zugegangene Material muß seinen Ursprung auf Sayshell und irgendwann in diesem Jahrhundert haben, wahrscheinlich im letzten Jahrzehnt. Und Sie haben es erhalten, obwohl man sich auf Sayshell über Gaia so auszuschweigen pflegt.«

Trevize schaltete die Beleuchtung ein, ließ die Sternkarte erlöschen; er blieb im Sessel sitzen und musterte Pelorat mit ernstem Blick.

»Jetzt bin ich völlig durcheinander«, sagte Pelorat. »Was bedeutet das alles?«

»Das müssen Sie mir verraten. Überlegen Sie! Irgendwie bin ich auf den Gedanken verfallen, daß die Zweite Foundation noch existiert. Während des Wahlkampfes habe ich zu diesem Thema eine Rede gehalten. Ich habe ein bißchen die Emotionen angeheizt, um Stimmen von Leuten zu gewinnen, die noch unentschlossen waren, dazu hat sich ein dramatisches ›Falls die Zweite Foundation noch existiert‹ bestens geeignet. Und noch am selben Tag dachte ich: Wenn sie nun *wirklich* noch existiert? Ich fing an, Geschichtsbücher zu lesen, und innerhalb einer Woche war ich fest davon überzeugt. Regelrechte Beweise konnte ich dafür nicht finden, aber ich hatte schon immer eine gewisse Begabung, aus einem wirren Haufen von Spekulationen die der Wahrheit nahekommenden Schlußfolgerungen zu ziehen. Diesmal allerdings ...«

Trevize grübelte einen Moment lang. »Und bedenken Sie mal«, fügte er dann hinzu, »was sich seitdem ereignet hat. Ich habe Compor zu meinem Vertrauten gemacht, und ausgerechnet er hat mich hintergangen. Daraufhin hat Bürgermeisterin Branno mich arrestieren lassen und ins Exil geschickt. Warum ins Exil, wenn sie mich einfach hätte einsperren oder durch entsprechende Drohungen zum Schweigen bringen können? Und weshalb in einem supermodernen Raumschiff, das mir außergewöhnliche Sprünge durch die Galaxis erlaubt? Und wieso hat sie darauf bestanden, daß ich Sie mitnehme, und mir geraten, Ihnen bei der Suche nach der Erde zu helfen? Und wieso war ich so sicher, daß es falsch wäre, nach Trantor zu fliegen? Ich hatte die Überzeugung, Sie wüßten ein besseres Ziel, wo wir Nachforschungen anstellen könnten, und sofort rückten Sie mit dieser mysteriösen Welt Gaia heraus, über die Sie, wie sich nun herausstellt, Ihre Informationen unter recht merkwürdigen Umständen erhalten haben. Wir fliegen nach Sayshell – dem ersten naheliegenden Aufenthalt –, und im Handumdrehen laufen wir Compor in die Arme, der uns eine verwickelte Geschichte über die Erde und ihren Untergang auftischt. Er versichert uns, sie sei im Sirius-Sektor zu finden, und empfiehlt uns, dorthin zu fliegen.«

»Da sehen Sie's!« sagte Pelorat. »Anscheinend möchten Sie andeuten, alle Umstände würden uns drängen, nach Gaia zu fliegen, aber wie Sie selbst sagen, hat Compor uns etwas anderes empfohlen.«

»Und aufgrund dessen habe ich mich aus reinem Mißtrauen gegen ihn dazu entschlossen, bei unserer ursprünglichen Absicht zu bleiben. Meinen Sie nicht, daß er genau auf so eine Reaktion gesetzt haben könnte? Womöglich hat er uns absichtlich so etwas geraten, um dafür zu sorgen, daß wir's *nicht* tun.«

»Das klingt alles ziemlich romantisch«, sagte Pelorat gedämpft.

»Finden Sie? Sehen wir mal weiter! Dann bekommen wir Kontakt zu Quintesetz, ganz einfach, weil er sich gerade anbietet ...«

»Durchaus nicht«, wandte Pelorat ein. »Ich habe seinen Namen gekannt.«

»Er kam Ihnen bekannt vor. Sie hatten nie irgend etwas von ihm gelesen, daran konnten Sie sich erinnern. Wieso also kam er Ihnen bekannt vor? Jedenfalls, es ergibt sich, er hat einen Ihrer Artikel gelesen und war davon hellauf begeistert – wie wahrscheinlich ist *das* denn wohl? Sie selbst haben geäußert, Ihre Arbeiten hätten keine sonderliche Verbreitung gefunden. Und damit nicht genug, die junge Dame, die uns zu ihm führt, erwähnt Gaia in aller Ausführlichkeit und behauptet, der Planet wäre im Hyperraum, als wolle sie sichergehen, daß wir ihn bestimmt nicht vergessen. Aber als wir Quintesetz danach fragen, benimmt er sich, als wolle er nicht darüber reden, und sorgt dafür, daß wir die Universität verlassen, er wirft uns jedoch nicht etwa hinaus, obwohl ich mich ihm gegenüber nicht allzu zimperlich benehme. Statt dessen nimmt er uns mit nach Hause, und unterwegs zeigt er uns die Fünf Schwestern. Er weist uns darauf hin, daß der schwache Stern in deren Mitte Gaia ist. Warum? Ist das nicht eine recht sonderbare Kette von Zufällen?«

»Wenn Sie sie in solcher Weise aufzählen ...«, setzte Pelorat an.

»Man kann sie aufzählen, wie man will«, sagte Trevize. »Ich

glaube nicht an derartig außergewöhnliche Ketten von Zufällen.«

»Was könnte es denn sonst zu bedeuten haben? Daß man uns in Richtung Gaia manövriert?«

»Ja.«

»Aber wer?«

»Sicherlich kann darüber doch wohl kein Zweifel bestehen«, sagte Trevize. »Wer ist denn dazu imstande, den menschlichen Geist zu beeinflussen, ihn unbemerkt dahin oder dorthin zu lenken, Entwicklungen in dieser oder jener Richtung zu steuern?«

»Sie wollen sagen, dahinter steckt die Zweite Foundation.«

»Nun, was hat man uns über Gaia erzählt? Daß sie unantastbar ist. Ganze Flotten, die sie angreifen wollten, sind vernichtet worden. Kein Mensch, der Gaia erreicht hat, ist je zurückgekehrt. Nicht einmal der Fuchs hat's gewagt, gegen sie vorzugehen – und der Fuchs wurde wahrscheinlich dort geboren. Folglich liegt für meine Begriffe die Annahme nahe, daß Gaia Sitz der Zweiten Foundation *ist* – und die zu finden, ist ja mein letztendliches Ziel.«

Pelorat schüttelte den Kopf. »Aber nach der Darstellung etlicher Historiker war es die Zweite Foundation, die den Fuchs zur Strecke gebracht hat. Wieso sollte er einer von ihnen gewesen sein?«

»Er kann ein Renegat gewesen sein, würde ich sagen.«

»Aber weshalb sollte die Zweite Foundation uns so nachdrücklich zu ihrem Sitz manövrieren?«

Die Stirn gerunzelt, starrte Trevize blicklos geradeaus. »Lassen Sie's uns mal durchdenken«, meinte er. »Allem Anschein nach war es der Zweiten Foundation immer sehr wichtig, daß der Galaxis so wenig Informationen wie möglich über sie zugänglich sind. Ihre Idealvorstellung geht dahin, daß ihre Existenz völlig unbekannt bleibt. Soviel wissen wir über sie. Hundertzwanzig Jahre lang hat man die Zweite Foundation für ausgemerzt gehalten – und das muß für sie so was wie ein Zustand der galaktischen Spitzenklasse gewesen sein. Aber als ich zu mutmaßen anfing, daß sie *doch* noch existiert, hat sie nichts unternommen. Compor wußte Bescheid. Sie hätten ihn benutzen können, um mich auf die eine oder andere Art und Weise zum Schweigen zu veranlassen – und sogar, um mich zu ermorden. Trotzdem hat sie nichts unternommen.«

»Sie sind arrestiert worden, falls Sie dafür die Zweite Foundation verantwortlich machen möchten«, sagte Pelorat. »Das Resultat war – nach dem, was Sie mir erzählt haben –, daß die Bevölkerung von Terminus nichts von Ihren Ansichten erfahren konnte. Soviel hätten die Leute von der Zweiten Foundation dann ohne Gewalt erreicht, und es kann ja durchaus sein, daß sie Anhänger von Salvor Hardins These sind, Gewalt sei das letzte Mittel der Unfähigen.«

»Aber meine Ansichten der Bevölkerung von Terminus vorzuenthalten, bewirkt doch gar nichts. Bürgermeisterin Branno kennt meine Meinung und muß sich – das ist das allerwenigste – doch immerhin die Frage stellen, ob ich nicht recht haben könnte. Deshalb ist es nun zu spät, um gegen uns vorzugehen, verstehen Sie? Hätten sie mich gleich anfangs aus dem Weg geräumt, bräuchten sie sich jetzt keine Sorgen mehr zu machen. Selbst wenn sie mich völlig in Ruhe gelassen hätten, wären sie wahrscheinlich jetzt trotzdem alle Sorgen los, denn gewiß wäre es ihnen gelungen, Terminus' Öffentlichkeit einzuflüstern, ich sei ein Exzentriker, vielleicht gar ein Irrer. Das absehbare Scheitern meiner politischen Laufbahn hätte mich vermutlich bald zum Schweigen gezwungen, sobald ich gesehen hätte, was das öffentliche Vertreten meiner Auffassungen für Folgen haben müßte. Jetzt aber ist es zu spät, um überhaupt noch irgend etwas gegen uns unternehmen zu können. Angesichts der Situation war Bürgermeisterin Branno so mißtrauisch, uns Compor nachzuschicken und an Bord seines Raumschiffs – weil sie auch ihm nicht getraut hat, worin sie klüger war als ich – eine Hypersonde zu installieren. Folglich weiß sie also, daß wir uns auf Sayshell befinden. Und in der vergangenen Nacht, während Sie schliefen, habe ich über unseren Computer dem Computer des Botschafters der Foundation auf Sayshell direkte Mitteilung gemacht, daß wir nach Gaia aufbrechen. Ich habe mir sogar die Mühe gemacht, die Koordinaten durchzugeben. Sollte die Zweite Foundation uns jetzt noch irgendwie beseitigen, wird die Branno den Fall untersuchen lassen, da bin ich sicher – und die konzentrierte Aufmerksamkeit der Föderation ist bestimmt nichts, woran der Zweiten Foundation gelegen sein kann.«

»Aber würde die Aufmerksamkeit der Föderation sie denn überhaupt stören, wenn sie so mächtig ist?«

»Ja«, entgegnete Trevize mit Nachdruck. »Sie versteckt sich, weil sie irgendeine wesentliche Schwäche aufweisen muß und weil die Foundation technisch vielleicht schon fortgeschrittener ist, als selbst Seldon es voraussehen konnte. Diese sehr unauffällige, geradezu verstohlene Art, wie sie uns zu ihrer Welt dirigiert, verrät für meine Begriffe, wie sehr ihr daran liegt, nichts zu tun, was irgendwie Aufsehen erregen könnte. Und wenn es sich so verhält, wie ich annehme, dann hat sie bereits verloren – jedenfalls zum Teil –, denn sie hat bereits Aufmerksamkeit erregt, und ich bezweifle, daß sich noch etwas tun läßt, um die eingetretene Lage rückgängig zu machen.«

»Aber wozu nehmen sie das alles auf sich?« meinte Pelorat. »Warum riskieren sie das größte Unheil – falls Ihre Analyse korrekt ist –, indem sie uns gewissermaßen durch die ganze Galaxis zu sich lotsen? Was wollen sie von uns?«

Trevize musterte Pelorat und errötete. »Janov«, sagte er, »in dieser Hinsicht habe ich da ein gewisses Gefühl. Sie wissen, ich verfüge über diese Begabung, auf der Grundlage von so gut wie nichts zu richtigen Schlußfolgerungen zu gelangen. Ich empfinde eine Art von *Gewißheit,* die es mir sagt, wenn ich recht habe – und diese Gewißheit empfinde ich jetzt. An mir ist irgend etwas, das sie haben wollen – und zwar so sehr haben wollen, daß sie dafür sogar ihre Existenz selbst aufs Spiel setzen. Ich weiß nicht, was das sein könnte, aber ich werde es herausfinden, und dann werde ich dazu imstande sein, es für das zu verwenden, was ich für richtig erachte.« Er hob ein wenig die Schultern. »Möchten Sie mich immer noch begleiten, alter Freund, obwohl Sie nun sehen, was für ein Verrückter ich bin?«

»Ich habe gesagt«, antwortete Pelorat, »daß ich Ihnen vertraue. Das ist nach wie vor der Fall.«

Trevize lachte mit enormer Erleichterung. »Prächtig! Außerdem habe ich nämlich das Gefühl, daß Sie in dieser ganzen Angelegenheit eine wesentliche Rolle einnehmen. In diesem Fall, Janov, fliegen wir munter weiter nach Gaia, und zwar mit voller Geschwindigkeit. Vorwärts!«

56

Bürgermeisterin Harla Branno sah entschieden älter aus als ihre zweiundsechzig Jahre. Sie sah nicht immer älter aus, aber nun wirkte sie so. Sie war ausreichend in Gedanken versunken gewesen, um ihren Vorsatz zu vergessen, nicht in den Spiegel zu schauen, und auf dem Weg zum Kartenraum hatte sie ihr Spiegelbild gesehen. Infolgedessen war sie sich der Abgehärmtheit ihrer Erscheinung vollauf bewußt.

Sie seufzte. Die Politik zehrte sie auf. Fünf Jahre als Bürgermeisterin, vorher zwölf Jahre lang die wirkliche Inhaberin der Macht hinter zwei Strohmännern. Alles war ruhig und glatt abgelaufen, alles erfolgreich – und es war alles sehr anstrengend gewesen. Wie wäre es erst geworden, fragte sie sich, hätte sie echte Probleme gehabt, wären Fehlschläge und Desaster aufgetreten?

Für sie persönlich wäre es nicht übel gewesen, befand sie unversehens. Richtige Aktivitäten hätten sich belebend auf sie ausgewirkt. Das schreckliche Wissen um die Tatsache, daß nichts anderes möglich war als sich mittreiben zu lassen, war es gewesen, das sie so verhärmt hatte.

Der Seldon-Plan war es, der Erfolg hatte, und die Zweite Foundation war es, die dafür sorgte, daß ihm auch künftig Erfolg beschieden sein sollte. Sie jedoch – als die starke Hand am Steuerruder der Foundation (streng genommen der *Ersten* Foundation, aber auf Terminus dachte niemand daran, das Adjektiv hinzuzufügen) – schwamm lediglich auf den Schaumkronen mit.

Die Geschichte würde wenig oder gar nichts über sie zu berichten haben. Sie saß sozusagen an den Kontrollen eines Raumschiffs, das man in Wahrheit von außerhalb lenkte.

Selbst Indbur III., der Oberhaupt der Foundation gewesen war, als sie katastrophenartig dem Fuchs unterlag, hatte *etwas* getan. Er war wenigstens zusammengebrochen.

Von Bürgermeisterin Branno dagegen würde die Nachwelt sich überhaupt nichts erzählen können!

Es sei denn, dieser Golan Trevize, dieser gedankenlose Ratsherr, dieser Blitzableiter, machte es möglich ...

Versonnen begutachtete sie die Sternkarte. Dabei handelte es sich nicht um die Art von Darstellung, wie moderne Computer sie boten. Vielmehr bestand die Karte aus einer dreidimensionalen Anhäufung von Lichtpünktchen, die die Galaxis mitten in der Luft holografisch abbildeten. Man konnte die Karte zwar nicht bewegen, nicht drehen, nicht erweitern und nicht verkleinern, doch man konnte um sie herumgehen und sie von allen Seiten betrachten.

Ein großer Ausschnitt der Galaxis, vielleicht ein Drittel ihrer Gesamtheit (ohne Berücksichtigung des galaktischen Kerns, der als lebensfeindliche Region galt), leuchtete rot auf, als die Bürgermeisterin einen Schalter drückte. Dieser Teil stellte die Foundation-Föderation dar, die über sieben Millionen bewohnten Welten, über die sie und der Rat regierten – die sieben Millionen bewohnten Welten, die Sitz und Stimme in der Versammlung der Welten hatten, die dort Dinge von geringerer Bedeutung debattierten und über sie abstimmten, aber sich niemals, wenn es sich nur irgendwie einrichten ließ, mit irgendeiner Sache von wirklicher Wichtigkeit befassen durften.

Die Bürgermeisterin betätigte eine weitere Schaltung, und in den Randzonen der Föderation glomm da und dort schwaches Rosa auf. Einflußsphären. Das war kein Territorium der Foundation, aber diese Regionen hätten es sich nicht einmal im Traum einfallen lassen, obwohl sie nominell unabhängig waren, sich irgendeiner Maßnahme der Foundation zu widersetzen.

Für die Branno stand es außer Frage, daß keine Macht in der Galaxis es mit der Foundation aufzunehmen vermochte, auch die Zweite Foundation nicht (wüßte man bloß, wo sie steckte), und sie hegte die Überzeugung, daß die Foundation eigentlich nur nach Belieben ihre Flotte moderner Raumschiffe loszuschikken brauchte, um ohne weitere Umstände das Zweite Imperium zu etablieren.

Doch seit den Anfängen des Seldon-Plans waren erst fünf Jahrhunderte verstrichen. Der Seldon-Plan legte zehn Jahrhunderte fest, bevor das Zweite Imperium gegründet werden konnte, und die Zweite Foundation achtete darauf, daß alles genau nach Plan verlief. Traurig schüttelte die Bürgermeisterin ihren grauen Kopf. Wenn die Foundation jetzt handelte, würde sie irgendwie scheitern. Obwohl ihre Raumschiffe unschlagbar waren, müßte zum jetzigen Zeitpunkt jede derartige Aktion mißlingen.

Es sei denn, daß Trevize, der Blitzableiter, den Blitz der Zweiten Foundation auf sich zog – und daß man den Blitz an den Ort seines Ursprungs zurückverfolgen konnte.

Sie schaute sich um. Wo blieb Kodell? Dies war kein Anlaß, bei dem er sich verspäten dürfte.

Als habe ihr Gedanke ihn hereingerufen, trat er ein, lächelte gutgelaunt, sah mit seinem grauweißen Schnurrbart und der sonnengebräunten Haut großväterlicher als je zuvor aus. Großväterlich, aber nicht alt. Ohnehin war er acht Jahre jünger als sie.

Wie kam es, daß er keine Anzeichen von Verschleiß aufwies? Konnte es sein, daß fünfzehn Jahre als Direktor des Sicherheitsbüros keinerlei Spuren hinterließen?

57

Kodell nickte feierlich, während er die Branno in dem formellen Stil begrüßte, wie er vorgeschrieben war, ehe man mit der Bürgermeisterin eine Diskussion begann. Diese Tradition existierte seit den miesen Zeiten der Indburs. Fast alles hatte sich seither geändert, die Etikette jedoch am wenigsten.

»Entschuldigen Sie die Verspätung, Bürgermeisterin«, sagte er, »aber der Arrest Ratsherr Trevizes bahnt sich nun allmählich einen Weg durch die anästhetisierte Haut des Rates.«

«Ach?« meinte die Bürgermeisterin phlegmatisch. »Müssen wir mit einer Palastrevolution rechnen?«

»Nicht die geringste Chance. Wir haben alles voll unter Kontrolle. Aber es ist Unruhe zu befürchten.«

»Sollen sie Unruhe veranstalten. Danach werden sie sich wohler fühlen, und ich – ich bleibe ihnen aus dem Weg. Ich kann mich auf die allgemeine öffentliche Meinung verlassen, nehme ich an?«

»Ich glaube, ja. Vor allem außerhalb Terminus'. Niemand außerhalb Terminus' schert sich darum, was aus einem aus der Reihe getanzten Ratsmitglied wird.«

»Aber ich.«

»Aha? Liegen weitere Neuigkeiten vor?«

»Liono«, sagte die Bürgermeisterin, »ich möchte Näheres über Sayshell wissen.«

»Ich bin kein wandelndes Geschichtsbuch«, erwiderte Liono Kodell mit unvermindertem Lächeln.

»Ich will nichts von Geschichte hören. Ich will die Wahrheit wissen. Warum ist Sayshell unabhängig? Sehen Sie mal her!« Sie deutete in das Rot der Foundation, das einen beträchtlichen Teil der holografischen Karte ausmachte, und darin, schon ziemlich weit in den inneren Spiralen, sah man eine ganz vom Rot umschlossene Tasche in Weiß.

»Die Sayshell-Union ist regelrecht von uns eingekapselt, kann man sagen«, meinte die Branno. »Ihre Region wirkt wie von uns aufgesaugt. Trotzdem ist sie weiß. Unsere Karte zeigte sie nicht einmal im Rosa der zuverlässigen Verbündeten.«

Kodell hob die Schultern. »Sie ist offiziell auch kein zuverlässiger Verbündeter, aber das hat uns noch nie beunruhigt. Sie ist neutral.«

»Na schön. Dann schauen Sie sich das an!« Erneut nahm die Bürgermeisterin eine Schaltung vor. Das Rot weitete sich merklich aus. Nun hatte es die halbe Galaxis erfaßt. »Das war das Reich des Fuchses zur Zeit seines Todes«, sagte Bürgermeisterin Branno. »Wenn Sie aufmerksam ins Rot schauen, können Sie die Sayshell-Union ganz im Innern sehen, diesmal vollkommen umschlossen – aber trotzdem weiß! Sie ist die einzige Enklave, der der Fuchs ihre Freiheit gelassen hat.«

»Sie war damals auch neutral.«

»Der Fuchs hatte wenig Respekt, was Neutralität anging.«

»In diesem Fall hat er ihn anscheinend gehabt.«

»*Anscheinend* gehabt. Was weist Sayshell an Besonderem auf?«

»Nichts«, antwortete Kodell. »Glauben Sie mir, Bürgermeisterin, Sayshell gehört uns, wann immer wir's haben wollen.«

»Tatsächlich? Aber aus irgendeinem Grund ist es bis jetzt nicht so.«

»Weil einfach keine Notwendigkeit bestand, einen Anschluß durchzusetzen.«

Die Branno lehnte sich in den Sessel, und indem ihr Arm über die Kontrollen glitt, löschte sie die Galaxis. »Ich glaube, nun besteht die Notwendigkeit.«

»Pardon, Bürgermeisterin?«

»Liono, ich habe diesen Trevize als Blitzableiter ins All gescheucht. Ich habe es in der Erwartung getan, daß die Zweite Foundation in ihm eine größere Gefahr sieht, als überhaupt jemals von diesem Schwachkopf ausgehen kann, die Foundation dagegen als geringere Bedrohung betrachtet. Der Blitz der Zweiten Foundation sollte ihn treffen und uns dadurch verraten, wo sie steckt.«

»Ja, Bürgermeisterin.«

»Meine Absicht war, daß er die verfallenen Ruinen Trantors aufsucht und dort in dem herumwühlt, was noch von der Bibliothek übrig ist, daß er nach der Erde forscht. Die Erde ist diese Welt, falls Sie sich noch erinnern, von der alle möglichen langweiligen Mystiker uns einreden möchten, sie sei die Ursprungswelt der menschlichen Rasse, als wäre das irgendwie von Bedeutung, selbst wenn's stimmen sollte, was unwahrscheinlich ist. Die Zweite Foundation hätte nach meiner Einschätzung schwerlich glauben dürfen, daß er es auf so etwas abgesehen hat, und sie hätte Maßnahmen ergreifen müssen, um herauszufinden, was er wirklich treibt.«

»Aber er ist nicht nach Trantor geflogen.«

»Nein, nicht. Völlig wider Erwarten ist er nach Sayshell geflogen. Warum?«

»Keine Ahnung. Bitte, Bürgermeisterin, verzeihen Sie einem alten Bluthund, der die Gewohnheit hat, alles in Zweifel zu ziehen, und verraten Sie mir, woher Sie wissen, daß er und dieser Pelorat sich nach Sayshell begeben haben. Ich weiß, Compor hat's gemeldet, aber wie weit können wir Compor trauen?«

»Anhand der Hypersonde wissen wir, daß Compors Schiff tatsächlich auf dem Planeten Sayshell gelandet ist.«

»Gewiß, das steht außer Zweifel, aber woher wollen Sie wissen, daß sich Trevize und Pelorat ebenfalls dort aufhalten? Compor kann aus irgendwelchen anderen Gründen nach Sayshell geflogen sein und weiß womöglich selbst nicht, wo die anderen stecken, und interessiert sich auch nicht dafür.«

»Unser Botschafter auf Sayshell hat uns über die Ankunft des Schiffs unterrichtet, das wir Trevize und Pelorat gegeben haben. Ich bin nicht zu glauben bereit, das Raumschiff sei ohne die beiden dort eingetroffen. Außerdem behauptet Compor, er hätte mit ihnen gesprochen, und sollte man ihm nicht trauen können, es liegen zudem andere Berichte vor, denen zufolge sie der Universität von Sayshell City einen Besuch abgestattet und sich dort mit einem Historiker ohne besondere Reputation getroffen haben.«

»Von alldem hat mich nichts erreicht«, sagte Kodell unverändert freundlich.

Die Branno schnaubte. »Sie brauchen sich nicht übergangen zu fühlen. Ich beschäftige mich persönlich mit dieser Sache, und die entsprechenden Informationen müßten inzwischen an Sie weitergeleitet worden sein – ohne erhebliche Verzögerung. Die neueste Mitteilung – gerade erst eingetroffen – stammt von unserem Botschafter. Unser Blitzableiter hat sich wieder auf den Weg gemacht. Auf dem Planeten Sayshell ist er für zwei Tage geblieben, und nun ist er weitergeflogen, nach einem anderen, von dort etwa zehn Parsek entfernten Planetensystem. Die Bezeichnung und die galaktischen Koordinaten seines Ziels hat er dem Botschafter zukommen lassen, und der hat sie uns weitergereicht.«

»Liegt eine vergleichbare Nachricht von Compor vor?«

»Compors Mitteilung, daß Trevize und Pelorat Sayshell verlassen hätten, ist sogar noch vor der Nachricht des Botschafters eingetroffen. Compor weiß noch nicht, wohin die beiden unterwegs sind. Vermutlich folgt er ihnen.«

»Wir übersehen das vielfältige Warum der Situation«, konstatierte Kodell. Er schob sich eine Pastille in den Mund und begann versonnen zu lutschen. »Warum ist Trevize nach Sayshell geflogen? Warum hat er Sayshell wieder verlassen?«

»Die Frage, die mich am meisten beschäftigt, lautet: Wohin? Wohin fliegt Trevize jetzt?«

»Sie haben eben erwähnt, Bürgermeisterin, Bezeichnung und Koordinaten seines Ziels seien von ihm unserem Botschafter übermittelt worden, oder nicht? Wollen Sie andeuten, er habe unseren Botschafter belogen? Oder der Botschafter belüge uns?«

»Selbst wenn wir einmal unterstellen, daß jeder Beteiligte die Wahrheit spricht und keinem von ihnen ein Fehler unterlaufen ist – der Name, der in diesem Zusammenhang genannt wird, interessiert mich sehr. Trevize hat dem Botschafter mitgeteilt, er fliege nach Gaia. Das schreibt sich G-A-I-A. Trevize hat den Namen genau buchstabiert.«

»Gaia?« wiederholte Kodell. »Nie gehört.«

»Tatsächlich? Das ist keineswegs verwunderlich.« Die Branno zeigte in die Luft, wo eben noch die Holo-Karte zu sehen gewesen war. »Anhand der Karte, die wir in diesem Raum projizieren können, läßt sich binnen einer Sekunde – jedenfalls angeblich – jeder Stern lokalisieren, um den eine bewohnte Welt kreist, und dazu viele wichtige Sterne mit unbewohnten Planetensystemen. Man kann über dreißig Millionen Sterne darstellen – wenn man richtig mit den Kontrollen umzugehen versteht, kann man sie einzeln, paarweise oder auch in Gruppen lokalisieren. Man kann sie in fünf verschiedenen Farben markieren, sowohl einzeln wie auch alle gleichzeitig. Unmöglich ist offenbar jedoch eines – auf dieser Karte Gaia zu finden. Soweit es die Karte betrifft, existiert Gaia nicht.«

»Für jeden Stern, den die Karte zeigt«, sagte Kodell, »gibt's zehntausend andere, die sie nicht anzeigt.«

»Sicher, aber die Sterne, die nicht verzeichnet sind, haben überhaupt keine oder keine bewohnten Planeten, und weshalb sollte Trevize eine unbewohnte Welt anfliegen?«

»Haben Sie's mit dem Zentralcomputer versucht? Er hat alle dreihundert Millionen Sterne der Galaxis aufgelistet.«

»Das höre ich immer wieder, aber verhält es sich wirklich so? Sie wissen so gut wie ich, daß es Tausende von bewohnten Welten geben muß, die der Kartografierung entgangen sind, die wir auf keiner unserer Sternenkarten finden können – nicht bloß auf dieser Karte nicht, sondern ebensowenig durch den Zentralcomputer. Gaia ist anscheinend eine dieser Welten.«

Kodells Stimme blieb ruhig, sein Tonfall klang nahezu schmeichlerisch. »Bürgermeisterin, es kann ohne weiteres sein, daß wir uns um all das keine Gedanken zu machen brauchen. Mag sein, Trevize versucht's mit einem Schuß ins Blaue, oder er lügt, und es gibt keine Welt namens Gaia, es befindet sich an den Koordinaten, die er uns überlassen hat, überhaupt kein Stern. Nachdem er Compor begegnet ist und daraus wohl geschlossen hat, daß er verfolgt wird, versucht er womöglich, uns von seiner Fährte zu locken.«

»Wie sollte ihm das gelingen können? Compor ist dazu imstande, ihm jederzeit und unter allen Umständen zu folgen. Nein, Liono, ich denke an eine ganz andere Möglichkeit, an eine, die ein viel größeres Potential hinsichtlich vorstellbarer Schwierigkeiten aufweist. Hören Sie zu ...« Einen Augenblick lang schwieg die Branno. »Dieser Raum ist abgeschirmt, Liono«, sagte sie dann. »Beachten Sie das! Niemand kann uns belauschen, also sprechen Sie bitte völlig freimütig. Und ich werde ebenfalls ganz offen sprechen. Wenn wir die erhaltene Information erst einmal als Tatsache nehmen, liegt diese Gaia etwa zehn Parsek vom Planeten Sayshell entfernt, ist also Bestandteil der Sayshell-Union. Die Sayshell-Union ist eine gründlich erforschte Region der Galaxis. Alle ihre Sternensysteme – bewohnt oder nicht – sind erfaßt, über ihre Bewohner ist so gut wie alles bis in Einzelheiten hinein bekannt. Die einzige Ausnahme ist Gaia. Bewohnt oder unbewohnt, noch nie hat jemand davon gehört, sie ist auf keiner Sternenkarte verzeichnet! Und nun berücksichtigen Sie, daß die Sayshell-Union der Foundation-Föderation gegenüber einen besonderen, eigentümlichen Zustand der Unabhängigkeit bewahrt, genau wie im früheren Sternenreich des Fuchses. Sie ist seit dem Niedergang des Galaktischen Imperiums unabhängig.«

»Und was soll das alles besagen?« meinte Kodell mit Zurückhaltung.

»Diese beiden Punkte müssen doch sicherlich irgendwie zusammenhängen. Die Sayshell-Union umfaßt ein vollkommen unbekanntes Planetensystem *und* sie ist gewissermaßen unnahbar. Die zwei können nicht außerhalb eines wechselseitigen Zusammenhangs existieren. Was Gaia auch sein mag, sie versteht sich zu schützen. Sie sorgt dafür, daß man außerhalb der näheren Umgebung keine Ahnung von ihrer Existenz hat, und sie beschützt ihre Umgebung, so daß Außenstehende sich darin nicht breitmachen können.«

»Sie wollen sagen, Gaia sei der Sitz der Zweiten Foundation?«

»Ich behaupte lediglich, daß Gaia unsere aufmerksamste Begutachtung verdient.«

»Darf ich eine Merkwürdigkeit aussprechen, die sich im Rahmen Ihrer Theorie nicht so recht erklären läßt?«

»Bitte.«

»Falls Gaia Sitz der Zweiten Foundation ist, falls sie sich jahrhundertelang physisch gegen Eindringlinge behauptet hat, die gesamte Sayshell-Union als tiefen, breiten Schirm für sich selbst mitbeschützt hat, wenn sie verhindern konnte, daß jedes Wissen um sie nach draußen in die Galaxis sickert – warum ist dieser ganze, bewährte Schutz dann jetzt so plötzlich dahin? Trevize und Pelorat verlassen Terminus und fliegen, obwohl Sie ihnen nahegelegt haben, Trantor anzufliegen, ohne Zögern nach Sayshell und nun nach Gaia. Und zudem können Sie sich hier über Gaia Ihre Gedanken machen und Spekulationen anstellen. Weshalb wird so etwas nicht verhindert?«

Für geraume Zeit gab Bürgermeisterin Branno keine Antwort. »Ich glaube«, sagte sie schließlich, »weil Ratsherr Trevize irgendwie die Dinge durcheinandergebracht hat. Er hat irgend etwas getan – oder treibt es gegenwärtig –, was den Seldon-Plan irgendwie gefährdet.«

»Das ist doch sicherlich ausgeschlossen, Bürgermeisterin.«

»Ich gehe davon aus, daß jedes und jeder seine Mängel hat. Bestimmt war auch Hari Seldon nicht vollkommen. Der Plan weist irgendeine Schwäche auf, und Trevize ist darauf gestoßen, vielleicht ohne es selber zu merken. Wir müssen wissen, was vorgeht, wir müssen am Brennpunkt des Geschehens sein.«

Nach einer Weile nickte Kodell ernst. »Fällen Sie lieber keine eigenmächtigen Entscheidungen, Bürgermeisterin. Wir sollten nicht ohne gründliches vorheriges Nachdenken handeln.«

»Halten Sie mich nicht für eine Idiotin, Liono! Ich habe nicht die Absicht, einen Krieg anzuzetteln. Ich will kein Expeditionskorps auf Gaia landen. Ich möchte lediglich an Ort und Stelle der Ereignisse sein – oder wenigstens in der Nähe, wenn Sie's so vorziehen. Liono, finden Sie für mich heraus – es wäre mir unangenehm, erst lange mit einem Krisenstab diskutieren zu müssen, der so beschränkt ist, wie man's nach hundertzwanzig Jahren des Friedens wohl erwarten muß, wogegen Sie sich offenbar weniger leicht aus der Ruhe bringen lassen –, wie viele Kriegsschiffe im Umkreis Sayshells stationiert sind. Kann man ihren Einsatz nach Routine statt nach Mobilisierung aussehen lassen?«

»In diesen idyllischen Friedenszeiten sind in der Gegend nur wenige Schiffe, da bin ich sicher. Aber ich werde das feststellen.«

»Zwei oder drei würden schon genügen, vor allem, wenn eins zur Supernova-Klasse zählt.«

»Was möchten Sie denn damit anfangen?«

»Ich möchte, daß sie so dicht bei Sayshell patrouillieren, wie es überhaupt geht, ohne einen Zwischenfall auszulösen – und gleichzeitig nahe genug beieinander bleiben, um sich notfalls gegenseitig unterstützen zu können.«

»Und welche Absicht steckt dahinter?«

»Flexibilität. Ich will zuschlagen können, wenn ich muß.«

»Gegen die Zweite Foundation? Wenn Gaia sich sogar gegen den Fuchs abschirmen und schützen konnte, dann wird sie auch dazu imstande sein, sich heute eine Handvoll Raumschiffe vom Halse zu halten.«

»Mein Freund«, entgegnete die Branno mit kriegerischem Glitzern in den Augen, »ich habe erwähnt, daß nichts und niemand perfekt ist, nicht einmal Hari Seldon. Bei der Ausarbeitung seines Plans hat er nicht den Umstand überwinden können, daß er ein Kind seiner Zeit war, ein Mathematiker in der Ära eines untergehenden Imperiums, als alle Technik verfiel. Daraus ergibt sich, daß er in seinem Plan den technischen Fortschritt nicht genügend berücksichtigen konnte. Die Gravitationstechnik, um ein Beispiel zu nennen, ist eine ganz neue Richtung des technischen Fortschritts, die er unmöglich vorausgesehen haben kann. Darüber hinaus sind andere Fortschritte erzielt worden.«

»Gaia kann auch Fortschritte gemacht haben.«

»In der Isolation? Kommen Sie, kommen Sie! In der Foundation-Föderation leben zehn Billiarden Menschen, und überall unter ihnen wird irgendwie zur Förderung der technischen Weiterentwicklung beigetragen. Eine einzelne, isolierte Welt kann überhaupt nicht zu Vergleichbarem fähig sein. Unsere Raumschiffe werden dort nach dem Rechten schauen, und ich mit ihnen!«

»Pardon, Bürgermeisterin, *was* haben Sie gesagt?«

»Ich selbst werde mit den Schiffen fliegen, die in Sayshells Grenzzonen patrouillieren. Ich will selber sehen, wie es um die Situation steht.«

Für einen Moment sackte Kodell der Unterkiefer herab. Er schluckte und gab dabei einen sehr vernehmlichen Laut von sich. »Verzeihung, Bürgermeisterin, aber das ist ... wenig vernünftig.« Wenn jemals irgend jemandem ein stärkerer Ausdruck auf der Zunge gelegen hatte, dann ganz bestimmt bei dieser Gelegenheit Kodell.

»Vernünftig oder unvernünftig«, sagte die Branno heftig, »ich werde es tun! Ich habe Terminus und diese endlosen politischen Auseinandersetzungen satt, den persönlichen Zank, die Bündnisse und Gegenbündnisse, die Verrätereien und anschließenden Aussöhnungen. Siebzehn Jahre lang war ich mittendrin, und jetzt möchte ich etwas anderes tun – *irgend etwas* anderes. Dort draußen ...« – sie winkte blindlings seitwärts – »wird vielleicht die ganze galaktische Geschichte verändert, und wenn's so ist, will ich an diesem Prozeß teilhaben!«

»Aber Sie besitzen doch keinerlei Einblick in derartige Vorgänge, Bürgermeisterin.«

»Wer hat die schon, Liono?« Forsch erhob sich die Branno. »Sobald Sie mir die erforderlichen Informationen über die Raumschiffe gebracht und wir alles veranlaßt haben, damit hier der ganze Humbug weiterläuft, werde ich aufbrechen. Und versuchen Sie nicht, Liono, mich durch irgendwelche Manöver in meinem Entschluß zu behindern, sonst werde ich unsere alte Freundschaft im Handumdrehen beenden und Sie fallenlassen! *Dazu* bin ich auf jeden Fall in der Lage.«

Kodell nickte. »Das ist mir klar, Bürgermeisterin, aber darf ich Sie, ehe Sie sich endgültig entscheiden, nochmals bitten, die machtvolle Wirksamkeit von Seldons Plan zu berücksichtigen? Was Sie beabsichtigen, könnte auf Selbstmord hinauslaufen.«

»In dieser Beziehung mache ich mir keine Sorgen, Liono. Der Plan hat hinsichtlich des Fuchses versagt, den er nicht vorhergesehen hat und nicht vorhersehen konnte. Und ein prognostischer Fehler zur einen Zeit bedeutet, daß ein weiterer Fehler zu einer anderen Zeit möglich ist.«

Kodell seufzte. »Na schön, wenn Sie wahrhaftig fest dazu entschlossen sind, will ich Sie nach meinen besten Fähigkeiten und mit vorbehaltloser Loyalität unterstützen.«

»Gut. Trotzdem, ich warne Sie noch einmal, es ist besser für Sie, mit ganzem Herzen zu meinen, was Sie da reden! Und mit dieser Einstellung, Liono, wollen wir uns nun um Gaia kümmern. Vorwärts!«

Fünfzehntes Kapitel

Gaia-S

58

Sura Novi betrat den Kontrollraum des kleinen, ziemlich altmodischen Raumschiffs, das Stor Gendibal und sie in einer Reihe von wohlgeplanten Hypersprüngen über die Parseks hinwegbeförderte.

Offenbar war sie im kompakt beschaffenen Bad gewesen, wo Öle, warme Luft und ein Minimum an Wasser ihren Körper aufgefrischt hatten. Sie kam in ein Badetuch gewickelt und hielt es in krampfhafter Darstellung von Züchtigkeit fest um sich gedrückt. Ihr Haar war trocken, aber noch wirr.

»Meister?« sprach sie Gendibal mit leiser Stimme an.

Gendibal hob den Blick von seinen Karten und dem Computer. »Ja, Novi?«

»Ich bin platt vor Verlegensein, Meister ...« Sie verstummte und setzte dann langsam noch einmal an. »Tut mir leid, daß ich stören muß, Meister, aber ...« – und hier entgleiste sie erneut – »ich kann mei Klamotten nich finden.«

»Ihre Kleidung, meinen Sie?« Einen Moment lang starrte Gendibal sie begriffsstutzig an, dann stand er mit merklich schlechtem Gewissen auf. »Novi, ich habe ganz vergessen, Ihnen Bescheid zu sagen. Die Sachen mußten gereinigt werden, sie sind im Detergentapparat. Sie sind sauber, getrocknet, gefaltet, völlig fertig. Ich hätte sie herausnehmen und Ihnen unübersehbar hinlegen sollen. Ich hab's vergessen.«

»Ich wollte nicht ... nicht ...« – sie schaute an sich hinab – »... anstößig rumlaufen.«

»Das hat doch nichts mit ›anstößig‹ zu tun«, sagte Gendibal

erheitert. »Hören Sie, ich verspreche Ihnen, wenn diese ganze Angelegenheit ausgestanden ist, werde ich veranlassen, daß Sie jede Menge neue Kleider erhalten – und nicht nur neu, sondern auch nach der neusten Mode. Wir sind in unziemlicher Hast aufgebrochen, und mir ist überhaupt nicht eingefallen, daß ich Ihnen einiges in der Art zur Verfügung stellen müßte, aber wir beide sind hier ganz allein an Bord, Novi, wir werden für einige Zeit zusammen an Bord leben, und daher ist es nicht nötig, viel Wirbel um ... um so etwas ... so was wie ...« Er gestikulierte vage, bemerkte plötzlich den entsetzten Blick in ihren Augen und dachte: Nun ja, sie ist eben vom Land und hat ihre Grundsätze – wahrscheinlich hätte sie nichts gegen Anstößigkeiten der unheimlichsten Art, solange sie nur dabei die Kleider anbehalten darf.

Doch dann schämte er sich und war froh, daß es sich bei ihr um keine ›Forscherin‹ handelte, die *seine* Gedanken hätte erkennen können. »Soll ich Ihnen die Sachen holen?« fragte er.

»O nein, Meister. Das is nix fier dich ... Ich meine, danke, ich weiß jetzt, wo sie sind.«

Als er sie das nächste Mal sah, war sie ordnungsgemäß angekleidet und hatte das Haar gekämmt. Ihre Scheu ließ sich deutlich spüren. »Tut mir leid, Meister, ich schäme mich, weil ich mich so ... unerhör ... *ungehörig* benommen habe. Ich hätte die Sachen allein finden können.«

»Macht nichts«, antwortete Gendibal. »Sie kommen mit dem Galakto-Standard gut voran, Novi. Sie eignen sich die ›Forschersprache‹ recht schnell an.«

Sura Novi lächelte plötzlich. Ihre Zähne waren ein wenig unregelmäßig, aber das beeinträchtigte kaum die Weise, wie ihre Miene sich aufhellte und ihr Gesicht fast reizvoll aussah, wenn man sie lobte, fand Gendibal. Er gestand sich, daß das wohl der Grund war, warum er sie so gerne lobte.

»Die Hamer werden wenig davon halten, wenn ich wieder daheim bin«, sagte sie. »Sie werden sagen, ich tät ein ... ich *wäre* ein Wortdrechsler. So nennen sie jeden, der ... naja, sonderbar spricht. Sie mögen solche Leute nicht.«

»Ich bezweifle, daß Sie zu den Hamer zurückkehren werden, Novi«, sagte Gendibal. »Ich bin sicher, an der Universität – ich meine, bei den Forschern – wird nach wie vor für Sie Platz sein, sobald das hier vorbei ist.«

»Das tät mich ... würde mir echt gefallen, Meister.«

»Wäre es Ihnen nicht lieber, mich mit ›Sprecher Gendibal‹ anzureden, oder einfach mit ...« Da sah er ihren indignierten Blick, der alle möglichen Einwände verhieß, und sparte sich den Rest. »Nein, ich sehe, Sie möchten's nicht«, sagte er statt dessen. »Na schön, auch gut.«

»So was wäre nicht richtig, Meister. Aber darf ich fragen, wann das vorbei sein wird?«

Gendibal schüttelte den Kopf. »Das weiß ich selber nicht so recht. Vorerst muß ich so schnell wie möglich ein bestimmtes Ziel anfliegen. Leider ist dies Raumschiff, obwohl es ein sehr gutes Schiff seines Typs ist, reichlich langsam, und ›so schnell wie möglich‹ ist bedauerlicherweise nicht allzu schnell. Sie sehen ja, ich muß ...« – er deutete auf den Computer und die Karten – »verschiedene Phasen ausarbeiten, in denen wir größere räumliche Entfernungen zurücklegen können, aber der Computer besitzt nur beschränkte Fähigkeiten, und ich bin nicht besonders geschickt in diesen Dingen.«

»Mußt du schnell dorthin, weil Gefahr droht, Meister?«

»Wie kommen Sie auf die Idee, es könne eine Gefahr bestehen, Novi?«

»Manchmal schau ich dir ins Gesicht, Meister, wenn du's, glaube ich, nicht merkst, und dann sieht dein Gesicht aus, als ob ... Ich weiß nicht, was für 'n Wort ich gebrauchen soll. Nicht nach Fierchten ... ich meine, nach Furcht ... auch nicht, als ob du mit Schlimmem rechnest.«

»Angespannt«, murmelte Gendibal.

»Du siehst ... besorgt aus. – Ist das das Wort?«

»Kommt darauf an. Was meinen Sie mit ›besorgt‹, Novi?«

»Ich meinte, du siehst aus, als ob du denkst: ›Was soll ich in diesen großen Schwierigkeiten bloß als nächstes tun?‹«

Gendibal wirkte betroffen. »Das ist ›besorgt‹ – aber erkennen Sie *das* in meinem Gesicht, Novi? Am Sitz der Forscher achte ich immer sehr darauf, daß niemand irgend etwas in meiner Miene sehen kann, aber ich habe gedacht, allein im All – das heißt, lediglich in Ihrer Begleitung – könnte ich mich einmal entspannen und mein Gesicht sozusagen in der Unterwäsche herumsitzen lassen. Entschuldigung, ich wollte Sie nicht in Verlegenheit bringen. Ich wollte eigentlich sagen, wenn Sie eine so gute Beobachterin sind, muß ich natürlich wieder vorsichtiger sein. Ab und zu muß ich mich wieder daran gewöhnen, daß auch Nicht-Mentalisten scharfsinnige Schlußfolgerungen zu ziehen vermögen.«

Sura Novi machte einen entgeisterten Eindruck. »Jetzt kapiere ich überhaupt nichts mehr, Meister.«

»Ich rede mehr oder weniger mit mir selbst, Novi. Sie brauchen nicht besorgt zu sein. Sehen Sie, da ist das Wort wieder.«

»Aber droht denn Gefahr?«

»Es gibt ein Problem, Novi. Ich weiß nicht, was ich vorfinden werde, wenn ich Sayshell erreiche – das ist, wohin wir fliegen. Möglicherweise gerate ich in eine sehr heikle Situation.«

»Heißt das nicht – in Gefahr?«

»Nein, denn ich werde mit der Lage fertigwerden können.«

»Wie kannst du das vorhersagen?«

»Weil ich ein ... ein Forscher bin. Von allen der beste. Es gibt nichts in der Galaxis, womit ich nicht fertigwerden könnte.«

»Meister, ich will nicht Sachen reden, wo mich ... mir nicht zustehen ...« – ein Ausdruck verzerrte Sura Novis Gesicht, der an Verzweiflung grenzte – »und dich nicht verärgern. Ich habe gesehen, wie du mit dem groben Klotz Rufirant umgesprungen bist, da warst du ja in Gefahr – und er war nur ein Hamer-Farmer. Aber diesmal weiß ich nicht, was dich erwartet ... und du weißt's auch nicht.«

Gendibal fühlte sich gerührt. »Fürchten Sie sich, Novi?«

»Nicht wegen mir, Meister. Ich fürchte ... ich bin besorgt ... um dich.«

»Sie können ruhig ›Ich fürchte um dich‹ sagen«, meinte Gendibal leise. »Das ist auch gutes Galakto-Standard.«

Für einen Moment war er in Gedanken versunken. Dann hob er den Blick und ergriff Sura Novis recht rauhe Hände. »Novi«, sagte er dann, »ich möchte nicht, daß Sie sich aus irgendeinem Grund fürchten. Lassen Sie mich etwas erklären. Sie wissen ja, wie Sie an meinem Gesichtsausdruck sehen konnten, daß Gefahr besteht – oder vielmehr, bestehen könnte –, fast als ob Sie dazu imstande wären, meine Gedanken zu lesen?«

»Ja?«

»Und ich kann noch viel besser als Sie Gedanken lesen. Forscher lernen das, und ich bin ein sehr tüchtiger Forscher.«

Sura Novis Augen weiteten sich, und sie entzog ihm ihre Hände. Ihr schien der Atem zu stocken. »Du kannst meine Gedanken lesen?«

Hastig hob Gendibal einen Finger. »Ich lese Ihre Gedanken ja nicht, Novi. Ich lese sie *nicht*, außer es müßte sein. *Ihre* Gedanken lese ich *nicht*.«

(Er wußte, daß er – unter praktischen Gesichtspunkten betrachtet – die Unwahrheit sagte. Es war für jemanden wie ihn unmöglich, sich in Sura Novis Gegenwart aufzuhalten, ohne zumindest die Grundstimmung dieser oder jener ihrer Gedanken zu bemerken. Dafür brauchte man eigentlich kaum Zweitfoundationist zu sein. Gendibal spürte, daß er um ein Haar errötet wäre. Aber eine solche Haltung, wie sie ihm gegenüber einnahm, schmeichelte nun einmal, auch wenn sie nur eine Hamerin war. Auf jeden Fall, er mußte sie beruhigen, schon aufgrund von Erwägungen allgemeiner Mitmenschlichkeit ...)

»Außerdem bin ich dazu fähig, das Denken von Leuten zu verändern«, sagte er. »Ich kann bewirken, daß jemand Schmerz empfindet. Ich kann ...«

Doch Sura Novi schüttelte den Kopf. »Wie kannst du das alles tun, Meister? Rufirant ...«

»Vergessen Sie Rufirant«, sagte Gendibal geringschätzig. »Ich hätte ihm im Handumdrehen Einhalt gebieten können. Ich hätte ihn wie einen Sack Kartoffeln zu Boden stürzen lassen können. Alle diese Hamer hätte ich ...« Er unterbrach sich plötzlich, weil er aufgrund seiner Prahlerei Unbehagen verspürte, weil er begriff, daß er es darauf anlegt, diese Provinzlerin zu beeindrucken. Und sie schüttelte nach wie vor den Kopf.

»Meister«, meinte sie, »du versuchst mir die Furcht auszureden, aber ich fürchte mich sowieso nicht, außer um dich, also ist das gar nicht nötig. Ich weiß, daß du ein großer Forscher bist, du kannst so ein Raumschiff durch das All fliegen, obwohl mir's so vorkommt, niemand könnte so was tun, ohne ... ich meine, es könnte eigentlich gar nicht möglich sein, ohne sich ... zu verirren. Und du benutzt Maschinen, von denen ich nichts verstehe ... die kein Hamer jemals verstehen könnte. Und du brauchst mir auch nichts von diesen Kräften in deinem Geist zu erzählen, wo ich nicht glauben kann, daß sie so sind, denn alle die Sachen, die du mit Rufirant hättest machen können, wie du gesagt hast, die hast du nicht mit ihm gemacht, obwohl du doch in Gefahr warst.«

Gendibal preßte die Lippen aufeinander. Laß es dabei, sagte er sich. Wenn diese Frau darauf beharrt, daß sie nicht um sich selbst fürchtet, laß es dabei! Aber er wollte nicht, daß sie ihn für einen Schwächling und Weichling hielt. Das wollte er schlichtweg *nicht*.

»Wenn ich Rufirant nichts getan habe«, sagte er, »dann deshalb, weil ich gar nicht den Wunsch hatte, ihm etwas zu tun. Wir Forscher dürfen den Hamern niemals irgend etwas antun. Wir sind auf ihrer Welt Gäste. Verstehen Sie, was ich meine?«

»Ihr seid unsere Herren und Meister. Das sagen *wir* unter uns immer.«

Einen Augenblick lang schweiften Gendibals Überlegungen ab. »Und wieso hat dieser Rufirant mich trotzdem angegriffen?«

»Ich weiß nicht«, sagte sie bloß. »Ich glaube, er hat nicht gewußt, was er da tat. Er muß im Kopp bekloppt ... ich meine, er muß nicht bei klarem Verstand gewesen sein.«

Gendibal stieß ein Brummen aus. »Jedenfalls, wir tun den Hamer unsererseits niemals etwas. Hätte ich mich dazu verleiten lassen, ihn mit ... mit Gewalt aufzuhalten, die anderen Forscher hätten dann ziemlich schlecht von mir gedacht, und vielleicht wäre ich dadurch um meine Position gebracht worden. Um zu verhindern, daß mir ernster Schaden zugefügt wird, hätte ich ihn höchstens ein ganz kleines bißchen beeinflussen dürfen ... so wenig wie nur möglich.«

Sura Novi senkte den Kopf. »Dann hätte ich mich ja gar nicht dazwischenwerfen müssen, als wäre ich selbst 'ne Närrin.«

»Sie haben vollkommen richtig gehandelt«, sagte Gendibal. »Wie ich gerade gesagt habe, es wäre falsch von mir gewesen, gegen ihn vorzugehen, so oder so, und durch Ihr Eingreifen haben Sie's überflüssig gemacht, daß ich meinerseits etwas gegen ihn unternehme. *Sie* haben ihn aufgehalten, und das haben Sie gut gemacht. Ich bin Ihnen dafür dankbar.«

Wieder lächelte sie, diesmal regelrecht selig. »Jetzt verstehe ich, warum du so freundlich zu mir gewesen bist, Meister.«

»Natürlich, ich war sehr froh«, sagte Gendibal leicht verlegen. »Aber am wichtigsten ist, Sie sehen nun ein, es droht keine echte Gefahr. Ich kann mich gegen eine ganze Armee normaler Menschen durchsetzen. Das kann jeder Forscher – vor allem die wichtigen Leute unter ihnen –, und wie ich schon erwähnt habe, ich bin der Beste von allen. In der ganzen Galaxis gibt es niemanden, der mir widerstehen könnte.«

»Wenn du das sagst, Meister, bin ich davon überzeugt.«

»Ich sage es. Also, fürchten Sie noch immer um mich?«

»Nein, Meister, bloß ... Meister, sind das nur *unsere* Forscher, die Gedanken lesen können und ... Gibt es vielleicht nicht andere Forscher, woanders eben, die es mit dir aufnehmen könnten?«

Einen Moment lang war Gendibal fassungslos. Diese Frau besaß ein erstaunliches Talent dafür, hinter die Dinge zu blicken.

Nun war es notwendig, zu lügen. »Es gibt keine«, sagte er.

»Man sieht aber doch so viele Sterne am Himmel. Einmal habe ich versucht, sie alle zu zählen, aber ich hab's nicht geschafft. Wenn es soviel Welten mit Menschen gibt wie Sterne, müssen dann nicht auch noch mehr Forscher irgendwo dabeisein? Ich meine, andere Forscher außer denen auf unserer Welt?«

»Nein.«

»Und wenn doch?«

»Jedenfalls wären sie nicht so stark wie ich.«

»Und wenn sie dich plötzlich angreifen würden, bevor du überhaupt etwas merkst?«

»Das wäre unmöglich. Wollten sich irgendwelche fremden Forscher an mich heranmachen, ich würde sie bemerken, lange vor sie mir irgendwie schaden könnten.«

»Wäre es dir möglich, vor ihnen zu fliehen?«

»Ich hätte es nicht nötig, zu fliehen, Aber ...« – er sah ihre Einwände voraus – »wenn es doch sein müßte, könnte ich mir rasch ein neues Schiff verschaffen – ein besseres als jedes andere Raumschiff in der Galaxis. Es wäre ausgeschlossen, daß sie mich fangen.«

»Könnten sie nicht dein Denken verändern und dich zum Bleiben bringen?«

»Nein.«

»Es könnten aber doch viele sein. Du bist bloß einer.«

»Sobald sie auftauchen – viel früher, als sie's für möglich halten dürften –, würde ich merken, daß sie's auf mich abgesehen haben, und daher könnte ich mich ihnen rechtzeitig entziehen. Unsere ganze Welt von Forschern stünde dann gegen sie, und das wäre ihr Ende. Das wäre ihnen von vornherein klar, deshalb würden sie's ohnehin nicht wagen, irgend etwas gegen mich zu unternehmen. Sie würden's sogar vorziehen, daß ich gar nichts von ihnen erfahre – aber ich würde sie bemerken.«

»Weil du so sehr besser als sie bist?« meinte Sura Novi, deren Miene von mit Zweifeln untermischtem Stolz strahlte.

Gendibal konnte ihr nicht widerstehen. Ihre natürliche Intelligenz, ihr schnelles Begriffsvermögen machten ihre Gesellschaft wirklich zu einem Vergnügen. Sprecherin Delora Delarmi, das sanftzüngige Monster, hatte ihm einen gewaltigen Gefallen erwiesen, als sie ihm dies hamische Farmermädchen aufdrängte.

»Nein, Novi«, sagte er, »nicht weil ich besser bin, obwohl das der Fall ist – sondern weil ich *Sie* dabei habe.«

»Mich?«

»Genau, Novi. Hätten Sie das gedacht?«

»Nee, Meister«, antwortete sie verblüfft. »Was könnte denn ich da tun?«

»Das hängt mit Ihrem Geist zusammen.« Sofort hob er eine Hand. »Nein, ich lese Ihre Gedanken nicht. Ich nehme lediglich die Umrisse Ihrer Psyche wahr, und diese Umrisse sind ganz glatt, Ihre Psyche hat ein außergewöhnlich glattes Profil.«

Sie legte eine Hand an ihre Stirn. »Weil ich ungebildet bin, Meister? Weil ich derartig dumm bin?«

»Nein, meine Liebe.« Ihm fiel gar nicht auf, wie er die Anrede wechselte. »Weil du innerlich aufrichtig und frei von Schuldgefühlen bist, weil du's mit der Ehrlichkeit hältst und sprichst, was du denkst, weil du warmherzig bist und ... und noch mehr in dieser Art. Sollten andere Forscher irgendwie unseren Geist antasten – deinen und meinen –, ließe ihr Tasten sich augenblicklich an deinem psychischen Profil feststellen. Ich würde so ein Tasten an deinem Geist bemerken, noch ehe ich es an meinem feststellen könnte – und dann hätte ich genug Zeit, um gegen sie eine Strategie zu entwickeln, das heißt, um herauszufinden, wie wir uns am besten wehren können.«

Nach seiner Erläuterung herrschte für eine ausgedehnte Weile Schweigen. Gendibal erkannte, daß Sura Novis Augen nicht allein glückliche Zufriedenheit widerspiegelten, sondern auch Triumph und Stolz. »Und aus dem Grund hast du mich mitgenommen?« fragte sie gedämpft.

Gendibal nickte. »Das war ein wichtiger Grund. Ja.«

Ihre Stimme sank zu einem Flüstern herab. »Wie kann ich so nützlich wie möglich sein, Meister?«

»Indem du ganz ruhig bleibst«, antwortete Gendibal. »Dich nicht fürchtest. Und ganz einfach ... so bleibst, wie du bist.«

»Ich werde bleiben, wie ich bin«, versicherte sie. »Und ich werde zwischen dir und der Gefahr stehen, wie ich's schon im Fall Rufirant getan habe.«

Sie verließ den Kontrollraum, und Gendibal schaute ihr nach.

Es war seltsam, durch welche Vielseitigkeit sie sich auszeichnete. Wie konnte ein so simples Geschöpf eine solche Komplexität aufweisen? Unter der Glätte ihres psychischen Profils befanden sich eine enorme Intelligenz, Einsichtsfähigkeit und beachtlicher Mut. Was konnte er mehr verlangen – von überhaupt irgend jemandem?

Irgendwie schwebte vor seinem geistigen Auge ein Bild einer Sura Novi – die keine Sprecherin war, nicht einmal Zweitfoundationistin, nicht einmal gebildet –, die entschlossen an seiner Seite stand, im bevorstehenden Drama eine Nebenrolle von nichtsdestoweniger entscheidender Bedeutung spielte.

Doch er gewann keine Klarheit über Details. Er konnte noch nicht genau erkennen, was es war, das sie erwartete.

59

»Ein einziger Hypersprung«, murmelte Trevize vor sich hin, »und da sind wir schon.«

»Gaia?« fragte Pelorat und betrachtete über Trevizes Schulter den Bildschirm.

»Gaias Sonne«, antwortete Trevize. »Nennen Sie sie Gaia-S,

wenn Ihnen das beim Unterscheiden hilft. Die Galaktografen machen's bisweilen so.«

»Und wo ist Gaia selbst? Oder sollen wir Gaia-P sagen, für Planet?«

»Für den Planeten genügt ganz einfach ›Gaia‹. Wir können Gaia noch nicht sehen. Planeten kann man nicht so leicht sehen wie Sterne, und wir sind noch immer rund hundert Mikroparsek von Gaia-S entfernt. Beachten Sie, sie ist nur als Stern zu sehen, noch nicht als Scheibe, wenn auch als ziemlicher heller Stern. Starren Sie ihn nicht so direkt an, Janov, er ist hell genug, um Ihre Netzhaut zu schädigen. Sobald ich meine Beobachtungen erledigt habe, lege ich einen Filter über die Übertragung. Dann dürfen Sie ihn bestaunen, solange Sie Lust haben.«

»Wie weit sind hundert Mikroparsek in Maßen, die auch ein Mythologe begreift, Golan?«

»Drei Milliarden Kilometer. Ungefähr das Zwanzigfache des Abstands, den Terminus von unserer Heimatsonne einnimmt. Hilft Ihnen das weiter?«

»Ungeheuer. Aber sollten wir nicht näher ran?«

»Nein.« Überrascht blickte Trevize auf. »Doch nicht sofort. Nach allem, was wir über Gaia gehört haben, sollten wir unter solchen Umständen etwa überstürzt vorgehen? Es ist eine Sache, Kühnheit an den Tag zu legen, aber eine andere, sich wie ein Verrückter aufzuführen. Erst sehen wir uns hier mal vorsichtig um.«

»Wonach denn, Golan? Sie haben doch gesagt, wir können Gaia noch nicht sehen.«

»Nicht mit bloßem Auge, klar. Wir verfügen jedoch über Teleskope und einen hervorragenden Computer für Schnellanalysen. Wir können uns auf jeden Fall zuerst einmal einen Eindruck von Gaia-S verschaffen, und vielleicht lassen sich noch andere Dinge ermitteln. Behalten Sie nur die Ruhe, Janov.« Er streckte den Arm aus und klopfte ihm freundschaftlich auf die Schulter.

»Gaia-S ist ein Einzelstern«, verkündete Trevize eine Weile später, »oder falls er doch einen Begleiter hat, ist er von Gaia-S weiter entfernt als im Moment wir, und bestenfalls handelt es sich um einen Roten Zwerg, das heißt, wir brauchen uns nicht damit zu befassen. Gaia-S ist ein Stern der Kategorie G 4, also kann ohne weiteres ein bewohnbarer Planet vorhanden sein, und das sind gute Aussichten. Wäre sie ein Stern der Kategorie A oder M, dann könnten wir gleich wieder abdrehen und umkehren.«

»Ich bin ja nur Mythologe«, meinte Pelorat, »aber hätten wir die Spektralklasse, der Gaia-S angehört, nicht schon von Sayshell aus feststellen können?«

»Gewiß, und wir haben's auch getan, aber es schadet nie, sich aus der Nähe noch einmal zu vergewissern. Gaia-S hat ein Planetensystem, durchaus keine Überraschung. Zwei Gasriesen sind in der Erfassung, einer von ihnen sieht groß und hübsch aus – falls der Computer die Entfernungen akkurat gemessen hat. Es könnte noch einer auf der anderen Seite des Sterns und deshalb weniger leicht zu orten sein, wir befinden uns nämlich zufällig ziemlich genau auf der Ebene der planetaren Umlaufbahnen. In den inneren Regionen kann ich nichts feststellen, was mich auch nicht überrascht.«

»Ist das schlecht?«

»Eigentlich nicht. So was ist zu erwarten. Bewohnbare Planeten bestehen zumeist aus Fels und Metall und sind erheblich kleiner als Gasriesen, sie umkreisen ihre Sonne auch in geringerer Distanz, damit's warm genug ist – und auf alle Fälle lassen sie sich aus dieser Entfernung viel schlechter orten. Das heißt, wir müssen noch wesentlich näher herangehen, um die Zone im Umkreis von vier Mikroparsek um Gaia-S zu untersuchen.«

»Ich bin bereit.«

»Ich nicht. Wir vollführen den Hypersprung morgen.«

»Warum erst morgen?«

»Warum nicht? Wir wollen ihnen einen Tag zugestehen, um aus ihrem Loch zu kommen und nach uns zu haschen – und uns, damit wir womöglich rechtzeitig abhauen können, wenn wir sie kommen sehen und von dem, was wir sehen, wenig begeistert sind.«

Sie vollzogen die weitere Annäherung langsam und vorsichtig. Während der Tag verging, veranlaßte Trevize grimmig entschlossen die Berechnung mehrerer verschiedener Annäherungskurse und versuchte, sich irgendwie für einen Kurs zu entscheiden. Mangels klarer Daten konnte er sich nur auf seine Intuition stützen, die ihm jedoch unglücklicherweise diesmal gar nichts eingab. Ihm fehlte die »Gewißheit«, die er manchmal empfand.

Schließlich leitete er einen weiteren Hypersprung ein, der sie auf größeren Abstand zur Ebene der planetaren Umlaufbahnen brachte.

»Dadurch erhalten wir einen besseren Überblick der Region als Ganzes«, erläuterte er, »weil wir die Planeten in jeder Phase ihrer Umlaufbewegungen aus optimaler Distanz von der Sonne beobachten können. Und *sie* – wer sie auch sein mögen – sind vielleicht weniger wachsam, was den Raum außerhalb der Ebene der Planetenumlaufbahnen betrifft ... – hoffe ich wenigstens.«

Sie nahmen zu Gaia-S nunmehr den gleichen Abstand ein wie der nächste und größte der Gasriesen und blieben von ihm etwa eine halbe Milliarde Kilometer entfernt. Pelorat zuliebe holte Trevize ihn in voller Vergrößerung auf den Bildschirm. Er bot einen eindrucksvollen Anblick, selbst wenn man die drei kärglich dünnen, engen Ringe aus kosmischen Trümmern außer acht gelassen hätte.

»Er hat den üblichen Haufen von Satelliten«, sagte Trevize, »aber bei dieser Distanz von Gaia-S ist klar, daß keiner davon bewohnbar sein kann. Es ist auch keiner von ihnen von Menschen besiedelt, die unter einer transparenten Kuppel oder anderen artifiziellen Bedingungen leben.«

»Woher wissen Sie das?«

»Es sind keine Radioquellen mit Charakteristika vorhanden, die auf einen intelligenten Ursprung hinweisen. Natürlich ist es denkbar ...« – er schränkte seine Erklärung sofort ein –, »daß ein wissenschaftlicher Außenposten viel Mühe darauf verwendet, seine Radiosignale abzuschirmen, und der Gasriese erzeugt überdies starke eigene Radiostrahlung, die überlagern könnte, wonach ich gesucht habe. Aber unsere Radiorezeptoren sind sehr empfindlich, und unser Computer ist außerordentlich leistungsfähig. Ich würde sagen, die Wahrscheinlichkeit, daß diese Satelliten von Menschen bewohnt werden, ist äußerst gering.«

»Heißt das, es gibt gar keine Gaia?«

»Nein. Es heißt allerdings, falls es Gaia gibt, hat man sich dort nicht die Mühe gemacht, diese Satelliten zu besiedeln. Vielleicht fehlt's an der Kapazität – oder am Interesse.«

»Also, *existiert* Gaia, oder nicht?«

»Geduld, Janov! Geduld!«

Trevize betrachtete das All mit allem Anschein nach grenzenloser Gelassenheit. »Offen gestanden«, sagte er zwischendurch einmal, »die Tatsache, daß bis jetzt noch niemand zum Vorschein gekommen ist, um sich mit uns zu befassen, ist in gewisser Hinsicht entmutigend. Wären bei ihnen die Fähigkeiten vorhanden, die man ihnen zuschreibt, hätten sie sich doch bestimmt schon gezeigt und auf unsere Ankunft reagiert.«

»Man kann vermutlich noch immer nicht ausschließen«, meinte Pelorat mißmutig, »daß es sich bei all dem Gemunkel um Gaia bloß um Hirngespinste handelt.«

»Nennen Sie's einen Mythos, Janov«, sagte Trevize mit verzerrtem Lächeln, »und ich teile Ihre Auffassung. Trotzdem, dort bewegt sich ein Planet im ökosphärischen Bereich seines Zentralgestirns, und das bedeutet, er kann bewohnbar sein. Ich möchte ihn wenigstens einen Tag lang unter Observation halten.«

»Warum?«

»Zunächst einmal, um mich davon zu überzeugen, daß er bewohnbar ist.«

»Gerade haben Sie doch gesagt, er befände sich innerhalb des ökosphärischen Bereichs, Golan.«

»Ja, gegenwärtig befindet er sich darin. Aber seine Umlaufbahn könnte sehr exzentrisch sein und ihn bis auf ein Mikroparsek dem Stern nähern oder ihn auf fünfzehn Mikroparsek von ihm entfernen, oder sogar beides. Wir müssen die Distanz des Planeten von Gaia-S feststellen und mit seiner Umlaufgeschwindigkeit vergleichen – und es wäre auch eine Hilfe, die Richtung seiner Bewegung zu ermitteln.«

61

Noch ein Tag verging.

»Die Umlaufbahn ist nahezu kreisförmig«, sagte Trevize schließlich, »und das besagt, eine Bewohnbarkeit des Planeten ist höchstwahrscheinlich gegeben. Aber noch immer kommt niemand heraus, um sich uns vorzuknöpfen. Wir müssen also noch näher ran.«

»Wieso brauchen Sie zur Zeit so lange, um einen Hypersprung vorzubereiten?« wollte Pelorat wissen. »Sie machen doch nur ganz kurze Sprünge.«

»Hör sich mal einer das an! Kurze Sprünge sind bedeutend schwieriger als weite Sprünge. Was ist schwieriger, einen Stein aufzuheben oder ein winziges Sandkörnchen? Außerdem ist Gaia-S nahe, und daher der Raum scharf gekrümmt. Das kompliziert die Berechnungen sogar für unseren Computer. Sogar ein Mythologe sollte das einsehen.«

Pelorat ließ ein Brummen vernehmen.

»Sie können den Planeten jetzt mit bloßem Auge erkennen«, ergänzte Trevize. »Genau hier. Sehen Sie ihn? Seine Rotationsperiode beträgt ungefähr zweiundzwanzig Stunden nach Galaktischer Standardzeit, die Achsenneigung macht zwölf Grad aus. Er ist praktisch das Musterbeispiel eines bewohnbaren Planeten, geradezu wie aus dem Lehrbuch, und er *besitzt* Leben.«

»Woraus ersehen Sie das?«

»Die Atmosphäre enthält erhebliche Mengen freien Sauerstoffs. Ohne ausgedehnte Vegetation ist so etwas unmöglich.«

»Und wie steht's mit intelligentem Leben?«

»Das hängt von der Analyse der Radiowellenstrahlung ab. Natürlich könnte es dort intelligentes Leben haben, nehme ich an, das aller Technik entsagt hat, aber das kommt mir reichlich unwahrscheinlich vor.«

»Solche Fälle hat's aber schon gegeben«, sagte Pelorat.

»Ich glaub's Ihnen aufs Wort. Das ist Ihr Fachgebiet. Allerdings halte ich es für wenig wahrscheinlich, daß es auf einer Welt, die einmal sogar den Fuchs abgeschreckt hat, lediglich noch Leute mit rein pastoraler Gesinnung gibt.«

»Hat sie einen Satelliten?« fragte Pelorat.

»Ja, hat sie«, antwortete Trevize sachlich.

»Wie groß?« hakte Pelorat mit plötzlich gepreßter Stimme nach.

»Kann ich noch nicht genau sagen. Vielleicht hundert Kilometer Durchmesser.«

»Meine Güte«, sagte Pelorat grüblerisch, »ich wünsche wirklich, ich würde einen größeren Schatz an Schimpfwörtern kennen, als mir geläufig ist ... aber es bestand ja immerhin eine kleine Chance, daß ...«

»Sie meinen, hätte sie einen Riesensatelliten, könnte sie tatsächlich die Erde selbst sein?«

»Ja, aber sie ist's eindeutig *nicht.*«

»Tja, wenn Compor recht hat, kann die Erde sich sowieso nicht in dieser galaktischen Region befinden. Sie soll ja im Bereich des Sirius sein. Tut mir wirklich leid für Sie, Janov.«

»Ach, macht nichts.«

»Hören Sie, wir werden abwarten und noch einen kleinen Hypersprung riskieren. Sollten wir keine Anzeichen intelligenten Lebens feststellen, dürfte es gefahrlos möglich sein, zu landen – bloß hätten wir dann eigentlich keinen Grund zum Landen, oder?«

62

»Jetzt ist alles klar, Janov«, sagte Trevize nach dem nächsten Sprung mit Staunen in der Stimme. »Das ist Gaia, soviel dürfte feststehen. Zumindest ist eine technisierte Zivilisation vorhanden.«

»Ersehen Sie das aus den Radiowellen?«

»Aus etwas, das noch viel unmißverständlicher ist. Eine Raumstation umkreist den Planeten. Sehen Sie das da?«

Der Bildschirm zeigte ein Objekt. Für Pelorats ungeübte Augen wirkte es nicht allzu bemerkenswert. »Artifiziell«, stellte dagegen Trevize sofort klar, »Metall, zudem eine Radioquelle.«

»Was fangen wir jetzt an?«

»Für eine Weile erst einmal gar nichts. Auf einer solchen technischen Stufe ist es ausgeschlossen, daß sie uns nicht entdecken. Falls sie nach einiger Zeit noch immer nichts unternommen haben, werde ich ihnen einen Funkspruch schicken. Wenn auch danach noch nichts geschehen sollte, werde ich vorsichtig nähergehen.«

»Und wenn sie irgend etwas *tun*?«

»Das kommt darauf an, was es ist. Falls es mir nicht gefällt, werde ich eben die Tatsache der geringen Wahrscheinlichkeit, daß sie irgendwelche Errungenschaften besitzen, die mit der Hypersprungtüchtigkeit unseres Raumers zu vergleichen sind, zu unserem Vorteil ausnutzen.«

»Sie meinen, wir werden abhauen?«

»Flott wie ein Hyperraumgeschoß.«

»Aber dann wären wir anschließend ja nicht klüger als vorher.«

»So betrachte ich das keineswegs. Zumindest wissen wir dann, daß Gaia wirklich existiert, daß es dort eine funktionierende Technik gibt und daß es dies oder jenes zur Verfügung hat, das unsereins einen Schrecken einjagen kann.«

»Wir sollten uns aber nicht zu leicht erschrecken lassen, Golan.«

»Nun-nun, Janov, ich weiß, Sie sind auf nichts in der Galaxis so versessen wie auf irgendwelche Erkenntnis über die Erde, aber berücksichtigen Sie bitte, daß ich Ihre Monomanie nicht mit Ihnen gemein habe. Wir sitzen in einem unbewaffneten Raumschiff, und die Menschen da unten sind vielleicht jahrhundertelang isoliert gewesen. Stellen Sie sich mal vor, sie haben noch nie von der Foundation gehört und sehen daher keinen Anlaß, vor ihr Respekt zu haben. Oder denken Sie daran, dort könnte ja *tatsächlich* die Zweite Foundation hausen, und sobald sie uns in der Hand hat – und womöglich schon sauer genug auf uns ist –, werden wir vielleicht nie wieder die gleichen wie vorher sein. Möchten Sie riskieren, daß man Ihnen das Bewußtsein durchpustet und Sie anschließend merken, Sie sind kein Mythologe mehr und haben nicht länger die geringste Ahnung von irgendwelchen Legenden und dergleichen?«

Pelorat schnitt ein grimmiges Gesicht. »Tja, wenn Sie's so darstellen ... Aber falls wir abhauen müssen, was machen wir danach?«

»Ganz einfach. Wir kehren mit unseren Neuigkeiten zurück nach Terminus. Oder jedenfalls so nahe heran, wie die Alte dort es uns erlaubt. Dann können wir Gaia möglicherweise noch einmal aufsuchen – ohne viel Umstände und ohne alle diese langwierigen Vorsichtsmaßnahmen –, und zwar mit einem bewaffneten Schiff, wenn nicht sogar mit einer ganzen waffenstarrenden Flotte. Es kann sein, daß dann alles völlig anders aussieht.«

63

Sie warteten. Das Abwarten war ihnen bereits zur Routine geworden. Während der Annäherung an Gaia verbrachten sie weit mehr Zeit mit Warten, als sie im Laufe des Flugs von Terminus nach Sayshell damit zugebracht hatten.

Trevize schaltete den Computer auf Automatikalarm und war im übrigen nonchalant genug, um in seinem Polstersessel ein Nickerchen zu machen.

Infolgedessen schrak er gehörig auf, als der Alarm dann tatsächlich zu schrillen begann. Pelorat kam in Trevizes Kabine gestürzt, nicht weniger aufgescheucht. Er war beim Rasieren gestört worden.

»Haben wir eine Mitteilung empfangen?« fragte Pelorat nach.

»Nein«, erwiderte Trevize mit Nachdruck. »Wir sind in *Bewegung* geraten.«

»In *Bewegung?* – Wohin?«

»In Richtung Raumstation.«

»Wieso denn das?«

»Ich weiß es auch nicht. Der Antrieb ist aktiv, und der Computer reagiert nicht auf mich – aber wir bewegen uns. Janov, jetzt haben sie uns *gepackt!* Wir haben uns ein bißchen zu dicht an Gaia herangewagt.«

Sechzehntes Kapitel

Konvergenz

64

Als Stor Gendibal endlich Compors Raumer auf seinem Bildschirm erspähte, fühlte er sich wie am Ende einer unglaublich langen Reise. Aber natürlich stand er nicht am Ende, sondern erst am Anfang. Der Flug von Trantor nach Sayshell war nichts als ein Vorspiel gewesen.

Sura Novi wirkte beeindruckt. »Ist das ein anderes Weltallschiff, Meister?«

»Ein Raumschiff. Ja, Novi, das ist eines. Genau das, auf das ich es schon die ganze Zeit abgesehen habe. Es ist größer als das hier – und besser. Es kann den Raum so schnell durchqueren, daß unser Schiff, falls das andere uns davonfliegen würde, es nicht einholen, ja es nicht einmal verfolgen könnte.«

»Schneller als ein Raumschiff der Meister?« Diese Vorstellung entsetzte Sura Novi anscheinend regelrecht.

Gendibal zuckte die Achseln. »Ich mag, wie du's nennst, ein Meister sein, aber ich bin nicht in allen Dingen Meister. Wir Forscher haben keine derartigen Raumschiffe, und uns fehlen auch etliche von den Gerätschaften, die den Eigentümern dieser anderen Raumer zur Verfügung stehen.«

»Aber wie kommt es denn nur, daß den Forschern solche Sachen fehlen, Meister?«

»Weil wir Meister in dem sind, was wirklich wichtig ist. Die Vorteile in bezug auf das Material, die die anderen haben, nutzen ihnen in Wahrheit wenig.«

Sura Novi runzelte nachdenklich die Stirn. »Ich finde, wenn jemand so schnell sein kann, daß kein Meister es schafft, ihm zu folgen, ist das durchaus kein geringer Vorteil. Wer sind diese Leute, die so wundertolle ... die solche Dinge haben?«

Gendibal war erheitert. »Sie nennen sich die Foundation. Hast du schon einmal von der Foundation gehört?«

(Ihm stellte sich unvermutet die Frage, was die Hamer über die Galaxis wissen mochten und was nicht und wieso die Sprecher nie auf den Gedanken gekommen waren, sich diese Frage zu stellen. Oder hatte nur er allein sich bisher diese Frage noch nicht gestellt – war er der einzige Zweitfoundationist, der glaubte, die Hamer hätten an nichts Interesse, außer im Erdreich zu buddeln?)

Sura Novi schüttelte versonnen den Kopf. »Davon habe ich noch nie was gehört, Meister. Als der Schulmeister mir die Schriftlehre beigebracht hat – das Lesen, meine ich –, ist von ihm auch erzählt worden, daß es noch viele andere Welten gibt, und er hat auch von ein paar die Namen genannt. Er sagte, unsere Hamer-Welt hätte richtig den Namen Trantor und früher mal über alle anderen Welten geherrscht. Damals wäre Trantor ganz mit schimmerndem Eisen bedeckt gewesen, und da hätte ein Kaiser gewohnt, ein Alles-und-Jedes-Meister.«

Sie hob ihren Blick mit schüchterner Belustigung zu Gendibal. »Das meiste von allem glaube ich aber nich, nee. In den Zeiten, wo die Abende länger sind, werden in den Versammlungshallen von den Wortwebern viele Geschichten erzählt. Als ich noch ein kleines Mädchen war, habe ich sie alle geglaubt, aber wie ich älter geworden bin, habe ich gemerkt, daß viele nicht stimmen. Heute glaube ich kaum noch was davon, vielleicht gar nichts mehr. Sogar Schulmeister erzählen Unglaubliches.«

»Trotzdem, Novi, diese eine Geschichte eures Schulmeisters ist wahr – aber was er erzählt hat, liegt schon sehr lange zurück. Früher war Trantor wirklich mit Metall überzogen, und es gab tatsächlich einen Kaiser auf Trantor, der die gesamte Galaxis regiert hat. Heute sind es allerdings die Leute der Foundation, die eines Tages die ganze Galaxis regieren werden. Sie gewinnen ständig an Macht.«

»Sie werden *alles* beherrschen, Meister?«

»Nicht unverzüglich. In fünfhundert Jahren.«

»Und sie werden dann auch Herren über die Meister sein?«

»Nein, nein. Sie werden die Welten regieren. Wir dagegen werden *sie* regieren – im Interesse ihrer Sicherheit und der Sicherheit der Welten.«

Sura Novi dachte bereits wieder weiter. »Meister«, wollte sie wissen, »haben die Leute von der Foundation viele von diesen wunderbaren Raumschiffen?«

»Ich nehm's an, Novi.«

»Und andere Dinge, die ... sehr erstaunlich sind?«

»Sie haben starke Waffen der verschiedensten Art.«

»Können sie dann nicht schon jetzt die Herrschaft über alle Welten antreten?«

»Nein, das können sie nicht. Die Zeit ist noch nicht reif.«

»Aber warum denn nicht? Würden die Meister sie daran hindern?«

»Das brauchen wir gar nicht, Novi. Selbst wenn wir überhaupt nichts täten, würde es ihnen nicht gelingen, schon jetzt ihren Machtbereich auf alle Welten auszudehnen.«

»Aber was würde sie denn daran hindern?«

»Sieh mal«, begann Gendibal, »es gibt da einen Plan, den hat sich ein weiser Mann ausgedacht ...«

Er verstummte, lächelte andeutungsweise und schüttelte dann den Kopf. »Das läßt sich nur sehr schwer erklären, Novi. Vielleicht kommen wir ein anderes Mal dazu. Möglicherweise wirst du's, wenn du siehst, was geschieht, bis wir nach Trantor zurückkehren, auch ohne meine Belehrungen begreifen.«

»Was wird denn geschehen, Meister?«

»Da bin ich mir noch nicht sicher, Novi. Aber es wird alles gut ausgehen.«

Er wandte sich ab und machte sich daran, mit Compor Verbindung aufzunehmen. Unterdessen konnte er nicht verhindern, daß ihm insgeheim der Gedanke kam: Das hoffe ich wenigstens.

Augenblicklich ärgerte er sich über sich selbst, denn er kannte die Ursache für einen so närrischen, entmutigenden Gedankengang. So etwas war auf den Eindruck umfassender, enormer Macht auf seiten der Foundation zurückzuführen, wie sie in Form von Compors Raumschiff manifestiert war, und zugleich war sein Verdruß daran schuld, den er angesichts von Sura Novis offener Bewunderung für eben dieses Schiff empfand.

Was für ein Unfug! Wie konnte er sich dazu verleiten lassen, den Besitz bloßer Stärke und Macht mit der Fähigkeit gleichzustellen, das Geschehen zu lenken? Das war, was Generationen von Sprechern als den »Trugschluß bezüglich der Hand am Hals« bezeichnet hatten.

Kaum zu fassen, daß er nicht immun war gegen solche Allüren!

65

Munn Li Compor war sich ganz und gar nicht darüber im klaren, wie er sich nun verhalten sollte. Für einen Großteil seines Lebens hatte er die Sprecher stets knapp außerhalb des Umkreises gesehen, in dem er wirkte und in dem er seine Erfahrungen machte – die Sprecher, mit denen er nur gelegentlich in Kontakt stand, die in ihrem rätselhaften Griff die gesamte Menschheit umfaßt hielten.

Von ihnen allen war Stor Gendibal es gewesen, an den er sich im Laufe der letzten Jahre gewandt hatte, um Orientierung zu haben. Meistens war es nicht einmal eine Stimme gewesen, mit der er in Kontakt stand, sondern nur eine fremde Wesenheit in seinem Geist – Hyperkommunikation ohne Hyper-Relais.

In dieser Beziehung war die Zweite Foundation der Foundation weit voraus. Ohne Apparate, nur dank ihrer besonders herausgebildeten, hochentwickelten geistigen Kräfte, vermochten sie sich über Parseks hinweg zu verständigen, ohne daß man sie belauschen, sie stören konnte. Sie unterhielten ein unsichtbares, nicht zu entdeckendes Netzwerk, das durch die Gedanken einer relativ kleinen Zahl entschlossener Individuen alle Welten miteinander verband.

Compor hatte mehr als einmal, wenn er an seine Rolle bei alldem dachte, eine Art von innerer Erhöhung verspürt. Wie klein der Bund war, dem er angehörte, wie enorm der Einfluß, den er ausübte. Und wie geheim alles ablief. Nicht einmal seine Ehepartnerin ahnte etwas von seinem geheimen Leben.

Und die Sprecher waren es, die alle Fäden in der Hand hielten – unter ihnen dieser eine Sprecher, dieser Gendibal, der möglicherweise, dachte sich Compor, der nächste Erste Sprecher werden mochte, der Superkaiser eines Superimperiums.

Nun war Gendibal zur Stelle, in einem Raumschiff von Trantor gekommen, und Compor mußte mit einer gewissen Enttäuschung ringen, weil ihre Begegnung nicht auf Trantor selbst stattfand.

Konnte *das* ein Raumschiff Trantors sein? Jeder der früheren Händler, die einst das Warenangebot der Foundation in einer feindseligen Galaxis verbreiteten, mußte bessere Raumer besessen haben. Kein Wunder, daß der Sprecher so lange gebraucht hatte, um die Strecke von Trantor nach Sayshell zurückzulegen.

Das Raumschiff war nicht einmal mit einer Andockanlage ausgestattet, die es ermöglicht hätte, die beiden Schiffe aneinander zu verankern, wie man es normalerweise machte, wenn Personen von einem auf ein anderes Schiff überwechseln sollten. Selbst die unbedeutende sayshellische Flotte besaß solche Vorrichtungen. Statt dessen mußte der Sprecher die Geschwindigkeit seines Raumfahrzeugs angleichen und dann eine Verbindungsleine über den Abstand zwischen den Schiffen schießen, um sich daran herüberzuhangeln, ganz wie in den alten Zeiten des Imperiums.

Das war es, befand Compor trübsinnig, außerstande dazu, den Trübsinn zu verscheuchen. Der Raumer war nichts als ein altmodisches Imperiums-Raumschiff – und obendrein ziemlich klein.

Zwei Gestalten bewegten sich an der Verbindungsleine entlang – eine davon so unbeholfen, daß feststand, sie hatte sich noch nie darin geübt.

Endlich befanden die beiden Ankömmlinge sich an Bord und legten die Raumanzüge ab. Sprecher Stor Gendibal war mittelgroß und wirkte nicht sonderlich beeindruckend; weder war er hochgewachsen und kraftvoll, noch strahlte er irgendeine erhöhte Gelehrtheit aus. Seine dunklen, in tiefen Höhlen liegenden Augen waren die einzigen Anzeichen seiner Weisheit. Doch nun schaute der Sprecher sich mit einem Gebaren um, das unverkennbar verriet, er war *selber* von nahezu ehrfürchtigem Staunen gepackt!

Die andere Person war eine Frau von der Körpergröße Gendibals, schlicht in ihrem Aussehen. Während sie sich umblickte, stand ihr vor Verblüffung der Mund offen.

66

An der Leine entlangzuklimmen, war für Gendibal durchaus kein ausschließlich unangenehmes Erlebnis gewesen. Zwar war er kein ausgesprochener Raumfahrer – das konnte kein Zweitfoundationist von sich behaupten –, andererseits aber auch kein totaler Bodenhocker, denn man ließ nicht zu, daß ein Zweitfoundationist sich in dieser Hinsicht einseitig entwickelte. Die eventuelle Notwendigkeit eines Raumflugs war Zweitfoundationisten permanent bewußt, obwohl jeder von ihnen hoffte, daß er nur äußerst selten in diese Verlegenheit kam. (Preem Palver – dessen Raumreisen wegen ihrer Ausdehnung legendären Charakter besaßen – hatte einmal wehmütig die Bemerkung gemacht, man solle den Erfolg eines Sprechers daran messen, wie wenig Zeit er mit Flügen durchs All zubringen müsse, um das Gelingen des Seldon-Plans zu sichern.)

Gendibal hatte schon dreimal zuvor eine Verbindungsleine benutzt. Dies war das vierte Mal, und wenn er trotzdem eine gewisse Beunruhigung verspürt hätte, wäre sie ohnehin durch seine Sorge um Sura Novi verdrängt worden. Er hätte keine Mentalik gebraucht, um zu sehen, daß der Schritt hinaus ins Nichts sie völlig verstörte.

»Ich fierchte mir, Meister«, sagte sie, nachdem er ihr erläutert hatte, was es zu tun galt. »Das is ja völliges Nix, in das ich springen soll.« Wenn nichts anderes, so hätte unmißverständlich ihr Rückfall in den schwerfälligen Hamer-Dialekt den Umfang ihrer inneren Aufgewühltheit gekennzeichnet.

»Ich kann dich nicht an Bord dieses Schiffes zurücklassen, Novi«, entgegnete Gendibal sanft, »denn ich werde auf das andere umsteigen und muß dich mitnehmen. Es besteht keine Gefahr, weil der Raumanzug dich vor jedem Schaden beschützen wird, und fallen kannst du gar nicht. Auch wenn du deinen Halt an der Verbindungsleine verlieren solltest, bin noch immer ich in deiner Nähe, ich werde die ganze Zeit hindurch auf

Armeslänge bei dir sein, so daß ich dich jederzeit festhalten kann. Komm, Novi, zeig mir, daß du tapfer genug bist – nicht nur gescheit genug –, um Forscherin zu werden!«

Sie erhob keine weiteren Einwände, und Gendibal – obwohl abgeneigt, irgend etwas zu tun, was das natürliche Profil ihrer harmonischen Psyche beeinträchtigen könnte – half ihr nichtsdestoweniger mit einer flüchtigen, oberflächlichen Einflußnahme zur Beruhigung ihrer Gemütsverfassung.

»Du kannst dich unterwegs nach wie vor mit mir verständigen«, sagte er, als sie beide in den Raumanzügen standen. »Ich kann dich verstehen, wenn du konzentriert denkst. Denk die Wörter nachdrücklich und deutlich, eins nach dem anderen. Du kannst mich verstehen, oder?«

»Ja, Meister«, antwortete sie.

Durch die transparente Helmscheibe konnte er erkennen, wie sich ihre Lippen bewegten. »Du brauchst nichts laut auszusprechen, Novi«, sagte er. »Diese Art von Raumanzügen, die wir Forscher verwenden, hat keine Funkgeräte. Wir verständigen uns nur durch den Geist.«

Ihre Lippen bewegten sich nicht mehr, aber ihre Miene wirkte wieder besorgter. Kannst du mich verstehen, Meister?

Ohne weiteres, dachte Gendibal zurück, bewegte diesmal ebenfalls nicht die Lippen. Und du mich?

Ja, Meister.

Dann komm jetzt mit und verhalte dich genauso wie ich!

Sie setzten über. Theoretisch war Gendibal die ganze Methode vollkommen klar, wenngleich er sie in der Praxis nur mittelmäßig beherrschte. Der Trick bestand dabei darin, beide Beine zusammen gerade ausgestreckt zu halten und sich nur aus der Hüfte an der Leine entlangzuziehen. Dadurch blieb das Schwerkraftzentrum des Körpers in kontinuierlicher Geradeausbewegung, während die Arme zielsicher das Vorankommen gewährleisten konnten. Er hatte Sura Novi genau das erklärt, und unterwegs begutachtete er, ohne sich umzublicken, ihre Körperhaltung, indem er seine Aufmerksamkeit den motorischen Zentren ihres Gehirns schenkte.

Fürs erste Mal hielt sie sich recht gut, fast so gut wie Gendibal selbst. Sie unterdrückte ihre Anspannung und befolgte die Weisungen. Wieder einmal war Gendibal mit ihr sehr zufrieden.

Doch sie war eindeutig froh, als es soweit war, wieder an Bord eines Raumschiffs gehen zu können, und Gendibal ging es ebenso. Während er den Raumanzug ablegte, sah er sich um, und Luxus und Stil der Innenausstattung machten auf ihn einen überwältigenden Eindruck. Er kannte nahezu nichts von allem, was er sah, und bei dem Gedanken, daß er womöglich nur wenig Zeit hatte, um die Handhabung zu lernen, sank sein Mut gehörig. Möglicherweise mußte er von dem Mann, der sich bereits an Bord befand, sachkundigen Rat einholen, und ein derartiges Verfahren war immer schlechter, als wenn man etwas selber gründlich gelernt hatte.

Dann widmete er sich Compor. Ein paar Jahre älter als er, war Compor hochgewachsen und hager, auf leicht weichliche Weise recht gutaussehend, mit steif gewelltem Haar von frappantem Buttergelb.

Und Gendibal ersah deutlich, daß dieser Mann nicht nur enttäuscht war von dem Sprecher, den er nun erstmals näher kennenlernte, sondern ihm sogar eine gewisse Geringschätzung entgegenbrachte. Und nicht nur das, er war auch vollkommen außerstande dazu, seine Einstellung zu verheimlichen.

Im großen und ganzen pflegte sich Gendibal um dergleichen nicht zu scheren. Compor war kein Trantoraner – und auch kein vollwertiger Zweitfoundationist – und gab sich offensichtlich den üblichen Illusionen hin. Schon die oberflächlichste Einsichtnahme in sein Denken verriet diese Tatsache. Zu diesen Illusionen zählte eindeutig, daß wahre Macht zwangsläufig mit den Äußerlichkeiten von Macht einhergehen müsse. Natürlich durfte er sich seinen Illusionen hingeben, solange sie nicht dem im Wege standen, was Gendibal brauchte, aber gegenwärtig verhielt es sich so, *daß* sie störten.

Was Gendibal deshalb tat, lief auf nicht mehr als das mentale Äquivalent eines Fingerschnippens hinaus. Unter einer heftigen, aber kurzen Schmerzempfindung geriet Compor ins Taumeln. Er hatte den Eindruck, zur Konzentration genötigt zu werden, durch einen äußeren geistigen Schubs, der die Außenhaut seiner Gedanken kräuselte und in ihm das Bewußtsein um eine gutbeherrschte, ehrfurchterregende mentale Macht hinterließ, die ausgeübt werden konnte, wann immer es dem Sprecher beliebte.

Nunmehr verspürte Compor beträchtlichen Respekt vor Gendibal.

»Compor, mein Freund«, sagte Gendibal leutselig, »ich habe mir lediglich erlaubt, Ihre Aufmerksamkeit zu erregen. Bitte teilen Sie mir mit, wo Ihr Freund Golan Trevize und dessen Freund Janov Pelorat sich aufhalten.«

Compor zögerte. »Soll ich in Anwesenheit der Frau reden, Sprecher?«

»Diese Frau ist gewissermaßen eine Verlängerung meiner selbst, Compor. Daher besteht kein Grund, aus dem Sie nicht offen sprechen dürften.«

»Wie Sie meinen, Sprecher. Trevize und Pelorat nähern sich zur Zeit einem Planeten, der als Gaia bekannt ist.«

»Das haben Sie bereits vor kurzem in Ihrer letzten Nachricht übermittelt. Sicher sind sie inzwischen doch schon auf Gaia gelandet und womöglich sogar wieder gestartet. Auf Sayshell sind sie nur kurz geblieben.«

»Während der Zeitspanne, in der ich ihnen gefolgt bin, sind sie nicht gelandet, Sprecher. Sie haben sich dem Planeten mit großer Vorsicht genähert und zwischen ihren Mikrosprüngen erhebliche Perioden verstreichen lassen. Für mich ist klar, daß sie über den Planeten, den sie anfliegen, keinerlei Informationen besitzen und deshalb so deutlich zögern.«

»Haben *Sie* Informationen, Compor?«

»Keine, Sprecher«, antwortete Compor. »Oder jedenfalls hat mein Bordcomputer keine.«

»Dieser Computer hier?« Gendibals Blick fiel aufs Kontrollpult. »Ist er beim Betrieb des Schiffs eine Hilfe?« erkundigte er sich in plötzlicher Hoffnung.

»Er kann das Schiff allein betreiben und einwandfrei steuern. Man braucht die Anweisungen nur hineinzudenken.«

Gendibal empfand plötzlich Unbehagen. »So weit ist die Foundation schon?«

»Ja, aber das alles steckt noch in den Anfängen. Der Computer arbeitet nicht besonders gut. Manchmal muß ich meine Gedanken mehrmals wiederholen und erhalte selbst dann bloß Minimalinformationen.«

»Vielleicht kann ich besser damit umgehen«, meinte Gendibal.

»Da bin ich sicher, Sprecher«, sagte Compor respektvoll.

»Aber lassen wir das erst einmal beiseite. Warum enthält er keine Informationen über Gaia?«

»Das weiß ich nicht, Sprecher. Er behauptet – falls man einem Computer nachsagen kann, er *behaupte* etwas –, er besäße Daten über jeden von Menschen bewohnten Planeten der Galaxis.«

»Er kann nicht mehr Informationen haben, als in ihm gespeichert worden sind, und falls die Leute, die die Speicherung vorgenommen haben, es im Glauben taten, die Daten aller derartigen Planeten zu besitzen, wogegen das in Wirklichkeit nicht der Fall ist, dann dürfte der Computer auch auf der Grundlage dieses Irrtums arbeiten. Richtig?«

»Gewiß, Sprecher.«

»Haben Sie auf Sayshell Erkundigungen eingezogen?«

»Sprecher«, antwortete Compor unbehaglich, »man findet zwar auf Sayshell diese und jene Leute, die sich über Gaia äußern, aber was sie darüber denken, ist wertlos. Nichts als Aberglauben. Sie erzählen sich eine Geschichte, die dahin geht, Gaia sei ungeheuer mächtig und habe sogar den Fuchs ferngehalten.«

»Das sagen sie?« meinte Gendibal und verbarg seine Überraschung. »Waren Sie überzeugt genug davon, es drehe sich nur um Aberglauben, daß Sie gar nicht erst nach Einzelheiten gefragt haben?«

»Nein, Sprecher, durchaus nicht. Ich habe viele Fragen gestellt, aber was ich Ihnen gerade gesagt habe, ist der Kern von allem. Sie können dort über dies Thema reichlich weitschweifig schwafeln, aber sobald sie fertig sind, läuft's alles auf nichts anderes als das hinaus, was ich eben erwähnt habe.«

»Anscheinend hat Trevize auch von diesen Dingen erfahren«, folgerte Gendibal, »und fliegt aus irgendeinem Grund nach Gaia, der ... der irgendwie mit dieser angeblichen ungeheuren Macht zusammenhängt. Und er benimmt sich dabei sehr vorsichtig, vielleicht weil er diese Macht gehörig fürchtet.«

»Das ist sehr wohl möglich, Sprecher.«

»Und trotzdem sind Sie ihm nicht weiter gefolgt?«

»Ich bin lange genug gefolgt, Sprecher, um ganz sicher sein zu können, daß sein Ziel Gaia ist. Dann bin ich in die Randzonen des Gaia-Systems zurückgekehrt.«

»Warum?«

»Aus drei Gründen, Sprecher. Erstens stand Ihre Ankunft bevor, und ich wollte Sie, wie Sie's gewünscht haben, möglichst bald an Bord holen, und zu diesem Zweck hielt ich es für geraten, sie möglichst bald zu treffen. Da mein Schiff eine Hypersonde an Bord hat, konnte ich mich allerdings nicht zu weit von Trevize entfernen, weil das auf Terminus Verdacht erregt hätte, aber ich habe eingeschätzt, daß dieser Abstand noch vertretbar sein dürfte. Zweitens bin ich, als feststand, daß Trevize sich dem Planeten Gaia nur sehr langsam nähert, zu der Einschätzung gelangt, es müsse Zeit genug bleiben, um Ihnen eine solche Strecke weit entgegenzufliegen und unsere Begegnung beschleunigt herbeizuführen, ohne daß die Ereignisse uns einholen, zumal ich davon ausgehe, daß Sie geeigneter als ich sind, um ihm auf den Planeten selbst zu folgen und möglicherweise dort auftretende Notsituationen zu handhaben.«

»Völlig richtig. Und der dritte Grund?«

»Seit unserer letzten mentalen Kommunikation ist etwas geschehen, Sprecher, das ich nicht erwartet habe und das ich nicht verstehen kann. Ich hatte das Gefühl, daß wir uns – auch aus diesem Anlaß – besser so schnell wie möglich treffen.«

»Und was ist das für ein Vorgang, den Sie nicht erwartet haben und auch nicht verstehen?«

»Schiffe der Foundationflotte befinden sich im Anflug auf die Grenzen der Sayshell-Union. Diese Information hat mein Computer sayshellischen Nachrichtensendungen entnommen. Die Flotte umfaßt mindestens fünf Schiffe und ist kampfkräftig genug, um Sayshell zu unterwerfen.«

Erstmals gab Gendibal keine Antwort, denn er erachtete es als nicht empfehlenswert, zu zeigen, daß auch er mit einem solchen Schritt nicht gerechnet hatte – und ihn ebensowenig wie Compor verstand. »Nehmen Sie an«, fragte er schließlich, als messe er dem keine Bedeutung bei, »das könne irgendwie mit Trevizes Flug nach Gaia im Zusammenhang stehen?«

»Jedenfalls hat es sich unverzüglich danach ergeben«, sagte Compor. »Und wenn B auf A folgt, besteht immerhin die Möglichkeit, daß B durch A verursacht worden ist.«

»Tja, es hat den Anschein, als zöge es alle nach Gaia – Trevize, mich, die Erste Foundation«, sagte Gendibal. »Wie auch immer,

Sie haben sich glänzend bewährt, Compor. Nun wollen wir weitersehen. Als erstes zeigen Sie mir, wie dieser Computer funktioniert, und gleichzeitig, wie man durch den Computer das Schiff lenkt. Ich bin sicher, daß das nicht lange dauern wird. Anschließend steigen Sie auf meinen Raumer um, und ich werde Ihnen bis dahin mentalistisch eingeben, wie man es bedient. Sie dürften kaum Probleme mit dem Manövrieren haben, obwohl Sie merken werden – und wahrscheinlich ist's Ihnen bereits am Äußeren aufgefallen –, daß es relativ primitiv ist. Wenn Sie es unter Kontrolle haben, werden Sie es hier an dieser Position lassen und auf mich warten.«

»Wie lange, Sprecher?«

»Bis ich wiederkomme. Ich erwarte nicht, so lange auszubleiben, bis die Gefahr besteht, daß Ihnen die Vorräte ausgehen, aber falls sich trotzdem unzumutbare Verzögerungen ergeben, stelle ich's Ihnen frei, einen bewohnten Planeten der Sayshell-Union anzufliegen und dort auf mich zu warten. Wo Sie auch sind, ich werde Sie finden.«

»Wie Sie meinen, Sprecher.«

»Und machen Sie sich keine Sorgen. Ich komme mit dieser mysteriösen Gaia zurecht und, falls nötig, auch mit den fünf Raumschiffen der Foundation.«

67

Littoral Thoobing war seit sieben Jahren Botschafter der Foundation auf Sayshell. Sein Posten gefiel ihm ziemlich gut.

Groß und recht stämmig, trug er einen dichten braunen Schnauzbart, in einer Zeit, in der ein glattrasiertes Gesicht als vorherrschende Mode galt, sowohl bei der Foundation wie auf Sayshell. Er zeichnete sich, obwohl er erst fünfundfünfzig war, durch ein sehr gefaßtes Benehmen aus, und zudem befleißigte er sich einer eingeübten Indifferenz. Man konnte ihm seine Einstellung zu seiner Tätigkeit nur schwer ansehen.

Trotzdem, sein Posten gefiel ihm ziemlich gut. Er hielt ihn vom Drüber und Drunter der Politik auf Terminus fern – das wußte er besonders zu schätzen – und gab ihm die Gelegenheit, das Leben eines sayshellischen Sybariten zu führen und auch seiner Frau mitsamt Tochter den Lebensstil zu ermöglichen, an den sie sich mittlerweile abhängigkeitsartig gewöhnt hatten. Er wollte nicht, daß sein Dasein irgendwie durcheinanderkam.

Andererseits jedoch mochte er Liono Kodell sehr wenig leiden, vielleicht weil Kodell ebenfalls mit einem Schnurrbart herumlief, wenngleich kleiner, kürzer und grauweiß. Früher einmal waren sie beide die einzigen zwei Personen der Prominenz gewesen, die Schnurrbärte trugen, und diese Situation hatte zu einem ausgeprägten Konkurrenzdenken zwischen ihnen geführt. Nun, fand Thoobing, war die Konkurrenz vorüber; Kodells Schnurrbart war unansehnlich geworden.

Kodell war zum Direktor des Sicherheitsbüros aufgestiegen, als Thoobing noch auf Terminus war und davon träumte, Harla Branno im Ringen um die Bürgermeisterschaft zu schlagen, bis man ihn mit der Stellung eines Botschafters gekauft hatte. Die Branno hatte ihm den Posten im Hinblick auf ihre eigenen Interessen zugeschanzt, aber trotzdem brachte er ihr seither ein gewisses Wohlwollen entgegen.

Aber Kodell irgendwie nicht. Möglicherweise lag das an Kodells entschlossener permanenter Gutgelauntheit – die Art, wie er sich immer so *freundlich* verhielt –, die sich auch nicht änderte, wenn er gerade entschieden hatte, auf welche Weise er irgend jemand die Gurgel durchschneiden wollte.

Nun saß da sein durch den Hyperraum übermitteltes Abbild, heiter wie stets, strotzte nachgerade vor Leutseligkeit. Körperlich befand er sich auf Terminus, und das ersparte Thoobing zumindest die Umstände irgendwelcher Gastfreundlichkeit.

»Kodell«, sagte er, »ich wünsche, daß man diese Raumschiffe zurückzieht.«

Kodell lächelte wie der Sonnenschein in Person. »Tja, das hätte ich auch gern, aber unsere alte Dame hat diesbezüglich einen unwiderruflichen Entschluß gefaßt.«

»Es ist schon dagewesen, daß Sie ihr dies und jenes ausgeredet haben.«

»Gelegentlich vielleicht. Wenn sie bereit war, sich überzeugen zu lassen. Diesmal hat sie nichts dergleichen im Sinn. Tun Sie, was Ihre Aufgabe ist, Thoobing. Sorgen Sie dafür, daß Sayshell Ruhe bewahrt.«

»Ich denke nicht an Sayshell, Kodell. Ich denke an die Foundation.«

»Das tun wir alle.«

»Kommen Sie mir nicht mit Spiegelfechtereien, Kodell. Ich möchte, daß Sie mir zuhören!«

»Gern, aber wir haben hier hektische Zeiten auf Terminus, und ich kann mich nicht in alle Ewigkeit nur mit Ihnen abgeben.«

»Ich werde mich so kurz fassen, wie's überhaupt machbar ist, wenn man den möglichen Untergang der Foundation diskutieren muß. Falls diese Hyperfunkverbindung nicht angezapft wird, will ich offen sprechen.«

»Sie wird nicht angezapft.«

»Dann lassen Sie mich weiterreden. Vor einigen Tagen habe ich eine Mitteilung von einem gewissen Golan Trevize erhalten. Als ich noch in der Politik auf Terminus aktiv war, kannte ich einen Trevize, er war Amtsleiter im Transportwesen.«

»Das war der Onkel dieses jungen Mannes«, sagte Kodell.

»Aha, Sie kennen also den Trevize, von dem diese Mitteilung stammt. Den Informationen zufolge, die ich inzwischen gesammelt habe, handelt es sich um ein Ratsmitglied, das man nach der kürzlich erfolgreich bewältigten Seldon-Krise arretiert und ins Exil geschickt hat.«

»Genau.«

»Das glaube ich nicht.«

»Was glauben Sie nicht?«

»Daß er ins Exil geschickt worden ist.«

»Warum nicht?«

»Wann in der gesamten Geschichte der Foundation ist je einer ihrer Bürger exiliert worden?« fragte Thoobing zurück. »Entweder wird er verhaftet oder nicht. Wenn er verhaftet wird, stellt man ihn vor Gericht, oder man muß ihn freilassen. Wenn man ihn vor Gericht stellt, wird er überführt und verurteilt, oder er wird freigesprochen. Wenn man ihn verurteilt, wird er bestraft, abgesetzt, man spricht ihm die Bürgerrechte ab, sperrt ihn ein oder exekutiert ihn. Aber niemand wird ins Exil geschickt.«

»Für alles gibt's immer ein erstes Mal.«

»Unfug! Ins Exil geschickt mit dem modernsten Schiffstyp der Raummarine? Welcher Idiot muß denn nicht sofort sehen, daß er für die alte Dame irgendeinen Sonderauftrag durchführt? Wen glaubt sie eigentlich irreführen zu können?«

»Und was für ein Spezialauftrag soll das sein?«

»Vermutlich soll er den Planeten Gaia finden.«

Etwas von der Wohlgelauntheit wich aus Kodells Miene. Eine ungewohnte Härte trat in seine Augen. »Ich sehe, daß Sie keine überwältigende Neigung verspüren, meinen Erklärungen zu glauben, Botschafter Thoobing«, sagte er, »aber ich ersuche Sie ganz besonders eindringlich, mir wenigstens in diesem einen Fall Glauben zu schenken. Zu dem Zeitpunkt, als Trevize ins Exil geschickt worden ist, hatten weder die Bürgermeisterin noch ich je von Gaia gehört. Der Name ist uns erst vor wenigen Tagen erstmalig zu Ohren gekommen. Wenn Sie mir das abnehmen, können wir unsere Unterhaltung fortsetzen.«

»Ich will meine Neigung zum Skeptizismus lange genug vergessen, um das so zur Kenntnis zu nehmen, Direktor, wenn's mir auch schwerfällt.«

»Es ist die reine Wahrheit, Botschafter, und wenn ich auf einmal meinen Erklärungen eine gewisse formelle Note verliehen haben sollte, dann aus dem Grund, weil Sie, wenn wir mit dieser Sache fertig sind, feststellen werden, daß Sie uns Fragen zu beantworten haben, und die Befragung wird unter Umständen peinlich für Sie. Sie sprechen, als sei Gaia eine Welt, die Sie wie selbstverständlich kennen. Wie kommt es, daß Sie etwas wissen, das uns unbekannt ist? Halten Sie es nicht für Ihre Pflicht, uns über die politische Einheit, wo Sie als Botschafter tätig sind, alles mitzuteilen, was Sie erfahren?«

»Gaia ist kein Bestandteil der Sayshell-Union«, erwiderte Thoobing maßvoll. »Wahrscheinlich existiert diese Welt überhaupt nicht. Soll ich all die Ammenmärchen der primitivsten und abergläubischsten Art, die man sich hier über Gaia erzählt, nach Terminus weitermelden? Einigen Redensarten zufolge befindet sich Gaia im Hyperraum. Andere wieder behaupten, sie sei eine Welt, die Sayshell auf übernatürliche Weise beschützt. Manche verbreiten, der Fuchs habe sich von dort aus an die Unterjochung der Galaxis gemacht. Sollten Sie etwa die Absicht haben, der sayshellischen Regierung weismachen zu wollen, Trevize sei unterwegs, um Gaia zu finden, und daß fünf moderne Raumschiffe der Foundation-Raummarine abkommandiert worden sind, um ihm dabei Rückendeckung zu geben, dann wird man Ihnen ganz einfach nicht glauben. Die Bevölkerung mag in bezug auf Gaia alle erdenklichen Märchen glauben, aber die Regierung auf keinen Fall, und sie wird sich nicht davon überzeugen lassen, daß die Foundation derlei Dinge glaubt. Man wird den Eindruck haben, man wolle Sayshell zum Anschluß an die Foundation-Föderation nötigen.«

»Und hätten wir so etwas nun tatsächlich vor?«

»Das wäre verhängnisvoll. Kommen Sie, Kodell, hören Sie auf! Wann in ihrer fünfhundertjährigen Geschichte hat die Foundation jemals Eroberungskriege angefangen? Wir haben Kriege geführt, um unsere Eroberung abzuwehren – einmal ohne Erfolg –, aber nie ist ein Krieg mit der Vergrößerung unseres Territoriums beendet worden. Der Zutritt zur Föderation ist immer durch friedliche Verhandlungen zustandegekommen. Welten haben sich uns angeschlossen, weil sie im Anschluß Vorteile erblickt haben.«

»Ist es nicht vorstellbar, daß Sayshell auch Vorteile in einem Anschluß sieht?«

»Das wird niemals der Fall sein, solange unsere Raumer in den Randzonen der Union bleiben. Rufen Sie sie zurück!«

»Das ist ausgeschlossen.«

»Kodell, Sayshell ist ein hervorragendes Paradebeispiel für die Friedfertigkeit der Foundation-Föderation. Die Union ist von unserem Territorium umgeben, ihre Position ist durch und durch angreifbar, und trotzdem ist sie bisher sicher gewesen, hat ihren eigenen Weg gehen dürfen, hat sogar ungehindert eine der Foundation gegenüber nicht allzu freundliche Außenpolitik betreiben können. Wie wäre es uns möglich, die Galaxis besser davon zu überzeugen, daß wir niemanden zu irgend etwas zwingen, daß wir mit allen in Freundschaft verkehren? Wenn wir Sayshell jetzt einsacken, nehmen wir uns etwas, das wir eigentlich schon längst haben. Immerhin besitzen wir, wenn auch völlig unauffällig, die wirtschaftliche Vormachtstellung. Aber wenn wir Sayshell jetzt mit militärischer Gewalt übernehmen, verkünden wir damit der gesamten Galaxis, daß wir expansionistisch geworden sind.«

»Und wenn ich Ihnen sage, daß wir tatsächlich nur an Gaia Interesse hegen?«

»Dann kann ich Ihnen das nicht mehr glauben, als die Sayshell-Union es Ihnen glauben wird. Dieser Mann, dieser Trevize, teilt mir mit, daß er nach Gaia unterwegs ist, ersucht mich, das nach Terminus durchzugeben. Ich tu's, wider bessere Vernunft, weil's meine Pflicht ist, und da, fast ehe die Hyperfunkverbindung verflimmert ist, kreuzt unversehens die Raummarine der Foundation auf. Wie wollen Sie Gaia erreichen, ohne in den Raum der Saysheller einzudringen?«

»Mein *lieber* Thoobing, ich kann mir nicht helfen, mir kommt's ganz so vor, als wüßten Sie selbst nicht recht, was Sie reden. Haben Sie mir nicht erst vor wenigen Augenblicken gesagt, Gaia wäre – falls sie überhaupt existiert – kein Teil der Sayshell-Union? Und ich vermute, Sie wissen, daß der Hyperraum allen offensteht und kein Territorium irgendeiner Welt ist. Worüber könnte sich Sayshell beschweren, wenn unsere Schiffe durch den Hyperraum vom Territorium der Foundation – und da halten sie sich gegenwärtig noch auf – ins Territorium Gaias fliegen, also während des Flugs keinen einzigen Kubikzentimeter sayshellischen Territoriums okkupieren?«

»Sayshell dürfte die Ereignisse anders interpretieren, Kodell. Falls Gaia existiert, ist sie auf jeden Fall von der Sayshell-Union umgeben, auch wenn sie kein politischer Teil von ihr ist, und es gibt Präzedenz-Fälle, nach denen solche Enklaven beim Eindringen feindlicher Kriegsschiffe als zum umgebenden Territorium gehörig gelten.«

»Unsere Raumer sind keine ›feindlichen Kriegsschiffe‹. Wir leben mit Sayshell im Frieden.«

»Und ich sage Ihnen, daß Sayshell womöglich nicht davor zurückschreckt, uns den Krieg zu erklären. Man könnte sicher nicht erwarten, einen Krieg gegen uns durch militärische Überlegenheit zu gewinnen, aber es ist eine Tatsache, so ein Krieg würde in der ganzen Galaxis eine Welle antifoundationistischer Aktivitäten auslösen. Ein sichtbarer Expansionismus der Foundation wird das Entstehen von gegen uns gerichteten Allianzen zur Folge haben. Einige Mitglieder der Föderation dürften ihre Haltung zu uns neu durchdenken. Wir könnten einen derartigen Krieg durchaus durch innere Zwistigkeiten verlieren, und dadurch würde der Wachstumsprozeß, der sich fünfhundert Jahre lang so gut bewährt hat, umgekehrt werden.«

»Kommen Sie, kommen Sie, Thoobing, hören Sie auf!« sagte Kodell gleichgültig. »Sie sprechen, als seien fünfhundert Jahre gar nichts, als wären wir noch die Foundation, wie sie zu Salvor Hardins Lebzeiten bestand, die sich mit dem Mini-Königreich Anacreon herumgeschlagen hat. Wir sind heute viel stärker, als früher das Galaktische Imperium es selbst in seinen besten Zeiten gewesen ist. Ein Geschwader unserer Flotte könnte es mit der ganzen damaligen Kaiserlichen Raummarine aufnehmen, wir können jeden Sektor der Galaxis besetzen, ohne überhaupt viel von Kampfhandlungen zu bemerken.«

»Wir haben es nicht mit dem Galaktischen Imperium zu tun. Es geht hier um Planeten und Sektoren der Gegenwart.«

»Niemand ist so fortgeschritten wie wir. Uns könnte schon jetzt die gesamte Galaxis gehören.«

»Dem Seldon-Plan zufolge müssen bis dahin noch fünfhundert Jahre vergehen.«

»Der Seldon-Plan unterschätzt die Geschwindigkeit des technischen Fortschritts. Wir können es schon heute tun. Verstehen Sie mich richtig, ich sage nicht, wir *wollen* es tun, oder wir *sollten's*. Ich stelle bloß fest, wir *können* es heute tun.«

»Kodell, Sie haben Ihr ganzes Leben auf Terminus verbracht. Sie kennen sich in der Galaxis nicht aus. Mit unserer Raummarine und unserer Technik sind wir sicherlich dazu imstande, die Streitkräfte anderer Welten zu schlagen, aber wir sind nicht dazu in der Lage, eine ganze Galaxis, die von Rebellion und Haß brodelt, zu regieren – und dahin wird's kommen, wenn wir die Herrschaft über die Galaxis mit Gewalt antreten. Ziehen Sie die Schiffe zurück!«

»Unmöglich, Thoobing. Denken Sie einmal nach – was wäre, wenn Gaia kein Mythos ist?«

Thoobing schwieg einen Moment lang, forschte sehr aufmerksam in Kodells Gesicht, als wolle er seine Gedanken zu lesen versuchen. »Eine Welt im Hyperraum – kein Mythos?«

»Eine Welt im Hyperraum ist gewiß nur Aberglauben, aber selbst Aberglauben kann auf gewisse Wahrheiten zurückzuführen sein. Trevize, dieser Mann, den wir ins Exil geschickt haben, spricht davon, als ob sie ein wirklicher Planet im realen Weltraum wäre. Wenn er nun recht hat?«

»Unsinn! Daran glaube ich nicht.«

»Nicht? Glauben Sie's wenigstens mal einen Augenblick lang. Stellen Sie sich vor – eine reale Welt, die Sayshell Schutz gegen den Fuchs und ebenso gegen die Foundation gewährt hat!«

»Aber Sie widersprechen doch sich selbst. Wie soll Gaia die Sayshell-Union vor der Foundation schützen? Eben in diesem Moment schicken wir ja Schiffe hin.«

»Deren Einsatz betrifft nicht Sayshell, sondern Gaia, von der so rätselhaft wenig bekannt ist, die so sehr Wert darauf legt, niemandes Interesse zu wecken, daß sie es geschafft hat, ihren Nachbarn einzuflüstern, sie befände sich im Hyperraum, während man sie durchaus im Normalraum suchen muß, und der es sogar gelungen ist, außerhalb der Datenspeicher der besten und vollständigsten galaktischen Sternenkarten zu bleiben.«

»Dann dürfte sie ja eine höchst ungewöhnliche Welt sein, deren Bewohner die Fähigkeit haben müßten, den menschlichen Geist zu manipulieren.«

»Und haben Sie nicht eben erst erwähnt, unter anderem erzähle man auf Sayshell, der Fuchs sei von Gaia gekommen, um die Galaxis zu unterwerfen? Und hatte nicht der Fuchs die Fähigkeit, das menschliche Bewußtsein zu manipulieren?«

»Und Gaia ist also eine Welt voller Füchse?«

»Sind Sie sicher, daß das undenkbar ist?«

»Warum nicht gleich die Welt einer wiedererstandenen Zweiten Foundation?«

»Ja, warum nicht? Ist das nicht eine Untersuchung wert?«

Thoobing zeigte nun allen Ernst. Während des letzten Wortwechsels hatte er verächtlich gelächelt, doch jetzt senkte er den Kopf, musterte seinen Gesprächspartner unter den Brauen hervor. »Wenn Sie das im Ernst meinen, halten Sie solche Nachforschungen nicht für gefährlich?«

»Sind sie gefährlich?«

»Sie beantworten meine Fragen mit Gegenfragen, weil Sie keine vernünftigen Antworten haben. Was könnten unsere Raumschiffe gegen Füchse oder die Zweite Foundation ausrichten? Falls sie existieren, ist es dann nicht viel wahrscheinlicher, daß Sie in eine Falle gelockt werden? Sehen Sie mal, Sie versuchen mir hier einzureden, daß die Foundation schon heute zur Errichtung ihres Imperiums fähig sei, obwohl der Seldon-Plan erst die Hälfte des veranschlagten Zeitraums hinter sich hat – ich dagegen habe Sie gewarnt, daß so was ein überstürztes Vorgehen wäre, daß die Implikationen des Seldon-Plans Sie zurückhalten müßten. Vielleicht ist diese Sache, falls Gaia wirklich existiert, ein Trick, um ein solches Vorgehen zu bremsen. Also tun Sie jetzt freiwillig, wozu Sie später möglicherweise gezwungen werden. Tun Sie jetzt friedlich und ohne Blutvergießen, was Sie später womöglich – vielleicht nach einem blutigen Desaster – gezwungenermaßen tun müssen. Ziehen Sie die Schiffe zurück!«

»Es geht nicht. In der Tat beabsichtigt Bürgermeisterin Branno sogar, persönlich mit diesen Schiffen zu fliegen, und es sind bereits Scouts durch den Hyperraum ins mutmaßliche Gaia-Territorium vorgestoßen.«

Thoobing quollen die Augen hervor. »Dann gibt's bestimmt Krieg, ich sag's Ihnen.«

»Sie sind unser Botschafter. Verhindern Sie's! Machen Sie den Sayshellern alle Zusicherungen, die sie haben wollen! Dementieren Sie alle bösen Absichten, die uns unterstellt werden! Sagen Sie ihnen, falls es sein muß, es wird sich für sie auszahlen, wenn sie stillhalten und abwarten, daß Gaia uns vernichtet! Erzählen Sie ihnen, was Sie für richtig halten, aber sorgen Sie für Ruhe!«

Er schwieg einen Moment lang und betrachtete Thoobings fassungslose Miene. »Das ist nun alles, wirklich«, fügte er dann hinzu. »Soviel ich weiß, wird kein Raumer der Foundation auf irgendeiner Welt der Sayshell-Union landen oder durch irgendeinen Punkt im Normalraum fliegen, der zur Union gehört. Jedes sayshellische Schiff jedoch, das uns außerhalb des Territoriums der Union belästigt – folglich innerhalb des Territoriums der Foundation –, wird ohne Umstände in Staub verwandelt. Stellen Sie das völlig unmißverständlich klar und ermahnen Sie die Sayshеller zur Zurückhaltung! Wenn Sie damit scheitern, werden Sie strengstens zur Verantwortung gezogen. Ihre Tätigkeit war bisher sehr leicht, Thoobing, aber nun stehen Ihnen härtere Zeiten bevor, und die nächsten paar Wochen könnten von allesentscheidender Bedeutung sein. Versagen Sie, werden Sie sich nirgendwo in der Galaxis noch irgendeiner Sicherheit erfreuen können.«

Weder Wohlgelauntheit noch Freundlichkeit ließen sich in

Kodells Gesichtsausdruck erkennen, als er die Verbindung trennte und sein Bild verschwand.

Offenen Mundes starrte Thoobing dorthin, wo er es eben noch gesehen hatte.

68

Golan Trevize raufte sich das Haar, als versuche er, durch Tasten von außen den Zustand seines Denkvermögens abzuklären. »Wie fühlen Sie sich?« wandte er sich unvermittelt an Pelorat.

»Wie ich mich fühle?« wiederholte Pelorat verdutzt.

»Ja. Da sind wir nun geschnappt worden – unser Raumschiff ist unter fremder Kontrolle und wird unwiderstehlich von einer Welt angezogen, über die wir nichts wissen. Verspüren Sie Panik?«

Pelorats langes Gesicht spiegelte eine gewisse Melancholie wider. »Nein«, antwortete er. »Ich bin nicht gerade voller Vorfreude. Ich empfinde eine gewisse Spannung, aber keine Panik.«

»Ich auch nicht. Ist das nicht sonderbar? Weshalb sind wir nicht aufgeregter?«

»Weil dies etwas ist, womit wir gerechnet haben, Golan. Mit *irgend so was.*«

Trevize drehte sich zum Bildschirm um. Die Außenübertragung war fest auf die fremde Raumstation eingestellt, die inzwischen bedrohlich nähergerückt war.

Er hatte aber keineswegs den Eindruck, daß es sich um eine allzu beeindruckend konstruierte Raumstation handelte. Nichts an ihr wies auf Superwissenschaft hin. Tatsächlich wirkte sie sogar ein wenig primitiv. Trotzdem hatte sie das Raumschiff in der Gewalt.

»Ich bin regelrecht analytisch, Janov«, sagte er. »Echt kühl! Ich halte mich ohnehin keineswegs für einen Feigling, ich finde, ich behalte im allgemeinen auch unter dem Druck schwieriger Bedingungen ganz gut die Nerven, aber ich gebe zu, dabei pflege ich mir auch ein bißchen zu schmeicheln. Das geht wohl jedem so. Eigentlich sollte ich aber in dieser Situation auf und ab hüpfen und ein wenig schwitzen. Kann sein, daß wir *irgend etwas* erwartet haben, aber das ändert nichts an der Tatsache, daß wir hilflos sind und man uns vielleicht umbringt.«

»Ich bezweifle es, Golan«, sagte Pelorat. »Wenn die Gaianer über eine solche Entfernung hinweg ein Raumschiff anziehen können, dürften sie ja wohl auch dazu in der Lage sein, es auf diese Distanz zu vernichten. Da wir aber noch leben ...«

»Trotzdem sind wir nicht völlig unangetastet geblieben. Ich sage Ihnen, wir sind zu ruhig. Ich glaube, sie haben uns irgendwie ruhiggestellt.«

»Warum?«

»Um uns psychisch in guter Verfassung zu halten, nehme ich an. Es ist möglich, daß sie uns zu verhören beabsichtigen. Vielleicht bringen sie uns erst anschließend um.«

»Falls Sie vernünftig genug sind, uns befragen zu wollen, kann es sein, daß sie auch so vernünftig sind, uns nicht ohne guten Grund umzubringen.«

Trevize lehnte sich in seinen Sessel (der immerhin noch nachgab – diese Funktion war nicht unterbunden worden) und legte seine Füße auf das Pult, auf dem er normalerweise durch die Hände mit dem Computer Kontakt aufnahm. »Sie könnten allerdings auch einfallsreich genug sein«, entgegnete er, »um sich etwas auszudenken, das Sie für einen guten Grund halten. Aber wenn sie unseren Geist beeinflußt haben, dann jedenfalls nur ganz geringfügig. Wären dort solche Typen wie der Fuchs, sie hätten uns vermutlich richtiggehend *wild* darauf gemacht, Gaia aufzusuchen – restlos versessen, voll mit Sehnsucht, mit jeder Faser unseres Daseins geil auf Gaia.« Er deutete in die Richtung zur Raumstation. »Ist Ihnen so zumute, Janov?«

»Bestimmt nicht.«

»Und Sie sehen, daß ich mich in einer Verfassung befinde, die mir unterkühltes, nüchternes Überlegen erlaubt. Höchst merkwürdig! Oder bin ich mir überhaupt bewußt, in welcher Verfassung ich bin? Befinde ich mich in Wahrheit im Zustand der Panik, Auflösung, des Irrsinns – und nur in der Illusion, ich könne unterkühlt und nüchtern überlegen?«

Pelorat zuckte die Achseln. »Mir kommen Sie geistig völlig klar vor. Vielleicht bin ich ebenso irrsinnig wie Sie und stehe unter der gleichen Illusion, aber derartige Argumentationen führen zu nichts. Die ganze Menschheit könnte an einem gemeinschaftlichen Wahnsinn kranken und sich einer gemeinsamen Illusion hingeben, während sie gemeinsam im Chaos haust. So eine Annahme läßt sich nicht widerlegen, aber wir haben keine andere Wahl, als uns an unseren Sinnen zu orientieren.« Für einen Moment schwieg er. »Im übrigen«, ergänzte er dann, »habe ich selber einige Überlegungen angestellt.«

»Ja?«

»Na, wir reden doch dauernd von Gaia, als wäre sie eine Welt der Füchse oder die wiederauferstandene Zweite Foundation. Haben Sie schon mal daran gedacht, daß es eine dritte Möglichkeit gibt, die viel einleuchtender ist als die beiden anderen?«

»Welche dritte Möglichkeit?«

Pelorats Blick schien konzentriert nach innen gerichtet zu sein. Er sah Trevize nicht an, und seine Stimme klang leise und versonnen. »Wir haben da eine Welt – Gaia –, die während einer unbestimmt langen Zeitspanne alles getan hat, um eine strikte Isolation aufrechtzuerhalten. Sie hat keinerlei Anstrengungen unternommen, um Kontakte mit anderen Welten zu etablieren – nicht einmal mit den relativ nahen Welten der Sayshell-Union. Und falls diese Geschichten um vernichtete Raumflotten wahr sind – und ihre Fähigkeit, uns so unter Kontrolle zu nehmen, wie's gegenwärtig geschieht, spricht stark dafür –, verfügt man auf Gaia über hochentwickelte Wissenschaften, aber trotzdem hat es an Versuchen gemangelt, den eigenen Machtbereich auszudehnen. Gaia will nur in Ruhe gelassen werden.«

Trevize kniff die Augen zusammen. »Na und?«

»Das macht einen nichtmenschlichen Eindruck. Die über zwanzigtausend Jahre menschlicher Raumfahrt sind eine einzige, ununterbrochene Geschichte der Expansion und von versuchter Expansion. So gut wie jede Welt, die bewohnt werden kann, *ist* bewohnt. Um nahezu jede bewohnbare Welt ist im Laufe der galaktischen Besiedlung gezankt worden, und fast jede Welt hat irgendwann einmal jeden ihrer Nachbarn kleinzukriegen versucht. Wenn Gaia so wenig menschlich ist, daß sie in dieser Beziehung eine Ausnahme bildet, dann kann das vielleicht daran liegen, daß sie genau das ist – nämlich eine nichtmenschliche Welt.«

Trevize schüttelte den Kopf. »Ausgeschlossen.«

»Warum ausgeschlossen?« meinte Pelorat leicht hitzig. »Ich habe Ihnen doch erläutert, wie rätselhaft es ist, daß sich in der Galaxis als einzige Intelligenz die Menschheit entwickelt hat. Wenn das nun doch nicht der Fall ist? Könnte es nicht andere Intelligenzen geben – mindestens auf einem Planeten –, denen lediglich die menschliche Neigung zum Expansionismus abgeht?« Pelorat begann sich zu ereifern. »Was wäre, wenn's tatsächlich Millionen anderer intelligenter Rassen in der Galaxis gäbe, von denen jedoch nur *eine* expansionistisch ist – wir selbst? Die anderen bleiben vielleicht alle hübsch daheim, verhalten sich unauffällig, bleiben verborgen ...«

»Lächerlich!« behauptete Trevize. »Wir wären schon längst auf sie gestoßen. Wir wären auf ihren Welten gelandet. Sie müßten alle Typen und Stadien von Technik haben, und die Mehrzahl hätte uns nicht aufhalten können. Aber wir haben *nie* irgendwo fremde Rassen gefunden. Raum und Zeit! Wir sind nicht einmal irgendwo auf Relikte oder Ruinen irgendwelcher Fremdrassen gestoßen, stimmt's? Sie sind Historiker, also müssen Sie's sagen können. Stimmt's, oder nicht?«

Pelorat schüttelte den Kopf. »So was haben wir nie gefunden, nein. Aber eine Fremdrasse könnte es doch geben, Golan! Diese eine hier.«

»Das bezweifle ich. Der Name lautet Gaia, haben Sie gesagt, und das sei eine alte mundartliche Version von ›Erde‹. Wie könnte so was nichtmenschlicher Herkunft sein?«

»Der Name ›Gaia‹ ist dem Planeten von Menschen gegeben worden – und wer weiß, warum? Die Ähnlichkeit mit einem alten Wort kann rein zufällig sein. Wenn ich nun daran denke, ist bereits die Tatsache, daß wir nach Gaia gelockt worden sind – wie sie vor einer Weile in allen Einzelheiten dargelegt haben – und nun gegen unseren Willen angezogen werden, ein Argument für die Nichtmenschlichkeit der Gaianer.«

»Wieso? Was hat das mit Nichtmenschlichkeit zu schaffen?«

»Sie sind *neugierig* auf uns – auf Menschen.«

»Janov, Sie sind verrückt«, sagte Trevize. »Sie müßten ja schon seit Jahrtausenden in einer Galaxis voller Menschen leben. Warum sollten sie dann ausgerechnet jetzt solche Neugier an den Tag legen? Weshalb nicht bereits viel früher? Und wenn ausgerechnet jetzt, wieso gerade auf *uns?* Wenn sie Menschen und menschliche Kultur erforschen wollten, warum nicht auf den Sayshell-Welten? Warum sollten sie uns von Terminus herlocken?«

»Sie könnten an der Foundation interessiert sein.«

»Quatsch!« sagte Trevize mit Nachdruck. »Janov, Sie *wollen* nichtmenschlicher Intelligenz begegnen, deshalb *sehen* Sie hier nichtmenschliche Intelligenz am Werk. Ich glaube, würden Sie nun wirklich nichtmenschlichen Fremden in die Arme laufen, Sie hätten gar keine Sorgen bezüglich Gefangennahme, Wehrlosigkeit, oder wegen der Aussicht, umgebracht zu werden – solange sie Ihnen bloß noch genug Zeit lassen, um Ihren Wissensdurst zu stillen.«

Pelorat begann entrüstet einen Widerspruch zu stammeln, aber dann verstummte er und atmete erst einmal tief durch. »Naja, kann sein, Sie haben recht, Golan«, sagte er, »aber ich bleibe trotzdem noch für ein Weilchen bei meiner Vermutung. Ich glaube, wir brauchen nicht mehr lange zu warten, bis wir sehen, wer recht hat. Schauen Sie!«

Pelorat deutete auf den Bildschirm. Trevize, der ihn in der erregten Diskussion nicht beachtet hatte, drehte sich um. »Was ist los?«

»Hat da nicht ein Schiff von der Raumstation abgelegt?«

»*Etwas* ist da«, gab Trevize widerwillig zu. »Ich kann aber noch keine Details erkennen und auch nicht stärker vergrößern. Die Vergrößerung ist schon maximal eingestellt.« Nach kurzer Zeit kommentierte er weiter. »Anscheinend kommt das Objekt tatsächlich näher, und ich nehme an, es ist wahrhaftig ein Schiff. Sollen wir eine Wette abschließen?«

»Was für eine Wette?«

»Sollten wir je nach Terminus heimkehren«, sagte Trevize sardonisch, »wollen wir für uns und einige Gäste, an denen uns gelegen ist – bis zu vier für jeden von uns, würde ich sagen –, ein großes Festessen geben – und ich trage die Kosten, wenn an Bord des Schiffs, das sich uns nähert, Nichtmenschen sind, und Sie übernehmen sie, sollten es Menschen sein.«

»Ich bin einverstanden«, antwortete Pelorat.

»Also abgemacht«, sagte Trevize und spähte auf den Bildschirm, versuchte Einzelheiten zu erkennen, während er überlegte, ob irgendwelche äußeren Details über jeden Zweifel hinaus die Nichtmenschlichkeit oder Menschlichkeit der an Bord befindlichen Wesen verraten konnten.

69

Das eisengraue Haar der Branno war makellos frisiert, und sie hätte ohne weiteres im Bürgermeisterpalast sein können, betrachtete man ihre Kaltschnäuzigkeit. Man sah ihr nicht an, daß sie sich erst zum zweitenmal in ihrem Leben im tiefen Weltraum aufhielt. (Und das erste Mal, als sie ihre Eltern auf einem Wochenendausflug nach Kalgan begleitet hatte, zählte kaum. Damals war sie erst drei gewesen.)

»Immerhin ist es ja Thoobings Aufgabe, seine Meinung zu äußern und mich zu warnen«, sagte sie mit einer gewissen trägen Mattigkeit zu Kodell. »Nun gut, er hat mich gewarnt. Ich mache ihm das nicht zum Vorwurf.«

»Er ist schon zu lang an seinem Posten«, sagte Kodell, der an Bord des Raumers der Bürgermeisterin gekommen war, um mit ihr ohne die psychologischen Hemmnisse des Funkverkehrs reden zu können. »Er fängt an, wie ein Saysheller zu denken.«

»Das ist das Berufsrisiko eines Botschafterpostens, Liono. Warten wir, bis das alles hier vorbei ist, dann darf er erst einmal einen längeren Urlaub machen und anschließend einen anderen Posten antreten. Er ist ein fähiger Mann. Auf jeden Fall war er so gescheit, uns Trevizes Mitteilung ohne jede Verzögerung weiterzureichen.«

Kodell lächelte flüchtig. »Ja, wenngleich er mir gesagt hat, das habe er wider alle Vernunft getan. ›Weil's meine Pflicht ist‹, hat er gesagt. Wissen Sie, verehrte Bürgermeisterin, ihm blieb gar nichts anderes übrig, obwohl seine Vernunft dagegensprach, denn sobald Trevize ins Territorium der Sayshell-Union einflog, habe ich Botschafter Thoobing damit beauftragt, uns umgehend alle Erkenntnisse über ihn zu übermitteln.«

»Ach?« Bürgermeisterin Branno drehte sich an ihrem Platz zur Seite, um Kodells Gesicht besser sehen zu können. »Und was hat Sie dazu veranlaßt?«

»Einige grundsätzliche Überlegungen. Er fliegt einen brandneuen Schiffstyp der Foundationsmarine, und so was konnte den Sayshellern nicht entgehen. Außerdem ist er ein undiplomatischer junger Hitzkopf, und man muß erwarten, daß er selber ihnen *das* deutlich macht. Daher könnte er in Schwierigkeiten geraten – und was jeder Foundationbürger ganz bestimmt weiß, ist doch, daß er, falls er irgendwo in der Galaxis Ärger bekommt, bloß nach dem nächstbesten Bevollmächtigten der Foundation zu schreien braucht. Mir persönlich würde es nichts ausmachen, Trevize in Schwierigkeiten zu sehen – so was könnte ihm helfen, endlich erwachsen zu werden, und das wäre ihm nur von Nutzen –, aber Sie haben ihn als Blitzableiter losgeschickt, und ich habe dafür zu sorgen, daß Sie die Natur des Blitzschlags feststellen können, falls einer erfolgt, also habe ich veranlaßt, daß der nächste erreichbare Vertreter der Foundation ihn im Auge behält, sonst nichts.«

»Jetzt verstehe ich! Jetzt weiß ich auch, warum Thoobing so empfindlich reagiert hat. Von mir ist ihm nämlich eine ähnliche Vorwarnung zugegangen. Da er unabhängig voneinander von uns beiden gehört hat, kann man's ihm kaum vorwerfen, daß er meint, das Auftauchen einer Handvoll Foundationraumschiffe habe mehr zu bedeuten, als wirklich dahintersteckt. Wie kommt es, Liono, daß Sie keine Rücksprache mit mir genommen haben, bevor Ihre Mitteilung an Thoobing abgegangen ist?«

»Würde ich Sie in alles einweihen, was ich veranlasse«, antwortete Kodell kühl, »hätten Sie keine Zeit, um Ihr Bürgermeisteramt auszuüben. Wie kommt es eigentlich, daß Sie mich nicht über Ihre Absicht, Thoobing zu informieren, aufgeklärt haben?«

»Würde ich Sie über alle meine Absichten aufklären, Liono«, erwiderte die Branno mißgestimmt, »wüßten Sie viel zuviel. Aber das ist eine unwichtige Angelegenheit, nicht anders als Thoobings Beunruhigung, und genauso verhält es sich mit allem, was die Saysheller unternehmen könnten. Ich interessiere mich viel mehr für Trevize.«

»Unsere Scouts haben Compor geortet. Er folgt Trevize, und beide nähern sich Gaia sehr vorsichtig.«

»Mir liegen die Berichte der Scouts komplett vor, Liono. Anscheinend nehmen Trevize und Compor beide Gaia sehr ernst.«

»Jeder belächelt den Aberglauben, der sich um Gaia rankt, Bürgermeisterin, und trotzdem denkt jeder: ›Was wäre, wenn ...‹ Sogar Botschafter Thoobing hat sich ein bißchen Unbehagen anmerken lassen. Das alles könnte ganz gut auf einem raffinierten politischen Trick der Saysheller beruhen. Vielleicht eine Art von Tarnung. Wenn man Geschichten über eine geheimnisvolle, unnahbare Welt verbreitet, werden die Menschen nicht nur diese Welt meiden, sondern auch in der Nähe befindliche Welten – so wie die der Sayshell-Union.«

»Sie meinen, das könnte der Grund sein, warum der Fuchs Sayshell in Frieden gelassen hat?«

»Möglich.«

»Sie glauben doch sicher nicht, auch die Foundation hätte wegen Gaia die Finger von Sayshell gelassen, wenn es keinen Hinweis darauf gibt, daß man bei uns je von dieser Welt gehört hat?«

»Ich gebe zu, daß Gaia in unseren Archiven nirgends erwähnt wird, aber andererseits gibt's eigentlich keine einleuchtende Erklärung für unsere gemäßigte Haltung zur Sayshell-Union.«

»Dann wollen wir hoffen, daß die sayshellische Regierung – trotz Thoobings gegenteiliger Auffassung – von Gaias Macht und tödlicher Natur überzeugt ist – wenigstens ein bißchen.«

»Warum das?«

»Weil die Sayshell-Union dann keine Einwände gegen unseren Vorstoß nach Gaia erheben dürfte. Je unangenehmer ihr unser Vordringen ist, um so eher reden sie sich dort unter Umständen ein, man solle es zulassen, damit Gaia uns eine harte Abfuhr erteilt. So eine Lektion, werden sie sich vielleicht denken, müßte eine heilsame Wirkung auf potentielle künftige Eindringlinge haben.«

»Und wenn sie nun mit einer solchen Annahme völlig recht haben sollten, Bürgermeisterin? Falls Gaia *wirklich* eine tödliche Gefahr verkörpert?«

Die Branno lächelte. »Jetzt fangen Sie selber mit dem ›Was wäre, wenn‹ an, oder, Liono?«

»Ich muß alle Möglichkeiten in Erwägung ziehen, Bürgermeisterin. Das ist meine Aufgabe.«

»Wenn Gaia eine tödliche Gefahr ist, wird Trevize ihr zum

Opfer fallen. Das ist *seine* Aufgabe als mein Blitzableiter. Und Compor möglichst auch – hoffe ich!«

»Das hoffen Sie? Weshalb?«

»Weil die Gaianer dadurch übertrieben selbstsicher werden könnten, und das wäre für uns nützlich. Sie würden unsere Kräfte unterschätzen und uns um so leichter unterliegen.«

»Und wenn nun *wir* es sind, die sich durch überhöhte Selbstsicherheit auszeichnen?«

»Wir sind's nicht«, entgegnete die Branno rundheraus.

»Diese Gaianer – was immer sie auch sein mögen – könnten doch irgendwelche Eigenschaften besitzen, von denen wir uns gar keine Vorstellung machen, so daß wir die Gefahr unzureichend einschätzen. Ich erwähne das lediglich, Bürgermeisterin, weil ich der Ansicht bin, daß auch diese Möglichkeit nicht außer acht gelassen werden darf.«

»Tatsächlich? Und wie kommen Sie zu dieser Ansicht, Liono?«

»Weil ich mir denke, daß Gaia im schlimmsten Fall vielleicht die Zweite Foundation ist. Ich vermute, Sie sind sogar der Überzeugung, *daß* wir's mit der Zweiten Foundation zu tun haben. Sayshells Geschichte war jedoch schon zur Zeit des Imperiums recht interessant. Nur Sayshell allein hat jederzeit ein gewisses Maß an Souveränität genossen. Ausschließlich Sayshell sind einige der ärgsten Steuern erspart geblieben, wie ein paar der sogenannten schlechten Kaiser sie erhoben haben. Kurz gesagt, anscheinend hat Sayshell schon immer unter Gaias Schutz gestanden, auch in der Ära des Imperiums.«

»Na und?«

»Aber die Zweite Foundation ist von Hari Seldon gleichzeitig mit unserer Foundation gegründet worden. In der Ära des Imperiums hat die Zweite Foundation noch nicht existiert – Gaia dagegen sehr wohl. Gaia ist also *nicht* die Zweite Foundation. Sie ist irgend etwas anderes – und möglicherweise noch Schlimmeres.«

»Ich halte nichts davon, sich vom Unbekannten erschrecken zu lassen, Liono. Es gibt nur zwei Quellen von Gefahr – materielle Waffen und geistige Waffen –, und auf beide sind wir gut vorbereitet. Sie kehren jetzt zurück auf Ihr Schiff und warten mit den Einheiten im Randbereich der Sayshell-Union.

Dies Schiff wird zuerst allein nach Gaia vorstoßen, aber wir werden mit Ihnen in ständigem Kontakt stehen und erwarten, daß Sie uns notfalls mit einem einzigen Hypersprung zu Hilfe kommen. Gehen Sie, Liono, und lassen Sie diesen verstörten Ausdruck von Ihrem Gesicht verschwinden!«

»Ist eine letzte Frage gestattet? Sind Sie *sicher*, daß Sie wissen, was Sie tun?«

»Das bin ich«, antwortete die Branno grimmig. »Auch ich habe die Geschichte Sayshells studiert und daraus entnommen, daß Gaia nicht die Zweite Foundation sein *kann*, aber mir liegen, wie bereits erwähnt, die Berichte der Scouts komplett vor, und infolgedessen weiß ich ...«

»Ja?«

»Na, ich weiß, wo sich die Zweite Foundation befindet, und wir werden uns um beide kümmern, Liono. Erst befassen wir uns mit Gaia, und danach mit Trantor.«

Siebzehntes Kapitel

Gaia

70

Es dauerte Stunden, bis das Schiff von der Raumstation aus die Nähe der *Far Star* erreichte – sehr lange Stunden, die Trevize eine nach der anderen durchzustehen hatte.

Wäre die Situation normal gewesen, hätte Trevize versucht, ein Signal zu geben und auf eine Reaktion zu warten. Wäre eine Reaktion ausgeblieben, hätte er ein Ausweichmanöver vollzogen.

Weil sie jedoch unbewaffnet waren und man bisher nicht auf ihre Annäherung reagiert hatte, blieb ihnen nichts anderes übrig, als alles weitere abzuwarten. Der Computer befolgte keinerlei Anweisungen, die irgend etwas außerhalb des Raumschiffs betrafen.

Im Innern dagegen funktionierte alles weiterhin bestens. Die Lebenserhaltungssysteme arbeiteten tadellos, so daß Trevize und Pelorat keine körperlichen Unannehmlichkeiten zu erdulden brauchten. Irgendwie war das jedoch kein besonderer Trost. Das Dasein schleppte sich mehr oder weniger nur noch so dahin, und die Ungewißheit dessen, was bevorstand, zermürbte Trevize. Es irritierte ihn, feststellen zu müssen, daß Pelorat vollkommen ruhig wirkte. Wie um alles noch unerträglicher zu machen, öffnete Pelorat, während Trevize überhaupt keinen Hunger verspürte, eine kleine Büchse mit Hähnchenfleisch in Stücken, das sich nach dem Öffnen automatisch rasch erwärmte. Nun verzehrte Pelorat seine Mahlzeit wie nach Plan.

»Raum und Zeit, Janov!« meinte Trevize gereizt. »Das stinkt.«

Pelorat schaute verblüfft drein und roch an der Büchse. »Für meine Begriffe riecht's völlig einwandfrei, Golan.«

Trevize schüttelte den Kopf. »Haben Sie Nachsicht. Ich bin bloß unruhig. Aber benutzen Sie eine Gabel, sonst werden Ihre Finger den ganzen Tag lang nach Geflügel riechen.«

Überrascht betrachtete Pelorat seine Finger. »Entschuldigung! Ist mir gar nicht aufgefallen. Ich habe an etwas anderes gedacht.«

»Würden Sie gerne raten, was für eine Art von Nichtmenschen die Geschöpfe auf dem Schiff dort sein könnten?« meinte Trevize sarkastisch. Er schämte sich, weil er weniger gefaßt war als Pelorat. Er war ein Veteran der Raummarine (obwohl er natürlich nie an einer richtigen Schlacht teilgenommen hatte), Pelorat bloß ein Historiker. Trotzdem saß sein Begleiter hier vollkommen gelassen herum.

»Es dürfte unmöglich sein«, sagte Pelorat, »sich einfach auszumalen, welchen Gang die Evolution unter ganz anderen Bedingungen, als sie ursprünglich auf der Erde vorhanden waren, genommen haben könnte. Sicher gibt's nicht unendlich viele Möglichkeiten, aber es sind so viele denkbar, daß es auf das gleiche hinausläuft. Ich kann allerdings ziemlich sicher voraussagen, daß diese Kreaturen nicht blindwütig gewalttätig sind und uns auf zivilisierte Art und Weise behandeln werden. Andernfalls wären wir längst tot.«

»Sie können wenigstens noch klar denken, Janov, mein alter Freund – Sie sind noch immer ganz ruhig. Meine Nerven dagegen beginnen sich immer mehr gegen die Ruhe durchzusetzen, die man uns anfangs irgendwie eingegeben hat. Ich verspüre einen starken Drang zum Aufstehen und Hinundherlaufen. Warum ist das verdammte Schiff denn noch nicht da?«

»Ich bin ein Mann der Passivität, Golan«, sagte Pelorat. »Ich habe mein ganzes Leben damit verbracht, über irgendwelchen Aufzeichnungen zu hocken und auf das Eintreffen weiterer Aufzeichnungen zu warten. Ich habe nie was anderes getan als gewartet. Sie sind ein Mann der Tat, und Ihnen wird mies zumute, wenn Sie einmal nicht handeln können.«

Trevize fühlte, wie von seiner Anspannung ein wenig wich. »Ich habe Ihren gesunden Menschenverstand gehörig unterschätzt, Janov«, murmelte er.

»Nein, durchaus nicht«, widersprach Pelorat, »aber selbst ein naiver Akademiker versteht es manchmal, seinem Leben irgendwie einen Sinn abzugewinnen.«

»Und selbst der cleverste Politiker kann manchmal darin scheitern.«

»Das habe ich nicht gesagt, Golan.«

»Nein, aber ich. Na gut, ich muß mich also irgendwie betätigen. Auf jeden Fall bin ich zum Beobachten imstande. Das andere Schiff ist mittlerweile so nah, daß man feststellen kann, es ist anscheinend ziemlich primitiv.«

»Anscheinend?«

»Falls es ein Produkt nichtmenschlichen Denkens und nichtmenschlicher Hände ist«, sagte Trevize, »kann das, was für uns primitiv aussieht, in Wirklichkeit nur nichtmenschlich konzipiert sein.«

»Meinen Sie, es könnte sich um ein nichtmenschliches Artefakt handeln?« fragte Pelorat, indem er leicht errötete.

»Kann ich nicht sagen. Ich vermute, daß Artefakte, wie verschieden sie von Kultur zu Kultur auch sein mögen, ihre Kultur niemals ganz so plastisch widerspiegeln können wie moderne Produkte genetischer Andersartigkeit.«

»Das ist lediglich eine Vermutung Ihrerseits. Wir kennen nur unterschiedliche Kulturen. Wir kennen keine verschiedenen intelligenten Spezies und haben daher keine Möglichkeit, zu beurteilen, wie unterschiedlich entsprechende Artefakte sein müßten.«

»Fische, Delphine, Pinguine, Tintenfische, sogar die Ambiflexen, die nicht irdischer Abstammung sind – einmal vorausgesetzt, die anderen sind's –, sie alle lösen das Problem der Bewegung durch ein flüssiges Medium durch eine Stromlinienform, so daß ihr Aussehen keineswegs so verschieden ist, wie ihre genetische Herkunft vermuten lassen könnte. Ähnlich ließe es sich mit Artefakten denken.«

»Die Tentakel eines Tintenfisches und die Helivibratoren eines Ambiflexes unterscheiden sich gewaltig voneinander, ebenso von den Flossen, Schwänzen und Gliedmaßen der Wirbeltiere. Ähnlich könnte es sich mit Artefakten verhalten.«

»Jedenfalls fühle ich mich schon besser«, sagte Trevize. »Unsinn mit Ihnen zu reden, beruhigt meine Nerven, Janov.

Und ich nehme an, wir werden nun bald wissen, mit wem wir's zu tun haben. Das Schiff dort kann nicht andocken, und wer auch an Bord ist, er wird über eine altmodische Verbindungsleine zu uns kommen – oder man wird uns irgendwie dazu veranlassen, nach drüben überzusetzen –, denn unsere Normschleuse ist so nutzlos. Es sei denn, irgendwelche Nichtmenschen werden ein ganz anderes System verwenden.«

»Wie groß ist das Schiff?«

»Da ich den Bordcomputer nicht benutzen und deshalb nicht das Radar einsetzen kann, um die Entfernung festzustellen, kann ich die Größe nicht ermitteln.«

Eine Verbindungsleine schoß auf die *Far Star* zu.

»Entweder sind Menschen an Bord«, sagte Trevize, »oder Nichtmenschen, die eine gleichartige Vorrichtung haben. Vielleicht kann man nichts anderes nehmen.«

»Sie könnten eine Röhre ausfahren«, sagte Pelorat, »oder eine horizontale Leiter, so was wie ein Laufsteg durchs All.«

»Solche Geräte sind für so etwas nicht flexibel genug. Es wäre viel zu kompliziert, damit zwischen zwei Raumschiffen eine Verbindung herzustellen. Man braucht etwas, in dem Stabilität und Flexibilität kombiniert sind.«

Mit einem dumpfen Dröhnen prallte die Verbindungsleine gegen den Rumpf der *Far Star* und versetzte ihn in Schwingung (und damit auch die darin befindliche Luft). Danach ertönte das übliche Schleifgeräusch, während das andere Schiff die erforderliche Feinkorrektur seiner Geschwindigkeit vornahm, um die Geschwindigkeit beider Raumschiffe einander anzugleichen. Die Verbindungsleine blieb im Verhältnis zu beiden Raumern bewegungslos.

Auf dem Rumpf des anderen Schiffs erschien ein schwarzer Punkt, weitete sich wie die Pupille eines Auges.

Trevize stieß ein Brummen aus. »Ein dehnbares Diaphragma statt einer Schleusenluke.«

»Nichtmenschlich?«

»Nicht zwangsläufig, würde ich sagen. Aber interessant.«

Eine Gestalt kam zum Vorschein.

Pelorat preßte einen Moment lang die Lippen aufeinander. »Wie schade«, meinte er dann mit deutlicher Enttäuschung in der Stimme. »Menschlich.«

»Nicht unbedingt«, erwiderte Trevize sachlich. »Bis jetzt können wir nur erkennen, daß fünf Extremitäten vorhanden sind. Das können ein Kopf, zwei Arme und zwei Beine sein – vielleicht aber auch nicht. Warten Sie mal!«

»Was ist denn?«

»Unser Besucher bewegt sich viel schneller und gleichmäßiger herüber, als ich gedacht habe. Aha!«

»Was denn?«

»Er benutzt irgendeine Art von Antrieb. Keine Raketen, soweit ich das schon sagen kann, aber er hangelt sich auch nicht ausschließlich an den Händen herüber. Aber es muß noch immer keineswegs unbedingt ein Mensch sein.«

Obwohl die Gestalt an der Verbindungsleine entlang zügig näherkam, schien das Warten auf sie sich unglaublich lange hinzuziehen, aber endlich erscholl das Geräusch des Kontakts.

»Was für ein Geschöpf das auch ist, es kommt herein«, konstatierte Trevize. »Ich habe Lust, mich auf es zu stürzen, sobald es sich zeigt.« Er ballte eine Hand zur Faust.

»Ich glaube, wir behalten lieber die Nerven«, riet Pelorat. »Kann sein, es ist stärker als wir. Es kann unseren Geist beherrschen. Außerdem sind drüben im Schiff bestimmt noch mehr von seiner Art. Wir warten besser, bis wir mehr über das wissen, mit dem wir es zu tun haben.«

»Sie werden mit jeder Minute vernünftiger, Janov«, sagte Trevize. »Bei mir ist es umgekehrt.«

Sie hörten die Luftschleuse in Funktion treten, und schließlich betrat die Gestalt das Innere des Raumschiffs.

»Ungefähr normale Größe«, bemerkte Pelorat gedämpft. »Der Raumanzug könnte durchaus einem Menschen passen.«

»So ein Modell habe ich noch nie gesehen, und ich habe von so was auch noch nicht gehört, aber es fällt sicher nicht außerhalb der Grenzen menschlicher Fabrikation, finde ich. Der Anzug besagt gar nichts.«

Die in den Raumanzug gehüllte Gestalt blieb vor ihnen stehen und hob ein Glied zum Helm, der offenbar nur von innen transparent war, falls er überhaupt aus einer Glassubstanz bestand, denn in seinem Innern ließ sich nichts erkennen.

Das Glied berührte mit einer raschen Bewegung, die Trevize

nicht ganz zu beobachten vermochte, irgend etwas, und der Helm löste sich vom Rest des Anzugs. Er klappte zurück ...

... und entblößte das Gesicht einer jungen und unbestreitbar schönen Frau.

71

Pelorats ausdruckslose Miene, so schien es, tat alles, um möglichst entgeistert zu wirken. »Sind Sie ein Mensch?« stammelte er.

Die Frau hob ruckartig die Brauen und spitzte die Lippen. Daraus ließ sich nicht ersehen, ob sie in diesem Augenblick etwas in einer fremden Sprache gehört hatte, die sie nicht verstand, oder ob sie sehr wohl verstand und sich über die Fragestellung wunderte.

Ihre Hand glitt schnell an die linke Seite des Raumanzugs, der sich daraufhin der Länge nach öffnete, als hielten ihn nur lauter winzige Scharniere in einem Stück zusammen. Sie trat heraus, und der Anzug blieb einen Moment lang ohne Inhalt reglos stehen. Dann sank er mit einem Seufzen zusammen, das nahezu menschlich klang.

Ohne den Anzug sah die Frau sogar noch jünger aus. Ihre Kleidung war weit und durchsichtig, und die kaum wahrnehmbare Unterwäsche war nur in Umrissen sichtbar. Die Oberbekleidung reichte bis zu den Knien hinab.

Sie hatte kleine Brüste und eine schmale Taille, aber ihre Hüften waren rund und voll. Ihre Schenkel, die man schattenhaft sah, waren kräftig, aber ihre Beine verschmälerten sich unten zu anmutigen Knöcheln. Ihr Haar war dunkel und schulterlang, die Augen waren groß und braun, die Lippen voll und leicht ungleichmäßig.

Sie blickte an sich hinunter und löste die Frage des Verständigungsproblems, indem sie meinte: »Sehe ich *nicht* wie ein Mensch aus?«

Sie sprach das Galakto-Standard mit einem ganz geringfügigen Zögern, als müsse sie sich ein wenig um die richtige Aussprache bemühen.

Pelorat nickte. »Ich kann's nicht leugnen«, sagte er mit

ansatzweisem Lächeln. »Sehr menschlich. Wundervoll menschlich.«

Die junge Frau breitete die Arme aus, als fordere sie zu genauerer Untersuchung auf. »Das will ich doch hoffen, Gentlemen. Für diesen Körper sind schon Männer gestorben.«

»Ich würde lieber dafür leben«, erwiderte Pelorat, selber leicht überrascht über diese Anwandlung von Charme.

»Eine gute Entscheidung«, sagte die Frau ernsthaft. »Sobald man diesen Leib berührt, wird alles Stöhnen zum Stöhnen der Ekstase.«

Sie lachte, und Pelorat lachte mit ihr.

»Wie alt sind Sie?« raunzte Trevize, der dem Gespräch mit finster gerunzelter Stirn zugehört hatte, die Frau an.

Sie schrak, hatte es den Anschein, ein bißchen zurück. »Dreiundzwanzig ... Gentleman.«

»Warum sind Sie zu uns gekommen? Welche Absichten verfolgen Sie hier?«

»Ich bin gekommen, um Sie nach Gaia zu bringen.« Ihre Beherrschung des Galakto-Standard ließ ein wenig nach, und ihre Vokale neigten zum Diphthongieren. Das ›gekommen‹ klang aus ihrem Mund wie ›gekommemb‹, ›Gaia‹ wie ›Geier‹.

»Ein *Mädchen* als Eskorte?«

Die Frau straffte ihre Haltung, und plötzlich machte sie den Eindruck einer Person, die alles unter Kontrolle hat. »Ich bin Gaia«, sagte sie, »so gut wie jeder andere. Das ist meine Schicht auf der Station.«

»*Ihre* Schicht? Waren Sie die einzige Person an Bord?«

»Mehr ist nicht nötig.« Sichtlicher Stolz.

»Und nun ist sie leer?«

»Ich halte mich nicht länger dort auf, Gentlemen, aber sie ist nicht leer. *Sie* ist da.«

»Sie? Wen meinen Sie?«

»Die Station. Sie ist Gaia. Sie braucht mich nicht. Sie hält Ihr Schiff fest.«

»Wenn sie Sie nicht braucht, was haben Sie dann in der Station gemacht?«

Pelorat hatte Trevize schon einmal am Ärmel gezupft, war jedoch abgeschüttelt worden. Jetzt versuchte er es nochmals. »Golan«, sagte er eindringlich und halb im Flüsterton, »schreien

Sie sie nicht an. Sie ist ein Mädchen. Überlassen Sie mir die Sache.«

Trevize schüttelte ärgerlich den Kopf, aber Pelorat ergriff bereits die Initiative. »Junge Frau«, erkundigte er sich, »wie lautet Ihr Name?«

Die Frau lächelte mit plötzlicher sonniger Freundlichkeit, als wüßte sie den höflicheren Ton sehr zu schätzen. »Wonne«, gab sie zur Antwort.

»Wonne?« wiederholte Pelorat. »Ein sehr hübscher Name. Aber das ist doch sicherlich nicht alles?«

»Natürlich nicht. Das wäre was, einen Namen mit bloß zwei Silben zu haben. Er würde in jeder Sektion dupliziert, so daß wir einer den anderen nicht mehr voneinander unterscheiden könnten, und die Männer würden für den falschen Körper sterben. Mein vollständiger Name lautet Ywonnobiarella.«

»Na, *das* ist doch was!«

»Was? Sieben Silben? Das ist wenig. Ich habe Bekannte mit Namen von fünfzehn Silben, und sie werden's nie müde, sich neue Kombinationen für ihre Freunde auszudenken. Seit ich fünfzehn geworden bin, ist es bei mir bei Wonne geblieben. Meine Mutter hat mich früher ›Bibbi‹ genannt, falls Sie sich so was überhaupt vorstellen können.«

»Im Galakto-Standard bedeutet ›Wonne‹ soviel wie ›Ekstase‹ oder ›Glückseligkeit‹«, sagte Pelorat.

»In der gaianischen Sprache auch. Sie ist nicht *sehr* verschieden vom Standard, und ›Ekstase‹ ist genau die Bedeutung, die mein Name vermitteln soll.«

»Mein Name ist Janov Pelorat.«

»Das weiß ich. Und der andere Gentleman – dieser Schreihals – ist Golan Trevize. Wir haben Nachricht von Sayshell erhalten.«

»Wie haben Sie diese Nachricht erhalten?« fragte Trevize sofort, die Augen mißtrauisch zusammengekniffen.

Wonne wandte sich ihm zu. »Nicht ich habe sie erhalten, sondern Gaia«, erwiderte sie gelassen.

»Miß Wonne«, fragte Pelorat, »dürfen mein Partner und ich uns einen Moment lang allein unterhalten?«

»Ja, freilich, aber Sie wissen, alles muß weitergehen.«

»Es wird nicht lange dauern.« Pelorat zog kraftvoll an Trevizes Ellbogen, und Trevize folgte ihm widerwillig in die benachbarte Kabine.

»Was soll das?« flüsterte Trevize. »Ich bin sicher, sie versteht uns auch hier drin. Wahrscheinlich kann sie unsere Gedanken lesen, diese verdammte Kreatur.«

»Ob sie uns hört oder nicht, wir brauchen im Augenblick aus psychologischen Gründen etwas Absonderung. Hören Sie, mein Bester, lassen Sie sie in Ruhe. Wir können nun einmal nichts unternehmen, und es hat absolut keinen Zweck, sie dafür büßen zu lassen. Wahrscheinlich ist sie ihrerseits auch zu keinen Maßnahmen befugt. Sie ist bloß ein Laufmädchen. Solange sie an Bord ist, sind wir vermutlich sicher, man hätte sie bestimmt nicht zu uns aufs Schiff geschickt, wäre es jemandes Absicht, das Schiff zu vernichten. Aber wenn Sie sich weiter so grob aufführen, wird man es – und damit auch uns – vielleicht vernichten, sobald sie wieder von Bord gegangen ist.«

»Ich kann's nicht ertragen, derartig hilflos zu sein«, murrte Trevize.

»Wem gefällt so was schon? Aber sich wie ein Grobian zu benehmen, macht einen nicht weniger hilflos. Dadurch wird man nur zu einem hilflosen Grobian. Ach, mein Bester, ich will ja auch keineswegs nun *Sie* ausschimpfen, Sie müssen entschuldigen, falls ich Sie übertrieben kritisiere, aber dem Mädchen kann man an nichts die Schuld geben.«

»Janov, es ist jung genug, um unsere jüngste Tochter sein zu können.«

Pelorat straffte sich. »Ein Grund mehr, sich anständig zu betragen. Ich weiß auch nicht so recht, was ich von dieser Bemerkung halten soll.«

Trevize überlegte für einen Moment, dann normalisierte sich sein Gesichtsausdruck. »Na schön. Sie haben recht. Ich dagegen nicht. Aber es ist irritierend, daß man ein Mädchen zu uns geschickt hat. Zum Beispiel hätte man uns statt dessen einen Offizier ihres Militärs rüberschicken können, das hätte sozusagen wenigstens gezeigt, daß man uns *ernst* nimmt. Aber ein Mädchen? Das die Verantwortung ständig auf Gaia schiebt?«

»Wahrscheinlich meint sie einen Herrscher oder so was, der den Namen des Planeten als Ehrentitel trägt, oder sie bezieht sich auf das planetare Parlament. Wir werden's schon herausfinden, aber möglicherweise nicht durch direktes Ausfragen.«

»Männer sind für ihren Leib gestorben!« sagte Trevize. »Ha! Dabei ist sie breitarschig wie ein ... ein ...«

»Niemand verlangt von Ihnen, daß Sie dafür sterben, Golan«, meinte Pelorat nachsichtig. »Kommen Sie, erlauben Sie ihr eine gewisse Selbstironie. Ich persönlich finde so was ganz lustig, und es spricht für ein gutmütiges Naturell.«

Wonne stand am Computer, als sie zurückkehrten, beugte sich über ihn und betrachtete seine Bestandteile, wobei sie die Hände auf dem Rücken verschränkte, als fürchte sie sich davor, ihn anzufassen.

Sie blickte auf, als die beiden wieder eintraten, unter der niedrigen Türöffnung den Kopf einzogen. »Dies ist ein ganz erstaunliches Schiff«, sagte sie. »Ich begreife nicht die Hälfte von allem, was ich hier sehe, aber wenn Sie mir zur Begrüßung ein Geschenk machen möchten, dann nehme ich's sofort. Es ist wunderbar. Daneben sieht mein Schiff richtig scheußlich aus.« Ihre Miene nahm einen Ausdruck eifriger Neugier an. »Sind Sie wirklich von der Foundation?«

»Woher wissen Sie über die Foundation Bescheid?« wollte Pelorat wissen.

»Wir lernen davon in der Schule. Hauptsächlich wegen des Fuchses.«

»Warum wegen des Fuchses, Wonne?«

»Er war einer von uns, Gentle ... Welche Silbe Ihres Namens darf ich benutzen, Gentleman?«

»Entweder Jan«, sagte Pelorat, »oder Pel. Welche ist Ihnen lieber?«

»Er war einer von uns, Pel«, sagte Wonne mit freundschaftlichem Lächeln. »Es weiß zwar niemand genau, wo eigentlich, aber er wurde auf Gaia geboren.«

»Er gilt wohl als gaianischer Held, was, Wonne?« meinte Trevize. Er legte nun eine entschiedene, nahezu aggressive Freundlichkeit an den Tag, warf einen beruhigenden Blick in Pelorats Richtung. »Nennen Sie mich Trev«, fügte er hinzu.

»O nein«, widersprach Wonne unverzüglich. »Er wird als Krimineller betrachtet. Er hat Gaia ohne Erlaubnis verlassen, und so etwas sollte niemand tun. Niemand weiß, *warum* er das gemacht hat, aber er ist fortgegangen, und das ist vermutlich der Grund, warum es mit ihm ein böses Ende genommen hat. Zum Schluß ist er von der Foundation besiegt worden.«

»Von der *Zweiten* Foundation?« hakte Trevize nach.

»Gibt's mehr als eine? Wenn ich nachdenke, fällt's mir vielleicht ein, aber eigentlich habe ich an Geschichte wenig Interesse. So wie ich es sehe, beschränkt sich mein Interesse auf das, was Gaia für am besten hält. Wenn Geschichte mir irgendwie abgeht, dann wohl deshalb, weil's genug Historiker gibt, oder es kann sein, sie liegt mir einfach nicht. Ich werde voraussichtlich zur Weltraumtechnikerin ausgebildet. Jedenfalls teilt man mich immerzu für derartige Schichten ein, und anscheinend macht's mir Spaß, und es ist ja logisch, hätte ich daran keinen Spaß, dann würde ich ...«

Sie sprach ziemlich schnell, fast ohne Atem zu holen, und es kostete Trevize einige Mühe, eine Zwischenfrage zu stellen. »Wer ist Gaia?«

Wonne schaute verwundert drein. »Eben Gaia. Pel und Trev, bitte laßt uns weitermachen. Wir müssen auf die Oberfläche hinunter.«

»Wir sind doch schon dorthin unterwegs, oder nicht?«

»Ja, aber langsam. Gaia findet, Sie könnten sich viel schneller fortbewegen, wenn Sie das Potential Ihres Raumschiffs voll nutzen. Möchten Sie das tun?«

»Wir könnten's«, antwortete Trevize grimmig. »Aber wenn ich die Kontrolle über das Schiff zurückerhalte, ist es nicht wahrscheinlich, daß wir dann sofort in die entgegengesetzte Richtung davonrasen?«

Wonne lachte. »Sie sind vielleicht komisch. Klar können Sie in keine Richtung fliegen, in die Gaia Sie nicht fliegen lassen will. Aber Sie dürfen in der Richtung schneller fliegen, wohin Gaia Sie fliegen zu sehen *wünscht*. Verstehen Sie?«

»Wir haben's verstanden«, entgegnete Trevize. »Ich werde mich bemühen, meinen Sinn für Humor zu bändigen. *Wo* soll ich auf der Oberfläche landen?«

»Das ist gleichgültig. Steuern Sie die Oberfläche an, und Sie werden am richtigen Ort landen. Gaia wird dafür sorgen.«

»Bleiben Sie bei uns, Wonne«, fragte Pelorat nach, »damit wir gut behandelt werden?«

»Ich glaube, das läßt sich machen. Lassen Sie uns mal sehen ... die reguläre Gebühr für meine Dienste – ich meine, für *diese* Art von Dienstleistungen – kann hier auf meiner Kontokarte verbucht werden.«

»Und die andere Art von Diensten?«

Wonne kicherte. »Sie sind ein netter alter Knabe.«

Pelorat zuckte zusammen.

72

Wonne nahm den Abwärtsflug auf Gaias Oberfläche mit naiver Erregung auf. »Man spürt gar keine Beschleunigung«, bemerkte sie.

»Wir verfügen über einen Gravitationsantrieb«, sagte Pelorat. »Alles beschleunigt als Ganzes, uns eingeschlossen, also spüren wir nichts.«

»Aber wie funktioniert so ein Antrieb, Pel?«

Pelorat zuckte die Achseln. »Ich glaube, Trev kennt sich damit aus«, antwortete er, »aber ich bezweifle, daß er gegenwärtig in der Stimmung ist, um sich darüber zu unterhalten.«

Trevize hatte das Schiff nahezu rücksichtslos Gaias Gravitationsquelle entgegengestürzt. Das Schiff reagierte auf seine Richtungsweisung, aber Wonne hatte ihm bestimmte Warnungen erteilt. Ein Überschreiten der Feldlinien der vorhandenen Gravitationskräfte war umständehalber gestattet, wenngleich nur gegen einen gewissen Widerstand. Jeder Versuch jedoch, wieder aufzusteigen, mißlang völlig.

Noch immer gehörte das Raumschiff nicht wieder ihm.

»Gehen Sie nicht ein bißchen schnell hinunter, Golan?« meinte Pelorat in gutartiger Weise.

»Die junge Dame hat gesagt«, erwiderte Trevize mit einer gewissen Ausdruckslosigkeit des Tonfalls, um sich nichts von seinem Ärger anmerken zu lassen (allerdings mehr Pelorat zuliebe als aus irgendeinem anderen Grund), »daß Gaia für alles sorgt.«

»Klar, Pel«, versicherte Wonne. »Gaia wird nichts dulden, wodurch dies Schiff gefährdet werden könnte. Ist was zu essen an Bord?«

»Ja, freilich«, bestätigte Pelorat. »Was hätten Sie denn gerne?«

»Kein Fleisch, Pel«, erwiderte Wonne in geschäftsmäßigem Ton, »aber Fisch oder Ei wäre mir recht, auch jede Sorte Gemüse, die Sie haben.«

»Einige unserer Lebensmittel stammen von Sayshell, Wonne«, sagte Pelorat. »Ich weiß nicht genau, was in den Dosen steckt, aber möglicherweise schmeckt's Ihnen.«

»Naja, ich werd's probieren«, sagte Wonne mit merklichen Bedenken.

»Sind die Bewohner Gaias Vegetarier?« wollte Pelorat erfahren.

»Viele.« Wonne nickte nachdrücklich. »Das hängt davon ab, welche Nährstoffe der Körper in besonderen Fällen benötigt. In letzter Zeit war ich nicht hungrig nach Fleisch, deshalb nehme ich an, ich brauche keines. Und auch auf Süßigkeiten hatte ich keinen Appetit. Käse schmeckt mir gut, und Garnele. Wahrscheinlich muß ich abnehmen.« Sie hieb sich rechts aufs Gesäß, daß es nur so klatschte. »Genau da müssen zwei bis drei Kilo verschwinden.«

»Ich sehe nicht ein, warum«, sagte Pelorat. »So können Sie doch viel bequemer sitzen.«

Wonne verdrehte den Hals, um ihre Rückseite zu betrachten, so gut es ging. »Ach, es spielt keine große Rolle. Das Gewicht verändert sich auf- oder abwärts, wie es gerade erforderlich ist. Ich sollte mir deswegen keine Gedanken machen.«

Trevize schwieg, weil er mit der *Far Star* zu schaffen hatte. Bevor er in einen Orbit einschwenkte, hatte er ein wenig zu lange gezögert, und nun kreisten die unteren Grenzen der planetaren Exosphäre am Raumschiff vorüber. Nach und nach entglitt der Raumer seiner Kontrolle wieder völlig. Es hatte den Anschein, als habe ein Außenstehender die Bedienung des Gravo-Antriebs erlernt. Wie von selbst schwang die *Far Star* sich ein Stück empor in dünnere Luft und verlangsamte rasch ihre Geschwindigkeit. Danach schlug sie einen neuen Kurs ein und senkte sich in vorsichtiger Abwärtsflugbahn hinab.

Wonne hatte die schrille Geräuschentwicklung des Luftwiderstandes ignoriert und schnupperte nun geziert an dem Dampf, der aus einer erhitzten Konserve aufstieg. »Das muß in

Ordnung sein, Pel«, sagte sie, »sonst müßte es ungut riechen, und ich hätte keine Lust, es zu essen.« Sie steckte einen schmalen Finger hinein und leckte ihn ab. »Sie haben richtig geraten, Pel. Das ist Garnele oder so was. Gut!«

Mit einer Gebärde der Unzufriedenheit verließ Trevize den Computer.

»Junge Frau«, sprach er Wonne an, als sähe er sie zum erstenmal.

»Mein Name ist Wonne«, sagte sie mit fester Stimme.

»Schön, also Wonne. Sie haben unsere Namen gekannt.«

»Ja, Trev.«

»Woher wußten Sie sie?«

»Es war für mich wichtig, sie zu wissen, damit ich meine Aufgabe erfüllen kann. Folglich wußte ich sie.«

»Wissen Sie, wer Munn Li Compor ist?«

»Ich wüßte es, wäre es für mich wichtig, zu wissen, wer er ist. Da ich aber nicht weiß, wer er ist, kommt Mr. Compor nicht zu uns.« Einen Augenblick lang überlegte sie. »Genauer gesagt, es kommt niemand außer Ihnen beiden.«

»Wir werden sehen.«

Er spähte hinab. Gaia war ein stark wolkiger Planet. Zwar gab es eine zusammenhängende Wolkendecke, aber es war eine vielfältig durchbrochene, bemerkenswert regelmäßig verteilte Schicht von Wolken vorhanden, die auf keinen Teil der planetaren Oberfläche klare Sicht erlaubte.

Er schaltete auf Mikrowellen um, und der Radarschirm glitzerte auf. Die Oberfläche ähnelte auf dem Schirm beinahe einer Darstellung des Sternenhimmels. Offenbar war Gaia einer Welt vieler Inseln vergleichbar mit Terminus, aber noch ausgeprägter. Keine der Inseln war sonderlich groß, und keine lag von den anderen isoliert. Man hatte den Eindruck eines planetenweiten Archipels. Der Orbit des Raumschiffs war stark zur Äquatorialebene geneigt, aber man sah keine Anzeichen von Polkappen.

Auch fehlten die unmißverständlichen Beweise einer ungleichmäßigen Bevölkerungsverteilung, wie sie sich beispielsweise an der Beleuchtung auf der Nachtseite leicht ablesen ließ.

»Werden wir in der Nähe der Hauptstadt landen, Wonne?« erkundigte sich Trevize.

»Gaia wird Sie absetzen, wo es geeignet ist«, entgegnete Wonne gleichgültig.

»Eine Großstadt würde ich vorziehen.«

»Sie meinen eine große Bevölkerungsgruppe?«

»Ja.«

»Das liegt allein bei Gaia.«

Das Schiff setzte seinen Abwärtskurs fort, und Trevize versuchte, sich ein wenig damit zu amüsieren, daß er Mutmaßungen darüber anstellte, auf welcher Insel sie wohl niedergehen würden. Welche es auch sein mochte, anscheinend sollte die Landung innerhalb der nächsten Minuten erfolgen.

73

Das Raumschiff landete ganz ruhig, fast wie federleicht, ohne einen Moment der Reibung, ohne anomale Schwerkrafterscheinungen. Einer nach dem anderen verließen sie es: zuerst Wonne, dann Pelorat, zuletzt Trevize.

Das Wetter ließ sich mit dem Frühsommer in Terminus City vergleichen. Leichter Wind wehte, und die spätmorgendliche Sonne schien von einem getupften Himmel herab. Der Untergrund, auf den sie ihre Füße setzten, war begrünt, und in einer Richtung standen zahlreiche Reihen von Bäumen, offenbar ein Obstgarten, während in einer anderen Richtung in einiger Entfernung die Küste verlief.

Man hörte ein leises Summen, das von Insekten stammen konnte, das Flattern eines Vogels – oder irgendeines kleinen Flugwesens –, und von einer Seite hörte man etwas *Klack-klack* machen, bei dem es sich möglicherweise um irgendein Farmgerät handelte.

Pelorat war der erste, der den Mund auftat, aber er äußerte sich zu nichts von dem, was man sah oder hörte. »Ah, das riecht *gut«*, sagte er statt dessen, »ganz wie frisches Apfelmus.«

»Wahrscheinlich ist das, was wir dort sehen, eine Apfelplantage«, sagte Trevize, »und es ist durchaus denkbar, daß man Apfelmus herstellt.«

»Auf Ihrem Schiff dagegen«, sagte Wonne, »hat's gerochen wie ... Na – es hat jedenfalls schrecklich gerochen.«

»Solange Sie an Bord waren, haben Sie sich nicht beschwert«, grollte Trevize.

»An Bord mußte ich höflich sein. Ich war Gast auf Ihrem Schiff.«

»Und was spricht dagegen, auch höflich zu bleiben?«

»Jetzt befinde ich mich auf meiner eigenen Welt. *Sie* sind hier die Gäste. Nun ist es an *Ihnen,* höflich zu sein.«

»Vermutlich hat sie bezüglich des Schiffs recht, Golan«, meinte Pelorat. »Gibt's keine Möglichkeit, das Schiff mal so richtig zu lüften?«

»Doch«, antwortete Trevize barsch. »Das ist möglich – falls diese kleine Kreatur uns zusichern kann, daß man das Schiff unangetastet läßt. Wie sie uns bereits gezeigt hat, kann sie das Schiff mit ungewöhnlichen Kräften beeinflussen.«

Wonne richtete sich zu voller Körpergröße auf. »Klein bin ich nicht gerade, und wenn nicht mehr erforderlich ist, als es in Ruhe zu lassen, um es zu säubern, kann ich Ihnen versichern, es wird mir ein Vergnügen sein, davon auf Abstand zu bleiben.«

»Und dann können wir denjenigen aufsuchen, den Sie immer Gaia nennen?« wünschte Trevize zu wissen.

Wonne wirkte erheitert. »Ich weiß, Sie werden's mir nicht glauben, Trev. *Ich* bin Gaia.«

Trevize starrte sie an. Schon oft hatte er die Redewendung ›seine Gedanken zusammennehmen‹ in metaphorischem Gebrauch gehört. Nun fühlte er sich zum erstenmal in seinem Leben, als sei er buchstäblich mit einem solchen geistigen Vorgang befaßt. *»Sie?«* meinte er schließlich.

»Ja. Und der Boden ist Gaia. Und die Bäume dort sind Gaia. Und auch das Kaninchen da hinten im Gras. Und der Mann, den Sie da drüben zwischen den Bäumen sehen. Der gesamte Planet und alles, was sich darauf befindet – das ist Gaia. Wir sind durchaus alle Individuen, allesamt separate Organismen, aber wir besitzen ein gemeinschaftliches Bewußtsein. Der unbelebte Planet am wenigsten davon, die verschiedenen Lebensformen in unterschiedlichen Graden, die Menschen am meisten – aber alles hat daran Teil.«

»Ich glaube, sie will damit sagen, Trevize«, bemerkte Pelorat, »Gaia ist eine Art von Kollektivbewußtsein.«

Trevize nickte. »Soviel habe ich sehr wohl kapiert. In dem Fall, Wonne – wer regiert diese Welt?«

»Sie unterhält sich aus eigener Kraft«, lautete Wonnes Antwort. »Die Bäume dort wachsen von sich aus in Reih und Glied. Sie vermehren sich genau in dem Umfang, wie's erforderlich ist, um die Exemplare zu ersetzen, die aus irgendwelchen Gründen absterben. Die Menschen ernten Äpfel, soviel sie brauchen, andere Tiere, auch die Insekten, verzehren ihren Anteil – den und nicht mehr.«

»So, die Insekten wissen, wieviel sie fressen dürfen, hm?« brummte Trevize.

»Gewissermaßen, ja. Es regnet, wenn's nötig ist, und es regnet ab und zu auch einmal stark, wenn *das* nötig sein sollte – und gelegentlich kommt es zu Perioden der Trockenzeit, falls *das* sein muß.«

»Und der Regen weiß auch, was er zu tun hat, was?«

»Ja, gewiß«, antwortete Wonne völlig ernsthaft. »Wissen in Ihrem Körper all die vielen verschiedenen Zellen denn nicht auch genau, was sie zu tun haben? Wann sie wachsen und wann sie mit dem Wachsen aufhören müssen? Wann sie bestimmte Stoffe zu erzeugen haben und wann nicht, und wenn welche erzeugt werden müssen, wissen sie nicht auch, daß es soundsoviel sein muß, nicht mehr und nicht weniger? In gewissem Maß ist jede Zelle eine selbständige chemische Fabrik, aber alle bedienen sich ein und derselben Quelle von Rohstoffen, die sie durch ein gemeinsames Transportsystem erhalten, und alle tragen sie zu einem gesamtheitlichen Grobbewußtsein bei.«

»Das ist äußerst bemerkenswert«, sagte Pelorat mit einigem Enthusiasmus. »Sie wollen damit sagen, daß der Planet ein Superorganismus ist und daß Sie eine einzelne Zelle dieses Superorganismus sind.«

»Damit beschreibe ich allerdings nicht den tatsächlichen Sachverhalt, sondern gebe Ihnen eine Analogie. Wir sind vergleichbar mit Zellen, aber wir sind keine Zellen – verstehen Sie?«

»In welcher Hinsicht«, hakte Trevize nach, »sind Sie keine Zellen?«

»Wir bestehen selbst aus Zellen und besitzen im Verhältnis zu den Zellen ein Großbewußtsein, das Bewußtsein eines individuellen Organismus – eines Menschen, um meinen Fall zu nehmen.«

»Mit einem Leib, für den Männer sterben.«

»Richtig. Mein Bewußtsein ist dem einer einzelnen Zelle weit überlegen – unglaublich weit voraus. Die Tatsache, daß wir unsererseits Teile eines höheren Kollektivbewußtseins sind, setzt uns jedoch nicht auf die Daseinsebene von Körperzellen herab. Ich bleibe ein menschliches Wesen – aber über uns existiert ein Kollektivbewußtsein, das so weit außerhalb meines Begriffsvermögens liegt, wie mein Bewußtsein sich außerhalb des Verstehens der Muskelzellen meines Bizeps befindet.«

»Aber sicher hat doch irgend jemand die Anordnung erteilt, unser Raumschiff aufzubringen«, sagte Trevize.

»Nein, nicht irgend jemand. Gaia hat es angeordnet. Wir alle haben es angeordnet.«

»Die Bäume und der Erdboden auch, Wonne?«

»Sie leisten nur einen geringen Beitrag, aber sie tragen zu allem bei. Sehen Sie, wenn ein Musiker eine Sinfonie schreibt, fragen Sie dann danach, welche besondere Zelle ihn dazu gedrängt hat, sie zu schreiben, durch welche Einzelzelle seine Arbeit überwacht worden ist?«

»Und das Gruppenbewußtsein, um das Kollektiv einmal so zu nennen«, sagte Pelorat, »ist viel stärker als der individuelle Verstand, nehme ich an, so wie ein Muskel stärker als eine einzelne Zelle ist. Infolgedessen kann Gaia ein Raumschiff aus großer Entfernung aufbringen, indem sie den Computer unter Kontrolle nimmt, während keinem Individuum auf diesem Planeten so etwas allein möglich wäre.«

»Sie verstehen vollkommen, Pel«, sagte Wonne.

»Ich versteh's auch«, sagte Trevize. »So schwer ist es ja nun wieder nicht zu verstehen. Aber was wollen Sie von uns? Wir sind nicht gekommen, um Sie zu überfallen. Wir sind hier, weil wir Informationen suchen. Warum haben Sie uns zur Landung gezwungen?«

»Um mit Ihnen zu reden.«

»Sie hätten an Bord unseres Raumers mit uns reden können.«

Bedächtig schüttelte Wonne den Kopf. »Ich bin nicht Ihr Gesprächspartner.«

»Sind Sie kein Teil des Kollektivbewußtseins?«

»Doch, aber deswegen kann ich noch längst nicht fliegen wie ein Vogel, summen wie ein Insekt oder so wie ein Baum in die Höhe wachsen. Ich erledige, was ich am besten erledigen kann, und es ist nicht am besten, wenn ich Ihnen Informationen gebe – obwohl die entsprechenden Kenntnisse mir ohne weiteres mitgeteilt werden könnten.«

»Wer hat entschieden, sie Ihnen *nicht* mitzuteilen?«

»Wir alle.«

»Und wer wird uns die Informationen geben?«

»Dom.«

»Und wer ist Dom?«

»Tja«, sagte Wonne, »sein voller Name lautet Endomandiovizamarondeyaso ... und so weiter. Verschiedene Leute rufen ihn zu verschiedenen Zeiten mit unterschiedlichen Silben seines Namens, aber mir ist er als Dom bekannt, und ich glaube, Sie beide werden diese Silbe ebenfalls als Anrede verwenden. Er besitzt wahrscheinlich größeren Anteil an Gaias Gesamtheit als jeder andere auf dem Planeten, und er lebt auf dieser Insel. Er hat darum ersucht, Ihnen begegnen zu dürfen, und es ist ihm gestattet worden.«

»Wer hat's gestattet?« fragte Trevize, aber er gab sich unverzüglich selber die Antwort. »Ja, ich weiß, alle haben's gemeinsam getan.«

Wonne nickte.

»Wann werden wir Dom treffen können, Wonne?« erkundigte sich Pelorat.

»Sofort. Wenn Sie mir folgen, bringe ich Sie zu ihm, Pel. Und Sie natürlich auch, Trev.«

»Und dann werden Sie sich von uns verabschieden?« fragte Pelorat.

»Fänden Sie das unerfreulich, Pel?«

»Um ehrlich zu sein, ja.«

»Da haben wir's«, sagte Wonne, während sie ihr eine ebenmäßig gepflasterte Straße entlang folgten, die die Obstplantage säumte. »Männer gewöhnen sich sehr schnell an mich. Selbst würdige ältere Männer werden von jungenhaftem Eifer befallen.«

Pelorat lachte. »Ich rechne bei mir nicht gerade mit jungenhaftem Eifer, Wonne, aber sollte mich trotzdem welcher befallen, ich glaube, ich könnte ihn an Schlechteres verschwenden, als wenn ich ihn in der Hingabe an Sie aufwende.«

»Oh, Sie sollten jugendlichen Eifer nicht geringschätzen«, empfahl Wonne. »Ich wirke in dieser Beziehung Wunder.«

»Sobald wir dort sind«, fragte Trevize ungeduldig, »wohin wir jetzt gehen, wie lange werden wir dann auf diesen Dom warten müssen?«

»*Er* wartet bereits auf *Sie*. Immerhin hat sich Dom durch Gaia jahrelang darum bemüht, Sie zu uns zu bringen.«

Trevize blieb ruckartig stehen und warf Pelorat einen raschen Blick zu. Sie hatten recht, bekannten Pelorats Lippen stumm.

»Ich weiß, Trev«, sagte Wonne gelassen, die nach vorn schaute, »Sie haben vermutet, daß ich/wir/Gaia an Ihnen interessiert sind.«

»›Ich/wir/Gaia?‹« wiederholte Pelorat leise.

Sie wandte den Kopf und lächelte ihm zu. »Wir verfügen über eine ganze Gruppe von verschiedenen Pronomen, um der Differenziertheit der Individuen Ausdruck zu verleihen, wie sie auf Gaia existiert. Ich könnte versuchen, Sie Ihnen allesamt zu erklären, aber vorerst dürfte ›Ich/wir/Gaia‹ genügen, um mehr oder weniger treffend auszudrücken, was ich meine. Trev, bitte gehen Sie weiter. Dom wartet, und ich möchte Ihre Beine ungern gegen Ihren Willen bewegen. Wenn man nicht daran gewöhnt ist, hat man dabei ein recht unangenehmes Gefühl.«

Trevize ging weiter. Der Blick, den er Wonne widmete, verriet tiefsten Argwohn.

74

Dom war ein Mann in fortgeschrittenem Alter. Er zählte die zweihundertdreiundfünfzig Silben seines vollständigen Namens in einer melodischen Singsangfolge von Lauten und Betonungen auf.

»In gewisser Weise«, erläuterte er, »ist mein Name eine Kurzbiografie meiner Person. Er gibt dem Hörer – oder Leser oder sonstwie Wahrnehmenden – darüber Aufschluß, wer ich bin, welche Rolle ich in meinem bisherigen Dasein im Ganzen gespielt und was ich geleistet habe. Seit über fünfzig Jahren bin ich allerdings zufrieden, wenn man mich Dom ruft. Falls andere namens Dom anwesend sind, kann man mich Domandio nennen – und im Rahmen meiner diversen professionellen Tätigkeiten sind auch noch andere Varianten gebräuchlich. Einmal in jedem Gaia-Jahr – an meinem Geburtstag – wird auf kollektivpsychischer Ebene mein Name in ganzer Länge gelobt, so wie ich ihn vorhin für Sie mündlich aufgesagt habe. Sehr effektvoll, aber mir persönlich bereitet das jedesmal Verlegenheit.«

Er war von hochgewachsener, hagerer Gestalt – so mager, daß er ausgezehrt wirkte. Seine in tiefen Höhlen liegenden Augen jedoch funkelten in ungewöhnlicher Jugendlichkeit, wenngleich er sich ziemlich gemächlich bewegte. Seine Nase ragte lang und schmal aus dem Gesicht, und die Nasenflügel blähten sich unablässig. Seine Hände wiesen, obwohl ihre Adern sich stark abhoben, keine Anzeichen von Arthritis auf. Er trug ein langes Gewand, das grau war wie sein Haar. Es reichte ihm bis an die Fußknöchel hinab, und die Sandalen, in denen seine Füße staken, ließen die Zehen frei.

»Wie alt sind Sie, Sir?« forschte Trevize nach.

»Bitte nennen Sie mich doch Dom, Trev. Andere Arten der Anrede bedeuten Förmlichkeit und könnten den freien Gedankenaustausch zwischen Ihnen und mir hemmen. Nach Galaktischer Standardzeit bin ich etwas über dreiundneunzig, aber eine größere Festlichkeit steht in wenigen Monaten bevor, wenn ich nach gaianischer Zeitrechnung meinen neunzigsten Geburtstag begehe.«

»Ich hätte Sie nicht älter als fünfundsiebzig geschätzt, S ... Dom«, sagte Trevize.

»Nach gaianischem Durchschnitt bin ich nicht außergewöhnlich, weder an Jahren noch in meinem Aussehen, Trev. So, sind wir fertig mit dem Essen?«

Pelorat betrachtete seinen Teller, auf dem noch größere Reste einer reichlich uninteressanten und gleichgültig zubereiteten Mahlzeit lagen. »Dom«, meinte er in sachlichem Ton, »dürfte ich wohl versuchen, eine möglicherweise etwas peinliche Frage vorzutragen? Sollte sie geschmacklos sein, müssen Sie's mir natürlich sofort sagen, dann verzichte ich darauf.«

»Nur zu!« sagte Dom; er lächelte. »Ich werde Ihnen alle

Fragen bezüglich Gaias, die Sie aufgrund Ihrer Neugier haben, gerne beantworten.«

»Warum?« hakte Trevize augenblicklich ein.

»Weil Sie in Ehren empfangene Gäste sind. Darf ich Ihre Frage hören, Pel?«

»Wenn alle Dinge auf Gaia am gemeinsamen Kollektivbewußtsein Anteil haben«, lautete Pelorats Frage, »wie kommt es dann, daß Sie – eines der Elemente dieser Ganzheit – etwas verzehren können, was eindeutig ein anderes Element desselben Ganzen war?«

»Eine berechtigte Frage, gewiß. Aber alle Dinge unterliegen einem Kreislauf. Wir müssen essen, und alles, was wir essen können – Pflanzen ebenso wie Tiere, selbst leblose Gewürze –, ist Teil Gaias. Sie müssen aber wissen, daß kein Wesen aus Lust oder sogenanntem Sport getötet wird, und es wird ohne Zufügung vermeidbarer Qualen getötet. Und ich muß leider erwähnen, wir unterlassen alles, um das Zubereiten von Mahlzeiten zu verherrlichen, denn kein Gaianer würde essen, müßte es nicht sein. Sie hatten keine Freude an diesem Essen, Pel? Sie auch nicht, Trev? Nun, da sehen Sie's, für unsere Begriffe sind Mahlzeiten nichts, um sich daran zu vergnügen. Zu guter Letzt bleibt jedoch auch das, was verzehrt wird, Teil des planetaren Bewußtseins. Insofern gewisse Portionen von Speise in meinem Körper aufgenommen werden, können sie an einem größeren Anteil des Totalbewußtseins partizipieren. Wenn ich gestorben bin, werde ich ebenfalls verzehrt – obschon lediglich von Fäulnisbakterien – und kann von da an nur noch an einem weit geringeren Anteil des Ganzen partizipieren. Eines Tages werden jedoch Teile von mir Teile anderer Menschen sein, Teile vieler Menschen.«

»Eine Art von Seelenwanderung«, bemerkte Pelorat.

»Von was, Pel?«

»Ich meine einen alten Mythos, wie er auf manchen Welten noch verbreitet ist.«

»Ah, davon habe ich noch nichts gehört. Sie müssen mir gelegentlich mehr darüber erzählen.«

»Aber Ihr individuelles Bewußtsein – eben das, was Sie zu dem Individuum Dom macht – wird niemals wieder vollständig wiederhergestellt«, sagte Trevize.

»Nein, natürlich nicht. Aber ist das von Bedeutung? Ich werde weiterhin ein Teil Gaias sein, und das ist es, worauf es ankommt. Es gibt unter uns Mystiker, die Überlegungen anstellen, ob wir versuchen sollten, kollektive Erinnerungen an vergangene Existenzen zu entwickeln, aber nach gesamtgaianischer Auffassung ist so etwas auf keine richtig praktikable Weise durchführbar und könnte auch keinem sinnvollen Zweck dienen. Es würde lediglich zu Verschwommenheiten im gegenwärtigen Bewußtseinszustand führen. Naturgemäß kann sich, indem die Bedingungen sich verändern, auch die gesamtgaianische Haltung in dieser Frage ändern, aber ich sehe in überschaubarer Zukunft keinen solchen Wandel voraus.«

»Warum sollten Sie sterben müssen, Dom?« meinte Trevize. »Schauen Sie doch, in was für einer prächtigen Verfassung Sie mit Ihren über neunzig Jahren sind. Könnte das Kollektivbewußtsein nicht ...«

Erstmals schnitt Dom eine düstere Miene. »Niemals«, unterbrach er Trevize. »Ich kann zum Ganzen nur soundsoviel beitragen. Jedes neue Individuum ist eine Umverteilung von Molekülen und Genen zu einer neuen Einheit. Das heißt, es ergeben sich neue Talente, neue Fähigkeiten, also neue Beiträge zur Gesamtheit Gaias. Wir brauchen sie – und der einzige Weg, an sie zu gelangen, besteht darin, daß die Alten Platz machen. Ich habe mehr geleistet als die meisten, aber auch mir ist eine Grenze gesetzt. Es ist nicht erstrebenswerter, über seine Zeit hinaus zu leben, als das Leben verfrüht zu beenden.«

Urplötzlich, als sei ihm aufgefallen, daß er der Unterhaltung eine trübsinnige Note verliehen hatte, erhob er sich und streckte seinen beiden Besuchern die Hände entgegen. »Trev, Pel, kommen Sie – lassen Sie uns in mein Arbeitszimmer gehen, dort kann ich Ihnen einige meiner eigenen Kunstgegenstände zeigen. Ich hoffe, Sie werden einem alten Mann seine kleinen Eitelkeiten nicht verübeln.«

Er ging voraus in einen anderen Raum, wo auf einem kleinen, runden Tisch eine Anzahl rauchiger Linsen lag, paarweise miteinander verbunden. »Das sind von mir entworfene Partizipationen«, sagte Dom. »Ich bin keiner der wahren Meister, aber ich habe mich auf Inanimalitäten spezialisiert, mit denen nur wenige der wirklichen Meister sich beschäftigen.«

»Darf ich so was anfassen?« fragte Pelorat. »Oder sind die Gläser sehr zerbrechlich?«

»Nein, nein. Sie können sie auf den Boden werfen, wenn Sie wollen. Oder vielleicht doch lieber nicht. Erschütterungen könnten die Schärfe der Visualität beeinträchtigen.«

»Wie benutzt man sie, Dom?«

»Man legt sie sich über die Augen. Sie haften selbsttätig. Sie lassen kein Licht durch. Ganz im Gegenteil. Sie halten das Licht fern, weil es nur ablenken würde – trotzdem erreicht die Wahrnehmung Ihr Gehirn über den Sehnerv. Das Prinzip ist im wesentlichen, daß Ihr Bewußtsein sensibilisiert wird und infolgedessen an anderen Facetten Gaias teilhaben darf. Mit anderen Worten, wenn Sie durch die Linsen diese Wand da anschauen, werden Sie die Wand so wahrnehmen, wie sie selbst sich wahrnimmt.«

»Faszinierend«, kommentierte Pelorat unterdrückt. »Darf ich's mal versuchen?«

»Sicherlich, Pel. Nehmen Sie irgendein Paar. Jedes ist eine andere Konstruktion, die die Wand – und jedes sonstige unbelebte Objekt, das Sie dadurch anschauen – unter einem andersartigen Aspekt des Bewußtseins dieses jeweiligen Objekts zeigt.«

Pelorat hob ein Paar Linsen an seine Augen, und tatsächlich hafteten sie sofort. Bei der Berührung fuhr er zusammen, dann stand er für eine längere Weile reglos da.

»Wenn Sie genug haben«, sagte Dom, »legen Sie die Hände an die Seiten der Partizipationsbrille und drücken Sie die Linsen gegeneinander. Dann lössen sie sich ohne Umstände.«

Pelorat tat es, zwinkerte heftig, rieb sich die Augen. »Was für eine Erfahrung haben Sie gemacht?« fragte Dom nach.

»Schwer zu beschreiben«, antwortete Pelorat. »Die Wand schien zu glitzern und zu schillern, und manchmal schien es, als wolle sie sich verflüssigen. Sie schien Rippen und eine veränderliche Symmetrie zu haben. Ich ... ich bedaure, Dom, aber ich fand es nicht sonderlich attraktiv.«

Dom seufzte. »Da Sie keinen Anteil an Gaia haben, können Sie nicht erkennen, was wir sehen. Das habe ich schon mit ziemlicher Sicherheit befürchtet. Wie schade! Ich versichere Ihnen, man schätzt diese Partizipationsbrillen hauptsächlich wegen ihres ästhetischen Werts, aber sie haben durchaus auch praktischen Nutzen. Eine zufriedene Wand ist eine langlebige Wand, eine praktische, eine nützliche Wand.«

»Eine *zufriedene* Wand?« wiederholte Trevize und lächelte andeutungsweise.

»Es gibt sehr wohl eine schwache Wahrnehmung, die besagt, daß eine Wand etwas empfinden kann, was bei uns Menschen ›Zufriedenheit‹ heißt«, erklärte Dom. »Eine Wand ist zufrieden, wenn sie gut gebaut ist, fest auf ihrem Fundament ruht, wenn ihre Komponenten sich in ausgeglichenem Gleichgewicht befinden und keine unschönen Spannungen entstehen. Schon mit den mathematischen Grundlagen der Mechanik kann man eine gute Mauer bauen, aber dank der Verwendung einer geeigneten Partizipationsbrille ist Feinarbeit bis in buchstäblich atomare Dimensionen möglich. Hier auf Gaia kann kein Bildhauer ein erstklassiges Kunstwerk ohne eine gutgefertigte Partizipationsbrille schaffen, und die Modelle, die ich herstelle, gelten als von hervorragender Qualität – falls ich das selbst dazu bemerken darf.« Dom sprach nun in der Art von angeregter Lebhaftigkeit weiter, wie man sie bei Leuten erleben kann, die ganz für ihr Hobby leben. »Animatisierte Partizipationen, die nicht mein Fachgebiet sind, gewährleisten uns – analog zu dem hier – direkte Wahrnehmungen im Bereich des ökologischen Gleichgewichts. Auf Gaia ist das ökologische Gleichgewicht ziemlich simpel, wie eigentlich auf der Mehrzahl aller Welten, aber wir hier haben die Hoffnung, es komplexer gestalten und damit das ganze Kollektivbewußtsein enorm bereichern zu können.«

Trevize hob die Hand, um Pelorat zuvorzukommen, und veranlaßte ihn mit einem Wink zum Schweigen. »Woher wollen Sie wissen«, fragte er, »ob ein Planet ein komplexeres ökologisches Gleichgewicht verkraften kann, wenn so gut wie alle Welten eine simple Ökologie aufweisen?«

»Aha, Sie möchten mich altes Haus auf die Probe stellen«, meinte Dom mit schlauem Funkeln in den Augen. »Sie wissen so gut wie ich darüber Bescheid, daß die Ursprungswelt der Menschheit, die Erde, ein ungeheuer komplexes ökologisches Gleichgewicht besessen hat. Die Sekundärplaneten – die Welten, die später besiedelt worden sind – zeichnen sich durch eine eher bescheidene Ökologie aus.«

»Das ist genau das Problem, in dem ich meine Lebensaufgabe sehe«, sagte Pelorat. »Warum hat nur die Erde eine so vielschichtig differenzierte Ökologie gehabt? Worin war sie von anderen Welten verschieden? Weshalb haben Millionen und Abermillionen von Welten überall in der Galaxis – lauter Welten, die sich zum Tragen von Leben eignen – nur obskure Vegetation und kleine, unintelligente Formen animalischen Lebens entwickelt?«

»Wir kennen darüber eine Geschichte«, entgegnete Dom. »Vielleicht handelt es sich bloß um eine Fabel. Ich kann nicht für die Authentizität bürgen. Bei oberflächlicher Betrachtung klingt sie tatsächlich ganz nach reiner Fiktion.«

In diesem Moment trat Wonne ein, die an dem Essen nicht teilgenommen hatte, und lächelte Pelorat an. Sie trug eine silbrige, äußerst hauchdünne Bluse.

Sofort sprang Pelorat auf. »Ich dachte, Sie hätten uns Adieu gesagt.«

»Keineswegs. Ich hatte einen Bericht zu machen und sonstige Arbeiten zu erledigen. Darf ich mich nun dazugesellen, Dom?«

Dom hatte sich ebenfalls erhoben (Trevize dagegen blieb sitzen). »Du bist absolut willkommen, und du entzückst meine gealterten Augen.«

»Diese Bluse habe ich zu keinem anderen als deinem Entzükken angezogen. Pel steht über solchen Dingen, und Trev mißfallen sie grundsätzlich.«

»Wenn Sie glauben, ich stünde über derartigen Dingen, Wonne«, sagte Pelorat, »könnte es sein, daß ich Sie eines Tages gehörig überrasche.«

»Das dürfte eine wundervolle Überraschung werden«, sagte Wonne und nahm Platz. Die beiden Männer setzten sich gleichfalls wieder hin. »Ich bitte darum, sich durch mich nicht stören zu lassen.«

»Ich war gerade drauf und dran«, sagte Dom, »unseren Gästen die Geschichte von der Ewigkeit zu erzählen. Um sie begreifen zu können, muß man erst einmal verstehen, daß die Existenz von vielen verschiedenen Universen vorstellbar ist – von einer buchstäblich unendlichen Zahl. Jeder einzelne Vorfall, der sich ereignen kann, mag sich ereignen oder ausbleiben, oder er kann sich auf diese oder auch auf jene Weise ergeben, und jede einzelne einer gewaltigen Menge von Alternativen muß in einen künftigen Ablauf von Vorkommnissen münden, die zumindest in gewissem Umfang voraussehbar sind. Wonne hätte vielleicht nicht in diesem Moment kommen müssen, sie hätte etwas früher oder viel früher kommen können, und sie könnte eine andere Bluse tragen. Möglicherweise könnte sie die Bluse tragen, aber nicht älteren Männern schelmisch zulächeln, wie's ihre gutmütige Angewohnheit ist. Bei jeder dieser Alternativen – oder bei jeder einer großen Anzahl möglicher alternativer Abläufe dieses einen Vorgangs – hätte das Universum danach einen anderen Lauf genommen, und so verhält es sich mit jeder einzelnen Abwandlung jedes anderen Geschehens, egal wie geringfügig.«

Trevize vollführte Regungen, die von innerer Unruhe zeugten. »Ich glaube, das ist eine in der Quantenmechanik geläufige Spekulation ... – und auch schon seit uralten Zeiten bekannt.«

»Aha, Sie haben also davon gehört. Aber weiter. Denken Sie sich einmal, es sei Menschen möglich, die unendliche Menge vorstellbarer Universen gewissermaßen zu sabotieren, von einem alternativen Universum nach Belieben in ein anderes überzuwechseln, zu entscheiden, welches ›real‹ werden soll – was immer das in diesem Zusammenhang heißen kann.«

»Ich höre, was Sie sagen«, meinte Trevize, »und ich kann mir sogar ausmalen, was Sie da schildern, aber ich kann mich nicht dazu durchringen, Ihnen zu glauben, daß so etwas tatsächlich machbar sein könnte.«

»Im großen und ganzen kann ich es ebensowenig glauben«, entgegnete Dom, »und das ist der Grund, warum ich es vorziehe, von einer Fabel zu sprechen. Dennoch, die Fabel jedenfalls behauptet, es habe einmal Menschen gegeben, die aus dem Strom der Zeit treten und die endlos verzweigten Stränge potentieller Realität untersuchen konnten. Man nannte diese Leute ›Ewige‹, und wenn sie sich außerhalb der Zeit aufhielten, hieß es von ihnen, sie befänden sich in der Ewigkeit. Ihre Aufgabe war es, eine Realität auszuwählen, wie sie für die Menschheit optimal wäre. Sie nahmen unbegrenzt Modifikationen vor – und in dieser Hinsicht geht die Geschichte sehr ins Detail, und ich muß erwähnen, sie ist in epischer Breite und in ungewöhnlicher Länge niedergeschrieben worden. Schließlich fanden sie – so heißt es – ein Universum, in dem die Erde in der ganzen Galaxis als einziger Planet ein komplexes ökologisches System und eine entwickelte intelligente Spezies mit der Fähigkeit zur Konzipierung von Hochtechnologie aufwies. Das sei eine Situation, entschieden sie, die der Menschheit die größte Sicherheit biete. Sie sorgten dafür, daß dieser Strang von potentieller Realität zur wirklichen Realität gedieh, dann stellten sie ihre Operationen ein. Daher leben wir nun in einer Galaxis, die ausschließlich von Menschen besiedelt ist, und im wesentlichen von den Pflanzen und Tieren und dem mikroskopischen Leben, das Menschen eben so mitzuführen pflegen – absichtlich oder unwissentlich –, von Planet zu Planet, wo es dann normalerweise das heimische Leben verdrängt. Irgendwo in den undurchschaubaren Nebeln der Probabilität gibt es andere Realitätsebenen, in denen die Galaxis die Heimat vieler Intelligenzen ist, aber für uns sind sie unerreichbar. Wir sind in unserer Realität allein. Von jedem Geschehen und jeder Handlung in unserer Realität zweigen nun neue potentielle Entwicklungsstränge ab, wovon jeweils nur einer eine Fortsetzung der Realität bedeutet, so daß sich nach wie vor eine große Zahl potentieller Universen denken läßt – vielleicht nach wie vor eine unendliche Zahl –, die von unserem realen Universum abzweigen, aber vermutlich sind sich nunmehr alle in dem Punkt ähnlich, daß die Galaxis darin nur eine Intelligenz kennt, nämlich uns. Oder vielleicht sollte ich sagen, daß nur ein verschwindend geringer Prozentsatz von dieser Übereinstimmung abweichen dürfte, denn wo die Possibilitäten dem Unendlichen gleichkommen, da ist es riskant, irgend etwas für völlig ausgeschlossen zu erklären.«

Er verstummte, hob ein wenig die Schultern. »So lautet auf jeden Fall diese Geschichte«, ergänzte er dann. »Sie datiert bereits vor der Gründerzeit Gaias. Ihren Wahrheitsgehalt würde ich natürlich nicht beschwören.«

Die drei übrigen Anwesenden hatten mit gespannter Aufmerksamkeit zugehört. Wonne nickte dann und wann, als sei ihr die Geschichte schon längst bekannt, und als ob sie nur auf die Korrektheit von Doms Wiedergabe achte.

Pelorat reagierte darauf mit wortlosem Ernst, den er nahezu

eine Minute lang bewahrte; schließlich ballte er eine Hand zur Faust und schlug auf die Armlehne.

»Nein, das führt zu nichts«, meinte er mit erstickter Stimme. »Es gibt keine Möglichkeit, um den Wahrheitsgehalt dieser Geschichte durch empirische Beobachtungen oder durch logisches Nachdenken zu überprüfen, deshalb kann sie nie etwas anderes sein als ein Stück Spekulation, aber sehen wir mal davon ab ... nehmen wir einmal an, sie stimmt! Trotz allem ist das Universum, in dem wir leben, eines mit nur einer intelligenten Lebensform, folglich muß es in *diesem* Universum – ob es nun das eine wahre und reale ist oder nur eines von zahllosen alternativen Universen – in der Natur des Planeten Erde irgendeine besondere Einzigartigkeit gegeben haben. Wir müssen noch immer daran interessiert sein, endlich herauszufinden, was für eine Einmaligkeit das ist.«

Zum Schluß des Schweigens, das nach seinen Worten herrschte, war es Trevize, der sich schließlich rührte und den Kopf schüttelte.

»Nein, Janov«, widersprach er, »so geht's keineswegs. Lassen Sie uns mal sagen, die Wahrscheinlichkeit, daß von der Milliarde bewohnbarer Planeten in der Galaxis – durch die blinde Wahl des Zufalls – nur die Erde eine reichhaltige Ökologie und schließlich Intelligenz entwickeln würde, betrug eins zu einer Milliarde Billionen, also 10^{21} – und damit zugleich annehmen, daß eine unter 10^{21} verschiedenen Strängen potentieller Realitäten eine solche Galaxis mit so einer Erde repräsentiert und daß die Zeitingenieure sie ausgewählt haben. Wir leben daher nicht im Universum, in dem nur die Erde eine komplexe Ökologie, eine intelligente Spezies und eine fortgeschrittene Technik entwickelt hat, weil sie irgendeine Besonderheit aufwiese – sondern ganz einfach, weil diese Dinge eben zufällig auf der Erde und sonst nirgendwo entstanden sind. Ich vermute sogar, es gibt potentielle Realitätsstränge ...« – Trevize sprach nachdenklich weiter – »in denen Gaia der einzige Planet mit einer intelligenten Spezies ist, oder nur Sayshell, oder Terminus allein, oder irgendein Planet, der in *dieser* Realität überhaupt kein Leben trägt. Und alle diese ganz besonderen Fälle dürften von der Gesamtzahl denkbarer Realitäten den unbedeutend kleinen Prozentsatz der Möglichkeiten ausmachen, worin sich in der Galaxis nur eine intelligente Spezies entwickelt hat. Ich wage zu behaupten, hätten die Ewigen bloß lange genug gesucht, sie hätten sogar eine potentielle Realitätsebene entdeckt, auf der es auf *jedem* bewohnbaren Planeten eine intelligente Lebensform gibt.«

»Kann man nicht genausogut unterstellen«, meinte Pelorat, »daß man eine Realitätsebene gefunden hat, auf der die Erde aus irgendeinem Grund anders war als in anderen Realitätssträngen, eben besonders zur Entwicklung intelligenten Lebens geeignet? Man kann sogar weiter gehen und sagen, womöglich ist eine Realitätsebene gefunden worden, wo die gesamte Galaxis anders als auf sonstigen Ebenen war, sich irgendwie in einem solchen Stadium der Entwicklung befand, das es nur der Erde allein ermöglichte, intelligentes Leben hervorzubringen.«

»Sicherlich können Sie diese Ansicht vertreten«, sagte Trevize, »aber ich finde, meine Version klingt einleuchtender.«

»Das ist natürlich ein rein subjektiver Standpunkt ...«, begann Pelorat mit einer gewissen Hitzigkeit, aber Dom unterbrach ihn.

»Das sind nur logische Haarspaltereien«, sagte er. »Kommen Sie, wir wollen nicht verderben, was – wenigstens für mich – ein angenehmer und behaglicher Abend ist.«

Es gelang Pelorat, sich zu mäßigen und seine Erregung zu meistern, und schließlich lächelte er. »Wie Sie meinen, Dom.«

Trevize, der unterdessen mehrfach Wonne gemustert hatte, die in einer Parodie auf alle Züchtigkeit an ihrem Platz saß, ihre Hände im Schoß, wandte sich nun an Dom. »Und wie ist *diese* Welt entstanden, Dom? Gaia mit ihrem Kollektivbewußtsein?«

Dom legte das greise Haupt zurück und stieß ein leicht schrilles Lachen aus. »Als Antwort kann ich Ihnen auch diesmal nichts als Fabeln bieten«, erwiderte er, während sich sein Gesicht in vielfältige Runzeln legte. »Manchmal mache ich mir darüber so meine Gedanken, wenn ich sehe, was für Aufzeichnungen über die Geschichte der Menschheit vorhanden sind. Ganz gleich, wie sorgfältig man Aufzeichnungen verwahrt, ordnet und in Computern speichert, im Laufe der Zeit werden sie immer verschwommener. Darstellungen von Ereignissen werden durch häufige Bestätigung des Hergangs jedesmal nur länger. Anekdoten sammeln sich an ... geradeso wie Staub. Je ausgedehnter der erfaßte historische Zeitraum ist, um so verstaubter wird Geschichte, bis sie zu Fabeln herunterkommt.«

»Wir Historiker sind mit diesem Prozeß vertraut«, sagte Pelorat. »Unsereins hat sogar eine gewisse Vorliebe für Fabeln, Dom. ›Falsche Dramatik vertreibt das wahre Langweilige‹, hat vor ungefähr fünfzehnhundert Jahren Liebel Gennerat gesagt. Gennerat-Regel nennt man's heute.«

»Wahrhaftig?« meinte Dom. »Und ich dachte, diese Haltung sei bei mir eine persönliche zynische Anwandlung. Nun ja, jedenfalls erfüllt die Gennerat-Regel die historische Vergangenheit mit Glanz und Ungewißheit. Wissen Sie, was ein Robot ist?«

»Wir haben's auf Sayshell erfahren«, sagte Trevize mit trockenem Humor.

»Haben Sie einen gesehen?«

»Nein. Man hat uns dort die gleiche Frage gestellt, und als wir verneint haben, ist es uns erklärt worden.«

»Aha, verstehe. Die Menschheit hat einmal mit Robotern gelebt, müssen Sie wissen, aber das hat sich nicht allzu gut bewährt.«

»Das haben wir auch gehört.«

»Die Roboter waren gründlich mit etwas indoktriniert worden, was man die drei Regeln der Robotik nannte, die bis in prähistorische Zeiten zurückgehen. Es gibt mehrere Versionen, wie diese drei Regeln beschaffen gewesen sein sollen. Nach orthodoxer Auffassung haben sie folgendermaßen gelautet: ›Erstens: Ein Robot darf keinen Menschen verletzen oder durch Untätigkeit zu Schaden kommen lassen. Zweitens: Ein Robot muß den Befehlen der Menschen gehorchen – es sei denn, solche Befehle stehen im Widerspruch zur Ersten Regel. Drittens: Ein Robot muß seine eigene Existenz schützen, solange dieser Schutz nicht der Ersten oder Zweiten Regel widerspricht.‹ Während die Roboter an Intelligenz und Vielseitigkeit zunahmen, gingen sie allerdings dazu über, diese drei Regeln, vor allem die erste und wichtigste, immer großzügiger auszulegen und maßten sich in ständig wachsendem Umfang die Rolle von Beschützern der Menschheit an. Diese Art von Schutz lähmte das Leben der Menschen und erwies sich als immer unerträglicher. Natürlich waren die Roboter vollkommen gutartig. Was sie taten, war von eindeutig menschenfreundlichem Charakter und zum Nutzen aller bestimmt – aber das machte alles irgendwie bloß noch unerträglicher. Jeder robotische Fortschritt verschlimmerte die Situation. Roboter mit telepathischen Kapazitäten gelangten zur Entwicklung, und das hieß, Roboter konnten von da an auch die Gedanken der Menschen lesen, und infolgedessen mußte das menschliche Verhalten in noch größere Abhängigkeit von der Oberaufsicht der Roboter geraten. Auch in ihrer äußeren Erscheinung brachten die Roboter es zu einer immer stärkeren Ähnlichkeit mit den Menschen, aber weil sie in ihrem Benehmen unmißverständlich Roboter blieben und trotzdem humanoid aussahen, waren sie für die Menschen in zunehmendem Maße noch abstoßender. So mußte das alles natürlich ein Ende finden.«

»Wieso ›natürlich‹?« fragte Pelorat, der sehr aufmerksam gelauscht hatte.

»Insofern natürlich, als es hier darum geht, die Logik bis zum bitteren Ende zu verfolgen«, sagte Dom. »Zuletzt nämlich waren die Roboter so fortgeschritten und von ausreichend menschenähnlicher Natur, um zu begreifen, warum es Menschen zuwider sein mußte, selbst zum eigenen Wohlergehen um alles Menschliche gebracht zu werden, und auf lange Sicht sahen sich die Roboter zu der Erkenntnis gezwungen, daß es für die Menschheit besser wäre, selber für sich zu sorgen, egal wie achtlos und ineffizient. Ferner heißt es, daß es die Roboter gewesen seien, die infolge dieser Einsicht die Organisation namens Ewigkeit gründeten und eine Realitätsebene ausfindig machten, wo die Menschen unter möglichst sicheren Bedingungen ihr weiteres Schicksal in eigene Hände nehmen konnte – nämlich ganz allein in der Galaxis. Und dann, nachdem sie getan hatten, was sie nur konnten, um uns zu schützen – in wortgetreuester Erfüllung der Ersten Regel der Robotik –, hörten die Roboter aus eigenem Entschluß zu funktionieren auf, und seitdem haben wir Menschen ... uns allein weiterentwikkelt, so gut wir eben dazu imstande sind.«

Dom schwieg einen Moment lang. Dann ließ er seinen Blick zwischen Trevize und Pelorat hin- und herwandern. »Nun, neigen Sie dazu«, erkundigte er sich, »das alles zu glauben?«

Trevize schüttelte den Kopf. »Nein. Ich kenne keine historischen Aufzeichnungen, in denen Hinweise auf so was enthalten wären. – Sie, Janov?«

»Es gibt einige Mythen«, konstatierte Pelorat, »die gewisse Ähnlichkeiten aufweisen.«

»Kommen Sie, Janov, es gibt genug Mythen, die in dieser oder jener Hinsicht allem ähneln dürften, was jemand von uns überhaupt aushecken kann, wenn man sich nur um eine genügend erfinderische Interpretation bemüht. Ich rede von Historie – von zuverlässigen Aufzeichnungen.«

»Nun gut. Soviel ich weiß, gibt's nichts dergleichen.«

»Das überrascht mich keineswegs«, sagte Dom. »Ehe sich die Roboter zurückzogen, verließen zahlreiche Gruppierungen von Menschen ihre Welten und besiedelten in entfernteren Bereichen des Alls roboterlose Welten, um sich eigene Maßstäbe ihrer Freiheit zu schaffen. Sie kamen vor allem von der überbevölkerten Erde mit ihrer langen Geschichte des Widerstands gegen die Roboter. Auf den neuen Welten erfolgten regelrechte Neugründungen, weil man sich an die Zeiten der Erniedrigung als Unmündige unter Robot-Aufpassern nicht einmal noch zu erinnern wünschte. Man zeichnete darüber nichts auf, und folglich geriet es in Vergessenheit.«

»Das finde ich unwahrscheinlich«, bemerkte Trevize.

»Nein, Golan«, erhob Pelorat Widerspruch, »das ist keineswegs unwahrscheinlich. Jede Gesellschaft schreibt ihre eigene Geschichte und hat dabei eine Tendenz, primitive Anfänge zu verschweigen, entweder durch allgemeines Vergessen oder durch das Erfinden irgendwelcher völlig aus der Luft gegriffener heroischer Anfänge. Auch die Herrscher des Galaktischen Imperiums haben Versuche unternommen, jedes Wissen um eine präimperiale Vergangenheit restlos auszumerzen, um ihre mystische Aura ewiger Herrschaft zu verstärken. Zudem existieren so gut wie keine historischen Unterlagen aus der Ära vor dem Beginn der Hyperraumfahrt – und Sie wissen, heute ist den allermeisten Menschen nicht einmal noch bekannt, daß es einmal so etwas wie die Erde gegeben hat.«

»Wenn die Galaxis die Roboter vergessen hat«, wandte Trevize ein, »wie ist es dann möglich, daß Gaia sich noch an sie entsinnt? Man kann schwerlich beides annehmen, Janov.«

Ein plötzliches Gelächter entfuhr Wonne. »Wir sind anders.«

»So?« meinte Trevize. »In welcher Weise?«

»Laß mich antworten, Wonne«, sagte Dom. »Ja, wir *sind* anders, Menschen von Terminus. Von allen Flüchtlingsgruppen, die sich der Bevormundung durch die Roboter entzogen, haben nur wir, die wir uns auf Gaia niederließen – im Gefolge anderer, die Sayshell besiedelten –, von den Robotern die Gabe der Telepathie zu beherrschen gelernt. Es *ist* eine Gabe, müssen Sie wissen. Die Veranlagung dazu ist dem menschlichen Verstand inhärent, aber die entsprechende Fähigkeit muß auf sehr subtile und diffizile Art und Weise herausgebildet werden. Es braucht viele Generationen, um das Potential voll zu entwikkeln, aber sobald man erst einmal einen guten Anfang gemacht hat, vollzieht sich die Fortentwicklung beinahe im Selbstlauf. Wir praktizieren die Telepathie seit zwanzigtausend Jahren, und trotzdem ist Gaias Kollektivbewußtsein der Überzeugung, daß wir noch immer nicht die volle Nutzung des Potentials erreicht haben. Es ist schon lange her, daß die telepathische Praxis uns die Möglichkeit zur Schaffung eines Kollektivbewußtseins gewiesen hat – zuerst hatten nur Menschen daran teil, dann auch Tiere, danach Pflanzen, und schließlich, vor noch nicht allzu vielen Jahrhunderten, war der Weg geebnet, um auch dem leblosen Gefüge des Planeten selbst eine Teilhabe zu ermöglichen. Weil wir diese Entwicklung auf die Roboter zurückzuführen haben, konnten sie bei uns nicht dem Vergessen verfallen. Wir haben in ihnen weniger unsere Aufpasser als unsere Lehrer gesehen. Wir hatten das Gefühl, daß uns von ihnen die Sinne für etwas geöffnet worden waren, dem wir sie nie wieder, nicht einmal für einen Moment, verschließen wollten. Deshalb erinnern wir uns mit einer gewissen Dankbarkeit an die Roboter.«

»Aber so wie Sie früher einmal Unmündige unter der Obhut von Robotern gewesen sind«, sagte Trevize, »sind Sie heute Unmündige unter der Vormundschaft des Kollektivbewußtseins. Haben Sie nicht heute, genau wie damals, wieder die Menschlichkeit verloren?«

»Dieser Fall ist anders gelagert, Trev. Was wir heutzutage tun, beruht auf unseren eigenen Entscheidungen – auf nichts als unserem eigenen Willen. Das ist es, was zählt. Es wird uns nicht von außen aufgezwungen, sondern es ergibt sich von innen her. Diesen Unterschied übersehen wir niemals. Und wir sind auch noch in anderer Hinsicht anders. Wir sind einzigartig in der Galaxis. Es gibt keine zweite Welt wie Gaia.«

»Wie können Sie sicher sein?«

»Etwas anderes würden wir bemerken, Trev. Ein planetenweites Bewußtsein in der Art, wie unseres beschaffen ist, könnten wir sogar am anderen Ende der Galaxis feststellen. Wir beobachten zum Beispiel erste Ansätze zu einem vergleichbaren Kollektivbewußtsein bei der Zweiten Foundation, allerdings erst seit zwei Jahrhunderten.«

»Zur Zeit des Fuchses?«

»Ja. Er war einer von uns.« Dom machte eine grimmige Miene. »Ein verkommenes Subjekt, das sich von uns losgesagt hatte. Wir waren so naiv und glaubten, so etwas sei unmöglich, deshalb konnten wir nicht mehr früh genug eingreifen, um ihn aufzuhalten. Und dann, als wir unsere Beachtung den extragaianischen Welten schenkten, sind wir auf diese Menschen aufmerksam geworden, die Sie die Zweite Foundation nennen, und ihr haben wir's überlassen, ihn zu Fall zu bringen.«

Trevize starrte einige Sekunden lang fassungslos geradeaus. »Soviel taugen also unsere Geschichtsbücher!« murmelte er dann und schüttelte erneut den Kopf. »Das war ziemlich feige von Gaia, meinen Sie nicht auch?« fügte er hinzu. »Die Verantwortung lag bei Ihnen.«

»Sie haben recht. Aber sobald wir unsere Aufmerksamkeit endlich wieder einmal den Ereignissen in der Galaxis gewidmet hatten, erkannten wir etwas, für das wir vorher völlig blind gewesen waren, und deshalb ist die Tragödie des Fuchses für uns zur Chance unserer Rettung geworden. Zu dem Zeitpunkt nämlich haben wir bemerkt, daß eine gefährliche Krise bevorsteht. Und sie ist gekommen – doch dank des Zwischenspiels mit dem Fuchs ist es uns gelungen, zuvor geeignete Maßnahmen in die Wege zu leiten.«

»Was für eine Art von Krise soll das sein?«

»Eine Krise des drohenden Untergangs.«

»Das kann ich nicht glauben. Sie haben sich das Imperium, den Fuchs und Sayshell vom Halse gehalten. Sie besitzen ein Kollektivbewußtsein, das sich über Millionen von Kilometer hinweg eines Raumschiffs bemächtigen kann. Was sollten Sie denn zu fürchten haben? Schauen Sie Wonne an! Sie macht auf mich nicht im geringsten einen beunruhigenden Eindruck. *Sie* meint nicht, daß eine Krise besteht.«

Wonne hatte ein wohlgeformtes Bein über die Armlehne ihres Sessels geschwungen und wippte mit den Zehen in Trevizes Richtung. »Natürlich bin ich nicht beunruhigt, Trev. Sie werden schon damit fertig.«

»Ich?« schnob Trevize mit nachdrücklicher Betonung.

»Durch hundert und mehr behutsame Manipulationen hat Gaia Sie zu uns gebracht«, sagte Dom. »Sie sind es, der unsere Krise bereinigen muß.«

Trevize starrte ihn an, und währenddessen verwandelte sich sein Gesichtsausdruck von Verblüffung in eine Miene wachsenden Zorns. *»Ich?* Raum und Zeit, wieso *ich?* Ich habe mit all dem nichts zu schaffen.«

»Trotzdem, Trev«, sagte Dom mit nahezu hypnotischer Ruhe. *»Sie.* Nur Sie. Im ganzen All nur Sie allein.«

Achtzehntes Kapitel

Kollision

75

Stor Gendibal näherte sich Gaia fast so vorsichtig, wie Trevize es getan hatte – und nun, da der Stern sich als deutlich sichtbare Scheibe erkennen ließ und nur durch starke Filter betrachtet werden konnte, hielt er es für richtig, eine Pause zum Zweck gründlichen Nachdenkens einzulegen.

Sura Novi saß an seiner Seite und hob ab und zu auf schüchterne Weise den Blick zu ihm.

»Meister?« sprach sie ihn schließlich gedämpft an.

»Was ist, Novi?« fragte er zerstreut.

»Bist du unglücklich?«

Er warf ihr einen flüchtigen Blick zu. »Nein. Ich mache mir lediglich Gedanken. Ich bin besorgt. Entsinnst du dich noch an das Wort? Ich versuche zu entscheiden, ob ich rasch handeln oder lieber noch eine Zeitlang warten soll. Meinst du, ich sollte sehr mutig vorgehen, Novi?«

»Ich glaube, daß du immer sehr mutig bist, Meister.«

»Manchmal ist es eine Dummheit, sehr mutig zu sein.«

Novi lächelte. »Wie soll ein Meister Dummheiten begehen können?« Sie deutete auf den Bildschirm. »Das ist eine Sonne, nicht wahr, Meister?«

Gendibal nickte.

»Ist das die Sonne, die auf Trantor scheint?« fragte Novi nach kurzem, unentschlossenem Schweigen weiter. »Ist es die hamische Sonne?«

»Nein, Novi«, antwortete Gendibal. »Das ist eine ganz andere Sonne. Es gibt viele Milliarden Sonnen.«

»Ah! Ja, und in meinem Kopf habe ich das doch selbst auch gewußt. Aber ich konnte es nicht so richtig glauben. Wie kommt so was, Meister, daß man etwas in seinem Kopf weiß und es trotzdem nicht richtig glauben kann?«

Gendibal lächelte matt. »In deinem Kopf, Novi ...«, begann er, und als er zu sprechen anfing, befand er sich nahezu automatisch mit ihrer Psyche verbunden, und auf mentale Weise streichelte er sie sacht, wie er es in so einem Fall immer tat; er nahm mit äußerst zarten mentalen Fühlern eine beruhigende Berührung vor, um ihr Gemüt gelassen und unbekümmert zu halten – und wie jedesmal hätte er sich auch diesmal sofort wieder zurückgezogen, wäre er nicht durch etwas stutzig geworden.

Was er spürte, ließ sich in anderen als mentalistischen Begriffen nicht beschreiben, aber metaphorisch ausgedrückt, glomm Sura Novis Hirn. Ein ganz schwacher Glanz ging davon aus.

Dergleichen war ohne die äußere Einwirkung eines mentalen Feldes undenkbar – eines mentalen Feldes von in diesem Fall so geringer Intensität, daß selbst die feinsten Wahrnehmungsfunktionen von Gendibals gutgeschulter Psyche es nur mit knapper Not bemerken konnten, obwohl das völlig ebenmäßige Profil der geistigen Struktur Sura Novis derartige Beobachtungen erheblich begünstigten.

»Novi«, fragte er in scharfem Ton, »wie fühlst du dich?«

Sie riß die Augen auf. »Ich fühle mich tadellos, Meister.«

»Ist dir schwindlig, fühlst du dich benommen? Schließ die Augen und bleib ganz ruhig sitzen, bis ich ›Jetzt‹ sage!«

Gehorsam schloß sie die Lider. Mit größter Behutsamkeit befreite Gendibal ihren Verstand von allen störenden Empfindungen, beruhigte ihre Gedanken, besänftigte ihr Gemüt, begütigte es zärtlich, zärtlich ... Er ließ nichts außer dem Glanz zurück; das Glimmen war so schwach, daß er sich fast eingeredet hätte, es sei gar nicht vorhanden.

»Jetzt«, sagte er, und Sura Novi schlug die Augen auf.

»Wie fühlst du doch nun, Novi?«

»Sehr ruhig, Meister. Wie gut erholt.«

Offenbar war das Phänomen zu schwach, um irgendeinen spürbaren Einfluß auf sie auszuüben.

Er widmete sich dem Computer und begann sich mit ihm auseinanderzusetzen. Wie er sich schon hatte eingestehen müssen, paßten er und der Computer nicht besonders gut zusammen. Die Ursache war vielleicht seine starke Gewöhnung daran, seine geistigen Mittel direkt zu gebrauchen, ohne irgendeine Art von Mittler zu arbeiten. Aber er hegte nun die Absicht, nach einem Raumschiff zu suchen, nicht nach einem anderen Bewußtsein, und die anfängliche Suche ließ sich mit Hilfe des Computers wirksamer durchführen.

Und er entdeckte die Sorte von Raumer, die er in der Nähe vermutete. Das Raumschiff befand sich eine halbe Million Kilometer entfernt und war im wesentlichen so konstruiert wie das, in dem er selbst sich aufhielt, jedoch viel größer und vielseitiger ausgerüstet.

Sobald er es unter Verwendung des Computers geortet hatte, konnte Gendibal das Weitere auf direktem mentalen Wege erledigen. Mit straff gebündelten mentalen Impulsen tastete er das Raumschiff (bzw. er befleißigte sich eines mentalistischen Äquivalents des Tastens) innen und außen ab.

Anschließend richtete er seine mentale Aufmerksamkeit auf den Planeten Gaia, begutachtete ihn über eine Distanz von mehreren Millionen Kilometern hinweg – und zog sich zurück. Keine der beiden Examinationen hatte ihm einwandfrei darüber Aufschluß zu geben vermocht, was von beidem – falls überhaupt das Raumschiff oder Gaia in Frage kamen – für das festgestellte mentale Feld die Quelle war.

»Novi«, sagte er, »ich möchte, daß du während alles Weiteren dicht neben mir sitzt.«

»Meister, besteht Gefahr?«

»Du bist in keiner Weise davon betroffen, Novi. Ich werde dafür sorgen, daß du sicher und geschützt bist.«

»Meister, ich sorge mich nicht, ob ich sicher und geschützt bin. Wenn Gefahr besteht, möchte ich dir helfen können.«

Gendibals Stimmung milderte sich. »Novi, du hast mir bereits geholfen. Durch dich bin ich auf eine ganz geringfügige Kleinigkeit aufmerksam geworden, die zu bemerken sehr wichtig war. Ohne dich wäre ich möglicherweise in eine ziemlich große Patsche geraten, und vielleicht wäre es mir nur mit erheblichen Schwierigkeiten gelungen, mich wieder daraus zu befreien.«

»Aber wie habe ich das geschafft, Meister?« fragte Sura Novi verwundert.

»Dank deines Geistes, Novi. Kein Instrument hätte sensitiver reagieren können. Nicht einmal mein Geist kann so etwas leisten – er ist viel zu kompliziert.«

Sura Novis Miene spiegelte Freude wider. »Ich bin ja so froh, daß ich behilflich sein kann.«

Gendibal lächelte und nickte – und dann fügte er sich in die verdrießliche Einsicht, daß er andere Hilfe ebenso nötig haben würde. Irgendeine kindliche Regung in ihm bäumte sich dagegen auf. Dies war seine Aufgabe – ganz allein seine.

Aber es konnte unmöglich allein seine bleiben. Seine Chancen sanken...

76

Auf Trantor spürte Quindor Shandess die Verantwortung, Erster Sprecher zu sein, auf sich lasten wie eine beklemmende Bürde. Seit Gendibals Raumschiff in der Dunkelheit jenseits der Atmosphäre verschwunden war, hatte er keine neue Sitzung der Tafel der Sprecher mehr einberufen. Er war vollauf in den eigenen Gedanken aufgegangen.

War es weise gewesen, Gendibal allein fliegen zu lassen. Gendibal war brillant, aber nicht so brillant, daß er über jeder Selbstüberschätzung stand. Gendibals großer Fehler war seine Arroganz, so wie Shandess' eigener großer Mangel (wie er sich mit Bitterkeit dachte) die Schwäche seines Alters war.

Immer wieder hielt er sich vor, daß vom Beispiel Preem Palvers, der durch die Galaxis gereist war, um diese und jene Dinge in Ordnung zu bringen, im Grunde genommen eine Gefahr ausging. Konnte es denn einen zweiten Preem Palver geben? Selbst wenn man Gendibals Tüchtigkeit berücksichtigte? Und Palver hatte seine Frau dabei gehabt.

Gewiß, Gendibal hatte diese Hamerin mitgenommen, aber sie war eigentlich ohne Bedeutung. Palvers Frau war selbst Sprecherin gewesen.

Shandess fühlte sich mit jedem Tag altern, während er auf eine Nachricht Gendibals wartete; und mit jedem Tag, an dem sie erneut ausblieb, verspürte er anwachsende Spannung.

Man hätte einen Verband von Raumschiffen schicken müssen, eine Flottille...

Nein. Die Tafel der Sprecher hätte so etwas nicht genehmigt.

Trotzdem...

Als Gendibal ihn endlich rief, lag er im Schlaf – einem Schlummer der Übermüdung, der ihm zu keinerlei Auffrischung verhalf. Die Nacht war stürmisch gewesen, und er hatte erst gar nicht so recht einschlafen können. Wie ein Kind hatte er sich eingebildet, im Wind Stimmen zu hören.

Seine letzten Überlegungen vor dem Einschlafen – seinem Erschöpfungsschlaf – waren auf ein sehnsüchtiges Träumen von der endgültigen Resignation hinausgelaufen, dem Wunsch, er dürfe sich ihr endlich ergeben, aber begleitet vom Wissen, daß er es jetzt nicht durfte, denn im gleichen Moment müßte die Delarmi zu seiner Nachfolgerin aufsteigen.

Doch als Gendibals Ruf ihn erreichte, setzte er sich sofort auf, augenblicklich hellwach.

»Sind Sie wohlauf?« erkundigte er sich.

»Vollkommen, Erster Sprecher«, versicherte Gendibal. »Sollen wir zwecks besserer Kommunikation einen Visualkontakt herstellen?«

»Vielleicht später«, antwortete Shandess. »Zuerst einmal, wie ist die Situation?«

Gendibal berichtete mit Umsicht, weil er spürte, daß er den Ersten Sprecher geweckt haben mußte und dessen Müdigkeit bemerkte. »Ich befinde mich in der Nachbarschaft eines bewohnten Planeten namens Gaia«, teilte er mit, »dessen Existenz, soviel ich weiß, in keinem Archiv der Galaxis verzeichnet ist.«

»Der Welt jener Kräfte, die für die perfekte Einhaltung des Seldon-Plans sorgen? Der Anti-Füchse?«

»Kann sein, Erster Sprecher. Inzwischen sprechen weitere Anzeichen für diese Möglichkeit. Erstens hat sich das Schiff, mit dem Trevize und Pelorat unterwegs sind, dem Planeten weit genähert und ist wahrscheinlich dort gelandet. Zweitens hält sich im Raum, etwa eine halbe Million Kilometer von meiner Position entfernt, ein Kriegsschiff der Ersten Foundation auf.«

»Haben Sie die Absicht, den beiden zu dem Planeten zu folgen, Sprecher?«

»Ich habe ein solches Vorgehen in Betracht gezogen, aber es ist etwas dazwischengekommen. Gegenwärtig bin ich rund hundert Millionen Kilometer von Gaia entfernt, und ich habe im mich umgebenden Raum ein mentales Feld entdeckt – ein sehr homogenes mentales Feld, das extrem schwach ist. Ohne den Fokuseffekt, den die Psyche der Hamerin hat, die mich begleitet, wäre es mir überhaupt nicht aufgefallen. Diese Frau besitzt ein ungewöhnliches Psychoprofil, und aus eben diesem Grund habe ich sie mitgenommen.«

»Aha. Ich hatte mich schon gewundert. Glauben Sie, Sprecherin Delarmi könnte sich darüber im klaren gewesen sein?«

»Als sie mich gedrängt hat, sie mitzunehmen? Das glaube ich kaum... – aber ich war froh, daraus einen Vorteil für mich ziehen zu können, Erster Sprecher.«

»Freut mich, das zu hören. Sind Sie der Meinung, Sprecher, daß der Planet Gaia als Fokus des entdeckten mentalen Feldes in Frage kommt?«

»Um das herauszufinden, hätte ich unter normalen Umständen bereits in größeren räumlichen Abständen Messungen durchgeführt, um zu überprüfen, ob das Feld eine generelle sphärische Symmetrie besitzt. Mein vorläufiges mentales Tasten hat ergeben, daß dafür eine gewisse Wahrscheinlichkeit besteht, aber es ist nicht sicher. Ich halte es jedoch nicht für ratsam, weitere Untersuchungen vorzunehmen, solange sich im Umkreis das Kriegsschiff der Ersten Foundation herumtreibt.«

»Es kann aber doch keine Gefahr von ihm ausgehen.«

»Mag sein, aber ich habe noch keine Gewißheit, ob nicht eben dies Raumschiff der Fokus des mentalen Feldes ist.«

»Aber die Erste Foundation...«

»Bei allem Respekt, Erster Sprecher, erlauben Sie mir, Sie zu unterbrechen. Wir wissen nicht genau, welche technischen Fortschritte die Erste Foundation inzwischen gemacht hat. Diese Foundationisten handeln mit eigentümlicher Selbstsicherheit und könnten für uns unangenehme Überraschungen auf Lager haben. Es muß geklärt werden, ob sie vielleicht über irgendeine Apparatur verfügen, mit der sich mentalistische Funktionen beeinflussen lassen. Kurzum, Erster Sprecher, entweder habe ich es mit einem mentalaktiven Kriegsschiff der Ersten Foundation zu tun, oder mit einem ganzen derartigen Planeten. Falls es das Raumschiff ist, dürfte seine quasimentalistische Aktivität viel zu bedeutungslos sein, um mich auszuschalten, jedoch könnte sie ausreichen, um mich zu behindern –

und dann wäre es denkbar, daß man mich mit den rein herkömmlichen Waffen des Kriegsschiffs vernichten kann. Andererseits, sollte der Planet der Fokus sein, könnte ein in solchem Abstand spürbares Feld das Vorhandensein einer gewaltigen Intensität auf der Planetenoberfläche bedeuten – vielleicht intensiver, als daß selbst ich es damit aufnehmen könnte. So oder so allerdings wird es erforderlich sein, ein Totalmentalikkollektiv zu bilden, so daß mir im Notfall die ganze auf Trantor vorhandene mentale Kraft verfügbar ist.«

»Ein TOTALmentalikkollektiv...« Der Erste Sprecher zögerte. »Außer zur Zeit des Fuchses ist so etwas nie getan, nicht einmal vorgeschlagen worden.«

»Die jetzige Krise kann ganz gut ernster sein als im Fall des Fuchses, Erster Sprecher.«

»Ich weiß nicht, ob die Tafel der Sprecher Ihrem Wunsch stattgeben wird.«

»Ich bin der Meinung, Sie sollten sie erst gar nicht um Zustimmung fragen, Erster Sprecher. Vielmehr finde ich, Sie sollten den Notstand erklären.«

»Mit welcher Begründung?«

»Erzählen Sie der Tafel, was ich Ihnen berichtet habe, Erster Sprecher!«

»Sprecher Delarmi wird dazu äußern, Sie seien ein unfähiger Feigling und durch ihre eigene Furcht in den Wahnsinn getrieben worden.«

Gendibal zögerte, bevor er antwortete. »Ich kann mir gut vorstellen, daß sie so etwas von sich geben wird, Erster Sprecher«, entgegnete er schließlich, »aber lassen Sie sie reden, was sie will, ich werde es sicherlich überleben. Worum es hier geht, ist nicht mein Stolz oder meine Eigenliebe, sondern die Existenz der Zweiten Foundation selbst.«

77

Harla Branno lächelte grimmig, die Falten scheinbar tiefer als zuvor ins Fleisch ihres hageren Gesichts gefurcht. »Ich glaube, wir können jetzt weitermachen«, sagte sie. »Ich bin auf alles vorbereitet.«

»Sind Sie noch immer sicher«, meinte Kodell, »daß Sie wissen, was Sie tun?«

»Wäre ich so verrückt, wie zu glauben Sie vorgeben, Liono, hätten Sie dann darauf bestanden, bei mir an Bord dieses Raumschiffs zu bleiben?«

Kodell hob die Schultern. »Wahrscheinlich«, sagte er, »und sei es nur aus Hoffnung auf die allerkleinste Chance, Bürgermeisterin, Sie aufhalten, mäßigen, wenigstens zur Vorsicht mahnen zu können, ehe Sie zu weit gehen. Und natürlich, falls Sie nicht verrückt sind...«

»Ja?«

»Nun, dann möchte ich natürlich nicht, daß die Historiker der Zukunft Sie allein erwähnen. Mir ist es lieber, sie stellen fest, daß ich dabeigewesen bin, daß man sich vielleicht fragt, wem von uns beiden das Verdienst wirklich gehören mag. Hm, Bürgermeisterin?«

»Schlau, Liono, schlau – aber völlig aussichtslos. Ich war hinter zu vielen Bürgermeistern die wahre Ausüberin der Macht, als daß irgend jemand glauben könnte, ich ließe während meiner eigenen Amtszeit solche Erscheinungen zu.«

»Wir werden sehen.«

»Nein, werden wir nicht, denn derartige historische Urteile werden erst gefällt, wenn wir längst tot sind. Aber ich mache mir keinerlei Sorgen. Weder um meinen Platz in der Geschichte noch um *das.*« Sie deutete auf den Bildschirm.

»Compors Schiff«, konstatierte Kodell.

»Compors Schiff, ja«, sagte die Branno »aber ohne Compor an Bord. Einer unserer Scouts hat den Wechsel beobachtet. Compors Schiff hatte ein Rendezvous mit einem anderen Raumer. Zwei Personen haben sich vom anderen Schiff an Bord seines Raumschiffs begeben, und später ist er auf das andere Schiff übergewechselt.« Die Branno rieb sich die Hände. »Trevize hat seinen Zweck tadellos erfüllt. Ich habe ihn als Blitzableiter ins All geschickt, und er hat sich als Blitzableiter bewährt. Er hat den Blitz auf sich gezogen. Das Schiff, mit dem sich Compor getroffen hat, gehört der Zweiten Foundation.«

»Ich frage mich, wieso Sie sich diesbezüglich so sicher sind«, sagte Kodell, holte seine Pfeife heraus und begann bedächtig Tabak hineinzustopfen.

»Ich habe mich immer schon mit der Frage beschäftigt, ob Compor nicht unter dem Einfluß der Zweiten Foundation stehen könnte. Sein Leben verlief viel zu glatt. Alles fiel ihm in den Schoß – und er ist so ein hervorragender Experte darin, den Kurs von Raumschiffen durch den Hyperraum zu verfolgen. Sein Verrat an Trevize war die simple Politik eines Ehrgeizlings – aber er hat ihn mit solcher Entschiedenheit begangen, daß ich mir irgendwie gleich dachte, daß dahinter mehr als persönlicher Ehrgeiz stecken muß.«

»Ausschließlich Mutmaßungen, Bürgermeisterin.«

»Mit den Mutmaßungen nahm es ein Ende, als er Trevize durch eine ganze Reihe kurz hintereinander vorgenommener Hypersprünge mit derartiger Sicherheit folgte, als sei's nur ein Sprung gewesen.«

»Der Computer war ihm eine Hilfe, Bürgermeisterin.«

Aber da legte die Branno den Kopf zurück und lachte. »Mein lieber Liono, Sie werden so stark davon beansprucht, sich mit komplizierten Plänen und Planungen zu befassen, daß Sie völlig die Wirksamkeit einfacher und schlichter Verfahrensweisen aus den Augen verlieren. Ich habe Compor keineswegs Trevize nachgeschickt, weil es erforderlich gewesen wäre, Trevize verfolgen zu lassen. Wozu hätte das nötig sein sollen? Trevize mußte doch zwangsläufig, wie sehr es ihm auch darauf ankommen konnte, alle seine Bewegungen möglichst unauffällig zu vollziehen, auf jeder nicht zur Foundation gehörigen Welt Aufmerksamkeit erregen, sobald er sie betrat. Sein hochmodernes Foundationschiff, sein starker Terminusakzent, seine Foundationdevisen – das alles mußte ihn überall bald zu einem Mittelpunkt machen. Und in irgendwelchen Notfällen würde er sich automatisch an Bevollmächtigte der Foundation um Beistand wenden, genau wie er es auf Sayshell getan hat, und kaum war es geschehen, haben wir auch schon davon erfahren – und völlig ohne Compor. Nein... « – sie sprach mit einer gewissen Versonnenheit weiter –, »Compor ist fortgeschickt worden, um *Compor* zu überprüfen. Und das ist erfolgreich gelungen, denn mit voller Absicht haben wir ihm einen defekten Computer zur Verfügung gestellt – einen, der nicht defekt genug ist, um das Schiff manövrieruntüchtig zu machen, aber ohne Zweifel so mangelhaft, daß es ihm an sich unmöglich hätte sein müssen, Trevize durch einen Serien-Hypersprung zu folgen. Trotzdem hat Compor es ohne Schwierigkeiten geschafft.«

»Ich sehe, Bürgermeisterin, es gibt sehr viele Dinge, die Sie mir verschweigen, bis es Ihnen beliebt, sie mir mitzuteilen.«

»Ich verschweige Ihnen nur solche Angelegenheiten, Liono, deren Unkenntnis Sie nicht kränken kann. Ich bewundere Sie und brauche Sie, aber mein Vertrauen hat sehr eng gezogene Grenzen, ebenso wie Ihr Vertrauen zu mir... – bitte sparen Sie sich den Aufwand, das zu leugnen.«

»Ich spare ihn mir«, erwiderte Kodell kauzig, »und eines Tages werde ich mir die Freiheit nehmen, Sie daran zu erinnern. Gibt's vorerst noch irgend etwas, das ich nun wissen sollte? Was ist das für eine Art von Schiff, mit dem sich Compor getroffen hat? Wenn Compor für die Zweite Foundation arbeitet, dann muß das fremde Raumschiff auch der Zweiten Foundation gehören.«

»Es ist immer wieder ein wahres Vergnügen, sich mit Ihnen zu unterhalten, Liono. Sie sind unheimlich schnell von Begriff. Wissen Sie, die Zweite Foundation macht sich nicht die Mühe, ihre Spuren zu verwischen. Sie bedient sich gewisser Abwehrmittel, die ihre Spuren unsichtbar machen, selbst wenn sie's nicht sind. Der Zweiten Foundation würde es nie einfallen, ein Raumschiff von fremdartiger Konstruktion zu verwenden, nicht einmal, wenn sie wüßte, wie genau wir die Herkunft eines Raumers anhand der Regelmäßigkeiten seines Energieverbrauchs identifizieren können. Sie ist ja dazu in der Lage, aus jedem Verstand jede in dieser Hinsicht gewonnene Kenntnis zu entfernen, warum also sollte sie sich der Umstände eines Versteckspiels unterziehen? Nun, unser Scout hat jedenfalls innerhalb von Minuten nach der Ortung die Herkunft des Raumschiffs, mit dem sich Compor getroffen hat, ermitteln können.«

»Und nun, vermute ich, werden die Leute der Zweiten Foundation dies Wissen wieder aus unseren Gehirnen entfernen.«

»Falls sie dazu in der Lage sind, ja«, sagte die Branno. »Aber sie werden merken, daß die Dinge sich geändert haben.«

»Vor einer Weile haben Sie erklärt«, sagte Kodell, »Sie wüßten, wo sich die Zweite Foundation befindet. Erst würden Sie sich um Gaia kümmern, danach um Trantor. Ich schloß aus Ihren Äußerungen, daß das andere Raumschiff trantorischer Herkunft war.«

»Diese Schlußfolgerung ist völlig korrekt. Sind Sie überrascht?«

Bedächtig schüttelte Kodell den Kopf. »Im nachhinein eigentlich nicht. Während der Zeitspanne, in der man dem Fuchs Einhalt geboten hat, waren Ebling Mis, Toran Darell und Bayta Darell allesamt auf Trantor. Arkady Darell, Baytas Enkelin, kam auf Trantor zur Welt, und als es scheinbar gelang, auch die Zweite Foundation zur Strecke zu bringen, befand sie sich wieder auf Trantor. In ihrer Darstellung der damaligen Ereignisse spielt ein Preem Palver eine Schlüsselrolle, indem er immer im günstigsten Moment zur Stelle war, und er war ein trantorischer Händler. Man sollte es an sich für offensichtlich halten, daß die Zweite Foundation ihren Sitz auf Trantor hat oder hatte, wo übrigens auch Hari Seldon persönlich zur Zeit, als er die beiden Foundations gründete, gelebt hat.«

»Für ziemlich offensichtlich, ja, bloß ist niemals jemand auf diesen Gedanken gekommen. Dafür dürfte die Zweite Foundation gesorgt haben. Das ist es, was ich gemeint habe, als ich sagte, sie braucht ihre Spuren nicht zu verwischen, solange sie leicht gewährleisten kann, daß niemand in die Richtung dieser Spuren schaut.«

»In diesem Fall«, sagte Kodell, »sollten wir vielleicht nicht zu hastig in die Richtung schauen, in die sie uns möglicherweise gerne schauen sehen möchten. Wie kommt es nach Ihrer Meinung, daß Trevize zu der Einsicht gelangen durfte, daß die Zweite Foundation existiert? Warum hat die Zweite Foundation das nicht verhindert?«

Die Branno hielt ihre knorrigen Finger hoch und zählte an ihnen ihre Argumente ab. »Erstens ist Trevize ein sehr außergewöhnlicher Mann, an dem – trotz seiner unbezähmbaren Neigung, jede Vorsicht außer acht zu lassen – *irgend etwas Besonderes* ist, auch wenn ich leider nicht herausfinden konnte, um was es sich handelt. Er kann irgendwie ein Sonderfall sein. Zweitens ist die Zweite Foundation keineswegs in Unkenntnis geblieben. Compor hat sofort eingegriffen und mir Trevizes Auffassungen gemeldet. Ich mußte Trevize zum Schweigen bringen, ohne daß die Zweite Foundation sich zu einem offenen Vorgehen gehalten sah. Drittens, als ich nicht ganz so reagiert habe, wie man es von mir erwartete – keine Exekution, keine Haft, kein Auslöschen der Erinnerung, keine Anwendung der Psychosonde –, Trevize nämlich bloß ins Exil schickte, war die Zweite Foundation trozdem gezwungen, weitere Maßnahmen zu ergreifen. Sie hat sich für ein direktes Vorgehen entschieden und ihm eines ihrer eigenen Raumschiffe nachgeschickt. Ach...« – sie gab ihrem diebischen Vergnügen mit zusammengepreßten Lippen Ausdruck – »du, mein wunderbarer Blitzableiter!«

»Und was haben Sie nun vor?« erkundigte sich Kodell.

»Wir werden uns diesen Abgesandten der Zweiten Foundation vornehmen, der beobachtet worden ist. In der Tat sind wir bereits in schönster Gemütlichkeit zu ihm unterwegs.«

78

Gendibal und Sura Novi saßen nebeneinander und behielten den Bildschirm im Blickfeld.

Sura Novi fürchtete sich. Für Gendibal war diese Tatsache unübersehbar, ebenso wie ihm nicht entgehen konnte, daß sie verzweifelt versuchte, ihre Furcht zu unterdrücken. Gendibal hielt es nicht für ratsam, sie dabei irgendwie zu unterstützen, denn er erachtete es als unklug, ihre Psyche gegenwärtig auf irgendeine Weise zu beeinflussen, wollte er doch ihre Reaktion auf das schwache mentale Feld ringsum nicht verfälschen.

Das Kriegsschiff der Foundation näherte sich sehr langsam, doch offensichtlich zielsicher. Es war ein großes Kriegsschiff mit einer Besatzung von bis zu sechs Mann, wenn man nach den bisherigen Erfahrungen mit Raumern der Foundation gehen konnte. Die Bewaffnung, dessen war sich Gendibal sicher, reichte aus, um eine ganze Flotte von Schiffen, wie sie der Zweiten Foundation verfügbar waren, in Schach zu halten und gegebenenfalls auch zu vernichten – vorausgesetzt, diese Flotte hätte sich ausschließlich auf ähnliche technische Hilfsmittel verlassen.

Wie die Dinge standen, ließen sich aus der Annäherung des

Kriegsschiffs, auch wenn man berücksichtigte, daß sie gegen ein einzelnes anderes Raumschiff mit nur einem Zweitfoundationisten an Bord stattfand, gewisse Schlußfolgerungen ziehen. Selbst wenn das Schiff mentalistische Kapazitäten besaß, war es wenig wahrscheinlich, daß es sich auf diese Art dem Rachen der Zweiten Foundation nähern würde, falls man sich im Vollbesitz der Tatsachen befand. Wahrscheinlich war, daß man sich aus Unkenntnis näherte – und diese konnte auf jeder mehrerer möglicher Stufen liegen.

Es konnte bedeuten, der Kapitän des Kriegsschiffs wußte nicht, daß Compor ausgewechselt worden war; oder falls er es wußte, war er darüber im unklaren geblieben, daß sich ein Zweitfoundationist an Bord begeben hatte; oder falls es ihm doch aufgefallen war, besaß er womöglich keine richtige Vorstellung von einem Zweitfoundationisten.

Oder – Gendibal wollte wirklich an alles denken – wenn das Raumschiff nun über mentalistische Kapazitäten verfügte und sich dennoch auf diese selbstsichere Art und Weise annäherte? Das konnte eigentlich nur heißen, daß es dem Befehl eines Größenwahnsinnigen unterstand – *oder* daß es derartige Kapazitäten in einer Stärke besaß, die sogar Gendibals Vorstellungsvermögen weit überstieg.

Aber was er für möglich hielt, mußte keineswegs schon das letzte Wort sein...

Äußerst behutsam ertastete er Sura Novis Geist. Sura Novi vermochte mentale Felder nicht bewußt zu spüren, wogegen er, Gendibal, natürlich dazu imstande war – doch fehlte Gendibals Psyche andererseits die ungeheure Feinfühligkeit von Sura Novis Psyche, mit der sie ein so schwaches mentales Feld feststellen konnte. Das war ein Paradoxon, das in der Zukunft genauer untersucht werden mußte und sich auf lange Sicht möglicherweise als viel wichtiger erweisen mochte als das akute Problem irgendeines in Annäherung befindlichen Raumschiffs.

Gendibal hatte intuitiv die dementsprechenden Aussichten erfaßt, als die ungewöhnliche Glattheit und Symmetrie von Sura Novis Psychoprofil erstmals seine Aufmerksamkeit erregte – und er empfand nun einen düsteren Stolz auf diese intuitive Fähigkeit, die ihn auszeichnete. Sprecher waren stets stolz auf ihre intuitive Begabung gewesen, aber in welchem Umfang hatte man es hierbei mit einer Folge ihres Unvermögens zu tun, solche Felder durch direkte physikalische Methoden zu messen, und ihrem darin begründeten Unverständnis dessen, was sie da eigentlich taten? Es fiel allzu leicht, Unwissenheit mit dem leicht mystischen Begriff ›Intuition‹ zu tarnen. Und wieviel dieser Unwissenheit mochte auf die Unterbewertung rein physischer Hilfsmittel im Vergleich zur Mentalik zurückzuführen sein?

Und wieviel *davon* wiederum beruhte auf blindem Hochmut? Wenn er zum Ersten Sprecher ernannt werden sollte, beschloß Gendibal, würde das alles sich ändern. Was die Physik anging, mußte die Kluft zwischen den Foundations weitgehendst geschlossen werden. Die Zweite Foundation durfte nicht jedesmal, wenn ihr Mentalikmonopol auch nur geringfügig ins Wanken kam, vor der Gefahr ihrer völligen Vernichtung stehen.

Vielleicht war das Monopol bereits dabei, der Zweiten Foundation zu entgleiten. Unter Umständen hatte die Erste Foundation auf diesem Gebiet enorme Fortschritte gemacht, oder es mochte sich eine Allianz zwischen der Ersten Foundation und den Anti-Füchsen ergeben. (Auf diesen Gedanken verfiel er jetzt zum erstenmal, und dabei schauerte ihn.)

Seine Gedanken huschten ihm mit der für einen Sprecher typischen Blitzartigkeit durch den Kopf, und während er überlegte, erübrigte er unverändert ein gewisses Maß an Sensitivität für das schwache Leuchten von Sura Novis Bewußtsein, Anzeichen ihrer Reaktion auf das unaufdringliche, aber allgegenwärtige mentale Feld, das sie beide umgab. Es verstärkte sich *nicht,* während das Kriegsschiff der Foundation sich näherte.

Das war an sich noch kein absolut sicheres Indiz dafür, daß es an Bord des Kriegsschiffs keine mentalistische Aktivität gab. Wohlbekannterweise unterlag ein Mentalfeld nicht der Reziprok-zum-Quadrat-der-Entfernung-Regel. Es verstärkte sich nicht präzis in dem Verhältnis, wie das Quadrat der Größe sich erhöhte, in der die Distanz zwischen Sender und Empfänger abnahm. In dieser Beziehung unterschied es sich von elektromagnetischen und Gravitationsfeldern. Doch obwohl mentalische Felder bezüglich der Distanz weniger variierten als die verschiedenen physikalischen Felder, verhielten sie sich der Distanz gegenüber auch nicht vollkommen passiv. Die Reaktion in Sura Novis Geist hätte mit der Annäherung des Kriegsschiffs ein spürbares Anwachsen zeigen müssen – *irgendein* Anwachsen.

(Wie war es möglich, daß innerhalb von fünf Jahrhunderten kein Zweitfoundationist – bei Hari Seldon angefangen – jemals daran gedacht hatte, eine mathematische Relation zwischen mentaler Intensität und Distanz auszuarbeiten? Diese Gleichgültigkeit gegenüber aller Physik mußte und sollte ein Ende nehmen, das schwor sich Gendibal im stillen.)

Wenn dem Kriegsschiff mentalistische Kapazitäten zur Verfügung standen und man an Bord davon überzeugt war, sich einem Zweitfoundationisten zu nähern, warum erhöhte man dann nicht die Intensität des Mentalfeldes bis zum Maximum, bevor man sich weiteres herausnahm? Und müßte Sura Novis Geist in dem Falle nicht *bestimmt* eine erhöhte Reaktion anzeigen?

Und trotzdem blieb eine solche Reaktion aus.

Zuversichtlich verwarf Gendibal die Möglichkeit, daß auf dem Kriegsschiff mentalistische Kapazitäten vorhanden sein könnten. Es näherte sich aus Unklarheit über die Situation, und daher durfte er es als mögliche Gefahr herabstufen.

Das mentale Feld existierte natürlich nach wie vor, aber es mußte seinen Ursprung auf Gaia haben. Das war zwar recht beunruhigend, aber sein nächstliegendes Problem war das Raumschiff. Sobald er sich damit befaßt hatte, konnte er seine Aufmerksamkeit in aller Ruhe der Welt der Anti-Füchse widmen.

Er wartete. An Bord des Kriegsschiffs würde man in Kürze irgendwie zu handeln beginnen müssen, oder es war möglich, daß es nahe genug kam, so daß er selber von sich aus die geeigneten Maßnahmen einleiten konnte.

Das Kriegsschiff näherte sich immer mehr – nun recht zügig –, unternahm jedoch nichts. Schließlich kalkulierte Gendibal, daß die Nachdrücklichkeit seines Vorgehens nun genügend stark ausfallen würde. Es sollte kein Schmerz auftreten, nicht einmal ein Unbehagen – alle an Bord befindlichen Personen würden lediglich feststellen müssen, daß die großen Muskeln ihrer

Rücken und Gliedmaßen nur noch äußerst widerwillig ihrem Willen gehorchten.

Gendibal zog das von seinem Bewußtsein kontrollierte Mentalfeld geballt zusammen. Er intensivierte es und überwand die Entfernung zwischen den Raumschiffen mit Lichtgeschwindigkeit. (Die zwei Schiffe waren sich mittlerweile nahe genug, um eine Durchquerung des Hyperraums mit seinem unvermeidlichen Verlust an Präzision überflüssig zu machen.)

Und da prallte Gendibal in fassungsloser Verblüffung zurück.

Das Kriegsschiff der Foundation war von einer wirksamen Mentalabschirmung umgeben, die in proportionalem Verhältnis zum Ansteigen der Intensität seines Mentalfelds an Dichte gewann. Das Kriegsschiff näherte sich keineswegs aus bloßer Unwissenheit – es besaß eine unerwartete Abwehrwaffe!

79

»Aha«, machte die Branno. »Er hat eine Attacke versucht, Liono. Sehen Sie!«

Die Nadel des Psychometers bewegte sich und erzitterte in ihrem unregelmäßigen Aufwärtstrend.

Die Entwicklung einer antimentalistischen Abschirmung hatte Foundationwissenschaftler im Rahmen des geheimsten aller Forschungsprojekte ganze einhundertzwanzig Jahre lang beansprucht, in der Geheimhaltung vielleicht nur von Hari Seldons Erarbeitung der psychohistorischen Analyse selbst übertroffen. Fünf Generationen von Menschen hatten an der schrittweisen Verbesserung eines Apparates gearbeitet, der auf keiner zufriedenstellenden theoretischen Grundlage beruhte.

Ohne die Erfindung des Psychometers, das als Meßinstrument diente, wären überhaupt keine Fortschritte erzielbar gewesen, denn es zeigte auf jeder Stufe der Weiterentwicklung die Richtung und den Grad der Verbesserung an. Niemand verstand zu erklären, wie es funktionierte, doch alles sprach dafür, daß es nichtsdestoweniger das Unmeßbare messen konnte und das Unbeschreibliche in Zahlen ausdrückte. Die Branno hatte das Gefühl (und etliche Wissenschaftler teilten diese Ansicht), daß die Foundation, falls es ihr jemals gelang, das Funktionieren des Psychometers zu begreifen, der Zweiten Foundation in Sachen Psychokontrolle ebenbürtig sein werde.

Doch dergleichen war Zukunftsmusik. Gegenwärtig mußte der Mentalschild genug sein, zumal eine überwältigende Überlegenheit an materiellen Waffen zusätzliche Rückendeckung gab.

Die Branno ließ den Funkspruch senden, vorbereitet in einer männlichen Stimme, der alle emotionalen Untertöne fehlten, so daß sie bedrohlich seelenlos klang.

»Wir rufen Raumschiff *Bright Star* und seine Besatzung. Sie haben in einem gewaltsamen Piratenakt ein Raumschiff der Raummarine der Foundation-Föderation in widerrechtlichen Besitz genommen. Wir fordern Sie auf, uns das Schiff und sich selbst auszuliefern, oder Sie müssen unsererseits mit einem Angriff rechnen.«

Die Antwort kam in einer völlig natürlichen Stimme. »Bürgermeisterin Branno von Terminus, ich weiß, daß Sie an Bord sind. Die *Bright Star* ist keinem Piratenakt zum Opfer gefallen. Ihr rechtmäßiger Kapitän, Munn Li Compor von Terminus, hat mir das Schiff bereitwillig zur Verfügung gestellt. Ich schlage einen Waffenstillstand vor, damit wir die Angelegenheiten diskutieren können, die für alle Betroffenen von Bedeutung sein dürften.«

»Lassen Sie mich mit ihm verhandeln,Bürgermeisterin«, flüsterte Kodell.

Die Branno hob gebieterisch einen Arm. »Die Verantwortung liegt bei mir, Liono.«

Sie adjustierte den Sender und antwortete in einem Tonfall, der kaum weniger eindrucksvoll und emotionsloser geriet als zuvor die gekünstelte Stimme.

»Mitglied der Zweiten Foundation, werden Sie sich über Ihre Lage klar. Wenn Sie nicht unverzüglich kapitulieren, können wir Ihr Raumschiff in dem Zeitraum, den das Licht braucht, um von unserem zu Ihrem Raumer zu gelangen, aus dem All blasen – und sind vollauf bereit, genau das zu tun. Und wir würden dabei nicht einmal irgend etwas verlieren, denn Sie besitzen kein Wissen, für das es sich lohnen könnte, Ihr Leben zu schonen. Uns ist bekannt, daß Sie von Trantor kommen, und sobald wir mit Ihnen fertig sind, werden wir uns mit Trantor beschäftigen. Wir sind trotzdem bereit, Ihnen eine Zeitlang zuzuhören, damit Sie sagen können, was Sie zu sagen haben, aber da Sie uns kaum irgend etwas von besonderem Wert mitzuteilen haben dürften, wünschen wir Ihnen allerdings nicht allzu lange zuzuhören.«

»In diesem Fall«, sagte Gendibal, »erlauben Sie mir, daß ich mich kurz fasse und umgehend zur Sache komme. Ihr Schirm ist nicht perfekt und kann es gar nicht sein. Sie haben ihn über- und mich unterschätzt. Ich kann mich gegen ihn durchsetzen und Ihren Geist trotzdem unter Kontrolle bringen. Vielleicht weniger leicht, als es mir ohne Schirm möglich wäre, aber doch ohne größeren Aufwand. Im selben Augenblick, in dem Sie versuchen sollten, irgendwelche Waffen gegen mich einzusetzen, werde ich zuschlagen – und Sie müssen folgendes berücksichtigen: Ohne Abschirmung wäre ich dazu imstande, Sie komplikationslos und ohne bleibende Schäden unter meine Kontrolle zu nehmen. Den Schirm jedoch müßte ich durchbrechen, wozu ich durchaus in der Lage bin, und das hätte den Nebeneffekt, daß ich weder rücksichtsvoll noch allzu fachmännisch gegen Sie vorgehen kann. Ihr Geist würde genauso zerschmettert werden wie die Abschirmung, und die Folgen wären unbehebbar. Mit anderen Worten, Sie können mich nicht aufhalten, während andererseits ich Sie sehr wohl aufzuhalten vermag, auch wenn Sie mich dabei zu Schlimmerem als Töten zwingen. Sie würden als geistlose Hüllen weitervegetieren müssen. Möchten Sie das riskieren?«

»Sie wissen selbst«, entgegnete die Branno, »daß Sie zu dem, was Sie da tun zu können behaupten, nicht imstande sind.«

»Sie wünschen die von mir beschriebenen Konsequenzen also zu riskieren?« vergewisserte sich Gendibal mit unterkühlter Gleichgültigkeit.

Kodell beugte sich vor. »In Seldons Namen, Bürgermeisterin...«, begann er flüsternd.

»Ich verfolge Ihre Gedankengänge, Kodell«, sagte Gendibal sofort (nicht buchstäblich augenblicklich, denn das Licht – wie alles, was sich mit Lichtgeschwindigkeit fortbewegte – brauchte vom einen zum anderen Raumschiff knapp über eine Sekunde). »Sie brauchen nicht zu flüstern. Ich verfolge auch die Gedankengänge der Bürgermeisterin. Sie ist unentschlossen, also haben Sie noch keinen Anlaß zur Panik. Und schon die bloße Tatsache, daß ich darüber Bescheid weiß, sollte Ihnen Beweis genug für die Unzulänglichkeit Ihrer Abschirmung sein.«

»Sie kann verstärkt werden«, sagte die Bürgermeisterin trotzig.

»Das gilt auch für meine mentalen Kräfte«, erwiderte Gendibal.

»Aber ich kann hier in aller Ruhe abwarten und verbrauche zur Aufrechterhaltung des Schirms lediglich normale Energie, und davon habe ich genug, um den Schirm für sehr lange Zeit aufrechterhalten zu können. Sie dagegen müßten mentale Energie aufwenden, um die Abschirmung zu überwinden, und Sie werden ermüden.«

»Ich bin nicht müde«, sagte Gendibal. »Gegenwärtig ist keiner von Ihnen dazu in der Lage, einem Besatzungsmitglied Ihres Schiffs oder eines anderen Raumschiffs einen Befehl zu erteilen. Soviel schaffe ich sogar, ohne Ihnen Schaden zufügen zu müssen, aber ich rate Ihnen davon ab, unternehmen Sie keine ungewöhnlichen Anstrengungen, um sich dieser Kontrolle zu entledigen, andernfalls müßte ich meine mentalen Kräfte ebenfalls verstärkt einsetzen, und sollte ich von Ihnen dazu gezwungen werden, müssen Sie mit den für Sie nachteiligen Folgen rechnen, die ich Ihnen geschildert habe.«

»Ich werde warten«, entgegnete die Branno und legte mit allen Anzeichen unerschütterlicher Geduld die Hände in den Schoß. »Sie werden ermüden, und sobald Sie ermüden, werden die Befehle, die ich gebe, nicht Ihrer Vernichtung gelten, denn Sie werden dann harmlos sein. Meine Befehle werden die Hauptflotte der Foundation nach Trantor schicken. Wenn Sie also Ihre Welt retten wollen, ergeben Sie sich! Eine zweite Orgie der Vernichtung könnte Ihre Organisation, anders als beim erstenmal zur Zeit der Großen Plünderung, nicht überstehen.«

»Begreifen Sie nicht, Bürgermeisterin, daß ich, falls ich mich wirklich ermüdet fühlen sollte, meine Welt auf sehr einfache Weise retten könnte, nämlich indem ich Sie ausschalte, bevor ich dafür zu schwach werde?«

»Das werden Sie nicht tun. Ihre hauptsächliche Aufgabe ist die Gewährleistung des Seldon-Planes. Terminus' Bürgermeisterin zu eliminieren und damit einen Schlag gegen das Prestige der Ersten Foundation und das ihr entgegengebrachte Vertrauen zu führen, wäre für ihre Macht ein schwerer Rückschritt und müßte überall ihre Feinde ermutigen, und dadurch käme es zu einer Diskontinuität des Seldon-Planes, die für Sie fast so schlimm sein würde wie die Zerstörung Trantors. Es dürfte also wirklich besser sein, Sie geben auf.«

»Sie möchten also darauf setzen, daß ich davor zurückschrekke, Sie zu vernichten?«

Der Brustkorb der Branno wogte, als sie tief Atem holte und langsam ausatmete. »Ja«, bestätigte sie dann mit aller Entschiedenheit.

Kodell, der neben ihr saß, erbleichte.

80

Gendibal betrachtete die dicht vor der Wand mitten in die Luft projizierte Gestalt der Branno. Aufgrund der Störungen, die von der Abschirmung ausgingen, war ihr Abbild ein wenig verwaschen und flimmerte leicht. Der Mann neben ihr war infolge starker Verschwommenheit fast unkenntlich, denn Gendibal hatte an ihn keine Energie zu verschwenden. Er mußte sich auf die Bürgermeisterin konzentrieren.

Sie erhielt andererseits keine Visualisierung seiner Person. Daher konnte sie nicht wissen, daß er – um ein Beispiel zu nennen – eine Begleiterin hatte. Sie konnte keinerlei Urteile aufgrund seines Mienenspiels, anhand seiner Körpersprache fällen. In dieser Beziehung befand sie sich im Nachteil.

Was er ihr gesagt hatte, entsprach vollständig der Wahrheit. Er *konnte* den Schild durchdringen, wenn auch nur unter Aufbietung gewaltiger mentaler Kräfte – und dabei würde es sich tatsächlich kaum vermeiden lassen, daß er ihren Geist unheilbar beeinträchtigte.

Auf der anderen Seite allerdings war alles, was sie geäußert hatte, ebenfalls wahr. Ihre Vernichtung müßte dem Seldon-Plan so erheblichen Schaden zufügen, wie es damals der Fuchs getan hatte. Der Schaden könnte womöglich sogar noch verheerender ausfallen, weil er zu einem späteren Zeitpunkt aufträte und daher eine kürzere Frist – gemessen am von Seldon vorgegebenen Zeitplan – zur Verfügung stünde, um das Entgleisen des Seldon-Planes wieder zu beheben.

Und um die Situation noch übler zu machen, war da Gaia, eine unbekannte Größe – ihr schwaches mentales Feld blieb stets wie zum Hohn am unmittelbaren Rande von Gendibals mentalistischer Wahrnehmung.

Flüchtig tastete er nach Sura Novis Bewußtsein, um sich davon zu überzeugen, daß das Mentalfeld noch vorhanden war; das war unverändert der Fall.

Sie konnte sein Tasten unmöglich gespürt haben, aber sie wandte sich ihm plötzlich zu. »Meister«, wisperte sie ehrfürchtig, »da ist so was wie ein schwaches Geflimmer da drüben. Ist es das, womit du redest?«

Sie mußte die Projektion über die behutsame Verbindung zwischen ihrem und seinem Bewußtsein spüren. Gendibal hob einen Finger an die Lippen. »Fürchte dich nicht, Novi. Mach die Augen zu und bleib ganz ruhig!«

Er hob die Stimme. »Bürgermeisterin Branno, ich muß zugeben, in dieser Hinsicht ist Ihr riskantes Spielchen nicht schlecht. Ich habe in der Tat nicht den Wunsch, Sie ohne weiteres zu vernichten, denn ich glaube, wenn ich Ihnen gewisse Dinge erkläre, werden Sie zur Vernunft kommen, und es dürfte sich als überflüssig erweisen, überhaupt irgend jemanden zu vernichten. Nehmen wir einmal an, Bürgermeisterin, Sie erlangen die Oberhand, und ich ergebe mich Ihnen. Was geschähe dann? Sie und Ihre Amtsnachfolger würden in einem irrsinnigen Wahn der Selbstüberschätzung und in unangebrachtem Vertrauen auf Ihren Mentalschirm versuchen, in verfehlter Hast Ihre Macht auf die gesamte Galaxis auszudehnen. Damit jedoch müßten sie in Wirklichkeit die Errichtung des Zweiten Imperiums hinauszögern, denn so ein Vorgehen liefe genauso auf die restlose Sabotage des Seldon-Planes hinaus.«

»Es überrascht mich nicht, von Ihnen zu hören, daß Sie mich nicht sofort zu vernichten wünschen«, sagte die Branno, »und ich bin sicher, daß Sie im Laufe des weiteren Abwartens zu der Auffassung gelangen werden, daß Sie's überhaupt nicht wagen können, mich zu vernichten.«

»Betrügen Sie doch nicht sich selbst mit alberner Selbstgefälligkeit«, erwiderte Gendibal. »*Hören Sie mir zu!* Ein Großteil der

Galaxis ist noch immer nichtfoundationistisch, ein beträchtlicher Teil sogar antifoundationistisch. Selbst innerhalb der Foundation-Föderation gibt es Mitglieder, die noch nicht ihren Unabhängigkeitstag vergessen haben. Falls die Foundation nach meiner etwaigen Niederlage zu voreilig handelt, wird sie dem Rest der Galaxis seine größte Schwäche nehmen – die Uneinigkeit und Unentschlossenheit. Die Furcht vor der Foundation wird die ganze übrige Galaxis zur Einheit zwingen, und innerhalb der Foundation werden Sie die Tendenz zur Rebellion nähren.«

»Sie drohen uns mit Armeen von Vogelscheuchen, sonst nichts«, entgegnete die Branno. »Wir haben genug Macht, um uns gegen alle und jede Gegner zu behaupten, und wenn sämtliche Welten der nichtfoundationistischen Galaxis sich gegen uns verbünden würden, und sogar, falls ihnen eine Rebellion der Hälfte aller Welten der Foundation zu Hilfe käme. Wir hätten damit keine Probleme.«

»Keine *unmittelbaren* Probleme, Bürgermeisterin. Begehen Sie nicht den Fehler, sich nur für solche Konsequenzen Ihres Handelns zu interessieren, die ihm sofort nachfolgen. Sie können ein Zweites Imperium schaffen, indem Sie's bloß proklamieren, gewiß, aber Sie wären nicht dazu imstande, es zu halten. Sie müßten es alle zehn Jahre von neuem erobern.«

»Dann würden wir so verfahren, bis die Welten des Unfugs müde wären, so wie Sie ermüden müssen.«

»Sie würden nicht ermüden, sich aufzulehnen, so wenig wie ich ermüden werde. Und diese Periode könnte nicht einmal allzu lange dauern, denn dem Pseudo-Imperium, das zu proklamieren Sie fähig wären, würde eine zweite, größere Gefahr drohen. Weil es – für einige Zeit – ausschließlich durch immer stärkere militärische Kräfte erhalten werden kann, die ständig zum Einsatz kommen müßten, dürften erstmals in der Geschichte der Foundation die Generale wichtiger und einflußreicher sein als die zivilen Autoritäten. Das Pseudo-Imperium würde in Militärregionen aufgespalten, in denen die individuellen militärischen Befehlshaber die Vorherrschaft ausüben. Das wäre gleichbedeutend mit Anarchie – einem Rückfall in eine Barbarei, die vielleicht länger dauern würde als die dreißigtausend Jahre des Chaos, die Seldon vor der Ausarbeitung des Seldon-Planes vorausgesagt hat.«

»Kindische Drohungen. Selbst wenn die Mathematik des Seldon-Planes das alles voraussieht, sagt sie nur Wahrscheinlichkeiten voraus – keine Unabwendbarkeiten.«

»Bürgermeisterin Branno«, sagte Gendibal ernst, »vergessen Sie den Seldon-Plan. Sie verstehen seine Mathematik nicht, und Sie können sich seinen Ablauf überhaupt nicht vorstellen. Aber vielleicht ist das auch gar nicht nötig. Sie sind eine bewährte Politikerin, und obendrein erfolgreich, nach der Position beurteilt, die Sie einnehmen, und gehe ich nach dem waghalsigen Spiel, auf das Sie sich hier eingelassen haben, dann sind Sie auch sehr mutig. Also bedienen Sie sich Ihres politischen Scharfsinns. Betrachten Sie die Geschichte der Menschheit unter politischen und militärischen Gesichtspunkten, betrachten Sie sie zudem unter dem Aspekt, was man allgemein über die menschliche Natur weiß – von der Art und Weise, wie Menschen, wie Politiker und Militärs reagieren, wie sie in Interaktion treten –, und überlegen Sie sich, ob ich nicht recht habe.«

»Selbst wenn Sie recht behalten sollten, Zweitfoundationist«, sagte die Branno, »ist das ein Risiko, das wir eingehen müssen. Mit der richtigen Führung und weiteren technischen Fortschritten – Fortschritten nicht nur materieller, sondern auch mentalistischer Art – können wir alle Hindernisse aus dem Weg räumen. Hari Seldon hat solche Fortschritte niemals in angemessenem Umfang einkalkulieren können. Das war damals für ihn einfach unmöglich. Wo im Plan hat er je die Entwicklung eines Mentalschilds durch die Erste Foundation in Betracht gezogen? Warum sollen wir den Plan eigentlich überhaupt noch beachten? Wir werden's riskieren, ohne ihn ein neues Imperium zu gründen. Ein Scheitern ohne den Plan wäre vielleicht besser als ein Erfolg durch den Plan. Wir wollen kein Imperium, in dem wir nur die Marionetten verborgener Manipulatoren der Zweiten Foundation abgeben dürfen.«

»So können Sie lediglich daherreden, weil Sie nicht verstehen, was ein Mißlingen des Seldon-Plans für die Bewohner der Galaxis bedeuten würde.«

»Vielleicht«, sagte die Branno mit steinerner Härte. »Fangen Sie zu ermüden an, Zweitfoundationist?«

»Keineswegs. Lassen Sie mich ein alternatives Vorgehen vorschlagen, an das Sie anscheinend noch nicht gedacht haben – und bei dem weder ich mich Ihnen noch Sie sich mir ergeben müssen. Wir befinden uns im Umkreis eines Planeten namens Gaia.«

»Das ist mir bekannt.«

»Ist Ihnen auch bekannt, daß er wahrscheinlich die Heimat des Fuchses ist?«

»Für so etwas brauche ich mehr Beweise als bloß Ihre dahingehende Behauptung.«

»Der Planet ist von einem Mentalfeld umgeben. Er ist die Heimat vieler Füchse. Falls Sie Ihren Traum wahrmachen, die Zweite Foundation auszumerzen, werden Sie zu Sklaven dieses Planeten der Füchse herabsinken. Welchen Schaden hat Ihnen die Zweite Foundation je zugefügt – wirklichen statt nur eingebildeten oder theoretischen Schaden? Und nun bedenken Sie, welchen Schaden ein einzelner Fuchs über Sie gebracht hat.«

»Ich habe noch immer keine anderen Beweise als Ihre Beteuerungen.«

»Solange wir an dieser Position bleiben, kann ich Ihnen nicht zu mehr verhelfen. Deshalb schlage ich einen Waffenstillstand vor. Erhalten Sie Ihren Mentalschild aufrecht, wenn Sie mir nicht trauen, aber stellen Sie sich darauf ein, gegebenenfalls mit mir zu kooperieren. Lassen Sie uns den Planeten gemeinsam anfliegen – und wenn Sie sich davon überzeugt haben, daß von dort Gefahr ausgeht, dann werde ich das Mentalfeld beseitigen, und Sie werden Ihren Raumschiffen befehlen, den Planeten zu besetzen.«

»Und dann?«

»Und dann wird endlich, ohne daß dritte Kräfte zu berücksichtigen sind, Erste Foundation gegen Zweite Foundation stehen. Dann wird die Auseinandersetzung sich durch klare Fronten auszeichnen, während wir gegenwärtig das Risiko eines Kampfes nicht auf uns nehmen können, weil beide Foundations durch einen Dritten gleichermaßen bedroht sind.«

»Warum haben Sie das nicht sofort gesagt?«

»Ich dachte, ich könnte Sie zu der Überzeugung bringen, daß wir keine Feinde sind und sich eine Zusammenarbeit lohnt. Da mir das anscheinend nicht gelungen ist, schlage ich auf jeden Fall Kooperation vor.«

Die Branno schwieg eine Zeitlang, den Kopf nachdenklich gesenkt. »Sie versuchen«, sagte sie schließlich, »mich mit Ammenmärchen einzulullen. Wie sollte es Ihnen allein möglich sein, das Mentalfeld eines ganzen Planeten voller Füchse zu beseitigen? Dieser Gedanke ist so lachhaft, daß ich der Ehrlichkeit Ihres Vorschlags nicht trauen kann.«

»Ich bin nicht allein«, entgegnete Gendibal. »Hinter mir steht die gesamte Macht der Zweiten Foundation – und diese Macht, durch mich kanalisiert, kann es mit Gaia aufnehmen. Und sie kann jederzeit Ihren Mentalschild zur Seite fegen wie einen Dunsthauch.«

»Wenn das so ist, wozu brauchen Sie dann meine Unterstützung?«

»Erstens, weil die Beseitigung des Mentalfeldes nicht genügt. Die Zweite Foundation kann sich nicht jetzt und in alle Ewigkeit der endlosen Aufgabe widmen, Gaias Mentalfeld zu unterdrükken, so wenig wie ich den Rest meines Lebens damit zubringen kann, hier mit Ihnen dies Konversationsmenuett zu tanzen. Das handfeste Eingreifen, zu dem Ihre Raumschiffe imstande sind, ist erforderlich. Und zweitens, wenn ich Sie nicht mit vernünftigen Argumenten zu der Einsicht bewegen kann, daß die beiden Foundations sich als Bündnispartner betrachten sollten, dann wirkt vielleicht ein gemeinsames Unternehmen von höchster Wichtigkeit in dieser Beziehung überzeugender. Manchmal überzeugen Taten mehr als Worte.«

Ein weiteres Schweigen entstand. »Ich bin bereit«, sagte die Branno endlich, »mich Gaia zu nähern, wenn wir uns gleichzeitig nähern. Darüber hinaus mache ich keine Versprechungen.«

»Das genügt«, erwiderte Gendibal und beugte sich über den Computer.

»Nein, Meister«, sagte Sura Novi, »bis jetzt hat's keine Rolle gespielt, aber nun unternimm bitte nichts mehr. Wir müssen auf Ratsherr Trevize von Terminus warten.«

Neunzehntes Kapitel

Entscheidung

81

»Wirklich, Golan«, sagte Janov Pelorat mit einer schwachen Andeutung von Verdrossenheit in der Stimme, »anscheinend schert sich niemand darum, daß ich zum erstenmal in einem einigermaßen langen Leben – nicht *zu* lang, das darfst du mir glauben, Wonne – durch die Galaxis reise. Aber jedesmal, wenn ich eine Welt betrete, bin ich wieder auf und davon und im All, ehe ich die Gelegenheit erhalte, die Verhältnisse richtig zu studieren. Das ist mir nun schon zweimal passiert.«

»Ja«, sagte Wonne, »aber hättest du die andere Welt nicht so bald wieder verlassen, hättest du mich erst wer weiß wann kennengelernt. Das entschädigt dich doch sicher für das erste Mal.«

»Gewiß. Ehrlich, meine ... meine Liebe, es entschädigt mich tatsächlich.«

»Und diesmal, Pel, hast du mich dabei, auch wenn du wieder ins All starten mußt – und ich *bin* Gaia, soviel wie jedes Partikel davon, so gut wie ganz Gaia.«

»Du bist es, und ich hätte bestimmt keine andere Partikel lieber dabei.«

»Das ist ja schauderhaft«, sagte Trevize, der der Unterhaltung mit gerunzelter Stirn zugehört hatte. »Warum hat nicht Dom uns begleitet? Raum und Zeit, ich werde mich an diese Einsilbigkeit nie gewöhnen können! Zweihundertdreiundfünfzig Silben hat der Name, und wir benutzen nur eine! Warum ist er nicht mitsamt seinen zweihundertdreiundfünfzig Silben mitgekommen? Wenn das alles so wichtig ist – wenn Gaias Existenz selbst davon abhängt –, weshalb kommt er dann nicht mit, um uns richtig anzuleiten?«

»*Ich* bin doch da, Trev«, sagte Wonne, »und ich bin genausogut Gaia wie er.« Sie widmete ihm aus ihren dunklen Augen von unten herauf einen kurzen Seitenblick. »Dann empfinden Sie es wohl als ärgerlich, daß ich Sie ›Trev‹ nenne?«

»Ja, ganz richtig. Ich habe ein Recht auf meine Eigenheiten, so wie Sie ein Recht auf Ihre Eigentümlichkeiten haben. Mein Name lautet Trevize. Zwei Silben. Tre-vize.«

»Ich werde mich gerne danach richten. Ich möchte nicht, daß Sie meinetwegen wütend sind, Trevize.«

»Ich bin nicht wütend. Ich ärgere mich bloß.« Plötzlich stand er auf und stapfte vom einen zum anderen Ende der Räumlichkeit, stieg unterwegs über die ausgestreckten Beine Pelorats (der sie daraufhin hastig einzog), dann wieder zurück. Er blieb stehen, drehte sich um und wandte sich an Wonne.

Er deutete mit dem Finger auf sie. »Hören Sie mal zu! Ich bin nicht mein eigener Herr. Ich bin von Terminus nach Gaia dirigiert worden – und als ich zu vermuten anfing, daß es sich so verhält, war es schon zu spät, um noch etwas daran ändern zu können. Und dann, als ich auf Gaia eintreffe, teilt man mir mit, der Zweck von allem besteht nur darin, daß ich Gaia rette. Wieso? Und wie? Was soll mir Gaia denn bedeuten – oder was bedeute ich Gaia –, daß ich sie retten müßte? Gibt es unter den Quintillionen Menschen in der Galaxis keinen anderen, der sich für diese Aufgabe eignet?«

»Bitte, Trevize«, sagte Wonne, der man auf einmal eine gewisse Niedergeschlagenheit anmerkte, während gleichzeitig alle spielerische Affektiertheit von ihr wich, »seien Sie nicht so verärgert. Sehen Sie, ich benutze Ihren Namen, wie's sich für Ihre Begriffe gehört, und ich bemühe mich, ernsthaft zu sein. Dom hat Sie um Geduld gebeten.«

»Bei allen Planeten der Galaxis, bewohnbar oder nicht, ich will nicht geduldig sein! Wenn ich so wichtig bin, habe ich dann nicht wenigstens eine Erklärung verdient?! Und da wir ohnehin gerade dabei sind, Fragen zu stellen, frage ich noch einmal: Warum begleitet Dom uns nicht? Ist ihm die ganze Sache zu unwichtig, um mit uns hier an Bord der *Far Star* zu gehen?«

»Er *ist* hier, Trevize«, entgegnete Wonne. »Solange ich anwesend bin, ist er auch da, genau wie sich mit mir jeder auf Gaia an Bord aufhält, jedes lebende Ding ebenso wie jedes einzelne Stückchen des Planeten.«

»*Sie* geben sich mit der Einstellung zufrieden, daß es so ist, aber meine Art des Denkens ist das nun einmal nicht. Ich bin kein Gaianer. Unsereins kann nicht einen ganzen Planeten in ein Raumschiff packen, wir können nur eine Person mit an Bord nehmen. Wir haben nun Sie an Bord, und Dom ist ein Teil von Ihnen. Na schön. Aber weshalb konnten wir nicht Dom mitnehmen und Sie als Teil von ihm auffassen?«

»Zunächst einmal war es Pels Wunsch, ich meine, Pe-lo-rats Wunsch, daß ich mit Ihnen an Bord des Raumschiffs gehe«, antwortete Wonne. »Ich, nicht Dom.«

»Das war nur zuvorkommend von ihm. Wie kann man so was denn ernst nehmen?«

»Oho, nun machen Sie aber mal einen Punkt, mein Bester!« sagte Pelorat und stand auf. »Das war mein völliger Ernst. Ich möchte nicht, daß meine Meinungsäußerungen derartig abgetan werden. Ich akzeptiere die Tatsache, daß es unwesentlich ist, welche Komponente Gaias sich bei uns an Bord befindet, und trotzdem ist es mir angenehmer, Wonne statt Dom im Schiff zu haben, und das gleiche sollte ja wohl für Sie gelten! Kommen Sie, Golan, Sie benehmen sich kindisch!«

»Ich?« meinte Trevize mit finsterer Miene. »*Ich?* Na gut, von mir aus. Trotzdem...« – wieder zeigte er mit dem Finger auf Wonne – »... was man auch von mir erwartet, ich werde es ganz bestimmt nicht tun, wenn man mich nicht wie einen Menschen behandelt. Also stellen wir mal zwei Fragen an den Anfang. Was soll ich machen? Und warum gerade ich?«

Wonne wich mit geweiteten Augen zurück. »Bitte«, sagte sie, »ich kann Ihnen jetzt darüber nichts mitteilen. Das kann nicht einmal die Gesamtheit Gaias. Sie *müssen* mitkommen, ohne irgend etwas vorher zu wissen. Sie *dürfen* alles Weitere erst erfahren, wenn wir am Ziel sind. Dann werden Sie tun, was Sie tun müssen – aber Sie müssen's ruhig und unemotional tun. Falls Sie in dieser Gemütsverfassung bleiben, in der Sie im Augenblick sind, wird nichts einen Zweck haben, und auf die eine oder andere Weise wird's mit Gaia zu Ende gehen. Sie müssen Ihre gegenwärtige Gefühlslage ändern, aber ich habe keine Ahnung, wie eine entsprechende Änderung sich herbeiführen läßt.«

»Wüßte Dom es, wenn *er* hier wäre?« fragte Trevize unerbittlich.

»Dom *ist* hier«, betonte Wonne. »Er/ich/wir wissen nicht, wie Ihre Empfindungen verändert oder wie Sie beruhigt werden können. Ein menschliches Wesen, das seinen Platz im Ablauf der Dinge nicht sieht, ist uns unbegreiflich, wir können niemanden verstehen, der sich nicht als Teil eines größeren Ganzen fühlt.«

»So verhält es sich keineswegs«, widersprach Trevize. »Sie waren dazu in der Lage, sich über Millionen von Kilometern hinweg meines Raumschiffs zu bemächtigen und gleichzeitig, während wir hilflos waren, auf uns einen beruhigenden Einfluß auszuüben. Na, dann beruhigen Sie mich auch jetzt! Tun Sie nicht so, als wären Sie dazu außerstande!«

»Aber wir *dürfen* es nicht. Nicht in diesem Fall. Würden wir Sie jetzt verändern oder beeinflussen, dann wären Sie für uns nicht mehr wert als jede andere Person in der Galaxis, und Sie könnten uns nicht von Nutzen sein. Wir brauchen Sie ausschließlich deshalb, eben weil Sie *Sie* sind – und deswegen müssen Sie *Sie* bleiben. Falls wir Sie zu diesem Zeitpunkt irgendwie lenken, sind wir verloren. Bitte, Sie müssen sich aus sich selbst heraus beruhigen.«

»Da gibt's keine Chance, Miß, wenn Sie mir nicht einiges von dem verraten, was ich wissen will.«

»Wonne, laß mich es versuchen!« sagte Pelorat. »Bitte warte nebenan.«

Wonne ging, indem sie sich langsam rückwärts nach draußen entfernte. Pelorat schloß hinter ihr die Tür.

»Sie kann alles hören, sehen und spüren«, stellte Trevize klar. »Was für ein Unterschied besteht jetzt?«

»Für mich ist es ein Unterschied«, erwiderte Pelorat. »Ich möchte mit Ihnen allein reden, auch wenn unser Alleinsein nur auf Selbstbetrug beruht. Golan, Sie haben Furcht.«

»Machen Sie sich nicht lächerlich.«

»Natürlich haben Sie Furcht! Sie wissen nicht, was bevorsteht, was Sie erwartet, was von Ihnen erwartet wird. Es ist Ihr gutes Recht, Furcht zu verspüren.«

»Aber ich fürchte mich nicht!«

»Doch, sehr wohl. Vielleicht fürchten Sie sich nicht – anders als es mir geht – vor handgreiflichen Gefahren. Ich habe mich davor gefürchtet, mich hinaus in den Weltraum zu wagen, ich habe jede neue Welt gefürchtet, die es zu sehen gab, jedes neue Ding, dem ich begegnet bin. Immerhin habe ich ein halbes Jahrhundert lang ein eingeengtes, zurückgezogenes, beschränktes Dasein geführt, während Sie in der Raummarine waren und anschließend in der Politik aktiv, immer im wirrsten Drunter und Drüber, sowohl daheim wie auch im All. Aber ich habe versucht, meine Furchtsamkeit zu überwinden, und Sie haben mir geholfen. Während der gesamten Zeit, in der wir nun schon zusammen gewesen sind, haben Sie mit mir Geduld gehabt, waren Sie freundlich und verständnisvoll zu mir, und durch Sie ist es mir gelungen, die Furcht zu meistern und in den verschiedensten Situationen durchzuhalten. Lassen Sie mich nun die Gefälligkeit erwidern und diesmal Ihnen helfen.«

»Ich sage Ihnen, ich fürchte mich nicht.«

»Natürlich fürchten Sie sich! Wenn nichts anderes, dann fürchten Sie auf jeden Fall doch die Verantwortung, die man Ihnen zumutet. Allem Anschein nach hängt das Schicksal einer ganzen Welt von Ihnen allein ab – und daher müßten Sie, falls Sie scheitern, damit leben, daß der Untergang einer ganzen Welt Ihnen aufs Gewissen drückt. Warum sollten Sie die Verantwortung für eine Welt übernehmen, die Ihnen nichts bedeutet? Welches Recht hat man, Ihnen eine solche Bürde aufzuladen? Sie fürchten nicht nur das Scheitern, wie es jedem an Ihrer Stelle ginge, sondern Sie sind zusätzlich verärgert, weil man Sie in eine Situation bringt, in der Sie sich ganz einfach fürchten müssen.«

»Sie irren sich gewaltig.«

»Das bezweifle ich. Infolgedessen lassen Sie mich Ihren Platz einnehmen. Ich werde erledigen, was getan werden muß. Was es auch sein mag, das man von Ihnen erwartet, ich stelle mich als Ersatzmann zur Verfügung. Ich vermute, es dreht sich um nichts, was große Körperkräfte oder Vitalität erfordert, denn zu so was würde ja ein simples mechanisches Gerät genügen. Ich nehme auch an, daß es sich um nichts handelt, was Mentalistik verlangt, denn in dieser Beziehung ist Gaia selbst leistungsfähig genug. Es muß irgend etwas sein, das ... tja, ich weiß nicht was, aber wenn man dazu weder Muskeln noch Gehirn braucht, muß ich sagen, alles andere habe ich genauso wie Sie – und zudem besitze ich die Bereitschaft, die Verantwortung zu übernehmen.«

»Warum sind Sie so willig«, erkundigte sich Trevize in scharfem Tonfall, »sich so etwas aufzubürden?«

Pelorat betrachtete den Fußboden, als sorge er sich, er könne Trevizes Blick nicht standhalten. »Ich habe nie eine Ehefrau gehabt, Golan«, sagte er. »Ich habe Frauen gekannt, sicherlich. Aber sie waren mir nie besonders wichtig. Interessant waren sie für mich. Ganz nett. Aber nie wirklich wichtig. Diese allerdings ...«

»Wer? – Wonne?«

»Sie ist ... für meine Begriffe ... irgendwie anders.«

»Beim Terminus, Janov, sie bekommt jedes Wort mit, das Sie reden!«

»Das ist gleichgültig. Sie weiß sowieso Bescheid. Ich möchte ihr eine Freude machen. Ich will diese Aufgabe übernehmen, woraus sie auch bestehen mag ... ich werde jedes Risiko, jede Verantwortung auf mich nehmen, wenn nur eine kleine Chance besteht, daß sie ... sich eine gute Meinung von mir bildet.«

»Janov, sie ist ein Kind.«

»Sie ist kein Kind – und was Sie von ihr denken, macht für mich ohnehin keinen Unterschied aus.«

»Begreifen Sie denn nicht, für was sie Sie halten muß?«

»Für einen alten Mann? Was bedeutet das denn noch? Sie ist Teil eines höheren Ganzen, ich dagegen nicht – das allein errichtet bereits ein unüberwindbares Hindernis zwischen uns. Glauben Sie, das wäre mir nicht klar? Aber ich verlange nichts von ihr, bestenfalls hoffe ich, daß sie ...«

»Sich eine gute Meinung von Ihnen bildet?«

»Ja. Oder was sie sonst an Empfindungen für mich aufbringen kann.«

»Und dafür wollen Sie meine Aufgabe übernehmen? Ich kann mich nicht des Eindrucks erwehren, Janov, daß Sie nicht richtig zugehört haben. Man will nicht Sie, sondern – Raum und Zeit! – aus irgendeinem Grund, den ich nicht ermessen kann, ausschließlich *mich!*«

»Wenn Sie sich nicht zur Verfügung stellen und sie irgend jemanden haben müssen, wird es besser sein, mich zu haben, nehme ich an, als überhaupt niemanden.«

Trevize schüttelte den Kopf. »Das kann doch wohl nicht wahr sein. Ich kann's nicht glauben. Sie kommen so langsam in die reiferen Jahre, und da entdecken Sie plötzlich die Jugend. Janov, Sie möchten ein Held werden, damit Sie für den bewußten Leib sterben dürfen.«

»Reden Sie nicht so daher, Golan! Das ist kein Thema, um sich darüber lustig zu machen.«

Trevize wollte lachen, aber da sah er Pelorats ernste Miene und räusperte sich statt dessen lediglich. »Sie haben recht«, sagte er. »Entschuldigen Sie. Rufen Sie sie herein, Janov. Rufen Sie sie rein!«

Wonne trat in leicht gebeugter Haltung ein. »Es tut mir schrecklich leid, Pel«, sagte sie mit schwächlichem Stimmchen. »Du kannst nicht einspringen. Es muß Trevize sein.«

»Na schön«, antwortete Trevize. »Ich werde ganz ruhig sein. Was es auch sein soll, ich werde versuchen, es durchzuführen. Ich würde alles tun, bloß um zu verhindern, daß Janov in seinem Alter noch den romantischen Helden mimt.«

»Ich kenne mein Alter«, murmelte Pelorat.

Bedächtig ging Wonne zu ihm und legte eine Hand auf seine Schulter. »Pel, ich... ich habe eine sehr gute Meinung von dir.«

Pelorat schaute zur Seite. »Schon gut, Wonne. Du brauchst dir keine Freundlichkeiten abzuringen.«

»Ich bin nicht bloß freundlich, Pel. Ich habe von dir... eine sehr, sehr gute Meinung.«

82

Erst schwach, dann deutlicher, entsann sich Sura Novi, daß sie Suranoviremblastiran war und als Kind von ihren Eltern Su und von ihren Spielkameraden Vi genannt wurde.

Sie hatte diese Tatsachen niemals wirklich vergessen, doch gelegentlich waren sie sehr tief in ihr verborgen gewesen. Noch nie waren sie so tief und so lange verborgen worden wie im

Laufe des vergangenen Monats, denn nie, nie hatte sie sich so lange in solcher Nähe zu einem derartig starken Geist befunden.

Aber nun war ihre Zeit gekommen. Sie selbst hatte darauf keinen Einfluß. Im Interesse des globalen Notstands schob der ganze zeitweilig unterdrückte Rest ihres Wesens sich nun zurück an die Oberfläche.

Ein unbestimmtes Mißbehagen begleitete diesen Vorgang, eine Art von Kribbeln, doch binnen kurzem erfolgte dessen Verdrängung durch das Wohlbefinden eines unmaskierten Ichs. Seit Jahren war sie Gaias Globus nicht mehr so nahe gewesen.

Sie erinnerte sich an eine der Lebensformen, die ihr als Kind auf Gaia so lieb gewesen waren. Weil sie damals deren Empfindungen als einen schwachen Bestandteil ihres eigenen Fühlens begriffen hatte, erkannte sie das eigene, viel stärkere Gefühl eines ähnlichen Geschehens nun wieder. Sie glich einem Schmetterling, der aus seinem Kokon schlüpft.

83

Stor Gendibal starrte Sura Novi mit durchdringendem Blick scharf an – und so überrascht, daß er beinahe Bürgermeisterin Branno seiner Aufmerksamkeit hätte entgleiten lassen. Daß ihm das nicht passierte, war vielleicht einem plötzlichen Rückhalt von außerhalb zu verdanken, der stabilisierend wirkte, den er im Moment jedoch ignorierte.

»Was weißt du von Ratsherr Trevize, Novi?« erkundigte er sich. Die in unerwartetem Anwachsen begriffene Komplexität ihres Geistes flößte ihm eisige Bestürzung ein. »Was bist du?« rief er.

Er versuchte, ihre Psyche unter seine Kontrolle zu bringen, mußte jedoch feststellen, daß sie für ihn unangreifbar blieb. Erst in diesem Augenblick erkannte er, daß sein mentalistischer Griff um die Branno durch einen machtvolleren Einfluß, als er von ihm selbst ausging, Unterstützung erhielt. »Was bist du?« wiederholte er.

Sura Novis Miene zeigte eine Andeutung von Tragik. »Meister«, sagte sie, »Sprecher Gendibal... mein wahrer Name lautet Suranoviremblastiran, und ich bin Gaia.«

Mehr verriet sie mündlich nicht, aber Gendibal hatte in einer plötzlichen Aufwallung von Wut seine mentale Aura intensiviert, und während er – aufgebracht wie er jetzt war – den fremden Rückhalt negierte und die Branno in seine eigene und obendrein verstärkte mentalistische Obhut nahm, tastete er gleichzeitig nach Sura Novis Bewußtsein und verwickelte es in ein angespanntes, stummes Ringen.

Sie wehrte ihn mit gleichrangiger Tüchtigkeit ab, blieb jedoch dazu außerstande, ihm ihr Bewußtsein zu verschließen – oder vielleicht legte sie gar keinen Wert darauf.

Er sprach nun zu ihr auf die Art und Weise, wie er sich an einen anderen Sprecher gewandt hätte. »Du hast ein Spielchen gespielt, mich getäuscht, mich hergelockt, und du gehörst der Spezies an, der auch der Fuchs entsprungen war.«

»Der Fuchs war ein einzelnes verkommenes Subjekt, Sprecher. »Ich/wir sind keine Füchse. Ich/wir sind Gaia.«

Über das bloße gesprochene Wort hinaus machte die Art ihrer Äußerung die ganze Wesenseigentümlichkeit Gaias deutlich.

»Ein als Ganzheit lebender Planet«, faßte Gendibal zusammen.

»Und mit einem Mentalfeld, das insgesamt weit größer ist als dein individuelles mentales Feld. Bitte widersetze dich nicht mit solcher Heftigkeit! Ich befürchte, es könnte sonst die Gefahr entstehen, daß ich dir Schaden zufüge, und das ist etwas, was ich nicht wünsche.«

»Nicht einmal als lebender Planet könnt ihr mächtiger sein als die Summe meiner Kollegen auf Trantor. In gewisser Beziehung sind auch wir ein lebender Planet.«

»Ihr seid nur ein paar tausend Menschen in geistiger Kooperation, Sprecher, und du kannst dich gegenwärtig nicht auf den Beistand deiner Kollegen stützen, denn ich habe deine Verbindung zu ihnen blockiert. Unternimm einen entsprechenden Versuch, er wird dich davon überzeugen.«

»Welche Absichten verfolgst du, Gaia?«

»Ich hatte gehofft, Sprecher, du würdest mich weiterhin Novi nennen. Was ich nun durchführe, mache ich als Gaia, aber ebenso bin ich Novi – und was dich persönlich angeht, bin ich ausschließlich Novi.«

»Welche Absichten hast du, Gaia?«

Das zittrige mentale Äquivalent eines Seufzers war bemerkbar. »Wir werden in dreiseitigem Patt bleiben«, sagte Novi. »Du gibst durch den Mentalschild acht auf Bürgermeisterin Branno, unterstützt von mir, so daß wir nicht ermüden können. Du wirst deinerseits, vermute ich, mich im mentalistischen Griff behalten, und ich werde es mit dir gleich halten, und auch darin werden wir nicht ermüden. Und so wird es erst einmal bleiben.«

»Bis wann?«

»Wie ich bereits erwähnt habe, warten wir auf Ratsherrn Trevize von Terminus. Er wird das Patt beheben – so wie er es für richtig hält.«

84

Der Computer an Bord der *Far Star* lokalisierte die beiden Raumschiffe, und Golan Trevize holte sie über die Außenübertragung auf den zu diesem Zweck unterteilten Bildschirm.

Beide waren Raumschiffe der Foundation. Eines glich genau der *Far Star* und war zweifellos Compors Schiff. Der andere Raumer war weit größer und leistungsfähiger.

»Also«, wandte sich Trevize an Wonne, »sind Sie darüber informiert, was hier vorgeht? Können Sie mir jetzt irgend etwas mitteilen?«

»Ja. Daß Sie nicht beunruhigt zu sein brauchen. Man wird Ihnen nichts antun können.«

»Wieso ist eigentlich jeder davon überzeugt, ich würde, wie ich hier sitze, vor Panik schlottern?« meinte Trevize mißmutig.

»Lassen Sie sie doch reden, Golan, statt sie anzuschnauzen«, sagte Pelorat hastig.

Trevize hob in einer Gebärde ungeduldiger Nachgiebigkeit die Arme. »Ich will niemanden anschnauzen. Sprechen Sie, Miß!«

»Auf dem großen Raumschiff befindet sich die Herrscherin Ihrer Foundation«, sagte Wonne. »Bei ihr...«

»Die Herrscherin?« meinte Trevize erstaunt. »Sie meinen das alte Schlachtroß Branno?«

»Sicherlich ist das nicht ihr Titel«, sagte Wonne, deren Lippen aus Erheiterung ein wenig zuckten. »Aber es handelt sich um eine Frau, ja.« Sie schwieg einen kurzen Moment lang, als lausche sie aufmerksam dem höheren Organismus, von dem sie ein Teil war. »Ihr Name ist Harlabranno. Es kommt mir merkwürdig vor, daß jemand einen Namen mit nur vier Silben hat, der auf seiner Heimatwelt so wichtig ist, aber vermutlich haben Nichtgaianer ihre eigenen Bräuche.«

»Sie würden sie wahrscheinlich Brann nennen, glaube ich«, bemerkte Trevize grinsend. »Aber was macht sie hier? Warum ist sie nicht auf...? Ach, verstehe. Gaia hat auch sie hergelockt. Warum?«

Wonne erteilte auf diese Frage keine Antwort. »Bei ihr ist ein Mann namens Lionokodell, fünf Silben, obwohl er rangmäßig unter ihr steht. So etwas würde man hier als Mangel an Respekt auffassen. Er ist auf Ihrer Welt ein hoher Beamter. Ferner sind vier andere Personen an Bord, die für die Bedienung der Waffen zuständig sind. Möchten Sie Ihre Namen erfahren?«

»Nein. Im anderen Schiff befindet sich, würde ich wetten, Munn Li Compor, und er ist ein Repräsentant der Zweiten Foundation. Offenbar haben sie die beiden Foundations in eine Begegnung manövriert. Weshalb?«

»Ganz so ist es nicht, Trev... ich meine, Trevize...«

»Ach, sagen Sie ruhig Trev zu mir. Es schert mich nicht einen Hauch Kometengas.«

»Ganz so ist es nicht, Trev. Compor hat das Raumschiff verlassen, und es sind zwei andere Personen an Bord. Eine davon ist Storgendibal, ein wichtiger Mann der Zweiten Foundation. Man nennt ihn einen Sprecher.«

»Ein wichtiger Mann? Er hat paramentale Kräfte, kann ich mir denken.«

»O ja. Er ist sehr stark.«

»Können Sie mit ihm fertig werden?«

»Gewiß. Die andere Person, die sich an Bord aufhält, ist Gaia.«

»Einer von *Ihnen?*«

»Ja. Ihr Name lautet Suranoviremblastiran. Er müßte viel

länger sein, aber sie ist lange Zeit von mir/uns/allem fort gewesen.«

»Ist sie dazu imstande, es mit einer hohen Führungspersönlichkeit der Zweiten Foundation aufzunehmen?«

»Es ist nicht sie, sondern Gaia, die auf ihn achtgibt. Sie/ich/wir sind fähig genug, um ihn zu zermalmen.«

»Und wird es dahin kommen? Wird sie ihn und ebenso die Branno zermalmen? Was soll das alles? Hat Gaia die Absicht, beide Foundations zu vernichten und ein eigenes galaktisches Imperium zu errichten? Eine Neuauflage der Herrschaft des Fuchses? Ein Großreich der Füchse ...?«

»Nein, Trev, nein. Erregen Sie sich nicht! Das dürfen Sie nicht. Alle drei Parteien befinden sich in einer Pattsituation. Sie warten.«

»Worauf?«

»Auf Ihre Entscheidung.«

»Da sind wir also wieder. *Welche* Entscheidung? Warum *meine?«*

»Bitte, Trev«, sagte Wonne. »In Kürze wird alles erklärt. Ich/wir/sie haben soviel verraten, wie ich/wir/sie gegenwärtig mitteilen dürfen.«

85

»Es steht fest, Liono«, sagte die Branno matt, »daß ich einen Fehler begangen habe, vielleicht sogar einen verhängnisvollen Fehler.«

»Ist das etwas, das Sie so ohne weiteres zugeben sollten?« murmelte Kodell, ohne die Lippen zu bewegen.

»Drüben wissen sie ohnehin, was ich denke. Es auszusprechen, kann das Unheil nicht verschlimmern. Sie wissen auch nicht weniger, was Sie denken, wenn Sie nicht die Lippen bewegen. Ich hätte warten sollen, bis der Mentalschild stärkere Leistung bringt.«

»Wie hätten Sie so was voraussehen können, Bürgermeisterin?« entgegnete Kodell. »Hätten wir gewartet, bis wir doppelt, dreifach und vierfach oder wer weiß wie sicher sein konnten, wir hätten vielleicht in alle Ewigkeit warten müssen. Aber eins ist sicher, ich wünschte, wir wären nicht selbst geflogen. Es wäre vernünftiger gewesen, erst noch für eine Weile zu experimentieren – vielleicht unter Verwendung Ihres Blitzableiters Trevize.«

Die Branno seufzte. »Ich wollte ohne Vorwarnung handeln können, Liono. Trotzdem, das ist der wunde Punkt meiner Planung, mein großer Irrtum. Ich hätte warten sollen, bis der Mentalschild ausreichend widerstandsfähig ist. Nicht absolut undurchdringlich, aber stark genug. Ich wußte, daß er in feststellbarem Umfang unzulänglich ist, aber ich habe es nicht fertiggebracht, länger zu warten. Die Schwächen des Mentalschildes zu beseitigen, hätte geheißen, ein Handeln wäre erst nach Ablauf meiner Amtszeit möglich geworden, und ich wollte unbedingt noch während der Dauer *meiner* Regierung die erforderlichen Schritte tun – und ich wollte *persönlich* dabeisein. Also habe ich mir, als wäre ich wirklich so eine Närrin, schlichtweg eingeredet, der Mentalschild sei adäquat. Von Vorsicht wollte ich nichts hören... von Ihren Zweifeln, zum Beispiel.«

»Wir können möglicherweise noch immer die Oberhand gewinnen, wenn wir Geduld bewahren.«

»Fühlen Sie sich dazu imstande, den Befehl zu geben, auf das andere Schiff zu feuern?«

»Nein, nicht, Bürgermeisterin. Irgendwie ist schon der Gedanke mir unerträglich.«

»Mir geht's ebenso. Und ich bin sicher, selbst wenn es Ihnen oder mir gelänge, den Befehl zu erteilen, die Besatzung würde ihn nicht befolgen, irgendwie wäre sie dazu nicht in der Lage.«

»Vielleicht verhält es sich unter den gegenwärtigen Umständen so, Bürgermeisterin, aber die Umstände können sich ändern. Und da erreicht doch tatsächlich ein neuer Mitwirkender den Ort des Geschehens.«

Er deutete auf den Bildschirm. Der Bordcomputer hatte den Bildschirm automatisch unterteilt, als ein weiteres Raumschiff in seinen Erfassungsbereich gelangte. Das zweite Schiff erschien auf der rechten Seite.

»Können Sie die Wiedergabe vergrößern, Liono?«

»Kein Problem. Der Zweitfoundationist ist sehr geschickt. Wir können alles tun, was ihm keinen Anlaß zur Sorge gibt.«

»Na, das ist doch die *Far Star*«, sagte die Branno, ihren Blick auf den Bildschirm geheftet. »Und ich nehme an, an Bord sind Trevize und Pelorat. Es sei denn...« – sie sprach merklich verbittert weiter –, »sie sind inzwischen auch durch Leute der Zweiten Foundation ersetzt worden. Mein Blitzableiter hat sich wahrhaftig ausgezeichnet bewährt. Wäre bloß mein Mentalschild stärker!«

»Geduld«, empfahl Kodell.

Plötzlich tönte eine Stimme durch den Kontrollraum des Schiffs, und irgendwie merkte die Branno, daß diese Stimme sich keiner Schallwellen bediente. Sie empfing sie direkt mit dem Bewußtsein, und ein rascher Blick in Kodells Miene verriet ihr unmißverständlich, daß auch er sie wahrnahm.

»Können Sie mich hören, Bürgermeisterin Branno?« fragte die Stimme. »Wenn ja, machen Sie sich nicht die Mühe, es auszusprechen. Es genügt, wenn Sie es denken.«

»Was sind Sie?« fragte die Branno gefaßt zurück.

»Ich bin Gaia.«

86

Die drei Raumschiffe befanden sich jeweils in bezug auf die beiden anderen Schiffe in im wesentlichen unveränderlicher Position. Alle drei umkreisten langsam den Planeten Gaia, als seien sie ein ferner, drei gesonderte Teile umfassender Satellit des Planeten. Alle drei begleiteten Gaia auf ihrer endlosen Reise um ihre Sonne.

Trevize saß ruhig da und beobachtete den Bildschirm, der Mutmaßungen über die ihm zugemutete Rolle weidlich überdrüssig – des Spekulierens darüber, zu welchem Zweck man ihn über tausend Parsek hinweg hergelockt hatte.

Die Stimme in seinem Bewußtsein jagte ihm keinen Schrekken ein. Ihm war, als hätte er nur auf sie gewartet.

»Können Sie mich hören, Golan Trevize?« wollte sie von ihm wissen. »Wenn ja, machen Sie sich nicht die Mühe, es auszusprechen. Es genügt, wenn Sie es denken.«

Trevize sah sich um. Pelorat, eindeutig verstört, glotzte hierhin und dahin, als versuche er, den Ursprung der Stimme zu erspähen. Wonne saß gelassen an ihrem Platz, die Hände locker im Schoß. Trevize bezweifelte keine Sekunde lang, daß sie die Stimme genauso empfing.

Er ignorierte die Aufforderung, in Gedanken zu antworten, und redete sogar mit vorsätzlich überdeutlicher Aussprache. »Wenn ich nicht erfahre, um was es bei allem hier eigentlich geht, werde ich nichts von dem tun, was man von mir verlangt.«

»Sie werden es nun erfahren«, erwiderte die Stimme.

87

»Sie werden mich in Ihrem Bewußtsein vernehmen«, sagte Sura Novi. »Ihnen allen steht es frei, mir in Gedanken zu antworten. Ich werde gewährleisten, daß auch Sie einander sich hören können. Wie Ihnen bekannt ist, ist der Abstand zwischen uns gering genug, so daß bei der normalen Lichtgeschwindigkeit des spatial-mentalen Feldes keine lästigen Verzögerungen auftreten werden. Um einen Anfang zu machen – dies Treffen findet aufgrund eines sorgfältigen Arrangements statt.«

»Auf welche Weise ist es arrangiert worden?« tönte die Stimme der Branno.

»Keineswegs durch mentalistische Manipulation«, sagte Sura Novi. »Gaia hat niemandes Geist vergewaltigt. So etwas ist nicht unsere Art. Wir pflegen am liebsten fremden Ehrgeiz für unsere Zwecke auszunutzen. Bürgermeisterin Branno wollte nicht länger warten und sofort ein Zweites Imperium errichten. Sprecher Gendibal wollte Erster Sprecher werden. Es hat genügt, ihr jeweiliges Streben weiter zu stimulieren und mit einigem Urteilsvermögen selektiv mit der anschließenden Entwicklung zu gehen.«

»Ich weiß, wie man mich hergelockt hat«, sagte Gendibal barsch. Und er wußte es tatsächlich. Er wußte, warum er es so darauf abgesehen gehabt hatte, in den Weltraum zu fliegen, so versessen darauf, Trevize zu folgen, so sehr davon überzeugt, er könne mit allem fertig werden. Alles war auf Novi zurückzuführen. Ach, Novi!

»Sie waren ein besonderer Fall, Sprecher Gendibal. Ihr Ehrgeiz war ausgeprägt, aber zusätzlich war eine Schwäche vorhanden, die uns das Vorgehen erleichtert hat. Wir haben Sie als Person erkannt, die sich jemandem gegenüber, den sie erziehungsgemäß als in jeder Hinsicht tieferstehend betrachtet, sehr freundlich verhält. Das habe ich zu unserem Vorteil und gegen Sie genutzt. Ich/wir bin/sind deswegen von tiefer Scham erfüllt. Unsere Entschuldigung kann nur sein, daß die Zukunft der gesamten Galaxis gefährdet ist.«

Sura Novi schwieg für einen Moment, und ihre Stimme (obwohl sie sich nicht ihrer Stimmbänder bediente) nahm einen düsteren Ausdruck an, ihr Gesicht wirkte kummervoller.

»Dies war die Zeit, in der es zu handeln galt. Gaia konnte unmöglich länger warten. Über ein Jahrhundert lang hatten die Bewohner Terminus' bereits an einem Mentalschild gearbeitet. Eine Generation später wären sie vielleicht sogar Gaia überlegen gewesen, so daß sie ihre materiellen Waffen nach Belieben einzusetzen vermocht hätten. Die restliche Galaxis hätte ihnen nicht widerstehen können, und trotz der anderen Maßgabe des Seldon-Planes wäre nach Terminus' Vorstellungen ein Zweites Galaktisches Imperium etabliert worden – trotz Trantor, trotz Gaia. Bürgermeisterin Branno mußte irgendwie dazu verleitet werden, zur Tat zu schreiten, bevor der Mentalschild perfektioniert werden konnte. Dann ist da Trantor. Der Seldon-Plan bewährte sich reibungslos, denn Gaia selbst wirkte darauf hin, ihn mit Präzision im vorgeschriebenen Gleis zu halten. Und rund ein Jahrhundert lang hatte es nur zurückhaltende Erste Sprecher gegeben, so daß Trantor mehr oder weniger lediglich dahinvegetierte. Inzwischen jedoch hatte Stor Gendibals rascher Aufstieg begonnen. Er war der richtige Mann, um Erster Sprecher zu werden, und unter ihm würde Trantor wieder eine aktive Rolle spielen. Trantor würde Einfluß und Macht auch mit physischen Mitteln auszuüben anfangen, die Gefahr erkennen, die von Terminus ausging, und dagegen einschreiten. Falls es gelungen wäre, gegen Terminus vorzugehen, bevor der Mentalschild vervollkommnet werden konnte, dann mußte der Seldon-Plan in sein vorgesehenes Ende münden, ein Zweites Galaktisches Imperium, eines nach Trantors Vorstellungen trotz Terminus, trotz Gaia. Infolgedessen mußte Gendibal irgendwie dazu gebracht werden, zu handeln, ehe man ihn zum Ersten Sprecher ernannte. Weil Gaia jedoch jahrzehntelang darauf hingearbeitet hat, ist es nun gelungen, beide Foundations zur rechten Zeit am richtigen Ort zu einer Zusammenkunft zu bewegen. Ich wiederhole das hauptsächlich mit solcher Deutlichkeit, damit Ratsherr Trevize von Terminus über die Situation volle Klarheit erhält und sie verstehen kann.«

Sofort meldete sich Trevize zu Wort und mißachtete erneut die Empfehlung, sich per Gedanken zu verständigen. Er sprach in entschiedenem Tonfall. »Ich verstehe *nichts.* Was ist denn falsch an der einen oder der anderen Version eines künftigen Zweiten Galaktischen Imperiums?«

»Ein Zweites Galaktisches Imperium in Terminus' Stil wäre ein militaristisches Imperium«, antwortete Sura Novi/Gaia, »errichtet durch Gewalt, aufrechterhalten durch Gewalt, bis es schließlich auch durch Gewalt zugrunde gehen müßte. Es wäre nichts als eine Wiedergeburt des Ersten Galaktischen Imperiums. So lautet Gaias Ansicht. Ein Zweites Galaktisches Imperium im Stil Trantors wäre ein paternalistisches Imperium, errichtet durch Berechnung, regiert mit Berechnung und dank aller Berechnung zu einem Dasein des permanenten Halblebens und Halbsterbens verurteilt. Es käme einer Sackgasse gleich. So lautet Gaias Ansicht.«

»Und was hat Gaia als Alternative zu bieten?« erkundigte sich Trevize.

»Ein größeres Gaia. Galaxia! Jeder bewohnte Planet gleichermaßen lebendig wie Gaia. Jeder lebendige Planet kombiniert zu einem höheren hyperspatialen Leben. Jeder unbewohnte Planet daran beteiligt. Jeder Stern. Jeder Schwaden von interstellarem Gas. Jedes Stäubchen interstellarer Materie. Vielleicht sogar unter Einbeziehung des großen, zentralen Schwarzen Lochs. Eine lebende Galaxis, die für jede Art von Leben in mancherlei Weise vorteilhaft gemacht werden kann, wie man es heute noch gar nicht abzusehen imstande ist. Einen neuen Weg des Lebens, der sich fundamental von allem unterscheidet, was bisher gewesen ist und keine der alten Fehler wiederholt.«

»Und neue Fehler hervorbringt«, meinte Gendibal sarkastisch.

»Gaia haben Jahrtausende zur Verfügung gestanden, um Fehler zu beseitigen.«

»Aber nicht in galaktischem Maßstab.«

Trevize kümmerte sich nicht um den kurzen Gedankenaustausch und kam zur Sache. »Und welche Rolle spiele ich bei alldem?«

»Wähle!« donnerte Gaias Stimme durch Sura Novis Bewußtsein. »Welche Alternative soll Wirklichkeit werden?«

Ausgedehntes Schweigen folgte, und als Trevize antwortete – diesmal mental, denn zum Sprechen war er zu stark erschüttert –, klang seine Stimme schwächlich, aber nichtsdestoweniger noch immer trotzig. »Warum ich?«

»Obschon wir bereits erkannt hatten, daß der Zeitpunkt da war«, entgegnete Sura Novi, »an dem entweder Terminus oder Trantor zu mächtig sein mußte, als daß man ihm noch Einhalt gebieten könnte – oder noch schlimmer, an dem beide möglicherweise gleichermaßen mächtig sein würden, so daß es zu einem unheilvollen Patt käme, das die ganze Galaxis zu verwüsten imstande wäre –, besaßen wir keine Möglichkeit zum Eingreifen. Wir benötigten für unsere Absichten jemanden – eine besondere Person – mit hohem, als Talent herausgebildetem Urteilsvermögen, einem sicheren Gespür für das Richtige. Schließlich haben wir Sie gefunden, Ratsherr Trevize. Nein, eigentlich können wir uns dies Verdienst nicht anrechnen. Die Bewohner Trantors haben Sie durch den Mann namens Compor ausfindig gemacht, wenngleich sie sich nicht darüber im klaren waren, mit wem sie es zu tun hatten. Der Vorgang des Ausfindigmachens Ihrer Person war es, der unsere Aufmerksamkeit erregt hat. Golan Trevize, Sie zeichnen sich durch die herausragende Begabung aus, mit Gewißheit feststellen zu können, welches Handeln das richtige ist.«

»Das streite ich rundweg ab«, sagte Trevize.

»Sie empfinden dann und wann in bestimmter Beziehung völlige *Gewißheit*. Und wir möchten, daß Sie das Kriterium Ihrer Gewißheit diesmal im Interesse der ganzen Galaxis anlegen. Vielleicht wünschen Sie eine derartige Verantwortung nicht. Es kann sein, daß Sie alles tun, um der Wahl aus dem Wege zu gehen. Trotzdem werden Sie einsehen müssen, daß es richtig und gut ist, eine Wahl zu treffen. Sie werden darüber *Gewißheit* haben. Und dann werden Sie die Entscheidung fällen. Sobald wir Sie gefunden hatten, waren wir uns sicher, daß unsere Suche vorüber war, und wir haben Jahre hindurch Maßnahmen durchgeführt, die es uns ermöglichten, ohne direkte mentalistische Beeinflussung darauf hinzuwirken, daß Sie drei – Bürgermeisterin Branno, Sprecher Gendibal und Ratsherr Trevize – sich im Umkreis Gaias zur gleichen Zeit treffen würden. Das ist uns nun gelungen.«

»Entspricht es etwa nicht den Tatsachen«, sagte Trevize, »daß du, Gaia – wenn ich dich so nennen soll –, unter den gegenwärtigen Umständen sowohl die Bürgermeisterin wie auch den Sprecher hier an Ort und Stelle überwältigen kannst? Ist es etwa nicht wahr, daß du diese lebende Galaxis, von der du sprichst, auch ohne meine Mitwirkung ins Leben rufen kannst? Und wenn es so ist – nun, warum machst du's dann nicht einfach?«

»Ich weiß nicht, ob ich das zu Ihrer Zufriedenheit erklären kann«, erwiderte Sura Novi/Gaia. »Vor Tausenden von Jahren ist Gaia mit der Hilfe von Robotern, die der Menschheit für kurze Zeit einmal wirklich dienten, ihr heute jedoch nicht mehr zu Diensten stehen, gegründet worden. Die Roboter haben keinen Zweifel daran gelassen, daß wir ausschließlich durch die strikte Anwendung der drei Regeln der Robotik auf das Leben im allgemeinen zu überdauern imstande sind. In entsprechender Abwandlung lautet die Erste Regel also: ›Gaia darf kein Leben schädigen oder durch Untätigkeit zu Schaden kommen lassen.‹ Im Laufe unserer gesamten Geschichte haben wir uns an diese Regel gehalten, und wir können nicht anders handeln. Das Resultat ist, daß wir nun hilflos sind. Wir können unsere Vision der lebenden Galaxis den Quintillionen von Menschen und anderen Lebensformen nicht aufzwingen, weil wir dabei einer großen Anzahl Schaden zufügen müßten. Ebensowenig jedoch können wir untätig zusehen, wie die Galaxis sich selber halb zugrunde richtet, wenn es in unserer Macht gestanden hätte, solche Auseinandersetzungen zu verhindern. Wir wissen nicht, ob unser Handeln oder unser Nichthandeln der Galaxis mehr schaden wird. Und falls wir handeln, wissen wir nicht, ob unsere Unterstützung Terminus' oder Trantors der Galaxis größeren Schaden bringt. Deshalb soll Ratsherr Trevize die Entscheidung treffen – und wie diese Entscheidung auch ausfallen mag, Gaia wird sich danach richten.«

»Wie soll nach Ihren Erwartungen eine solche Entscheidung

von mir gefällt werden?« fragte Trevize nach. »Was habe ich zu tun?«

»Sie haben Ihren Computer«, antwortete Sura Novi. »Die Bewohner des Terminus' haben, als sie ihn konstruierten, nicht geahnt, daß er viel besser sein würde, als sie dachten. Dem Computer an Bord Ihres Raumschiffs ist ein wenig von Gaia zu eigen. Legen Sie Ihre Hände aufs Terminal und denken Sie. Kraft Ihrer Gedanken können Sie beispielsweise Bürgermeisterin Brannos Mentalschild in einem Umfang verstärken, der ihn undurchdringlich macht. Falls Sie sich dafür entscheiden, wird sie möglicherweise sofort ihre Waffen anwenden, um die beiden anderen Raumschiffe außer Gefecht zu setzen oder zu vernichten, und dann ihre Herrschaft auf Gaia und später Trantor ausdehnen.«

»Und Sie würden nichts dagegen unternehmen?« meinte Trevize erstaunt.

»Nichts. Wenn Sie die Gewißheit hegen, daß Terminus' Vorherrschaft der Galaxis geringeren Schaden als jede andere Alternative zufügen wird, werden wir dieser Vorherrschaft gern unsere Unterstützung zukommen lassen – selbst um den Preis unseres eigenen Untergangs. Andererseits können Sie mittels Ihres Computers Sprecher Gendibals Mentalfeld orten und ähnlich verstärken, und in dem Fall dürfte er sich aus der Pattsituation befreien und meinen mentalistischen Halt abschütteln. Er könnte dann das Bewußtsein der Bürgermeisterin beeinflussen, unter Einsatz ihrer Raumschiffe Gaia physisch unterwerfen und die kontinuierliche Weiterführung des Seldon-Planes sicherstellen. Auch dagegen würde Gaia nichts unternehmen. Oder Sie können *mein* mentales Feld orten und sich damit vereinigen – dann wird die Entwicklung zu einer lebenden Galaxis eingeleitet und unsere Vision zur Erfüllung gelangen, nicht in dieser oder der nächsten Generation, sondern nach Jahrhunderten entsprechender Arbeit, während der der Seldon-Plan seine Gültigkeit behalten soll. Die Entscheidung liegt bei Ihnen.«

»Warten Sie«, meldete sich Bürgermeisterin Branno zu Wort. »Entscheiden Sie sich noch nicht. Darf ich sprechen?«

»Sie können freimütig reden«, gab Sura Novi zur Antwort. »Das gleiche gilt für Sprecher Gendibal.«

»Ratsherr Trevize«, sagte die Branno, »als wir uns das letzte Mal auf Terminus gesehen haben, meinten Sie zu mir: ›Es könnte der Tag kommen, an dem Sie mich um etwas bitten, und dann werde ich mich an diese beiden Tage erinnern und so entscheiden, wie ich's für angebracht halte.‹ Ich weiß nicht, ob Sie die nunmehr eingetretene Situation vorausgesehen oder sie intuitiv erahnt haben, oder ob Ihre Äußerung ganz einfach auf das zurückzuführen ist, was diese Frau, die uns hier etwas von einer lebenden Galaxis erzählt, Ihr Talent zum Erkennen des Richtigen nennt. Auf jeden Fall, Sie behalten jetzt recht. Ich bitte Sie um etwas, und zwar im Namen der Föderation. Ich vermute, Ihr Gefühl gibt Ihnen den Wunsch ein, es mir heimzuzahlen, daß ich Sie habe arrestieren und praktisch fortjagen lassen. Ich ersuche Sie jedoch, zu bedenken, daß ich im Sinne des Wohles der gesamten Foundation-Föderation gehandelt habe. Selbst wenn ich falsch vorgegangen sein oder aus hartherzigem Eigeninteresse gehandelt haben sollte, berücksichtigen Sie bitte, daß ich es war, der sich so verhalten hat – nicht die Föderation. Zerstören Sie nun nicht die ganze Föderation, nur um mich für das büßen zu lassen, was ich allein Ihnen angetan habe. Denken Sie daran, daß Sie ein Foundationist und ein Mensch sind, daß Sie niemals eine Nummer in den Plänen der seelenlosen Mathematiker Trantors oder weniger als eine Nummer in einem galaktischen Mischmasch aus Leben und Nichtleben sein möchten. Sie legen Wert darauf, daß Sie, Ihre Nachkommen und Mitmenschen selbständige Organismen im Besitz eines freien Willens bleiben. Alles andere zählt nicht. Andere mögen Ihnen einreden wollen, unser Imperium müsse zu Blutvergießen und Elend führen – aber so muß es keineswegs zwangsläufig kommen. Es liegt innerhalb unserer freien Willensentscheidung, ob es so kommt oder nicht. Wir können uns für eine andere Politik entscheiden. Und in jedem Fall ist es besser, aufgrund einer freien Willensentscheidung einer Niederlage entgegenzugehen, als wie ein Schräubchen in einer Maschine in bedeutungsloser Sicherheit zu existieren. Beachten Sie, daß nun von Ihnen verlangt wird, als Mensch mit freiem Willen eine Entscheidung zu treffen. Diese Wesen auf Gaia sind zu einer Entscheidung unfähig, weil ihr Apparat ihnen keine Entscheidung erlaubt, deshalb sind sie von Ihnen abhängig.

Und falls Sie sich entsprechend entscheiden, werden sie sogar den eigenen Untergang in Kauf nehmen. Ist das eine Art und Weise des Daseins, wie Sie sie sich für die ganze Galaxis vorstellen können?«

»Ich weiß nicht«, erwiderte Trevize, »ob ich tatsächlich noch Herr meines eigenen Willens bin, Bürgermeisterin. Genausogut kann mein Geist auf subtile Weise beeinflußt worden sein, damit ich die Entscheidung treffe, die erwünscht ist.«

»Ihre Psyche ist vollkommen unangetastet geblieben«, versicherte Sura Novi. »Wenn wir es über uns brächten, Sie so zu beeinflussen, wie es unseren Zwecken entgegenkommt, wäre diese ganze Zusammenkunft überflüssig gewesen. Wären wir derart prinzipienlos, hätten wir verfahren können, wie es uns gefällt, ohne auf höherstehende Bedürfnisse und das übergeordnete Wohl der Menschheit insgesamt irgendeine Rücksicht zu nehmen.«

»Ich glaube«, meldete sich Gendibal, »nun ist es an mir, mich zu äußern. Ratsherr Trevize, lassen Sie sich nicht durch engstirnigen Provinzialismus in die Irre führen. Die Tatsache, daß Sie auf Terminus geboren sind, sollte Sie nicht zu dem Irrtum verleiten, Terminus käme vor der Galaxis. Seit mittlerweile schon fünf Jahrhunderten orientiert sich alles Geschehen in der Galaxis am Seldon-Plan. Diese Entwicklung ist inner- und ebenso außerhalb der Foundation-Föderation weitergegangen. An erster Stelle und über Ihre unbedeutendere Rolle als Foundationist hinaus sind Sie ein Teil des Seldon-Planes. Tun Sie nichts, was den Plan stören könnte, weder irgend etwas im Namen eines beschränkten Patriotismus, noch einer romantischen Sehnsucht nach Neuem und Unerprobtem zuliebe. Die Zweite Foundation wird den freien Willen der Menschen niemals beeinträchtigen. Wir sind Vorkämpfer, keine Despoten. Und wir haben ein Zweites Galaktisches Imperium zu bieten, das sich vom Ersten Imperium grundlegend unterscheidet. Während der ganzen bekannten menschlichen Geschichte, in keinem Jahrzehnt der rund zwanzigtausend Jahre, seit die Hyperraumfahrt besteht, ist es nicht irgendwo in der Galaxis zu Blutvergießen und gewaltsamem Sterben gekommen. Entscheiden Sie sich für Bürgermeisterin Branno, und dergleichen wird sich in Zukunft endlos fortsetzen. Der fürchterliche, tödliche

Kreislauf wird weitergehen. Der Seldon-Plan verheißt endlich die Befreiung davon – und *nicht* um den Preis, nichts anderes mehr zu sein als ein Atom in einer Galaxis aus Atomen, heruntergekommen zur Gleichheit mit Gras, Bakterien, Viren und Staub.«

»Ich stimme mit dem überein, was Sprecher Gendibal über die Erste Foundation sagt«, erklärte Sura Novi. »Aber nicht mit dem, was er von seiner Foundation behauptet, der Zweiten Foundation. Die Sprecher Trantors sind selbständige Menschen mit freiem Willen und infolgedessen genauso, wie sie schon immer waren. Sind sie frei von destruktiver Konkurrenz, von Politik, von Karrierismus ohne jede Rücksicht? Gibt es an der Tafel der Sprecher keine Streitigkeiten, nicht sogar Haß und Abneigung? Können Sie immer Vorkämpfer sein, denen zu folgen man wagen darf? Stellen Sie Sprecher Gendibal diese Fragen bei seiner Ehre.«

»Es erübrigt sich, meine Ehre zu bemühen«, sagte Gendibal. »Ich gebe ohne Umschweife zu, daß wir an der Tafel der Sprecher mit Haß, Konkurrenzdenken und Intrigen zu tun haben. Doch wenn ein Entschluß einmal gefaßt ist, richten sich alle nach ihm. Diesbezüglich hat es nie eine Ausnahme gegeben.«

»Und wenn ich nun gar keine Wahl treffe?« fragte Trevize.

»Sie müssen«, entgegnete Sura Novi/Gaia. »Sie werden einsehen, daß es richtig ist, eine Wahl vorzunehmen, und deshalb werden Sie es tun.«

»Und wenn ich versuche, eine Wahl zu treffen, aber es nicht kann?«

»Sie müssen!«

»Wieviel Zeit habe ich?« wollte Trevize wissen.

»Sie haben Zeit«, erwiderte Sura Novi, »bis Sie die erforderliche *Gewißheit* empfinden, wie lange es bis dahin auch dauern mag.«

Trevize saß stumm da.

Obwohl auch die anderen Schweigen bewahrten, schien es Trevize, als könne er sie durch das Pochen seines Blutes noch immer hören.

›Freier Wille!‹ hörte er Bürgermeisterin Brannos feste Stimme proklamieren.

›Richtungsweisung und Frieden‹, verhieß Sprecher Gendibals Stimme mit gebieterischer Entschiedenheit.

›Leben‹, sagte Sura Novis/Gaias Stimme versonnen.

Trevize drehte sich um und sah, daß Janov Pelorat ihn eindringlich musterte. »Janov«, fragte er, »haben Sie das alles mitbekommen?«

»Ja, habe ich, Golan.«

»Und was meinen Sie?«

»Die Entscheidung liegt nicht bei mir.«

»Das weiß ich. Aber wie ist Ihre Meinung?«

»Keine Ahnung. Alle drei Alternativen bereiten mir gehöriges Unbehagen. Und doch, mir kommt ein sonderbarer Gedanke...«

»Ja?«

»Als wir ins All gestartet sind, haben Sie mir die Galaxis gezeigt. Erinnern Sie sich?«

»Natürlich.«

»Sie haben mit dem Computer eine Beschleunigung des Zeitablaufs simuliert, so daß man die Galaxis rotieren sehen konnte. Und da habe ich gesagt, ganz als hätte ich diesen Moment vorausgeahnt: ›Die Galaxis sieht wie ein Lebewesen aus, das durch den Weltraum kriecht.‹ Halten Sie es für denkbar, daß dieses Wesen in gewisser Weise bereits zum Leben erwacht sein könnte?«

Und als sich Trevize an den beschriebenen Augenblick erinnerte, empfand er plötzlich die erforderliche *Gewißheit*. Überstürzt wandte er sich ab, um sich erst gar keine Zeit zum Nachdenken zu geben, so daß keine Zweifel aufkommen konnten, keine Unsicherheit ihn nachträglich befiel.

Er legte seine Hände aufs Terminal des Computers und richtete seine Gedanken mit einer Intensität, wie er sie nie zuvor gekannt hatte, nach draußen.

Er hatte seine Entscheidung gefällt – die Entscheidung, von der das Schicksal der Galaxis abhing.

Zwanzigstes Kapitel

Schluß

88

Bürgermeisterin Harla Branno besaß allen Grund zur Zufriedenheit. Der Staatsbesuch hatte wenig Zeit beansprucht, aber war durch und durch produktiv verlaufen.

»Wir können ihnen natürlich nicht uneingeschränkt vertrauen«, sagte sie, wie um wohlüberlegt jeder Hybris vorzubeugen.

Sie beobachtete den Bildschirm. Die Raumschiffe der Flotte verschwanden eines nach dem anderen in den Hyperraum und kehrten zu ihren normalen Stationierungsorten zurück.

Es stand außer Frage, daß ihre Anwesenheit Sayshell beeindruckt hatte, aber trotzdem konnten den Sayshellern zwei Dinge keinesfalls entgangen sein: erstens, daß die Raumschiffe jederzeit im Hoheitsgebiet der Foundation verblieben waren; zweitens, daß sie, sobald die Branno ihren Abflug angekündigt hatte, tatsächlich ohne Umstände abflogen.

Andererseits würde Sayshell nicht vergessen, daß diese Schiffe innerhalb eines Tages – oder noch schneller – an die Grenzen der Sayshell-Union zurückbeordert werden konnten. Das Manöver hatte sowohl eine Demonstration der Macht wie auch eine Demonstration der Gutwilligkeit miteinander kombiniert.

»Ganz richtig«, sagte Kodell. »Wir dürfen ihnen nicht uneingeschränkt trauen, aber schließlich kann man niemandem in der Galaxis uneingeschränkt vertrauen, und es liegt ja in Sayshells eigenem Interesse, sich an die getroffenen Vereinbarungen zu halten. Wir sind großzügig gewesen.«

»Viel wird von der Ausarbeitung der Details abhängen«,

meinte die Branno, »und ich sehe voraus, daß sie monatelang dauern wird. Allgemeine Umrisse kann man innerhalb weniger Augenblicke akzeptieren, aber dann kommen die Feinheiten: wie die Durchführung der Quarantäne von Import und Export geregelt wird, wie wir den Wert ihres Korns und Viehs im Vergleich zu unserem festlegen, und so weiter.«

»Ich weiß, aber auch das wird irgendwann abgewickelt worden sein, und das Verdienst wird man Ihnen beimessen, Bürgermeisterin. Ihr Vorgehen war ziemlich kühn, und außerdem, das gebe ich zu, habe ich seine Klugheit angezweifelt.«

»Kommen Sie, Liono! Es hing nur davon ab, daß die Foundation dem Stolz der Saysheller genügend Beachtung schenkt. Schließlich haben sie seit den Zeiten des Imperiums immer eine gewisse Unabhängigkeit bewahrt. Und das ist eigentlich auch bewunderungswürdig.«

»Ja, das können wir uns nun leisten, da sie uns nicht mehr lästig zu sein braucht.«

»Genau, und dazu war es bloß nötig, daß wir von unserem Stolz einige geringfügige Abstriche und aus Rücksicht auf ihren Stolz irgendeine Geste machen. Ich gestehe, als Bürgermeisterin einer Föderation, die letztendlich eine Ausdehnung auf die ganze Galaxis anstrebt, ist es mir schwergefallen, einer eher provinziellen Sternengruppe einen Staatsbesuch abzustatten, aber sobald ich mich zu dem Entschluß erst einmal durchgerungen hatte, habe ich ihn nicht mehr als so schmerzhaft empfunden. Und denen hat es geschmeichelt. Wir mußten uns eben darauf verlassen, daß sie mit dem Besuch einverstanden sind, nachdem unsere Raumschiffe bereits an ihren Grenzen aufgetaucht waren, aber das verlangte natürlich von uns, daß wir bescheiden auftreten und übers ganze Gesicht lächeln.«

Kodell nickte. »Wir haben auf die Attribute der Macht verzichtet, um sie im wesentlichen weiterhin behalten zu können.«

»Genau. – Von wem stammt das Zitat?«

»Ich glaube, es ist erstmalig in einem von Eridens Stücken vorgekommen, aber sicher bin ich nicht. Sobald wir daheim sind, können wir eines unserer literarischen Glanzlichter fragen.«

»Falls ich daran denke. Wir sollten den sayshellischen Gegenbesuch auf Terminus so früh wie möglich anberaumen, und wir müssen gewährleisten, daß die Gäste wie vollkommen gleichgestellte Partner behandelt werden. Und ich fürchte, Liono, wir müssen für sie strikte Sicherheitsvorkehrungen treffen. Unter unseren Hitzköpfen dürfte es zwangsläufig einige Aufregung geben, und es wäre nachteilig, unsere Besucher einer Demütigung – und wenn noch so unbedeutend – durch irgendwelche Protestbekundungen auszusetzen.«

»Absolut richtig«, pflichtete Kodell bei. »Es war übrigens ein wirklich raffinierter Trick, Trevize loszuschicken.«

»Meinen Blitzableiter? Er hat sich viel besser bewährt, als ich es erwartet habe. Er mußte ganz einfach auf Sayshell Ärger veranstalten, und er hat ihren Blitz in Form von Protesten schneller auf sich gezogen, als ich es für möglich gehalten hätte. Raum und Zeit! Was für einen hervorragenden Vorwand für meinen Besuch das abgegeben hat – Sorge um das Betragen eines Bürgers der Foundation, Dankbarkeit für die Umsicht der Saysheller.«

»Echt gerissen! Aber meinen Sie nicht, es wäre besser gewesen, Trevize wieder mit nach Hause zu nehmen?«

»Nein. Im großen und ganzen ist er mir überall lieber als daheim. Auf Terminus wäre er ein Unruhefaktor. Sein Unsinn bezüglich der Zweiten Foundation hat mir zwar einen glänzenden Grund geliefert, um ihn wegschicken zu können, und natürlich konnten wir uns darauf verlassen, daß Pelorat ihn nach Sayshell lotst, aber ich möchte nicht, daß er in Zukunft nochmals auf Terminus solchen Blödsinn verbreitet. Man weiß nie, wohin so was führen kann.«

Kodell lachte gedämpft. »Ich bezweifle, ob sich irgendein leichtgläubigerer Mensch finden läßt als so ein intellektueller Akademiker. Ich wüßte gerne, wieviel erst Pelorat für bare Münze genommen hätte, wäre er von uns zu solchem Quatsch angestiftet worden.«

»An die tatsächliche Existenz des sayshellischen Gaia-Mythos zu glauben, das war ja wohl kraß genug – aber lassen wir das. Wenn wir zurück sind, müssen wir dem Rat den Vertrag mit der Sayshell-Union schmackhaft machen, weil wir für die Ratifizierung seine Zustimmung brauchen. Zum Glück liegt uns Trevizes Erklärung vor – samt Stimmprofil und allem –, daß er Terminus freiwillig verlassen habe. Ich werde mich vor dem Rat für Trevizes zeitweilige Inhaftierung entschuldigen, das wird den Rat beruhigen.«

»Ich kann mir gut vorstellen, wie Sie auf die Tränendrüsen drücken, Bürgermeisterin«, sagte Kodell humorlos. »Aber haben Sie schon einmal daran gedacht, daß Trevize seine Suche nach der Zweiten Foundation fortsetzen könnte?«

»Soll er von mir aus«, entgegnete die Branno mit einem Achselzucken, »solang er's nicht auf Terminus macht. Es wird ihn beschäftigen und zu nichts führen. Die fortwährende Existenz der Zweiten Foundation ist in diesem Jahrhundert unser Mythos, so wie auf Sayshell der Gaia-Mythos.« Sie lehnte sich zurück, erweckte einen rundum jovialen Eindruck. »Und wir haben nun Sayshell im Griff – und bis Sayshell es merkt, wird's zu spät sein, um sich wieder herauszuwinden. Und so wird die Foundation immer weiter und weiter wachsen, reibungslos und ohne Unterbrechung.«

»Und das Verdienst wird gänzlich Ihnen gehören, Bürgermeisterin.«

»Diese Tatsache ist meiner Aufmerksamkeit keineswegs entgangen«, sagte die Branno, und ihr Raumschiff verschwand in den Hyperraum, um gleich darauf im Weltraum in Terminus' Nachbarschaft wieder zum Vorschein zu kommen.

89

Sprecher Stor Gendibal hatte allen Grund zur Zufriedenheit. Die Begegnung mit der Ersten Foundation hatte wenig Zeit in Anspruch genommen und war trotzdem vollauf erfolgreich verlaufen.

Er hatte eine Botschaft sorgsam gemäßigten Triumphs nach Trantor übermittelt. Vorerst war es nur erforderlich gewesen, dem Ersten Sprecher mitzuteilen, daß alles gut ausgegangen war. Einzelheiten konnten später abgehandelt werden. Dann würde er in allen Einzelheiten schildern, wie eine sorgfältige – und ganz minimale – Beeinflussung von Bürgermeisterin Brannos Bewußtsein ihre Gedanken von imperialistischer Großtuerei abgelenkt und auf die Zweckmäßigkeit kommerziellen Handels gerichtet hatte; wie er durch eine gezielte Fernbeeinflussung das Oberhaupt der Sayshell-Union dazu bewogen hatte, die Bürgermeisterin zu einem Staatsbesuch einzuladen, und wie daraufhin ohne jede weitere mentalistische Einflußnahme eine fruchtbare Annäherung zustande gekommen war, nicht zu vergessen, daß Compor auf dem Schiff der Bürgermeisterin nach Terminus zurückkehrte, um dafür zu sorgen, daß man alle Vereinbarungen einhielt. Das alles, stellte Gendibal mit Gelassenheit bei sich fest, war nahezu ein Musterbeispiel für durch präzis eingesetzte Minimalmentalistik herbeigeführte, große Resultate.

Sobald er anläßlich einer ordnungsmäßigen Zusammenkunft der Tafel der Sprecher alle Details offenlegte, hatte er – da war er sicher – Sprecherin Delarmi an die Wand gespielt und durfte mit seinem baldigen Aufstieg zum Ersten Sprecher rechnen. Und bis dahin sollte nur noch kurze Zeit vergehen, denn er flog mit Compors Raumschiff zurück nach Trantor, dessen technische Besonderheiten die Einsicht der Zweiten Foundation in die physikalischen Wissenschaften verbessern würden.

Und er leugnete keineswegs die Wichtigkeit von Sura Novis Anwesenheit, obwohl er keine Veranlassung sah, diesen Umstand vor den anderen Sprechern sonderlich zu betonen. Sie hatte nicht nur wesentlich zu seinem Sieg beigetragen, sondern sie lieferte ihm nun auch die Entschuldigung, die er brauchte, um seinem kindlichen Bedürfnis nachzugeben (aber auch menschlichen Bedürfnis, denn auch Sprecher der Zweiten Foundation sind nur Menschen) und in ihrer gewissermaßen garantierten Bewunderung zu schwelgen.

Sie verstand nicht alles, was sich ereignet hatte, das war ihm klar, aber sie wußte, daß er alles nach seinem Gefallen geregelt hatte, und infolgedessen platzte sie nahezu vor Stolz. Er streichelte zärtlich das glatte Profil ihrer Psyche und empfand die angenehme Wärme ihres Stolzes.

»Ohne dich hätte ich es nicht geschafft, Novi«, sagte er. »Dank dir habe ich feststellen können, daß die Erste Foundation... ich meine die Leute in dem großen Raumschiff...«

»Ja, Meister, ich weiß, wen du meinst.«

»Dank dir konnte ich also feststellen, daß sie einen Mentalschild sowie schwache mentalistische Kräfte zu ihrer Verfügung hatten. Anhand des Effekts auf *deinen* Geist habe ich von beidem die Charakteristika ermitteln können. Deshalb konnte ich herausfinden, wie sich der Mentalschild am wirksamsten durchdringen und ihre lächerliche Mentalistik am besten neutralisieren ließ.«

»Ich habe keine genaue Ahnung, Meister, was das ist, wovon du da sprichst«, sagte Sura Novi zaghaft, »aber ich hätte noch mehr getan, um dir zu helfen, wär's mir möglich gewesen.«

»Das weiß ich, Novi. Aber was du getan hast, hat genügt. Erstaunlich, wie gefährlich diese Leute hätten werden können. Aber zum Glück haben wir noch rechtzeitig eingegriffen, bevor der Mentalschild und ihre Mentalistik in ihrer Entwicklung weiter fortschreiten konnten, und daher ist es uns gelungen, diese Dinge zu unterbinden. Die Bürgermeisterin kehrt nun heim, Mentalschild und Mentalistik vergessen, zufrieden damit, daß sie es geschafft hat, mit Sayshell Handelsbeziehungen einzuleiten, die die Union praktisch zu einem Bestandteil der Foundation-Föderation machen. Ich will nicht abstreiten, daß möglicherweise noch mehr geleistet werden muß, um in Erfahrung zu bringen, wie weit die Arbeiten an Mentalschild und Mentalistik gediehen sind, sie dann gegebenenfalls auszumerzen – da muß etwas gelaufen sein, das wir völlig übersehen haben –, aber es wird getan werden, was erforderlich ist.«

Er dachte eine Zeitlang über diese Angelegenheiten nach und sprach schließlich mit gedämpfterer Stimme weiter. »Wir sind in bezug auf die Erste Foundation immer viel zusehr von selbstverständlichen Annahmen ausgegangen. Wir müssen sie künftig viel aufmerksamer überwachen. Irgendwie müssen wir die Galaxis enger zusammenschließen. Die Mentalistik kann uns dazu dienen, eine engere Kooperation des Geistes herzustellen. So etwas wäre im Rahmen des Seldon-Planes nur günstig. Das ist meine Überzeugung, und ich werde mich dafür einsetzen.«

»Meister?« meinte Sura Novi betroffen.

Plötzlich lächelte Gendibal. »Entschuldige, ich rede mit mir selbst. Novi, erinnerst du dich an Rufirant?«

»Den stiernackigen Farmer, der dich angepöbelt hat? Das will ich meinen.«

»Ich bin davon überzeugt, daß Agenten der Ersten Foundation, wahrscheinlich mit individuellen Mentalabschirmungen ausgestattet, ihn dazu angestiftet haben, und vermutlich sind sie auch für andere Anomalien verantwortlich, die von uns beobachtet worden sind. Man stelle sich vor, wir sind derartigen Vorgängen gegenüber völlig blind gewesen! Aber schließlich wäre ich selbst durch diesen Mythos um diese rätselhafte Welt, diesen sayshellischen Aberglauben namens Gaia, fast dazu verleitet worden, die reale Gefahr der Ersten Foundation zu unterschätzen. Auch in dieser Beziehung kam deine Psyche mir als die richtige Hilfe sehr gelegen. Sie hat mir geholfen, eindeutig zu klären, daß das Raumschiff die Quelle des Mentalfeldes war, nichts anderes.«

Er rieb sich die Hände.

»Meister?« sprach Sura Novi ihn schüchtern an.

»Ja, Novi?«

»Wirst du für das, was du getan hast, belohnt werden?«

»Ja, das wird der Fall sein. Shandess wird seinen Rücktritt erklären, und ich werde zum Ersten Sprecher aufsteigen. Dann ist meine Chance da, uns zu einem aktiven Faktor in einer Umwälzung der gesamten Galaxis zu machen.«

»Zum Ersten Sprecher?«

»Ja, Novi. Ich werde der wichtigste und mächtigste Forscher von allen sein.«

»Der wichtigste von all den Forschern?« Sie wirkte bekümmert.

»Warum machst du so ein Gesicht, Novi? Möchtest du nicht, daß ich für meine Leistungen belohnt werde?«

»Doch, Meister, doch, ganz bestimmt. Aber wenn du erst der wichtigste aller Forscher bist, dann magst du sicher keine Hamerin mehr in deiner Nähe haben. So was würde ja nicht zu dir passen.«

»So, nicht? Und wer sollte es mir verbieten?« Er verspürte eine Aufwallung von Zuneigung. »Novi, du bleibst bei mir, wohin ich auch gehe oder was ich gerade treibe, was ich auch werde. Glaubst du, ich wollte es riskieren, mich mit einigen der Wölfe, die wir manchmal an der Tafel der Sprecher sitzen haben, ernsthaft anzulegen, ohne anhand deiner Psyche – deines unschuldigen, absolut unkomplizierten Gemüts – jederzeit ersehen zu können, wie ihre Gefühle beschaffen sind? Außerdem...« – er wirkte, als empfände er aufgrund einer unvermuteten Erkenntnis plötzlich Verblüffung – »ganz davon abgesehen, ich ... ich habe dich gern bei mir, und wenn es nach mir geht, sollst du immer bei mir bleiben. Das heißt, falls du es auch möchtest.«

»Ach, Meister«, flüsterte Sura Novi und ließ, als Gendibal einen Arm um ihre Taille schlang, ihren Kopf an seine Schulter sinken.

Tief in ihrem Innern, wo Sura Novis verstandesmäßige Oberfläche dessen kaum bewußt werden konnte, ruhte das Wesen Gaias und lenkte die Ereignisse, aber die undurchschaubare Maske war es, die die Fortführung der großen Aufgabe ermöglichte.

Und diese Maske – eine Maske, die einer Hamerin gehörte – war mit dem Lauf der Ereignisse vollkommen zufrieden und glücklich. Sie war sogar so glücklich, daß Sura Novi sich für den Abstand von ihr selbst/ihnen/allen nahezu entschädigt fühlte und sich darin fügte, auf unbestimmbare künftige Dauer das zu sein, was sie zu sein schien.

90

»Wie froh ich bin«, sagte Pelorat mit vorsätzlich gebremstem Enthusiasmus, während er sich die Hände rieb, »wieder auf Gaia zu sein.«

»Hmmm«, machte Trevize zerstreut.

»Wissen Sie, was Wonne mir verraten hat? Die Bürgermeisterin kehrt mit einem Handelsabkommen mit Sayshell in der Tasche nach Terminus zurück. Der Sprecher der Zweiten Foundation kehrt mit der Einbildung nach Trantor zurück, er habe es arrangiert – und diese Frau, Sura Novi, geht mit ihm, um dafür zu sorgen, daß die Änderungen, deren fernes Ziel Galaxia ist, auch wirklich in die Wege geleitet werden. Und keine Foundation weiß noch, daß Gaia tatsächlich existiert. Der Ausgang der ganzen Sache ist außerordentlich erstaunlich.«

»Ich weiß, mir ist das alles auch mitgeteilt worden«, entgegnete Trevize. »Aber *wir* wissen darüber Bescheid, daß es Gaia wirklich gibt, und wir können's weitererzählen.«

»Wonne sieht das anders. Sie meint, niemand würde uns

glauben, und das sei uns auch klar. Außerdem, ich zum Beispiel habe nicht die Absicht, Gaia je wieder zu verlassen.«

Trevize schrak aus seiner Nachdenklichkeit und hob den Kopf. »Was?« meinte er.

»Ich bleibe hier. Wissen Sie, ich kann's selber noch nicht recht fassen. Noch vor Wochen habe ich ein einsames Dasein auf Terminus gefristet, das gleiche Leben, das ich davor schon jahrzehntelang geführt hatte, völlig aufgegangen in meinen Aufzeichnungen und Überlegungen, und nie wäre mir nur im Traum eingefallen, daß ich noch immer in Aufzeichnungen und Gedanken versunken sein würde, wenn der Tod zu mir käme, ganz egal, wann das wäre ... ich habe selbstgenügsam dahinvegetiert. Und dann bin ich plötzlich und unerwartet zu einem Reisenden durch die Galaxis geworden, bin in eine Krise galaktischen Maßstabs verwickelt worden, und ich ... Golan, lachen Sie nicht! Ich habe Wonne gefunden.«

»Ich lache nicht, Janov«, sagte Trevize. »Aber wissen Sie auch, was Sie tun?«

»O ja. Diese Geschichte mit der Erde ist mir nicht länger wichtig. Die Tatsache, daß sie die einzige Welt mit stark differenzierter Ökologie und intelligentem Leben war, ist für meine Begriffe hinreichend erklärt. Die Ewigen, wissen Sie.«

»Ja, ich hab's mitgekriegt. Sie wollen also auf Gaia bleiben?«

»Jawohl. Die Erde gehört zur Vergangenheit, und die Vergangenheit steht mir jetzt dermaßen im Hals, daß ich damit gurgeln kann. Gaia ist die Zukunft.«

»Sie sind kein Teil Gaias, Janov. Oder glauben Sie, ein Teil davon werden zu können?«

»Wonne sagt, ich könne in gewissem Umfang durchaus an Gaia teilhaben – wenn schon nicht biologisch, dann doch wenigstens intellektuell. Sie wird mir natürlich helfen.«

»Aber *sie* ist ein Teil Gaias, und wie sollen Sie unter solchen Umständen mit ihr ein gemeinsames Leben führen können, gemeinsame Standpunkte, gemeinsame Interessen haben?«

Sie standen im Freien, und Trevize betrachtete versonnen die stille, fruchtbare Insel ringsum, das Meer, das sich dahinter erstreckte, und am Horizont, durch die Entfernung durch dunkel erkennbar, eine andere Insel – alles friedlich, zivilisiert, lebendig, alles ein einziges Ganzes.

»Janov«, sagte er, »sie ist eine Welt, Sie sind nur ein winziges Individuum. Wenn Sie Ihrer nun überdrüssig wird? Sie ist jung...«

»Darüber habe ich schon nachgedacht, Golan. Tagelang habe ich über nichts anderes nachgedacht. Ich erwarte, daß sie mich eines Tages satt haben wird. Ich bin kein romantischer Idiot. Aber was sie mir bis dahin gibt, was es auch sein mag, das soll mir genügen. Sie hat mir schon jetzt genug gegeben. Von ihr habe ich mehr erhalten, als es nach meinen früheren Vorstellungen im Leben überhaupt zu erhalten gab. Selbst wenn ich sie von diesem Moment an nicht wieder sehen dürfte, würde ich mich fühlen wie der galaktische Hauptgewinner.«

»Ich kann's nicht begreifen«, sagte Trevize leise. »Ich halte Sie *wahrhaftig* für einen romantischen Idioten, und trotzdem, ich möchte Sie gar nicht anders haben. Einen Großteil unseres Lebens haben wir uns nicht gekannt, Janov, aber wir waren nun wochenlang in praktisch jedem Moment zusammen, und – verzeihen Sie, wenn's albern klingen sollte – ich mag Sie wirklich sehr gut leiden.«

»Ich Sie auch, Golan«, antwortete Pelorat.

»Und ich möchte nicht, daß Sie unglücklich werden. Ich muß mit Wonne sprechen.«

»Nein, nein, bitte nicht. Sie würden ihr nur Belehrungen vorposaunen.«

»Ich habe nicht die Absicht, ihr Belehrungen zu erteilen. Was ich mit ihr besprechen möchte, dreht sich nicht ausschließlich um Sie, aber ich muß unter vier Augen mit ihr reden. Bitte, Janov, ich möchte es nicht hinter Ihrem Rücken tun, also geben Sie Ihre Einwilligung, lassen Sie mich mit ihr sprechen und ein paar Dinge klären. Falls ich mit dem Verlauf der Unterredung zufrieden bin, werde ich Ihnen meine herzlichsten Glückwünsche aussprechen und Ihnen meinen Segen geben – und ich werde Sie von da an in Ruhe lassen, was auch geschehen mag.«

Pelorat schüttelte den Kopf. »Sie werden alles verderben.«

»Ich verspreche Ihnen, ich werde nichts verderben. Ich *bitte* Sie eindringlich...«

»Na schön... Aber seien Sie vorsichtig, mein Bester, ja?«

»Darauf gebe ich Ihnen mein feierliches Ehrenwort.«

91

»Pel sagt«, begann Wonne, »Sie möchten mich sprechen.«

»Ja«, bestätigte Trevize.

Anmutig setzte sie sich hin, schlug die Beine übereinander und schaute mit scharfsinnigem Blick zu ihm auf, ein Leuchten in den schönen braunen Augen, und ihr langes, dunkles Haar schimmerte.

»Sie mögen mich nicht, stimmt's?« meinte sie. »Sie haben mich von Anfang an nicht ausstehen können.«

Trevize blieb stehen. »Sie wissen sehr gut über anderer Leute Gehirne Bescheid, und das, was darin vorgeht. Sie wissen, was ich von Ihnen denke, und Sie wissen auch, warum.«

Langsam schüttelte Wonne den Kopf. »Ihr Bewußtsein ist für Gaia unantastbar. Das müßte Ihnen klar sein. Ihre Entscheidung war notwendig, und es mußte die Entscheidung eines unbeeinflußten, unangetasteten Verstandes sein. Als wir Ihr Raumschiff aufgebracht haben, sind Sie und Pelorat von mir einer beruhigenden Einflußnahme unterworfen worden, aber das war unumgänglich. Panik oder Wut hätten Sie beeinträchtigt und vielleicht für eine Zeitspanne von kritischer Dauer unbrauchbar gemacht. Und dabei ist es geblieben. Darüber hinaus hätte ich nie gehen dürfen, und ich habe es nicht getan – folglich weiß ich nicht, was Sie denken.«

»Die Entscheidung, die man von mir verlangt hat, ist nun gefällt«, sagte Trevize. »Ich habe mich zugunsten Gaias und Galaxias entschieden. Was also soll all dies Gerede von einem unbeeinflußten, unangetasteten Verstand? Sie haben nun erreicht, was Sie von mir wollten, und Sie können mit mir machen, was Ihnen paßt.«

»Keineswegs, Trev. Es ist möglich, daß in der Zukunft weitere Entscheidungen von derartiger Bedeutung zu treffen sind. Sie bleiben, was Sie sind, und solange Sie leben, sind Sie ein einzigartiges natürliches Hilfsmittel der Galaxis. Zweifellos gibt es in der Galaxis weitere Personen wie Sie, und andere wie Sie werden in der Zukunft vorhanden sein, aber vorerst haben wir Sie – und nur Sie. Wir dürfen Ihren Geist nicht antasten.«

Trevize überlegte. »Sie sind Gaia, aber ich möchte nicht mit Gaia sprechen. Ich wünsche mit Ihnen als Individuum zu reden, falls dieser Begriff für Sie überhaupt irgendeine Bedeutung besitzt.«

»Er hat durchaus seine Bedeutung. Es verhält sich keineswegs so, daß wir in einem gemeinsamen geistigen Pol existieren würden. Ich kann Gaia für einige Zeit ausschließen.«

»Ja«, sagte Trevize, »ich glaube Ihnen, daß Sie das können. Haben Sie's jetzt getan?«

»Ich habe es soeben getan.«

»Dann lassen Sie mich zunächst einmal feststellen, daß Sie ein listiges Spielchen getrieben haben. Vielleicht sind Sie schlau genug gewesen, nicht in meinen Geist einzudringen, um meine Entscheidung nicht zu beeinflussen, aber Sie haben Janovs Psyche dahingehend beeinflußt, nicht wahr?«

»Das ist Ihre Ansicht?«

»Dieser Meinung bin ich. Genau im richtigen Augenblick hat Pelorat mich an seine Vision von der Galaxis als lebendem Etwas erinnert, und damit hat er mich dazu bewogen, meine Entscheidung so zu fällen, wie sie gefallen ist. Der Gedanke ist seiner gewesen, kann sein, aber Sie waren's, der in ihm die Erinnerung daran ausgelöst hat, oder nicht?«

»Der Gedanke war in seinem Bewußtsein, aber zusammen mit zahlreichen anderen Gedanken«, sagte Wonne. »Ich habe seiner Erinnerung an das Bild einer lebenden Galaxis den Weg an die Oberfläche seines Denkens gebahnt, anderen Erinnerungen dagegen nicht. Daher ist sie ihm leicht zu Bewußtsein gekommen und in Worte gefaßt worden. Beachten Sie, ich habe ihm den Gedanken nicht eingeflüstert. Er war bereits als eigene Erinnerung vorhanden.«

»Nichtsdestoweniger lief Ihr Vorgehen auf eine indirekte Einschränkung der Unabhängigkeit meiner Entscheidung hinaus, oder etwa nicht?«

»Gaia hat es als notwendig erachtet.«

»So? Naja, vielleicht fühlen Sie sich wohler – oder es stellt Ihre Noblesse wieder her –, wenn ich Ihnen verrate, daß ich, obwohl Janovs Bemerkung mich dazu veranlaßt hat, die Entscheidung schon in dem Augenblick zu treffen, dieselbe Entscheidung sowieso getroffen hätte, selbst wenn von ihm nichts geäußert oder versucht worden wäre, mir eine andere Entscheidung einzureden. Ich möchte, daß Sie das wissen.«

»Das zu hören, ist mir eine Erleichterung«, sagte Wonne unterkühlt. »War es das, was Sie mir sagen wollten, als Sie um dies Gespräch gebeten haben?«

»Nein.«

»Was haben Sie außerdem auf dem Herzen?«

Trevize schob einen Sessel näher, bis er dicht vor Wonne stand, setzte sich dann hinein – ihre Knie berührten sich fast – und beugte sich vor.

»Während unseres Anflugs in Richtung Gaia befanden Sie sich in der Raumstation. Sie waren es, der unser Raumschiff aufgebracht hat, und Sie sind seitdem die ganze Zeit hindurch bei uns geblieben – außer anläßlich des Essens mit Dom, an dem Sie nicht teilgenommen haben. Vor allem jedoch waren Sie mit uns an Bord der *Far Star*, als ich die Entscheidung getroffen habe. Immer Sie.«

»Ich bin Gaia.«

»Das ist keine Erklärung. Ein Kaninchen ist Gaia. Ein Kieselstein ist Gaia. Alles auf diesem Planeten ist Gaia, aber nicht alles ist gleichermaßen Gaia. Einige Bestandteile Gaias sind gleicher als andere. Warum Sie?«

»Was ist Ihre Ansicht?«

Trevize ging aufs Ganze. »Meine Ansicht ist, daß Sie nicht ganz einfach nur Gaia sind. Ich glaube, Sie sind mehr als Gaia.«

Wonne prustete geringschätzig durch die Lippen.

Trevize ließ sich nicht beirren. »Zum Zeitpunkt, als ich mich mit meiner Entscheidung beschäftigt habe, hat die Frau in Begleitung des Sprechers, diese ...«

»Er nannte sie Novi.«

»Diese Novi also hat behauptet, Gaia sei durch Roboter gegründet worden, die zwar nicht länger existierten, die aber Gaia gelehrt hätten, einer speziellen Version der drei Regeln der Robotik zu folgen.«

»Das stimmt.«

»Und diese Roboter existieren tatsächlich nicht mehr?«

»Das hat Novi gesagt.«

»Novi hat es *nicht* gesagt. Ich entsinne mich genau an ihre Äußerung. Sie hat gesagt: ›Vor Tausenden von Jahren ist Gaia mit der Hilfe von Robotern, die der Menschheit für kurze Zeit einmal wirklich dienten, ihr heute jedoch nicht mehr zu Diensten stehen, gegründet worden.‹«

»Na also, Trev, heißt das etwa nicht, daß diese Roboter nicht mehr existieren?«

»Absolut nicht! Es heißt, daß sie nicht länger *zu Diensten stehen*. Könnte es nicht sein, daß sie statt dessen – herrschen?«

»Lachhaft!«

»Oder überwachen? Waren Sie dabei, als ich meine Entscheidung zu fällen hatte? Allem Anschein nach war Ihre Anwesenheit von keiner erheblichen Bedeutung. Es war Novi, die die erforderlichen Dinge getan und gesagt hat, und sie war Gaia. Wozu hätten wir Sie gebraucht? Es sei denn...«

»Nun? Was denn?«

»Es sei denn, Sie sind ein Aufpasser, dessen Aufgabe es ist, darauf zu achten, daß Gaia die drei Regeln nicht vergißt. Es sei denn – Sie sind ein Robot, so geschickt konstruiert, daß Sie von einem Menschen nicht zu unterscheiden sind.«

»Wenn ich nicht von einem Menschen zu unterscheiden wäre«, meinte Wonne mit einer Spur von Sarkasmus, »wieso sollten Sie mich dann trotzdem von einem Menschen unterscheiden können?«

Trevize lehnte sich zurück. »Haben Sie mir nicht selbst ausgiebig genug versichert, ich besäße die Gabe, über etwas *Gewißheit* zu erlangen, Entscheidungen zu fällen, Lösungen zu finden, die richtigen Schlußfolgerungen zu ziehen? Ich habe so was nie für mich in Anspruch genommen – *Sie* behaupten das von mir. Tja, und von dem Augenblick an, in dem ich Sie zum erstenmal gesehen habe, war mir unbehaglich zumute. Mir war sofort klar, mit Ihnen stimmt irgend etwas nicht. Ich spreche sicherlich genauso stark auf weibliche Reize an wie Pelorat – sogar stärker, würde ich sagen –, und Sie sind in Ihrer ganzen Erscheinung eine attraktive Frau. Trotzdem habe ich mich nicht eine Sekunde lang von Ihnen angezogen gefühlt.«

»Das ist ja niederschmetternd.«

Trevize überhörte den Sarkasmus in ihrer Bemerkung. »Als Sie zu uns an Bord unseres Raumschiffs kamen«, sagte er, »hatten Janov und ich die Möglichkeit einer nichtmenschlichen Zivilisation auf Gaia diskutiert, und sobald Pelorat Sie sah, fragte er Sie in seiner Arglosigkeit: ›Sind Sie ein Mensch?‹ –

Kann sein, daß ein Robot immer die Wahrheit antworten muß, aber ich nehme an, er kann ausweichende Antworten geben. ›Sehe ich nicht wie ein Mensch aus?‹ haben Sie ihm geantwortet. Ja, Sie sehen wie ein Mensch aus, Wonne, aber lassen Sie mich noch einmal fragen. Sind Sie ein Mensch?«

Wonne bewahrte Schweigen, und schließlich sprach Trevize weiter. »Ich glaube, ich habe schon im ersten Augenblick unserer Begegnung gespürt, daß Sie keine Frau sind. Sie sind ein Robot, und irgendwie habe ich das gemerkt. Und wegen meines Fühlens hatten alle nachfolgenden Ereignisse für mich eine besondere Bedeutung – vor allem Ihre Abwesenheit beim Essen.«

»Glauben Sie etwa, ich könne nicht essen, Trev?« meinte Wonne. »Haben Sie vergessen, daß ich an Bord ihres Raumers Garnelen verzehrt habe? Ich versichere Ihnen, daß ich essen und ebenso alle anderen biologischen Funktionen ausüben kann – auch, ehe Sie danach fragen, solche sexueller Natur. Und das, das will ich Ihnen gleich sagen, beweist selbstverständlich noch lange nicht, daß ich *kein* Robot bin. Schon vor Jahrtausenden hatten die Roboter eine so hohe Stufe von Perfektion erreicht, daß sie nur bezüglich ihrer Hirne von Menschen unterscheidbar waren, und nur durch Personen, die sich mit mentalen Feldern auskannten. Sprecher Gendibal hätte vielleicht feststellen können, ob ich ein Robot bin oder nicht, hätte er sich die Mühe gemacht, mich überhaupt zu beachten. Aber natürlich hat er das nicht getan.«

»Trotzdem bin ich, obwohl ich vom Mentalen nichts verstehe, davon überzeugt, daß Sie ein Robot sind.«

»Und wenn ich einer bin?« erwiderte Wonne. »Ich gebe nichts dergleichen zu, aber Sie machen mich neugierig. Was wäre, wenn ich einer bin?«

»Sie brauchen nichts zuzugeben. Ich weiß bestimmt, daß Sie ein Robot sind. Hätte ich noch eines letzten Beweises bedurft, wäre mir Ihre gelassene Zusicherung, Sie könnten Gaia von Ihrem Bewußtsein ausschließen und als Individuum mit mir sprechen, mir Beweis genug gewesen. Ich bin der Meinung, daß Sie so etwas nicht tun könnten, wären Sie wirklich ein Teil Gaias. Aber Sie sind's nicht. Sie sind ein Robot-Aufpasser, und deshalb stehen Sie außerhalb Gaias. Und da wir uns gerade damit befassen, frage ich mich – wieviel Robot-Aufpasser mag Gaia wohl brauchen und zur Verfügung haben?«

»Ich wiederhole, ich gebe nichts zu, sondern bin nur neugierig. Was wäre, wenn ich ein Robot bin?«

»In dem Falle möchte ich von Ihnen wissen: Was wollen Sie von Janov Pelorat? Er ist mein Freund und in gewisser Hinsicht ein großes Kind. Er glaubt, daß er Sie liebt, und er redet sich ein, er wolle nur, was immer Sie ihm zu geben bereit sind, ja, daß Sie ihm sogar schon jetzt genug gegeben hätten. Er kennt den Schmerz einer verlorenen Liebe nicht und kann ihn sich auch nicht vorstellen, und das gilt erst recht für die besondere Art von Schmerz, die es ihm bereiten würde, müßte er sich eines Tages damit abfinden, daß Sie in Wahrheit gar kein Mensch sind...«

»Kennen *Sie* den Schmerz einer verlorenen Liebe?«

»Ich habe entsprechende Momente kennengelernt. Ich habe kein so weltfernes Leben wie Janov geführt. Ich habe mein Leben nicht von einem intellektuellen Wahn in Beschlag nehmen, es dadurch abstumpfen und alles andere daraus verdrängen lassen, sogar den Gedanken an Frau und Kind. Er hat es dahin kommen lassen. Nun gibt er plötzlich alles für Sie auf. Ich möchte nicht, daß er eine schmerzhafte Enttäuschung erlebt. Wenn ich Gaia einen Gefallen erwiesen habe, kann ich dafür einen Gegendienst verlangen – und er soll aus Ihrem Versprechen bestehen, daß Janov Pelorats Wohlergehen gewährleistet sein wird.«

»Soll ich einmal so tun, als wäre ich ein Robot, und Ihnen antworten?«

»Ja«, sagte Trevize. »Jetzt sofort!«

»Nun gut. Nehmen wir einmal an, Trev, ich bin ein Robot und befinde mich in der Position eines Überwachers. Nehmen wir einmal an, daß es wenige, sehr wenige meinesgleichen gibt, die eine ähnliche Rolle spielen, und nehmen wir an, wir begegnen einander nur selten. Nehmen wir einmal an, unsere Antriebskraft besteht aus dem Bedürfnis, uns um das Wohl von Menschen zu kümmern, und nehmen wir an, es gibt keine echten Menschen auf Gaia, weil alles auf Gaia Bestandteil eines übergeordneten planetaren Wesens ist. Nehmen wir weiter an, es beschert uns eine gewisse Erfüllung, uns um Gaia zu kümmern

– aber keine absolute Erfüllung. Gehen wir einmal von der Annahme aus, in uns ist irgendeine primitive Regung erhalten geblieben, die sich nach einem Menschen der Art sehnt, wie er existierte, als man Roboter erstmals konstruiert und eingesetzt hat. Mißverstehen Sie mich nicht, ich behaupte nicht etwa, uralt zu sein – angenommen, ich sei ein Robot. Ich bin so alt, wie ich Ihnen mein Alter genannt habe, oder zumindest – von der Annahme ausgegangen, ich sei ein Robot – stimmt der entsprechende Zeitraum als bisherige Dauer meiner Existenz. Trotzdem – immer noch angenommen, daß ich ein Robot bin – muß meine Konstruktion fundamental so sein, wie sie bei Robotern immer war, und folglich muß ich das Verlangen nach einer auf einen echten Menschen fixierten Fürsorge haben. Pel ist ein Mensch. Er ist kein Teil Gaias. Er ist zu alt, als daß er jemals noch ein regelrechter Bestandteil Gaias werden könnte. Er möchte bei mir auf Gaia bleiben, weil er in bezug auf mich anders empfindet als Sie. Er hält mich nicht für einen Robot. Nun, ich möchte ebenfalls, daß er bleibt. Wenn Sie unterstellen, ich sei ein Robot, würde ein solcher Wunsch ja durchaus dazu passen. Ich bin aller menschlichen Reaktionen fähig und würde ihn daher lieben. Falls Sie darauf bestehen, mich als einen Robot zu betrachten, können Sie vielleicht behaupten, ich wäre zur Liebe in der mystischen menschlichen Bedeutung des Wortes unfähig, aber Sie wären nicht dazu imstande, meine Reaktionen von dem, was Sie Liebe nennen, zu unterscheiden – was für ein Unterschied sollte also bestehen?

Sie verstummte und musterte ihn – in ihrer ganzen Haltung unversöhnlich stolz.

»Sie wollen damit sagen«, meinte Trevize, »Sie würden ihn niemals im Stich lassen?«

»Wenn Sie annehmen, daß ich ein Robot bin, können Sie selber schlußfolgern, daß ich ihn mit Rücksicht auf die Erste Regel der Robotik niemals im Stich lassen *könnte,* außer er gäbe mir den Befehl, es zu tun – und ich wäre zusätzlich ganz sicher, daß er es ernst meint und ich ihm durch mein Bleiben größeren Schmerz zufügen würde als durch meinen Abschied.«

»Könnte kein jüngerer Mann...«

»Welcher jüngere Mann? Sie sind ein jüngerer Mann, aber ich wüßte nicht, daß Sie mich auf nur entfernt vergleichbare

Weise brauchen wie Pelorat, und es ist eine Tatsache, daß Sie mich gar nicht wollen, und daher müßte die Erste Regel mir jeden Versuch, mich Ihnen aufzudrängen, sogar verbieten.«

»Ich meine nicht mich. Ein anderer junger Mann...«

»Es gibt keinen anderen. Wo auf Gaia sind andere Männer, die sich als Menschen im nichtgaianischen Sinn bezeichnen ließen?«

»Und falls Sie *kein* Robot sind?« erwiderte Trevize gemäßigter.

»Entscheiden Sie sich!« riet Wonne.

»Ich habe gefragt, *falls* Sie kein Robot sind...?«

»Dann müßte ich Ihnen entgegnen, daß Sie keinerlei Recht zu überhaupt irgendwelchen Äußerungen besitzen. In dem Falle wäre alles nur meine und Pels Angelegenheit.«

»Dann komme ich auf meinen ersten Punkt zurück«, sagte Trevize. »Ich fordere eine Belohnung, und sie soll daraus bestehen, daß Sie ihn anständig behandeln. Ich verzichte darauf, der Frage Ihrer Identität weiterhin nachzugehen. Versichern Sie mir ganz einfach – als eine Intelligenz der anderen –, daß Sie ihn anständig behandeln werden.«

»Ich werde ihn anständig behandeln«, versprach Wonne leise. »Nicht als Belohnung für Sie, sondern weil nichts anderes mein eigener Wunsch ist. Es ist mein ernstestes Bedürfnis, für sein Wohlbefinden zu sorgen. Ich werde ihn gut behandeln.« Sie rief »Pel«, dann nochmals: »Pel!«

Pelorat kam herein. »Ja, Wonne?«

Wonne streckte ihm ihre Hand entgegen. »Ich glaube, Trev möchte dir etwas sagen.«

Pelorat nahm ihre Hand, und Trevize umschloß die beiden Hände mit seinen zwei Händen. »Janov«, sagte er, »ich bin, was euch angeht, sehr zufrieden.«

»Ach, mein Bester«, rief Pelorat.

»Wahrscheinlich werde ich Gaia verlassen«, fügte Trevize hinzu. »Ich werde gleich mit Dom darüber sprechen. Ich weiß nicht, wann wir uns wiedersehen, ob wir uns überhaupt noch einmal begegnen werden, Janov, aber auf jeden Fall, ich lege Wert auf die Feststellung, wir sind ausgezeichnet miteinander ausgekommen.«

»Wir sind bestens zurechtgekommen«, bekräftigte Pelorat und lächelte.

»Leben Sie wohl, Wonne, und im voraus vielen Dank!«

»Leben Sie wohl, Trev!«

Trevize winkte mit der Hand und verließ das Haus.

92

»Sie haben sich richtig verhalten, Trev«, sagte Dom. »Aber das war eigentlich nichts anderes, als ich erwartet habe.«

Wieder saßen sie bei einem Mahl, genauso unbefriedigend, wie das erste Essen gewesen war, doch diesmal störte sich Trevize nicht daran. Dies mochte ganz gut seine letzte Mahlzeit auf Gaia sein.

»Kann sein, ich habe mich verhalten wie von Ihnen erwartet, aber vielleicht nicht aus dem Grund, den Sie angenommen haben«, sagte Trevize.

»Sicherlich waren Sie von der Richtigkeit Ihrer Entscheidung überzeugt?«

»Ja, war ich, aber nicht infolge irgendeiner mystischen Art von innerer Gewißheit. Wenn ich mich für Gaia entschieden habe, dann aus gewöhnlichem gesunden Menschenverstand – aufgrund einiger Überlegungen, die jeder andere, der vor der Aufgabe gestanden wäre, diese Entscheidung herbeizuführen, auch angestellt haben könnte. Sind Sie an einer näheren Erläuterung interessiert?«

»Aber sicher, Trev.«

»Drei Dinge hätte ich tun können«, sagte Trevize. »Ich hätte für die Erste oder für die Zweite Foundation Stellung beziehen können, und die dritte Möglichkeit war, für Gaia Partei zu ergreifen. Hätte ich mich auf die Seite der Ersten Foundation geschlagen, sofort wären von Bürgermeisterin Branno Schritte eingeleitet worden, um die Zweite Foundation und Gaia in ihre Hand zu bekommen. Hätte ich mich für die Zweite Foundation entschieden, Sprecher Gendibal hätte unverzüglich Maßnahmen ergriffen, um die Erste Foundation und Gaia unter Kontrolle zu bringen. In beiden Fällen wäre das, was daraus entstanden wäre, unumkehrbar gewesen – und wäre eine dieser Entscheidungen falsch gewesen, hätte ich eine unaufhaltbare Katastrophe verursacht. Eine Entscheidung zugunsten Gaias jedoch mußte nach meiner Auffassung sowohl der Ersten wie auch der Zweiten Foundation zu der Überzeugung verhelfen, wenigstens einen kleinen Sieg errungen zu haben, denn allem Anschein nach würde dann, weil ja die Etablierung Galaxias, wie man mir mitgeteilt hatte, Generationen beanspruchen, ja, sogar Jahrhunderte dauern sollte, alles genauso wie vorher weitergehen. Meine Entscheidung für Gaia war also nichts anderes als die Relativierung meiner Entscheidung, eine Vorsorge, um zu sichern, daß genug Zeit bleibt, den weiteren Lauf der Dinge noch zu beeinflussen – oder rückgängig zu machen –, falls sich meine Entscheidung als falsch herausstellt.«

Dom hob die Brauen. Ansonsten blieb sein altes, fast totenschädelhaftes Gesicht ausdruckslos. »Sind Sie tatsächlich der Meinung«, erkundigte er sich dann mit seiner hohen Stimme, »daß Ihre Entscheidung sich als falsch erweisen könnte?«

Trevize hob die Schultern. »Ich glaube, es wird nicht so kommen, aber ich muß etwas unternehmen, wenn ich's genau wissen will. Ich hege die Absicht, die Erde aufzusuchen, falls es mir gelingt, diese Welt zu finden.«

»Wenn Sie den Wunsch haben, uns zu verlassen, werden wir Sie gewiß nicht aufhalten, Trev...«

»Ich passe nicht auf Ihre Welt.«

»So wenig wie Pel, und trotzdem wären Sie uns genauso willkommen wie er, falls Sie es vorzögen, zu bleiben. Aber wir werden Sie nicht zurückhalten. Aber verraten Sie mir, warum möchten Sie die Erde aufsuchen?«

»Ich glaube«, sagte Trevize, »daß Ihnen das sehr wohl klar ist.«

»Keineswegs.«

»Es gibt da eine gewisse Information, die Sie mir vorenthalten haben, Dom. Vielleicht hatten Sie dafür Ihre Gründe, aber es wäre mir lieber gewesen, Sie hätten's nicht getan.«

»Ich kann Ihren Ausführungen nicht folgen«, sagte Dom.

»Sehen Sie mal, Dom, um meine Entscheidung herbeizuführen, habe ich meinen Computer benutzt, und dadurch befand ich mich für einen kurzen Moment im Kontakt mit den Bewußtseinseinheiten dieser Leute, die über mir stehen oder mir überlegen sind – Bürgermeisterin Branno, Sprecher Gendibal, Novi. Ich habe gewisse Eindrücke einer Reihe von Dingen erhascht, die mir – für sich betrachtet – wenig besagten, zum Beispiel, die verschiedenen Einwirkungen, die Gaia – durch Novi – auf Trantor vorgenommen hat... in der Absicht, den Sprecher nach Gaia zu locken.«

»Ja?«

»Und dazu gehörte auch das Entfernen aller Hinweise auf die Erde aus Trantors Bibliothek.«

»Das Entfernen aller Hinweise auf die Erde?«

»Genau. Also muß die Erde wichtig sein – und anscheinend darf nicht bloß die Zweite Foundation nichts von ihr wissen, sondern ich ebensowenig. Und wenn ich die Verantwortung für den Kurs der gesamtgalaktischen Entwicklung tragen soll, finde ich mich mit Unklarheiten nicht ab. Wäre es vielleicht möglich, mir mitzuteilen, warum es so wichtig ist, alle Kenntnisse über die Erde geheimzuhalten?«

»Trev«, antwortete Dom in feierlichem Ernst, »Gaia weiß nichts über ein solches Entfernen von Daten. Nichts!«

»Wollen Sie behaupten, Gaia sei nicht dafür verantwortlich?«

»Sie ist nicht dafür verantwortlich.«

Trevize dachte für eine Weile nach, während seine Zungenspitze langsam und versonnen über seine Lippen glitt. »Wer ist dann verantwortlich?«

»Ich habe keine Ahnung. Ich sehe in so etwas keinen vernünftigen Sinn.«

Die beiden Männer musterten einander. »Sie haben recht«, sagte Dom schließlich. »Es hatte den Anschein, als seien wir zu einem zufriedenstellenden Abschluß gelangt, aber solange dieser Punkt unklar bleibt, dürfen wir es nicht wagen, uns Ruhe zu gönnen. Bleiben Sie noch für einige Zeit bei uns, und wir werden feststellen, was sich in dieser Hinsicht ermitteln läßt. Dann können Sie aufbrechen, und Sie dürfen unserer uneingeschränkten Unterstützung sicher sein.«

»Vielen herzlichen Dank«, sagte Trevize.

ENDE

(bis auf weiteres)

Nachwort des Verfassers

Das vorliegende Buch ist, obwohl es eine abgeschlossene Handlung enthält, eine Fortsetzung der Foundation-Trilogie, die drei Bände umfaßt: »Der Tausendjahresplan«, »Der galaktische General« und »Alle Wege führen nach Trantor«*.

Zusätzlich gibt es andere von mir geschriebene Bücher, die sich zwar nicht direkt mit der Foundation beschäftigen, deren Handlung jedoch im Rahmen eines Settings abläuft, das man das »Foundation-Universum« nennen könnte.

So finden die Ereignisse, die sich in »Sterne wie Staub« und »Der fiebernde Planet« abspielen, während der Jahre statt, in denen Trantor zum Imperium expandiert, wogegen die Geschehnisse in »Radioaktiv ...!« sich zur Zeit des Ersten Galaktischen Imperiums auf der Höhe seiner Macht vollziehen. In »Radioaktiv ...!« steht die Erde im Mittelpunkt der Handlung, und man findet Bezüge zu diesem Buch im vorliegenden neuen Roman.

In keinem der vorangegangenen Bücher des Foundation-Universums kommen Roboter vor. In diesem neuen Buch jedoch werden Roboter erwähnt. In diesem Zusammenhang könnten Sie vielleicht daran interessiert sein, meine Roboter-Stories zu lesen. Die Stories sind in dem Band »Meine Freunde, die Roboter«** enthalten, und die beiden Romane »Der Mann von drüben«*** und »Die nackte Sonne«**** beschreiben die robotische Periode der galaktischen Kolonisation.

Falls Sie Näheres über die Ewigen und die Methoden, mit denen sie die menschliche Geschichte verändert haben, erfahren möchten, empfehle ich Ihnen mein Buch »Das Ende der Ewigkeit«.*****

Alle genannten Bücher sind gegenwärtig in verschiedenen Ausgaben erhältlich, oder es befinden sich Nachauflagen bzw. Neuausgaben in Vorbereitung.

---

* HEYNE-BÜCHER Nr. 06/3080, 06/3082 und 06/3084.

** BIBLIOTHEK DER SCIENCE FICTION LITERATUR Band 20, HEYNE-BUCH Nr. 06/20.

*** HEYNE-BUCH Nr. 06/3004.

**** HEYNE-BUCH Nr. 06/3009.

***** HEYNE-BUCH Nr. 06/3088.

DER ERWEITERTE FOUNDATION-ZYKLUS

Der Autor hat in den letzten Jahren die in den fünfziger Jahren entstandene FOUNDATION TRILOGIE, umfassend die Bände:

Der Tausendjahresplan
Der galaktische General
Alle Wege führen nach Trantor

wesentlich erweitert und ist dabei, sie noch weiter auszubauen, indem etwa Verbindungen zu den frühen Baley-Romanen

Der Mann von drüben (auch: *Die Stahlhöhlen* [in Vorb.])*
*Die nackte Sonne**

hergestellt wurden. Die Planung umfaßt derzeit folgende Romane und Erzählungen in dieser Reihenfolge:

1. THE COMPLETE ROBOT
   Alle Roboter-Geschichten
   auch in: *Meine Freunde, die Roboter* · 06/20
2. THE CAVES OF STEEL
   Der Mann von drüben · 06/3004
   auch: *Die Stahlhöhlen* · (in Vorb.)*
3. THE NAKED SUN
   Die nackte Sonne · 06/3009
4. THE ROBOTS OF DAWN
   Aurora oder der Aufbruch zu den Sternen · 01/6579
5. ROBOTS AND EMPIRE
   Das galaktische Imperium · 01/6607
6. (ein noch nicht geschriebener Roman)
7. THE CURRENTS OF SPACE
   Der fiebernde Planet (nicht bei Heyne)
8. THE STARS LIKE DUST
   Sterne wie Staub (nicht bei Heyne)
9. PEBBLE IN THE SKY
   Radioaktiv... (nicht bei Heyne)
10. PRELUDE TO FOUNDATION
    (ein im Entstehen begriffener Roman)
11. FOUNDATION
    Der Tausendjahresplan · 06/3080
12. FOUNDATION AND EMPIRE
    Der galaktische General · 06/3082
13. SECOND FOUNDATION
    Alle Wege führen nach Trantor · 06/3084
14. FOUNDATION'S EDGE
    Auf der Suche nach der Erde · 01/6401
15. FOUNDATION AND EARTH
    Die Rückkehr zur Erde · (in Vorb.)

Änderungen vorbehalten! Möglicherweise wird der Zyklus über die 15 Bände hinaus fortgeführt. Weitere ältere Romane einzubeziehen, wie etwa THE END OF ETERNITY *(Das Ende der Ewigkeit* · 06/3088), ist nicht geplant.

---

* Eine ungekürzte Neuübersetzung von *The Caves of Steel* und *The Naked Sun* sind für die BIBLIOTHEKDER SCIENCE FICTION LITERATUR in Vorbereitung.